W0329338

# Le Grand Monde

J'AI LU

# GUY DES CARS

| | |
|---|---|
| L'officier sans nom | *J'ai lu* 331/3 |
| L'impure | *J'ai lu* 173/4 |
| La demoiselle d'opéra | *J'ai lu* 246/3 |
| La dame du cirque | *J'ai lu* 295/3 |
| Le château de la juive | *J'ai lu* 97/4 |
| La brute | *J'ai lu* 47/3 |
| La corruptrice | *J'ai lu* 229/3 |
| Les filles de joie | *J'ai lu* 265/3 |
| La tricheuse | *J'ai lu* 125/3 |
| Amour de ma vie | *J'ai lu* 516/3 |
| L'amour s'en va-t-en guerre | *J'ai lu* 765/3 |
| Cette étrange tendresse | *J'ai lu* 303/3 |
| La maudite | *J'ai lu* 361/3 |
| La cathédrale de haine | *J'ai lu* 322/4 |
| Les reines de cœur | *J'ai lu* 1783/3 |
| Le boulevard des illusions | *J'ai lu* 1710/3 |
| Les sept femmes | *J'ai lu* 347/4 |
| Le grand monde | *J'ai lu* 2840/8 |
| Sang d'Afrique | *J'ai lu* 2291/5 |
| De cape et de plume-1 | *J'ai lu* 926/3 |
| De cape et de plume-2 | *J'ai lu* 927/3 |
| Le faussaire (de toutes les couleurs) | *J'ai lu* 548/5 |
| L'habitude d'amour | *J'ai lu* 376/3 |
| La vie secrète de Dorothée Gindt | *J'ai lu* 1236/2 |
| La révoltée | *J'ai lu* 492/4 |
| La vipère | *J'ai lu* 615/4 |
| Le train du père Noël | |
| L'entremetteuse | *J'ai lu* 639/4 |
| Une certaine dame | *J'ai lu* 696/5 |
| L'insolence de sa beauté | *J'ai lu* 736/3 |
| Le donneur | *J'ai lu* 809/3 |
| J'ose | *J'ai lu* 858/3 |
| Le château du clown | *J'ai lu* 1357/4 |
| La justicière | *J'ai lu* 1163/2 |
| Le mage et la boule de cristal | *J'ai lu* 841/1 |
| Le mage et le pendule | *J'ai lu* 990/1 |
| Le mage et les lignes de la main ... et la bonne aventure ... et la graphologie | *J'ai lu* 1094/4 |
| La femme qui en savait trop | *J'ai lu* 1293/3 |
| La coupable | *J'ai lu* 1880/3 |
| La femme sans frontières | *J'ai lu* 1518/3 |
| La vengeresse | *J'ai lu* 2253/3 |
| Le faiseur de morts | *J'ai lu* 2063/3 |
| L'envoûteuse | *J'ai lu* 2016/5 |
| La mère porteuse | *J'ai lu* 2885/4 |
| L'homme au double visage | *J'ai lu* 2992/4 |
| Le crime de Mathilde | *J'ai lu* 2375/4 |
| La femme-objet | |
| La voleuse | *J'ai lu* 2660/4 |
| La femme d'argent | |
| La visiteuse | |
| L'amoureuse | *J'ai lu* 3192/4 |
| Je t'aimerai éternellement | *J'ai lu* 3462/4 *(juin 93)* |

Guy des Cars

# Le Grand Monde

Éditions J'ai lu

A précédemment paru sous les n^os 447 et 448.

© Flammarion, 1961

# PREMIÈRE PARTIE

## L'ALLIÉE

Toutes les nuits, c'était la même chose.

L'immense salle ne désemplissait pas et semblait, malgré ses dimensions, être trop exiguë pour contenir la foule qui avait pris d'assaut les tables entourant la piste où une autre foule se berçait d'illusions de danse... Les orchestres se relayaient sans interruption pour déverser sur le flot humain les plus récents succès de Broadway.

Quelqu'un, qui aurait été transporté brusquement dans ces lieux, aurait été incapable de réaliser où il se trouvait. La décoration, sottement prétentieuse, rappelait celle de n'importe quel dancing dans n'importe quelle grande ville. L'observateur aurait seulement pu deviner qu'il était en Extrême-Orient, la majorité de la clientèle étant de race jaune et la race blanche n'étant presque exclusivement composée que d'Américains.

Le personnel, poli et silencieux, était jaune lui aussi mais les garçons aux yeux bridés étaient vêtus de *spencers* blancs « à l'européenne ». On pouvait se croire aussi bien à Singapour que dans le quartier chinois de San Francisco, dans une vaste maison accueillante de Hong-kong ou dans un night-club de Manille : cela sentait l'Asie modernisée, internationalisée, dépouillée de son authenticité.

Il y avait enfin — et c'était peut-être ce que l'on

remarquait le plus dans la salle — les *taxi-girls*... Assises sur de hauts tabourets alignés devant le bar, elles étaient à la fois attirantes et distantes pour toute une meute de mâles pleins d'espoirs. Car il y avait un peu de tout dans la faune qui peuplait la salle : jeunes officiers en civil, diplomates en rupture de protocole, commerçants...

*Taxi-girls* qui n'hésitaient pas à danser entre elles pour attirer le client. Ondulantes et bavardes, elles glissaient, pleines de dédain affecté, comme des reines effleurant d'un regard vide les hommes aux yeux fixes. Elles se ressemblaient tellement que le choix était difficile : toutes les chevelures étaient brunes, toutes les peaux mates safranées, tous les yeux en forme d'amande, tous les nez courts et légèrement épatés. La seule possibilité de distinguer les unes des autres ces jolies filles d'Extrême-Orient était le numéro en chiffre romain que chacune d'elles portait, fixé bien en évidence au-dessus du sein gauche, et qui allait du 1 au 40.

Quarante créatures séduisantes et étiquetées qui se montraient toujours prêtes à obéir aux ordres de la *taï-pan*. Celle-ci, étrange femme-capitaine sans âge, circulait entre les tables, un carnet de tickets à la main, telle une receveuse d'autobus. D'un regard expert — elle a tout vu, elle connaît tout, la *taï-pan!* — elle jugeait immédiatement la qualité des clients : puisqu'il y avait diverses qualités de filles, parmi les quarante, il importait de ne pas les déprécier en les « appareillant » au-dessous de leur condition.

Quelle femme d'affaires avisée, cette *taï-pan!* Elle savait défendre à la fois ses intérêts personnels et ceux de ses administrées. Le ticket, qui valait deux cents piastres, donnait droit en principe, à une danse ou à une conversation généralement limitée à « oui » ou à « non ». Et il était presque impossible pour un nouveau venu de lier plus ample connaissance avec une *taxi-girl*. Ceci parce que la fille ne dépendait de personne et qu'elle était parfaitement libre d'accepter ou de refuser. Enfin les *taxi-girls* étaient très cotées sur le marché : elles se devaient donc de soutenir leur réputation, qui se comptait au nombre de leurs robes ou à l'importance de leurs bijoux. Elles étaient presque contraintes d'appliquer une stratégie complexe où la coquetterie alternait avec la minauderie.

L'enseigne du dancing était française : ce qui arrive souvent dans le monde quand il s'agit d'un établissement de plaisir. N'y a-t-il pas des dizaines de *Moulin-Rouge* en Europe centrale et de *Café de Paris* dans les pays anglo-saxons ? L'enseigne, cette fois, faisait preuve de plus d'originalité : *Le Grand Monde*... Le visiteur, contemplant la salle et la clientèle, aurait sans doute trouvé plus judicieux de modifier le nom de la maison : *Au Carrefour du Monde* n'aurait-il pas mieux convenu ? N'était-on pas à un carrefour où, sur un fond sonore de blues et de mambos, deux civilisations se rencontraient, s'épiaient, se mêlaient ?

Et cependant ! N'importe qui, ayant vécu ou séjourné dans le sud du Viêt-Nam, aurait pu dire en entendant seulement prononcer le nom de l'établissement :

« Il n'y a qu'un seul authentique *Grand Monde* de par le monde ! Il se trouve à Cholon, ce grand faubourg de Saigon. »

Cholon, cœur industriel et commercial, gigantesque agglomération, grouillante de plus de six cent mille Chinois qui ramassent, usinent et vendent le riz. Cholon, énorme capharnaüm où le travail et la misère côtoient avec indifférence le plaisir et la jouissance.

La nuit, Cholon se transforme en une gigantesque usine à plaisirs tarifés. Une foule immense, en voitures américaines aux couleurs criardes, en cyclo-pousse ou à pied, grouille dans les rues étroites, ruisselantes de néon agressif. Cholon se montre alors brutale et sensuelle. Elle frappe au visage. On y vend et on y achète de tout : des chaussettes incroyablement bariolées, de la corne de rhinocéros, des sourires, des danses, des chants de femmes, des réputations et des petits garçons.

Les restaurants y happent des Chinois, obèses et bruyants, qui vont se repaître de mets aphrodisiaques. Des Chinoises passent en pousse, dignes et parées, racées, leur fin visage de poupée impassible et secret, fermé sur on ne sait quel vide...

Voici le boucher chinois, rabelaisien, jovial, son triple ventre tombant en vastes plis sur un nombril obscène. Il vante ses flèches de lard rose, ses canards réduits par quelque mystérieuse opération à l'épaisseur d'une feuille de papier à cigarette, ses énormes cochons laqués qui ressemblent à des divinités barbares...

Le Cholon qui travaille le jour dort déjà derrière ses barreaux épais : des milliers de petites lampes à opium sont allumées. Le Cholon qui vit la nuit commence ses opérations multiples. Tout un peuple de mendiants mutilés et incroyablement sales, de jeunes garçons suspects, de proxénètes et d'intermédiaires entrent en scène, sous l'œil indifférent de milliers de Bouddhas en simili-bronze.

Dans cette chaîne nocturne de joies faciles, *Le Grand Monde* occupait une place de choix. Ne groupait-il pas, sous son enseigne prometteuse, des salles de jeux frisant le tripot, des bars à tous les prix pour toutes les bourses, une salle de spectacle où venait triompher périodiquement l'admirable troupe de l'Opéra de Pékin, des cabinets particuliers où l'on traitait des affaires en brassant des millions, des salles de repos où des masseuses expertes faisaient glousser de plaisir les clients pendant que des chanteuses ou « petites fleurs » préparaient les pipes d'opium, le dancing enfin avec ses *taxi-girls?*

D'abord créé pour le seul délassement des riches marchands chinois, l'établissement avait vu affluer les premiers Vietnamiens, enrichis à leur tour, et surtout les colons français qui voulaient y retrouver l'atmosphère des nuits de la Métropole. Sans doute était-ce là, de leur part, une erreur mais la direction du *Grand Monde* sut se montrer compréhensive aux désirs de ces Blancs qu'elle méprisait profondément mais qui savaient si bien répandre les piastres. Aux Français, considérés comme des vaincus après le coup de force japonais de 1945, succédèrent autour des tables du *Grand Monde* les officiers du Mikado : ce furent les heures les plus noires de l'établissement. Les Japonais, se sachant aussi haïs au Viêt-Nam qu'en Chine, s'y conduisirent en « occupants » auxquels tout était dû, surtout le respect. Les piastres furent remplacées par des yens d'occupation que les commerçants chinois n'acceptèrent que par contrainte. Leur répulsion pour cette monnaie devint même si vive qu'ils en arrivèrent à regretter le franc cependant déjà déprécié.

Puis ce fut à nouveau pour *Le Grand Monde* la pléthore avec la réoccupation de Saigon et du Viêt-Nam, après la capitulation japonaise, par les troupes du général Leclerc. Le Français retrouva un prestige qui ne dura guère et qui s'effondra brutalement avec le bombardement de Haïphong le 24 novembre 1946. *Le Grand Monde* connut alors des alternances de hauts et de bas : recettes folles quand les troupes françaises du corps expéditionnaire ressentaient le besoin de s'y délasser, catastrophiques à chaque fois qu'un attentat volontairement spectaculaire du Viêt-Minh jetait la consternation à Saigon. Les choses allèrent ainsi jusqu'à l'armistice, signé le 21 juillet 1954 à Genève et scindant l'ancien Viêt-Nam en deux blocs idéologiques opposés, par une ligne de démarcation qui se trouve aujourd'hui encore à proximité du 18ᵉ parallèle. Au nord, c'est le Viêt-Minh communiste avec Hanoï pour capitale; au sud, c'est le Viêt-Nam nationaliste transformé en une République dont le gouvernement s'est installé à Saigon.

Saigon, devenue capitale, ne pouvait que grandir, gonflant sa population de tous les riches réfugiés du nord qui fuyaient le communisme. Cholon bénéficia de cet afflux nouveau de clientèle et surtout de gros capitaux. Seulement la monnaie tant convoitée par les commerçants chinois avait encore changé. C'était le dollar, cette fois, qui balayait tout : piastres et francs.

*Le Grand Monde* sut s'adapter, avec une prodigieuse célérité, aux nouvelles circonstances : le dollar y devint roi en même temps que la clientèle blanche s'y américanisait. Il n'était plus question de militaires mais de civils américains appartenant tous à des « missions » économiques, commerciales, culturelles même! Invasion d'allure pacifique, dont le but « officiel » était l'aide généreuse à une population sous-développée. La seule question que l'on pouvait se poser était de se demander si les Vietnamiens, comme beaucoup d'autres peuples avant eux, tenaient tellement à cette aide. Les commerçants chinois, eux, étaient contents parce qu'ils continuaient à gagner beaucoup d'argent... Les Chinois ne sont-ils pas nés sages?

Les entraîneuses du *Grand Monde* se transformèrent en *taxi-girls* et les nuits du dancing furent comme imprégnées d'une atmosphère américano-chinoise qui semblait devoir détrôner pour longtemps l'exotisme dolent de l'antique Viêt-Nam. Ce dut être cette toute première impression que ressentirent les deux clients blancs qui pénétrèrent, aux environs de minuit, dans l'établissement, un certain soir de 1955...

Clients qui se dirigèrent, précédés par toute l'obséquiosité de « Monsieur Sun », vers la seule table encore inoccupée du dancing. Tout en les conduisant dans le dédale de consommateurs assis, M. Sun ne cessait de se retourner en répétant :

— Sincèrement, monsieur Martin, c'est une très grande joie pour moi de vous revoir avec votre ami... Voilà si longtemps que vous n'êtes venu! Il est vrai qu'après tous ces événements...

Comme M. Sun s'exprimait en français, on pouvait supposer que M. Martin l'était. Mais ce dernier ne sembla prêter aucune attention aux marques de politesse du Chinois, préférant s'occuper de son compagnon qu'il guidait et qui le suivait, la main droite appuyée sur son épaule, et auquel il disait avec une grande douceur :

— Attention... Il y a une table à droite... Une à gauche... Nous arrivons...

Quand ils furent assis, M. Sun reprit :

— Ici vous serez très bien... Que prendrez-vous, monsieur Martin ? Nous avons un excellent champagne.

— Deux whiskies, avec de l'eau plate.

M. Sun s'était déjà éloigné. Ce fut ce moment que choisit « l'ami » pour confier à celui qui lui avait servi de guide :

— Je n'aime pas du tout la voix de ce bonhomme... Qui est-ce ?

— M. Sun, l'un des directeurs du *Grand Monde :* ils sont trois associés.

— Tous Chinois ?

— Tous !

— Celui-ci parle très bien le français mais vous n'avez pas idée comme sa voix de fausset m'a paru désagréable... Elle pue la traîtrise !

— Croyez-vous ? C'est cependant le plus serviable des hommes...

— Il l'est trop ! Comment est-il physiquement ?

— Admirablement habillé, vêtu avec une recherche que ne désavouerait pas un élégant de notre vieille Europe ! En somme, un monsieur impeccable.

— Je vous parle du physique...

— Grand... Quant au visage, il reflète son âme !

— Qu'a-t-elle d'extraordinaire ?

— Elle est chinoise ! Tout ce qu'il y a de mieux dans le genre puisqu'on ne peut rien en deviner !

— C'est bien ainsi que je me le représentais.

— Savez-vous, mon cher Jacques, que vous êtes terrible, et presque inquiétant, dans les jugements lapidaires que vous portez sur les autres depuis que vous ne pouvez plus les voir? Personne ne trouve grâce devant vous! Les voix seraient-elles à ce point révélatrices?

— Elles le sont... La vôtre par exemple n'avait jamais attiré particulièrement mon attention pendant les mois où j'ai pu vous voir mais, à dater de mon accident, quand il ne m'est plus resté que la possibilité de vous entendre, elle a commencé à m'intéresser... Je me souviens très bien : son timbre particulier m'a frappé la première fois où vous êtes venu me rendre visite à l'hôpital... Vous ne vous êtes jamais douté de ce que j'ai pensé, ce jour-là, après votre départ?

— Parlez, puisque nous sommes sur le chapitre des confidences.

— Je me suis dit : « Ce Serge Martin a la chance d'avoir un aspect physique qui étonne et qui passionne dès le premier abord... C'est pourquoi on néglige de s'occuper de sa voix... Mais quand on ne peut plus le voir et seulement l'entendre, on découvre que cette voix est assez extraordinaire, ambiguë même : trop suave pour ne dire que la vérité, trop désabusée aussi pour ne pas camoufler un scepticisme féroce. » Et j'en suis arrivé à me demander si vous étiez vraiment pour moi l'ami que vous prétendiez être ou, au contraire, mon pire ennemi.

Il y eut un silence avant que ne vînt la réponse :

— Ce doute me surprend de votre part... Mais depuis cette visite à l'hôpital, auriez-vous rectifié votre jugement?

— Sincèrement, je ne sais plus que penser de vous!

— Dans ce cas, mon petit Jacques, continuez à penser ce que vous voudrez... Vous me permettez quand même de continuer à vous appeler « mon petit Jacques », ne serait-ce qu'à cause de notre grande différence d'âge?

L'aveugle ne répondit pas.

— Ils viennent de changer d'orchestre, finit par remarquer Serge avec le désir évident de modifier complètement le sujet de la conversation.

— Vous n'aviez pas besoin de me le signaler : je m'en suis déjà aperçu à la façon dont jouent les nouveaux musiciens... Ils sont meilleurs... La salle est pleine, n'est-ce pas ?

— Archicomble !

L'homme s'était tu brusquement.

— Qu'est-ce qu'il vous arrive ? demanda son compagnon.

— Il m'arrive une chose assez surprenante : si incroyable que cela puisse vous paraître, puisque vous avez eu la chance ou le malheur de connaître mon physique, j'ai très nettement l'impression d'avoir fait une touche !

L'aveugle sourit :

— Après tout, ça ne m'étonne pas ! Savez-vous que, si vous voulez vous en donner la peine, vous pouvez avoir du charme ?

— Malgré mes cheveux blancs ?

— A cause de vos cheveux blancs !

— Et mon visage raviné sur lequel peuvent se lire des années de colonies ?

— Nous ne sommes plus « aux colonies », mon cher ami, mais dans la République indépendante du Viêt-Nam...

— J'ai une fâcheuse tendance à l'oublier... Pour moi ce sera toujours une colonie mais c'est vous qui devez avoir raison : il est préférable que mon opinion reste strictement confidentielle ! Si je l'exprimais un peu trop haut, nous risquerions de connaître de nouveaux ennuis...

— Cette touche, ça continue ?

— Ça continue... Elle est véritablement ravissante !

— Blanche ?

— Vous ne voudriez pas ! C'est une Asiatique, du meilleur cru...

— Vietnamienne ?

— J'opinerais plutôt pour une Chinoise, tout au moins d'origine. Elle a un port et une finesse qui ne peuvent venir que du nord, pas loin de la frontière du Yunnan... A moins que ce ne soit l'une de ces splendides créatures, de souche paysanne, que l'on trouve dans les montagnes de la région de Thakheh... De toute façon la réussite est complète !

— Vous m'intriguez... C'est bien la première fois, depuis que nous nous connaissons, que je vous sens intéressé par une femme !

Il y eut un moment de silence avant que la voix désabusée ne poursuivît :

— Et je vais vous dire quelque chose qui va encore plus vous étonner : cette jeune beauté, qui est actuellement sur la piste de danse aux bras d'un quelconque cavalier américain, ramène ostensiblement son regard lumineux, dans lequel passent toutes les audaces de la terre, vers notre table à chaque fois que le mambo le lui permet... Seulement je ne sais plus très bien si c'est moi ou vous qu'elle regarde.

— Vous êtes fou ?

— Comment pourrait-elle deviner que vous êtes aveugle si elle ne nous a pas vus arriver ? Vous avez les yeux grand ouverts et ils n'ont rien perdu de leur beauté...

— Vous me faites des compliments maintenant ?

— Puisque vous avez bien voulu me donner une opinion très franche sur ma voix, permettez-moi à mon tour, à titre de revanche, de vous dire ce que je pense de votre regard... Eh bien ! il est tout simplement admirable de limpidité et de franchise ! Vous voyez que moi, je suis gentil... Il est d'un bleu qui est un véritable bleu, ce qui est très rare... Il ne tire ni sur le gris, ni sur le glauque, ni sur le vert : il est pur... Et il s'harmonise à merveille avec toute la blondeur de votre peau et de vos cheveux... Ce qui est agréable, c'est qu'il n'y a dans tout cela aucune féminité... Allons! Ne faites pas le modeste : vous savez très bien que vous êtes joli garçon et, quoique vous ne m'en ayez jamais rien dit, je suis persuadé que vos conquêtes féminines ont dû être innombrables!

— Tout cela est bien fini maintenant...

— Tout peut recommencer au contraire! La preuve : plus j'observe la belle Chinoise et plus j'ai la conviction que ce n'est pas moi qui l'intéresse, mais vous... Ce en quoi je l'approuve! Je ne suis plus qu'un vieux bonhomme usé, tandis que vous... Vous rayonnez encore de toute la force jeune! Cela vous amuserait-il que nous invitions la charmante personne à notre table, ne serait-ce que pour savoir si ma psychologie n'est pas en défaut?

— Mais puisque vous m'avez dit qu'elle était déjà en mains?

— Elle est *taxi-girl*... Avec ce genre de créature, on doit facilement pouvoir s'entendre : ce n'est qu'une question de numéro et de tickets... Attendez-moi : je vais faire du charme à la *taï-pan*.

Il avait déjà quitté la table où il revint deux minutes plus tard en disant :

— C'est fait. Tâtez ce petit carnet où le même numéro est imprimé sur tous les tickets... le 7, un chiffre porte-bonheur! J'ai repéré que c'était celui que notre beauté porte épinglé au-dessus du sein... Six tickets! Comme chacun d'eux correspond à la durée d'une danse, nous allons pouvoir offrir à notre nouvelle amie six danses assises qu'elle passera bien gentiment à notre table pour nous permettre de faire plus ample connaissance... La *taï-pan*, qui a tout de l'entremetteuse, va se faire un plaisir de nous l'envoyer quand elle aura terminé son mambo avec l'Américain...

Dès que l'orchestre eut changé de rythme, Jacques sentit

une présence nouvelle auprès de la table. Les présentations furent faites en vietnamien par l'homme aux cheveux blancs.

— Mon grand ami Jacques et moi Serge...

— On m'appelle Maï, répondit la jeune femme dans le plus pur des français.

— Mademoiselle Maï, que pouvons-nous vous offrir?

— Je ne déteste pas le whisky, moi non plus...

— Vous avez raison.

Elle s'était assise pendant que Serge Martin continuait :

— Et ne craignons pas de parler français, puisque vous y tenez.

— Vous pourriez même dire que cela me fait plaisir...

— En auriez-vous déjà assez de ne plus entendre ici qu'un anglais américanisé?

— J'ai fait toutes mes études dans un couvent de Sœurs françaises à Hué.

— Je me doutais un peu que vous ne pouviez nous venir que d'une capitale raffinée... Eh bien! mon cher Jacques, on est silencieux? Que pensez-vous de la voix de notre charmante invitée?

— Elle est très douce, répondit l'aveugle.

— Vous trouvez, monsieur Fernet? demanda vivement la jeune femme.

— Vous me connaissez donc?

— Qui ne connaît dans le Sud-Viêt-Nam Jacques Fernet, le peintre de nos rizières? J'ai même acheté à la galerie de Saigon, où vous aviez fait votre exposition, l'un de vos tableaux.

— Ah? Lequel?

— Celui qui représente le cap Saint-Jacques à l'entrée de la rivière.

— Votre choix a été excellent, affirma Serge Martin.

Cette toile est non seulement l'une des plus typiques de la manière de notre ami, mais aussi l'une des plus révélatrices...

— Que voulez-vous dire? demanda la jeune femme.

— Jacques Fernet et moi nous nous comprenons...

— Vous aussi, monsieur Martin, dit-elle, je vous connais depuis longtemps... Qui ne sait, à Saigon, que vous êtes l'un des plus grands experts qui soient en laques vietnamiennes et chinoises?

— Et comme tous les habitants de cette région, vous m'appelez « l'antiquaire »?

— Quelle appellation pourrait mieux vous convenir?

— Charmante petite Maï, il ne faut rien exagérer! Je m'y connais un peu en meubles mais très mal en porcelaines ou en potiches... Je ne suis tout au plus qu'un bricoleur... Et vous? Peut-on savoir ce qui vous a conduite à exercer cette profession de *taxi-girl?*

— Mon amour de la danse et la nécessité absolue de gagner de l'argent.

— Cette deuxième raison me paraît plus valable : étant donné l'affluence d'amateurs et d'admirateurs, j'ai en effet l'impression que la profession doit être plutôt lucrative... Mais quand vous me dites que vous agissez aussi par amour de la danse, permettez-moi d'émettre quelques doutes! Sincèrement, vous pensez qu'une telle passion puisse être satisfaite dans cette cohue permanente qui envahit la piste et où les gens ne peuvent guère que piétiner?

— Je sens que vous ne devez pas beaucoup aimer danser, monsieur Martin?

— Pas dans ces conditions, je l'avoue... Et ce n'est plus de mon âge! Ce serait plutôt de celui de notre ami...

— Vous ne voulez pas danser? demanda-t-elle gentiment à l'aveugle.

— Je vous remercie, répondit Jacques avant d'ajouter, non sans une certaine mélancolie : Si c'est encore de mon âge, comme veut bien le dire Serge, ce n'est malheureusement plus très indiqué! Un homme qui danse sans voir, cela a quelque chose de ridicule et d'affligeant... Et je n'ai nullement l'intention de continuer à être un objet de pitié! L'ère de la commisération et des paroles de consolation est maintenant terminée pour moi... Je l'ai connue pendant les six premiers mois qui ont suivi mon accident, mais je me suis bien juré que c'était terminé! Je ne veux plus qu'on me plaigne, vous comprenez, mademoiselle?

— Très bien et je vous approuve... Seulement je tiens à vous dire que quand j'ai appris l'ignoble attentat dont vous avez été la victime, j'ai été indignée comme tous les honnêtes gens de notre pays.

— Une fois de plus je vous remercie et parlons d'autre chose, voulez-vous? Je ne suis pas venu ici pour entendre ressasser des mots dont j'ai pris l'horreur, mais uniquement pour me distraire si c'est possible! Dites-vous que l'on peut très bien se passer de voir et que je suis un homme comme les autres!

— C'est pourquoi je me suis permis de vous demander si vous n'aimeriez pas danser.

L'aveugle se leva brusquement en disant, agacé :

— Après tout vous avez raison : dansons!

Elle vint se blottir contre lui. Il l'enlaça, dominant la frêle silhouette, et ils ne furent plus qu'un couple, perdu au milieu des autres, sur la piste...

L'antiquaire était resté solitaire. A chaque fois que la danse ramenait le couple de Jacques et de la *taxi-girl* devant sa table, il ne pouvait s'empêcher de dissimuler un vague sourire sur ses lèvres désabusées où se lisait plus souvent le mépris que l'indulgence. Ce soir il semblait enclin à l'indulgence : la vision de la jolie Vietnamienne et du Français le ravissait. Le contraste de cette fille brune à la peau mate et du garçon blond aux yeux bleus n'était-il pas saisissant? Vraiment c'étaient deux races — et, à travers elles, deux civilisations opposées — qui s'affrontaient en se frôlant... C'était aussi la curiosité de l'Occident, avide d'aventure, face à face avec le mystère éternel de l'Orient.

L'aventure? Ne s'était-elle pas terminée pour ce garçon de quarante ans le jour où ses yeux avaient cessé de voir? Le mystère de l'Orient? Bien qu'elle affirmât avoir appris le français dans une école de Sœurs françaises à Hué, cette jeune beauté était-elle véritablement, authentiquement, vietnamienne? Le vieil homme avait la conviction intime qu'il y avait, dans les ascendants proches de celle qui se faisait appeler Maï, mais dont le nom véritable devait être composé d'au moins quatre syllabes, beaucoup plus de Chine que de Viêt-Nam. Et il ne pouvait s'empêcher de se remémorer ces strophes, psalmodiées le jour de la Fête des Eaux, et qui chantent quelques-unes des différences existant entre la femme française et la femme vietnamienne :

« *Vos femmes sont belles, O Français! Leur teint est blanc et c'est beau; mais leur nez est long et celui de nos femmes est court. Aya!*

« *Les Vietnamiennes sont amoureuses toute la journée. On dit que les Françaises ne le sont que le soir. Aya!*

« *Les Français se saluent en se donnant la main et nous chérissons nos épouses en leur reniflant le visage ou en caressant leurs seins... cela dépend de l'heure. Aya!*

« *Mais toutes, que vous soyez françaises ou vietnamiennes, vous êtes rusées, ô femmes, quand vous nous sentez amoureux... Vous nous prendrez tout notre argent mais nous vous prendrons pour épouses et vous ferez cuire le riz de vos maris... Vous êtes rusées mais vous deviendrez grosses et vous allaiterez vos enfants... Vous êtes rusées mais nous serons les maîtres de maison et vous serez nos servantes... Vous êtes rusées mais vous nous aimerez. Aya!* »

Le poème évoqué lui fit paraître le temps court pendant que, sur la piste, les danses se succédaient pour le couple, épuisant la réserve de tickets... Quand ils revinrent enfin à la table, l'antiquaire dit :

— Savez-vous, mon cher, que vous êtes excellent danseur? Vous auriez tort de ne pas persévérer... Quant à vous, belle amie, comment me permettrais-je de vous faire des compliments alors qu'il n'y a qu'à vous regarder pour comprendre qu'en effet vous êtes une passionnée de danse : vous vous identifiez avec elle... Comme j'aimerais vous voir, vous et vos charmantes compagnes, qui n'êtes, hélas! ici que *taxi-girls*, débarrassées de ces robes courtes qui rappellent trop notre civilisation!

— Vraiment, monsieur Martin? dit la jeune femme avant de demander en souriant : Comment, selon vous, devrions-nous être vêtues?

— Comme ces jeunes filles à marier qui émergent des ténèbres laotiennes et qui vont s'asseoir en ligne, près de la pagode, dès que la lune fait briller les clochetons dorés des temples bouddhiques de Luang-Prabang...

— Continuez, je vous en prie! supplia-t-elle.

— Votre taille serait prise dans une longue robe de soie verte, bleue ou rouge, à large bande d'or... Une écharpe, de soie elle aussi, aux couleurs tendres, couvrirait et moulerait votre poitrine, laissant nue une épaule, une seule... Sur l'autre, éclatante dans le clair-obscur, glisserait furtivement, comme une caresse timide, un rayon de lune... La caresse brûlante viendrait alors du regard des garçons musclés qui — après avoir fait le tour de la pagode en chantant dans la nuit et en s'accompagnant de gongs, de khènes, de tambourins, de clochettes et de violons — s'approcheraient de vous en poussant un cri strident, si aigu que toutes les filles à marier en frémiraient de plaisir...

— Comme vous semblez nous connaître! Depuis combien de temps vivez-vous parmi nous?

— Jeune femme, je ne
toujours appartenir au Viê
France... Je vous dois une co
pas jugé utile de faire à notre
tout pris, pour la ressemblance
fut un colon des temps héroïqu
mère qui était née à Saigon... Je
qu'elle est morte en me donnant
toujours mon âme qui ne peut s'éva ... -ste-
rieuse de vos poèmes et de vos cou

— Vous nous aimez donc?

— Comment pourrais-je vous détester?

— Mon cher, dit l'aveugle qui était resté silencieux depuis son retour à la table, je ne vous ai jamais connu aussi lyrique! Que vous arrive-t-il ce soir?

— Il faut croire que c'est l'ambiance du *Grand Monde*, mais je n'en suis pas très sûr! Attribuons plutôt cette métamorphose à la présence souriante qui a bien voulu illuminer notre soirée... Aimeriez-vous danser encore?

— Non, répondit Jacques. Je crois que nous ferions mieux de rentrer à Saigon et de rendre à Maï sa liberté.

— Mais, dit-elle vivement, c'est une merveilleuse soirée pour moi!

— J'ai la conviction que nous nous reverrons, dit Jacques. Merci encore de toute votre gentillesse et surtout de votre compréhension...

Il s'était levé, disant à son compagnon :

— Nous partons?

— Comme il vous plaira, répondit le vieil homme rêveur en se levant à son tour avec regret.

— Permettez-moi, demanda la *taxi-girl* à Jacques, de vous donner la main pour vous conduire jusqu'à la porte?

— Je vous remercie mais je préfère que mon ami soit mon guide. Depuis le temps, lui et moi avons acquis une pour déambuler! Il passe devant et je le discrètement possible, en plaçant ma main r son épaule... Ainsi on ne remarque pas trop mon mité... Si vous le remplaciez, jolie comme vous devez l'être, cela évoquerait trop, pour la clientèle de ce dancing, une vision que je déteste : celle de la belle infirmière auprès de son grand blessé! A bientôt!

— Au revoir, petite Maï, dit avec bonhomie l'antiquaire.

Pendant qu'ils s'éloignaient, sans paraître gênés dans leur marche assez insolite et réussissant presque à passer inaperçus dans la foule, les yeux noirs et brillants de la jeune femme, qui donnaient toujours l'impression d'être embués de larmes, furent traversés par une lueur étrange où passa l'angoisse.

Quelques minutes plus tard, les deux hommes roulaient, dans la vieille Chevrolet de Serge Martin, sur la large avenue qui relie Cholon à Saigon. Un moment, ils restèrent silencieux : Martin paraissait entièrement accaparé par la conduite de la voiture tandis que l'aveugle semblait perdu dans la contemplation d'une toile imaginaire qu'il ne pourrait plus jamais peindre.

Ce ne fut que quand ils atteignirent les portes de la capitale que le vieil homme dit, sans paraître attacher la moindre importance à ses paroles, simplement comme quelqu'un qui veut rompre un silence se prolongeant trop :

— Elle était véritablement charmante, cette jeune femme... Peut-être un peu trop loquace, à votre gré, pendant qu'elle dansait?

— Elle m'a appris des choses intéressantes...

— Vraiment? Peut-on les connaître?

— Pas avant que vous ne me l'ayez décrite...

— Vous y tenez? Eh bien, cher ami, je ne vous apprendrai pas, puisque vous l'avez enlacée pour danser, qu'elle avait la taille fine et qu'elle était anormalement grande pour une femme d'Extrême-Orient : ce qui confirme ma conviction qu'elle a beaucoup plus de sang chinois que vietnamien. Il n'y a que dans la Chine de l'Est où l'on trouve de telles créatures. Quant au visage, je puis vous affirmer qu'il est l'un des plus purs que j'aie renccntrés dans ce pays depuis cinquante années que j'y vis! C'est une fille de race et, comme je le lui ai fait comprendre, je ne m'habituerai jamais à l'idée qu'elle se contente de n'être qu'une *taxi-girl* dans un dancing de Cholon! Il y a là quelque chose qui m'exaspère et qui m'intrigue... Sa présence numérotée a un côté indécent... Ce n'est pas qu'elle fasse preuve de la moindre impudeur, mais elle n'est pas à sa place. On aurait même l'impression qu'elle ne devrait pas être au milieu des quarante jolies filles qui exercent cependant la même profession : elle les surclasse trop.

— C'est bien ainsi que je me la représentais...

— Permettez-moi de vous dire que, quand vous dansiez, vous faisiez un couple prestigieux, ne serait-ce que par les contrastes... D'ailleurs vous paraissiez l'écouter avec beaucoup d'attention?

— Il y avait de quoi!

— Que vous a-t-elle donc raconté d'aussi passionnant?

— Mille et une choses et parmi elles une sorte de prédiction...

— Cette exquise créature ajouterait-elle à son incomparable féminité le don de voyance?

— Ce serait à le croire, répondit Jacques avant d'ajouter, très calme : Elle m'a prédit que, si je ne prenais pas de sérieuses précautions, je serais assassiné dès que paraîtrait la prochaine lune...

Il y eut à nouveau un silence avant que « l'antiquaire » ne se décidât à dire :

— Voilà en effet une prédiction qui me semble constituer à elle seule tout un programme!

— Elle a d'ailleurs été suivie d'un avertissement qui s'est résumé à ceci : « Méfiez-vous du boy qui vous sert de guide actuellement. »

— De Kim ? Cet excellent et dévoué Kim ?

— Lui-même...

— J'avoue que vous me surprenez... S'il existe au monde quelqu'un en qui je puis avoir confiance, c'est bien ce brave Kim, qui est à mon service depuis plus de sept années ! La belle pythonisse aurait-elle poussé le souci de vous éclairer jusqu'à vous apporter quelques précisions sur le genre de méfiance que vous deviez pratiquer à l'égard de mon boy ?

— Elle m'a simplement fait comprendre qu'il était mon ennemi et qu'il fallait le considérer comme tel.

— Que vous a-t-elle dit sur moi ?

— Rien.

— Alors là, franchement, vous m'étonnez !

— Ah ! si ! Je crois me souvenir l'avoir entendue dire, entre deux danses : « C'est dommage que vous ne puissiez pas voir votre ami en ce moment... Seul à sa table, il paraît aussi béat que s'il était dans la contemplation de Bouddha. »

— C'est tout ?

— En ce qui vous concerne, oui.

— Eh bien, c'est plutôt gentil... Ce n'est pas comme pour ce pauvre Kim ! Dites-moi : auriez-vous, par hasard, pris la peine de demander à votre charmante cavalière d'où elle tenait d'aussi précieux renseignements ?

— Je m'en suis bien gardé !

— Et pourquoi ?

— Parce que je n'attache aucune importance aux prédictions... Que voulez-vous que mes ennemis, si j'en ai vraiment encore, puissent faire de pire que de me faire perdre la vue ?

— Il y a la vie, cher ami... Et qui dit « assassinat »...

— Je reste sceptique.

— Sans doute est-ce pour pouvoir vous annoncer toutes ces bonnes nouvelles que la charmante enfant vous a presque mis au défi de l'inviter à danser, malgré votre infirmité ?

— C'est exact : elle me l'a avoué.

Après un moment de réflexion, l'homme aux cheveux blancs finit par conclure :

— Au fond, c'est vous qui devez avoir raison... Je serais assez enclin à penser que notre jolie *taxi-girl* a voulu se donner une importance, d'assez mauvais goût reconnaissons-le, en vous annonçant des choses pour le moins surprenantes... Toutefois, s'il y avait quand même une certaine part de vérité dans ses prophéties, un détail m'ennuierait...

— Lequel ?

— Mon cher, elle vous a bien dit que vous risquiez d'être assassiné avant la nouvelle lune ?

— Et alors ?

— Alors... Savez-vous quand elle revient, la nouvelle lune ?

— Je m'en moque éperdument depuis que je n'ai plus la possibilité de contempler ce satellite !

— Vous auriez tort de faire preuve d'une telle négligence ! Parce qu'enfin la nouvelle lune brillera demain soir : ce qui, si nous nous fions à la jolie fille, ne vous laisserait plus que quelques heures à vivre...

La Chevrolet avait viré à droite pour pénétrer dans un parc entourant une demeure au style assez indéfinissable. L'aspect extérieur, avec une galerie circulaire faisant tout le tour de la maison, l'unique étage, le toit à peine incliné et surtout les murs en bois — dont le revêtement de peinture blanche avait été délavé par les pluies torrentielles qui, à la même période bien déterminée de l'année, transforment la Cochinchine en un vaste marécage — tout cela évoquait la villa spacieuse, certainement confortable mais construite dans le « style colonial » le plus banal.

Par contre, dès que l'on avait pénétré à l'intérieur, on demeurait confondu par la prodigieuse accumulation de meubles, de bibelots et d'objets de toutes sortes. Collection hétéroclite allant du « Bouddha tout en jade » et de la « Kouannin tout en ivoire », destinés à faire la joie du touriste de bonne volonté, jusqu'à un extraordinaire masque de pierre qui se présentait — dans ce curieux mélange de richesses et de pacotille de bazar — comme une énigme troublante, comme un défi, comme une question menaçante posée au seuil du rêve.

Placées sur de légers socles, encadrant le masque de pierre dont nul n'avait sans doute encore découvert l'origine, deux musiciennes T'ang, vieilles figurines de terre cuite, semblaient continuer à animer de leur musique un peu mélancolique les morts en leurs tombes abandonnées. Ne disaient-elles pas, à leur menue échelle, la grandeur de leur époque et de sa plastique, le raffinement aussi de ce haut moyen âge chinois, unique moment d'équilibre entre le geste historique et la plus souple intellectualité? Comment le visiteur de ce musée, presque ignoré, caché à la porte de Saigon, aurait-il pu échapper au sortilège de telles silhouettes et ne pas en devenir, comme leur étrange propriétaire, lui aussi amoureux?

La prédilection marquée du vieil homme pour la céramique chinoise apparaissait très nette. N'était-ce pas là, de sa part, un crime de lèse-majesté envers les deux grands sommets de l'art du Viêt-Nam : les bronzes hiératiques et les peintures d'infinis? Ses préférences devaient certainement aller à cette porcelaine Ming où un fantastique dragon d'un rouge ardent s'enroulait, puis rejaillissait en un noir profond qui parfois s'éclairait d'un jaune impérial. Il devait chérir aussi ce grand « bleu et blanc »

Ming également et d'une subtile harmonie où l'artiste avait su obtenir, en une seule cuisson, un blanc parfait pour le corps, bleuté au col et au pied : ce qui représentait un tour de force technique sans égal.

Mais ce qui émerveillait le plus dans la vaste pièce du rez-de-chaussée, qui tenait lieu à la fois de salle de réception et de « living-room », étaient — fixés au mur, face à l'entrée — d'admirables panneaux de laque contant d'un pinceau ferme et délicat une prodigieuse histoire que le profane pouvait interpréter de cent façons différentes, sans jamais découvrir la véritable légende. Panneaux de rêve où le visage de chaque petit personnage était fait d'une incrustation d'ivoire. Sans que le maître de maison ait même besoin de le souligner, on sentait que ce paravent était la pièce maîtresse de toute la collection : c'était pourquoi il avait été placé, bien en évidence, face à l'entrée.

Telle apparaissait la demeure de ce Serge Martin dont on comprenait mieux qu'il ait été surnommé par tous « l'antiquaire ».

Dès que les deux amis s'y retrouvèrent, son propriétaire demanda :

— Que diriez-vous d'un dernier scotch avant de regagner nos chambres ?

— Volontiers...

Serge Martin frappa sur un gong, dont la résonance se répercuta dans toute la demeure, avant d'ajouter :

— J'ai l'impression que servi par Kim, après l'avertissement que vous venez de recevoir à son sujet, ce drink aura pour vous une saveur assez particulière...

— Vous ne pensez tout de même pas qu'il sera empoisonné ?

— Si votre verre l'était, mon cher, le mien le serait aussi... Nous aurions alors la petite consolation de terminer ensemble notre passage sur cette terre...

Sans qu'il eût reçu le moindre ordre de son maître, le boy venait d'apparaître, poli et muet, portant un plateau sur lequel se trouvait le whisky, une bouteille d'eau minérale et deux verres. Il en était toujours ainsi quand l'antiquaire frappait sur le gong : Kim apportait exactement ce que le maître désirait sans que ce dernier eût cependant prononcé une seule parole. Le boy devait deviner les désirs à la façon dont résonnait le gong. Le vieil homme ne faisait cependant qu'effleurer de la main la lourde plaque de bronze cuivré et cela une seule fois, pas deux... Sans doute savait-il faire passer dans ce geste toutes les nuances qui précisaient l'ordre ? Jamais — Jacques l'avait remarqué bien davantage depuis qu'il ne voyait plus et que son ouïe avait acquis une acuité extraordinaire — jamais la résonance du gong n'était tout à fait la même... La variante des tonalités était infinie, à peine perceptible pour une oreille normale, mais suffisante pour celle d'un Kim.

Pendant les quelques instants où le boy fut dans le salon, les deux amis restèrent silencieux. Son maître l'observait dans l'espoir de déceler sur son visage un indice prouvant qu'il cachait un secret. Mais l'Annamite resta impassible, anonyme comme tous les boys asiatiques qui servent les Blancs pendant des vies entières sans qu'il soit jamais possible de savoir s'ils les vénèrent ou s'ils les haïssent. On n'entendait pas Kim quand il entrait dans une pièce, on ne l'entendait pas davantage quand il en ressortait : ses pas, légers et menus, semblaient glisser sur les nattes en paille de riz. Comme il n'était nulle part et partout à la fois dans la demeure, on finissait par ne même plus prêter attention à sa présence ou à son absence. Il y avait en lui le mystère des petits personnages, aux visages ivoirés, qui peuplaient depuis des siècles les panneaux du paravent chinois.

Après son départ, Serge et Jacques prirent chacun un verre. Le maître de maison les remplit en demandant à son hôte :

— Du Perrier?

— Naturellement.

— Je suis toujours étonné que vous n'en soyez pas dégoûté après ce qui vous est arrivé?

— Cher ami, les farces les plus sinistres ne réussissent qu'une fois...

— Sans doute, mais croyez-moi : vous devriez m'imiter... C'est beaucoup plus sain de boire le whisky pur, comme le font les vrais Anglais!

— Votre conseil aurait été plus judicieux il y a six mois! Aujourd'hui, il arrive un peu tard...

Après avoir choqué son verre contre celui de l'aveugle, l'homme aux cheveux blancs dit :

— Permettez-moi cependant de goûter ce breuvage le premier... Après ce que vous a annoncé notre belle amie du *Grand Monde*, je me dois, en qualité de maître de maison, de prendre les premiers risques...

Il but lentement avant de dire :

— Ce whisky a son goût habituel... Pour le moment, la menace paraît écartée! Buvons donc à votre bonne et longue santé!

Jacques l'imita avant de répondre, le verre en main :

— On dirait vraiment que ce que m'a raconté cette fille vous inquiète plus que moi?

— Rien ne peut plus me tourmenter dans ce pays où la peur s'est installée depuis longtemps à l'état permanent comme si elle faisait partie intégrante de l'atmosphère, de la topographie, du réveil, du coucher, des nuits surtout... Mais je tiens aussi à conserver quelques amis de votre qualité : j'en ai si peu! Et à mon âge, cela risque de ne pas s'améliorer! C'est ce seul souci qui m'incite à continuer à me demander pourquoi la charmante *taxi-girl* N° 7, qui nous a semblé ne pas être sotte, a éprouvé le curieux bescin de vous faire de telles révélations.

— Oublions-la, voulez-vous?

— Je le voudrais mais je suis bien obligé de me souvenir que lorsque vous êtes arrivé au Viêt-Nam, que vous ignoriez complètement voici près d'un an, vous avez été placé par le destin sous ma sauvegarde.

— Vous êtes bien sûr que ce fut l'œuvre du destin ?

— Disons : d'un destin organisé...

— Et quelle sauvegarde! Je dois reconnaître que vous avez su vous montrer pour moi un authentique ange gardien!

— J'aurais dû faire mieux... Si j'avais été plus attentif, peut-être aurais-je pu éviter le regrettable « accident »? Voilà une faute que je me reprocherai toujours!

— N'ayez pas de remords! N'importe qui, à notre place, serait tombé dans le piège...

— La seule leçon que j'ai pu tirer, au lendemain de cette triste aventure, a été qu'à l'avenir je ne devrais plus m'éloigner de vous d'un centimètre, ni vous quitter pendant une fraction de seconde!

— Pendant ces six derniers mois, on peut dire que vous vous en êtes scrupuleusement tenu à cette ligne de conduite!

— Je sais qu'à certains moments je vous agace. Je comprends aussi ce que ma présence continuelle à vos côtés peut avoir d'horripilant pour vous! Mais puis-je agir autrement ?

— Vous l'auriez certainement pu, après l'attentat, quand je vous ai demandé de me faire rapatrier en France?

— Hélas! Ce n'est pas moi qui commande, mais ce « destin » dont vous sentez tout aussi bien que moi la puissance très secrète!

— Il aurait mieux valu pour moi que je ne lise jamais une certaine annonce dans un journal financier...

— En général, celles qui passent dans ce genre de journaux sont des plus sérieuses... Reconnaissez quand même qu'en fin de compte, sur le plan monétaire, l'opé-

se révèle plutôt bénéfique pour vous! D'après ce que vous m'avez dit, vous êtes maintenant à la tête d'un capital des plus substantiels qui vous attend bien sagement en France?

— Je préférerais de beaucoup ne pas posséder un centime et avoir conservé la vue!

— Vous verrez que l'argent finira par arranger les choses... Maintenant, nous devrions aller dormir...

Après avoir gravi l'escalier en bois, ils se retrouvèrent chacun dans leur chambre de l'unique étage. Les deux pièces étaient contiguës, reliées par une porte de communication.

Quand l'aveugle fut au lit, son hôte frappa à cette porte en demandant à travers la cloison :

— Puis-je entrer?

— Même si je vous l'interdisais, vous viendriez quand même! répondit Jacques avant d'ajouter dès que l'antiquaire fut dans la chambre : Pourquoi diable éprouvez-vous, chaque soir, le besoin de me demander l'autorisation d'entrer?

— Par discrétion!

— Savez-vous que toute cette sollicitude ne m'émeut guère?

— Elle continuera pourtant... Et je vous trouve ingrat! Vous n'aimez donc pas que je vienne ainsi, chaque soir, presque vous border comme si vous n'étiez encore qu'un tout petit enfant?

— Je sens que bientôt vous me raconterez de belles histoires pour que je m'endorme vite!

— Pas d'histoires... Celle que vous avez eu la gentillesse de me narrer après notre sortie du *Grand Monde* est beaucoup trop passionnante pour que vous ne vous endormiez pas en y pensant! Et précisément, parce que je crains qu'elle ne gêne trop votre sommeil, je vais me permettre de vous citer un très vieux proverbe typiquement vietnamien : « *Ne te dispute pas avec les femmes, ne les écoute pas toujours, ne commerce pas avec les fonctionnaires, n'aie pas de procès avec les Chinois! Dors!... Ne te fie point au ciel, ne te fie point aux étoiles, ne te fie point à la fille qui prétend ne pas avoir d'amoureux, ne te fie point à ta mère qui prétend n'avoir pas de dettes! Dors...* » C'est tout, mon cher... Sur ce, bonne nuit!

— Bonsoir...

Au moment où le vieil homme allait pénétrer dans l'autre chambre, Jacques lui dit à nouveau, de son lit :

— Pourquoi aussi avez-vous la rage de laisser ouverte, pendant toute la nuit, cette porte de communication? Comme si je n'étais plus capable de me défendre s'il arrivait quelque chose?

— Il n'arrivera rien, soyez tranquille! Seulement, ce n'est pas le soir où l'on vous a appris — à tort ou à raison — que vous couriez certains risques, que je fermerai la porte! A demain...

Jacques l'entendit, comme chaque soir, aller et venir pendant quelques minutes dans la pièce voisine, puis se mettre au lit. Il y eut cependant une légère différence avec les soirées précédentes : l'ouïe développée de l'aveugle lui fit nettement percevoir un déclic caractéristique et il cria, par la porte restée ouverte :

— Vous dormez maintenant avec votre carabine à répétition à portée de la main?

— Eh oui! J'ai l'impression qu'elle sera pour moi — et par voie de conséquence pour vous aussi — la plus sûre des compagnes de la nuit pendant toute la durée de la nouvelle lune! Dormez!

Ce fut le silence.

Jacques ne dormait pas : il n'en avait aucune envie. Trop de pensées le hantaient, trop de visages aussi qu'il n'avait pas vus mais qu'il s'efforçait d'imaginer : celui de M. Sun, le directeur obséquieux du *Grand Monde* et dont la voix mielleuse exprimait toute la fourberie de la terre; celui de la *taxi-girl* qui se faisait appeler Maï et dont la voix était douce, trop câline peut-être?

Il en revoyait maintenant d'autres qu'il avait connus avant de perdre la vue : Kim, le boy servile dont l'éternel mutisme avait quelque chose d'angoissant; Serge Martin, anguleux, raviné, coloré, marqué par un demi-siècle de vie coloniale... C'était ce visage-là surtout qui l'intriguait cette nuit; que cachait-il sous l'épaisse chevelure blanche, sous la barbe taillée en pointe qui lui donnait une apparence méphistophélique, derrière des yeux dont la couleur indéfinie pouvait aller du vert glauque de la baie de Haïphong au gris sinistre des eaux du Mékong? Après tout, que savait-il de cet homme qui se faisait identifier sur les papiers officiels comme étant Serge Martin mais qui ne se prénommait sans doute pas Serge et ne s'appelait sûrement pas Martin! Un nom choisi banal à souhait... Pourquoi d'ailleurs cet étrange personnage aurait-il dévoilé sa véritable identité quand lui-même, Jacques Fernet, n'était pas Jacques Fernet? Pourquoi aussi serait-il réellement antiquaire quand lui-même n'était qu'un faux peintre?

Cette nuit, plus encore que les précédentes, l'homme aux yeux éteints sentait que tout était faux, que tout était truqué, que tout était diaboliquement « fabriqué » autour de lui. Plus que jamais, étendu sur ce lit où n'importe qui pouvait venir l'assassiner sans qu'il pût même avoir une réaction, il prenait conscience de son effroyable impuissance, de sa solitude, de son inutilité surtout... Condamné à attendre passivement le bon vouloir ou les ordres de gens qu'il ne connaissait qu'à peine, ou même pas du tout, il n'était plus qu'une épave que l'on dirige, que l'on exhibe dans un pays dont il sentait l'hostilité grandissante.

Une épave? Le plus étrange n'était-il pas qu'il ne fût venu

dans cet Extrême-Orient qu'à cause d'une épave, d'une vraie... N'était-ce pas fantastique et à peine imaginable? Et il se retrouvait, allongé sur un lit dans une maison isolée des faubourgs de Saigon, avec pour tout allié et pour tout défenseur un homme âgé, qui, lui, ne se fiait plus qu'à une carabine... « L'antiquaire » était pourtant courageux, calme, réfléchi, adroit, rusé, retors même... S'il comptait maintenant sur une arme à feu, c'était qu'il devait être réellement inquiet. Jamais « le peintre » ne l'avait connu ainsi jusqu'à cette soirée. Sans vouloir trop l'avouer, Serge Martin devait croire à la véracité de ce qu'avait murmuré à voix basse, entre deux danses, la jeune femme... Et s'il avait une telle conviction, on pouvait l'avoir aussi car jamais, depuis qu'ils se connaissaient, le vieil homme ne s'était encore trompé.

Le faux Jacques Fernet n'avait pas peur : ce sentiment lui avait toujours été étranger. Mais il se reprochait avec amertume de s'être laissé entraîner, presque en néophyte, dans l'aventure... Malgré lui, il ne put s'empêcher, comme cela lui arrivait presque toutes les nuits avant de s'endormir, de la revivre en mémoire, cette aventure. Ce soir — était-ce parce qu'il sentait qu'un nouveau danger approchait? — il voulut se la remémorer complètement, sans en oublier le plus petit détail. Confusément, il sentait que ce ne serait qu'au prix de cet effort qu'il parviendrait peut-être à découvrir enfin pourquoi il se trouvait dans une nuit éternelle? Quand il saurait, peut-être parviendrait-il alors à s'arracher à la torpeur envahissante?

★

... Elle avait commencé, l'aventure, un an plus tôt, de la façon la plus banale qui fût, à Paris...

Ce matin-là, il avait été à la fois surpris et heureux de trouver dans son courrier une lettre dactylographiée dont il n'espérait plus la venue. Lettre cependant laconique, à en-tête de la C.I.R.M., dont il se souvenait par cœur :

*Monsieur,*

*En réponse à votre demande, nous vous prions d'avoir l'obligeance de vouloir bien vous présenter à notre Siège Social, muni de la présente convocation, mercredi prochain à 14 heures précises.*

*Dans l'attente de votre visite, nous vous prions, Monsieur, d'agréer l'expression de nos salutations distinguées.*

Et c'était paraphé d'une signature illisible, précédant la mention « *Président-Directeur général* ».

Il s'était aussitôt précipité auprès de la seule personne qui comptait pour lui et avec qui il vivait depuis toujours. Celle-ci lui avait alors dit en souriant :

— Tu vois que tu avais tort de te décourager. J'étais certaine que l'on te répondrait!

Le mercredi, il pénétrait dans les bureaux de la C.I.R.M. au deuxième étage d'un building de la rue Saint-Lazare. Sous quatre initiales, la C.I.R.M. cachait la *Compagnie Internationale de Récupération de Métaux* à laquelle il avait écrit, deux mois plus tôt, après avoir lu, dans un journal économique et financier, une annonce ainsi libellée : « *Recherchons ingénieur diplômé du Génie Maritime, libre de tout engagement, et n'ayant pas dépassé 45 ans pour situation importante. Prière d'adresser toutes références par écrit et de ne se présenter que sur convocation formelle.* » L'annonce était suivie du nom et de l'adresse du siège social de la Compagnie.

Son premier soin, après cette lecture, avait été de demander à quelques ingénieurs de ses amis ce qu'ils pensaient de la C.I.R.M. Toutes les réponses s'étaient résumées à ces mots :

— Grosse affaire, très sérieuse.

Dès lors, il ne risquait rien à poser sa candidature au poste proposé : ne répondait-il pas exactement aux conditions de base exigées ? Il était sorti troisième de l'École du Génie Maritime, il pouvait se rendre immédiatement libre de tout engagement si la situation offerte était nettement supérieure à celle qu'il avait actuellement ; enfin il atteignait à peine la quarantaine.

Il avait écrit, joignant à la lettre les références demandées. Plus par coquetterie que par orgueil, il avait même signalé qu'il parlait le russe et qu'il était également diplômé de l'Institut des Hautes Études Orientales pour trois langues : le japonais, le vietnamien et le cambodgien. Passionné d'Extrême-Orient, à chaque fois que sa profession d'ingénieur lui en avait laissé le loisir, il s'était plongé dans une connaissance de plus en plus approfondie de ces langues qui le fascinaient infiniment plus que les langues latines. Souvent il avait songé faire sa carrière en Extrême-Orient mais, à chaque fois, une considération d'ordre strictement familial l'avait fait hésiter. Et il n'était resté en France qu'avec regret.

Mais il était convaincu que le fait de posséder un tel diplôme ne serait d'aucun poids dans la décision finale d'une C.I.R.M. si, par chance, elle voulait bien fixer son choix sur lui.

Sa lettre expédiée, il n'avait plus eu qu'à attendre. Au bout de trois semaines, n'ayant pas reçu de réponse, il comprit que sa candidature n'avait pas été retenue et, après deux mois, il ne pensait même plus à l'annonce lue par hasard dans le journal financier. Aussi était-il assez anxieux pendant l'attente dans le vestibule de la Compagnie. Il y était arrivé exactement à l'heure indiquée sur la convocation et ce fut avec une certaine satisfaction qu'il put constater être seul à faire antichambre. Quelques minutes passèrent avant que l'huissier, devant qui il avait rempli une fiche, ne lui dît, après avoir reçu un appel téléphonique intérieur :

— M. le Président vous attend.

Il avait été introduit dans un bureau austère et dont les murs étaient uniquement tapissés d'immenses cartes marines. Deux hommes l'accueillirent en se levant : le plus jeune, qui pouvait avoir la cinquantaine et qui ne donnait pas l'impression d'être français, se tenait derrière une large table sur laquelle était posée un seul dossier; le plus âgé, d'une carrure massive, les cheveux taillés en brosse, avait largement dépassé la soixantaine. Il occupait une chaise placée à la gauche de la table et orientée face aux visiteurs éventuels.

— Nous sommes enchantés de faire votre connaissance, dit l'homme debout derrière la table. (Puis il se nomma :) Mathias Ekko, président... C'est moi qui vous ai écrit... (Et présenta enfin le second personnage :) M. Adrien, l'un de nos conseillers... Je vous en prie, cher monsieur, asseyez-vous!

Dès que l'ingénieur se fut installé dans l'un des deux fauteuils de cuir placés devant la table, le « Président » commença d'une voix calme, où perçait un léger accent étranger et où, de temps en temps, roulaient les r. Son visiteur pensa aussitôt qu'il avait affaire à un homme d'origine méditerranéenne :

— Cher monsieur, nous sommes bien d'accord : vous êtes M. Pierre Burtin, ingénieur du Génie Maritime, travaillant actuellement pour la Société des Forges et Chantiers de la Loire?

— C'est exact : je suis détaché depuis un an au bureau d'études de Paris.

— Puis-je vous poser une question préliminaire à laquelle d'ailleurs vous n'êtes pas obligé de répondre... Pourquoi voulez-vous quitter une société où vous avez en somme une situation assez intéressante?

— Je la trouve insuffisante au point de vue des émoluments et surtout sans aucun avenir pour moi. Ayant quarante ans, il me faudrait attendre au moins cinq années avant de gravir l'échelon qui me permettrait de devenir ingénieur en chef. Actuellement je dois me contenter de jouer les rôles d'adjoint, ce qui ne me convient pas et qui ne cadre pas avec mon rang de sortie du Génie maritime.

— Vous étiez troisième, je crois ? Ce qui est plus qu'honorable et donne déjà une première idée de vos capacités... Parce qu'il nous faut, cher monsieur, un homme de très grande valeur, à tous les points de vue : technique, culturelle et morale...

— Morale ? J'avoue ne pas bien comprendre.

— Suivez-moi : vous devez vous douter que si nous avons attendu deux mois avant de vous convoquer, c'est uniquement parce que, entre-temps, nous avons pris quelques renseignements complémentaires sur vous... Je suis sûr que vous ne vous en formaliserez pas, quand vous saurez que nous avons agi de même pour les trente candidats qui ont répondu à notre annonce en nous adressant, comme vous l'avez fait, leurs références... Il nous a donc fallu faire un tri sérieux et, de candidat en candidat, nous sommes arrivés à la conclusion que vous étiez de loin l'homme qui répondait le mieux à ce que nous espérions de lui...

— Que m'offrez-vous ?

— Financièrement ? Je vois avec plaisir que vous êtes un homme direct et pratique... Eh bien, disons que vous gagnerez dix fois ce que vous recevez dans votre situation actuelle, avec un contrat d'essai d'une durée minimum de trois années, renouvelable par tacite reconduction, à moins d'une dénonciation de l'une des parties contractantes sur un préavis de six mois.

— Vous savez donc ce que je gagne aux Forges et Chantiers de la Loire ?

— Nous le savons...

— Dans ce cas, je reconnais que l'offre mérite d'être prise en considération... Mais qu'allez-vous me demander en échange ?

— Simplement d'utiliser au mieux votre compétence... Ah! une autre question qui nous intéresse au plus haut point : vous avez bien indiqué, n'est-ce pas, sur votre réponse, que vous étiez diplômé de l'Institut des Hautes Études Orientales ?

— C'est la vérité.

— Nous n'en doutons pas. Quelles langues cependant parlez-vous ?

— Le japonais, le vietnamien et le cambodgien...

— Entendons-nous bien : vous estimez que ces trois langues n'ont plus pour vous aucun mystère ?

— Peut-être le japonais écrit dans sa formule abrégée m'embarrasserait-il, mais, s'il le fallait, je pense qu'après quelques semaines de pratique, tout irait bien...

— Le chinois ne vous a jamais tenté ?

— Si! Seulement j'avoue avoir reculé devant sa difficulté... D'autant plus qu'il est assez difficile de bien le comprendre et de bien le parler si l'on s'est d'abord lancé sur le japonais... Je connais tout de même un certain nombre de mots chinois mais vous savez aussi bien que moi ce que l'on disait autrefois : « Un homme ne peut devenir mandarin que s'il connaît au moins deux mille mots chinois. » Et deux mille mots, ce n'est pas, hélas, toute la langue! Admettons que mon vocabulaire se réduise à un millier de mots usuels.

— C'est déjà un début qui pourrait, le cas échéant, vous servir...

— Parce qu'il s'agirait d'aller en Chine ?

— Pas exactement... Vous savez le russe aussi, je crois ?

— Couramment... Mais là je n'ai pas grand mérite. J'ai eu la chance de pouvoir le parler dès ma plus tendre enfance : ma mère est née à Saint-Pétersbourg.

— Réfugiée sans doute?

— Oui, en 1919 elle a réussi à fuir l'enfer de la révolution.

— Mais vous êtes né à Paris?

— Mon père était français.

— Vous n'avez jamais été en Russie?

— Jamais... Sincèrement, monsieur, vous m'intriguez! De quoi s'agit-il?

Le président fit une courte pause puis répondit :

— Avant de vous donner de plus amples précisions, il nous faut, cher monsieur Burtin, vous poser une autre question... un peu plus délicate, celle-ci : vous avez omis de mentionner dans vos références — et nous avons tout lieu de penser que vous n'avez agi là que guidé par un sentiment de discrétion qui est tout à votre honneur — que vous avez brillamment servi votre pays pendant la dernière guerre mondiale?

— Je n'ai pas fait la guerre, répondit avec calme l'ingénieur. J'ai été réformé.

— Comprenons-nous bien, cher monsieur : vous avez en effet été réformé...

Avant de poursuivre, le président jeta un regard sur une fiche qu'il venait de sortir d'un tiroir de son bureau.

— Vous avez été réformé par décision du gouvernement français de Londres le 4 janvier 1942 alors que vous aviez réussi à rejoindre les forces de la France Libre et que vous vouliez contracter un engagement dans une unité combattante de la Marine. Est-ce exact?

Burtin regarda avec ahurissement son interlocuteur, qui souriait. Son regard se posa ensuite sur le visage du « conseiller », toujours assis à côté du bureau et qui n'avait pas encore prononcé une seule parole : le gros homme restait impassible. Devant ce double mutisme, l'ingénieur finit par dire :

— Je commence à m'apercevoir qu'en effet vous vous êtes bien renseignés sur mon compte...

— Vous avez été réformé pour insuffisance pulmonaire... Normalement, bâti comme vous l'êtes, une pareille décision aurait dû vous rendre fou de rage, mais il n'en fut rien... Cette réforme fut décidée à la suite d'un accord secret fait entre vous et les autorités supérieures...

— Vos informations me paraissent de plus en plus détaillées !

— Et vous avez été affecté à un autre service qui ne nécessitait nullement, de votre part, le port de l'uniforme... Disons, si vous le voulez bien, un service encore plus secret que votre accord et où vous avez rendu, jusqu'à la fin des hostilités, d'inestimables services tout en sachant rester un agent anonyme sous le dossier 2 884.

— Vous connaissez même cette précision ?

— Nous la connaissons... Votre devoir accompli, vous êtes retourné à la vie civile, où vos diplômes et vos connaissances vous ont permis de retrouver très rapidement un emploi aux Chantiers de la Loire où vous êtes toujours... Seulement, vous avez l'impression d'y végéter et, en cela, vous n'êtes pas complètement dans l'erreur. Vous êtes encore jeune, ambitieux — ce qui est tout à votre honneur — vous cherchez mieux, beaucoup mieux ! Nous sommes prêts à vous offrir cette situation !... Vous n'avez pas, je pense, d'attache familiale qui vous contraigne à rester à Paris, ou tout au moins en France ?

— Puisque vous êtes si bien renseigné, vous pourriez peut-être me parler aussi de ma famille ?

— Elle se résume à madame votre mère avec qui vous habitez dans un petit appartement de la rue Vaneau. Monsieur votre père, qui était comme vous ingénieur, est mort alors que vous étiez encore très jeune. Vous êtes fils unique et toujours célibataire.

— Cela vous ennuie ?

— Cela nous enchante, au contraire ! Vous êtes donc un

homme totalement libre de son activité... Je le répète : vous êtes celui qui nous convient.

— Alors, abordons enfin le fond du problème : qu'attendez-vous de moi ?

— Deux choses : que vous nous apportiez vos connaissances techniques et que vous redeveniez le patriote que vous avez su être quand il le fallait...

— Ce qui veut dire ?

— Qu'il s'agirait pour vous d'avoir officiellement une très belle situation civile et « confidentiellement » — je préfère cet adverbe à « secrètement » qui risque toujours d'être un peu trop révélateur — de continuer à servir votre pays...

— Mon pays ? Ce n'est donc pas le même que le vôtre, cher monsieur Ekko ?

— C'est le même depuis dix années. Je suis né citoyen hellénique... Seulement, tout aussi bien que vous, il m'est arrivé de rendre quelques services à la France. Et votre pays, qui a toujours su se montrer généreux à l'égard de ses vrais amis, a su le reconnaître en m'accordant la nationalité française. C'est donc en ma qualité de citoyen français que je vous demande si vous accepteriez de jouer un double rôle ?

— Je ne vous cache pas que j'aurais préféré qu'une semblable demande me fût formulée par quelqu'un dont les origines françaises seraient un peu moins récentes...

Le Grec blémit mais sut cependant conserver assez de maîtrise pour répondre :

— Je comprends ce sentiment... Vos désirs vont être immédiatement exaucés : monsieur...

Il venait de désigner le gros homme qui était resté assis, silencieux :

— Monsieur va sûrement se faire un plaisir de me remplacer...

— Monsieur Burtin, dit d'une voix rude celui qui avait été présenté comme étant le « conseiller », je vous connais depuis longtemps... Vous ne semblez pas vous douter que, pendant quatre années, vous avez sinon servi, du moins « opéré » sous mes ordres... Pendant toute la période de votre existence où vous avez appartenu à un Service de Renseignement, vous étiez en effet fiché sous le numéro 2 884... Et vous n'avez pas été sans savoir, à cette époque, que vous dépendiez indirectement d'un supérieur hiérarchique, étiqueté comme vous sous un numéro qui était le 192 mais que les sympathiques membres, disons de notre « organisation », avaient pris la détestable habitude de surnommer plus communément « la vieille chouette ». Cette « vieille chouette », alias N° 192, c'était moi...

Pendant quelques secondes, l'étonnement dont l'ingénieur avait fait preuve en écoutant l'énoncé de certaines de ses activités passées, fit place à la stupeur. Et il ne put que répéter :

— C'était vous?

— Pour vous éviter une perte de temps en doutes justifiés, je vous demande de jeter simplement un coup d'œil sur cette pièce d'identité...

Le gros homme avait exhibé une carte, sur laquelle Pierre Burtin put lire : « *Colonel Sicard, de l'État-Major général de l'Armée, détaché au Service Spécial des Renseignements Généraux.* »

Après un court silence, pendant lequel Burtin tourna et retourna la pièce d'identité dans ses mains, l'homme demanda :

— La photographie vous paraît-elle ressembler suffisamment au bonhomme que vous avez devant vous? Je reconnais qu'elle n'a rien d'une œuvre d'art mais, enfin, ces photos des services anthropométriques ont au moins le mérite d'être assez exactes.

Pendant que Burtin lui rendait la pièce, il poursuivit :

— Donc, sans me connaître parce qu'il n'y avait aucune nécessité urgente à cela, vous avez servi sous mes ordres... Et certains jours, vous avez dû me détester en vous disant :

« Quelle est donc cette vieille chouette qui me confie des missions aussi impossibles? On voit bien qu'il n'est pas à ma place! » C'est bien cela, n'est-ce pas? Je dois dire que vous vous êtes acquitté à merveille de toutes ces missions et que vous nous avez rendu d'inestimables services... Spécialement quand, ayant été incorporé en 1942 à Londres dans notre organisation, nous avons profité de ce que le gouvernement de Vichy — avec lequel nous étions alors quelque peu en froid — continuait à entretenir des relations diplomatiques suivies avec les Japonais... Vous vous souvenez avoir été renvoyé alors, par nos soins, en France d'où vous êtes reparti, le plus facilement du monde, pour l'Empire du Soleil Levant où vos connaissances linguistiques vous ont permis de mener à bien un travail délicat qui fut, non seulement couronné de succès, mais apprécié à sa juste valeur aussi bien par nos Services que par ceux de nos alliés... La guerre finie, vous êtes retourné à la vie civile comme je l'ai fait moi-même, mais j'espérais toujours qu'un hasard de la vie nous permettrait de nous rencontrer un jour pour que je puisse vous donner enfin la poignée de main que l'on ne réserve qu'à ceux que l'on estime... Ce hasard s'est produit... Me permettez-vous de mettre enfin mon souhait à exécution?

L'homme s'était levé, tendant franchement la main.

Burtin eut une courte hésitation avant de se lever à son tour, mais finalement, poussé par une sorte d'instinct, il accomplit le geste d'amitié. Et pendant que leurs mains restaient liées, les deux hommes se dévisagèrent. Le regard que le garçon aux yeux bleus avait devant lui était net, traversé même par des lueurs de chaleur, qui contrastaient avec l'impassibilité voulue du personnage jusqu'à cet instant. Il sembla qu'une amitié spontanée, mais solide, se scellait brusquement entre deux êtres qui jusqu'à cette minute n'avaient toujours été, l'un pour l'autre, malgré une collaboration secrète de plusieurs années, que des numéros anonymes : ils se voyaient, ils se trouvaient... Dès lors, celui qui s'était présenté comme étant le président de la C.I.R.M. passa presque au second plan : pour un Pierre Burtin, ce personnage au teint olivâtre et au français encore incertain ne parut plus être qu'un comparse. L'autre, au contraire, celui qui avait attendu longtemps avant de se révéler et de tendre la main, devenait le véritable chef : ce qu'il était déjà à l'époque où il envoyait des ordres sans jamais se montrer. Et l'ingénieur dit dans un élan sincère à cet officier devant lequel il se sentait à nouveau l'âme d'un soldat de l'armée secrète :

— Merci, mon colonel.

— Mon petit, ne me remerciez pas trop vite! Peut-être que, bientôt, vous regretterez d'avoir enfin fait ma connaissance! Sur ce, maintenant que la glace est rompue, asseyons-nous et bavardons...

Ce fut avec l'esprit détendu que Pierre Burtin écouta son nouvel interlocuteur :

— Mon cher 2 884, avant toutes choses, je tiens d'abord à vous affirmer que ce que notre ami Mathias Ekko vous a laissé entendre, non pas pour se mettre en valeur mais uniquement pour vous rassurer, sur les activités qu'il a eues au service de notre pays, qui est maintenant le sien, est très au-dessous de la réalité. Vous avez devant vous l'un de ces étrangers qui ont su pratiquer à la lettre le vieux dicton qui veut que « tout homme ait deux patries : la sienne et la France ». Je vous le dis avec la même fierté que j'ai eue à lui parler de vous avant votre arrivée... Vous comprendrez aussi que le jour où votre candidature s'est présentée, sous la forme d'une réponse à une petite annonce d'allure assez anodine, j'ai tout de suite pensé que mon choix serait vite fait ! Néanmoins, j'ai pris soin d'éplucher soigneusement les autres candidatures... Certaines étaient de qualité, mais aucune, croyez-moi, ne cachait un garçon de votre trempe. Je ne puis donc que vous répéter ce que vous a déjà dit ce cher Président : vous êtes « notre » homme !

— Je crains fort que vous ne surestimiez mes possibilités... Je n'ai plus vingt-trois ans...

— Vous en avez quarante, la force de l'âge : vous êtes donc encore beaucoup plus apte !

— Mais peut-être n'ai-je plus le même enthousiasme ?

— Des hommes comme vous ne le perdent jamais !

— Pourtant, vous avez déjà pu constater, par le début de cet entretien, qu'aujourd'hui je m'attache infiniment plus aux questions d'ordre matériel qu'aux idéologies ! J'ai fait la guerre à ma manière, c'est exact, mais tout cela est bien fini pour moi et, mon Dieu, s'il le faut, d'autres plus jeunes et plus dynamiques, peuvent très bien remplacer les gens de ma génération. Il y a un temps pour tout...

— Mon petit 2 884, je n'aime pas du tout vous entendre parler ainsi ! C'est un langage qui ne vous convient pas !

— Mais je ne suis pas le seul à être de cet avis ! Vous-même, mon colonel, ne m'avez-vous pas fait comprendre que vous aussi, vous étiez rentré dans la vie civile ?

— Moi, mon cher, c'est très différent ! Je suis un vieux serviteur que l'on a remercié poliment — mais sûrement ! — le jour où l'on a jugé qu'il avait atteint ce que nous redoutons tous dans l'armée : la limite d'âge ! Je n'appartiens même plus au cadre de réserve ! La vieille chouette n'est plus qu'une vieille baderne capable, tout au plus, comme vous l'a expliqué le président, de jouer de temps en temps « les conseillers », ce qui équivaut aux utilités...

— Dans ce cas, je ne comprends vraiment pas pourquoi vous semblez vouloir vous lancer à nouveau dans la bagarre puisque la situation que vous m'offrez paraît comporter une double activité?

— Vous touchez là mon point sensible! Regardez le président qui sourit... Eh oui, je l'avoue : depuis que j'ai pris ma retraite, j'enrage... J'ai, moi aussi, l'impression de piétiner, mais pas dans le même sens que vous, qui voulez et qui avez le droit de connaître la réussite matérielle! Non, je n'ai pas la moindre ambition d'ordre monétaire... Mes goûts sont modestes : j'ai un petit appartement dans le XV<sup>e</sup>, j'ai un chien, une collection de vieilles pipes et une femme de ménage acariâtre mais dévouée... Je suis célibataire comme vous : seulement, à mon âge, il me reste assez peu d'espoir de convoler! Tandis que vous, je suis sûr que vous y viendrez!

— Je n'y tiens pas...

— Madame votre mère n'est peut-être pas de cet avis?

— Elle ne m'en a jamais parlé mais j'ai l'impression qu'elle verrait d'un assez mauvais œil une autre femme qui chercherait à régner dans ma vie!

— C'est un peu le lot de toutes les mamans d'être ainsi tyranniques! C'est même la vraie raison pour laquelle elles nous font terriblement défaut quand nous les avons perdues!... Mais revenons à mon cas puisque vous m'avez interrogé : je suis donc seul, absolument! N'ayant pas de grands besoins, je pourrais très bien me contenter de la retraite mensuelle que le gouvernement veut bien m'allouer... Seulement, comme je vous l'ai dit, je piétine en ce sens qu'il m'arrive de tourner en rond chez moi en me répétant : « Mais bon sang, ma vieille chouette, qu'est-ce que tu fiches à jouer les petits-bourgeois quand l'aventure est toujours là, t'attendant à la porte? » Oui, c'est là mon unique besoin : l'aventure! Pas celle de ces explorateurs qui prolifèrent actuellement dans des proportions inquiétantes mais plutôt celle dont on ne parle pas à la Salle Pleyel et qui se cache... la vraie! Celle que nous avons connue, vous et moi. Osez dire que ce besoin-là ne vous chatouille pas, vous aussi, de temps en temps?

— Je ne sais plus...

— Vous savez très bien! Et vous savez également que, quand on a appartenu, comme nous deux, à un S.R., ce n'est pas si facile que cela de lui échapper complètement! Tôt ou tard, que nous le voulions ou non, des gens — que parfois nous n'avons jamais vus, comme cela a été le cas pour vous par rapport à moi — surgissent à l'improviste sur notre route devenue trop paisible en nous disant : « Dites donc, agent X, il ne faudrait pas trop vous endormir dans les délices de l'inactivité! Nous avons encore besoin de vous. Venez! »

» Et nous y retournons, un peu parce que la tentation est forte, beaucoup parce qu'on nous a appris — le jour où nous avons débuté dans la « profession » — que l'on ne cesse jamais de lui appartenir si l'on est encore en vie. Vous savez aussi bien que moi que les seuls agents qui pourraient aspirer à un repos définitif sont ceux qui sont « brûlés » : ce qui n'a jamais été votre cas! Personne, à l'exception de vos chefs directs ou indirects comme moi, ne vous a repéré pendant vos quatre années de travail. Vous êtes encore tout neuf, mon petit Burtin! Et nous irions même jusqu'à vous refaire une nouvelle virginité dans le métier, si c'était nécessaire!

— C'est sans doute pourquoi j'ai été convoqué par une compagnie civile?

— Il commence enfin à comprendre! On m'avait bien dit, quand vous étiez sous mes ordres, que vous aviez la tête dure!... C'est en effet la raison pour laquelle je vous parle dans ce bureau anonyme et non pas dans un autre bureau un peu trop connu par le chiffre qui le précède et où votre agréable silhouette pourrait être repérée... Il n'y a pas d'endroit où nous soyons plus épiés par nos adversaires que nos propres locaux!

— En somme, mon colonel, vous avez « rempilé »?

— Si vous voulez! Mais je l'ai fait de mon plein gré et pour une seule affaire bien déterminée qui m'intéresse... Vous aussi, elle vous passionnera! Seulement pour que vous nous soyez vraiment utile, il était indispensable de vous donner une couverture tout ce qu'il y a de plus officielle...

— La C.I.R.M ?

— La Compagnie Internationale de Récupération de Métaux dont l'aimable président, ici présent, a bien voulu mettre à notre disposition la remarquable organisation... Vous saisissez?

— Ça commence...

— En résumé, les conditions financières et de durée de contrat, que M. Ekko vous a énoncées, sont toujours valables : si vous y souscrivez, vous devenez l'un des nombreux ingénieurs ou techniciens qu'utilise cette très importante firme... Sans doute, vous êtes-vous renseigné, avant de nous écrire, pour savoir en quoi consistait l'activité principale de la compagnie?

— En effet...

— Et que vous a-t-on dit?

— Qu'elle répondait exactement à sa raison sociale en récupérant les aciers de toutes sortes un peu partout là où ils se trouvaient...

— Je ne voudrais tout de même pas, cher monsieur Burtin, dit le président d'une voix suave, que vous nous rangiez d'emblée dans la catégorie de ces individus assez douteux qui opèrent dans ce que l'on appelle communément « le marché de la ferraille »! N'oubliez pas que nous sommes cotés en Bourse et que nous ne travaillons qu'avec la Grande Industrie.

— Autrement dit, si vous êtes brocanteurs, vous savez

l'être sur une grande échelle! Et vous avez l'intention d'utiliser mes compétences d'ingénieur pour faire découper au chalumeau de vieilles carcasses métalliques?

— Nous touchons au but, mon bon ami! s'écria le colonel. Quelles sont les plus belles carcasses?

— S'il y en avait encore, ce seraient certainement celles des zeppelins!

— Comment un brillant troisième du Génie Maritime peut-il ne pas penser d'abord aux épaves qui dorment au fond des mers?

— Il s'agirait d'en renflouer une?

— Oui et non... Mais sachez que l'affaire pour laquelle j'ai « rempilé », selon votre aimable expression, se trouve dans un navire coulé. Autrement dit, « notre » destin est au fond de l'eau! Reconnaissez que votre compétence technique risque d'être sérieusement mise à contribution... Ça ne vous sourit pas?

— Ce genre de travail pourrait rentrer en effet dans mes compétences.

— Alors vous acceptez notre offre?

— En qualité d'ingénieur oui, mais en tant qu'agent de renseignement, je demande à réfléchir.

— Nous n'avons pas le temps d'attendre le résultat de vos réflexions! Les événements se précipitent depuis quelques jours... Vous ne ressortirez de ce bureau qu'après nous avoir répondu oui ou non. Si c'est oui, cela implique que vous acceptez de jouer un double rôle.

— Et si c'est non?

— Nous serons contraints, à notre plus grand regret, de vous trouver immédiatement un remplaçant.

— Et je n'aurai plus qu'à repartir sans contrat et sans la mirifique « situation » que m'offre la C.I.R.M.?

— Exactement!

— En somme, c'est un marché?

— Admettons... Mais je voudrais que vous vous mettiez bien dans la tête, mon cher Burtin, que la mission secrète ne serait que temporaire tandis que le contrat, vous assurant de confortables émoluments, continuerait à courir pendant trois années au moins...

— Qu'entendez-vous par « temporaire »?

— Quelques mois tout au plus au début de votre contrat... Ensuite vous pourrez jouir d'une paix royale! Et si cela peut vous faire plaisir, je puis même vous promettre que vous n'entendrez plus jamais parler de la vieille chouette!

— Mais je continuerai quand même à renflouer des épaves?

— Pas du tout! Vous reviendrez bien sagement à Paris où le président se fera une joie de vous attribuer un poste de tout premier plan à la direction générale de la compagnie... Qui sait même s'il ne vous proposera pas, ayant pu apprécier votre valeur pendant les premiers temps, de le seconder directement?

— Ce serait en effet dans mes projets, dit doucement Mathias Ekko.

— Avouez, reprit le colonel, que l'offre mérite d'être prise en considération. Voulez-vous que nous vous laissions quelques minutes de réflexion dans une pièce où vous serez seul?

— C'est inutile. Je ne pourrai vous donner une réponse que quand je saurai exactement ce qu'on attend de moi dans le domaine secret... De deux choses l'une : ou vous avez confiance et vous me dites tout, ou vous vous taisez et je m'en vais! Je tiens cependant à vous donner ma parole que, même si je refusais après vous avoir écoutés, j'oublierai immédiatement tout ce qui m'aura été révélé ici. Je pense, mon colonel, que vous avez été mieux placé que quiconque, pendant les années où vous avez été mon chef, pour savoir que ma parole valait quelque chose.

Il s'était exprimé avec fermeté : on sentait sa décision irrévocable. Les regards de ses interlocuteurs se concertèrent mais aucun mot ne fut échangé. Pendant quelques instants, le silence fut pesant. Le colonel et le président fixaient le garçon calme, qui ne paraissait nullement gêné par cet ultime examen. Finalement, l'officier dit :

— J'estime, Burtin, que nous pouvons avoir confiance en vous... Maintenant écoutez-moi : je vais vous exposer des faits, connus seulement par un très petit nombre d'agents de services secrets de quelques nations qui — dans cette affaire — ont toutes, même si elles furent alliées à une certaine époque, des intérêts diamétralement opposés. Cela signifie qu'en tant que Français nous devons faire « cavalier seul » et ne compter absolument pas sur l'aide éventuelle de nos confrères de l'*Intelligence Service* ou du *C.I.A*... Bien plus, nous devons même les considérer, sinon comme des ennemis, du moins comme nos plus dangereux adversaires...

Le gros homme fit une pause avec l'espoir de voir, sur le visage de son ex-subordonné, une expression de réel intérêt. Mais Burtin demeura de glace : ce qui, dans le fond, ne fut pas pour déplaire à son ancien chef. L'ingénieur civil prouvait là qu'il avait toujours l'étoffe de l'agent 2 884 prêt à tout entendre sans sourciller, à tout enregistrer avec calme pour en tirer profit quand le moment d'agir serait venu. Il restait confortablement enfoncé dans son fauteuil comme s'il n'écoutait qu'une belle histoire...

— Il y avait une fois, commença le colonel Sicard, un grand pays dont l'inquiétude était immense... Son principal allié venait d'être écrasé par un ennemi merveilleusement armé qui l'avait envahi en quelques semaines et contraint à déposer les armes... Le grand pays se retrouvait donc seul, ne pouvant encore compter sur l'appui d'un autre allié, qui se trouvait de l'autre côté des mers et n'était pas encore préparé à faire la guerre... Telle était, en juillet 1940, mon bon ami, la situation de l'Angleterre, privée de la France et attendant qu'un événement-choc décidât enfin les États-Unis à se dresser contre l'Allemagne. Bien qu'ils eussent raison de conserver une confiance sereine dans leur situation privilégiée d'insulaires, les Anglais surent se montrer prévoyants... Au cas où ils auraient, eux aussi, à subir une invasion, il leur paraissait urgent de mettre à l'abri d'attaques possibles un certain nombre de choses essentielles telles que la réserve d'or de la Banque d'Angleterre, les trésors de la Couronne et quelques documents qu'ils considéraient comme étant d'une valeur inestimable. Si l'or fut expédié au Canada, les documents furent répartis, un peu partout et dans le plus grand secret, en certains dominions de l'Empire où ils seraient plus en sûreté dans l'attente de jours meilleurs.

» Parmi ces documents, il s'en trouvait notamment un dont l'intérêt ne saurait vous échapper... Comme tout le monde, cher ami, vous avez entendu parler de l'uranium ?

L'ingénieur sourit avant de répondre :

— Comme tout le monde !

— De toute façon, je ne commettrai pas l'impair de raconter à un ingénieur la genèse de la découverte de la radio-activité de ce métal, précieux entre tous, par un certain Becquerel en 1896... Vous la connaissez certainement mieux que moi ! Vous admettrez cependant que si, aujourd'hui, l'uranium est entré dans le domaine courant, il fut un temps — pas si éloigné de nous — où il n'appartenait encore qu'au monde restreint des savants et des chercheurs. Parmi ceux-ci un Hollandais, dont le nom nous importe peu, revint un jour, triomphant, à Amsterdam après un long séjour en Indonésie. Ceci se passait en 1937...

» Ce personnage offrait avec vous la double analogie d'être un ingénieur et un homme pour qui les questions matérielles ne manquaient pas de saveur. Il pensait, avec raison d'ailleurs, apporter dans ses bagages un certain document qui pourrait faire rapidement de lui un homme riche. En bon patriote, il offrit d'abord, en échange d'une très sérieuse rétribution, le document au gouvernement de Sa Gracieuse Majesté la reine des Pays-Bas. Devant l'énormité du prix demandé et peut-être aussi parce que les autorités consultées ne virent pas la suite immédiate — n'oublions pas que les Hollandais sont des gens qui prennent toujours le temps de la réflexion — que l'on pourrait donner à l'acquisition d'un tel secret, notre bonhomme essuya un premier refus. Dépité et pressé de s'enrichir, il s'adressa aussitôt à une autre puissance, qu'il considérait à juste titre comme étant l'amie séculaire de la Hollande : l'Angleterre.

» Vous savez combien nos amis britanniques peuvent, quand il le faut, s'intéresser discrètement à tout ce qui risque d'accroître le prestige et la puissance de leur noble pays! Le marché fut conclu par l'intermédiaire d'un banquier avisé et le règlement effectué en substantiels sterlings qui, à cette époque, constituaient encore une monnaie appréciable. Le document émigra donc dans des archives ultra-confidentielles, de l'autre côté du Channel.

» En quoi consistait ce fameux document? Simplement en un tronçon de carte géographique précise où était indiqué l'emplacement de terres dont la teneur en uranium était tellement considérable que celui qui saurait se rendre acquéreur des lieux et pratiquer l'extraction du précieux métal pourrait devenir rapidement le maître absolu d'une ère atomique qui s'approchait à grands pas... La seule véritable difficulté, pour les nouveaux acquéreurs, était de se rendre sur place et surtout d'y amener le matériel technique nécessaire pour commencer l'exploitation en grand du gisement sans trop attirer l'attention des représentants qualifiés du gouvernement des Pays-Bas, ou même des indigènes indonésiens. Le problème était d'une telle complexité que les Anglais, avec leur ténacité coutumière, décidèrent de l'étudier sous toutes ses formes : ce qui demanda du temps. La déclaration de guerre de 1939 — suivie, neuf mois plus tard, de l'effondrement de la France — survint, bouleversant tous les projets!

» En quel point précis de l'immense archipel malais se trouve ce gisement prodigieux? A Java? à Sumatra? à Madoura? à Bali? à Lombok? à Soumbava? à Timoï? aux Célèbes? aux Moluques? à Bornéo? Seule la fameuse carte pourrait nous le dire! Car les choses n'ont toujours pas bougé, malgré les années écoulées, depuis la découverte du Hollandais... Les terrains riches d'uranium sont toujours en friche pour l'excellente raison que le document révélateur a disparu!

— Personne, depuis, n'a tenté de retrouver l'emplacement?

— Je vous l'ai dit : ceux qui ont entendu parler de son existence sont très peu nombreux... Ce sont quelques Anglais et quelques agents de divers services secrets étrangers. Et aucun de ces individus n'a intérêt à attirer actuellement l'attention du gouvernement indonésien, qui a remplacé celui des Pays-Bas depuis 1950, par des recherches hasardeuses. Par contre, si le plan était retrouvé, celui qui l'aurait en main aurait beaucoup plus de facilités pour proposer éventuellement un accord d'exploitation aux dirigeants de Djakarta.

— Mais comment diable les Anglais ont-ils réussi à perdre un tel document?

— Croyez bien qu'ils ne l'ont pas fait exprès! Au moment où ils allaient envoyer sur place une mission de techniciens pour étudier dans quelles conditions pourrait se faire non seulement l'achat éventuel des terrains, par personnes interposées, mais aussi leur exploitation, ce fut la déclaration de guerre. Nos alliés eurent alors mille autres problèmes plus urgents à résoudre... Du moins le pensèrent-ils : ce fut là, de leur part, une première erreur. S'ils avaient poursuivi leur plan initial, sans doute seraient-ils parvenus, avant les États-Unis, à mettre au point la première bombe atomique grâce à l'apport inestimable de l'immense gisement et peut-être aussi, par voie de conséquence, le deuxième conflit mondial se serait-il terminé plus tôt? Mais ça ne sert à rien d'épiloguer après coup, ni d'utiliser des « si »... Restons-en plutôt au fait qui nous intéresse : comment le plan a-t-il disparu? Je peux vous répondre : à la suite de circonstances assez extraordinaires, mais toutes guidées par les événements... Tant que la France parut forte, l'Angleterre se considéra comme étant assurée de ne pas voir son île envahie; mais, à dater de la débâcle française, le souci de mettre à l'abri les réserves d'or et les documents essentiels devint la toute première hantise du gouvernement de Sa Majesté. Parmi ces documents se trouvait, bien entendu, le fameux plan. Il fut décidé qu'il serait immédiatement envoyé en Australie, où il serait mis à l'abri dans une cachette très sûre de Canberra, la capitale fédérale.

» Ce choix paraissait judicieux. N'était-il pas préférable, en effet, que le plan se trouvât dans l'hémisphère austral, entre l'Océan Indien et l'Océan Pacifique, donc moins éloigné de l'archipel indonésien?

— Puis-je poser une question?

— J'y répondrai volontiers.

— Bien que vous m'ayez fait comprendre que l'on ne peut découvrir le lieu exact du gisement qu'avec l'aide de ce plan, auriez-vous quand même — et par « vous » j'entends tous ceux qui se sont intéressés discrètement à la question — une vague idée de l'île où se trouverait l'uranium? Parmi toutes celles que vous avez citées tout à l'heure, estimez-vous que ce serait plutôt Java que Bornéo par exemple?

— C'est en effet une question que tous les S.R. se sont posée. Le nôtre était presque arrivé à la conclusion, à la suite de différents recoupements, qu'il ne s'agissait ni de Java ni de Bornéo mais de la plus occidentale et de la plus grande des îles de la Sonde, Sumatra, dont le sol très riche a déjà livré d'importants gisements de houille et de pétrole... Mais ce n'est là qu'une hypothèse... Personnellement, je serais plutôt porté à croire que la découverte du Hollandais se trouverait dans une île d'infiniment moindre importance, située à l'est de Bornéo, peut-être les Célèbes.

— Qu'est-ce qui vous apporte cette conviction?

— Une idée comme ça!

— Mais enfin, il y a une chose que je ne m'explique pas : le fameux ingénieur hollandais doit être facile à retrouver, même si son plan est perdu?

— Eh non, cher Burtin! Il s'est produit un phénomène assez fréquent quand un service de renseignement devient acquéreur d'un document important. Celui qui le lui a cédé, pour des raisons d'ordre monétaire ou autres, disparaît plus vite qu'il ne l'aurait souhaité lui-même et avant même d'avoir pu bénéficier pleinement du fruit de la « négociation »... Notre Hollandais est mort subitement quelques mois après que les Anglais furent devenus propriétaires du plan... Je n'insiste pas : vous êtes déjà en train de tirer vos conclusions sur les causes véritables d'une disparition aussi prématurée! Et revenons, si vous le voulez bien, à la façon dont le plan s'est volatilisé! Je pense que ce sera l'un des points les plus importants de notre aimable conversation... Donc ce plan était à Canberra quand de nouveaux événements vinrent bouleverser cette fois la relative tranquillité de l'Australie... Après le 7 décembre 1941, date du désastre américain de Pearl Harbour, les Japonais ne perdirent pas de temps. Ils commencèrent à occuper, avec une foudroyante rapidité, le plus d'îles et d'îlots du Pacifique sud et de l'Océan Indien qu'ils purent. Parmi ces conquêtes, ils eurent soin de ne pas oublier les Indes Néerlandaises qui tombèrent sous leur contrôle de 1942 à 1945.

» Il n'y avait aucune raison pour que leurs services de renseignement, qui sont très habiles, ne connussent pas aussi bien que les nôtres l'existence de la fameuse découverte du Hollandais! Malheureusement pour eux et heureusement pour les alliés d'alors, le fameux plan se trouvait à Canberra... Ceci, les Japonais le savaient aussi! Et, pour peu que l'on se donnât la peine de jeter un regard sur une carte, on pouvait s'apercevoir que l'Australie n'était pas tellement éloignée des nouvelles conquêtes japonaises qui commençaient à l'encercler dangereusement... Le gouvernement britannique, toujours prudent, commença à s'inquiéter à nouveau : le fameux document ne pouvait plus rester sur le continent australien! Il fut décidé qu'il rejoindrait au Canada l'or de la Banque d'Angleterre. Rien ne prouvait, en effet, que l'Australie ne serait pas envahie, elle aussi, par le redoutable adversaire...

» Deux solutions se présentaient pour l'évacuation de ce plan qui, en fait, pouvait aisément se dissimuler dans une serviette anonyme ou même dans une poche : soit de l'expédier par la voie des airs, soit d'utiliser la voie maritime plus longue mais peut-être moins hasardeuse. N'oublions pas qu'à cette époque, qui se situe dans les premières semaines de 1942, l'aviation n'avait pas encore acquis les prodigieuses possibilités de vitesse et de rayon d'action qu'elle possède aujourd'hui! La prudence britannique finit par se rallier à une troisième solution : le plan serait photocopié à Canberra dans le plus grand mystère. Ceci, pour en posséder trois exemplaires au lieu d'un. Ce qui triplerait à la fois les chances de le conserver mais aussi de le perdre! Vous êtes bien d'accord avec moi sur ce point essentiel?

— Évidemment.

— Suivons maintenant l'étrange destinée des trois documents rigoureusement identiques... Le premier devait rester en Australie; le deuxième prendrait la voie des airs pour rallier, par étapes rapides, le Canada; le troisième enfin rejoindrait la même destination, mais par bateau... Ce fut alors que le merveilleux sens du « camouflage » de l'*Intelligence Service* entra, une fois de plus, en action. Très vite, mais avec une discrétion suffisante pour que l'information parût vraisemblable, nos alliés prirent des dispositions pour que quelques agents de services de renseignement étrangers, opérant dans les parages, pussent apprendre la sensationnelle nouvelle suivante : « Le document précieux va quitter l'Australie! » Les Anglais escomptaient — et ils ne se trompèrent pas — que parmi ces agents à l'affût, se trouveraient un ou deux espions du Mikado...

» En réalité, si le premier exemplaire resta en Australie, il quitta cependant Canberra et, après diverses pérégrinations voulues à travers le continent pour brouiller les pistes, il fut enfermé dans la cave très secrète d'une villa d'aspect paisible, située dans les faubourgs de Brisbane. Le propriétaire de la villa, qui exerçait officiellement la très digne profession de pasteur anglican mais qui en réalité appartenait à l'*Intelligence Service*, avait reçu l'ordre de ne détruire le document qu'en cas de brusque invasion japonaise et ceci sur un simple coup de téléphone spécial dont les termes anodins lui avaient été communiqués à l'avance. Laissons donc, pour l'instant, ce premier document là où il dort et occupons-nous du deuxième.

» Il fut confié au commandant de bord d'un avion militaire qui s'envola aussitôt pour Québec *via* Colombo, Karachi, Le Caire, Malte, Gibraltar et les Bermudes.

L'étape la plus délicate était de loin la première car il fallait éviter de survoler de trop près non seulement l'Indonésie, occupée par les Japonais, mais aussi Singapour qui venait de tomber également entre leurs mains à la suite des combats du 8 au 15 février 1942... Craintes justifiées puisque l'avion n'atteignit jamais la première escale de Ceylan et dut être considéré, au bout de huit jours, comme s'étant perdu « corps et biens », au-dessus de l'Océan Indien. A-t-il été abattu par la chasse japonaise? A-t-il été détruit par une explosion en plein vol? Nul ne le saura jamais, mais ce qui est certain, c'est qu'il a entraîné dans sa perte celle du deuxième exemplaire.

» Le troisième fut « officiellement » placé dans le coffre de bord d'un croiseur rapide qui appareilla une nuit, escorté de quatre destroyers, dans le plus grand mystère. Mystère que nos amis anglais surent organiser pour que les espions japonais en fussent discrètement informés. L'un d'eux, justement fier de sa découverte, ne craignit même pas de préciser par code radio chiffré à une escadre japonaise — qui croisait au large de la Nouvelle-Guinée — que le fameux document quittait l'Australie et se trouvait à bord du croiseur... Message qui fut intercepté, non sans une réelle satisfaction, par les services de détection de l'Amirauté britannique : l'escadre anglaise était bien armée, capable d'infliger de lourdes pertes à un adversaire éventuel et surtout le fameux document n'était pas à bord du croiseur! Si l'on s'était donné tant de mal pour répandre cette croyance dans l'esprit de l'ennemi, c'était uniquement parce que le plan se trouvait sur un tout autre navire... Vous retrouvez là une méthode chère à la subtilité de l'*Intelligence Service!*

» Cet autre navire n'était qu'un modeste cargo, sans prétention aucune, qui avait appareillé tranquillement, sans tam-tam et sans la moindre escorte, à Port-Adélaïde, situé au sud de l'Australie. Pendant que les forces japonaises tenteraient d'attaquer le convoi « officiel », dans la Mer de Corail, le vieux cargo voguerait paisiblement dans l'Océan Indien! Une telle façon d'opérer peut paraître assez risquée, mais elle offrait quand même les plus grandes chances de réussite.

» Malheureusement pour nos alliés, les services de renseignement ennemis ne furent pas dupes! Vous savez aussi bien que moi, pour les avoir fréquentés de très près, que dans le domaine de l'espionnage, les Japonais sont passés maîtres... Vingt-quatre heures après son départ, le cargo-fantôme fut arraisonné par deux sous-marins ennemis qui surgirent et l'encadrèrent avec une telle rapidité qu'il lui fut même impossible de se saborder. Ce fut là, de la part des Japonais, du très beau travail : avant que le commandant du cargo n'ait eu le temps de se rendre compte de ce qui lui arrivait, il se retrouva prisonnier au fond de la cale de son navire, avec tout son équipage! Le cargo changea aussitôt de cap, sous la direction d'un équipage de prise nippon, mais, cette fois, il était bien escorté par les deux redoutables submersibles qui n'avaient pas été prévus au programme de l'Amirauté britannique.

» La route de l'Océan Indien à la Mer du Japon est longue, hérissée d'embûches... D'autant plus que la brusque disparition du cargo, ajoutée à celle de l'avion, n'était pas sans laisser nos alliés terriblement inquiets... Cahin-caha, après mille détours et d'innombrables changements de cap, l'équipage de prise parvint à ramener le cargo, non pas dans les eaux japonaises trop éloignées, mais dans la Mer de Chine méridionale. Cela peut paraître invraisemblable, mais, au fond, c'était de la part des Japonais un calcul assez adroit. Qui pourrait se douter que le cargo venait de s'amarrer tranquillement à l'entrée de la rivière de Saigon, en vue du cap Saint-Jacques, au milieu de nombreux autres navires de commerce immobilisés, eux aussi, par l'intensification de la guerre aéronavale? Naturellement, pendant ce long périple, le nom du navire avait été changé, le cargo lui-même avait été plus ou moins camouflé et son pavillon avait cessé d'être anglais...

» Quelle était la situation de l'Indochine quand le vieux navire vint faire escale dans ses eaux territoriales? A la suite du traité signé avec le Haut-Gouverneur de l'époque, représentant le gouvernement de Vichy, l'Indochine n'était pas en guerre avec le Japon. Elle conservait même une certaine autonomie à condition que les Japonais y eussent un « droit de passage » pour leurs troupes se rendant en Chine : cette Chine de Tchang Kaï-chek qui sut résister alors avec une admirable opiniâtreté à son redoutable envahisseur. Dès lors, le cargo quelconque pouvait très bien faire partie de cette flotte d'autres cargos japonais, chargés de matériel divers : il retrouvait, dans des eaux plus calmes, un nouvel anonymat. Et pendant ce temps, toutes les marines alliées du monde le recherchaient...

» Naturellement aussi, son équipage australien avait été débarqué avant l'arrivée dans les eaux indochinoises et emmené à Singapour dans un camp de prisonniers où il resta jusqu'à la fin des hostilités. Je dois cependant vous signaler que, pendant l'interminable traversée, le commandant prisonnier eut à subir de la part de ses geôliers les pires des traitements qui allèrent même jusqu'aux tortures physiques : étant le seul à savoir où se trouvait, caché à bord, le fameux document, il devait parler à tout prix, fût-ce celui de son sang et de sa vie. Malgré les tortures, ce marin héroïque sut rester muet. L'équipage de prise japonais étant restreint, il fut décidé que l'on attendrait que le navire fût enfin ancré dans les eaux calmes pour que des équipes spécialisées se missent à un minutieux travail d'inspection, et — s'il le fallait — de découpage méthodique du navire pour y retrouver l'objet essentiel de la prise. Le lendemain de l'arrivée du navire devant le cap Saint-Jacques, une équipe fut amenée à bord mais elle n'eut guère le temps de faire un travail profitable, car ce fut le moment précis que choisirent les U.S.A. pour faire leur première apparition dans ces parages encore relativement paisibles.

» Apparition courte mais fulgurante qui se réduisit à un raid-éclair de quelques bombardiers venus d'un porte-avions pour prouver aux Japonais qu'à l'avenir ils ne seraient tranquilles nulle part et à la population de la Cochinchine que, désormais, elle devrait compter — qu'elle le voulût ou non — sur les forces américaines du Pacifique. En quelques minutes, les bombardiers coulèrent et envoyèrent au fond de l'estuaire un certain nombre de navires qui furent les premiers à boucher partiellement le chenal permettant d'accéder à la rivière de Saigon. Parmi ces navires se trouvait « notre » cargo...

» Nous nous sommes souvent demandé quelles ont été les véritables raisons qui ont motivé un tel raid de la part des U.S.A. Le légitime sentiment de représailles, sur tous les fronts où l'ennemi était vulnérable, pour contrebalancer dans l'esprit du public américain l'effet moral qu'avait produit le désastre sans précédent de Pearl Harbour? C'est possible mais ce n'est pas certain... Nos services ont longtemps pensé que ce bombardement n'avait été décidé qu'à la suite d'une demande pressante de l'Amirauté britannique, dont toutes les forces aéronavales étaient engagées dans d'autres batailles et qui aurait signalé à ses alliés l'urgente nécessité d'envoyer par le fond le navire transportant le précieux document dans ses flancs? S'il en fut ainsi, les aviateurs U.S.A. ne firent preuve d'aucun discernement dans leur « lâcher » et trouvèrent plus sûr de couler tout ce qui était encore à la surface, à l'entrée de l'estuaire : ce fut la méthode de la « table rase »... Mais des événements ultérieurs nous inciteraient plutôt à conclure qu'en réalité les U.S.A. auraient appris, à l'insu de leurs alliés anglais, par le *C.I.A.*, la présence du document dans le cargo et auraient préféré faire tout disparaître plutôt que de savoir le Royaume-Uni en possession d'un élément essentiel qui lui permettrait d'acquérir ultérieurement — et avant même qu'eux, Américains, eussent réussi à terminer leurs propres expériences d'essais nucléaires — la maîtrise absolue dans le domaine atomique. On peut s'attendre à tout de gens qui se prétendent vos alliés!

» Après ces événements, imprévus, les Japonais, dont les affaires commençaient à aller mal, eurent des soucis plus pressants que celui de tenter de renflouer l'épave et ceci d'autant plus que l'opération se révélait longue et coûteuse : l'enchevêtrement des différents navires coulés au fond du chenal était inextricable. Le mieux était donc d'attendre des jours plus calmes. Mais ceux-ci ne vinrent pas pour l'envahisseur nippon : les choses empirèrent jusqu'à la complète débâcle qui fut sanctionnée par la capitulation sans conditions des forces du Mikado, le 10 août 1945, acceptée après le lancement des premières bombes atomiques américaines sur Hiroshima et Nagasaki. Ce fut alors que les troupes de Leclerc libérèrent complètement l'Indochine de ceux qui avaient transformé leur « droit de passage » pour la Chine en occupation totale.

» L'une des toutes premières préoccupations du Haut-Commissaire français, nommé aussitôt par le gouvernement de la IVe République, fut de faire dégager le chenal de la rivière de Saigon qui empêchait l'accès du port de la capitale de la Cochinchine à tout navire de fort tonnage. Comme cela se passe presque toujours, il fut décidé que ce travail de renflouement et de démolition des épaves serait confié à des compagnies privées et spécialisées. Le gouvernement français procéda par adjudication : la société qui ferait l'offre financière la plus importante se verrait confier le travail. Quatre compagnies civiles se présentèrent en quelques jours : une compagnie anglaise — ce qui ne doit pas vous surprendre! — une compagnie italienne, une compagnie russe et une compagnie française : celle où vous vous trouvez en ce moment et dont M. Ekko est le président avisé. Cet afflux de candidatures de compagnies, appartenant à des pays aussi divers, n'étonna pas trop notre gouvernement qui prit soin de spécifier — comme cela se pratique généralement quand il s'agit d'épaves gênantes entravant la circulation maritime — que tout document trouvé à bord après le renflouement, tel le livre de bord au cas où le commandant du navire coulé n'aurait pas eu le temps de le détruire ou un document d'intérêt essentiel pour la défense maritime, serait remis aux autorités militaires ou douanières dès que l'épave serait remontée à la surface.

» Cette réserve classique — connue dans toutes les marines du monde — fut faite intentionnellement avec beaucoup de discrétion, sans que notre gouvernement parût y attacher une importance particulière. Ceci, sur nos conseils : la plus grande erreur aurait été, en effet, d'attirer trop l'attention sur la nature et surtout sur la valeur d'un certain document... Mais le seul fait que les Anglais, les Italiens et les Russes se montraient brusquement amateurs d'épaves de vieux navires — coulés depuis plusieurs années déjà dans nos eaux territoriales — prouvait que les services de renseignement ou d'espionnage étrangers étaient tout aussi bien renseignés que les nôtres! Parmi ces épaves, il n'y en avait qu'une — vous devinez aisément laquelle — dont la prise intéressait vraiment tout le monde!

» Il peut paraître étrange qu'à cette époque il ne se présentât pas, parmi les compagnies candidates, une société de renflouement japonaise, mais ceci était normal si l'on pense à l'état d'anéantissement total où se trouvait alors la marine japonaise après sa défaite; elle ne possédait plus le matériel lui permettant d'entreprendre un pareil travail. De plus, la paix définitive n'était pas encore signée avec le

Japon qui était occupé par les troupes américaines et toujours considéré comme un pays ennemi. Quant aux U.S.A., ils parurent alors se désintéresser complètement de la question : ceci s'explique très bien aussi par le fait qu'à cette époque ils se savaient non seulement les seuls possesseurs de la bombe atomique mais surtout parce qu'ils croyaient avoir une telle avance dans ce domaine qu'aucun autre pays ne pourrait les rattraper! O, douces illusions du Pentagone!

» Il n'y avait donc que les Anglais, les Italiens, les Russes et les Français : ce qui était d'ailleurs suffisant! Et vous comprendrez que les hésitations de notre gouvernement furent grandes! Confier à un pays étranger, même sous le couvert d'une compagnie strictement civile, le soin de renflouer ces épaves et, parmi elles, une dont les flancs conservaient un secret fantastique, était excessivement risqué... Il fallait trouver une formule habile... Nos Services, consultés, en suggérèrent une qui, en fin de compte, fut adoptée.

» Il fut décidé que l'estuaire de la rivière, et par voie de conséquence le chenal, serait divisé en quatre secteurs bien distincts réservés respectivement à chacune des compagnies : l'anglaise, l'italienne, la russe et la française... Mais avant que cette décision ne fût rendue officielle, des experts qualifiés de notre Marine Nationale avaient effectué, dans le plus grand secret, des sondages et des repérages qui nous avaient permis de situer approximativement — dans l'enchevêtrement de carcasses couchées par quinze mètres de profondeur — où se trouvait l'épave intéressante. Et ce fut, naturellement, ce secteur qui fût attribué à la C.I.R.M... Charité bien ordonnée commence par soi-même, n'est-ce pas ?

— Vous n'allez tout de même pas me faire croire que les compagnies étrangères ont été dupes d'un tel marché?

— Eh bien, mon cher, elles acceptèrent ce compromis qui

semblait vouloir faire plaisir à tout le monde! Seulement votre remarque est pertinente : le seul fait qu'Anglais, Italiens et Russes aient acquiescé avec une telle spontanéité aurait dû nous laisser rêveurs... Malheureusement, comme toujours en pareil cas, nous avons voulu aller trop vite, étant convaincus que nos techniciens étaient infaillibles! Un autre facteur aurait dû également nous mettre sur nos gardes : alors que les Anglais et les Italiens — grands spécialistes de ce genre de travail — avaient soumis à notre gouvernement des devis étudiés en fonction du travail très difficile à effectuer, les Russes, eux, présentèrent un devis qui revenait exactement à moitié prix de ceux proposés par les trois autres, la C.I.R.M. comprise! Il y eut d'abord un moment de stupeur, puis de nouveaux calculs furent effectués avant que les représentants de notre gouvernement ne demandassent aux techniciens de la compagnie russe comment ils s'y prenaient pour arriver à des prix aussi bas et donc aussi avantageux pour nous.

» Il nous fut répondu, par l'intermédiaire de l'attaché commercial d'une ambassade de l'U.R.S.S., que tout cela était normal parce qu'aussi bien les Anglais que les Italiens et les Français, représentés par la C.I.R.M., étaient contraints de faire venir de très loin, c'est-à-dire de Portland, de Gênes et de Brest le matériel nécessaire. Ce qui coûte cher en effet dans les opérations de renflouage — vous le savez aussi bien que moi — ce ne sont pas tellement les travaux proprement dits mais le transport et le remorquage du matériel pour l'amener à pied d'œuvre, c'est-à-dire à l'endroit exact où se trouvent les épaves. Les Russes nous firent comprendre, cartes marines en main, qu'il leur était très facile de faire passer leurs remorqueurs, leurs navires-ateliers et leurs radeaux munis de flotteurs, directement par le détroit de Behring : ce qui réduisait considérablement la distance et, par voie de conséquence, le montant du devis.

— Le gouvernement français a accepté l'explication?

— C'était très difficile de la refuser à cette époque! N'oubliez pas que nous avions alors une sérieuse dette de reconnaissance à l'égard de l'U.R.S.S. qui nous avait retiré, ainsi qu'à tous les Alliés, une épine du pied en absorbant littéralement l'armée allemande dans des batailles héroïques et gigantesques! Les Russes eurent donc droit, comme les autres et pour un prix très inférieur, à leur secteur de chenal... Voilà, mon cher Burtin, où nous en étions après que l'Indochine fut redevenue française...

— Et les travaux commencèrent?

— Les accords étaient signés et le matériel allait se mettre en route en partant de ses divers ports d'attache anglais, italien, russe et français quand de nouveaux événements graves vinrent à nouveau tout bouleverser...

— La guerre d'Indochine?

— Exactement! Vous savez ce qu'elle fut : interminable, implacable, ruineuse... Il n'était plus question, alors qu'il fallait d'abord lutter partout contre un adversaire farouche, de procéder au renflouement d'épaves...

Le colonel venait d'ouvrir le dossier posé sur la table :

— Regardez ces photographies : ce sont celles de navires de guerre français, coulés par les Japonais au moment où ils occupèrent l'Indochine et dont les mâts émergent de l'eau. Elles ont été prises précisément à l'entrée de la rivière de Saigon. Il n'est pas un combattant de la guerre d'Indochine qui ne les ait vues, s'il a remonté sur des navires à faible tirant d'eau la rivière jusqu'à Saigon, et qui ne puisse vous dire que ces épaves ont considérablement gêné pendant les années qu'a duré cette guerre, de l'automne 1947 à la fin des hostilités le 21 juillet 1954, la navigation dans le chenal. Vous pensez bien que si l'on n'a pas pu se débarrasser de ces navires à demi coulés et reposant par sept mètres de fond, il ne pouvait être question de renflouer les épaves des cargos enlisés à quinze et même à dix-sept mètres de profondeur! Une fois encore, comme cela s'était passé pour les Japonais, il fallait attendre le retour de la paix. Quand elle vint, la France n'avait plus rien à faire en Indochine et les eaux territoriales qui nous intéressent cessèrent d'être françaises pour appartenir à la République Indépendante du Viêt-Nam.

— Tout cela est à la fois fantastique et insensé!

— Connaissez-vous beaucoup de guerres qui soient fondées sur la logique? Le gouvernement vietnamien n'eut plus qu'un souci : tenter de construire une économie durable. Parmi les mille et une entraves qui gênaient ce rétablissement indispensable, se trouvaient toujours les maudites épaves qui continuaient à obstruer dangereusement le chenal donnant accès à la vie maritime de la nouvelle capitale : Saigon. Les contrats, qui avaient été établis en 1946 entre le gouvernement de la IVe République d'une part et les quatre compagnies civiles précitées furent repris et acceptés, de part et d'autre, avec cette sensible différence que si les signataires en furent les compagnies civiles anglaise, italienne, russe et notre C.I.R.M., le gouvernement français fut remplacé par celui, vietnamien, du président Ngô Dinh Diem... Les conditions ne furent pas modifiées et si l'une ou l'autre des entreprises de renflouement découvre, dans une épave, des documents, ceux-ci devront être remis maintenant, non pas aux autorités françaises, mais aux autorités vietnamiennes.

— Les travaux ont enfin commencé?

— Il y a deux mois... Le matériel est arrivé d'Angleterre, d'Italie, de Russie et de France... Ceux que j'appellerai « nos chers amis » sont tous actuellement sur place, chacun dans leur secteur... et ils travaillent! Le président Ekko peut vous dire qu'en ce qui concerne la C.I.R.M., les travaux progressent...

— Puisque cette C.I.R.M., c'est un peu la France, vous

devriez plutôt être satisfait de la tournure finale qu'ont pris les événements?

— Nous le serions sans aucun doute si, une certaine épave ayant été renflouée dans le secteur réservé à la C.I.R.M., celle-ci y trouvait ce que nous cherchons... Malheureusement, notre cher président m'a transmis — voici quelques semaines — une communication de la plus haute importance : après de nouveaux sondages et repérages très précis cette fois, les excellents techniciens de sa compagnie sont arrivés à la regrettable conclusion que la seule épave de cargo qui nous intéresse vraiment ne se trouve pas dans le secteur « dit » français mais dans le secteur voisin : celui des Russes!

— Ce n'est pas vrai?

— Si vous voulez consulter les rapports, ils sont dans ce dossier...

— Mais enfin, il n'est pas possible que les spécialistes de la Marine Nationale se soient trompés à ce point avant que l'on ne répartisse les secteurs!

— Mon cher Burtin, dans le domaine toujours mystérieux de la mer, nul n'est infaillible, qu'il soit sorti premier de l'École Navale ou, comme vous, troisième du Génie Maritime! Les preuves sont là, dans le dossier : irréfutables!

— C'est fou!

— Ça l'est en effet...

— Le gouvernement vietnamien est-il, lui aussi, renseigné sur l'existence du document dans l'épave?

— Ne sous-estimons pas les qualités des Asiatiques : leur finesse et leur subtilité naturelles les incitent à une méfiance permanente... Ce sont des gens qui subodorent les choses... La seule certitude que je puisse avoir est qu'au moment où notre gouvernement a passé la main, il s'est bien gardé — après avoir consulté nos Services — de parler du document! Il s'est contenté de faire valoir l'intérêt stratégique qu'il y aurait à se débarrasser de ces épaves gênantes pour la navigation. Seulement, si j'avais été à la place des Vietnamiens, je me serais dit en voyant que l'afflux d'amateurs pour les travaux de renflouement ne diminuait pas : « Que cherchent donc ces sociétés privées anglaise, italienne, russe et française? » Et je me serais méfié... Ce que je puis vous dire aussi — et que nous tenons de rapports récents — est que les vedettes rapides de la police vietnamienne sont très actives depuis que les différentes équipes internationales sont arrivées sur place. Chacune est étroitement surveillée en permanence — jour et nuit — par un navire vietnamien qui tourne sans arrêt autour des « chantiers de renflouement » en décrivant sur l'eau de gracieuses arabesques... Les Vietnamiens sont à l'affût : ne possédant pas les moyens techniques d'entreprendre de tels travaux, ils attendent — avec une patience qui est le propre même de leur tempérament — le moment où les épaves émergeront. Et vous pouvez être certain qu'à chaque fois qu'une épave apparaîtra, leur police se précipitera pour faire respecter l'accord qui veut que « tout document de bord soit remis aux autorités du pays propriétaire des eaux territoriales »... Ce qui ne veut pas dire qu'ils trouveront obligatoirement quelque chose! Tout dépendra de l'habileté des différentes équipes... Vous savez aussi bien que moi que l'on ne trouve dans une épave que ce que l'on veut bien y trouver! Le président peut vous garantir que si, par bonheur, l'épave nous intéressant avait réellement été dans le secteur dévolu à sa compagnie, il y aurait eu peu de chances pour que le document fût remis aux Vietnamiens et beaucoup plus pour qu'il échouât entre les mains de l'un de nos agents! Sur ce point, nous devons également faire confiance absolue aux techniciens russes!

— En somme, ils opéreront comme les Français l'auraient fait?

— Exactement... Comme les Français, comme les Anglais et comme les Italiens! Chacun travaille pour soi!

— Vous avez l'impression que les Anglais et les Italiens sont aussi bien renseignés que vous maintenant sur l'emplacement exact de l'épave?

— Ils le sont, n'en doutez pas!

— Alors, pourquoi restent-ils sur les lieux?

— Officiellement, pour renflouer d'autres épaves... Il y en a tellement! Mais officieusement, ils sont surtout là en observateurs... En gens qui veulent voir ce qui se passera quand le cargo australien, camouflé par les Japonais, émergera par la grâce des Russes...

— Que pourront-ils faire?

— Beaucoup de choses! Mais il est très possible que nous les devancions!... Et c'est l'unique raison pour laquelle nous avons fait appel à votre compétence.

— Je ne vois pas?

— Vous verrez dans quelques instants à condition que vous nous disiez, maintenant que je vous ai révélé l'essentiel, si vous acceptez d'être notre homme?

— Permettez-moi de vous faire remarquer qu'il manque un chaînon à votre belle histoire... Vous m'avez raconté la triste destinée du deuxième exemplaire disparu en plein vol avec l'avion qui le transportait, ainsi que celle du troisième exemplaire qui se trouverait actuellement — selon certaines probabilités — dans une coque rouillée au fond de l'eau... Mais vous n'avez pas terminé l'odyssée du premier exemplaire que nous avons laissé, si mes souvenirs sont exact, dans la cave de la villa d'un clergyman, aux environs de Melbourne... Il me semble que la récupération de ce document serait de loin la plus aisée?

— Malheureusement, cher ami, il y a longtemps que ce premier exemplaire n'est plus dans sa cachette! Le soir même où le cargo appareillait discrètement de Port-

Adélaïde en emportant le troisième exemplaire, le coup de téléphone — dont le texte laconique avait été révélé à l'avance au clergyman — lui fut donné. Et cela voulait dire : « Détruisez immédiatement le document! Les Japonais débarquent en Australie. » Nous savons qu'ils n'y ont jamais mis les pieds, mais le saint homme, conscient de la grave mission qui lui avait été confiée et n'écoutant que son devoir de patriote, brûla immédiatement le document. Ce geste accompli, il crut également de son devoir — sans cependant préciser d'où il tenait ses sources d'information — d'avertir ses voisins que des événements graves se préparaient... Mais, comme il ne se passa absolument rien, vous pouvez vous douter que le malheureux clergyman dut recevoir de chaleureuses félicitations pour la rapidité de son geste!

» Longtemps nous nous sommes demandé d'où avait bien pu venir un tel appel téléphonique... Des espions japonais, résidant en Australie? Ceci paraît peu probable : en admettant même qu'ils connussent non seulement l'existence de cet exemplaire, mais aussi le lieu exact de sa cachette, ils n'auraient eu aucun intérêt à agir ainsi! Mieux valait pour eux tenter de s'approprier le document : la manœuvre aurait été infiniment moins hasardeuse que l'arraisonnement du cargo! Non, ce ne pouvait être l'ennemi... Un mauvais farceur alors? Il semble bien douteux que celui-ci ait pu connaître la teneur exacte du message téléphonique prévu. Et personne n'avait envie, à cette époque, de plaisanter de la sorte en Australie! Finalement, il ne reste qu'une seule solution acceptable : c'est que ce soit l'*Intelligence Service* lui-même qui ait décidé de faire disparaître cet exemplaire aussitôt après que le cargo, qui en transportait un autre, eut quitté le continent australien. Il fallait donc pour cela que nos alliés fussent intimement convaincus que leur ruse réussirait et que le navire atteindrait, sans encombre, sa destination. S'il en a été ainsi, on peut dire que nos « confrères » britanniques se sont montrés là trop légers par excès d'optimisme : ce qui n'est guère dans leurs habitudes.

» En tout cas, il est certain que le clergyman a réduit en cendres l'exemplaire qui lui avait été confié et dont il ignorait peut-être même la fantastique importance! S'il nous fallait conclure, il ne reste qu'un seul exemplaire au monde et il dort, là où d'autres que nous risquent de le trouver prochainement.

— Et si, par une circonstance qui — après tout — ne serait pas beaucoup plus extraordinaire que toutes celles que vous venez d'évoquer, ce troisième et unique document restant ne se trouvait pas dans le cargo ?

— Il y est, Burtin! Soyez-en sûr! Avant de mourir des suites des tortures qui lui avaient été infligées par les Japonais pour le faire avouer, le commandant australien du cargo l'a certifié à l'un des codétenus de son équipage dans le camp de représailles où ils avaient été enfermés à Singapour.

— Et le codétenu a survécu, lui ?

— Jusqu'à la libération de Singapour : ce qui lui a permis de faire cette révélation aux officiers anglais qui n'ont pas manqué alors de l'interroger.

— Ils ont donc pu obtenir des précisions sur l'endroit exact du navire où le document était caché ?

— C'est probable mais ce n'est pas certain! De toute façon, cela ne leur rendait pas le navire qui est toujours immergé par quinze mètres de fond... Une autre raison, à mon avis infiniment plus valable, devrait vous faire croire sans hésitation à la présence du document dans la coque coulée : le fait que les Anglais, les Italiens, les Russes et nous-mêmes par l'intermédiaire de la C.I.R.M., nous nous sommes tous précipités pour offrir nos bons offices dans le renflouement d'épaves qui, en elles-mêmes, n'offrent qu'assez peu d'intérêt!

— Là, je ne suis pas du tout de votre avis! Si elles sont bien menées, ces opérations de renflouement sont toujours rentables, ne serait-ce que par la récupération du cuivre, du fer et du plomb. Ajoutez-y les diesels qu'il n'y a qu'à laver à l'eau douce avant de les démonter et de les mettre dans la graisse, ou les moteurs électriques, qui ne se détériorent pas dans l'eau de mer et qui peuvent fonctionner à nouveau au bout de vingt-quatre heures si l'on se donne la peine de les faire sécher et de les réchauffer dans un four.

— Nous savons que vous êtes un remarquable technicien... Aussi attendons-nous toujours votre réponse.

— C'est oui, dit doucement l'ingénieur.

— Le contraire m'eût étonné de votre part! Vous êtes comme moi, Burtin : vous ne pouvez pas résister à l'aventure, à condition qu'elle s'annonce exceptionnelle! Et celle-ci promet de l'être! Inutile, cher ami, de nous serrer la main pour sceller cet accord puisque nous l'avons déjà fait... Et venons-en tout de suite à l'exécution de notre plan : vous partez demain...

— Déjà?

— Il faut agir vite, très vite! Vous prendrez demain matin, à Orly, l'avion d'Air-France qui vous déposera après-demain soir sur l'aérodrome de Tan-Son-Nhut, situé à dix kilomètres de Saigon. Voici votre passage déjà retenu...

Après avoir sorti du dossier le billet d'avion, il poursuivit :

— A votre descente d'avion, vous serez reçu avec tous les honneurs qui vous sont dus par l'attaché culturel de l'ambassade de France et peut-être par un sous-secrétaire aux Arts de la jeune République vietnamienne... Pour une réception, je vous promets que c'en sera une!

Après l'avoir écouté avec un ahurissement grandissant, l'ingénieur demanda :

— Mais... pourquoi tout cela?

— Parce que vous êtes brusquement devenu un personnage illustre! Vous ne me croyez pas? Regardez ces journaux de Saigon, parus cette semaine et qui viennent de nous parvenir... Puisque vous savez le vietnamien, vous pouvez lire les articles qui vantent votre œuvre, et annoncent votre arrivée pour après-demain... Regardez ces photos : c'est bien vous n'est-ce pas?

— On le dirait...

— Vous emporterez tout cela avec vous pour prendre connaissance de cette presse dithyrambique pendant le voyage : ainsi vous vous rendrez mieux compte de l'homme que vous êtes!... Voici votre carte d'identité et votre passeport : tout est en règle...

L'ingénieur prit les pièces qu'il lui tendait mais dès qu'il eut jeté un regard sur la première page du passeport, il s'écria :

— C'est une plaisanterie?

— C'est très sérieux au contraire! A dater de cette minute et « jusqu'à désormais », comme on dit dans l'armée, vous êtes Jacques Fernet, artiste peintre...

— Il n'y a plus de Pierre Burtin?

— Volatilisé, Burtin, évanoui!

— Et je peins!

— Vous peignez!... depuis des années! Vous êtes le grand peintre des rizières, de la plaine des Joncs, du delta du Mékong, des ciels bas, des horizons bouchés, des lendemains de pluie, des attelages de zébus archaïques, des marais infestés de moustiques, de tout ce qui fait la couleur du Sud-Viêt-Nam... Si la comparaison vous paraît flatteuse, vous êtes en somme le nouveau Gauguin d'Extrême-Orient...

— Mais je n'ai jamais tenu un pinceau de ma vie!

— Aucune importance! Tout le monde sait peindre à

notre époque! Sans me rallier à la formule publicitaire qui affirme que « si vous savez écrire, vous pouvez dessiner », je ne crains pas de vous certifier qu'un ingénieur peut toujours devenir un peintre tandis que le contraire n'est pas certain! Et vous n'allez pas me dire qu'un brillant troisième du Génie Maritime ne connaît rien au dessin industriel et n'a jamais fait de croquis?

— Vous êtes terrible!

— Je suis logique... Et la logique veut que quelqu'un qui sait faire un croquis est toujours capable de le barbouiller ensuite de couleurs : donc vous êtes peintre!

— Vraiment...

— Vous êtes l'illustre Jacques Fernet, artiste français dont la célébrité est devenue immense au Viêt-Nam... On construit vite la réputation d'un peintre aujourd'hui! Ça ne dure pas toujours mais, sur le moment, ça fait du bruit! Je reconnais que vous êtes beaucoup moins connu en France qu'au Viêt-Nam : on vous ignore même complètement ici, mais cela n'a aucune importance! Ce qui compte est que vous soyez archicélèbre là-bas...

— Parce que je suis « célèbre » depuis longtemps à Saigon?

— Depuis deux mois... Exactement depuis le jour où vous avez répondu à notre petite annonce.

— Ce jour-là, vous étiez donc déjà sûr que j'accepterais? Ce jour-là aussi vous avez décidé que je serais « peintre »?

— Mais oui... En deux mois, nos services ont fait de l'excellent travail : vos œuvres ont littéralement submergé la Cochinchine... J'entends dans les lieux où souffle, sinon l'esprit, du moins le désir de nouvelle culture asiatique... Il n'y a pas une galerie de Saigon ou un bazar de Cholon qui n'ait mis son point d'honneur à exposer une ou même plusieurs toiles de Jacques Fernet!

— Parce que j'ai beaucoup produit?

— Énormément! Vous êtes un artiste prolifique! Voici d'ailleurs, dans ce dossier annexe, la liste complète des œuvres dont vous êtes déjà l'auteur... Liste accompagnée d'excellentes photographies en couleurs de chaque toile qui vous permettront, également pendant le voyage, de découvrir votre production... En quelques semaines, nous avons répandu environ deux cent toiles!

— Mais c'est de la démence!

— Je ne le pense pas... Le succès prouve le contraire : la moitié de ces toiles au moins a déjà été achetée par des amateurs éclairés... Les gens sont ainsi faits qu'ils adorent être les premiers à s'extasier sur de nouveaux talents! Il n'y a pas un seul de vos acheteurs vietnamiens qui ne se dise : « Ce garçon-là vaudra dix fois plus cher dans un an. Précipitons-nous! » C'est là une forme de spéculation bien connue... Donc vous êtes célèbre là où nous vous envoyons : c'est exactement ce que nous voulions!

— Et après?

— Après? Cette célébrité, mon cher, sera pour vous le plus sublime des paravents! Comprenez-moi bien : officiellement, vous partez demain avec la qualité rare d'ambassadeur extraordinaire de l'art pictural français... Tout le monde vous soutient : les Relations Culturelles, les Beaux-Arts, la propagande officielle... Vous êtes un grand bonhomme qui se rend au Viêt-Nam pour deux raisons : le lendemain de votre arrivée, vous assisterez au vernissage d'une exposition très complète de vos œuvres maîtresses qui aura lieu dans l'une des plus grandes galeries de Saigon. Comptez sur nous : tout le ban et l'arrière-ban sera là! Ce gala terminé, vous annoncerez à la presse dans une émouvante déclaration que vous êtes surtout venu dans ces lieux enchanteurs pour vous rendre compte sur place si les paysages que vous avez peints sur vos toiles ressemblent à la réalité.

— Qu'est-ce que vous me racontez là?

— Vous êtes long à comprendre, Burtin... Pardon Fernet, Jacques Fernet ! Vous êtes un artiste qui a travaillé un peu comme le grand Utrillo dans les dernières années de sa vie : vous avez peint uniquement d'après des cartes postales ou des photographies... Car vous n'avez encore jamais mis les pieds au Viêt-Nam ! C'est là où est le miracle prodigieux de votre peinture ! Vous êtes en somme une sorte d'imaginatif qui a l'honnêteté rare de vérifier si son imagination ne l'a pas emporté trop loin de la réalité... D'ailleurs, quand vous lirez dans l'avion tous les articles qui vous ont déjà été consacrés, vous pourrez constater que les plus éminents critiques de là-bas rendent hommage à votre probité... Il n'y en a pas un qui, sachant votre venue prochaine, ne formule le souhait de vous voir séjourner le temps nécessaire au Viêt-Nam pour que vous puissiez peindre, non plus d'imagination, mais sur le vif. Et tous s'accordent pour dire que la courageuse expérience ainsi tentée risque de faire naître un « Jacques Fernet seconde manière ». C'est pourquoi vos toiles de la première s'arrachent ! Avouez que tout cela n'est pas si mal combiné ?

— Vous êtes un homme inouï !

— Donc vous restez là-bas pendant les quelques semaines ou même les quelques mois qui vous seront nécessaires pour renouveler votre inspiration créatrice... Et vous déambulez un peu partout muni de votre chevalet et de votre boîte à pinceaux. Très vite, vous deviendrez le Français le plus populaire du Viêt-Nam où les gens diront : « En voilà enfin un qui ne vient pas chez nous pour faire la guerre ou du commerce... Il n'a que des visées artistiques. » Et vous serez traité en ami... On ne se méfiera pas de vous, on ne prêtera même plus attention à vos allées et venues... Ce sera le moment où votre mission « officieuse » pourra entrer dans sa phase active...

— En quoi consistera-t-elle exactement ?

— Vous continuerez à peindre...

— Ce sera tout?

— Il y a façon et façon de peindre... On vous l'apprendra sur place.

— Qui?

— Peu importe! L'essentiel pour vous est que l' « on » vous attende à l'aérodrome ou l' « on » saura se faire reconnaître quand il sera temps!... Je crois, cher ami, que nous avons épuisé le sujet de notre entretien... Ah, si! j'oubliais... Un point qui, pour vous, a une importance primordiale : le contrat qui vous lie à la C.I.R.M... Mais ceci n'est plus de mon ressort : je m'efface devant le président de la compagnie...

Mathias Ekko sortit d'un tiroir deux contrats, préparés à l'avance sur papier timbré :

— Si vous voulez bien prendre connaissance des différentes clauses, vous pourrez constater qu'elles sont strictement conformes à ce que je vous ai déjà dit...

Après avoir lu sans hâte, l'ingénieur fit la remarque :

— Tout me semble parfait à l'exception d'un détail qui a tout de même son importance : sur ce contrat je porte mon véritable nom Pierre Burtin et je ne m'appelle pas Jacques Fernet.

— C'est normal. Pour que le contrat soit valable, il ne peut être établi qu'entre l'authentique Pierre Burtin d'une part et ma compagnie de l'autre... C'est là votre plus grande garantie. Le nom d'artiste que vous ont attribué les services du colonel Sicard n'a qu'une valeur de camouflage mais nullement juridique.

— Autrement dit, si je comprends bien, c'est la C.I.R.M. qui engage et qui rétribue Pierre Burtin alors que le peintre Jacques Fernet « travaille » pour une mission spéciale?

— Exactement.

— Après tout, je veux bien...

— Vous êtes d'accord sur toutes les clauses du contrat qui vous lie à la C.I.R.M. ?

— Je suis d'accord.

— Dans ce cas, vous n'avez plus qu'à apposer votre signature précédée de la mention « lu et approuvé » au bas de l'un de ces exemplaires pendant que j'en fais autant sur l'autre...

Les deux hommes signèrent en silence, sous le regard impassible du colonel. Dès que les contrats furent échangés, le président reprit :

— Voici maintenant, comme c'est formellement prévu à la clause 7, un chèque représentant le montant intégral de votre première année de collaboration chez nous. Nous avons pensé qu'il vous serait agréable de savoir que vous avez une somme importante à votre compte en banque avant votre départ... Pour vous ce sera une sorte de garantie et de tranquillité morale.

— Vous devez bien vous douter, cher ami, ajouta le colonel, que mes services n'auraient pas la possibilité de justifier vos appointements... Car personne ne doit savoir que vous travaillez à nouveau pour nous ! C'est pourquoi nous sommes très reconnaissants au président Ekko de ce qu'il ait consenti à vous accepter en surnombre dans les cadres supérieurs de sa compagnie. Si jamais des indiscrets — et Dieu sait s'il en existe dans « nos professions » ! — essayaient de savoir s'il n'y aurait pas par hasard un certain Jacques Fernet, artiste-peintre, sur les registres de paye de la C.I.R.M., ils en seraient pour leurs frais en n'y découvrant qu'un certain Pierre Burtin, ingénieur... De même, dans nos fichiers à nous — qui sont infiniment plus difficiles à consulter — il n'y aura trace ni du grand peintre Jacques ni du brillant ingénieur Pierre... Vous n'y êtes même plus étiqueté sous le N° 2 884... Quand on arrive à ce numéro, on lit, comme pour moi qui fus le 192, cette petite mention : « Définitivement rayé des cadres. »

— Donc, je ne suis vraiment que le peintre?

— Jusqu'au jour où vous reviendrez ici pour ne redevenir que l'ingénieur. Tout cela est clair?

— Il me semble...

— Permettez-moi de vous donner un conseil : allez toucher immédiatement ce chèque à la banque... Il n'est pas barré intentionnellement. Mais ne dépensez pas trop vite tout cet argent. Il est vrai que vous n'avez qu'une nuit devant vous puisque vous partez demain matin... Vous serez obligé d'être raisonnable malgré vous... Et vous verrez comme cela vous sera agréable de retrouver un solide compte en banque à votre retour...

— Qui aura lieu quand à votre avis, mon colonel?

— Je vous l'ai dit : dans quelques semaines ou quelques mois tout au plus... Cela dépendra de la quantité et surtout de la « qualité » des toiles nouvelles que vous aurez peintes là-bas...

— Ne devrais-je pas plutôt me dire que du moment que la C.I.R.M. pousse la magnanimité jusqu'à me régler à l'avance une année complète d'appointements, cela signifie qu'elle ne compte pas me voir revenir avant?

— Ne soyez pas pessimiste, mon petit! Si quelqu'un doit réussir plus vite que n'importe qui dans sa mission, c'est bien un garçon tel que vous qui a déjà fait ses preuves à un moment très critique au Japon... Un dernier point important : bien entendu tous vos frais de voyage, de séjour là-bas et de déplacements éventuels vous sont réglés en plus de vos appointements.

— Devrai-je établir des notes de frais?

— Surtout pas! Moins il y aura de paperasse entre nous et mieux cela vaudra... Toutes vos dépenses courantes vous seront remboursées au fur et à mesure par la personne qui vous accueillera à l'aérodrome et qui vous donnera les dernières instructions sur place... Ne vous frappez surtout pas si cette personne ne se manifeste pas dans les premières minutes qui suivront votre arrivée à Saigon : elle n'agira qu'avec beaucoup de discrétion. Avez-vous d'autres questions à me poser?

— Je ne pense pas.

— Nous allons donc vous rendre votre liberté pour vous permettre de faire vos préparatifs et aussi d'informer madame votre mère de votre décision... Bien entendu, pour elle, vous ne partez qu'à titre d'ingénieur de la C.I.R.M... Pour appuyer vos dires vous n'aurez qu'à lui montrer le contrat...

— Et je lui donnerai le chèque dont la seule vue l'enchantera bien davantage! Il y a si longtemps qu'elle me dit que je n'ai pas une situation digne de mes capacités et qu'elle se plaint des difficultés de l'existence quotidienne!

— Une maman n'est jamais satisfaite pour son fils... Je pense aussi que l'assurance de voir ces petites difficultés écartées mettra un baume sur la tristesse d'une séparation aussi brusque... Mais expliquez-lui bien que celle-ci ne sera que de courte durée...

— Elle va me demander mon adresse là-bas?

— Dites-lui qu'au début vous serez perpétuellement en déplacement et qu'il est préférable, si elle vous écrit, qu'elle envoie ses lettres ici au siège social de la C.I.R.M. qui vous les fera suivre.

— Libellées à quel nom, ces lettres?

— A votre nom véritable : Pierre Burtin!

— Parce qu'elle ne doit pas savoir que je suis devenu peintre et que je me nomme Jacques Fernet?

— Il vaut mieux pas... Elle ne comprendrait pas! Les mamans sont adorables mais ce sont aussi d'éternelles inquiètes! Je crois que nous avons tout prévu... Mon cher ami, il nous reste à vous souhaiter bon voyage... Je ne parle pas de la réussite finale qui me paraît encore assez aléatoire!

Mais enfin, avec vous, le président et moi avons bon espoir...

Au moment où celui qui ne serait plus que Jacques Fernet pendant des semaines et peut-être des mois allait sortir, le colonel le rappela :

— Vous êtes bien certain de n'avoir rien oublié ?

— Vous ne voulez tout de même pas que j'emporte chez moi ce dossier de l'affaire ?

— Il n'en est pas question.

— Bien que je pense avoir enregistré tout ce que vous m'avez dit, j'aurais quand même aimé le consulter.

— Ce serait du temps perdu : vous avez une excellente mémoire ! Ce n'est pas ça votre oubli... Souvenez-vous de ce que je vous ai dit au sujet de votre importante « production artistique ».

— Vous avez raison : il me faut la liste complète de « mes œuvres » et leurs reproductions photographiques.

— ... Ainsi que tous les articles de presse qui ont déjà été publiés sur Jacques Fernet. Dans l'avion, ce sera pour vous la plus agréable des lectures puisqu'elle n'est faite que d'éloges ! Voici le tout, mon cher... Et bonne route !

Quand l'avion décolla d'Orly, Jacques Fernet avait oublié Pierre Burtin... Les quelques contrôles avant le départ avaient suffi pour qu'il endossât complètement la personnalité assez inattendue que lui conférait sa nouvelle identité. Et il n'avait pas été autrement surpris lorsqu'une charmante hôtesse du service d'accueil d'Air-France lui avait dit dans le hall de l'aérogare :

— Monsieur Fernet ? Nous avons reçu des ordres pour prévenir Tan-Son-Nhut que vous preniez effectivement le prochain avion. Je crois qu'on va vous préparer là-bas une réception digne de vous.

— Vous me connaissez donc ?

— Personnellement, répondit la jeune fille en rougissant,

je dois vous avouer n'avoir pas encore eu la joie de pouvoir contempler vos œuvres mais une circulaire spéciale nous a été transmise hier soir par le secrétariat général pour nous informer qu'un grand peintre s'embarquerait aujourd'hui pour l'Extrême-Orient.

— Je suis vraiment confus, mademoiselle, que l'on attache autant d'intérêt à un simple artiste! Vous devez voir chaque jour passer ici tellement de personnalités plus importantes! Merci quand même pour toute cette gentillesse...

Et il avait rejoint le plus vite possible sa place dans le quadrimoteur où personne ne l'avait importuné jusqu'au départ.

Maintenant qu'il se trouvait entre ciel et terre, il pouvait faire enfin plus ample connaissance avec ce peintre entièrement « fabriqué » par les services de renseignement du colonel Sicard et auquel il devait donner une apparence de vérité absolue. Pour cela il commença par lire une notice biographique, publiée dans une revue d'art vietnamienne éditée à Saigon et où il apprit avec satisfaction que Jacques Fernet était né le jour de sa propre naissance — celle de Pierre Burtin — à Paris : ce qui donnait quarante ans au personnage. Il n'aurait donc aucune difficulté de ce côté-là, n'ayant nullement à camoufler son âge véritable. « Après de solides études classiques — toujours selon la biographie — le jeune homme s'était senti irrésistiblement attiré par la peinture mais une peinture très spéciale... Sans avoir jamais été en Extrême-Orient et sans avoir la moindre attache familiale avec le Viêt-Nam, Jacques Fernet avait commencé à peindre des paysages de la Cochinchine et de la presqu'île de Camau. D'où lui était venue cette attirance très particulière pour l'extrême-sud asiatique? Lui-même était bien incapable de le préciser, mais il pensait l'attribuer d'abord à des récits de missionnaires et de colons, revenus d'Indochine, qui lui avaient raconté de merveilleuses histoires sur ces régions. Ensuite il s'était passionné pour tous les livres racontant la grande aventure des rizières. Enfin il avait eu la chance insigne de se lier d'amitié avec un aîné qui était peut-être l'un des hommes ayant le plus contribué à l'épanouissement de l'École Française d'Extrême-Orient... École offrant la particularité de ne compter ni élèves ni professeurs mais seulement des chercheurs passionnés qui, en cinquante années, avaient réussi à constituer une bibliothèque orientaliste de 85 000 ouvrages, à dénombrer des millions de monuments, à déchiffrer 1 100 textes lapidaires, à rassembler plus de 50 000 objets aux musées de Hanoï et de Saigon, à restituer enfin leur antique civilisation à des peuples qui l'avait oubliée.

« Le goût de peindre, allié à une imagination créatrice prodigieuse, avait incité le jeune homme a créer sur ses toiles un Viêt-Nam de rêve où cependant il rejoignait souvent la réalité, lorsqu'il s'inspirait de photographies ou de gravures. Et un étrange phénomène s'était produit : cette œuvre imaginative déjà considérable, entièrement réalisée à des milliers de kilomètres des lieux qu'elle évoquait, venait enrichir à point le patrimoine artistique vietnamien où la peinture avait jusqu'à ce jour fait figure de parente pauvre à côté de la richesse archéologique et de l'art de la poterie.

« Le plus surprenant peut-être était que Jacques Fernet n'avait pas limité son amour inné de cette Asie du Sud à sa peinture. Il avait voulu apprendre, à l'Institut des Langues Orientales, le vietnamien, qu'il parlait couramment, n'ayant pas craint d'affirmer *qu'il lui aurait été impossible de restituer sur ses toiles le véritable climat d'une région dont il aurait ignoré la langue*. Un tel souci ne pouvait être qu'à son honneur. »

Ces révélations laissèrent l'ingénieur songeur pendant un long moment avant qu'il ne commençât à prendre connaissance de divers articles, parus dans les journaux de Saigon et vantant en termes enthousiastes non seulement son œuvre mais l'annonce de sa très prochaine arrivée au Viêt-Nam. L'un d'eux disait notamment :

« *Celui que le Tout-Saigon artistique s'apprête à recevoir comme il le mérite, pour avoir su évoquer sur ses toiles avec un art consommé et une délicatesse de touches rares nos paysages sans cependant les avoir jamais connus, se doit de rester parmi nous le temps qu'il faudra pour peindre maintenant sur le vif et peut-être aussi pour apporter à nos jeunes artistes nationaux, se cherchant encore, la flamme indispensable qui leur fera comprendre que notre pays peut offrir des sources d'inspiration aussi belles et aussi colorées que beaucoup d'autres. Dès maintenant Jacques Fernet fait figure de pionnier à l'avant-garde de la future peinture vietnamienne. Et nous devons être reconnaissants à la France d'avoir su, pour une fois, sous l'égide des Relations Culturelles, nous envoyer un ambassadeur d'une telle qualité.* »

Il y avait de quoi être de plus en plus rêveur... Pendant des heures, « Jacques Fernet » examina avec un soin méticuleux les reproductions photographiques en couleurs de la totalité de ses toiles... Chacune d'elles était accompagnée d'une courte notice, tapée à la machine, indiquant le titre de la toile, la date à laquelle elle avait été peinte, la galerie où elle se trouvait actuellement exposée dans le Viêt-Nam, ou le nom et l'adresse de son acheteur éventuel... Ce dossier insolite avait été établi avec une précision et une méthode où l'ex-agent 2 884 retrouva la maîtrise de « la vieille chouette »!

La première constatation qui s'imposait, même à un profane, était une assez remarquable unité dans la facture picturale. On ne pouvait que dire, en passant de la contemplation d'une toile à l'autre : « C'est bien dans la manière de Jacques Fernet! » Dans doute était-ce là l'un des plus étonnants miracles accomplis par les Services du colonel Sicard : il n'était pas pensable que le même homme ait pu peindre en un temps aussi rapide une telle quantité de toiles! Ce ne pouvait être là que le travail d'une équipe mais quelle équipe! Débordante d'habileté... Aucune toile ne paraissait indifférente, que ce soit ce « Crépuscule sur le Delta », « L'aurore sur la plaine des Joncs aux environs de Tan-Chan » ou même une assez surprenante « Pagode de Dalat ». Certes, il n'y avait aucun portrait, mais uniquement des paysages avec, de temps en temps, parsemées, esquissées plutôt, quelques silhouettes d'êtres vivants : un paysan conduisant son attelage de buffles, des pêcheurs sur leur jonque à fond plat et à voile rectangulaire. Il y avait surtout les sentiers solitaires où l'homme semblait n'avoir jamais passé, les villages reculés qui paraissaient engourdis dans une léthargie séculaire, les rives marécageuses de Cao Lang bordées de palétuviers et que l'on devinait infestées de moustiques... Tout cela paraissait vrai, sincère, réel. Ce « Jacques Fernet », sous l'anonymat de qui se cachaient plusieurs peintres connaissant merveilleusement leur métier, pouvait passer pour un authentique artiste!

En le désignant pour le personnifier dans l'esprit des foules, « la vieille chouette » ne s'était pas trompée : l'agent 2 884 avait une mémoire prodigieuse qui lui permettait — pendant ces quelques heures de voyage aérien — de découvrir et presque d'apprendre par cœur sa carrière artistique!

Quand il estima en savoir assez pour ne pas susciter de doutes, à son arrivée au Viêt-Nam, sur ses véritables activités, il pensa délibérément à autre chose, revoyant en tout premier le visage de sa mère lorsqu'il lui avait annoncé son départ précipité pour l'Extrême-Orient! Mais très vite, la vieille dame avait retrouvé la sérénité : comme il l'avait laissé entendre au colonel, la vue du contrat et du chèque l'accompagnant avait produit un effet d'apaisement. Et

Mme veuve Burtin avait fini par dire dans un soupir :

— C'est très dur pour moi de te voir partir, mon petit Pierre, mais je suis heureuse que tu aies enfin une belle situation... Puisque tu me dis que ton absence ne durera que quelques mois tout au plus, je dois me montrer raisonnable.

Lui était heureux à l'idée que cette maman qui, sa vie durant, avait peiné non seulement pour l'élever dignement mais surtout pour lui permettre de poursuivre des études sérieuses, allait enfin pouvoir bénéficier d'un certain bien-être. Et, n'ayant aucune attache sentimentale sérieuse, il était parti le cœur tranquille. Une seule phrase cependant, de sa mère, l'avait ennuyé. Elle l'avait prononcée quelques minutes avant qu'il ne quittât l'appartement de la rue Vaneau pour l'aéroport :

— Quand tu reviendras, mon chéri, il faudra penser sérieusement à une chose importante : ton mariage.

— Mais enfin, mère, pourquoi voulez-vous que je me marie ? Ne sommes-nous pas très heureux ainsi, vous et moi, sans qu'il y ait une étrangère qui viennent s'immiscer entre nous et troubler peut-être cette harmonie ?

— Il y a sûrement quelque part, mon enfant, une femme très gentille, qui t'est destinée... Je comprends que tu aies hésité tant que tu n'avais pas une situation suffisante, mais maintenant, ça va être différent ! A quarante ans, il est grand temps de te marier... Je vais profiter de ton absence pour me renseigner discrètement sur des partis possibles...

— Je vous en prie, mère, n'en faites rien !

Sur le moment, il avait été agacé mais maintenant, dans l'avion, il souriait presque à l'idée que le principal souci de sa maman allait être de passer au crible, une à une, un certain nombre de filles à marier ! Après tout, cela l'occuperait ! Ce fut sur cette pensée qu'il finit par s'endormir. Il ne se réveilla qu'au moment où l'hôtesse vint lui annoncer que quelques minutes plus tard, l'avion atterrirait à Tan-Son-Nhut, l'aérodrome de Saigon. Il eut tout juste le temps de reprendre ses esprits pour s'identifier définitivement au personnage qu'il devait incarner. Et ce fut Jacques Fernet, peintre en renom, qui descendit avec une certaine nonchalance la passerelle au bas de laquelle l'attendaient les personnalités annoncées par la vieille chouette ainsi qu'une délégation d'admirateurs.

L'attaché culturel de l'ambassade de France avait la tâche d'adresser à l'artiste le message de bienvenue : il s'exprima en français. Jacques Fernet répondit dans le plus pur vietnamien : ce qui contribua à augmenter instantanément sa popularité.

Après l'échange de discours, on se dirigea vers les bâtiments de la douane où les formalités de contrôle ne furent qu'un jeu pour un voyageur aussi officiel. Les curieux regardèrent avec un œil attendri l'imposant matériel, faisant partie des bagages du peintre, et où le stock de toiles vierges était important : ce qui indiquait que l'artiste avait la ferme intention de profiter de son séjour au Viêt-Nam pour travailler avec ardeur...

Au moment où Jacques Fernet allait sortir de la douane, une voix murmura dans son dos :

— Je vous attends auprès de ma voiture, devant la deuxième porte...

Le « peintre » se retourna : ce fut à cette minute qu'il fit connaissance avec « l'antiquaire » qui, lui, n'éprouva même pas le besoin de se nommer et se contenta d'ajouter encore plus discrètement :

— Ne vous avait-on pas prévenu à Paris que quelqu'un vous attendrait ?

Avant même que le voyageur n'ait eu le temps de réaliser ce qui lui arrivait, il se retrouva, assis dans une vieille Chevrolet assez délabrée, à côté de l'inconnu qui embrayait pendant que les personnalités et la foule saluaient une dernière fois avec une réelle sympathie.

Quelques secondes plus tard, la vision de l'aéroport de Tan-Son-Nhut — qui, d'ailleurs, était aussi laid que tous les aéroports du monde — disparaissait pour céder la place au ruban de dix kilomètres qu'il faut encore longer pour atteindre Saigon. Un long moment, les deux hommes restèrent silencieux comme s'ils cherchaient, l'un et l'autre, à s'absorber dans la contemplation des luxueuses propriétés bordant la route... Mais, en réalité, chacun d'eux tentait d'observer et, si possible, d'étudier son voisin : une première impression n'est-elle pas souvent déterminante pour les relations futures?

Il y eut même une certaine gêne... L'homme arrivé de France ne pouvait s'empêcher de trouver assez inquiétant ce personnage au profil accentué par la barbe taillée en pointe et dont le visage buriné n'avait pas d'âge... Il savait aussi que cet homme, qui avait pour mission de guider ses premiers pas dans un Viêt-Nam inconnu, devait être parfaitement renseigné sur son compte : les services du colonel Sicard n'avaient dû omettre aucun détail alors que lui ignorait tout de son voisin. C'était là ce qui l'exaspérait le plus... Et cependant! Puisqu'il avait accepté de travailler à nouveau pour un S.R., il aurait dû se plier à la discipline qui veut que les agents s'ignorent le plus possible les uns les autres. Sous l'anonymat d'un nom quelconque, le vieil homme devait porter en réalité l'un de ces numéros chers aux réseaux secrets. A moins que, pour être encore plus anonyme, il n'ait été, lui aussi, rayé officiellement des cadres?

— Votre réception à l'aéroport, finit par dire le conducteur de la voiture, a été une réussite... Quand ils veulent s'en donner la peine, « nos » amis peuvent très bien organiser les choses... Et votre réponse en vietnamien a été appréciée... Vous le parlez correctement : ce qui vous sera utile... Mêlé à la foule des curieux, j'ai écouté ce qu'on y disait : vous avez plu... Donc le premier contact a été excellent!

Le peintre ne répondit pas.

— Je constate également avec plaisir que vous n'êtes pas bavard : ce qui est un atout essentiel dans ce pays où les gens le sont... Écoutez-les, laissez-les parler et vous apprendrez rapidement beaucoup de choses... Bien que la nuit commence à tomber, je tiens à vous donner un premier petit aperçu de Saigon et spécialement de son port qui est peut-être ce qu'il y a de plus curieux à cette heure-ci... En trois cents mètres de quai, vous découvrirez trois cents mètres d'Asie...

La voiture était maintenant en pleine ville, longeant les quais.

— Vous voyez le café en plein air qui s'avance sur ce môle arrondi au confluent de la rivière de Saigon et de l'Arroyo chinois? C'est là que l'on découvre le meilleur point de vue sur les paquebots et que l'on ressent les meilleurs courants d'air... Cela se nomme « la Pointe des Blagueurs »... Comme son nom seul l'indique, c'est l'un des derniers morceaux de la France qui reste... Les vieux Saigonnais, tels que moi, préfèrent ce plain-pied à la terrasse surélevée du Club Nautique : ils se donnent l'impression d'être restés chez eux dans la nuit d'un pays de plus en plus hostile! Peut-être aussi s'imaginent-ils pouvoir repartir plus facilement de là pour rejoindre la France quand ils le voudront!

Il avait arrêté la voiture et poursuivait de sa voix très douce :

— Écoutez la marée qui nous vient de loin pour clapoter capricieusement sur les pierres... Écoutez la voix du sampanier, vendeur de soupe chinoise qui psalmodie les mérites de sa cuisine à l'adresse des jonques de Paddy, que le niveau descendant de l'eau ou la nuit ont bloquées près du pont de Khanh Hoï...

— Quel est ce grand bâtiment moderne illuminé?

— C'est déjà une citadelle de l'Amérique : l'hôtel *Majestic*... Parce qu'il est le plus neuf, le plus cher aussi... Son restaurant à baies vitrées du dernier étage surplombe la rivière : vous pourrez y retrouver, si cela vous attire, la cuisine internationale de palace, c'est-à-dire la cuisine la plus banale du monde! C'est un lieu pour gens qui ne font jamais souche dans ce pays, qui préfèrent dominer ses problèmes pour les exploiter le cas échéant, qui évitent prudemment ses dangers et ses microbes... C'est une forteresse de Blancs, détestés de tout le monde, qui resteront toujours blancs comme l'émail de leur baignoire et la lumière artificielle au néon.

— Quel contraste, en effet, avec la foule qui déambule sur le quai!

— Sur le quai, c'est déjà l'Asie! C'est-à-dire un mélange prodigieux de gens qui travaillent, qui jouent, qui dorment et qui mangent, d'enfants nus et de vieillards infirmes... L'Asie grouillante qui n'a jamais tant grouillé que depuis la création de la zone de démarcation entre le Viêt-Minh et le Viêt-Nam : les réfugiés ont afflué en masse ici et on ne sait plus où les mettre! Regardez cette Asie des temps actuels : elle est faite de mendiants moyenâgeux et de grosses motocyclettes chromées dont les propriétaires n'ont souvent pas de domicile... Asie qui n'a jamais offert autant de contrastes qu'en cette fin du règne de l'homme blanc qui n'évoque plus pour moi qu'un noyau que l'on recrache au moment même où l'on avale, sans le mâcher, son fruit qui est la civilisation mécanique...

— Vous êtes plutôt amer pour notre race!

— Cher monsieur Fernet, qui ne le serait s'il n'avait connu tout ce que j'ai vécu ici et spécialement cette abdication progressive du Blanc devant les progrès foudroyants du Jaune qui s'est réveillé en s'arrachant à une torpeur dolente de plusieurs siècles... Mais laissons là toutes ces considérations : à quoi sert de regretter un passé qui est bien mort! Regardons plutôt le présent : il est là, devant vous, sur ce quai que j'aurais aimé vous faire voir d'abord de jour pour que vous puissiez vous rendre compte comme la nuit le transforme... Et dites-vous bien qu'il en est ainsi pour toutes les agglomérations importantes du Viêt-Nam.

Doucement, il avait remis la voiture en route et ils avançaient au ralenti pendant qu'il continuait :

— De jour, c'est un quai banal qui, comme tous les quais, sert à l'embarquement et au débarquement. Le gravier venant de Phnom-Penh sort de grandes jonques noires dans des paniers portés par des coolies... Le train qui passe, sur ces rails actuellement déserts, apporte chaque matin le bois des forêts de Biên-Hoa et de Thu-Dau-Mot... Les passagers enfin utilisent ce ponton pour s'embarquer sur la chaloupe du cap Saint-Jacques.

— Le cap Saint-Jacques?

— Je me doute que ce nom offre pour vous quelque résonance depuis que vous avez été reçu dans un bureau parisien de la rue Saint-Lazare... Mais, si vous le voulez bien, nous parlerons un peu plus tard de ce cap... Pour le moment, il est préférable que vous fassiez connaissance avec ce port de Saigon, situé à des kilomètres à l'intérieur des terres, presque au cœur de la Cochinchine, et dont l'importance ne saurait vous échapper... C'est seulement vers 6 heures du soir que commence l'autre vie : celle de la nuit...

Il se tut pendant que la voiture continuait à rouler lentement comme s'il voulait que son voisin découvrît lui-même mille et un détails, mille et un secrets... Celui qui, à cette minute, voyait les gens et les choses peut-être plus en artiste qu'en ingénieur, comprenait soudain que de la terre ferme et de la rivière affluaient d'abord les vendeurs qui installaient tranquillement leurs éventaires entre l'eau et la rue, au milieu des rails. Il y avait des cuisines roulantes de toutes catégories : les plus luxueuses étaient décorées de glaces peintes, il y avait de modestes presses à canne à sucre dont la roue rappelait la barre d'un bateau... Il y avait les cireurs de chaussures et les diseurs de bonne aventure, les marchands de cacahuètes et le cinéma portatif, sur bicyclette, projetant des histoires éculées de Charlot ou de shérifs... Il y avait les vendeurs de cigarettes de contrebande, les vendeurs de tripes, d'agglomérés de crevettes, de poisson mandarin râpé, d'oreilles de cochon en lamelles, de seiche fumée avec ses rubans fanés... Il y avait les vendeurs d'agar-agar, de betchis, de graines de lotus, de jujube : il y avait tout ce qu'il fallait pour séduire la foule...

Plus loin, des tables descendaient de jonques où elles étaient restées empilées pendant le jour, le ventre à l'air; d'autres semblaient se monter toutes seules avec une planche et des tréteaux; de petits tabourets se dépliaient et des chaises de rotin s'installaient... Une eau, dont le miracle était qu'elle paraissait propre, arrivait dans des touques à conserve; des pains de glace, couverts de sciure, se laissaient débiter à même le sol... Sur des réchauds à charbon de bois, la chaleur faisait s'ouvrir, toutes seules, les grandes palourdes lisses et les petites, rondes et rayées. Avec une brosse à chaussures, baignée dans l'eau jaune du fleuve, une fille nettoyait de gros crabes qu'elle poignardait ensuite avant de les déposer gigotants sur le grill où ils rougissaient à vue d'œil, puis elle les retournait et quand ils étaient cuits des deux côtés, elle les décalottait et les découpait en petits morceaux parfumés...

Le populaire était accroupi par terre, face à l'étal de mangeaille qui n'était plus qu'un immense plateau au ras du sol. La clientèle ne manquait pas : le père avait un faible pour la cervelle de cochon et l'alcool de riz, la mère grignotait des graines de pastèque, les enfants avaient droit au jus de canne à sucre pressé avant de courir jouer, en pleine rue, au football américain.

Il y avait aussi, comme dans toutes les foules, un vendeur de billets de loterie : celle-ci était la « Loterie de la Reconstruction » instituée après la cessation des hostilités.

Une pancarte témoignait de la vanité des règlements d'une autre époque : la vie asiatique avait repris l'avantage, avait réussi à écraser la toute-puissante administration des douanes et régies qui s'était permis d'interdire le stationnement !

L'homme de Paris restait silencieux, abasourdi.

— Ces visions vous laissent rêveur ? dit son compagnon. J'avoue qu'il y a de quoi la première fois où on les contemple... Mais vous vous y habituerez vite et peut-être finirez-vous par les aimer, comme je les aime... Dites-vous que ce trafic durera jusqu'à l'aurore : alors les marchands s'en iront mais ceux qui n'habitent que sur le quai resteront. Ce sont ceux des sampans, ceux des jonques, ceux qui couchent sur les rails, ceux qui habitent sous les appontements sur une simple planche entre le ciment et l'eau boueuse... Au bout de l'embarcadère, que vous apercevez sur votre gauche, une nouvelle équipe de coolies entrera dans la ronde sempiternelle du travail pour charger cette grande chaloupe de bois blanc, à l'allure de bateau-mouche parisien, qui attend que l'on enfourne dans son ventre de la bière, du mazout et de l'eau de Vichy... Pendant ce temps, l'ancienne équipe — celle qui a terminé son travail ce soir — rentrera dans la ronde infernale du jeu, en d'obscurs tripots où se pratique le loto ou l'écarté et dont les maîtres ne sont plus les hommes mais le Hasard... Le Hasard qui redistribue les payes : ceux qui auront tout perdu, l'un après l'autre, s'en iront dormir... J'estime que vous en avez assez vu pour ce soir...

Pendant que la Chevrolet s'éloignait du port, Jacques

Fernet ne pouvait s'empêcher de penser : « Tout à l'heure, quand les réverbères de la Pointe des Blagueurs seront éteints, la vie asiatique étendra ses bras dans l'ombre et le sommet, toujours éclairé, du *Majestic* ne sera plus qu'un bateau à l'ancre, sur un fleuve à jamais inconnu... »

— Je m'aperçois, lui dit son compagnon, que j'ai complètement omis de vous dire mon nom... Maintenant que nous avons un peu fait connaissance, il est temps : je m'appelle Serge Martin.

« Martin! Je l'aurais parié! pensa Fernet. Il ne pouvait pas trouver de nom plus anonyme... Mais pourquoi Serge? Aurait-il des origines slaves? Ou a-t-il simplement trouvé que le mariage de ce prénom et de ce nom était amusant? »

— Je me livre dans ce pays que je connais bien, continua le vieil homme, au commerce... comme tout le monde! Mais le mien est spécial : il s'agit d'objets d'art... Sans doute est-ce la raison pour laquelle on m'a surnommé, un peu partout dans ce pays, « l'antiquaire »... Oui, je l'avoue : j'ai un faible pour tout ce qui est beau... Vous aussi d'ailleurs! Je m'en suis rendu compte à la façon dont vous contempliez tout le pittoresque du port : vous aviez dans le regard une véritable tendresse d'artiste... Ce qui est normal pour un peintre! Je pense que ce goût commun du beau devrait un jour nous rapprocher...

— Vous croyez?

— A nous deux, nous pourrions peut-être faire ici de l'excellent travail... Un travail d'artistes, bien entendu!

— Où m'emmenez-vous maintenant?

— Chez moi. Ma demeure offre le double avantage d'être spacieuse et isolée, dans les faubourgs sud, précisément sur la route qui conduit au cap Saint-Jacques... Saigon est devenue très bruyante depuis que les Américains y ont répandu leurs jeeps... Et il nous faudra le calme pour créer, le silence surtout!... Voici la maison...

★

Arrivé à cet instant de la longue méditation qui lui avait permis de revivre en pensée l'incroyable succession d'événements dont le premier aboutissement avait été son entrée dans cette demeure, où il gisait maintenant sur un lit, le pseudo-Jacques Fernet reprit conscience de la réalité du moment... Il n'était plus, huit mois plus tard, qu'un aveugle à la merci d'un destin inquiétant et n'ayant plus, pour unique protecteur, que ce Serge Martin qui avait jugé prudent, cette nuit, d'armer une carabine avant de tenter de prendre du repos, lui aussi, dans la chambre voisine.

Dormait-il seulement ? Ou bien était-il dans le même état que lui, Jacques, qui savait ne pouvoir trouver le sommeil que lorsqu'il se serait remémoré complètement l'aventure ? Et pourtant ! Dormir ne serait-il pas pour lui le seul moyen d'oublier ? Mais les souvenirs étaient là, trop proches, le hantant, le harcelant, apportant progressivement — au fur et à mesure qu'ils se déroulaient — sinon l'explication de tout, du moins une certaine détente du cerveau... Souvenirs, tour à tour fantastiques et cruels qui mettaient l'esprit en feu, qui fatiguaient mais auxquels cependant il ne pouvait s'arracher...

Ces quelques secondes de retour au présent, dans la chambre silencieuse, n'étaient que la pause nécessaire donnant le courage de reprendre le fil interrompu avec une force accrue. Il devait aller, cette nuit, jusqu'au bout des souvenirs ! Il le fallait pour faire le point indispensable avant d'affronter le nouveau danger qui se préparait.

Mais cette halte elle-même était-elle due seulement à une fatigue passagère de sa mémoire ou à un événement extérieur ? Très attentivement, tendu, il écouta avec cette extrême sensibilité auditive qu'il avait acquise depuis qu'il ne voyait plus... Et presque aussitôt, il se rendit compte qu'il n'était plus seul dans la chambre : qu'il y avait, à quelques pas de lui dans le noir, une autre présence humaine, à peine perceptible mais certaine.

Toujours allongé, l'aveugle resta immobile, faisant attention à ce que sa propre respiration eût la régularité de celle d'un dormeur. Quand la présence, qui se rapprochait du lit, ne fut plus qu'à quelques centimètres, l'homme étendu sentit son sang se glacer... Cette mort prochaine, annoncée par la *taxi-girl,* allait-elle venir aussi vite? Ce n'était qu'un frôlement... La présence — il ne pouvait y avoir aucun doute : depuis six mois qu'il continuait à le côtoyer sans le voir, l'aveugle s'était suffisamment imprégné de son odeur — était celle de Serge Martin.

Un temps, qui parut un siècle à l'homme ne bougeant toujours pas, s'écoula avant que l'antiquaire, sans doute tranquillisé par la respiration régulière, ne s'éloignât et ne rejoignît sa chambre.

Alors seulement, l'aveugle se posa la question : pourquoi cette visite inhabituelle? Jamais, jusqu'à cette nuit — de cela aussi la sensibilité toujours en éveil de Jacques était certaine — jamais son compagnon n'avait accompli un tel geste... Geste de sollicitude attentive ou de menace sournoise? Le vieil homme venait-il d'agir en protecteur qui, ayant reçu l'ordre de défendre un homme handicapé par une infirmité, vient voir si celui-ci est toujours là, bien vivant? Ou bien avait-il eu une autre pensée en tête, terrifiante celle-là : profiter du sommeil pour supprimer un agent devenu inutile depuis qu'il était aveugle? Ne serait-ce pas lui le tueur annoncé par la fille du *Grand Monde?* Et la question qu'il s'était posée vingt fois, cent fois, revenait : qui était exactement ce Serge Martin? Jamais encore il n'avait pu trouver la réponse.

Mais quel intérêt Serge Martin — ou ses chefs — auraient-ils eu à agir ainsi? Jacques n'avait pas encore terminé sa mission : on le lui avait fait savoir de Paris et c'était pourquoi on l'avait contraint à rester au Viêt-Nam, même aveugle. Enfin, et de cela l'ex-agent 2 884 en avait presque la certitude absolue, jamais « la vieille chouette » — qui était cependant capable de bien des choses — n'aurait donné un ordre aussi monstrueux ! Quand il avait travaillé sous ses ordres, sans le connaître, pendant la guerre, il avait pu s'apercevoir — même quand il s'était cru isolé et abandonné de tous en pays ennemi, au Japon — que le colonel tentait tout pour sauver la vie de ses subordonnés. Selon la juste loi du Service, acceptée au départ, il ne les faisait supprimer que lorsqu'ils avaient trahi. Et « le peintre » avait la conscience nette. Donc la seule réponse était que la surveillance très serrée de « l'antiquaire » ne pouvait être attribuée qu'au désir de protection permanente. C'était là une indication silencieuse prouvant que le danger annoncé était imminent.

Lui, ne pouvait rien pour y parer seul. Il n'avait qu'à attendre patiemment, comme il l'avait déjà fait depuis des mois, en caressant l'espoir qu'une fois encore — comme cela s'était produit avant qu'il ne devînt aveugle — son étrange ange gardien saurait éviter le pire...

Il pensait à tout cela avec calme, presque avec résignation, n'ayant jamais eu la crainte de la mort. Puis il trouva plus sage, et surtout plus urgent, de retourner au déroulement des souvenirs interrompus. Si la halte avait été courte, elle avait été suffisante, meublée par un puissant dérivatif, l'approche d'une ombre... Le fil de sa mémoire le ramena au moment où, descendant de la Chevrolet après le détour par le port, il avait pénétré pour la première fois, en compagnie de son hôte, dans l'immense salon du rez-de-chaussée où tant de merveilles étaient accumulées.

★

La première de toutes, la seule même qui attirât véritablement son attention ce soir-là fut le paravent aux douze panneaux laqués, ornant le mur du fond. Il se souvenait que, pendant un long moment, il était resté fasciné devant la multitude des petits personnages aux visages ivoirés qui, tout en restant incrustés sur le fond noir, semblaient s'y mouvoir, tels de prestigieux fantoches animés par des fils invisibles, dans une immense farandole de vie et de mystère où le rêve se mêlait dans la chaleur des ors à la réalité... Les guerriers à cheval, les navigateurs sur leurs gracieuses embarcations, les porteurs de lanternes, les femmes penchées sous les vérandas de frêles maisons sur pilotis paraissaient tous appartenir à la même légende éternelle...

Sur tous les panneaux les moindres détails, allant des clochetons pointus aux pins parasols, semblaient n'avoir été étudiés que pour orienter délicatement les regards vers le centre de chaque fresque où l'on découvrait, entourée d'un cercle de musiciennes accroupies devant d'étranges instruments, une princesse qui dansait... Et, de panneau en panneau, les gestes de la danseuse entraînaient le cortège de petits personnages vers les escaliers d'une pagode en haut desquels trônait Bouddha...

— Je maintiens ce que je vous ai déjà dit tout à l'heure, dit l'antiquaire en souriant. Vous êtes un véritable artiste!

— N'exagérons rien, voulez-vous?

— Vous ne vous êtes pas trompé : ces laques sont belles... Je sens que vous aimeriez bien savoir ce qu'elles représentent.

— J'avoue que si nous en avions le temps...

— Mais nous le trouverons, cher monsieur! Auriez-vous déjà oublié, vous qui avez cependant séjourné au Japon, qu'en Extrême-Orient le temps ne comptait pas?

— On vous a donc tout dit de moi?

— Seulement l'essentiel... N'est-il pas normal que je sache qui je reçois? En ce qui concerne ce paravent, contentez-vous pour l'instant d'apprendre qu'il existait dans l'ancienne Chine vingt-quatre histoires essentielles que l'on se transmettait de génération en génération... Et pour que les enfants de mandarins pussent les apprendre dès le plus jeune âge, on avait imaginé de les raconter ainsi sur des laques... Disons que ce sont des imageries d'Épinal de qualité! Ces histoires constituent toute la base de la morale et de la philosophie : elles chantent, en des coloris destinés à défier les siècles, les exploits, les métamorphoses, les victoires, les vengeances aussi. Les panneaux que vous avez devant vous racontent l'une de ces histoires : celle d'une danseuse qui fut consacrée à Bouddha dont elle devint la fille bien-aimée...

— Puis-je vous poser une question?

— Je vous écoute.

— Il y a longtemps que vous êtes « antiquaire », monsieur Martin?

— Sensiblement plus que vous n'êtes « peintre », monsieur Fernet! Avez-vous d'autres questions à me poser?

— Non.

— Je pense alors que vous devriez aller prendre quelque repos... Cet avion de France a le plus grand tort d'arriver assez tard et je vous sens fatigué : ce qui est normal après un voyage pareil. Personnellement, j'ai horreur de l'avion! C'est un moyen de communication beaucoup trop rapide qui ne laisse pas le temps de se familiariser avec l'idée que l'on trouvera à l'arrivée un monde tellement différent de celui que l'on vient de quitter! On en sort complètement ahuri! Il vous faut une bonne nuit et, à votre réveil, vous vous apercevrez que vous ne faites plus partie de la vieille Europe! Suivez mon conseil : allez dormir... D'autant plus que vous aurez demain un après-midi assez fatigant.

— En quoi consistera-t-il?

— Je ne puis croire que l'on ait omis de vous dire à Paris que vous assisteriez, le lendemain de votre arrivée, au vernissage de votre extraordinaire exposition dans la plus importante galerie de Saigon ?

— On me l'a dit, en effet... Ce sera pour quelle heure ?

— Celle où la chaleur commence à tomber : 5 heures... Naturellement, je vous accompagnerai, ne voulant pour rien au monde manquer cette consécration officielle de votre grand talent...

— Vous vous moquez?

— Sachez, cher monsieur, qu'ici on ne se moque de personne! Que tout y est respectable et surtout les artistes qui jouissent d'une considération spéciale...

— Et, après le vernissage, quel sera le programme?

— Nous reviendrons sagement ici, vous et moi, pour parler... J'ai l'impression que nous avons pas mal de choses à nous dire.

— Vous sûrement! Quant à moi, je crois que je n'aurai qu'à vous écouter, puisque l'on m'a informé que je trouverais toutes les instructions ultérieures sur place... Je pense qu'elles ne peuvent venir que de vous?

— En effet... Avez-vous faim?

— Non.

— De toute façon, j'ai donné des ordres pour que vous trouviez dans votre chambre un petit en-cas si, par hasard, la fringale vous prenait pendant la nuit. A ce propos, il faut que je vous présente celui qui assurera votre service ici...

Il alla frapper sur le gong, dont Jacques entendit, pour la première fois ce soir-là, la résonance grave se répercutant dans toute la maison... Vibration sonore qu'il ne pourrait plus jamais oublier... Depuis, les mois avaient passé et il savait ne s'être pas trompé : toute la vie de la demeure silencieuse était rythmée par ces appels de gong... A chaque appel, avec une rapidité incroyable, presque fantasmagorique, apparaissait celui que l'antiquaire avait présenté en ces termes :

— Voici Kim, mon fidèle Kim qui est à mon service depuis quelques années déjà...

Le serviteur s'était incliné avec respect, mais sans obséquiosité, devant l'hôte de son maître. Quand il releva la tête, et pendant que Serge Martin continuait à parler, Jacques tenta de l'observer mais, très vite, il se rendit compte qu'il ne devinerait rien! Le visage du boy était impénétrable. Était-il encore très jeune ou, au contraire, plus vieux qu'il ne le paraissait, ce Kim? Et pourquoi ce nom qui aurait mieux convenu à une femme? A moins que... Et ce fut la première pensée qui vint à l'esprit du « peintre »... A moins que ce Kim ne fût l'un de ces êtres bizarres, asexués, androgynes que l'on rencontre fréquemment en Extrême-Orient et surtout dans le Sud-Asiatique? Était-il homme? Était-il femme? N'était-il pas, plutôt, ni l'un ni l'autre? Ou les deux à la fois?

Le plus troublant était que la voix de l'antiquaire semblait s'être faite encore plus douce pour vanter les mérites de Kim :

— Kim est annamite... Il est, de loin, le boy le plus intelligent et le plus discret que j'aie jamais trouvé... Ce qui est agréable avec lui, c'est qu'il comprend tout et qu'il aime recevoir des ordres en français... Il devine même, avant que l'on ait parlé, ce que l'on désire! C'est très reposant! Cela vous changera de ce personnel de plus en plus hargneux de la vieille Europe qui ne considère le maître qu'en ennemi. Kim n'est pas ainsi : c'est un allié... Puisqu'il est le mien, il sera le vôtre...

La voix avait presque des intonations de tendresse. Après en avoir éprouvé de la gêne, l'homme arrivé de Paris se hâta de dire :

— Puisque vous faites de lui un tel éloge, cher monsieur Martin, je suis persuadé que Kim et moi nous nous entendrons bien...

Sans qu'aucun autre ordre lui eût été donné, le boy s'était retiré sans bruit, comme il était venu...

Depuis ce premier contact, qui lui avait laissé une impression assez désagréable, Jacques avait changé d'avis au sujet de Kim, qui tout en se montrant un serviteur modèle, avait su peu à peu gagner — sinon sa confiance totale — du moins son estime et ceci, grâce à une foule de petites attentions, grâce à beaucoup de discrétion surtout... Discrétion qui s'était transformée en un véritable dévouement le jour où Jacques avait perdu la vue... Mais c'était cependant ce Kim dont Maï, la *taxi-girl*, venait de dire ce soir : « *Méfiez-vous du boy qui vous sert de guide actuellement!* »

Le jour de son arrivée dans la maison des merveilles, Jacques n'avait eu aucune méfiance de ce genre : la seule chose qui l'avait intrigué était la nature des relations cachées qui pouvaient peut-être exister entre le vieux colonial Serge Martin et son boy. Seul le temps révélerait peut-être la vérité?

Ce qu'avait dit l'antiquaire était exact : le voyageur était exténué. Il ne fut pas long à s'endormir non sans avoir constaté avec étonnement que Kim avait déjà trouvé le temps de défaire ses valises et de tout ranger avec un soin méticuleux.

Ce fut Kim qui le réveilla, en apportant le petit déjeuner, et en demandant dans un français guttural mais correct :

— Monsieur a-t-il bien dormi pour sa première nuit passée à Saigon?

— Une nuit sans histoire, Kim! Quelle heure est-il?

— Le soleil est déjà haut, monsieur... Il est 11 heures.

— Déjà? Mais c'est fou ce que j'ai pu dormir!

— Monsieur en avait besoin... Le maître me prie de dire à monsieur qu'il le retrouvera en bas à 13 heures pour le grand repas.

Kim était déjà reparti. Sur le plateau du petit déjeuner étaient déposés les principaux journaux du matin qui, tous sans exception, relataient en termes chaleureux l'arrivée du « peintre français, ami du Viêt-Nam ». Des photographies, prises à l'aérodrome, le montraient faisant un large salut d'amitié pendant qu'il descendait de l'avion ou bien écoutant le discours de bienvenue de l'attaché culturel français. A la fin de chaque article, le chroniqueur rappelait que Jacques Fernet assisterait en personne au vernissage de son Exposition qui aurait lieu, l'après-midi, à 5 heures.

« Le peintre » laissa les journaux en pensant, pendant qu'il beurrait une tartine, que les services du colonel Sicard continuaient, selon une expression qui devait être chère à la « vieille chouette », à « préparer le terrain »... Et, — était-ce parce qu'il s'était reposé ou parce que le temps était radieux — il commençait à croire que ce terrain serait moins glissant qu'il ne l'avait craint au départ. Bientôt, pour peu que cette subite euphorie continuât, il finirait par s'imaginer qu'il avait toujours été peintre, qu'il n'avait même été que cela...

— Je suis enchanté que vous ayez passé une bonne nuit, fut l'accueil de son hôte quand ils se retrouvèrent au rez-de-chaussée. Reconnaissez qu'elle était nécessaire : vous n'êtes déjà plus le même homme! Je vous l'avais dit : il suffit d'une nuit et l'on découvre que l'on appartient à un autre monde! Vous avez pris connaissance de la presse?

— Elle ne peut être meilleure!

— Si vous m'écoutez, elle sera toujours tendre à votre égard... Votre vernissage s'annonce comme devant être un succès! Ce matin, on m'a informé que des amateurs rachetaient au marché noir des cartes d'invitation : c'est un critère infaillible.

Ce fut plus qu'un succès, ce vernissage : un triomphe. Tout le monde était content : les officiels, les amateurs, les curieux. Ce fut élégant aussi : les femmes étaient jolies et le héros du jour put mesurer le temps que les belles de Saigon devaient consacrer à se parer pour séduire dans un curieux mélange de restes d'orientalisme et de soif d'européanisation.

— Elles sont fascinantes, n'est-ce pas? murmura l'antiquaire qui ne le quittait pas un instant et répondait le plus souvent à sa place aux questions, souvent saugrenues, posées par les admiratrices.

Ces réponses du vieil homme étaient d'ailleurs fines et non dénuées d'un certain humour. Elles permirent aussi au peintre de constater que l' « antiquaire » était très connu — et même assez populaire — dans les milieux artistiques ou mondains de Saigon. Il semblait connaître tout le monde et ne manquait pas, après chaque poignée de main échangée ou chaque nouvelle présentation, de confier rapidement à son compagnon :

— C'est un tel ou une telle... Voilà sa profession... (Puis il ajoutait plus bas :) Intéressant à connaître pour vous. (Ou bien, au contraire :) Aucun intérêt pour le but que vous recherchez.

A une personne sur deux, et spécialement à tous les journalistes ou courriéristes, Serge Martin ne manquait jamais de dire sur le ton de l'homme qui fait une importante confidence :

— Le plus merveilleux est que notre ami Jacques Fernet va rester parmi nous le temps qui sera nécessaire pour peindre de nouveaux chefs-d'œuvre... Il ne tient pas trop à ce qu'on le dise parce qu'il veut, avant tout, conserver l'incognito pour travailler plus à l'aise... Mais comme vous êtes un véritable ami, je vous confie tout sous le sceau du secret, bien entendu!

Dès que l'interlocuteur s'était éloigné, il murmurait à Jacques :

— C'est la meilleure façon de parvenir à ce que ce « secret » se répande rapidement dans toute la Cochinchine!

Pendant le retour en voiture, après le vernissage, il conclut :

— Vous pouvez être satisfait... Maintenant ça y est : vous êtes solidement catalogué sous l'étiquette de peintre. C'était ce qu'il fallait ! Pardonnez-moi si je vous ai suivi comme une ombre bavarde mais je craignais que l'on ne vous posât quelques questions embarrassantes... Il n'en a rien été, heureusement !

— Vous me prenez donc pour un débutant ?

— Un débutant dans ce pays ? Certainement !... Je sais que vous avez « opéré » au Japon, mais dites-vous, une fois pour toutes, qu'il n'y a aucun rapport entre les deux peuples... Il y a beaucoup plus de différence entre un Vietnamien et un Japonais qu'entre un Français et un Allemand ! Cette base essentielle étant établie, quels sont, parmi tous ceux qui vous ont congratulé pendant ces trois heures exténuantes, ceux ou celles qui vous ont le plus intéressé ?

— Les femmes...

— Judicieuse réponse ! La femme vietnamienne est assez étonnante... Dites-vous bien que, jeune ou âgée, elle sait toujours ce qu'elle veut ! Les célibataires de ce pays affirment que les hommes mariés sont atteints du « So ma femme » comme d'autres sont seulement atteints du « So ma » ou peur des revenants... Ce néologisme a vu le jour récemment pour remplacer le « So vo » qui est la-peur-de-sa-femme.

— Elles sont donc si redoutables ?

— La femme mariée est une sorte de « général de l'intérieur ». Elle n'est considérée ni comme une bête de luxe ni comme une bête de somme. Quand il lui parle, son mari l'appelle « Minh », ce qui veut dire : « un autre moi-même ». La femme vietnamienne n'est donc pas à plaindre. Dans les milieux jeunes-vietnamiens actuels, on énumère ainsi les félicités terrestres : *Manger à la chinoise ; Habiter une maison française ; Prendre pour femme une Japonaise ; Prendre pour mari un Américain ; Avoir à sa mort un enterrement vietnamien.* Vous pouvez donc constater que les femmes vietnamiennes n'y sont pas mentionnées! Sans doute parce qu'elles se trouvent dans le « juste milieu » si cher à tout disciple de Confucius qui se respecte...

» On prétend aussi au Viêt-Nam que les hommes qui ont la barbe incurvée, rentrant vers le cou, craignent leurs tendres moitiés, d'où cette expression proverbiale : « *Lissez votre barbe vers l'extérieur et ne craignez pas votre femme.* » Par voie de conséquence, tout mari qui a une barbe incurvée est considéré comme placé sous l'autorité de son épouse.

— Ceci ne risque pas de vous arriver si j'en juge par votre barbe hérissée en pointe?

— Oh! Pour moi, mon cher, les femmes — qu'elles soient jaunes ou blanches — ne seront toujours que des objets de curiosité mais jamais des objets aussi rares que ceux que j'ai pu réunir dans mes collections!

— Mysogyne?

— Prudent! Ce qui n'empêche pas que dans ce pays, comme beaucoup d'autres, les femmes peuvent être très utiles... Surtout si l'on a la chance de leur plaire! Et vous leur plaisez!

— Moi?

— Ne jouez pas les jeunes gens rangés! Ça ne vous va pas! Oui, vous plaisez énormément à ces dames et demoiselles de Saigon... Je m'en suis rendu compte pendant le vernissage : ce n'était pas vos toiles qu'elles dévoraient de leurs petits yeux noirs, perçants et follement indiscrets... C'était vous! Ensuite, uniquement pour vous faire plaisir, ces exquises créatures faisaient semblant de s'intéresser à votre œuvre... Et j'ai tout lieu de penser que ce charme indiscutable, qui émane de toute votre personne, pourra éventuellement vous être d'une grande utilité pour le travail que vous allez entreprendre.

— Vous n'allez pas me dire que les femmes vietnamiennes se mêlent d'opérations de renflouement de navires?

— Qui sait ? Mon cher Jacques... Me permettez-vous, à l'avenir, de vous appeler ainsi puisque, enfin, il faudra bien que notre amitié progresse ?

— J'allais vous le demander...

— Merci ! Donc, mon cher Jacques, je ne saurais trop vous conseiller — si l'occasion se présentait pour vous un jour — de ne pas négliger votre pouvoir de charmeur... Seulement, dans ce pays plus que dans tout autre, il faut être habile... La femme vietnamienne, sous une apparence souvent frêle, est authentiquement une femme forte... N'oubliez jamais ce huitain vietnamien, qui doit être l'œuvre de l'un de ces maris falots placé sous l'autorité de sa femme et qui cherche à justifier sa conduite pour ne pas perdre irrémédiablement la face :

« *Dès qu'elle élève la voix, je commence déjà à trembler !*

» *Réellement, il n'y a aucune comparaison entre le Ciel et sa femme...*

» *Quand elle a ses accès de colère, nul ne lui est supérieur.*

» *Et au 9e Ciel, le Créateur lui-même doit lui faire des concessions !*

» *Quand elle vous regarde, vos yeux voient des éclairs !*

» *Quand elle crie, vous croyez que la foudre tombe derrière vous !*

» *Amis, ne dites pas que le ciel est plus puissant que votre femme...*

» *Erreur ! le ciel est loin, alors que votre femme est à vos côtés.* »

» La Vietnamienne des temps actuels n'est plus « la frêle fleur de prunier » ou « la mince branche de saule » d'autrefois et, si la nécessité s'en fait sentir pour elle, vous la verrez parfaitement capable d'accomplir de grandes choses... même d'horribles choses : pendant la récente guerre, on a vu des bataillons entiers de femmes viêt-minh, dont l'endurance, le courage et la cruauté dépassaient tout! Si nous devions conclure sur le chapitre des femmes de ce pays, contentez-vous, comme moi, de les contempler avec prudence, faites-vous admirer par elles et aimer peut-être, si vous le pouvez! Mais n'oubliez jamais qu'elles possèdent sans doute le plus grand don de dissimulation et de rouerie que vous ayez jamais rencontré chez n'importe quelle créature du doux sexe!

Ils étaient arrivés à la maison où le premier soin de l'antiquaire fut de frapper sur le gong. Kim entra aussitôt, apportant du whisky, puis il se retira sans bruit.

— Du Perrier, mon cher?

— Du Perrier.

Levant son verre, l'antiquaire dit :

— A notre amitié!

Il but une gorgée avant d'ajouter :

— ... et à votre réussite! Je ne parle plus de celle du peintre! Elle est connue... Pensons plutôt à celle qui viendra, qui doit venir! Mais il ne faut quand même pas sous-estimer la première qui conditionne la seconde... En effet, si nous faisons le point, votre principale occupation doit être maintenant de vous promener un peu partout à Saigon ou dans ses environs pour rechercher des paysages vrais... Et je crois que vous pourriez utilement commencer dès demain matin cette « prospection artistique ».

— C'est aussi mon avis : il n'y a pas de temps à perdre!

— Rassurez-vous, nous n'en avons pas perdu! Tout a été utile depuis votre arrivée : l'accueil à Tan-Son-Nhut, la promenade sur le port, la nuit réparatrice, la lecture des journaux, le vernissage et même cette première prise de contact avec les belles Vietnamiennes... Demain nous irons faire un tour du côté de Kung Tau : c'est l'appellation vietnamienne du cap Saint-Jacques. Je vous avais dit que nous reparlerions ce soir de ce lieu enchanteur. Si vous le voulez bien, nous partirons avant le lever du soleil pour que vous puissiez avoir une première vision de l'aurore à l'entrée de la rivière, là où ses eaux jaunâtres parviennent même à donner une teinte indéfinissable et douteuse à la Mer de Chine... Vous verrez: l'effet est saisissant! Naturellement, vous emporterez avec vous votre chevalet, une toile et vos pinceaux... J'ai dit à Kim qu'il mette dans votre chambre l'un de ces larges chapeaux en paille de riz que les indigènes utilisent dans la journée pour se protéger des ardeurs solaires... Surtout, ne le quittez jamais avant 4 heures de l'après-midi! La réverbération sur les eaux de l'estuaire est implacable! Elle peut même être mortelle... D'ailleurs, actuellement, dans ce pays, dès que l'on sort de la capitale, moins on montre son visage et mieux cela vaut! Vous me comprenez?

— Très bien.

— Après vous avoir conduit là-bas avec la voiture par l'une des rares routes qui soit carrossable, je vous laisserai seul pendant toute la journée pour que vous puissiez vous imprégner... disons « de l'atmosphère » assez spéciale que vous découvrirez. Je ne reviendrai vous chercher, à l'endroit précis où je vous aurai laissé, qu'à la tombée de la nuit. Ainsi vous aurez également une première impression de crépuscule... Malheureusement pour moi, je ne suis pas « peintre » comme vous mais je crois — si j'avais eu ce don divin — que je me serais spécialisé dans les aurores et dans les crépuscules, ces moments émouvants où tout veut renaître et où tout paraît mourir...

— Que devrai-je « peindre »?

— Demain? Rien!... Vous vous promènerez sur l'estuaire, au rythme berceur d'une jonque qui vous attendra là où je vous conduirai et qui vous ramènera le soir... Après douze heures de méditation entre ciel et eau, je suis persuadé que vos yeux d'artiste — habitués à voir certains détails que le commun des mortels est incapable de déceler

— seront imprégnés de visions nouvelles, d'une qualité rare...

La jonque glissait lentement sur les eaux calmes, sa voile rectangulaire à peine gonflée par une brise qui semblait venir agoniser dans l'immense estuaire. Il faisait encore nuit, une nuit opaque, laquée, rappelant les panneaux à fond noir du paravent chinois... L'embarcation archaïque, à l'avant de laquelle le peintre avait pris place, n'évoquait-elle pas aussi celles, légères, que l'on voyait évoluer dans la légende de la danseuse sacrée, fille de Bouddha ? Mais cette jonque-ci n'était pas d'or : son apparence misérable convenait à son unique homme d'équipage que Serge Martin avait présenté ainsi au moment de l'embarquement :

— Voici Hô, l'un des plus habiles sampaniers de la rivière de Saigon... Il a déjà reçu des instructions pour vous faire découvrir l'estuaire sous tous les angles intéressants... Avec lui, vous pouvez être tranquille : c'est un ami !

Il avait prononcé ces trois derniers mots avec force. Jacques comprit que cette appellation d'ami signifiait que le vieux sampanier, au crâne dénudé et aux jarrets maigres, était lui aussi un agent du S.R... agent subalterne, mais sans doute précieux entre tous !

Quand il s'entendit traiter d'ami, Hô eut un large sourire de sa bouche édentée. Comme Kim, le boy, le sampanier comprenait le français : la présentation avait été faite dans cette langue.

Tout s'était passé sous le faible éclairage de l'antique falot accroché au mât de la jonque. Les phares de la Chevrolet, arrêtée sur le chemin étroit longeant la berge, étaient éteints : pendant les derniers cinq cents mètres du parcours, la voiture avait même roulé sans lumière. Ce qui prouvait que son conducteur connaissait à fond les parages.

— Il vaut mieux, avait-il confié à son compagnon, ne pas trop attirer l'attention sur le lieu exact de votre embarquement... Je l'ai choisi discret, dans cette petite crique camouflée par les joncs et qui pourra être aussi bien le port d'attache de la jonque de Hô que notre point de ralliement... Je vous attendrai ici ce soir... Cher ami, il ne me reste plus qu'à vous souhaiter une agréable journée... N'hésitez pas, si le besoin s'en faisait sentir, à prendre des croquis destinés à vous permettre de réaliser ensuite quelques nouveaux chefs-d'œuvre... Mais des croquis précis, dignes de votre rang de sortie à l'École du Génie Maritime! Je n'insiste pas...

— Vous retournez à Saigon?

— Vous ne voudriez tout de même pas que je fasse cette route insipide quatre fois par jour! On pourrait se demander à quel étrange trafic peut se livrer cet « antiquaire » si avantageusement connu dans toute la région! Non... Il est préférable que je reste par ici : j'ai d'excellentes jumelles marines qui me permettront de suivre de loin les évolutions de votre embarcation... Pour vous ce sera une sorte de tranquillité de savoir que vous avez un allié à terre. On ne sait jamais ce qui peut se passer! Dans ce genre d' « opération », que nous pourrions presque qualifier d'amphibie, il est bon que tout le monde ne soit pas sur l'eau... Hô sait exactement la promenade qu'il doit faire pour vous permettre de récolter vos premières impressions... A ce soir!

La jonque s'était éloignée avec ses deux occupants, l'un accroupi à l'avant, scrutant l'obscurité, attendant avec anxiété le lever du jour; l'autre, debout, appuyé contre la lourde barre de bois. La frontière entre ces deux hommes de race différente, qui s'ignoraient quelques minutes plus tôt et dont le destin se trouvait subitement lié, semblait être le fragile rectangle de la voile...

Puis, brutalement, ce fut le lever du jour comme si cette aurore tant vantée par l'antiquaire n'existait pas. La jonque continuait à avancer dans un rideau de brume qui stagnait au ras de l'eau alors qu'au-dessus, le ciel se montrait déjà d'un bleu étincelant qui faisait presque mal aux yeux.

Soudain, semblant venir de la brume, retentit le halètement saccadé d'un moteur qui se rapprochait. Bientôt surgit derrière la poupe une vedette rapide d'où partit, amplifié par un haut-parleur, un ordre. Aussitôt le sampanier amena la voile et la jonque s'immobilisa. La vedette était déjà bord à bord : deux hommes, en uniforme blanc, sautèrent sur la jonque. C'était la police fluviale vietnamienne.

Après de courtes explications avec Hô, qui paraissait être en d'excellents termes avec les policiers, les deux hommes vinrent vers Jacques :

— Vos papiers? demanda l'un d'eux en vietnamien.

Le peintre présenta son passeport ainsi qu'un laissez-passer, délivré par les services du ministère de l'Intérieur du Viêt-Nam qui l'autorisait à « circuler librement partout dans un rayon de trois cents kilomètres autour de Saigon pour l'exercice et la pratique de sa profession artistique ». C'était signé de deux paraphes illisibles et orné de quatre traces de tampon impressionnantes : plus il y a de cachets sur un visa et plus les polices neuves des pays jeunes les respectent...

Laissez-passer miraculeux que Serge Martin lui avait remis au moment où ils quittaient la maison de Saigon en disant :

— Avec cela, je pense que vous serez tranquille... Car il n'y a pas de jour, quand on est sorti des faubourgs de la capitale, où l'on ne vous demande de montrer des papiers! Tout individu, blanc ou jaune, qui n'est pas capable d'en exhiber est considéré comme un espion du Viêt-Minh communiste et ça peut très vite devenir dangereux pour lui! La police est toute-puissante : le gouvernement nationaliste actuel ne tient que grâce à elle! Donc, dès le début, il vaut mieux se mettre en bons termes avec ces messieurs... Quand ils vous connaîtront, lorsqu'ils vous auront bien identifié sous l'étiquette du « peintre » comme je le suis moi-même sous celle de l' « antiquaire », ils vous laisseront tranquille. Alors vous pourrez vous promener en toute liberté et même faire appel à leurs services si vous le jugez nécessaire.

Dès que le premier policier eut jeté un regard sur le laissez-passer, son visage s'éclaira d'un sourire et il confia en vietnamien à son adjoint :

— C'est le peintre français dont parlent tous nos journaux...

Puis il rendit à Fernet les pièces présentées en disant dans un français assez approximatif ;

— J'espère, monsieur Fernet, que cette promenade vous permettra de peindre de belles choses!

— Merci, répondit Jacques en vietnamien.

— Vous parlez vraiment notre langue? demanda le policier surpris.

— Vos journaux l'ont dit : pourquoi ne les avez-vous pas crus?

— Nous pensions que c'était de la publicité... Mais, puisque c'est la vérité, c'est encore mieux!... Surtout ne restez pas nu-tête, monsieur Fernet! Avant une demi-heure le soleil aura aspiré la brume et deviendra mortel.

— J'ai un magnifique chapeau! répondit Jacques en se coiffant du couvre-chef en paille de riz.

En le voyant ainsi, les deux policiers éclatèrent de rire et celui qui avait parlé, dit avant de saluer militairement :

— Comme cela, vous ressemblez un peu aux paysans de nos rizières...

En quelques secondes, la vedette disparut dans la brume et « le peintre », se rappelant qu'il était aussi ingénieur du Génie Maritime, déduisit à la vitesse dont diminuait le bruit caractéristique du moteur, que ce petit navire était extrêmement rapide.

— Il y a beaucoup de vedettes de la police à faire ainsi des patrouilles dans l'estuaire? demanda-t-il à Hô.

Celui-ci, qui paraissait préférer les gestes aux paroles, eut un mouvement des bras qui devait sans doute signifier : « Il y a tellement de bateaux de ce genre que j'ai renoncé à les compter ! »

Qu'il y eût une police considérable dans le Sud-Viêt-Nam, Jacques le savait par Serge Martin qui lui avait confié, le matin même, pendant qu'ils venaient :

— Depuis quelques mois Saigon n'est plus qu'une île à la tranquillité artificielle dans un pays qui est sournoisement ravagé par une guerre civile non déclarée. Très peu de gens se risquent, comme vous et moi en ce moment, à sortir des villes, avant qu'il ne fasse jour. A peu près 5 000 rebelles, sans aucun doute dirigés par des communistes et assez mal armés — certains ont de vieux fusils mais la plupart ne possèdent que des coupe-gorge ou des poignards — terrorisent la population, contrôlent une grande partie des campagnes et perturbent gravement l'économie.

— Je pensais que depuis l'accord de Genève, tout était rentré dans l'ordre, du moins au Viêt-Nam ?

— Les Américains ont peut-être commis l'erreur, comme ils l'ont fait dans beaucoup d'autres pays, d'appuyer trop fortement l'installation au pouvoir à Saigon du président actuel. N'oubliez pas que c'est un homme du Nord, émigré dans le Sud sur lequel il règne. Ses méthodes autoritaires n'ont jamais été populaires dans l'ancienne Cochinchine. Il s'appuie sur une armée de 150 000 hommes, équipée à l'américaine et dotée de camions de fabrication japonaise inutiles dans une guerre de maquis. C'est une armée trop lourde pour ce pays de rizières et de marécages... Il a fallu la renforcer de 50 000 gardes civils, de 30 000 membres de groupes d'autodéfense répartis par régions et de 60 000 policiers ! Malgré ce déploiement, le gouvernement ne parvient pas à entamer les forces insaisissables et fluides des dissidents. Les crimes les plus atroces sont commis chaque jour par les deux camps. Les Viêt-Cong, rebelles pro-communistes, laissent les grandes villes en paix uniquement parce que leur armement est insuffisant pour attaquer l'armée : ils ne s'en prennent qu'aux gardes civils, et aux groupes d'autodéfense. En risposte, l'armée nettoie et tire... généreusement ! On tape dans le tas et les malheureux paysans, spécialement dans la presqu'île de Camau, ne savent plus que faire.

— Si vous êtes parvenu à ce que la police nationaliste vous laisse circuler librement, c'est déjà très bien mais avec les autres, ces Viêt-Cong, vous n'avez jamais eu d'ennuis pendant vos pérégrinations à travers le pays ?

— Pour eux aussi, je suis « l'antiquaire », c'est-à-dire un homme qui ne se mêle pas de politique, ni des dissensions intérieures... qui passe son temps à aller d'une ville à l'autre pour y dénicher un trésor artistique, qui valorise aussi le patrimoine national en faisant des dons spectaculaires d'objets rares à différents musées... Je n'intéresse même pas les Américains ! C'est tout dire !... C'est pourquoi il fallait que vous nous arriviez ici avec la qualité de « peintre » et non pas d'ingénieur diplômé : à notre époque, on se méfie toujours des techniciens ! On se dit : « Mais qu'est-ce qu'il vient donc faire par ici, celui-là ? » Tandis qu'un peintre ! N'en est-ce pas un qui a inventé la Colombe de la Paix ? Alors !

— C'est vous qui avez eu cette idée du « peintre » ? Avouez-le ?

— Je n'ai jamais d'idées, moi ! Je suggère seulement... A d'autres, dont l'autorité est beaucoup plus grande, de prendre les décisions... En ce qui vous concerne, j'ai simplement pu constater qu'en haut lieu ils s'étaient ralliés, pour une fois, à la solution la plus intelligente...

Toujours à l'avant de la jonque, attendant avec calme la première vision qui justifiait sa présence sur une telle embarcation, « le peintre » ne pouvait s'empêcher de repenser sans cesse à l'homme qui avait réussi à se faire passer depuis des années pour « l'antiquaire »! Décidément ce Serge Martin, dont la voix doucereuse ignorait les éclats, dont les moindres gestes étaient mesurés, dont les suggestions d'apparence anodine avaient toujours une raison secrète, ce personnage énigmatique, dont il avait l'impression de dépendre complètement et qui le tenait pratiquement à sa merci, était un homme très fort... Un être exceptionnel aussi comme on en rencontre, tout au plus, deux ou trois pendant une existence... Avant de faire la connaissance de « la vieille chouette », Jacques avait compris que, là également, devait exister une volonté de fer. Après la conversation de la rue Saint-Lazare, il avait acquis la certitude de ne pas s'être trompé : le colonel Sicard avait quelque chose du surhomme. Et voici que, deux jours plus tard, il en avait découvert un second, l'attendant dans un quelconque bâtiment de douanes à Tan-Son-Nhut. La vie était à ce point étrange qu'à quelques heures d'intervalle, elle lui avait révélé les deux surprises prodigieuses! Et c'était avec ces hommes-là qu'il était entré à nouveau dans la ronde infernale d'un espionnage poussé jusqu'à l'extrême limite de la subtilité...

Brusquement, alors qu'il pensait pouvoir encore rêvasser sur la jonque jusqu'à ce que la brume se fût dissipée, une masse sombre se dressa à tribord, immobile, émettant un bruit sourd, régulier, rappelant celui du marteau-pilon, suivi après chaque choc d'un jaillissement de vapeur...

Jacques se retourna vers Hô qui, cette fois, fit l'effort de parler. Mais il ne prononça que deux mots :

— Les Anglais!

Le navire britannique avait l'aspect assez sinistre de ces centaines de cargos que l'on voit amarrés le long des docks tristes et interminables de Londres, de Liverpool ou de Southampton : c'était bien un navire fait pour s'accommoder du brouillard.

Lentement, la jonque louvoya — Hô prouva qu'il était un marinier expert — pour se rapprocher. Jacques comprit tout de suite que ce cargo, dont le nom *The Buffle* apparaissait nettement sur la coque, devait être avant tout un navire-atelier. La jonque était à quelques encâblures de la proue quand un homme du cargo cria dans un porte-voix :

— *Do not come too near, please!*

Pourquoi la jonque se serait-elle approchée davantage? C'était inutile : les deux câbles d'acier et les tuyaux de caoutchouc, descendant à bâbord le long de la coque avant de s'enfoncer dans l'eau, étaient suffisants pour indiquer à un technicien comme Jacques que deux scaphandriers étaient en train de travailler à plusieurs pieds de profondeur. Il savait d'ailleurs que la méthode de renflouement employée généralement par les Britanniques était celle, classique, du « pompage ».

L'épave, dont ils s'occupaient en ce moment, était sans doute restée droite en coulant. Un scaphandrier avait dû descendre, muni de baguettes de fer très flexibles qui lui avaient permis de prendre les contours de la déchirure de la coque. Puis il était remonté pour permettre qu'une tôle de cette forme fût découpée dans l'atelier du bord. Ensuite il était redescendu avec la tôle pour qu'un deuxième scaphandrier, immergé entre-temps, pût la souder sous l'eau : c'était ce travail qui était en pleine exécution.

Même la coque étant rebouchée, il resterait encore de l'eau à l'intérieur du navire. L'air comprimé la chasserait grâce à un tube de forme spéciale, arrondi à sa base pour pouvoir être introduit dans l'épave perpendiculairement à la coque. Dès que l'eau serait chassée, le bateau commencerait à remonter... Comme le tuyau d'air comprimé n'était pas encore mis en place, l'ingénieur en conclut que cette remontée ne serait pas immédiate : elle serait précédée du délicat travail d'équilibrage permettant à la coque de remonter à l'horizontale. Peut-être même faudrait-il remettre de l'eau pour éviter que l'épave ne se retournât pendant la montée?

Travail qui serait exécuté sous la direction du « renfloueur » et d'une façon tout à fait empirique puisque aucune école de Génie Naval n'a pu encore établir des moyens rigoureux de renflouement. C'était la raison pour laquelle, généralement, les renfloueurs étaient plutôt des aventuriers que des scientifiques. Même lorsque l'épave est repérée et le travail commencé, on ne peut jamais savoir exactement quand le bateau sortira! Il arrive parfois qu'une brèche ayant été bouchée, on en découvre une autre! Ou bien qu'un simple hublot, qui bat, annule à lui seul l'effet de l'air comprimé sans pouvoir cependant être repéré à cause de l'absence totale de bulles d'air. Le bateau peut aussi se retourner par suite des différences brutales de pression, ou simplement sous l'effet d'une vague très forte ou d'une marée prématurée. Avec une telle méthode, le renflouement peut durer trois heures... ou un an! Aussi n'est-elle utilisée que par les gens qui ont le temps... Mais les Anglais n'ont-ils pas toujours le temps?

C'était à se demander si ceux-ci étaient tellement pressés de renflouer une épave qui — ils le savaient aussi bien que les équipes concurrentes — n'offrait après tout, pour eux, qu'un intérêt très relatif? Ce n'était pas « la bonne épave » : celle qui contenait le document. Dès lors, le véritable intérêt n'était-il pas d'attendre patiemment que les Russes l'eussent renflouée dans leur secteur? Rien ne prouvait que *l'Intelligence Service* n'avait pas également, quelque part dans les environs, un ou plusieurs agents qui attendaient, eux aussi, l'heure H pour tenter de subtiliser à la dernière minute le document? Ce dont on pouvait être certain, en tout cas, était qu'à bord du navire-atelier anglais, comme sur ses concurrents français et italien, devaient se trouver des appareils de repérage et d'observation ultra-perfectionnés, auprès desquels les fameuses jumelles marines de l'antiquaire ne devaient être qu'un jouet d'enfant, et qui permettaient de surveiller à distance, seconde par seconde, les progrès des Russes.

Ces premières constatations acquises, la jonque innocente s'éloigna du *Buffle* pendant que Jacques pensait : « Ils doivent être en train de nous observer de près... La seule attitude à prendre est de ne pas paraître nous occuper d'eux : après tout, ne sommes-nous pas un tout petit navire d'artistes ? »

Le double avertissement de Serge Martin et du policier n'avait rien d'exagéré : une chaleur moite et caniculaire, accentuée encore par la réverbération de l'eau, tombait avec un poids écrasant pendant que la jonque se dirigeait vers une autre silhouette de navire : il y en avait quatre sur l'estuaire, séparées l'une de l'autre à peu près par la même distance qui devait délimiter les différents secteurs. Deux de ces navires se trouvaient à peu près dans le même alignement mais l'un d'eux était beaucoup plus rapproché de l'entrée du chenal. Son pavillon tricolore indiquait que là se trouvait l'équipe officielle de la C.I.R.M. du président Ekko. C'était la seule qu'il fallait éviter. Serge Martin l'avait dit dans la Chevrolet :

— Votre sampanier a reçu des instructions pour ne pas trop s'approcher de nos compatriotes. Il est inutile que ces gens-là, dont je connais, hélas ! la curiosité, entrent en relations avec vous. Vous êtes « le peintre » : vous devez le rester ! C'est-à-dire un homme inconnu des renfloueurs d'épaves et qui ne se promène sur une vieille jonque que pour trouver dans l'estuaire de nouveaux éclairages et des horizons insoupçonnés sur la Mer de Chine... Contentez-vous de rôder du côté des gens qui nous intéressent vraiment.

La seule observation que l'ingénieur crut utile de recueillir sur le travail effectué par le cargo français était que sa position à l'entrée de la rivière — là où le fond ne dépassait pas sept mètres et où les mâts de navires coulés émergeaient encore de l'eau — obligeait les techniciens de la C.I.R.M. à employer une méthode assez ancienne inventée par le Russe Makaroff au temps des tsars. Après avoir bouché la brèche faite dans la coque, au moyen d'une toile étanche, ils étaient en train de hisser à un mât spécial une voile qui permettrait à l'épave de remonter à son niveau de flottaison. Ensuite un remorqueur n'aurait plus qu'à la tirer jusqu'à un port où elle serait mise en cale sèche. Mais comme les Anglais, les Français paraissaient ne mettre aucune hâte dans ce travail!

Le navire italien s'appelait le *San Giovanni :* à l'inverse du cargo anglais, le *San Giovanni* semblait fait pour les mers brûlantes... Il n'aurait pas été dépaysé dans la baie de Naples. Son équipage travaillait torse nu et nu-tête sans paraître craindre le moins du monde les insolations. Ces solides gaillards de Palerme ou de Tarente, dont l'épiderme était imprégné de soleil depuis l'enfance, allaient et venaient sans précipitation sur le navire et sur les deux radeaux, accolés contre sa coque, et où étaient placés des flotteurs. Ils chantaient en travaillant et ce fut dans une joyeuse bordée de cris zézayants qu'ils accueillirent la jonque. Le peintre répondit d'un geste amical, en disant au sampanier :

— Ceux-ci, au moins, n'engendrent pas a mélancolie!

— Ils sont toujours ainsi, répondit Hô avec flegme. Aussi ne les prend-on pas très au sérieux au Viêt-Nam!

— Vous avez tort! Sachez que les techniciens italiens sont, de loin, les plus forts spécialistes du monde dans ce genre de travail. N'allez surtout pas croire qu'ils ne font rien parce qu'ils chantent! La méthode de renflouement qu'ils emploient est la seule qui puisse être utilisée en cet endroit où la marée se fait sentir.

— Monsieur remarque tout! dit Hô.

— Si la marée est forte, il y a de grandes différences de niveau! Quand elle est basse, l'eau est au niveau le plus bas : il faut alors placer de chaque côté de l'épave à renflouer les deux flotteurs qui sont fixés sur les radeaux. Un câble d'acier, dont les extrémités sont reliées aux deux flotteurs, est glissé sous la quille de l'épave. Dès que la marée est haute, l'eau revient à son niveau le plus haut, entraînant automatiquement les flotteurs qui remontent en soulevant, grâce au câble, l'épave qui remonte elle aussi. Certaines marées en Europe, spécialement à l'embouchure des rivières, atteignent des différences de niveau d'eau de 17 mètres! C'est, en France, le cas de la Rance entre Saint-Malo et Dinard. Différence qui va bientôt être utilisée pour capter cette force colossale capable de faire tourner la plus grande centrale hydroélectrique du monde.

Hô regardait le peintre avec un étonnement où commençait à percer un peu d'admiration : Jacques en éprouva une certaine satisfaction. N'était-il pas indispensable que la confiance régnât entre le vieux sampanier et lui pour les rudes journées qu'ils allaient peut-être vivre? Puis il conclut :

— Cette façon d'opérer s'appelle la « méthode d'inertie ».

Le soleil était à son méridien quand la jonque se dirigea vers le secteur russe. Le navire, qui ne portait pas de nom mais un numéro, le *N. 625*, peint en lettres blanches sur sa coque gris fer était d'un tonnage sensiblement plus important que ceux des trois autres. Un bâtiment dont la silhouette insolite pouvait évoquer aussi bien le pétrolier de haute mer que le ferry-boat : le pont central était très bas, presque au niveau de l'eau alors que la proue et la poupe apparaissaient démesurément surélevées... Navire silencieux d'où ne parvenaient aucun bruit de machine, aucun ordre, où l'on ne voyait circuler personne comme s'il avait été abandonné... Mais, dès que la jonque se fut rapprochée, un canot automobile, contournant la poupe du *N. 625*, qui l'avait caché jusqu'à cet instant, fonça sur l'embarcation de Hô.

Jacques s'était allongé nonchalamment sur le dos en rabattant son large chapeau sur sa figure comme ces estivants qui dorment, bercés par le roulis, en faisant une cure de soleil... Et il ne bougea pas quand une voix rauque, venant du canot tout proche, cria dans un porte-voix quelques mots en russe.

Hô, toujours appuyé à sa barre, eut un vague geste à l'intention des occupants du canot automobile qui portaient tous, malgré la chaleur, des vestes de cuir noir et qui étaient coiffés de casquettes plates sur lesquelles brillait l'étoile soviétiquc. Le geste de Hô avait voulu dire qu'il ignorait la langue dans laquelle avaient été lancées les vociférations. Il fit cependant un deuxième geste pour expliquer qu'il comprenait que l'on n'aimait pas le voir rôder dans le secteur et qu'il allait faire son possible pour s'éloigner au rythme de sa voile!

De nouveaux cris en russe parvinrent pendant que le bruit du moteur du canot s'atténuait. « Le peintre », se dorant au soleil, n'avait toujours pas bougé comme si rien ne pouvait l'arracher au sommeil bienfaisant... Mais, quand la jonque ne fut plus à portée de voix ni du canot ni du *N. 625*, il demanda tranquillement au sampanier, sans même éprouver le besoin de retirer le chapeau qui lui recouvrait le visage :

— Tu as compris ce qu'ils t'ont dit?

— Non. Je ne connais pas leur langue... Tout ce que je sais, c'est qu'ils n'avaient pas l'air contents!

— Ils t'ont déjà vu par ici?

— C'est la première fois où je m'approche aussi près : il le fallait pour exécuter les ordres de M. Martin.

— Il en a de bonnes, lui! On voit bien qu'il n'est pas à notre place! Je vais quand même te dire ce qu'ils ont crié...

D'abord ils t'ont donné l'ordre de déguerpir en t'expliquant que ce n'était pas un endroit propice pour la pêche et qu'il n'y avait pas de poissons dans ces parages... Ce en quoi ils mentent effrontément : il y a un poisson... un gros poisson! Seulement celui-là, ils se le réservent! Ensuite ils t'ont averti que si tu revenais, ils porteraient immédiatement plainte auprès des autorités vietnamiennes parce que ce secteur leur était réservé... Oui, mon vieux Hô! Ces gens-là n'y vont pas par quatre chemins! Ils pensent tout de suite aux autorités! Ce ne sont pas de joyeux drilles comme les Italiens... Ils ne chantent pas, eux! C'est peut-être pourquoi leur bateau sans nom paraît plutôt lugubre? De toute façon, tu as bien fait d'obtempérer... On verra plus tard... demain, ou après-demain, ou jamais! Qui sait?... Pour le moment, tu vas te débrouiller pour me faire continuer cette agréable promenade uniquement pour le plaisir de la navigation... Inutile, pour cette seconde partie de notre programme, de me ramener vers tous ces gros navires dont certains ont l'air de vouloir se montrer si méchants à l'égard des humbles jonques inoffensives! Arrange-toi pour donner à tous ces « gros », qui doivent continuer à nous observer, l'impression que véritablement nous ne sommes que des dilettantes... Et n'oublie pas de te rapprocher peu à peu de notre point de départ pour que nous puissions rejoindre notre petite crique cachée dès que la nuit sera venue... Maintenant, je dors!

Il se tut, toujours allongé, savourant la brise qui se faisait un peu plus légère, écoutant aussi la musique douce du clapotis...

Ce ne fut que trois heures plus tard, quand il comprit que le soleil commençait à décliner rapidement à l'horizon, qu'il ôta le chapeau lui recouvrant le visage. Avait-il réellement dormi? Ou avait-il pensé aux premières « visions d'art » qu'il venait de découvrir?

Il dit à Hô en lui montrant le chapeau en paille de riz :

— C'est vraiment très pratique... Regarde...

Le vieux sampanier aperçut, pratiqués dans le large rebord, une multitude de petits trous faits au moyen d'un poinçon.

— Tu vois, quand on fait semblant de dormir en se plaçant cette protection sur le visage, on voit tout sans bouger... Pendant que ces excités en canot, qui ne m'intéressaient guère, t'invectivaient à bâbord, j'ai eu tout le loisir de contempler le *N. 625* à tribord... Toi, naturellement, tu n'en as pas eu le temps! Pourtant tu as les yeux malins et fureteurs de ta race... Tu n'as rien remarqué d'assez spécial, entassé à l'avant, presque à la proue?

— Non.

— Et à l'arrière?

— A part le drapeau rouge avec sa faucille et son marteau d'or...

— A l'avant, ce qui ressemblait à de gros sacs est une pile de flotteurs en nylon ou en perlon qui ne sont pas encore gonflés...

— Peut-être bien... Et à l'arrière?

— Il y a une pompe gigantesque. Du moment qu'elle est déjà en place à cet endroit, c'est que les choses vont aller vite... très vite! l'U.R.S.S. a, depuis quelques années déjà, la réputation de ne pas aimer perdre son temps. Voici à peu près ce qui va se passer... Leur méthode de renflouement est assez différente de celles de leurs concurrents : il ne s'agit plus d'agir par simple « pompage » ou par « inertie » mais par la « méthode de force »... Suis-moi bien : l'un de leurs scaphandriers a dû descendre pour procéder à l'opération ASDIC...

— ASDIC?

— C'est un mot technique assez barbare qui signifie simplement qu'une fois l'épave repérée, on lui fixe une petite ficelle très mince — et non pas une grosse qui serait dérivée par le courant — au bout de laquelle est attachée une bouée minuscule destinée à marquer l'emplacement précis de l'épave. C'est exactement à droite de cet emplacement que s'est amarré le *N. 625*... Tu peux être certain que l'épave est couchée sur sa déchirure, donc qu'il est impossible de boucher la brèche : ce qui complique singulièrement le travail ! La seule façon de faire remonter le navire est d'envoyer au fond les flotteurs en nylon avant de les gonfler : on les fera descendre en les lestant de poids. Ces flotteurs seront placés de chaque côté du navire couché sur le fond, qui, ici, est sablonneux. Deux scaphandriers descendront alors, et, selon la méthode d'inertie, passeront sous le bateau — en creusant dans le sable — des câbles qui aboutiront, à leurs deux extrémités, aux flotteurs immergés. Quand le dispositif sera en place, on enverra de l'air à forte pression et l'on gonflera les flotteurs de nylon tout en les libérant des poids qui les maintenaient au fond. Ceci permettra de redresser le navire sur sa base. Il ne restera plus qu'à le faire remonter, par la méthode classique de pompage... Voilà, mon cher vieux Hô, ce que vont faire les techniciens russes ! Avoue que ce sera du beau travail ! Note bien que si je t'explique tout cela, c'est uniquement parce que Serge Martin m'a dit que tu étais un ami... et j'aime assez intéresser mes vrais « amis » à mes petites découvertes, surtout quand j'aurai besoin d'eux bientôt...

— Oui, monsieur Fernet.

— Tu sais même mon nom ? C'est cependant la première fois que tu le prononces... Dis-moi, Hô, pourquoi nous aides-tu ainsi ? Aimerais-tu la France à ce point ?

— J'aime M. Martin.

— Tout le monde l'aime dans ce pays !

— Peut-être pas tout le monde parce qu'on le trouve trop intelligent... Mais sûrement moi !

— Pourquoi ?

— Il m'a sauvé la vie...

— Il y a longtemps?

— Pas tellement...

— C'est très bien de lui être reconnaissant... Seulement je vais te confier un secret : ce Serge Martin est un fieffé menteur!

— Qui ne ment pas, monsieur?

— Sais-tu en quoi il m'a trompé?... Il m'a dit hier que je serais ébloui par la beauté des aurores et des crépuscules sur l'estuaire de cette rivière de Saigon... Et je constate qu'il n'y a pas eu plus de crépuscule ce soir que d'aurore ce matin! La nuit est tombée sans même que nous ayons eu le temps de nous en apercevoir! Puisqu'elle est là, que faisons-nous, Hô?

— Nous débarquons, monsieur... J'ai exécuté vos ordres : nous sommes dans la crique.

— Figure-toi que je m'en doutais un peu! dit Jacques en souriant.

A peine la jonque se fut-elle immobilisée qu'une voix suave et douce, venant de la berge, demanda :

— Alors, mon cher rapin, cette croisière s'est bien passée?

— On ne peux mieux, cher antiquaire!

— Peut-on savoir quelles sont vos premières impressions?

— Excellentes!

Le retour dans la nuit avait été silencieux, comme si les deux hommes n'avaient rien eu à se dire. Ce ne fut qu'après le dîner, silencieux également et servi par Kim, quand ils se retrouvèrent dans le salon devant deux whiskies que Serge Martin finit par demander :

— Avez-vous été satisfait de mon vieil ami Hô?

— Il connaît son métier. Le contraire m'aurait d'ailleurs étonné : vous m'avez l'air de savoir assez bien choisir vos collaborateurs.

— Il le faut dans ce pays! Puis-je vous demander à nouveau quelles sont vos impressions?

— Les Russes utilisent la méthode la plus difficile mais la plus efficace : ils ont fait venir un matériel qui est très supérieur à celui de leurs concurrents et qui leur permettra de mener rapidement les opérations. Ils ne doivent pas être loin d'être prêts...

— Autrement dit, « techniquement », vous avez compris?

— Je le pense.

— Et « picturalement »?

— Ce qui veut dire?

— Avez-vous fait quelques croquis?

— Ils seraient inutiles.

— C'est donc que vous vous sentez capable de commencer à peindre?

Le peintre ne répondit pas.

— Pendant que j'observais avec mes jumelles vos pérégrinations sur l'estuaire, il m'est venu une idée : j'ai pensé que demain vous devriez retourner là-bas et faire arrêter la jonque à un certain point, situé à égale distance entre le navire russe et le cap Saint-Jacques... Une fois là, confortablement protégé des ardeurs solaires par un large parasol que Hô placerait à l'avant de son bateau, vous pourriez commencer à peindre la vision du cap Saint-Jacques sans vous occuper des Russes auxquels vous tournerez délibérément le dos pendant toute la journée... Ça les intriguera et, comme ils ont sûrement à bord des instruments d'optique perfectionnés, ils ne cesseront pas de vous observer. Ils verront que vous peignez... Le soir vous rallierez notre petite crique et vous nous rapporterez le fruit coloré de votre travail... Pour vous faciliter la tâche, je me suis permis de dessiner sur l'une des toiles, que vous aviez laissées ici et que j'avais emportée en cachette dans le coffre de ma voiture, une première esquisse du panorama que vous découvrirez demain... Ce sera pour vous une sorte de « mise en place » de votre tableau...

Il sortit de derrière un guéridon recouvert de cuir de Chine, qui l'avait cachée jusque-là, une toile :

— Voici exactement l'esquisse que vous auriez pu faire aujourd'hui si vous vous étiez trouvé à l'endroit où la jonque stationnera demain... Vous voyez les contours du cap Saint-Jacques et l'entrée du port où l'on trouve les pilotes qui s'embarquent sur les navires qui doivent remonter la rivière jusqu'à Saigon... Je crois que c'est assez net. Vous n'avez plus qu'à barbouiller l'ensemble de couleurs dans la manière connue de Jacques Fernet... N'oubliez jamais que ce garçon-là fait preuve d'une certaine naïveté dans le choix de ses coloris... Il aime les oppositions : ses ciels sont très bleus, ses terres — dans le cas présent ce sera le promontoire du cap — sont assez rouges et les eaux, c'est-à-dire cet amalgame des eaux de la rivière et de celles de la mer de Chine, plutôt jaunâtres... N'hésitez pas à prendre avec vous, au besoin, les reproductions photographiques des œuvres précédentes de Jacques Fernet que vous avez apportées de Paris : cela pourra vous donner des idées...

— Ce sera tout pour demain? demanda Jacques avec ironie.

— Ce sera déjà beaucoup car la toile devra être terminée pour la tombée de la nuit!

— Vous vous fichez de moi?

— Vous avez tant de talent! Un talent qui s'ignore mais qui se révélera vite! De mon côté, d'un observatoire que j'ai découvert et d'où je pourrai, sinon vous surveiller, du moins vous « protéger », je me livrerai au même travail que vous : le soir, rentrés ici, nous confronterons les résultats... Et nous serons équitables : la toile qui nous paraîtra se rapprocher le plus de la « manière » de Jacques Fernet sera la bonne...

— Vous comptez donc la vendre?

— Pourquoi pas? Mais auparavant, j'ai l'intention de la valoriser en la faisant connaître... Vous rendez-vous compte de son importance artistique? La première toile que le grand Fernet a peinte vingt-quatre heures après son arrivée au Viêt-Nam! Il n'y a là un excellent élément publicitaire...

— Pourquoi agir ainsi?

— Vous comprendrez mieux demain soir... N'êtes-vous pas fatigué?

— J'avoue que cette journée sur l'eau, et sous le soleil...

— Je vous avais prévenu qu'il était tuant! Allez dormir, cher ami... Et toutes mes félicitations pour la rapidité avec laquelle vous avez compris que les Russes étaient des gens sérieux! Bonne nuit!

Au moment où les flocons de brume allaient se dissiper, le bruit caractéristique du canot à moteur de la police se fit entendre. Quelques instants plus tard, la vedette était à nouveau à côté de la jonque. Cette fois les policiers viet-namiens n'en descendirent pas mais celui qui avait parlé la veille, cria avec bonne humeur en français :

— Bonjour, monsieur Fernet... Vous êtes bien matinal!

— Il le faut! répondit Jacques déjà installé à l'avant de la jonque. J'ai l'intention de faire ma première toile dans la journée.

— Vous ne perdez pas de temps! Peut-on savoir ce que vous avez l'intention de peindre?

— La pointe du cap Saint-Jacques.

— Vous avez choisi un excellent emplacement... Bon courage!

Pendant que la vedette s'éloignait, Jacques réfléchissait :

il avait omis de dire à Serge Martin qu'il avait déjà subi un premier contrôle de la police, la veille. C'était là une erreur : la sollicitude et surtout l'amabilité de cette police fluviale, dont l'un des membres savait s'exprimer en français, avait quelque chose d'insolite.

Dès qu'il retrouva l'antiquaire le soir, il lui en fit part mais celui-ci se contenta de répondre :

— C'est excellent que la police indigène s'intéresse à vous et à votre travail. Vous verrez qu'elle finira par vous prendre au sérieux... C'est la seule visite que vous avez reçue ?

— La seule. La jonque n'a pas bougé de l'endroit où Hô l'a conduite selon vos instructions.

— Avouez que le lieu était idéal pour avoir une vue d'ensemble du cap ?

— Idéal !

Quand ils se retrouvèrent le soir dans le salon, le vieil homme dit :

— Et maintenant, soyez gentil de me montrer votre chef-d'œuvre.

Après avoir longuement regardé la toile en silence, il déclara :

— Savez-vous qu'elle aurait pu être pire ? Je suis assez surpris mais vous êtes doué ! Évidemment, tout cela sent la hâte d'un débutant qui veut absolument terminer le travail...

— Mais vous m'avez dit qu'il fallait que ce soit fait dans la journée.

— C'est vrai : n'oublions jamais que Jacques Fernet est un peintre ultra-rapide ! Cependant il ne faut pas confondre rapidité et précipitation... Quand même, ce n'est pas trop mal : il y a un ciel, il y a de l'eau, il y a un cap lointain... Un peu flou, le cap ! Notez bien qu'il serait très acceptable à Paris dans une galerie de la rive gauche où les gens ont l'intelligence de ne pas s'occuper de la véracité à une époque où la photographie est là pour l'apporter... Mais au Viêt-Nam, où la peinture n'en est encore qu'à ses premiers balbutiements, les gens cherchent surtout à retrouver sur une toile l'exactitude : j'avoue que c'est assez stupide, mais c'est ainsi! Et c'est pourquoi, sans que vous soyez encore jamais venu chez eux, ils ont aimé vos peintures genre « carte postale ». Aussi vous en voudraient-ils beaucoup si, une fois arrivé dans leur pays, vous leur présentiez des œuvres où la véracité s'estomperait devant le génie créateur. Que vous le vouliez ou non, vous êtes condamné à faire « vrai »!

— Alors, je n'y arriverai jamais!

— Mais si.

Il alla chercher une autre toile qu'il avait dissimulée, comme la veille, derrière le même guéridon chinois.

— Maintenant, je vais vous montrer mon travail...

Pendant quelques secondes, Jacques Fernet demeura ébahi : il avait sous les yeux la reproduction exacte de la vision qu'il avait eue pendant toute la journée et qu'il n'avait cependant pas réussi à peindre... Il ne put que dire :

— Évidemment, c'est ça!

— Notez bien que je ne suis pas persuadé qu'en valeur pure, cette décalcomanie soit supérieure à votre essai qui a au moins le mérite de la fraîcheur... Seulement, ça plaira plus ici! Alors? Vous n'avez pas de regrets? Nous optons pour ma toile?

— Puisqu'il le faut...

— Je sens, dans ce renoncement forcé, déjà poindre une rancune d'auteur... Ce qui prouve une fois de plus que vous êtes un artiste-né! Il ne reste plus qu'une petite formalité à remplir... Prenez le pinceau que j'ai préparé et signez cette toile en bas à droite, là où Jacques Fernet a pris l'habitude de le faire...

— Ce sera un faux!

— Au point où nous en sommes!... Tenez : voici une autre toile de Jacques Fernet que j'ai achetée — parfaitement : je l'ai payée! — la veille de votre arrivée... Ceci pour vous permettre d'imiter la signature... Cela n'est pas très sorcier... Faites-vous la main ou plutôt « le pinceau » deux ou trois fois avant sur ce bout de toile vierge...

Jacques prit le pinceau et s'exécuta.

— C'est très bien : la première signature est un peu hésitante, la deuxième trop appuyée, la troisième trop grande... La quatrième sera la bonne! Apposez-la directement sur « notre » cap Saint-Jacques... Doucement... C'est parfait! N'y touchez plus! Laissons sécher et buvons un scotch...

Le verre en main et après avoir avalé la première gorgée, il s'était reculé pour juger de l'effet produit par la toile qu'il avait placée sur un fauteuil :

— Je vous assure que c'est un remarquable « Jacques Fernet »!

— Ne serait-ce pas vous qui auriez peint les autres?

— Dieu m'en garde, bon ami! Je veux bien jouer de temps en temps les faussaires, mais pas pour ce genre de peinture! Une fois suffit... Ceci dit, peut-être serons-nous contraints de collaborer bientôt ensemble à une deuxième toile, mais je pense que notre « collaboration picturale » s'arrêtera là!

Il avait frappé sur le gong : Kim apporta un plateau sur lequel étaient posés d'autres verres et une bouteille de forme assez étrange.

— J'attends quelques invités, dit l'antiquaire.

Quand le boy fut sorti, il demanda en désignant la bouteille :

— Avez-vous jamais bu du schoum?

— J'ignore même ce que c'est!

— Une vulgaire liqueur faite avec de l'eau-de-vie de riz... Mes invités l'apprécieront plus que le whisky : ils sont nationalistes en tout, même dans leurs goûts!

— Vous recevez souvent ainsi?

— Jamais! Cette soirée est tout à fait exceptionnelle... Pouvez-vous me prêter votre chevalet? Il sera plus indiqué pour mettre en valeur « votre » cap Saint-Jacques... Quant à l'autre toile, je crois qu'il est préférable de la cacher.

— Vous pouvez même la faire disparaître! Je n'ai aucun orgueil d'auteur!

— Gardons-la en réserve... On ne sait jamais! Vous pourrez toujours la remporter à Paris, quand vous y retournerez pour l'offrir à l'une de vos connaissances ou même pour la conserver chez vous : elle vous rappellera vos promenades en jonque... Mais je crois que nos invités arrivent...

Les phares d'une voiture venaient de se refléter sur les stores en bambou déjà baissés.

Quatre visiteurs vietnamiens, dont deux portaient des flash-caméras, venaient d'être introduits par Kim.

— Messieurs, leur dit Serge Martin dans leur langue avec une grande affabilité, je tiens d'abord à m'excuser pour cette réception un peu tardive mais je suis persuadé que vous me pardonnerez à la seule vue de cette toile... Vous avez devant vous la première œuvre que notre grand ami Jacques Fernet vient de peindre au Viêt-Nam. Et vous constaterez que ce travailleur infatigable n'a pas attendu longtemps, selon la promesse qu'il vous avait faite il y a trois jours à l'aérodrome... Vous reconnaissez le cap Saint-Jacques... Ne pensez-vous pas que notre ami a bien fait de choisir un tel sujet? Ce cap ne constitue-t-il pas la première vision qu'offre votre admirable pays à tous ceux qui arrivent à Saigon par la mer?

Les visiteurs restaient béats d'admiration.

— Et j'ai tenu à ce que vous, messieurs les journalistes, ayez la primeur de cette vision avant que la toile n'aille rejoindre dès demain après-midi toutes celles qui se trouvent déjà exposées à la galerie. Ne sera-ce pas très émouvant de penser que cette première œuvre peinte sur le vif va être entourée de celles qui ont été peintes d'imagination en France? M. Fernet vous donne l'autorisation de prendre pour vos journaux toutes les photographies que vous voudrez : ainsi vos lecteurs pourront déjà découvrir ce chef-d'œuvre dans vos éditions de demain matin avant les amateurs qui iront à la galerie.

Les éclairs de magnésium crépitèrent, suivis de toasts au schoum et au whisky portés au succès grandissant de l'artiste qui sut rester modeste... Quand l'un des journalistes, avant de repartir, lui demanda : « Serait-ce indiscret de savoir quel sera le sujet de votre prochaine toile? Une marine ou un paysage? » Jacques Fernet eut une courte hésitation mais, une fois de plus, celui qui paraissait devoir jouer de plus en plus le rôle de son « public-relation » vint à son aide :

— M. Fernet a en ce moment une très nette prédilection pour les marines... Je vous demande, messieurs, de ne pas oublier de mentionner dans vos articles que cette nouvelle toile sera dès demain après-midi exposée au milieu des autres...

Quand ils se retrouvèrent seuls, « le peintre » ne put s'empêcher de demander :

— Vous croyez que c'était vraiment très utile de présenter aussi vite ce tableau?

— C'était indispensable! Vous-même ne m'avez-vous pas dit qu'à votre avis les Russes n'étaient pas loin d'être prêts? Pour nous aussi, il s'agit donc d'agir vite...

— Je ne vois vraiment pas où vous voulez en venir avec toutes ces histoires de peinture!

— C'est pourtant simple! Réfléchissez : demain matin par les principaux journaux du pays, les Russes, comme d'ailleurs leurs concurrents, vont apprendre qu'il vous a suffi de quarante-huit heures pour peindre votre première toile... Quand ils en verront les photographies, ils feront un recoupement automatique : cette vision du cap Saint-Jacques correspond exactement à celle que vous pouviez avoir, sous votre parasol et sur votre jonque, pendant que vous leur tourniez le dos... Peut-être même enverront-ils, dès l'après-midi, à la galerie un quidam qui aura pour mission de voir de plus près le résultat? Il ne sera pas ébloui s'il n'aime pas ce genre de peinture, mais il ne pourra pas dire à ses compatriotes que vous avez chômé sur votre jonque... Conclusion : comme la police vietnamienne, les Russes penseront que vous êtes réellement peintre.

— Et après?

— Ce jour-là, mon cher, vous pourrez entrer en contact avec eux...

— Vous croyez cela? Vous vous figurez qu'ils attendent après un obscur barbouilleur de toiles alors qu'ils ne sont ici que pour réaliser une fantastique opération?

— Vous ne devriez pas oublier que depuis l'instant où vous avez pénétré dans les bureaux de la C.I.R.M. tout s'est passé et déroulé exactement comme on vous l'avait prédit... Il n'y a aucune raison pour que ça ne continue pas! Mais c'est suffisant pour ce soir : il se fait tard...

— Demain, même programme? Petite promenade sur la jonque?

— Non. Demain matin, repos. A votre réveil, vous aurez la joie de voir en première page des journaux, que vous apportera Kim, la photographie de « votre » toile. Demain après-midi, nous la porterons solennellement à la galerie, où d'autres journalistes nous attendront. Après de nouvelles félicitations, nous rentrerons ici où je vous expliquerai le travail du lendemain...

— Je recommencerai à peindre?

— Sûrement, puisque vous y avez pris goût!

— Toujours sur la jonque?

— Non. A terre!

— Vous avez pourtant vanté aux journalistes ma prédilection actuelle pour les marines?

— Mon cher, il y a une foule de peintres qui se contentent, pour ce genre de peinture, de travailler sur la terre ferme! Vous avez peint le cap Saint-Jacques vu de l'estuaire... Pourquoi maintenant ne pas peindre l'estuaire vu du cap? Entendons-nous : sous un certain angle qui serait exactement l'inverse du précédent... Imaginons que vous soyez à terre : qu'est-ce que vous verriez sur l'eau?

— Le bateau russe!

— Voilà!... Et savez-vous où vous installerez votre chevalet? Tout prêt d'une grande bâtisse, assez laide d'ailleurs, qui a été construite, voici une quarantaine d'années, par un colon français qui l'a abandonnée au moment de la guerre contre le Viêt-Minh et qui est rentré en France. La maison est restée assez longtemps inoccupée avant de trouver de nouveaux habitants qui l'ont louée à bas prix. Et devinez quels sont ces occupants? Les Russes, mon cher! Nos bons « techniciens » russes qui y ont établi leur Quartier Général et le lieu de détente de leurs équipes de renflouement quand elles ont le droit de descendre à terre... Vous voyez que nous nous rapprochons d'eux... Bonne nuit et oubliez tout cela! Pensez plutôt aux belles Saigonnaises qui vous accueilleront demain à la galerie quand nous y apporterons votre nouveau chef-d'œuvre et dont les yeux, brillants de désir, auront des lueurs d'attendrissement pour ce peintre blond qui sait allier des qualités de charme personnel à un art dont la rapidité tient presque du prodige...

★

... Était-ce le souvenir de ces paroles évoquant le charme indéniable des Vietnamiennes ? Brusquement la silhouette imaginée de l'une de ces femmes d'Asie s'imposa à lui, balayant tous les souvenirs du passé et le ramenant au présent. Pour la deuxième fois, il réalisait qu'il se trouvait toujours allongé sur son lit dans la chambre voisine de celle de l'antiquaire.

La femme à laquelle il pensait était la *taxi-girl*, cette Maï qui resterait encore plus mystérieuse pour lui que pour tous les autres puisqu'il ne pourrait jamais connaître son visage... Dans la demi-inconscience qui le faisait passer brutalement du rêve à la réalité, il avait l'impression de se trouver encore sur la piste du *Grand Monde*, enlaçant le corps admirable, respirant le parfum subtil de l'inconnue... Et il ne put s'empêcher de se remémorer une légende que lui avait racontée un soir — alors qu'il gisait désespéré sur un autre lit, celui de l'hôpital — l'homme qui se prétendait « son vieil ami ».

La voix très douce de Serge Martin avait commencé :

— Il y avait une fois, non loin de Hué, une région que dépeuplaient de gigantesques vautours. Tous les habitants avaient fui. Survint un étranger, qui venait d'au-delà des mers, et qui était beau comme un jeune dieu. Fatigué par son long voyage, il s'assit sur un gong en peau de buffle abandonné au milieu du Palais Royal désert. Et voilà qu'il commença à respirer un parfum délicieux. Et voilà que ce parfum attira à nouveau les vautours... Leurs ailes obscurcissaient le soleil, cachant le ciel. Le combat entre le courageux étranger et les vautours dura pendant des heures... Des dizaines de milliers de vautours furent tués. Les deux derniers, pris de peur, s'enfuirent pour toujours.

» Fatigué, le jeune homme se rassit sur le gong. Quelque

chose le piqua aussitôt. Il se leva pour regarder s'il n'y avait pas d'épine mais, ne trouvant rien, il se rassit et bondit, à nouveau piqué. Prenant alors son sabre, il fendit en deux la peau du gong, et une jeune fille admirable en sortit, répandant autour d'elle un merveilleux parfum...

— Je suis, dit-elle, Néang Soe Kraaup, la fille-aux-cheveux-qui-sentent-bon, fille du roi de ce royaume. J'ai vu par le petit trou du gong ce que vous avez fait : tous les terribles oiseaux, qui ont dévasté mon pays, sont morts! Mon père saura reconnaître vos services quand il reviendra. Mais il est parti avec tout le monde! Peut-être est-il mort? Pour m'emmener, et afin que l'odeur qui s'échappe naturellement de mes cheveux n'attire pas les oiseaux et qu'ils ne me tuent pas, il m'avait enfermée dans ce gong et un petit trou avait été fait pour que l'air pût s'y renouveler! C'est par ce petit trou que je vous ai piqué parce que vous le bouchiez et que j'étouffais! Il est probable que l'on a oublié de charger le gong sur un éléphant et que le roi mon père est parti croyant m'emporter...

» — Je suis heureux! répondit l'étranger.

» A partir de ce moment, les deux jeunes gens s'installèrent dans le palais désert et ne se quittèrent plus. Ils y vécurent sans rien faire d'autre que s'aimer. »

Cette vieille légende avait amené un très vague sourire sur les lèvres de l'homme brutalement devenu aveugle. Et l'antiquaire, satisfait, avait conclu :

— N'êtes-vous pas l'étranger blond d'au-delà des mers? Bientôt peut-être rencontrerez-vous la fille-aux-cheveux-qui-sentent-bon?

Cette nuit, il l'avait trouvée. Le gong, qui servait de prison à Maï, était gigantesque : c'était ce *Grand Monde* où on l'obligeait à faire la *taxi-girl* sous la surveillance d'une horrible *taï-pan*... Les vautours étaient les Chinois qui dirigeaient l'établissement et, parmi eux, le sinistre M. Sun... L'étranger, c'était lui, Jacques, qui devait délivrer la fille parfumée et l'arracher à sa lamentable condition... Ne lui devait-il pas déjà une immense reconnaissance pour l'avertissement qu'elle lui avait donné? Si elle avait agi ainsi, n'était-ce pas parce qu'elle l'aimait déjà, même sachant qu'il ne pourrait pas la contempler?

Serge Martin, pendant qu'ils revenaient de Cholon, la lui avait décrite sur sa demande. N'avait-il pas dit : « Son visage est l'un des plus purs que j'aie jamais rencontré depuis cinquante années où je vis dans ce pays... » Un homme d'un tel raffinement ne pouvait se tromper.

L'aveugle se plut alors à imaginer ce visage en essayant de se souvenir de tous ceux des belles Saigonnaises qui l'avaient entouré à l'époque de son exposition. Mais même l'imagination était impuissante : Maï devait être encore plus belle que les plus belles, plus racée que les plus fines... Perdu dans la contemplation d'une femme de rêve, il n'avait pas remarqué qu'une nouvelle fois, dans l'ombre de la nuit, une présence s'était rapprochée de son lit. Ce fut le léger déclic d'une carabine automatique, que l'on arme, qui le ramena brutalement à la réalité... A nouveau, son sang se glaça : Serge Martin allait-il vraiment le tuer? Ne faisait-il pas partie, lui aussi, des vautours? N'était-il pas le plus dangereux de tous, cachant, sous l'hypocrisie de l'amitié, la froide détermination d'abattre?

Comme la première fois, l'homme étendu eut assez de volonté pour contrôler sa respiration et continuer à donner l'impression qu'il dormait paisiblement. Les secondes silencieuses qui suivirent furent angoissées : l'homme, debout auprès du lit et armé, ne bougeait pas... Enfin la voix, qui pouvait se montrer si douce quand elle racontait des légendes, murmura dans un souffle :

— Vous dormez?

Jacques ne répondit pas.

Après quelques instants, l'antiquaire s'éloigna lentement. Il mit un temps infini à rejoindre sa chambre, frôlant à peine le plancher. L'aveugle comprit que, pour faire encore moins de bruit, son visiteur marchait pieds nus comme les sampaniers... Puis il entendit la porte de communication grincer très légèrement en se refermant.

Si Serge Martin fermait maintenant cette porte, ce ne pouvait être que parce qu'il pensait qu'aucun danger ne pouvait plus survenir avant le lever du jour. Mais pourquoi avait-il armé ainsi la carabine, tout près du lit? Peut-être avait-il eu l'impression que le tueur annoncé par Maï était déjà dans la chambre? Instinctivement Jacques écouta, tendant son ouïe à l'extrême, et huma l'air de la chambre : il était bien seul. Aucune autre odeur que celle de l'antiquaire, qui venait de la quitter, n'y flottait...

Fatigué par ce nouvel effort, las surtout de ne songer qu'au danger, il préféra ramener ses pensées vers la *taxi-girl* à laquelle il prêta successivement tous les visages rencontrés à Saigon. Entraîné par cette vertigineuse ronde de beauté, il revint insensiblement à l'après-midi où, aidé par Serge Martin, il avait apporté à la galerie la toile du cap Saint-Jacques dont tous les journaux du matin avaient déjà parlé et devant laquelle s'étaient bousculées de nouvelles admiratrices... Après ce second triomphe, l'antiquaire et lui étaient rentrés dans la maison des merveilles, où le whisky, servi par Kim, les attendait. Là, dans le calme retrouvé, Serge Martin avait continué à lui exposer le minutieux plan d'approche qui allait lui permettre, dès le lendemain, d'entrer peut-être en contact avec les Russes.

★

— Cher ami, avait commencé ce soir-là Serge Martin, profitons de ce que votre chevalet est resté dans ce salon depuis hier pour y placer une nouvelle toile vierge... Et je vous demande quelques minutes de grande attention : pour l'exécution de votre deuxième œuvre, nous allons procéder d'une façon diamétralement opposée à celle que nous avons utilisée pour la première... Je ne vous cache pas, m'étant rendu compte de vos possibilités artistiques, que celle-ci sera infiniment plus délicate à peindre! Comme vous travaillerez à terre, vous risquez — et il faut souhaiter qu'un tel risque se réalise! — que des curieux viennent se placer derrière vous pendant que vous barbouillerez votre toile, ne serait-ce que pour voir ce que vous peignez ou même aussi pour faire quelques commentaires plus ou moins obligeants sur votre art. Surtout, ne vous formalisez pas! Laissez les autres parler entre eux et continuez à travailler comme si vous étiez seul au monde!

» Mais il est indispensable que vous donniez à tous, profanes ou gens vaguement qualifiés, l'impression que vous connaissez votre art. Il vous faudra donc peindre directement sans repasser sur un croquis préparé à l'avance... Contrairement à la réputation de peintre ultra-rapide que vient de vous apporter l'exposition de la toile précédente, vous ne travaillerez cette fois qu'avec une extrême lenteur... S'il le faut, vous mettrez une semaine à réaliser cette vision de l'estuaire : le premier jour, c'est-à-dire demain, vous ne vous occuperez que du haut de la toile où vous mettrez en place votre ciel... Vous serez l'homme qui hésite, qui mélange ses coloris, qui jette une touche, qui la ponce, qui l'efface pour la remplacer par une autre, le peintre-qui-n'est-jamais-satisfait... Cette lenteur vous permettra d'attirer de plus en plus l'attention de ces « locataires » dont je vous ai signalé la présence dans la grande maison voisine. Je vous indiquerai demain matin, avant le lever du jour, l'emplacement exact où devront être installés votre chevalet, votre pliant et le parasol qui vous protégera du soleil. Avec un tel attirail, que l'on a déjà remarqué sur la jonque, je vous garantis que vous ne passerez pas inaperçu!

» Qui pouvez-vous intriguer là où vous serez? Peut-être quelques indigènes, mais j'en doute! Le coin est relativement désert et assez éloigné de la ville du cap Saint-Jacques proprement dite. La seule habitation proche est celle qu'occupent les Russes. Donc, fatalement, pour peu qu'ils se donnent la peine de jeter de temps en temps un coup d'œil autour de leur demeure, ils seront les premiers à s'intéresser à votre travail. Mais ne vous faites pas trop d'illusions! Ce sont des gens excessivement prudents, qui ne doivent quitter leur maison de repos qu'avec circonspection. Je me suis laissé dire qu'on ne les voyait en sortir que pour se rendre, à cinquante mètres de l'endroit où vous peindrez, sur une sorte d'embarcadère de fortune où viennent s'amarrer les canots automobiles qui leur permettent d'assurer la liaison entre la maison que nous pourrions appeler leur P.C. terrestre et le gros navire numéroté, ancré à un demi-mille dans l'estuaire.

» Je vous conduirai là-bas demain avant le lever du jour. Le seul petit inconvénient sera qu'il me faudra arrêter la voiture assez loin sur la route pour ne pas trop me faire remarquer à proximité de la maison. Cette première fois, je serai quand même obligé de vous accompagner jusqu'à l'emplacement rêvé où vous pourrez peindre ensuite à votre aise... Puis je disparaîtrai comme un oiseau de nuit... Le soir, vous rejoindrez l'endroit où j'aurai laissé la voiture : comme par hasard, elle passera, venant de Kung-Tau et se dirigeant vers Saigon... Vous n'aurez qu'à faire le signe cher aux auto-stoppeurs : je vous promets de m'arrêter! Si nous allions dormir?

L'homme, coiffé du chapeau en paille de riz, s'était installé avec tout son matériel à une centaine de mètres de la grande maison isolée et face à l'estuaire. Assis sous son parasol, l'artiste ne semblait nullement pressé : de temps en temps, après avoir fait sur sa palette de savants mélanges de couleurs, il se risquait à donner une touche légère au sommet de sa toile, là où devrait, logiquement, apparaître le ciel... Lentement, très lentement, ce ciel commença vaguement à se dessiner alors que le reste de la toile demeurait immaculé, mais il n'acquit une certaine consistance qu'en fin d'après-midi au moment où la lumière commençait à décliner.

Un peintre qui ne trouve plus l'éclairage propice, n'a qu'à plier son matériel et à rentrer chez lui. Ce que fit l'homme dont la silhouette — accablée par le poids du chevalet replié, de la boîte à pinceaux, du pliant et du parasol refermé — s'éloigna dans la nuit qui venait. Un kilomètre plus loin, juste au moment où il débouchait d'un sentier, saturé de l'odeur lourde des mangliers, sur la route de Saigon, une voiture passa, silencieuse et tous feux éteints...

Quelques secondes plus tard, l'artiste était installé dans la conduite intérieure, à côté du conducteur qui lui demanda pendant qu'ils roulaient déjà :

— Tout s'est bien passé?

— Tout...

— Le temps était idéal...

— Idéal!

— Vous n'avez pas été trop ennuyé par... les curieux?

— Je n'ai pas vu un seul être vivant, à l'exception d'un chien...

— Pensez-vous que ce quadrupède était russe?

— A son aspect misérable, il devait plutôt être indigène! Il était d'ailleurs très indiscret, ce chien sans race! Il s'est permis de rester assis sur son derrière, comme s'il contemplait lui aussi l'estuaire, pendant tout le temps où j'ai été là... Et quand j'ai plié bagages, il voulait absolument me suivre : j'ai eu toute la peine du monde à me débarrasser de lui! Il devait avoir faim... Demain, j'apporterai du sucre.

— Ne faites pas cela, malheureux! Cet animal ne vous lâcherait plus! Et... « les voisins »?

— La maison est aussi silencieuse que leur navire. C'est à se demander si elle est habitée!

— Elle l'est, soyez-en sûr! Soyez certain aussi que l'on vous y a repéré d'une fenêtre... Seulement, il faudra peut-être du temps avant que « l'on » ne se manifeste... Vous n'avez remarqué aucun va-et-vient entre la maison et l'embarcadère?

— Non. Il n'y avait même pas de canot automobile amarré.

— Peut-être ces messieurs sont-ils tous à bord du *N. 625?* Mais cela me surprendrait... Êtes-vous satisfait de votre ciel?

— Je vais me faire un plaisir de vous le montrer dès que nous serons arrivés...

L'antiquaire se borna à dire, après avoir jeté un rapide regard sur l'ébauche :

— Vous faites des progrès... Mais je vous le répète : n'allez surtout pas trop vite! Ne soyez pas plus pressé que vos voisins... Demain, vous vous contenterez de parfaire ce ciel et vous n'ajouterez rien de plus sur la toile.

Le lendemain, le surlendemain, le quatrième jour, les choses se passèrent exactement de la même façon. Aucun être humain ne vint s'intéresser au travail de l'artiste, personne ne passa même, aucune embarcation n'aborda au débarcadère, la maison demeura silencieuse. Pour Jacques Fernet, ce fut la solitude totale, propice à une longue méditation dont le fruit se réduisait à une seule question, qu'il eut tout le temps de se poser et de se reposer : « Vont-ils, oui ou non, se décider à se montrer? » Mais, peu à peu, une pensée, assez décevante, commença à se superposer à l'obsédante question : « Pourquoi se montreraient-ils, après tout? Rien ne prouve qu'un peintre puisse les intéresser... Et dans ce cas, que suis-je venu faire ici? »

Le seul être vivant était le chien qui, lui aussi, faisait preuve de ténacité en restant, immobile, toujours assis, à quelques mètres du peintre qui l'avait baptisé d'office « Achille » en souvenir d'un autre chien qu'il avait connu pendant sa jeunesse. Jacques avait beau lui demander :

— Mais enfin, pourquoi es-tu ici, toi aussi? Mon pauvre vieux, tu es tellement maigre que malgré la défense de « l'antiquaire », je t'ai apporté quelques provisions...

Achille se jetait voracement sur la nourriture avant de se rasseoir en se pourléchant les babines, le regard humide de reconnaissance. Bien qu'il parût être devenu un ami, Jacques ne pouvait s'empêcher de confier chaque soir à Serge Martin :

— Je reconnais que c'est assez stupide, mais ce chien m'agace! Il me gêne surtout... Il a une de ces façons de me regarder! Ce serait à croire qu'il appartient, lui aussi, à un Service de Renseignement! Si encore il aboyait, on serait fixé! Mais il se tait!

— Peut-être aime-t-il réellement la peinture?

La toile avançait très lentement... Après quatre longues journées, le ciel était à peu près terminé.

— Ce soir, dit l'antiquaire, il faut que je vous montre comment « attaquer » le bas du tableau, c'est-à-dire le morceau de sol sur lequel vous peignez ainsi que le débarcadère... Toujours désert, le débarcadère?

— Toujours!

— Et le *N. 625*, que fait-il dans l'estuaire?

— Il ne bouge pas.

— C'est donc qu'il a trouvé, lui aussi, l'emplacement rêvé? Avez-vous l'impression que l'on y travaille?

— Impossible de m'en rendre compte à pareille distance!

— Je puis vous certifier que l'on y a procédé aujourd'hui, sur le pont avant, à des essais de gonflage des flotteurs en nylon...

— Ce sont vos fameuses jumelles marines qui vous l'ont dit?

— Ce sont mes jumelles...

— Dites-moi : où vous cachez-vous donc pendant toute la journée, après que vous m'avez déposé le matin sur la route?

— Je ne me cache pas... Je fais comme les caméléons : je m'intègre au paysage...

Tout en parlant, il avait brossé sur une toile d'essai ce qui devrait être le bas de la nouvelle œuvre de « Jacques Fernet ».

— Comme cela, entre votre ciel et ce lopin de terre, vous avez un début d'encadrement de l'estuaire... Travaillez cela demain mais n'essayez pas de peindre l'eau avant que je ne vous le dise!

— C'est pourtant ce que je trouve le plus facile à faire!

— Pas autant que vous le croyez!

— J'ai pourtant, au centre, un fameux point de repère : le *N. 625!*

— Justement, quand vous en serez là, il ne faudra pas peindre ce navire. Il ne faudra aucun navire! D'abord ces bateaux-là sont laids et dépareraient votre toile. De plus, ils la feraient dater très vite. Les seuls navires que l'on puisse, à la rigueur, montrer sur une marine sont ceux qui ont des voiles.

— Je pourrai très bien remplacer le *N. 625* par une jonque...

— Celle de Hô... avec vous allongé à l'avant, peut-être? Ah çà! Vous êtes complètement fou! Vous voulez donc qu'un « curieux » éventuel ait l'impression que vous ne peignez cette toile que pour y placer un navire à un point bien déterminé? Vous pourriez mettre des cotes aussi, et ce serait complet! Non, croyez-moi : pas de navire! L'estuaire seul, dans toute sa splendeur...

Le cinquième soir, dès que le peintre se retrouva dans la voiture, il dit à son confident :

— Il y a du nouveau...

— Je sais, répondit l'antiquaire. Un canot automobile était amarré ce matin à l'embarcadère quand vous êtes arrivé.

— Je me demande vraiment pourquoi vous utilisez mes services ?

— Ils me sont très précieux!... Poursuivons, voulez-vous ? Le canot était là, sans passager ni même gardien. C'est exact ? Il est resté ainsi jusqu'à 10 heures du matin... A ce moment, vous avez vu six hommes...

— Sept !

— Félicitations pour la précision ! Je voulais me rendre compte si vous ne vous étiez pas laissé envahir par une douce somnolence sous votre parasol... Il n'en a rien été : vous avez bien compté... Ils étaient sept... Sept gaillards en noir qui sont montés dans le canot qui a aussitôt pris le large dans la direction du *N. 625* qu'il a atteint quelques minutes plus tard. Nous sommes d'accord ?

— Oui.

— Une seule question : ces sept bonshommes sont passés à quelques mètres de vous ?

— De moi et du chien !

— C'est vrai ! Je l'oubliais, celui-là ! A-t-il bougé ou couru vers eux quand il les a vus ?

— Non.

— Conclusion : si cet animal est un espion, il ne peut être qu'à la solde d'une autre puissance ! Il ignore délibérément les Russes ! Donc, ils ont passé tout près de vous... Ont-ils paru intrigués par votre présence ?

— Ils ne m'ont même pas regardé !

— Surtout ne vous vexez pas ! C'est très bon, cela ! N'est-ce pas la preuve qu'ils vous ont repéré depuis le premier jour et qu'ils sont maintenant fixés sur votre compte : pour eux vous n'êtes que le peintre qui expose en ce moment à Saigon. S'ils pensaient autre chose, ils vous auraient déjà fait comprendre — comme cela s'est produit quand la jonque de Hô s'est trop rapprochée de leur navire — que votre présence, à quelques mètres de leur maison, ne leur plaisait pas... Le départ du canot mis à part, il ne s'est rien passé d'autre pendant la journée ?

— Si !... J'ai reçu une visite...

— Voilà qui est nouveau...

— Vous qui voyez tout à distance, vous n'avez donc pas remarqué, au début de l'après-midi, la présence d'un « curieux » dans mon dos pendant que je m'acharnais à trouver la teinte définitive des contours de l'estuaire ?

— Ma foi non ! Ce curieux est resté longtemps ?

— Une bonne demi-heure.

— Et il n'a rien dit ?

— Rien.

— Blanc ou jaune ?

— Russe sans aucun doute... Il est sorti de la maison, puis, après une observation silencieuse de mon travail, il y est rentré...

— Et vous ne l'avez pas revu ?

— Non.

— J'espère au moins que, pendant qu'il était là, vous avez « peint » correctement ?

— J'ai fait de mon mieux...

— Bien que vous ne vous soyez pas retourné, puisque vous étiez censé être absorbé par votre art, avez-vous pu étudier un peu le bonhomme ?

— Un grand blond, nu-tête, vêtu d'un chandail et d'un pantalon bleu foncé. Quand il est reparti, j'ai remarqué que sa démarche roulait un peu : ce doit être un marin.

Serge Martin prit son temps avant de dire :

— Eh bien, cher ami, cette fois nous progressons nettement! « On » est venu voir votre travail de plus près : c'était ce que nous recherchions. Demain, vous retournez là-bas...

Jacques était installé depuis longtemps devant son chevalet quand il s'aperçut que quelqu'un, placé derrière lui, observait son travail. Il se retourna et reconnut le même géant blond dont le regard très clair lui sembla à la fois souriant et triste. Le peintre se remit au travail comme un homme qui a l'habitude d'avoir ainsi, souvent, dans son dos, des gens qui, eux, n'ont rien d'autre à faire que flâner. Ce qui surprenait le plus le « peintre » était que l'homme avait réussi, cette fois, à sortir de la maison et à s'approcher à quelques pas de son chevalet sans qu'il se fût rendu compte de rien.

Il continua à peindre, s'attaquant — sur les conseils de Serge Martin — aux eaux boueuses et jaunâtres qui occuperaient tout le centre resté encore intact jusque-là, de la toile. L'antiquaire n'avait-il pas dit la veille, après avoir appris la venue du « curieux » sorti enfin de la maison :

— Comme il y a beaucoup de chances pour qu'il revienne, lui ou un autre, dès demain pour voir si votre tableau avance, vous allez maintenant en peindre le centre, c'est-à-dire les eaux, en omettant bien entendu le *N. 625*... Si par hasard votre visiteur était pris d'une envie — soit spontanée : ce qui m'étonnerait! soit plutôt « commandée » — de vous parler, il a une entrée en matière toute trouvée... Je vous parie qu'il vous demandera pourquoi vous ne peignez pas aussi le navire.

— Et je répondrai?

— Que ce navire est magnifique, ce qui n'est d'ailleurs pas vrai, mais les Russes sont assez susceptibles et très fiers de tout ce qui porte leur pavillon... Qu'il est splendide mais qu'il ne vous intéresse pas plus que les trois autres gros bateaux ancrés dans l'estuaire. N'oubliez pas non plus, si l'homme vous attaquait dans sa langue, que vous l'ignorez complètement! Vous êtes censé ne savoir que le français et un peu le vietnamien... Comme je pense que ce bonhomme ne parle pas vietnamien, il ne lui restera plus que le français pour se faire comprendre de vous.

— Et s'il ne le sait pas?

— Ne vous inquiétez pas : de deux choses l'une, ou il a reçu l'ordre de ne pas vous dire un mot et il ne parlera dans aucune langue, ou il a reçu celui de lier conversation et, dans ce cas, il parle français! Et comme nous avons tout fait ces derniers temps pour qu'ils sachent, ne serait-ce que par la voie de la presse, que vous êtes français, je vous garantis que l'homme de liaison ne commencera pas par « good morning » ni par « Buon giorno ». Ce qui vous prouvera immédiatement qu'ils savent très bien qui vous êtes... enfin qu'ils croient le savoir!

« Jacques Fernet » continuait à peindre avec conviction... L'homme, toujours debout derrière lui, ne bougeait pas, restant aussi silencieux que le chien qui, lui, s'était éloigné comme s'il redoutait la présence du nouveau venu.

Après un bon quart d'heure d'observation, le géant blond repartit vers la maison et Jacques pensa que ce ne serait pas encore aujourd'hui qu'ils feraient connaissance... Ce en quoi il se trompait. Quelques minutes plus tard, l'homme ressortait de la maison, accompagné cette fois d'un autre homme, brun celui-là mais portant le même pantalon et le même chandail bleu marine.

Tous deux vinrent se placer derrière le peintre et restèrent silencieux, pendant un nouveau quart d'heure. Brusquement, le brun dit en russe à son camarade :

— Ça me plaît, mais pourquoi ne peint-il pas notre navire?

Jacques pensa que décidément l'antiquaire était prophète! Mais il ne se retourna même pas quand il entendit le blond lui demander en russe :

— Monsieur, peut-on savoir pourquoi vous oubliez « notre » navire sur votre toile?

Il y eut un silence, suivi d'un éclat de rire sonore des deux hommes, avant que le brun ne confiât au blond :

— Tu vois bien qu'il ne sait pas le russe! Parle-lui dans sa langue...

Aussitôt le géant dit dans un excellent français, avec une politesse voulue :

— Monsieur, nous savons que vous êtes un peintre très connu dans ce pays... Nous faisons partie de l'équipage du navire que vous voyez là-bas... Serait-ce vous déranger que de vous demander pourquoi vous ne mettez pas notre navire sur votre tableau?

Le peintre sembla faire un effort pour s'arracher à la double vision de l'estuaire réel et de sa reproduction sur la toile avant de se retourner, cette fois, pour dire :

— Je pourrais, messieurs, ne pas répondre à votre question mais puisque vous m'affirmez appartenir à ce navire, je dois vous avouer que je ne trouve pas qu'il apporterait une note très esthétique sur ma toile! Il est beau certes, mais trop important! On ne verrait plus que lui! Et qu'est-ce que c'est au juste que ce navire? Un pétrolier? Un cargo destiné à transporter du riz?

Après que le blond eut fait le traducteur pour son compagnon, les deux hommes eurent un nouvel éclat de rire. Le peintre, lui, se contentait de sourire intérieurement : puisqu'il n'y en avait qu'un seul à parler français, cela lui permettrait — à lui qui était censé ignorer le russe — de connaître la véritable opinion des deux « curieux » sur son propre compte.

Le blond finit par répondre, quand leur accès d'hilarité fut calmé :

— Notre navire est spécialisé dans les travaux de renflouement et de sauvetage en haute mer.

— Ce doit être très intéressant. On m'avait dit en effet

l'autre soir à Saigon, quand j'y avais fait la remarque qu'on apercevait un certain nombre de gros bateaux ancrés dans l'estuaire que j'avais l'intention de peindre, que c'était normal puisque ces navires y procédaient à des travaux. Je pense que les autres bâtiments font comme vous?

— Oui, mais ils ne sont pas russes!

— Je l'ai vu à leurs pavillons... Il y a, je crois, un anglais et sûrement un français... Quant au dernier, je ne me souviens plus de sa nationalité.

— Italien.

— C'est bien cela : italien! Je dois reconnaître que c'est, de loin, votre navire qui est le plus imposant! Comment s'appelle-t-il?

— Dans notre flotte, beaucoup de nos bateaux ne portent que des numéros...

— Vraiment? Je trouve que c'est presque dommage... C'est si émouvant le nom d'un bateau! N'est-ce pas ce qui lui donne sa personnalité? Il est vrai que l'U.R.S.S. doit en posséder tellement que ça ne doit pas être aisé de trouver un nom nouveau pour chaque navire!

— La flotte russe est la première du monde! répondit avec fierté le géant qui continuait, après chaque réplique du « peintre » à faire le traducteur pour son camarade.

— Si vous saviez comme j'aime entendre votre langue! avoua Jacques. Et comme je voudrais la comprendre! Elle a d'admirables sonorités... Des inflexions tendres également... Ne semble-t-elle pas faite d'un mélange de brutalité et de douceur? N'est-elle pas une langue d'artiste?

— Nous avons en Russie d'aussi grands artistes que vous en France!

— C'est certain! Malheureusement chez nous, on ne connaît pas bien vos peintres... Par contre vos écrivains, vos musiciens, vos danseurs, vos admirables chœurs et même votre étonnant Cirque de Moscou sont très populaires!

Savez-vous qu'on aime beaucoup la Russie en France et qu'elle y a toujours été estimée à travers les siècles ?

— La Russie porte aussi la France dans son cœur... Vous avez eu de grands philosophes et de grands auteurs classiques.

— Ce qui est merveilleux avec vous, les Russes, c'est que tous, vous aimez et protégez les Arts...

Cette dernière phrase prononcée, le peintre se remit tranquillement au travail comme s'il était à nouveau seul... Il pensa que l'habileté, pour cette première conversation, était de ne pas trop la prolonger...

Pendant quelques instants, les deux Slaves restèrent encore immobiles, le regardant peindre et n'échangeant entre eux aucun commentaire. Puis le blond dit en français :

— Bon courage, camarade!

— Merci! répondit Jacques sans éprouver le besoin d'utiliser, lui aussi, l'appellation de « camarade ».

Pourquoi se montrer trop pressé de devenir amis? Ne valait-il pas mieux laisser les autres venir à lui?

Les Russes s'éloignèrent comme à regret pour rentrer dans la maison.

Le soir, après que le peintre eut relaté sa conversation de l'après-midi à l'antiquaire, celui-ci déclara :

— Maintenant il faut agir vite! Il n'est plus question pour vous de continuer à barbouiller une œuvre assez confuse. Bien qu'ils semblent vous avoir décerné de vagues compliments, les « camarades » risqueraient d'avoir quelques doutes sur votre talent!

Il avait sorti de sa cachette habituelle une toile presque entièrement terminée, représentant le même tronçon d'estuaire que celui que Fernet avait tant de mal à peindre :

— Voici ce que sera devenu votre tableau pendant la nuit et peut-être aussi la matinée de demain, si nous avons la chance que vos admirateurs ne reviennent pas vous rendre visite avant midi!

— Évidemment, c'est très réussi!

— Dites plutôt : « très Jacques Fernet »!

— Vous ne craignez pas que les « camarades » ne s'aperçoivent de la substitution?

— Non! Dites-vous bien qu'en U.R.S.S. on sait utiliser les compétences au maximum! Si ces doux gaillards s'y connaissaient en peinture, ils seraient certainement employés ailleurs que sur un *N. 625!* Et puis il n'y a pas tant de différence avec ce qu'ils ont vu aujourd'hui...

— Pourtant les couleurs?

— Elles sont un peu plus poussées, voilà tout! Si par hasard, celui qui parle français vous en faisait la remarque, répondez que l'une de vos méthodes de travail préférée est de passer un certain temps sur une sorte de toile d'essai, puis de l'abandonner — après en avoir vu les défauts — pour peindre la toile définitive en quelques heures pendant lesquelles votre pinceau se laisse entièrement guider par la fièvre créatrice d'une inspiration faite à la fois des images que vos yeux ont enregistrées et de la mise en place que vous avez étudiée sur la première toile... Cette explication confirmera, dans l'esprit des « camarades » votre réputation de peintre ultra-rapide! Je pense aussi qu'elle vous permettra d'opérer adroitement pour la suite des événements...

— Que voulez-vous dire?

— J'ai de plus en plus la conviction que les choses vont se passer selon un certain processus... Mais n'anticipons pas! Pour le moment, nous faisons disparaître votre œuvre que nous remplaçons par la mienne! Je vous avais dit, voici quelques jours, qu'il nous faudrait collaborer encore à une autre toile... Demain, ce sera la mienne que vous placerez sur votre chevalet à tous les vents...

— Je ne vois pas très bien ce que je pourrai y ajouter,

ne serait-ce que pour me donner une contenance devant les curieux : votre tableau est terminé!

— On peut toujours rajouter une touche par-ci, par-là... quitte à l'effacer après! Voyez, par exemple, ce coin de ciel : un peu de bleu en plus ne lui ferait aucun mal! Enfin, vous avez toujours la ressource d'apposer la signature « Jacques Fernet » en bas à droite : vous avez appris à l'imiter. Profitez même du moment où « ils » seront là — s'ils reviennent! — pour mettre ce point final à cette nouvelle œuvre... Et, après-demain, les « camarades » apprendront qu'elle a été rejoindre les précédentes à la galerie. Dès lors, s'ils hésitaient encore, ils n'auront plus jamais aucun doute sur votre profession : vous êtes PEINTRE!

Installé devant « son » nouveau tableau, Jacques ne reçut pas de visites dans la matinée et ne vit aucun mouvement d'hommes sur l'embarcadère. Alors qu'il commençait à se demander s'il retrouverait jamais les curieux de la veille, il aperçut, sortant de la maison au début de l'après-midi, le géant blond tout seul. Dès qu'il se fut planté derrière lui, l'homme eut une exclamation de surprise avant de dire en français :

— Vous avez beaucoup avancé le tableau!

— Il est pratiquement terminé... Mais je ne suis pas encore satisfait de mon ciel...

— Je crois que vous avez raison de ne pas avoir peint notre navire au centre. Il aurait apporté une tache trop sombre sur vos couleurs...

— Vous aimez la peinture?

— Je préfère la musique! Mais j'aime tout ce qui vient de France... Vous venez de Paris?

— Oui... et vous? de quelle ville d'U.R.S.S.?

— Je ne suis pas russe mais polonais! répondit l'homme avec un orgueil mal dissimulé. Je suis né à Gdynia sur la Baltique : c'est pourquoi je suis marin.

— N'auriez-vous pas préféré être dans la marine de votre pays ?

— Aujourd'hui tout s'est unifié... Et on ne nous demande plus notre avis : j'ai été enrôlé dans la marine de l'U.R.S.S. comme technicien.

— Ingénieur ?

— Non : plongeur-scaphandrier.

— Ah ! Vous êtes l'un de ces hommes qui descendent à des profondeurs incroyables, enfermés dans ces vêtements qui leur donnent l'aspect de Martiens ?

Le Polonais eut son rire sonore.

— Il doit falloir beaucoup de courage pour pratiquer un tel métier ! Moi je ne pourrais jamais !

— Ce n'est pas un métier d'artiste !

— Et vous aimez vraiment la musique ?

— Comme tout le monde, en Pologne... Il y a deux ans, à Varsovie, j'ai eu la chance d'écouter quelques jeunes pianistes français qui venaient pour le concours annuel d'interprétation de Frédéric Chopin : ils étaient excellents... Comme j'aimerais connaître votre pays !

— Ce serait à croire que vous y avez été, tellement vous parlez bien notre langue !

— Je l'ai apprise pendant la guerre : j'appartenais à l'escadre polonaise qui avait pu rejoindre l'Angleterre... et là, comme tous mes compatriotes, je me suis lié d'amitié avec les marins français de vos Forces Libres... J'ai aussi une sœur qui habite le Nord de la France où elle a émigré en 1937 avec son mari qui travaille dans une mine. Nous nous écrivons le plus souvent possible et toujours en français : ça me permet de ne pas trop l'oublier.

— En somme vous avez tous les courages ! Si l'on m'avait dit qu'un jour, pendant que je terminerais une toile au cap Saint-Jacques, j'y parlerais de musique et d'art avec un Polonais, je ne l'aurais pas cru ! La vie est étrange... Vous êtes marié en Pologne ?

— Non. J'ai encore à Gdynia ma mère et deux sœurs plus jeunes... Et vous, vous êtes marié ?

— Je suis comme vous : célibataire avec une maman... Dites-moi... Peut-être vais-je vous paraître assez indiscret, mais à quel genre de travail exact se livre le *N. 625* ainsi que les autres navires étrangers dans l'estuaire ?

— Nous sommes là pour renflouer des épaves qui gênent la navigation.

— Mais pourquoi diable les Vietnamiens ne font-ils pas ce travail eux-mêmes ?

— Ils n'ont pas de navires, ni d'équipes spécialisées.

— Et pourquoi s'être adressés à quatre nations différentes ?

— Je ne sais pas, peut-être pour que ça aille plus vite ? De toute façon, nous allons bientôt remonter la première épave.

— Avant tous les autres ?

— Notre matériel est plus puissant et surtout plus moderne.

— Ce doit être passionnant de remonter ainsi une épave ! Celle dont vous parlez a été coulée depuis longtemps ?

— Plus de quinze années au moins... C'est l'impression qu'elle m'a donnée quand j'ai inspecté la coque.

— C'est vous qui avez fait ce travail ?

— Avec deux camarades russes... Nous sommes six équipes de scaphandriers et nous nous relayons... Je suis à terre parce que ce sont mes jours de repos.

— Combien en avez-vous ?

— Trois par semaine. Je reprendrai le travail après-demain.

— Ce doit être un métier très dur ?

— Quels sont les métiers qui ne le sont pas ?

— Vous êtes bien payé, au moins ?

Le géant blond eut une courte hésitation avant de répondre :

— Comme les camarades...

— Il y a d'autres Polonais à bord?

— Non. Il y a un Lituanien. Le reste de l'équipage est soviétique.

— Qui dirige les travaux? Le capitaine?

— Non : lui commande le navire. Nous dépendons des ingénieurs.

— Je vais vous paraître très ignare, mais je ne suis qu'un peintre... Comment s'y prend-on pour renflouer une épave?

— Cela dépend... Pour celle qui va remonter...

— Vous êtes certain qu'elle remontera?

— Il le faut!

Le visage de l'homme s'était rembruni. Jacques enchaîna vivement :

— Alors comment s'y prend-on?

— Celle-ci est couchée sur le sable.

— A une grande profondeur?

— Seize mètres...

Mais le Polonais redevint subitement muet : le « camarade », qui l'avait accompagné la veille, venait de sortir de la maison avec un troisième homme et tous deux vinrent se placer derrière le peintre pour contempler son travail. Après un long silence, le nouveau venu dit en russe à son compatriote :

— Tu avais raison : ce n'est pas un mauvais peintre...

Le Polonais traduisit aussitôt pour l'artiste :

— Mes camarades trouvent que vous travaillez bien.

— Remerciez-les et dites-leur que je suis particulièrement sensible à cet hommage.

Après un nouveau silence, les trois hommes s'éloignèrent sans rien ajouter et rentrèrent dans la maison.

Quand le peintre eut relaté, le soir, sa conversation avec le géant, l'antiquaire déclara :

— J'ai l'impression que ce brave Polonais n'a pas envie de trop parler en présence des camarades russes! Ce qui est excellent pour nous et prouve que nous pourrions peut-être faire de lui un ami... J'ai constaté que vous n'aviez pas encore apposé votre signature au bas de la toile : c'est donc que vous estimez que « le travail » n'est pas fini ?

— On ne peut rien vous cacher !

— Donc demain vous retournez là-bas : comme notre futur « ami » vous a dit qu'il avait encore un jour de repos, il est plus que probable qu'il reviendra rôder autour de votre installation... Profitez-en pour intensifier la sympathie ! Parlez de musique !

— Je m'y connais encore moins qu'en peinture !

— Vraiment vous êtes trop modeste ! Dites-lui, par exemple, que dans votre enfance, votre mère vous a emmené écouter le grand Paderewski quand il a donné l'un de ses derniers récitals à Paris... Évoquez au besoin les amours de Chopin et de George Sand ! Il y a mille sujets, saupoudrés d'atmosphère musicale, dont on peut parler sans connaître la différence qui existe entre un dièse et un bémol ! Courage, bon ami ! Nous touchons au but...

Lorsque Jacques planta à nouveau son parasol, il fut assez surpris de voir une réelle animation au débarcadère : trois canots automobiles faisaient une navette incessante entre le P.C., installé dans la maison, et le navire au large. A chaque voyage, de petits groupes de quatre à cinq hommes arrivaient ou repartaient. Il en fut ainsi pendant une partie de la matinée jusqu'à ce que les trois embarcations rapides eussent rejoint définitivement le *N. 625*. Plus personne alors n'entra ou ne sortit de la grande bâtisse.

Ce ne fut qu'après une bonne heure de calme absolu que le Polonais se risqua à sortir de la maison pour s'approcher à nouveau du peintre. Mais ce dernier comprit, à l'hésitation de la démarche de son visiteur, qu'il prenait des précautions, comme s'il craignait d'être vu. Un long temps, selon son habitude, le géant demeura immobile dans le dos de Jacques. Enfin, il se décida à dire d'une voix presque timide :

— Bonjour, camarade...

— Bonjour...

— Si vous saviez comme ça me fait plaisir de pouvoir parler un peu votre langue!

— Alors profitons-en! Vous devez être le seul à connaître le français dans toute votre équipe?

— Il y en a sûrement d'autres... mais ils ne le disent pas!

— Pourquoi?

Le Polonais ne répondit pas.

— Après tout, j'ignore votre nom. Le mien est Jacques Fernet. Vous voyez : je commence à l'inscrire au bas de ce tableau qui sera terminé ce soir.

— Vous ne reviendrez pas demain? demanda le Polonais avec une pointe de regret.

— Vous ne voudriez pas que je peigne, pendant toute mon existence, cet estuaire! Je lui ai déjà consacré deux toiles... Ça suffit! Demain, ou après-demain, j'irai dans une tout autre région du pays : j'ai envie de peindre des rizières...

— D'ailleurs demain, je n'aurais pas pu vous voir... Je reprends mon travail cette nuit.

— Vous travaillez aussi la nuit?

— C'est exceptionnel : la remontée de l'épave va commencer...

— Et pendant cette remontée vous restez sous l'eau?

— Je surveille les flotteurs pour qu'ils ne se déchirent pas contre la coque.

— Vous ne m'avez toujours pas dit votre nom?

— Raczinski...

— Eh bien, camarade, je regretterai nos petites conversations...

— Moi aussi...

— C'est vrai : n'étions-nous pas devenus déjà des amis?

Il y eut un silence.

— Je comprends pourquoi, continua Jacques, il y avait tout ce mouvement de canots automobiles tout à l'heure : c'est parce que le grand moment approche!

— Oui... Un commissaire du peuple est arrivé cette nuit de Moscou.

— Un commissaire du peuple? Eh bien! l'U.R.S.S. attache donc une telle importance à la remontée de cet amas de ferraille rouillée? Quel genre de bateau est-ce donc que vous allez remonter?

— Un cargo...

— Tout cela pour un vulgaire cargo? Il a coulé dans une tempête?

— Non. Il a été envoyé au fond pendant la guerre par une torpille aérienne.

— C'était un navire russe?

— Non.

— De quel pays alors?

— Je ne sais pas.

— Mais vous avez bien dû voir, pendant vos plongées sous l'eau, son nom sur la coque?

— Il n'y a pas de nom...

— Lui aussi? Sans doute a-t-il un numéro, comme le *N. 625?*

— Pas de numéro!

— Le cargo-fantôme!... J'avoue que ce doit être émouvant — et même très beau — de voir ainsi émerger du fond de la mer un navire qui y est resté englouti pendant des années!

— A moi ça ne me fait plus rien : j'ai vu remonter tellement de ces épaves!

— Où cela?

— Partout... dans la Baltique, dans la mer Noire, dans l'Océan Arctique même...

— Évidemment... Mais pour moi qui n'ai jamais assisté à un tel spectacle, je crois que ce serait assez fantastique!

— Vous n'avez qu'à rester ici pendant les jours qui vont venir.

— Mais je n'ai plus rien à peindre à cet endroit, Raczinski!

— Pourquoi ne pas peindre le navire apparaissant à la surface?

— Peindre d'ici? Je suis trop loin! Ce qui doit être intéressant à peindre dans un renflouement, ce sont les détails... Je suis un peintre précis, moi! Méticuleux même! Je veux que mes tableaux soient le reflet de la réalité.

— Je sais... C'est pourquoi nous vous admirons, mes camarades et moi.

— Vos camarades aussi?

— Ils m'ont dit que tous les journaux du Viêt-Nam parlaient de vous.

— Oh! Vous savez : il ne faut pas trop se fier à la presse!

— Je sais aussi que vous avez actuellement une grande exposition à Saigon.

— Je suis stupéfait de découvrir qu'un scaphandrier de la Marine Soviétique soit tellement au courant de manifestations artistiques!

— Nous nous intéressons à tout!

— Je vois...

— Hier soir l'un des camarades, qui est venu regarder avec moi votre tableau, a parlé de vous au commissaire venu de Moscou et il lui a dit que vous étiez un très bon artiste.

— Il a dit cela? Et qu'a répondu le commissaire?

— Rien.

— Comment s'appelle-t-il ce commissaire ?

— Le camarade Alexys Grotoff... C'est un grand ingénieur de notre marine. Il est très célèbre... D'ailleurs, vous allez le voir...

De l'un des canots automobiles qui venaient de revenir, deux hommes étaient descendus pour aller vers la maison mais après que l'un d'eux — en qui Jacques reconnut le troisième homme de la veille — eut parlé à son compagnon en lui désignant le parasol, ils changèrent de direction et vinrent se placer à côté du Polonais, redevenu muet, derrière le peintre.

Jacques ne se retourna pas, rajoutant une dernière touche à son ciel pour se donner une contenance mais, pour la seconde fois depuis qu'il « peignait » en ce lieu, son cœur battit plus vite. L'antiquaire n'avait pas exagéré quand il avait dit, la veille au soir : « Nous touchons au but ! »

Derrière lui, les trois hommes restaient silencieux. Puis, brusquement, celui qui venait là pour la première fois et qui n'était pas, comme les autres, vêtu d'un simple chandail et d'un pantalon bleu marine mais habillé d'un complet gris clair en tissu léger, dit en français avec un fort accent slave :

— Votre tableau est réussi, monsieur Fernet. Vous comptez l'exposer aussi à Saigon ?

— Certainement ! Mais à qui ai-je l'honneur de parler ?

— Alexys Grotoff, Ingénieur en Chef de la Marine de l'Union des Républiques Socialistes Soviétiques...

— Enchanté ! répondit Jacques après avoir refermé sa boîte à pinceaux et en se levant.

— Vous nous quittez déjà ?

— Ce tableau est terminé, monsieur Grotoff.

— Qu'allez-vous peindre, maintenant ?

— Je l'ai déjà dit au camarade Raczinski : des rizières.

— Vous n'aimeriez pas faire un tableau pour nous ? Mais il faudrait qu'il fût beaucoup plus grand que celui-ci...

— Pour vous ? J'avoue ne pas comprendre...

— Pour l'Union des Républiques Socialistes Soviétiques qui serait toute disposée à le commander à un artiste de votre qualité.

— Je n'aime pas beaucoup la peinture officielle ! Je préfère suivre mon inspiration...

— Quelle plus belle inspiration pourriez-vous avoir, vous qui êtes un remarquable spécialiste de peintures marines, que celle d'une épave sortant de la mer ?

L'artiste parut hésiter avant de répondre :

— Ce doit être, en effet, un moment inoubliable qui mériterait d'être fixé sur une toile... D'autant plus que je n'ai jamais entendu parler de tableaux ayant traité ce sujet... On a peint beaucoup de naufrages, d'innombrables batailles navales, mais, à ma connaissance, jamais de renflouement d'épaves ! Et il n'y a aucune raison pour que tous ceux qui admirent, par exemple, un « Radeau de la Méduse » ne soient pas enthousiasmés par le renflouement d'un navire effectué par les techniciens russes...

— Voilà précisément ce que nous aimerions que l'on découvrît sur votre tableau : l'incontestable supériorité de nos méthodes de renflouement et de nos équipes sur celles des autres pays... Vous n'êtes pas sans avoir remarqué qu'en plus de nous, se trouvent dans les eaux de l'estuaire des navires anglais, italien, et même français qui doivent chacun effectuer un travail similaire au nôtre sur d'autres épaves coulées. Eh bien, je puis vous affirmer que demain nous allons leur donner à tous une leçon magistrale ! Ce sera l'honneur de la Marine de l'Union des Républiques Socialistes Soviétiques que d'être celle qui va réussir à renflouer la première épave de l'estuaire ! C'est ce triomphe de notre technique qu'il faut peindre, monsieur Fernet, pour que le tableau puisse être ensuite exposé à notre Musée de Peinture Moderne de Moscou... Ainsi un nouvel aspect de notre puissance et de notre grandeur restera immortalisé pour nos compatriotes! Et ce sera grâce à vous qui deviendrez célèbre en Russie où vous mériterez l'estime de tous. Nous savons aussi récompenser les vrais artistes : vous serez invité officiellement, avec tout le voyage et le séjour offerts par notre gouvernement, au moment où votre tableau entrera au Musée. Je demanderai aussi que l'on vous décore de l'Ordre de nos Arts et Lettres... Ensuite vous pourriez très bien, comme vous le faites ici en ce moment, rester un certain temps en U.R.S.S., pour y peindre tout ce qui vous inspirerait... Le gouvernement achèterait vos toiles et vous deviendriez l'un de nos peintres d'État. Ça ne vous sourit pas?

— Je sais depuis longtemps qu'on encourage infiniment mieux les artistes chez vous que chez nous! Mais j'aime bien aussi ma petite vie à Paris!

— Tout le monde aime Paris, mais qui peut l'aimer plus que nous, les Russes? Vous acceptez notre offre?

— J'avoue qu'elle est tentante... Seulement une difficulté technique se présente pour moi : une telle toile devrait être, si l'on veut y trouver des détails sur la façon dont vous opérez un renflouement, de dimensions considérables : au moins six mètres sur cinq, si ce n'est plus!

— Je vous l'ai dit : il faut un très grand tableau où l'on verra notre navire et, à côté de lui, l'épave qui commencera à apparaître, supportée par les flotteurs gonflés : cela pourrait être admirable!

— Sans doute... Mais savez-vous que l'exécution d'une telle œuvre demanderait beaucoup de temps?

— Qu'importe le temps si c'est réussi!

— J'aime votre façon de comprendre l'art, monsieur Grotoff!

— Appelez-moi « camarade Grotoff »!

— A condition que vous m'appeliez « camarade Fernet »!

— Je ne vous aurais pas dit longtemps « Monsieur »...

Nous ne réservons cela qu'aux gens que nous n'apprécions pas... Nous sommes tous camarades!

— Vous avez raison! répondit Jacques en serrant chaleureusement les deux mains que lui tendait le commissaire du peuple.

— Combien de temps estimez-vous qu'il vous faille pour terminer une telle œuvre?

— Je suis incapable de vous le dire.

— Pourtant vous avez dans la presse de ce pays la réputation d'être un artiste qui travaille très vite?

— C'est exact pour les petites toiles mais pas pour la vôtre! Vous m'avez bien dit que ce serait demain que vous remonteriez l'épave?

— Nous commençons cette nuit mais elle ne pourra pas apparaître avant demain au plus tôt en fin de matinée, si tout va bien!

— Il faudrait donc que je sois sur place pour prendre les premiers croquis rapides...

— Vous serez sur place!

— Mais pas ici : c'est beaucoup trop loin!

— J'ai entendu dire qu'il y a quelques jours vous avez peint, d'une jonque, une toile qui est exposée maintenant dans une galerie de Saigon?

— Vous êtes merveilleusement renseigné!

— Nous nous renseignons toujours avant d'accorder notre amitié...

— Comme je vous comprends!

— Pourquoi ne pas utiliser à nouveau cette jonque, d'où vous verriez de plus près notre navire et l'épave, pour faire ces premiers croquis?

— Ce serait, en effet, une idée... D'autant plus que son sampanier m'a paru habile.

— Il faudra qu'il fasse très attention de ne pas s'approcher trop près à cause des énormes remous que fera l'épave en remontant à la surface. Je dirai à l'un de nos canots de surveillance de vous indiquer la limite de sécurité à ne pas dépasser...

— Très bien. Combien de temps estimez-vous que l'épave restera ensuite à côté du navire, là où elle aura apparu?

— Cela dépendra... Mais vous pouvez compter au moins sur trois ou quatre jours.

— Et ensuite, qu'est-ce que vous en ferez?

— Nous verrons...

— De toute façon, je crois que ces trois ou quatre jours seront suffisants pour me permettre de terminer tous mes croquis... Mais peut-être faudra-t-il aussi que je monte soit sur l'épave, soit sur votre navire pour que l'on m'y explique certaines particularités essentielles de votre technique?... Car, ignorant tout, je risquerais de peindre des choses inutiles!

— J'aime cette précision, camarade! Quand il sera temps, nous vous donnerons l'autorisation exceptionnelle de monter à bord de l'un ou l'autre et même, s'il le fallait, des deux navires.

— Merci! Mon travail en sera grandement facilité. Ensuite j'emporterai mes croquis que j'utiliserai pour pouvoir attaquer le tableau... Seulement je dois vous prévenir : je ne pense pas pouvoir trouver ici, au Viêt-Nam, une toile de dimensions suffisantes! Je pourrais évidemment la faire venir de Paris, mais ce serait long... D'autant plus que je n'ai pas l'intention de m'éterniser dans ce pays où je ne suis venu que pour assister au vernissage de mon exposition et pour peindre quelques nouvelles œuvres sur le vif... Je pense être de retour à Paris au plus tard dans deux mois.

— Et vous préféreriez faire « notre » tableau à Paris?

— Sans aucun doute! J'y ai mon atelier!

— Dans ce cas, nous allons dire à notre attaché culturel de l'ambassade de Paris qu'il se mette en rapport avec vous.

— Ce serait parfait! Dès que le tableau sera terminé,

je l'en avertirais pour qu'il le fasse prendre et expédier à Moscou.

— Où vous viendrez, n'est-ce pas?

— J'y compte bien!

— Camarade, tout me paraît organisé...

— Une dernière question... A quelle heure dois-je me trouver demain, sur la jonque, à proximité de votre navire?

— Au lever du jour mais il vous faudra attendre...

— Pour ne pas perdre de temps, je pourrai déjà faire quelques croquis de votre navire.

— Excellente idée! A demain, camarade Fernet!

— A demain, camarade Grotoff!

Suivant l'exemple du commissaire, les trois autres hommes passèrent devant l'artiste, en se suivant dans un étrange défilé, pour lui serrer les deux mains en silence. Le dernier fut le Polonais dont le visage, éclairé par un large sourire, exprimait la satisfaction.

Resté seul, Jacques replia son matériel avant de se diriger vers le petit sentier qu'il connaissait maintenant par cœur. Pendant cette marche, il ne sentit même plus le poids, ni l'encombrement de tout ce qu'il transportait : jamais le chevalet, la toile, la boîte à pinceaux et le parasol ne lui avaient semblé plus légers... N'était-ce pas cet attirail invraisemblable qui lui avait permis d'établir le contact inespéré? Et il souriait en pensant que, décidément, « la vieille chouette » avait plus d'un tour dans son sac...

— Vous voyez bien qu'il fallait s'entêter! conclut Serge Martin après avoir écouté le récit de l'après-midi. L'ami Hô vous attendra demain dans la crique et, cette fois, vous verrez que les agités, qui vous avaient si mal accueilli au cours de votre première promenade, sauront se montrer aimables...

— Ce qui m'inquiète, c'est que je ne vois pas très bien,

même en faisant tous les croquis du monde, comment je vais parvenir à m'emparer du fameux document !

— N'est-ce pas déjà beaucoup de vous dire qu'avant quarante-huit heures vous aurez mis le pied sur le cargo où il est caché ? Une fois à bord, je crois qu'il vous faudra faire preuve de cette même initiative et de ce même sang-froid qui ont fait que l'on vous a considéré, pendant la dernière guerre, comme l'un des plus remarquables agents alliés opérant au Japon... Ne serez-vous pas à nouveau en territoire japonais sur le cargo ?

— Il n'a été que très provisoirement japonais pour les besoins du camouflage! Initialement le bâtiment était australien, parti de Port-Adélaïde pour tenter de rallier le Canada !

— Et il risque de devenir prochainement un navire soviétique ! C'est inouï comme un vieux cargo peut changer ainsi de nationalité! Tout cela à cause d'un simple plan où sont mentionnées les coordonnées d'un gisement d'uranium situé quelque part dans l'archipel indonésien ! C'est à se demander si les hommes ne sont pas tous devenus fous !

— Ils le seront encore bien davantage quand ils sauront qu'un pays détient enfin le plan ! J'en arrive à me demander s'il n'aurait pas mieux valu, pour la tranquillité du monde, que ce cargo restât enfoui pour toujours au fond de l'estuaire ?

— Mon cher, le monde ne sera plus jamais tranquille... D'ailleurs, il ne l'a jamais été! Et n'oublions pas que la puissance atomique n'est plus en exclusivité chez un seul peuple! On trouve maintenant de l'uranium un peu partout mais en très petites quantités : c'est pourquoi il est cher ! Il est certain que ceux qui mettront la main sur un gisement considérable deviendront les maîtres du marché en faisant baisser les prix.

— Vous croyez cela ? Avez-vous déjà vu baisser celui du pétrole ?

— Il baissera justement à cause de l'utilisation industrielle de plus en plus grande de la force nucléaire!

— Et vous ne craignez pas que, si l'on découvre enfin l'emplacement exact de ce gisement indonésien, les hommes en profitent pour pousser d'abord d'autres peuples à fabriquer, eux aussi, des armes atomiques?

— Mais, bon ami, grâce à vos bons offices, on ne peut même pas imaginer que ce soit une autre nation que la France qui entre en possession du plan!

— Parce que vous nous croyez plus sages que les autres peuples?

La réponse du vieil homme fut dans son regard imprégné de scepticisme. Puis il préféra éluder en disant :

— Nous ne sommes pas là pour philosopher mais pour agir! Personnellement ma tâche est terminée : selon les instructions que j'avais reçues, je vous ai amené, si j'ose dire, à pied d'œuvre... A vous maintenant de vous débrouiller! Mais, bien entendu, dès que vous aurez le document, je m'occuperai de votre départ qui devra être excessivement rapide... Car vous devez vous douter que vous n'aurez pas que les Russes à vos trousses! De toute façon, vous pouvez encore dormir tranquille cette nuit : je ne pense pas que vous puissiez « opérer » directement avant quarante-huit heures... Maintenant, si cela peut vous rendre service que je vous aide de mes conseils, je suis prêt à écouter l'exposé de votre plan d'attaque.

— Il sera simple, parce qu'il n'y en a pas d'autre possible... Mais pour le mettre à exécution il me faut un allié sur l'épave même...

— Choisi dans l'équipe russe?

— Oui.

— Pas facile à trouver!

— J'ai une lueur d'espoir : Raczinski...

— Le Polonais?

— Je ne sais pas trop pourquoi mais j'ai de plus en plus l'impression que ce garçon-là n'a pas l'air enchanté de travailler pour les « camarades » russes!

— Il pense à Chopin! Peut-être ne serait-il pas fâché, selon une expression désormais consacrée, de « choisir la liberté »?

— C'était justement ce à quoi je pensais, noble antiquaire!

— Grand peintre, vous faites des progrès!

Depuis deux heures, la jonque tournait lentement autour du *N. 625*. Le cercle-limite à ne pas dépasser était automatiquement tracé par trois canots automobiles soviétiques qui, eux aussi, évoluaient inlassablement autour du gros navire mais à grande vitesse pour empêcher les importuns éventuels de trop s'approcher. Seule la jonque de Hô, avec ses deux passagers, avait le droit de rester à la limite. Installé à l'avant, le peintre prenait croquis sur croquis du *N. 625*. Parmi ces dessins, il en existait un qu'il avait soigneusement caché au fond d'un carton et qu'il n'exhiberait que s'il en sentait la nécessité. C'était ce que Serge Martin avait appelé un « croquis de secours » : il représentait le *N. 625* dans toute sa plendeur... Le véritable auteur en était l'antiquaire qui l'avait donné, le matin même, à Jacques en disant :

— Tenez-le caché et si, dans la soirée, le camarade Grotoff s'avisait de vous demander si vous avez pu faire du bon travail, montrez-lui toujours cela : il sera rassuré... Quant à l'épave qui doit émerger, contentez-vous de faire des croquis assez vagues en répétant qu'il est indispensable pour vous de la voir de plus près les jours suivants...

Un autre navire rapide tournait autour du *N. 625* : la vedette de la police fluviale vietnamienne. Dès qu'il avait aperçu la jonque, son commandant avait donné l'ordre de mettre le cap sur elle et quand les deux embarcations avaient été bord à bord, il n'avait pas manqué de saluer le peintre d'un geste amical en lui criant :

— Vous allez avoir bientôt le sujet d'un tableau étonnant!

La vedette était repartie, reprenant sa ronde qui ressemblait à celle d'un étrange chien de garde qui tourne sans arrêt parce que son maître lui a donné l'ordre de ne rien laisser échapper... Cette vigilance accrue prouvait que les Vietnamiens n'hésiteraient pas à monter à bord de l'épave en même temps que ses nouveaux propriétaires et sans attendre d'y être conviés. Ce qui confirmait une phrase prononcée dans le bureau de la rue Saint-Lazare par le colonel Sicard : « Ne sous-estimons pas les qualités naturelles des Asiatiques : leur finesse et leur subtilité naturelles les incitent à une méfiance permanente. Ce sont des gens qui subodorent les choses. » Les Vietnamiens devaient être parfaitement renseignés sur le but véritable de ce renflouement.

Pensée qui amena Jacques à jeter un regard circulaire pour voir où les navires concurrents en étaient de leurs travaux. Ceux-ci ne semblaient guère avoir avancé mais on pouvait être certain qu'à bord du *San Giovanni*, du *Buffle* et du navire de la C.I.R.M., tous les appareils d'optique et de photographie à distance étaient braqués sur le *N. 625* pour voir s'il allait réussir dans sa tentative.

A bord du navire soviétique, l'activité était intense et le technicien, qui se cachait sous Jacques Fernet, fut assez surpris par l'importance de l'équipage. On n'entendait aucun ordre lancé dans les porte-voix ou par haut-parleurs : toute la manœuvre du renflouement était commandée au sifflet. Chacun semblait à sa place, sûr de lui, sûr aussi du succès final... La grosse pompe, placée sur la plage arrière, fonctionnait avec la régularité d'une horloge, reliée par de longs tuyaux blancs à l'épave qui, depuis des heures, devait remonter lentement sous l'eau, supportée par les flotteurs qui émergeraient en même temps qu'elle... L'épave qui, sous l'effet de l'air comprimé envoyé à une pression fantastique dans sa coque, se vidait peu à peu de l'eau qui l'avait envahie depuis dix-sept années!

Elle apparaîtrait à tribord du *N. 625* : l'équipage, massé de ce côté, le prouvait. Ils attendaient, à la fois calmes et anxieux, comme tous ceux qui appartiennent à l'éternelle épopée maritime... Quelle différence y avait-il entre ces hommes des temps modernes — utilisant les derniers progrès de la technique ou de la machine — et ceux que l'on appelait, au temps des boucaniers et des voiliers long-courriers, « les pilleurs d'épaves »? N'étaient-ce pas des marins de la même trempe, tous plus ou moins habités par le démon de l'aventure? Jacques les comprenait... Il les estimait aussi puisqu'il était fait comme eux! Combien d'épaves n'avait-il pas vu déjà renflouer dans sa carrière d'ingénieur du Génie Maritime? Il aurait dû être blasé devant un tel spectacle mais il savait qu'à chaque fois il y avait des variantes, que jamais une épave ne se présentait exactement de la même façon à la surface des flots, qu'un rien, qu'un imprévu, qu'une lame un peu forte pouvait faire tout chavirer et tout remettre en question pour des semaines, des mois, des années, pour toujours peut-être? que l'épave pouvait aussi redescendre à jamais vers les grands fonds, engloutissant ses secrets...

Il se moquait de ses croquis : la seule chose captivante, le seul intérêt, n'était-ce pas que l'épave apparût et que l'on résussît à la maintenir à flot dans de bonnes conditions pour pouvoir ensuite l'examiner, la visiter, la fouiller, la sonder du pont à la quille, lui arracher son fabuleux mystère? Il ne s'agissait plus cette fois de barils d'or ou de coffrets de pierres précieuses : ce que recherchaient les Russes, ce n'était qu'un carré de papier, sans doute enfermé dans une cachette hermétique et qui permettrait de conduire d'autres techniciens vers une terre riche de cet uranium dont l'humanité, aveuglée par l'insatiable désir de domination, croyait ne plus pouvoir se passer!

C'était uniquement pour cela qu'on l'avait envoyé de France et grassement payé. Il lui faudrait tenter à la toute dernière minute de ravir ce document qui était aussi bien capable d'intensifier la destruction que d'apporter un renouveau d'énergie à la vie... Comme les Russes — comme aussi ces Anglais, ces Italiens, ces Français qui les observaient — Jacques n'était plus qu'un pion dans la fabuleuse aventure. Qu'était-il de plus qu'un Raczinski, cet obscur scaphandrier polonais qui, en ce moment, devait remonter lentement, lui aussi, tout en surveillant des flotteurs? Raczinski qui ne pensait plus à la musique ni à la peinture et qui n'était qu'un rouage de la gigantesque machine slave! Raczinski qu'il lui faudrait utiliser, comme les Soviets avaient déjà su le faire, mais dans un but diamétralement opposé! Pourquoi s'encombrer de scrupules? La lutte éternelle entre les peuples n'avait jamais cessé, ne pourrait jamais cesser! Une nouvelle bataille sourde et sournoise se préparait, qui éclaterait dès que l'épave apparaîtrait...

Et brutalement, alors que le soleil était déjà à son zénith, alors que les eaux jaunâtres de l'estuaire semblaient être aussi brûlantes qu'une mer de sable, la jonque fut happée dans un gigantesque remous qui, après l'avoir soulevée, la fit s'enfoncer comme si elle allait être engloutie par un typhon.

— Fais attention, Hô! hurla Jacques qui s'était cramponné à l'unique mât.

Le sampanier, arc-bouté sur la barre, n'avait pas répondu. Il y eut ainsi trois secousses fantastiques qui se succédèrent. A chaque fois que la jonque se retrouvait au sommet des vagues, Jacques apercevait le *N. 625* qui, lui aussi, malgré son tonnage, oscillait comme un bateau d'enfant ballotté sur un bassin... Quand la jonque retrouva enfin sa stabilité, la vision tant attendue commença à se présenter : le haut d'un mât, puis une cheminée, émergeant lentement, sortirent d'un bouillonnement intense... Puis deux énormes masses apparurent de chaque côté du mât et de la cheminée. On aurait dit les dos de deux baleines blanches : c'étaient les flotteurs gonflés. Peu à peu, entre ces monticules, des contours se dessinèrent, ruisselant d'eau : d'abord une proue, puis une poupe, une passerelle de commandement, des infrastructures, un pont enfin, délavé, étincelant sous le soleil... La machinerie inventée par le génie des hommes ne s'arrêterait plus de tourner, de pomper, de hisser jusqu'à ce que le navire eût été arraché à son engloutissement... Lentement, très lentement, le cargo continuait à monter. Bientôt la coque apparut : incolore, rouillée, semblant avoir honte de revenir à la surface dans cet état et camouflant son délabrement sous des plaques de boue jaunâtre mêlée à des algues brunes. Enfin le navire cessa l'étrange ascension... Et Jacques remarqua qu'il restait nettement au-dessous de sa ligne de flottaison.

Aussitôt deux hommes, utilisant comme câble deux amarres qui avaient été lancées du *N. 625,* se laissèrent glisser, tels des funambules, sur le pont désert de l'épave. Ils coururent jusqu'à la poupe à laquelle ils accrochèrent un morceau d'étoffe rouge orné de la faucille et du marteau. Le navire-fantôme avait retrouvé une nationalité : il était russe.

La gigantesque opération s'était faite dans le silence, seulement coupé par les cris stridents des mouettes qui tournoyaient déjà autour de la triste épave.

— Rapproche-toi ! cria Jacques au sampanier.

Quand la jonque ne fut plus qu'à quelques encablures des deux navires maintenant bord à bord, Jacques constata que les policiers vietnamiens étaient également montés sur l'épave : eux aussi semblaient décidés à ne pas perdre de temps pour effectuer leur contrôle et se faire remettre les documents, selon la loi maritime.

Un canot soviétique frôla la jonque pendant que l'un de ses occupants, en qui le peintre reconnut l'un de ceux qui étaient venus admirer son travail quand il était à terre, cria en russe :

— Camarade, vous pouvez aller sur l'épave...

Mais Jacques faisant celui qui ne le comprenait pas, le Russe lui fit un signe indiquant qu'il devait monter à bord du canot. Celui-ci revint contre la jonque.

— Attends-moi par ici, dit le peintre à Hô avant de sauter dans le canot avec son carton à croquis sous le bras.

Il grimpa sur l'épave au moyen d'une échelle de corde accrochée au flanc tribord de la coque, répandant une odeur de moisissure et de varech. En haut de l'échelle, sur le pont détrempé qui offrait un spectacle de désolation, Jacques fut accueilli par le commissaire Grotoff :

— Alors, camarade peintre, cette petite ascension n'a pas été trop pénible? Je suis fier de vous accueillir sur un nouveau navire de l'Union des Républiques Socialistes Soviétiques... Il n'est pas en très bon état, mais il a quand même sa valeur! Je pense que vous avez pu prendre quelques croquis intéressants? Peut-on jeter un coup d'œil sur ce que vous cachez dans ce carton?

— Je vous avoue avoir été tellement ému par l'extraordinaire vision de l'apparition de cette épave que je n'ai pas encore pu dessiner grand-chose du renflouement lui-même... Mais cela n'empêche pas que mes yeux sont déjà remplis d'images inoubliables qui me permettront maintenant de faire tranquillement le tableau quand je serai de retour en France. Par contre, j'ai eu tout le temps de faire un dessin du *N. 625*...

Et il exhiba l'œuvre que lui avait remise Serge Martin.

A peine l'eut-il contemplée que le commissaire s'exclama :

— C'est remarquable! Tout à fait notre navire! Vraiment vous êtes un artiste!

Il avait déjà fait signe à un homme d'un certain âge, portant lui aussi la casquette à étoile rouge, mais dont la tenue était nettement plus soignée que celle des autres membres de l'équipage. Quand l'homme se fut approché, Grotoff lui mit le dessin sous les yeux. Et l'homme eut un sourire.

— Le camarade Nilinski, qui commande le *N. 625*, est très satisfait! dit le commissaire avant d'ajouter en russe à l'intention de l'officier : Le camarade Fernet est un grand peintre français qui est aussi notre ami...

Après avoir salué militairement, Nilinski tendit la main à l'artiste. Cet échange de poignées de main sur le pont de l'épave, en un moment pareil, avait quelque chose de symbolique pour l'ex-agent 2 884. Certaines paroles de l'antiquaire lui revinrent en mémoire : « N'est-ce pas déjà beaucoup de vous dire qu'avant quarante-huit heures vous aurez mis le pied sur le cargo? »

— Si le camarade commandant veut bien l'accepter, dit-il, je me fais un plaisir de lui offrir ce dessin qui n'a rien d'un chef-d'œuvre et dont le seul mérite est d'avoir été fait sur le vif...

Dès que le commissaire eut traduit, le commandant tendit la main avec reconnaissance, en disant en russe :

— Je le ferai placer dans le carré des officiers.

— Attendez! dit Jacques. Juste une petite formalité.

Rapidement, au crayon, utilisant le carton pour sous-main, il apposa la signature « Jacques Fernet » en bas du dessin, à droite. Comme l'avait si bien dit Serge Martin, il n'en était plus à un faux près! La seule chose importante n'était-elle pas d'élargir le cercle de ses relations dans l'équipe russe?

L'officier de police vietnamien qui s'était approché, lui aussi, dit aux Soviétiques après avoir regardé le dessin :

— Monsieur Fernet peut tout faire : son exposition actuelle à Saigon le prouve!

Ce fut à cette seconde que Jacques découvrit que ce

policier toujours affable parlait aussi bien le russe que le français : ce qui le laissa de plus en plus perplexe à son sujet.

« Le peintre » regardait maintenant le pont.

— Évidemment, reconnut le commissaire, ce n'est pas très esthétique un navire qui est resté pendant des années sous l'eau! Mais cette vision doit vous apporter des éléments typiques pour la précision de votre tableau.

— Savez-vous de quel pays était ce navire? demanda ingénument le peintre.

— Japonais... Il a été coulé à cet endroit même par une torpille lancée d'un avion américain : c'est pourquoi le pont n'est pas tellement abîmé. La déchirure se trouve dans la coque.

— Qu'allez-vous faire maintenant de cette épave?

— Voyez : nos hommes sont déjà en train de faire un déblaiement pour que nous puissions procéder à une première inspection. Mais il y a encore de l'eau dans certaines parties, spécialement dans les cales avant. Nous sommes obligés d'utiliser à nouveau les scaphandriers...

Une pompe à main avait déjà été installée : deux scaphandriers s'apprêtaient à descendre à l'intérieur du navire. Vêtus de leurs souliers à semelles de plomb, de combinaisons étanches, le cou encerclé par la collerette métallique, coiffés du casque dont les hublots ne seraient fermés qu'à la toute dernière minute, ces hommes attendaient. Ils avaient un téléphone portatif et un micro.

Jacques reconnut, en l'un d'eux, Raczinski qui lui fit un sourire rapide avant qu'un autre homme n'eût fermé son hublot. Désormais, pendant toute la durée de son exploration au fond de l'épave, le Polonais ne recevrait de l'air que par le tuyau le reliant à la pompe à main actionnée par quatre marins qui se relayaient. L'ingénieur savait que cette méthode, un peu archaïque, était la plus sûre : les moteurs à essence envoyant de l'oxygène ou les bouteilles portatives, fixées sur le dos du scaphandrier, risquent toujours de tomber en panne ou de ne pas être complètement remplies. C'est alors l'asphyxie immédiate... Tandis que des hommes maniant à tour de rôle une pompe à bras n'ont aucune défaillance : ils savent trop que la vie de leur camarade dépend d'eux. Et celui qui est enfermé dans le scaphandre est moins nerveux : il a confiance.

Dès que les scaphandriers — suivis par leurs tuyaux qui commencèrent à se dérouler lentement au fur et à mesure que les deux hommes avançaient à l'intérieur du navire — eurent disparu dans une écoutille, Grotoff se coiffa d'un casque radiophonique et commença à leur donner à voix basse des ordres dans un micro, faisant l'office du « renfloueur ». Pour qu'on n'ait pas hésité à faire venir de Moscou, à la toute dernière minute, cet homme dont Raczinski avait dit : « C'est un grand ingénieur... Il est très célèbre », il fallait que l'exploration commencée fût d'une importance capitale.

Les policiers vietnamiens, eux, ne bougeaient pas : ils ne le pouvaient pas, devant attendre, pour pénétrer à l'intérieur du navire, que la visite de l'épave fût décidée par ses nouveaux propriétaires. Ils auraient alors le droit de les accompagner pour se faire remettre les pièces de bord dont ils donneraient une décharge. Ensuite les Russes pourraient faire de l'épave ce qu'ils voudraient.

Jacques commença à prendre de vagues croquis : de temps en temps, il se déplaçait, allant tantôt vers la proue, tantôt vers la poupe comme s'il cherchait des angles de vue différents... En réalité, ce va-et-vient innocent n'avait qu'un but : voir si d'autres hommes que les deux scaphandriers descendaient, eux aussi, à l'intérieur de l'épave. Très vite, il acquit la certitude que les deux scaphandriers étaient seuls. Ceci prouvait que ces deux hommes étaient non seulement parfaitement qualifiés mais qu'ils devaient avoir reçu à l'avance des instructions très précises, corrigées au fur et à mesure de leur exploration méthodique par les ordres que ne cessait de donner Grotoff dans son micro... Des ordres que Jacques aurait bien voulu connaître! Mais même sachant le russe et même en se rapprochant, il n'aurait rien entendu : Grotoff continuait à parler très bas comme s'il se méfiait de tout le monde autour de lui!

C'était en ce moment que la partie commençait à se jouer, sous le nez de la police vietnamienne impuissante et sous celui du peintre exaspéré qui devait cependant continuer à donner l'apparence du plus paisible des artistes... Les Russes étaient maîtres de la situation! Jacques ne se faisait aucune illusion : les instructions reçues par les scaphandriers ne pouvaient être que de cet ordre : « Inspectez minutieusement, et sans exception aucune, toutes les parois intérieures, toutes les cloisons étanches, tous les cloisonnements... Pour cela frappez méthodiquement sur chaque surface. Si l'une d'elles fait caisse de résonance, notez secrètement l'emplacement et signalez-le immédiatement par micro au renfloueur. S'il le faut, vous découperez immédiatement les tôles sur place pour voir si elles ne cachent rien. Et, si vous trouvez le moindre document, prenez-le et remontez-le discrètement. » L'ingénieur avait remarqué que chacun des scaphandriers était descendu en emportant un chalumeau conçu pour fonctionner sous l'eau.

Il savait d'avance aussi, par ce que lui avait dit le colonel Sicard, qu'il n'y avait aucune chance pour que les documents éventuels se trouvassent dans le coffre-fort du bord, presque certainement installé dans la cabine du commandant. Il y avait longtemps aussi qu'il n'y avait plus de livre de bord : ou celui-ci avait été jeté à la mer par le commandant australien, s'il en avait eu le temps au moment où les Japonais avaient pris le navire, ou — ce qui était plus probable — il avait été saisi par les Japonais eux-mêmes... Mais ce livre de bord n'avait pas dû offrir un grand intérêt : on pouvait être certain que le commandant australien n'y avait pas mentionné avoir reçu un document secret et encore moins l'endroit où il l'avait caché sur son navire ! Il n'était pas pensable non plus qu'il eût laissé le document dans son coffre, sinon les Japonais s'en seraient emparés et n'auraient pas couru le risque immense de ramener le cargo jusqu'à cet estuaire dans l'intention de procéder à ce même travail auquel les Russes étaient en train de se livrer.

Le document ne pouvait être qu'enfermé dans une pochette de protection spéciale, conçue pour ne pas être détériorée par l'eau, et placée elle-même entre deux cloisons métalliques parfaitement étanches, en un endroit que connaissait seul l'officier australien. Celui-ci, qui n'avait jamais révélé la cachette aux Japonais malgré les tortures subies, avait réussi, avant de mourir au camp de Singapour où il avait été interné, à confier à un de ses compagnons d'infortune que le document se trouvait toujours à bord du cargo... Mais il n'avait certainement pas pu lui donner de précisions, sinon les Anglais, qui avaient interrogé ce compagnon encore vivant après la libération de la presqu'île de Malacca, auraient agi et l'*Intelligence Service* n'aurait pas attendu que les accords officiels eussent été signés, d'abord avec le gouvernement français, puis avec les Vietnamiens. Il aurait tout tenté pour récupérer le document en secret, n'hésitant pas, au besoin, à utiliser des hommes-grenouilles. Les Anglais n'avaient-ils pas mené à bien pendant la guerre, des opérations sous-marines similaires tout aussi difficiles ? D'ailleurs, la présence du *Buffle* prouvait que le document, comme l'avait affirmé « la vieille chouette » se trouvait toujours à bord du cargo. Mais où ?

La tâche des Russes se révélait rude. Si leurs premiers sondages étaient vains, peut-être seraient-ils dans l'obligation de découper complètement le cargo en pièces détachées, du sommet du grand mât à la quille et de la proue à la poupe ! Et, quelles que soient la qualité de leur matériel ou la science de leurs techniciens, ils ne pourraient accomplir ce travail de Titan là où se trouvait actuellement l'épave, c'est-à-dire au centre d'un estuaire! Seuls les Japonais, poussés par l'énergie du désespoir en temps de guerre, l'auraient peut-être tenté. N'avaient-ils pas, une fois le cargo ancré à cet endroit dix-sept années plus tôt, fait venir des spécialistes? Mais ils avaient été pris de court par le bombardement aérien américain qui avait envoyé le navire à seize mètres de fond.

Le seul moyen, si les Russes décidaient de procéder à un tel découpage, était de remorquer le cargo dans un port où il serait mis en cale sèche. Quel port? Saigon? Il ne pouvait en être question : le port ne possédait pas de cales sèches assez vastes... Au cap Saint-Jacques lui-même? Le port n'était pas mieux équipé pour ce genre de travail. Où, alors? Dans un autre port, situé sur la côte du Viêt-Nam? Sûrement pas! Il y aurait trop de curieux, trop de risques d'indiscrétion aussi... La police vietnamienne prouvait qu'elle était bien organisée. Dans un port du Viêt-Minh? C'était la seule solution possible... Mais il faudrait procéder à un long remorquage contournant toutes les côtes du Viêt-Nam et longeant le golfe du Tonkin au moins jusqu'à l'avant-port de Haïphong... Tout dépendait des capacités de remorquage du *N. 625*. Plus Jacques regardait le navire soviétique et plus il était persuadé que celui-ci pouvait être apte à réussir une telle entreprise, malgré les risques qu'elle comportait.

La conclusion était simple : si, dans quelques jours, l'épave partait en remorque, ce ne serait que pour être complètement découpée loin des eaux territoriales du Viêt-Nam. Celles du Viêt-Minh étaient rêvées : les Soviets y étaient chez eux, le pays étant communiste. Si, au contraire, les Russes s'acharnaient à continuer à travailler sur place, c'était qu'ils avaient acquis la certitude d'y réussir rapidement. Dans les deux cas, la position de Jacques deviendrait rapidement difficile : il ne pourrait pas justifier longtemps ses visites sur l'épave sous le prétexte de continuer à prendre des croquis destinés à lui permettre de réaliser l'œuvre commandée. Le seul faible espoir qui lui restait était l'aide éventuelle — mais encore très problématique — du Polonais. Il fallait parvenir à tout prix à ce que le scaphandrier parlât pour révéler la nature exacte des ordres qu'il avait reçus et que continuait de lui donner en ce moment même par micro l'ingénieur Grotoff. Pour cela, Jacques devait gagner la pleine confiance du géant blond en quelques jours, peut-être même en quelques heures? Mais comment reprendre un contact direct avec lui avant qu'il ne soit retourné à terre pour se reposer?

Alors que le jour commençait à décliner, il vit deux nouveaux scaphandriers, transbordés du *N. 625,* qui se préparaient à descendre à leur tour dans l'épave pour relayer Raczinski et son compagnon. Dès que ceux-ci reparurent par l'écoutille, des marins ouvrirent leurs hublots pour qu'ils pussent parler directement à Grotoff. La conversation fut longue. Jacques, qui aurait fait n'importe quoi pour l'entendre, s'approcha délibérément du groupe des trois hommes : comme il avait donné aux Russes la conviction qu'il ignorait leur langue, il espérait que ceux-ci continueraient peut-être à parler sans se préoccuper de sa présence. Mais il n'en fut rien. Dès qu'il le vit près de lui, Grotoff lui dit :

— Je vois que vous êtes intrigué par l'accoutrement de ces hommes! Aviez-vous jamais vu des scaphandriers d'aussi près?

— Je n'en avais même jamais admiré ailleurs que sur des photographies ou au cinéma!

— Dans ce cas, camarade, voilà l'occasion inespérée pour vous de faire quelques nouveaux croquis... Et puisque le camarade Raczinski sait le français, profitez-en pour lui demander ses impressions... Pendant qu'il parlera, vous crayonnerez : vos dessins n'en seront que plus vivants et plus vrais!

Et, à la stupeur de Jacques, Grotoff le laissa seul en tête à tête avec le Polonais pour se diriger vers les deux nouveaux scaphandriers qui allaient descendre à leur tour dans l'épave.

Il fallait faire preuve d'une extrême prudence : la dernière remarque de Grotoff sur la supériorité de croquis, exécutés pendant que le visage de quelqu'un s'animait dans une conversation, prouvait la finesse de son auteur. La confiance du commissaire du peuple pouvait n'être qu'un piège et rien ne prouvait que le « camarade » Raczinski ne répéterait pas ensuite mot pour mot, à son chef, les questions que lui aurait posées le peintre français. A moins que Grotoff n'eût la certitude absolue que le Polonais, comme tous les membres de l'équipage du *N. 625,* saurait rester muet devant des questions trop précises. De toute façon, comme il n'était plus question de reculer, il n'y avait qu'à jouer le va-tout.

Après avoir commencé à dessiner fiévreusement, sur une feuille posée sur son carton, la silhouette assez étrange du scaphandrier, avec le hublot du casque entrouvert, il lui dit :

— Je suis heureux de vous revoir! Depuis hier et surtout ce matin, pendant que l'épave remontait, je n'ai cessé de penser à vous. Je me disais : « Mon ami Raczinski accomplit en ce moment sous l'eau un travail de surhomme! »

— Tout s'est passé normalement, répondit le Polonais dont le visage apparaissait ruisselant de sueur à travers l'ouverture et dont les traits étaient tirés par la fatigue.

— J'espère que vous allez vous reposer maintenant?

— Je vais d'abord manger. Ensuite j'essaierai de dormir... Cette nuit, d'autres équipes nous relaient.

— On va travailler toute la nuit?

— Il le faut!

— Et vous, vous reprendrez quand?

— Demain matin à 10 heures.

— Alors vous revenez à terre?

— Oh, non! Nous restons à bord de notre navire. Nous n'avons le droit d'aller à terre que pour le grand repos de trois jours.

Les choses, évidemment, ne se présentaient pas telles que Jacques les souhaitait. Il enchaîna cependant très vite :

— Quelles impressions avez-vous de cette première descente dans le navire?

— Il est assez abîmé par sa longue immersion mais il est solide... Beaucoup plus que la plupart des navires japonais! Ce serait à croire qu'il a été construit en Angleterre!

— Vraiment? On arrive, même sous l'eau, à découvrir cela?

La réponse du Polonais prouvait qu'il ignorait — et sans doute avec lui toute l'équipe russe à l'exception des quelques techniciens principaux — la véritable odyssée du cargo. Mais ce fut quand même après une courte hésitation que le peintre se décida à demander :

— Et vous avez découvert des choses... intéressantes?

— Jusqu'à présent, rien!

La réponse était nette.

— Ce qui ne veut pas dire, ajouta très simplement Raczinski, que l'équipe qui va nous remplacer n'en trouvera pas. On fait parfois d'étranges découvertes dans ces renflouements...

— Lesquelles par exemple?

— On trouve souvent des cadavres ou des squelettes qui ne sont pas tellement décomposés parce que les hommes s'étaient enfermés dans des compartiments du navire où les cloisons d'acier sont restées tout à fait étanches et ont résisté à la pression de l'eau.

— Malgré la profondeur et malgré les années?

— Oui.

— Ça doit produire un effet terrible de se trouver ainsi

face à face avec des hommes qui ont été ensevelis vivants des années plus tôt ?

— Cela fait partie de notre métier... Je me souviens que, dans la Baltique, nous avons renfloué un sous-marin allemand où nous avons retrouvé tout l'équipage mort par asphyxie lente aux postes de combat : les corps s'étaient conservés presque intacts sous les uniformes... Mais dès que nous avons fait pénétrer l'air, ils sont tombés en poussière à l'intérieur des uniformes.

— Quelle horreur !

Le Polonais éclata de rire.

— Alors ? demanda Grotoff en revenant vers eux. Le camarade Raczinski vous raconte-t-il des choses passionnantes ?

— Il ne me parle que de cadavres... et ça l'amuse ! répondit Jacques en refermant précipitamment son carton à dessin pour que le commissaire ne pût pas voir les croquis qui n'étaient que d'informes gribouillis.

— Je ne pense pas qu'il y en ait dans cette épave, dit Grotoff. L'équipage japonais a dû avoir le temps de se jeter à l'eau pendant qu'il était bombardé. Et puis les hommes, ça ne compte pas !

— Vous croyez cela sincèrement, camarade ?

— Oui... Les Japonais étaient alors encore plus vos ennemis que les nôtres. Il faut faire disparaître ses ennemis, camarade peintre, sinon ce sont eux qui vous tuent ! Ne soyez pas trop sensible ! Je sais bien que, si vous ne l'étiez pas, vous ne seriez pas artiste.

Il désignait maintenant le carton :

— Ce sont les croquis que vous avez faits sur l'épave ?

— Ils sont encore trop informes ! Je vais les retravailler ce soir...

— Mais vous me les montrerez demain ?

— C'est promis !

— Si vous réussissez un beau scaphandrier, vous l'offrirez au camarade Raczinski comme vous l'avez fait avec le camarade commandant pour l'excellent dessin du navire... Maintenant je crains que vous n'ayez plus assez de lumière pour travailler correctement.

— C'est exact.

— La nuit tombe vite sur cet estuaire... A quelle heure reviendrez-vous ?

— Mais, camarade, quand ça ne gênera personne!

— Vous ne nous gênez pas. Je vous ai déjà dit que vous étiez pour nous un ami!

— Je m'en suis aperçu...

— Alors à demain!

— Je serai là de bonne heure... Au revoir, camarades!

La dernière vision qu'il eut dans le jour finissant, fut celle de la pompe qui venait de se remettre en mouvement. Les tuyaux s'enfonçaient à nouveau dans l'écoutille, apportant la vie à la deuxième équipe de scaphandriers. Ensuite il y en aurait une troisième, puis une quatrième : cela n'arrêterait plus jusqu'à ce que l'épave, auscultée parcelle par parcelle, tôle par tôle, eût enfin livré son secret...

Pendant que la jonque s'éloignait des deux masses sombres — qui déjà semblaient ne plus faire qu'un tout dans la brume envahissante — « le peintre » était de plus en plus songeur : ces Russes n'auraient aucune défaillance, aucun découragement! Ils iraient jusqu'au bout... Peut-être serait-ce l'une des équipes de nuit qui découvrirait le document? Et quand lui, pseudo-Jacques Fernet, reviendrait demain matin, ce serait trop tard! Le plan serait déjà à bord du *N. 625* : toute l'extraordinaire supercherie, inventée par les services de « la vieille chouette », se révélerait inutile... Tout : le lancement publicitaire des toiles, le voyage de Paris au Viêt-Nam décidé à la dernière minute, les heures perdues à jouer les artistes, l'exposition à la galerie de Saigon, les raisonnements subtils de l'antiquaire... Tout!

« Jacques Fernet » n'aurait plus qu'à reprendre l'avion pour la France où il devrait dire à ceux qui lui avaient fait confiance : « Je n'ai pas réussi! » Non! Cela n'était pas possible! La fantastique aventure, si merveilleusement agencée au départ, ne pouvait pas se terminer d'une façon aussi stupide! Il fallait ramener le document...

Son regard avait croisé celui, impavide, du vieux sampanier accoudé à la barre :

— Et toi, Hô, qu'est-ce que tu penses de tout cela?

— Je ne pense jamais...

— Tu as bien quand même une vague idée sur cette épave?

— Ces Russes sont très forts, monsieur Fernet...

Le soir, après l'avoir écouté avec une grande attention, Serge Martin dit :

— Donnez-moi tout de suite vos croquis... Pendant que nous bavarderons, je redessinerai le tout et spécialement votre scaphandrier... Ainsi demain matin, quand vous reviendrez sur l'épave, vous serez paré et vous aurez surtout une excellente raison d'aborder le Polonais avant qu'il ne reprenne son service à 10 heures. Car vous avez cent fois raison : ce n'est que par lui qu'il nous reste encore une chance...

Alors que l'antiquaire commençait à dessiner d'un crayon rapide et très sûr, Jacques expliqua :

— Comme je vous l'ai dit tout à l'heure, le détail qui m'a le plus frappé pendant ce renflouement est que l'épave, une fois remontée, se soit stabilisée un peu au-dessous de sa ligne de flottaison. Je n'ai pas eu besoin d'attendre que Grotoff m'ait dit qu'il restait encore une quantité d'eau importante dans les cales pour savoir que c'était en effet la cause essentielle de la position du navire. Mais je me suis aussitôt demandé pourquoi, ayant un matériel aussi puissant de pompage, les Russes ne l'avaient pas utilisé au maximum pour vider complètement la coque. Cela pouvait s'expliquer, à la rigueur, par la nécessité de maintenir l'épave droite pendant sa délicate remontée, mais c'était là une réponse qui ne me donnait pas satisfaction. Il existait sûrement une autre raison, plus impérieuse... Je l'ai trouvée dès que j'ai vu descendre la première équipe de scaphandriers à l'intérieur... Les Russes, estimant que la force d'attraction de leurs flotteurs gonflés était suffisante pour faire remonter la coque — ce en quoi ils avaient raison — ont chassé le moins d'eau possible du cargo pour empêcher toute autre personne que des scaphandriers, et spécialement les policiers vietnamiens, de pénétrer à l'intérieur du navire dès qu'il serait à la surface. Ce qui donnerait le temps à leurs hommes de faire, au fur et à mesure de leur lente progression, un premier sondage complet des cloisons intérieures.

— Je reconnais que c'est adroit!

— Ça l'est... Quand cette minutieuse inspection sera terminée, la grosse pompe du *N. 625* videra en moins d'une heure toute l'eau restante. Cela signifiera que la « visite officielle » du camarade Grotoff, escorté des Vietnamiens, pourra commencer sans courir le risque que ceux-ci découvrent la moindre pièce de bord et encore moins le document! Ou il aura déjà été subtilisé par les scaphandriers, ou il sera encore dans une cachette qui ne se révélera que quand le cargo sera découpé ultérieurement dans la cale sèche d'un « port ami ».

— Voici votre scaphandrier, dit Serge Martin en lui présentant un croquis. Ne trouvez-vous pas qu'il a fière allure?

— Où diable avez-vous appris à dessiner et à peindre?

— Mon cher, si l'on veut réussir dans le commerce des choses d'Art, il faut posséder quelques notions de tout! Je crois que lorsqu'il se verra demain, le camarade Raczinski sera aussi satisfait que le camarade commandant pour le croquis de son affreux bateau! Souvenez-vous aussi de ce que je vous ai prédit, il y a deux jours : « Vous ne pourrez pas opérer directement avant quarante-huit heures. » Elles seront écoulées demain, ces quarante-huit heures... A vous de jouer!

Dès que la jonque se fut suffisamment rapprochée du *N. 625* et de l'épave accolée, Jacques put faire deux constatations : les flotteurs, soutenant le cargo, avaient disparu et celui-ci atteignait sa ligne de flottaison normale. Ce qui confirmait ses pronostics : l'épave ne contenait plus d'eau. Et, si elle n'en contenait plus, c'était parce qu'elle avait été entièrement sondée par les équipes de scaphandriers. Il avait suffi d'une nuit pour que les Russes fussent renseignés dans un sens ou dans un autre. Le travail nocturne accompli avait dû être intense. Grotoff avait certainement profité de la nuit pour doubler et tripler même les équipes. Maintenant ou il était en possession du document, ou l'épave ne resterait pas longtemps dans l'estuaire.

Quand le peintre arriva en haut de l'échelle de corde, il trouva un changement très net : le pont avait été déblayé, nettoyé, séché même. L'épave avait presque repris une allure de navire.

Le premier homme qui accueillit Jacques fut Grotoff lui-même qui s'écria aimable :

— Voilà notre grand artiste! A-t-il pu se reposer des émotions nouvelles que lui a apportées la vision d'une épave émergeant de l'eau?

— Vision inoubliable, camarade! Elle m'a surtout laissé une très forte impression sur votre magnifique technique... Et vous? Je pense que vous n'avez pas beaucoup dormi?

— Nous nous reposerons plus tard... Avez-vous pu travailler sur vos croquis?

— Les voici...

— Excellents ! Votre scaphandrier est une réussite... Le camarade Raczinski va être enchanté... D'ailleurs vous allez pouvoir lui offrir immédiatement ce portrait.

— Portrait ! Un bien grand mot ! Dites plutôt : silhouette.

Grotoff avait appelé d'un geste le Polonais que Jacques retrouva, débarrassé du scaphandre, tel qu'il l'avait connu à terre : en chandail et en pantalon bleu marine. C'était l'indication que l'équipe de Raczinski n'aurait pas à descendre dans l'épave à 10 heures, comme cela avait été prévu la veille.

— Regarde ce que le camarade peintre a fait de toi ! dit Grotoff en présentant le croquis au Polonais.

Une fois de plus, le large sourire revint sur le visage du géant blond qui resta muet de surprise.

— Je vous le donne, camarade Raczinski, dit Jacques.

— Merci camarade... Je le rapporterai à ma mère quand je retournerai à Gdynia.

— Et tu pourras lui dire, ajouta Grotoff avant de s'éloigner, que c'est l'œuvre d'un artiste français qui aime les Républiques socialistes...

— Je le lui dirai, camarade...

Jacques se retrouva seul avec Raczinski. C'était l'occasion inespérée qui ne se représenterait peut-être plus jamais !

— Je suis heureux, dit-il avec une grande gentillesse, de vous offrir ce modeste dessin en souvenir des quelques moments de conversation que nous avons eus ensemble.

— Je ne vous oublierai jamais ! répondit le Polonais dont le regard clair sembla se voiler. Puis il attendit que Grotoff fût assez loin pour dire encore : C'est la première fois que je reçois un cadeau d'une telle qualité...

— N'exagérons rien !

— Si, je sais : pour moi ce dessin, c'est un peu la France...

— Vous m'avez dit n'est-ce pas, que vous aimeriez la connaître ?

— Oui...

— Et y vivre?

Le visage du géant eut une subite expression de crainte, suivie très vite d'un faible sourire après qu'il eut jeté un regard circulaire pour voir s'ils étaient bien seuls. Alors seulement, il répondit à voix basse par un seul mot :

— Oui!

— Cela pourrait s'arranger, dit le peintre également à mi-voix en le tutoyant pour la première fois : Peut-être pourrai-je te faire aller directement du Viêt-Nam en France mais, pour cela, il faudrait que tu me rendes un service...

Il ne put poursuivre. Grotoff était déjà revenu, demandant :

— Camarade Fernet, cela vous intéresserait-il de descendre avec nous dans l'épave pour la visiter, maintenant qu'elle est débarrassée de l'eau? Nous devons, de toute façon, procéder à cette visite avec la police vietnamienne et je viens de demander à son chef s'il verrait un inconvénient à ce que vous nous accompagniez... Je lui ai fait comprendre que cela pourrait vous servir pour des tableaux futurs... Il a répondu qu'il n'y avait aucun empêchement et que, comme tous ses compatriotes, il avait une grande admiration pour votre talent... Cette visite va commencer tout de suite... Vous venez?

— Mais... avec plaisir, camarade!

Désespéré, il fut contraint de suivre Grotoff et les policiers, qui l'attendaient déjà à l'entrée de l'écoutille, pendant que Raczinski, figé à l'endroit où il l'avait laissé sur le pont, continuait à le regarder avec une anxiété où filtrait l'inquiétude.

La visite fut exactement celle qu'il prévoyait : elle n'apporta aucun élément intéressant ni pour lui ni pour les policiers. Si Grotoff avait décidé de la faire sans tarder, c'était qu'il savait très bien que l'on ne découvrirait rien. Regardant attentivement chaque paroi, chaque cloison, Jacques remarqua que les Vietnamiens faisaient preuve de la même minutie que lui... Seul le camarade Grotoff ne semblait attacher aucune importance particulière à cette inspection du vieux navire. De temps en temps, il se contentait de dire en français :

— Ce cargo a été bien construit... Il aurait pu séjourner encore pendant des années au fond de l'eau sans inconvénient!

Puis il ajouta à l'intention de Jacques :

— Je ne m'étais pas trompé : mes hommes n'y ont trouvé aucun cadavre...

Jacques ne répondit pas, sachant déjà que la seule révélation que lui apporterait cette visite « officielle » serait que le Russe ne parlait pas le vietnamien. Quant au policier, Jacques eut l'impression que, de temps en temps, au cours de la visite, il lui jetait quelques regards complices qui semblaient vouloir dire : « Je ne me fais pas plus d'illusion que vous! » Mais, très vite, il chassa cette pensée assez ridicule : il n'y avait aucune raison pour que le Vietnamien cherchât à faire de lui un complice puisqu'il était convaincu, lui aussi, de n'avoir affaire qu'à un simple peintre.

Arrivés dans la cabine du commandant, ils restèrent en arrêt devant un coffre-fort encastré dans une paroi et dont la porte était fermée.

— Peut-être allons-nous trouver là les papiers du bord? dit Grotoff avant de demander au chef de la police : Nous le faisons ouvrir?

— Ouvrez...

Deux hommes du *N. 625*, qui accompagnaient le commissaire du peuple, commencèrent à crocheter la serrure de sûreté. Incontestablement, c'étaient des spécialistes : en moins de deux minutes, la porte blindée s'ouvrit, découvrant un coffre vide.

— Le contraire m'aurait étonné! dit Grotoff. A chaque fois que l'on inspecte le coffre du commandant d'un navire qui a été coulé, il en est ainsi! On n'y trouve jamais rien : plus de livre de bord, pas de documents, pas de papiers, pas d'argent, même pas de cartes marines! C'est à se demander s'il n'existe pas, au fond de la mer, des génies malfaisants dont la principale occupation est de faire tout disparaître dès qu'un navire touche le fond! Ceci n'a d'ailleurs aucune importance pour nous... Nous ne sommes pas des pilleurs d'épaves et il y a longtemps que nous ne croyons plus à la découverte de fabuleux trésors engloutis! Laissons cet espoir aux aventuriers!

Après trois heures, pendant lesquelles aucune partie du cargo ne fut oubliée, la visite était terminée. Quand ils se retrouvèrent sur le pont, Grotoff demanda au chef de la police :

— Êtes-vous satisfait?

— Oui, répondit celui-ci impassible.

— Et vous, camarade peintre?

— Oh, moi! Cette étrange promenade, à l'intérieur de ce navire qui suinte la désolation, me laisse une impression lugubre : je m'imaginais être dans un tombeau d'acier...

— Ah! ces artistes! Je sens que ça ne vous inspirera pas des croquis très gais!

Toujours silencieux, le chef de la police avait apposé son paraphe au bas d'une feuille de papier, qu'il venait de sortir d'un porte-documents et qu'il tendit à Grotoff en disant :

— Voici l'autorisation de notre gouvernement vous donnant la possibilité de faire désormais l'usage que vous voudrez de cette épave qui vous appartient.

- Je vous prie de remercier, au nom du gouvernement des Républiques Socialistes Soviétiques, le gouvernement de la République du Viêt-Nam pour la diligence dont il vient de faire preuve.

— C'est normal, répondit le policier. Le plus tôt vous nous débarrasserez de cette épave, qui était dangereuse pour la navigation dans l'estuaire, le mieux ce sera!

— Comptez sur nous! dit Grotoff.

Après l'avoir salué militairement, le chef de la police s'adressa à Jacques :

— Voulez-vous que nous vous ramenions à terre, monsieur Fernet?

— Je vous remercie... mais j'ai ma jonque qui m'attend...

— C'est vrai. A bientôt, monsieur Fernet!

Il lui tendit la main : geste qu'il n'avait pas fait pour Grotoff. Puis, après un ordre bref destiné à rassembler ses hommes, il quitta l'épave. Quelques instants plus tard, la vedette rapide, arborant le pavillon rouge rayé de trois bandes jaunes horizontales de la République du Viêt-Nam, s'éloignait.

Tout en la regardant prendre le large, Grotoff dit doucement :

— Ils sont étranges, ces Asiatiques... On ne sait jamais très bien ce qu'ils pensent... Ils resteront toujours un mystère pour vous et pour nous... Surtout pour nous!

— Oh! vous savez : je ne les comprends guère plus que vous, camarade! dit Jacques.

— Vous les devinez mieux parce que vous connaissez leur pays que vous peignez... Je ne dis pas que l'ensemble du peuple français les comprenne mieux que nous les Russes : s'il en avait été ainsi, sans doute la France serait-elle toujours dans ces régions... Seulement vous, camarade, vous êtes un Français à part : un artiste! Donc un homme plus sensible...

Et comme Jacques le regardait avec étonnement, il ajouta :

— Vous avez bien vu que ce policier vous a préféré à moi : il vous a serré la main!... Je suis d'ailleurs très content qu'il n'ait pas accompli ce geste d'amitié à mon égard : cela m'aurait mis dans la regrettable obligation de me montrer aimable en l'invitant à bord de notre navire comme ça va être pour moi un plaisir de le faire pour vous.... Oui, le camarade commandant Nilinski a préparé une petite réception sur le *N. 625* en votre honneur...

— Ce n'est pas vrai?

— Si, camarade! Je pense aussi qu'un peu de vodka vous fera oublier la sinistre impression que vous a laissée la visite de cette épave... On nous attend...

Quelques secondes plus tard, après avoir franchi — derrière Grotoff — la passerelle qui avait été lancée pour permettre de passer directement de l'épave sur le pont du *N. 625* — Jacques se retrouva dans le carré des officiers du navire soviétique.

Il y fut accueilli par le commandant entouré de son état-major, devant une table sur laquelle étaient disposés des verres, des bouteilles de vodka, d'immenses boîtes de caviar, des blinis, des cornichons au sel : toutes les spécialités d'un buffet russe bien garni. Au-dessus de la table, la dominant, protégé par un cadre accroché à la paroi, le dessin offert la veille semblait présider la réception.

— Que pensez-vous de notre petite surprise? demanda Grotoff en désignant le cadre. Ne trouvez-vous pas que cette œuvre est tout aussi à l'honneur ici que celles qui sont exposées actuellement dans une galerie de Saigon?

— C'est un honneur infiniment plus grand pour moi! répondit « le peintre ». Et j'adresse toutes mes félicitations pour le choix du cadre... Sincèrement, mon dessin ne méritait pas un tel écrin!

— Il vous plaît? Vous voyez que nous avons aussi à bord des artistes, même des encadreurs!

Après que les verres eurent été remplis, le camarade commandant, imité par tous ses officiers, en leva un en disant en russe :

— Camarades, buvons au grand artiste qui représente ici l'art du peuple français!

A son tour le camarade peintre leva son verre avant de répondre en français :

— Au peuple et à la grande Marine de l'Union des Républiques Socialistes Soviétiques qui a été la première de toutes à réussir l'exploit de renflouer une épave dans cet estuaire!

Les verres furent vidés d'un trait, puis aussitôt remplis, puis vidés à nouveau. Les toasts se succédèrent jusqu'à ce que le camarade commissaire eût crié avec force en russe :

— Assez!

Puis, dans le silence retrouvé, devant les officiers immobiles, il dit en français :

— Camarade Fernet, nous avons une deuxième surprise pour vous... Puisque vous m'avez dit être heureux à l'idée de venir travailler en U.R.S.S., j'ai la joie de vous annoncer que vous y serez bientôt.

A ce moment, Jacques perçut une légère vibration du navire et il ne put s'empêcher de dire, faisant un effort surhumain pour conserver son calme :

— Mais... Il me semble que le navire bouge?

— C'est exact, camarade! répondit Grotoff en le regardant froidement.

Il y eut un moment de silence pendant lequel pas un seul des officiers n'abandonna la rigidité du garde-à-vous. Jacques se sentit perdu : il était prisonnier sur ce navire mystérieux dont il ignorait tout. Plusieurs fois déjà, au cours de sa carrière d'agent de renseignement, il avait connu des situations désespérées mais encore jamais une où il s'était senti dans un tel état d'infériorité, seul, face à un adversaire qui venait de jeter bas le masque, tout en sachant conserver une impassibilité totale. Il ne parvenait pas à réaliser qu'il avait pu se laisser berner de la sorte, comme un apprenti... Il n'était surtout pas concevable que l'extraordinaire machine d'approche, mise au point par la vieille chouette et ses collaborateurs, pût s'enrayer aussi brusquement... Peut-être restait-il encore une chance de salut? Mais ce serait lui seul qui pourrait la trouver...

Aussi fut-ce avec calme qu'après avoir bu une nouvelle gorgée de vodka, il demanda, souriant, comme si cette deuxième « surprise » l'amusait :

— Où allons-nous, camarade Grotoff?

— En Russie, camarade peintre!

— Directement? Vous abandonnez donc l'épave?

Le camarade commissaire éclata de ce rire sonore, exactement le même que celui de Raczinski, bientôt suivi en écho par celui de tous les autres, déferlant... Quand la joie collective commença à s'atténuer, Grotoff finit par dire :

— Suivez-moi sur le pont, camarade Fernet...

Là, Jacques vit que le *N. 625* se dirigeait lentement vers le large en remorquant l'épave...

Grotoff, qui ne cessait de l'observer, semblait savourer son triomphe. Un long moment se passa avant qu'il ne parlât :

— Pourquoi regretter cet estuaire et ce Viêt-Nam, camarade? Vous n'y laissez personne derrière vous... Ce n'est pas votre pays! Alors qu'en U.R.S.S. vous vous sentirez chez vous... De deux choses l'une : ou vous êtes un espion et vous êtes perdu, ou vous n'êtes réellement qu'un peintre et vous avez devant vous la perspective d'une gloire nouvelle... Qui êtes-vous exactement, Jacques Fernet?

— Vous le savez aussi bien que moi...

Après une courte hésitation, Grotoff déclara :

— Nous pensons que véritablement vous n'êtes qu'un artiste...

— Alors, je ne comprends pas toute cette mise en scène.

Grotoff retrouva à nouveau son rire, pendant qu'il lui donnait une bourrade dans le dos :

— Elle était indispensable, camarade! Si vous aviez été un espion, vous n'auriez pas eu ce sourire amusé quand vous nous avez demandé où nous allions! Vous auriez blêmi!.... Et je me demande bien ce qu'un espion pourrait venir chercher sur notre navire ou sur une épave n'offrant aucun autre intérêt que celui d'une revente à la ferraille! Alors? Maintenez-vous votre décision de venir peindre en Russie?

— Je vous le répète : j'en serais enchanté... Mais ça ne me plaît pas d'arriver en U.R.S.S. dans de telles conditions! Cela ressemble à un enlèvement! Et l'on vous a déjà accusés trop souvent d'avoir agi ainsi... Croyez-moi : c'est une méthode qui vous fait du tort! Ne serait-ce pas tellement mieux si j'allais vous rendre visite de mon plein gré et parce que ça me plaît? Sans y être contraint! Par exemple au titre de ces échanges culturels qui ont plus fait pour votre propagande que n'importe quelle épreuve de force... Ne pensez-vous pas que j'ai raison?

Le Russe réfléchit avant de répondre :

— Vous êtes très subtil, camarade peintre! Nous avions convenu qu'une fois de retour à Paris, vous vous mettriez au travail sur la grande toile qui nous intéresse et que, quand elle serait terminée, vous entreriez en contact avec l'attaché culturel de notre ambassade...

— Je suis toujours d'accord.

— Mais ne croyez-vous pas que ce serait tellement mieux pour vous de rester dès maintenant avec nous? Considérez que vous n'êtes nullement un prisonnier mais notre invité d'honneur... Vous pourriez déjà travailler à bord et faire, en attendant l'œuvre maîtresse que nous espérons pour notre Musée d'Art Moderne, d'autres tableaux de dimensions moins importantes mais qui nous permettraient d'avoir déjà les éléments d'une exposition pour votre arrivée à Moscou?

— Je reconnais qu'une telle idée n'est pas pour me déplaire...

— Camarade, il ne faut pas nous en vouloir si, tout à l'heure, nous vous avons fait un peu peur en vous donnant l'impression que nous repartions pour la Russie.

— Je ne vous en veux absolument pas pour la bonne raison que je n'ai jamais eu peur! Pourquoi aurais-je éprouvé un pareil sentiment? Je n'ai rien à me reprocher, ni à votre égard ni à celui de personne! C'est sans doute assez banal, mais je ne suis qu'un honnête homme, qui vit de son Art...

— Dans quelques instants, continua Grotoff, dès que nous serons sortis de l'estuaire, nous stopperons... Il le faut pour que nous puissions vérifier si notre remorquage de l'épave est suffisamment au point pour nous permettre d'aborder la haute mer : ce travail demandera toute la nuit et ce ne sera que demain, au lever du soleil et au moment de la marée, que nous repartirons définitivement... Vous m'avez demandé à réfléchir : je vous comprends... Je vous laisse jusqu'à demain matin 6 heures... Si vous n'êtes pas de retour sur notre navire à ce moment-là, cela voudra dire que vous préférez rentrer d'abord en France avant de venir nous rendre visite en U.R.S.S... Et croyez bien que nous ne vous en voudrons pas! L'un de nos principes les plus absolus est, contrairement à ce que fait croire la mauvaise publicité des pays capitalistes, de respecter le libre arbitre de chacun... Je pense aussi que vous aurez à terre l'esprit plus tranquille pour prendre votre décision...

— Je vous sais gré de cette nouvelle marque de confiance. Seulement, comment vais-je faire pour retourner d'ici à terre?

— Regardez, camarade... Votre jonque nous a suivis... Nous avons avancé très lentement : le vieux pêcheur, qui tient la barre de votre curieuse embarcation, n'a eu aucun mal à nous escorter! Il devait bien se douter aussi qu'il vous reverrait et que vous ne pouviez pas vous embarquer sans quelques toiles qui vous permettront de travailler à notre bord... J'avoue que c'est l'une des rares choses qui manquent sur le *N. 625!*

— Vous devez y avoir tant de choses plus intéressantes et surtout plus utiles!

— Si vous nous revenez demain, je me ferai un plaisir de vous faire visiter le navire... Cela vous donnera une petite idée de ce que peut être la Marine de l'Union des Républiques Socialistes Soviétiques...

Le *N. 625* venait de stopper.

— Vous êtes libre, camarade! dit Grotoff. Nous avons été très honorés de votre visite... A demain, j'espère!

— Même si je décidais de ne pas partir tout de suite, je vous promets de venir vous souhaiter bon voyage avant votre départ. Je vous le dois en remerciement de l'accueil très chaleureux et très amical que j'ai reçu de vous tous... Au revoir, camarade!

Pendant que la jonque, sur laquelle il venait de retrouver Hô, s'éloignait, « le peintre » ne pouvait détacher son regard de la vision du navire soviétique immobilisé à quelques encablures devant l'épave. Et il répondit d'un large geste au salut amical que le commissaire du peuple lui adressa une fois encore du haut du *N. 625*.

— Qu'est-ce que tu as pensé de ma petite escapade? finit par demander Jacques au vieux sampanier.

— Je me suis dit que si M. Fernet était monté sur le navire russe, c'était certainement parce qu'il avait une excellente raison de le faire...

— Au moins, toi, tu ne te compromets pas! Et qu'est-ce qui t'a donné l'idée de nous suivre? Nous aurions très bien pu gagner la pleine mer sans même te dire adieu!

— M. Fernet n'aurait pas pu agir ainsi...

— Et pourquoi?

— Parce qu'il ne m'avait pas laissé de message pour M. Martin.

— C'est vrai : j'ai presque failli l'oublier au milieu de tous les « camarades »! Ramène-nous vite à la crique...

— Franchement, avoua Jacques en terminant le récit de la journée à l'antiquaire, quand j'ai senti le bateau bouger, j'ai eu peur! Non pas tellement pour moi mais j'ai craint de me trouver en face de la faillite totale de notre plan.

— Je reconnais qu'il y avait de quoi... Ceci établi, si vous le voulez bien, tirons nos conclusions, comme nous l'avons fait chaque soir, devant nos whiskies... D'abord, il n'est pas exclu que vos charmants camarades russes ne soient parfaitement renseignés sur votre véritable identité... Mais cela m'étonnerait quand même! N'oublions cependant pas que Grotoff n'a pas hésité à prononcer devant vous le mot « espion »... Si telle est sa conviction, vous devez aller jusqu'au bout en acceptant les risques de la profession... Si, au contraire, ces messieurs sont convaincus que vous n'êtes qu'un artiste, vous devez également accepter les risques de cette aimable profession : c'est-à-dire qu'il faudra vous mettre sérieusement à la peinture! Vous y parviendrez vite! Je vous l'ai déjà dit : vous êtes doué! Vous serez dans l'obligation de dessiner et de peindre à bord. Et malheureusement je ne serai pas à vos côtés pour « corriger » votre coup de pinceau! On ne m'a pas invité, moi...

— Parce que vous avez déjà décidé que je devais m'embarquer sur le *N. 625?*

— Cher ami, je vous répète que je ne prends jamais de décisions majeures. Je me contente d'exécuter, selon les modalités qui se présentent, les ordres reçus... Si vous voulez bien m'accompagner, je vais me faire une joie de vous faire visiter ma cave... Les grands crus y sont rares mais ceux que vous allez y découvrir ne manquent pas d'une certaine saveur...

Il s'était levé. Jacques le suivit.

La descente d'un escalier les conduisit devant une porte basse dont les fermetures paraissaient infiniment plus hermétiques que celles du coffre-fort du cargo. Après y avoir introduit trois clefs différentes, Serge Martin la poussa en disant :

— Nous y sommes.

Dès qu'ils furent dans le sous-sol voûté, il referma derrière eux la porte, dont l'épaisseur ne fut pas sans étonner Jacques, avant de la reverrouiller avec soin. Une faible lampe, suspendue à la voûte, jetait une lumière irréelle sur des casiers où étaient alignées des bouteilles de toutes formes.

— Vous pouvez constater que j'ai une très nette prédilection pour le Saint-Émilion. Ma réserve de champagne n'est pas non plus négligeable...

Il avança la main vers cette réserve qui pivota instantanément pour découvrir un réduit où l'ex-agent 2 884 n'eut aucune peine à reconnaître une installation complète de poste émetteur.

— Asseyez-vous, dit avec calme l'antiquaire. J'estime que nous nous trouvons devant un dilemme : devez-vous rester à terre ou faudra-t-il que vous partiez demain matin sur le *N. 625?* Seul Paris pourra nous donner la réponse... Nous allons appeler la capitale.

— Vous êtes suffisamment bien équipé pour y parvenir sans risque d'être repéré ?

— Je suis admirablement équipé...

Coiffé d'un casque d'écoute, il avait déjà commencé à manipuler la manette de l'émetteur.

Une réponse codée ne fut pas longue à venir. Après l'avoir fait répéter par son correspondant, Serge Martin posa le casque sur la table d'écoute en disant :

— Cela pourra demander une bonne heure mais nous serons fixés...

— Ce n'est pas Paris que vous venez d'appeler!

— Décidément, vous êtes un remarquable technicien! Je viens de transmettre ma question au relais... J'ai un excellent relais, très puissant et tout proche...

— Au Viêt-Nam?

— Dans l'estuaire même... Vous ne voudriez tout de même pas que le navire, battant pavillon français, de la C.I.R.M. ne soit à l'entrée du chenal que pour en exhumer quelques épaves inutilisables? Ce bateau sans prétention est en relation étroite avec Paris... Il va nous retransmettre la réponse... Vous comprenez maintenant pourquoi il eût été déplorable que vous fissiez connaissance avec son équipage? Certes, les Russes ont une très bonne équipe à bord de leur *N. 625*, mais je vous garantis que celle de nos compatriotes ne lui est nullement inférieure! Que diriez-vous, pour tromper l'attente, d'un Irroy 47? Car il m'arrive aussi de posséder quelques vraies bouteilles...

Quand le bouchon eut sauté et que la mousse eut débordé des verres, le vieil homme en prit un qu'il leva en le contemplant :

— J'aime ce champagne dégusté dans une cave, comme cela se pratique à Reims ou à Épernay! C'est vraiment la boisson qui nous donne de l'esprit, à nous autres Français... Je suis certain que ce soir, vous allez lui trouver cette saveur assez particulière dont je vous parlais... La plus grave erreur de la majorité des gens est de croire que les vrais plaisirs de l'existence empêchent de faire du bon travail...

La bouteille était vide quand un signal rouge clignota sur le poste. Serge Martin se recoiffa aussitôt du casque en disant :

— Voici la réponse...

Dès que le message fut pris, il se pencha sur la bande qu'il déchiffra en silence avant de confier :

— Notre code est remarquable : il offre l'avantage d'être

suffisamment nouveau pour que les indiscrets n'aient pas encore eu le temps de découvrir ses mystères...

Après avoir retiré à nouveau le casque, il déclara :

— Mon cher, la réponse est formelle : vous embarquez demain sur le *N. 625,* muni d'une provision de toiles vierges, de votre chevalet et de la boîte à pinceaux... Il est même spécifié qu'en plus de la mission essentielle qui vous incombe, vous aurez celle d'étudier avec le plus grand soin ce mystérieux navire... Cela ne vous sera pas très difficile puisque le camarade Grotoff a offert lui-même de vous le faire visiter!

— Si la visite ressemble à celle de l'épave, je ne découvrirai rien!

— Qui sait?... Nous remontons dans le salon pour terminer nos whiskies?

— Je n'aime pas beaucoup les mélanges!

— Il en faut cependant pour aboutir dans notre métier! Plus on mélange tout et plus on a de chances de réussir! A condition, bien entendu, de conserver soi-même les idées claires! Et de ce côté-là, je suis tranquille : les vôtres le sont.

Au moment où ils allaient quitter la « cave » dont le panneau de casiers, cachant le réduit, venait de reprendre sa place normale, Jacques demanda :

— Dites-moi : Kim connaît l'existence de cette cave?

— Évidemment! Mais comme tout bon serviteur, il sait que seul son maître en possède les clefs... Pour lui ce n'est qu'une cave, rien de plus...

Quand ils se retrouvèrent devant les whiskies, l'antiquaire dit en soupirant :

— Vous avez de la chance, vous allez faire un bien beau voyage!

— Vous trouvez?

— Si j'avais votre âge, j'aurais volontiers échangé ma place contre la vôtre... Réalisez-vous que vous serez sur un navire passionnant qui en remorquera un autre? Vous connaîtrez un moment extraordinaire : celui où le remorquage cessera ! Parce qu'enfin il ne pourra pas s'éterniser, ce remorquage ! A mon avis, comme je vous l'ai déjà laissé entendre, l'épave terminera définitivement sa carrière dans la cale sèche d'un port du Viêt-Minh où elle sera découpée sans pitié au chalumeau par la brillante équipe des techniciens de Grotoff... Cela ne pourra pas se passer avant une bonne semaine : tout le temps nécessaire pour vous permettre de faire définitivement du Polonais votre meilleur ami... Un ami qui vous dira tout, dont vous deviendrez le confident... Ainsi vous saurez quel est le morceau du cargo intéressant... Et quand vous l'aurez subtilisé — ou tout au moins son contenu — je vous conseille de fausser rapidement compagnie à vos petits camarades russes... Le seul impedimentum sera pour vous Raczinski... Vous serez tenu, en remerciement de sa collaboration, de lui faire découvrir le chemin de la liberté ! Sinon le malheureux aurait des comptes à rendre ! Vous qui aimez l'aventure, reconnaissez que vous allez être servi !

— Elle ne prend pas du tout la tournure que l'on m'avait laissé prévoir rue Saint-Lazare !

— Et vous vous en plaignez ? Vous êtes tous pareils, les jeunes ! Vous voudriez que les choses se passent exactement comme on vous les a prédites ! Mais, mon cher, les prédictions sont une chose et le déroulement imprévu des événements une autre !... J'ai remarqué que vous aviez une excellente mémoire... Aussi allez-vous graver dans votre tête un numéro de téléphone : le 28-26-24 à Hanoï ? Répétez ?

— 28-26-24 à Hanoï.

— Un numéro très facile ! Ne l'écrivez jamais, surtout ! Dès que vous aurez quitté, en compagnie de Raczinski, le camarade Grotoff et ses sbires, vous vous débrouillerez pour rejoindre Hanoï et là, de n'importe quelle cabine téléphonique, vous appellerez ce numéro. On vous y répondra immédiatement à toute heure du jour ou de la nuit... Ce sera une voix de femme... Vous direz simplement : « *L'antiquaire se rappelle à votre bon souvenir...* » ceci en vietnamien. Répétez?

— *L'antiquaire se rappelle à votre bon souvenir.*

— Parfait! La voix vous répondra alors de vous trouver à une heure H à un endroit déterminé de la ville... Vous irez et là quelqu'un se présentera à vous en disant, toujours en vietnamien : « *J'ai de nouvelles pièces de collection.* » Ce sera le signe d'authenticité de ce guide.

— Qui sera un homme ou une femme?

— Peu importe! Cette personne vous prendra en charge avec votre compagnon pour vous faire revenir au Viêt-Nam où je vous accueillerai.

— Ici?

— Je ne le pense pas : ce serait dangereux... Ce sera à moi seul que vous remettrez le document...

— Si je l'ai!

— Vous l'aurez!... Ensuite, je vous accompagnerai bien gentiment à Tan-Son-Nhut où vous reprendrez l'avion régulier pour Paris.

— Toujours avec ma qualité de peintre?

— Toujours!

— Vous ne pensez pas que mon « absence » pourra étonner les gens?

— Pourquoi? Elle n'excédera par un mois ou deux : le temps d'assister au découpage du cargo... Et comme j'ai déjà fait savoir, par voie de presse, que vous aviez maintenant l'intention de vous promener à l'intérieur du pays pour y peindre des rizières! Rassurez-vous : à votre retour dans ces parages, une bonne douzaine de toiles nouvelles seront terminées pour pouvoir être exposées à la Galerie... Ah! Un conseil : quand vous quitterez le *N. 625*, ne vous encombrez pas trop des chefs-d'œuvre que vous aurez pu faire à bord pendant cette nouvelle croisière... Je sais que c'est toujours triste pour un artiste d'abandonner ce qu'il a créé, mais il le faudra! Et puis, ce seront quelques souvenirs de votre passage que vous laisserez aux camarades russes : une façon comme une autre de vous acquitter de la dette d'hospitalité que vous leur devez... On ne sait jamais : rien ne prouve que le camarade Grotoff, qui a pour vous tant d'admiration, ne les fera pas exposer au fameux Musée d'Art Moderne de Moscou.

— Vous êtes cynique!

— Il faut aider les musées!... Mon cher ami, il me reste à vous souhaiter de prendre du repos pour la dernière nuit que vous allez passer sous ce toit... Quand nous nous reverrons, ce ne sera que pour quelques heures pendant lesquelles je n'aurai guère le loisir de vous dire toute la joie que m'a apportée votre venue... J'avoue que demain soir, je me sentirai très seul... C'est vrai : je m'étais habitué à ces petites conversations, devant nos whiskies... Nous prenons le dernier?

— Non merci. Cela suffit.

— Vous avez raison de rester sobre. Pendant que vous dormirez, je vais préparer vos bagages et demain matin, nous nous dirons au revoir à la crique où la jonque de Hô vous attendra pour vous conduire jusqu'au *N. 625* où, n'en doutez pas, vous allez sûrement être accueilli par des transports de joie du camarade Grotoff. Que de verres de vodka en perspective!

— Tout autant que vous, j'ignore ce que me réserve l'avenir... Mais, quoi qu'il arrive, je conserverai de vous, Serge Martin, un souvenir assez rare...

— On dit ça... par gentillesse! Mais vous m'oublierez... Et vous aurez raison! La seule chose que j'espère est que, si un jour vous entendez prononcer devant vous ce mot banal d'*antiquaire,* il aura pour vous une résonance assez particulière... Bonne nuit, camarade!

La jonque les attendait dans la crique. Dès qu'il les vit arriver, chargés des bagages du peintre, le sampanier dit :

— Ce ne sera peut-être pas nécessaire d'embarquer tous ces colis...

— Et pourquoi cela? répondit Serge Martin. Es-tu fou? Tu ne te figures pas que notre ami va partir sans une provision de toiles et sans ses affaires personnelles?

— M. Fernet ne pourra pas partir sur le *N. 625*... continua avec calme le sampanier.

— Vraiment? Tu y vois un empêchement?

— Un empêchement majeur, monsieur Martin : le *N. 625* a levé l'ancre il y a plus de deux heures, en mettant le cap vers le nord-est...

— En pleine nuit? Tu ne pouvais pas nous prévenir?

— Comment l'aurais-je pu? J'ai pensé plus sage d'attendre ici.

— Bien entendu, il est parti en remorquant l'épave?

— Non, monsieur Martin, l'épave est restée là où M. Fernet l'a vue hier soir.

— Qu'est-ce que tu dis? Ils ont laissé des hommes dessus?

— Je ne crois pas puisqu'ils l'ont fait sauter au moment où le *N. 625* appareillait.

— Sauter?

— Ce fut une très grande explosion que l'on a entendue dans tout l'estuaire!

L'antiquaire parut contrarié :

— Comment se fait-il, confia-t-il à mi-voix à Jacques, que les observateurs du navire de la C.I.R.M. ne m'aient pas averti immédiatement par radio?

— Peut-être l'ont-ils fait, mais vous n'étiez plus dans « la cave »!

Après un temps de réflexion, Serge Martin déclara :

— Hô, tu as en partie raison : les bagages personnels de M. Fernet vont rester ici. Nous les reprendrons tout à l'heure quand nous reviendrons. Par contre, tu vas embarquer sur ta jonque une toile, le chevalet, la boîte de pinceaux et nous deux! Parce que cette fois, cher ami, je vous accompagne dans votre promenade... En route! Direction : l'endroit précis où l'épave a sauté... Tel que je te connais, Hô, tu as déjà dû aller faire un petit tour par là?

— Oui, monsieur Martin.

— Et qu'as-tu découvert?

— Rien... Aucun débris ne flotte : c'est comme si l'épave avait été pulvérisée par l'explosion...

L'antiquaire ne répondit pas et resta silencieux jusqu'à ce que la jonque, glissant dans la nuit, eût atteint l'entrée de l'estuaire.

— C'est ici, dit le sampanier.

— Aucune trace en effet! remarqua Serge Martin. Dites-moi, Fernet, vous avez l'impression que c'est à peu près à cet endroit que le *N. 625* avait stoppé hier en fin d'après-midi?

— Ce n'est pas une impression, c'est une certitude!

— Hô, à ton avis quelle est la profondeur ici?

— Beaucoup plus grande que dans le chenal... Pas loin de 100 mètres...

— Autrement dit, il ne sera plus jamais question de renflouer ce cargo! Et nous devons nous trouver à la limite des eaux territoriales du Viêt-Nam?

— Nous y sommes en effet, répondit le sampanier.

— Ils ont tout calculé! C'est très bien joué! Et on peut être certain que ce qui reste du navire est couché par le fond en morceaux inutilisables : sa destruction a été, cette fois, beaucoup plus complète que sous l'effet d'une bombe ou d'une torpille aérienne... Ils ont eu tout le temps de la préparer... Le jour va bientôt se lever : nous n'avons plus qu'à revenir à la crique. Attendre ici serait du temps perdu...

Mais, au moment même où l'antiquaire disait ces mots,

la jonque fut brutalement éclairée par le faisceau d'un projecteur éblouissant pendant qu'une voix criait en vietnamien :

— Halte! Police!

Dès que la vedette rapide fut à proximité de la jonque, la voix reprit en français :

— Vous, monsieur Fernet? Que faites-vous donc ici à pareille heure?

— J'avais rendez-vous, figurez-vous! répondit Jacques. Seulement j'ai l'impression qu'il est manqué! Vous voyez mon matériel : je m'apprêtais à monter à nouveau à bord du *N. 625*, selon l'aimable invitation qui m'en avait été faite hier soir par le « camarade » Grotoff, pour pouvoir continuer aujourd'hui mes croquis d'essai...

— Mais c'est M. Martin qui est avec vous? Bonjour, monsieur Martin! Vous aussi, on vous avait invité?

— Ma foi non, lieutenant Dàng-Ngoc-Tuê! J'avoue n'avoir accompagné mon bon ami que par pure curiosité... Il m'a raconté tellement de choses merveilleuses sur le renflouement auquel il a eu la chance d'assister hier et sur l'extrême amabilité des Russes que j'ai eu envie de faire leur connaissance.

— Peut-être vous faites-vous quelques illusions en pensant que, vous aussi, ils vous auraient laissé monter à leur bord?

— Qui sait? Après tout un antiquaire n'est-il pas, lui aussi, un artiste dans son genre? Et puisque ces gens-là aiment protéger les artistes...

— Monsieur Martin, ils savent avant tout mesurer l'honneur de leurs invitations et choisir leurs hôtes... Je suis persuadé qu'en parvenant à se concilier leurs bonnes grâces, M. Fernet avait réalisé un grand exploit! Qu'allez-vous faire maintenant, monsieur Fernet?

— Retourner à terre! Je ne vois pas d'autre solution

puisque mes nouveaux amis m'ont déjà faussé compagnie! Entre nous, lieutenant, je trouve qu'il y a là, de leur part, un manque total de civilité!

— Monsieur Fernet, puisque vous prenez la très sage décision de retourner à terre, pourrais-je vous demander de passer sans faute cet après-midi à nos bureaux de la direction de la Police Fluviale à Saigon?

— Moi? Mais qu'y ferais-je, mon Dieu?

— Je vous y attendrai, ainsi que M. Martin... J'estime qu'une petite conversation entre nous est indispensable... A tout à l'heure!

Le faisceau lumineux s'éteignit pendant que la vedette s'éloignait.

Une heure plus tard, la jonque atteignait la crique. Le retour avait été morne. Pas un mot n'avait été échangé entre ses occupants. Au moment de quitter Hô, Serge Martin lui dit :

— Bien entendu, puisque tu as la chance de ne pas avoir été convoqué par le lieutenant Dàng-Ngoc-Tuê, tu ne sais rien! Tu restes le misérable sampanier qui est quantité négligeable... Je ne pense pas qu'on t'interrogera mais, si cela arrivait, reste muet : tu sais très bien le faire... Et continue à observer, avec toute ta discrétion habituelle, ce qui se passera sur l'estuaire... Mais avant, tu iras faire un tour du côté de la maison où ils avaient installé leur « centre de repos » pour voir s'il s'y trouve encore du monde. Et tu me téléphoneras du cap Saint-Jacques dans une heure pour me donner le résultat...

Ce ne fut qu'une fois dans la voiture, pendant qu'ils retournaient vers Saigon, que l'antiquaire dit :

— Évidemment, l'événement est d'importance et bouscule quelque peu nos plans... Il s'agit donc de faire le point en répondant à deux questions : Pourquoi ont-ils fait sauter l'épave et pourquoi sont-ils partis aussi vite!... Première réponse : s'ils se sont débarrassées aussi vite de l'épave, c'est ou bien parce qu'elle n'offrait plus aucun intérêt et que son remorquage se révélait une opération hasardeuse et inutile, ou bien...

— Ou bien ?

— Je sens que vous avez la même idée que moi : ou bien parce qu'il y avait dans cette épave quelque chose qu'ils désiraient que personne d'autre qu'eux ne découvrît jamais !

— J'ai pourtant la certitude que nous l'avons visitée hier de fond en comble en compagnie de Grotoff et des policiers.

— Tout le monde peut se tromper, mon cher ! Même un brillant 3ᵉ de notre École du Génie Maritime ! Nos ingénieurs l'ont déjà prouvé quand il s'est agi de délimiter l'emplacement exact de cette épave ! Mais que diable pouvaient-ils avoir intérêt à cacher ! Une faillite peut-être ?

— Faillite ?

— Celle de leur organisation technique... Ces gens-là sont très orgueilleux ! Ils n'aiment pas avouer leurs échecs... Ne l'ont-ils pas prouvé dans les envois successifs et très secrets qu'ils ont faits de fusées interplanétaires avant de clamer leurs triomphes ? Supposons qu'ils aient réellement découvert que non seulement le fameux document ne se trouvait pas dans les flancs du cargo, mais qu'il n'y avait jamais été ? Pour eux, et spécialement pour le brillant camarade Grotoff, ce serait une tape monumentale ! Et, si ça l'est, les Anglais doivent sourire sur le *Buffle*...

— Cela signifierait qu'ils auraient lancé ce nouveau canular ?

— Disons : cette fausse piste... L'*Intelligence Service* n'en est pas à une invention près ! Cependant, ce qui me fait douter, c'est que « la vieille chouette » ait persisté dans ses ordres... Lui non plus n'est pas un débutant !

— C'est la première fois que vous évoquez ce personnage devant moi...

— Si je ne l'ai pas fait plus tôt, cher ami, c'est sans doute que je n'en voyais pas l'utilité! Mais revenons à notre première question... Il y aurait aussi une autre réponse : ce serait que les hommes laissés à bord de l'épave, pendant le commencement de remorquage et alors que vous buviez à la grandeur soviétique sur le *N. 625*, aient fini par découvrir le document! Dans ce cas, Grotoff a estimé que le mieux était de se débarrasser de l'épave encombrante et de mettre immédiatement le cap sur l'U.R.S.S... Ce qui nous apporterait également une réponse à la deuxième question : « Pourquoi sont-ils partis si vite? » Il est possible enfin que Grotoff ait acquis la certitude absolue que vous n'étiez pas le « cher grand artiste » mais un authentique espion... Dans ce cas, il n'avait aucun intérêt à vous attendre...

— Il se serait privé du plaisir de me faire prisonnier une fois que je serais revenu à son bord?

— S'il vous a tenu pour un espion, il était sûr que vous n'auriez pas le toupet de revenir et qu'il ne vous reverrait pas ce matin. Et, s'il a le document, vous ne présentez plus aucun intérêt : vous êtes neutralisé!... Comme nous tous d'ailleurs! Pourquoi, ayant une mission déterminée, s'encombrerait-il de complications internationales? Vous savez aussi bien que moi qu'un agent supprimé entraîne presque automatiquement la disparition d'un agent de la puissance qui a commis le premier crime. C'est le talion de notre profession! Et les Soviets tiennent à leurs agents, tout autant que « la vieille chouette » aux siens! Ce qui va être intéressant, c'est de voir quel sera le comportement des autres maintenant que le *N. 625* a levé l'ancre.

— Quels autres?

— Les Anglais du *Buffle*, les Italiens du *San Giovanni*, les Français du navire de la C.I.R.M... Je serais bien surpris s'ils continuaient longtemps à remonter des carcasses pourries dans l'estuaire!

— Et que pensez-vous de l'invitation de la police vietnamienne?

— Elle m'ennuie sans trop me gêner... Comme nous sommes polis, nous irons... Peut-être cette conversation sera-t-elle très instructive? Ce petit lieutenant Dàng-Ngoc-Tuê est un garçon intelligent avec lequel on peut s'entendre... Je le connais depuis longtemps!

Dès qu'ils furent de retour à la maison, l'antiquaire dit :

— Je crois qu'une nouvelle descente à la cave s'impose... Il est indispensable de nous mettre en rapport avec Paris qui a déjà dû être informé de l'explosion par notre relais flottant... Ils ont dû réfléchir et des ordres modifiés doivent être prêts. Vous m'accompagnez?

L'émission fut courte. La réponse codée vint, sans qu'aucune bouteille de champagne n'ait eu le temps d'être débouchée : « *Confirmons document à bord de l'épave. Continuez peinture en attendant nouvelles instructions.* »

— Voilà qui est clair! dit Serge Martin en refermant le panneau. Mon cher, que vous le vouliez ou non, il vous faut perfectionner votre art!

Au moment où ils rejoignaient le salon, la sonnerie du téléphone retentit. Après avoir pris le récepteur, Serge Martin écouta sans répondre à son interlocuteur et, quand il eut raccroché :

— C'est Hô... Il m'annonce qu'il a pénétré dans la « maison de repos » sans même utiliser de clef : la porte n'était pas fermée! Il s'y est promené et a pu constater que ses habitants l'avaient désertée après avoir pris soin d'emporter tout ce qui pouvait y être intéressant. Il n'y reste qu'un mobilier sans valeur. Tout cela ne doit pas vous surprendre?

La Direction de la Police Fluviale constituait un département important de la Police Générale de la République du Viêt-Nam. Ses services étaient installés dans un bâtiment ultra-moderne, dont la façade principale donnait directement sur le port de Saigon.

Le peintre et l'antiquaire n'attendirent pas cinq minutes avant d'être introduits dans un bureau clair où les attendaient deux hommes : le lieutenant Dàng-Ngoc-Tuê en uniforme et un personnage en civil, lui aussi Vietnamien, que l'officier présenta en disant :

— Le commissaire Xi-Dien, de nos Renseignements Généraux...

Puis il ajouta aussitôt :

— J'espère, messieurs, que vous ne m'en voudrez pas trop pour ce dérangement... Mais vous comprendrez aisément que nous ayons quelques questions précises à vous poser... Je m'adresse d'abord à vous, monsieur Fernet : comment êtes-vous parvenu à vous faire non seulement inviter à visiter l'épave, mais également le *N. 625?*

— Le plus simplement du monde! Je vous assure n'avoir rien fait pour cela car je ne tenais nullement à lier connaissance avec ces Soviets qui ne m'intéressent pas! La seule chose qui compte pour moi est la peinture...

Et il raconta comment, peu à peu, les Russes avaient marqué un intérêt de plus en plus grand à ses travaux d'artiste, ceci jusqu'au point de lui commander une toile gigantesque pour le Musée d'Art Moderne de Moscou.

Quand il eut terminé le récit de ces conversations avec l'équipage soviétique, en prenant soin d'attribuer ces contacts au simple hasard, le lieutenant Dàng-Ngoc-Tuê demanda :

— Il ne vous est pas venu à l'idée que le commissaire Grotoff, le scaphandrier polonais et tous leurs camarades avaient un autre but caché en vous incitant à les accompagner en Russie?

— Quel but? Pour eux je n'étais et je ne suis encore qu'un peintre!

— Pour nous aussi, monsieur Fernet. Et c'est bien ce qui nous plaît le plus en vous. Seulement vous ne trouvez pas que cette invitation avait quelque chose d'insolite?

— Comme je suis content de vous l'entendre dire, lieutenant! s'exclama Serge Martin. Voilà des jours et des jours que je m'acharne à dire à notre ami que je n'aimais pas du tout le voir fréquenter ces gens-là! Que diable allait-il faire sur cette galère? C'est pourquoi j'ai tenu à l'accompagner ce matin jusqu'au *N. 625*, sur lequel il devait s'embarquer, avec l'espoir de le décider à rester parmi nous à la dernière minute! Cette expédition s'annonçait pour lui comme n'étant qu'une pure folie! Rien ne prouvait qu'une fois embarqué sur ce navire, dont j'ai toujours trouvé l'allure assez suspecte, il n'y aurait plus été traité en artiste mais en prisonnier?

— Mais enfin, Martin! répondit Jacques en jouant le jeu. Je vous l'ai déjà dit : pour quelle raison voulez-vous que les Russes me retiennent prisonnier? C'est stupide! Quel intérêt auraient-ils eu à cela? J'estime qu'au contraire, à l'exception de leur départ que j'ai trouvé un peu cavalier, ils se sont montrés pleins d'attentions et même d'égards pour moi! Vous ne pouvez tout de même pas les empêcher d'aimer les artistes et de leur offrir des situations que, malheureusement, bien peu d'entre nous parviennent à trouver en France!

— N'êtes-vous donc pas satisfait, reprit l'officier, de l'accueil que tous vous ont réservé ici au Viêt-Nam?

— Je reconnais que vos compatriotes se sont montrés de merveilleux amis... De cela je leur serai toujours reconnaissant! Mais avouez que la croisière offerte en valait la peine! Jamais je n'ai pu résister à une aventure qui se présentait... Je sais surtout qu'elle seule peut me permettre de renouveler mon inspiration...

— Estimez-vous très heureux, monsieur Fernet, que celle-ci ne se soit pas prolongée!

— Lieutenant, vous ne pourrez pas m'empêcher de la regretter!

— Ces artistes! soupira Serge Martin. Tous les mêmes : des enfants!

Le commissaire Xi-Dien, qui n'avait pas encore prononcé un mot — rappelant en cela un certain personnage que le président Ekko avait d'abord présenté sous le nom de « M. Adrien » dans un bureau de la rue Saint-Lazare — demanda alors d'une voix suave :

— Pendant le temps où vous êtes resté à bord du *N. 625*, vous n'y avez rien remarqué d'anormal, monsieur Fernet?

— Je n'ai rien remarqué du tout pour l'excellente raison que j'y ai passé mon temps à boire de la vodka avec l'État-Major! Des gens charmants d'ailleurs!

— Nous n'en doutons pas : le charme slave! dit le commissaire avec ironie. Essayez de rassembler quand même vos souvenirs, monsieur Fernet... Dans la conversation, aurait-il été question à un moment donné du projet de faire sauter l'épave?

— Nullement! Je pensais même qu'ils la remorqueraient jusqu'en Russie!... Mais au fait, pourquoi l'ont-ils fait sauter?

— Nous nous posons la même question...

— Messieurs, j'avoue ne rien connaître aux choses de la mer, mais a-t-on le droit de détruire ainsi une épave qui vient d'être renflouée au prix de tant d'efforts?

— C'est le droit le plus absolu de celui qui en est devenu le propriétaire, ce qui était le cas de vos amis russes... à condition que cette destruction ait lieu en dehors des eaux territoriales : ce qui a été également le cas.

— Donc, même vous, la police, vous ne pouviez pas vous y opposer?

— Certainement pas. Les Russes ont agi selon le Code du Droit Maritime International.

— Et cela vous ennuie tellement, la destruction de cette affreuse carcasse? Personnellement, après avoir eu le plaisir de la visiter du pont supérieur à la cale en compagnie du lieutenant, j'estime que ce n'est pas une grande perte! Qu'aurait-on pu tirer d'un pareil amas de ferrailles rouillées?

— Plus de choses que vous ne pourriez supposer, monsieur Fernet! Mais M. Martin a raison : vous n'êtes vraiment qu'un artiste ne voyant que ce qui intéresse son art...

— Vous me le reprochez?

— Nullement! Qu'allez-vous peindre maintenant qu'il ne doit plus être question pour vous de vous consacrer à la vaste fresque destinée au Musée de Moscou?

— Mais je compte bien m'y atteler, messieurs, dès que je serai rentré en France! Même si elle doit toujours rester dans mon atelier, ce sera déjà un beau souvenir... Ce que je vais peindre maintenant? des rizières... Peut-être aussi les quartiers pittoresques de Saigon... J'ai déjà pu remarquer que votre port ne manquait pas de couleur à la tombée de la nuit...

— Si jamais il vous prenait l'envie de peindre sur une toile la façade de notre bâtiment de la Police Fluviale, dit le commissaire, je serai heureux de pouvoir l'acquérir...

— J'y penserai! Ce n'est pas que le sujet soit particulièrement attrayant, mais enfin, je ne déteste pas les constructions modernes...

— De toute façon, nous sommes très honorés que vous restiez encore quelque temps parmi nous...

— Messieurs...

Quand le peintre et l'antiquaire se retrouvèrent dans la Chevrolet, Serge Martin dit :

— Vous avez été parfait!...

— Vous aussi!

— Oh, moi! Il y a longtemps que je sais comment agir avec ces gens-là! Vous avez pu vous rendre compte qu'ils ne dévoilent jamais le fond de leur pensée : c'est pourquoi ils peuvent devenir dangereux.

— Vous connaissiez le commissaire Xi-Dien?

— Non. C'est un personnage nouveau pour moi, et qui ne m'a pas semblé follement sympathique... Ne nous illusionnons pas : ils doivent déjà s'être fait une petite idée sur votre compte... Mais ce n'est pas plus mal : nous pourrons leur rendre quelques services... en échange des leurs, bien entendu! Pour l'instant, ils sont tout aussi perplexes que nous sur le départ des Russes. Et il n'y a rien de tel que des gens qui se trouvent dans le même bain — si j'ose employer une expression aussi triviale! — pour finir par s'entendre.

— Vous parlez de moi mais ne croyez-vous pas qu'ils ont aussi une opinion sur votre estimable personne?

— Ils en ont une, c'est certain! Mais, comme elle ne date pas d'hier, ils ont dû finir par se familiariser avec elle! Pour eux, je ne dois être qu'une vieille canaille qui mange à tous les râteliers! Ça ne me déplaît pas : ça me permet de manœuvrer. Cher ami, puisque vous avez manifesté devant ces messieurs l'intention de faire quelques toiles sur le port, pourquoi n'y flânerions-nous pas à nouveau? Ne serait-ce que pour aiguiser votre inspiration future? Dès votre arrivée, vous avez senti combien j'aimais ce port de Saigon dont les pulsations marquent toute la vie de ce Sud-Viêt-Nam... Tant de choses se passent dans un port! Tant de gens s'y promènent en quête d'aventure ou de fuite! Nous tombons bien : c'est juste l'heure de la soirée où il redevient passionnant! Voyez : les étalages ambulants s'y installent sur les rails... J'aime aussi cette rivière sans laquelle nous n'aurions pas l'estuaire de « nos » exploits... Ce soir vous et moi ne ressemblons-nous par à ces indigènes que vous apercevez, immobiles, contemplant silencieusement l'eau qui emporte leurs rêves vers la mer de Chine? Savez-vous ce qu'ils disent en ce moment à l'eau? « *Je viens inviter la*

*Déesse du Fleuve à venir avec moi, afin d'éloigner en ce moment le Malheur de ma tête, de mes épaules, de ma poitrine, des pores de ma peau, de mon estomac, de mon foie, de mes poumons... O, toi, Malheur, je connais ton origine et je sais que tu peux m'atteindre... Mais je prends l'eau et je la rejette afin de t'écarter très loin, afin que tu ne sois pas près de moi pour me gêner... J'invite le Bouddha à me protéger dans mon œuvre...* » Ne pensez-vous pas que, comme la qolice vietnamienne, nous avons grand besoin en ce moment de l'aide de Bouddha?

La voiture roulait lentement. Le peintre se laissait bercer par la musique du poème, psalmodié par la voix douce de l'antiquaire. Mais brusquement, la main de Jacques agrippa le bras de Serge Martin :

— Arrêtez!

La Chevrolet stoppa.

— Là... sur le quai, continua Jacques en désignant une silhouette : Cet homme qui nous tourne le dos et qui semble regarder passionnément ce cargo, battant pavillon français et que l'on est en train de charger... Cet homme, je le reconnaîtrais entre mille : c'est Raczinski!

— J'avais la conviction que Bouddha entendrait notre prière! murmura l'antiquaire pendant que Jacques sautait à terre et courait vers la silhouette du géant blond.

Arrivé dans son dos, il lui mit une main sur l'épaule en disant simplement en français :

— Toi, camarade!

Après avoir sursauté, le Polonais se retourna, le visage décomposé par la peur... Mais dès qu'il reconnut son ami le peintre, ses traits se détendirent et il répondit d'une voix presque rauque, dans un souffle :

— Je vous en prie! Ne m'appelez pas comme cela, ici!

— Vous préférez que je dise votre nom?

— Pas ici! répéta-t-il, suppliant.

— Alors venez vite! Je suis avec un ami sûr...

Et il l'entraîna vers la Chevrolet qui démarra aussitôt.

L'homme était pitoyable. Affalé sur la banquette arrière de la voiture, il restait silencieux, prostré comme s'il avait subi un choc nerveux. Ses vêtements, faits d'un veston usagé et d'un pantalon de grosse toile à la teinte indéfinissable, ressemblaient à ceux de n'importe quel coolie du port. Jacques se demandait ce qu'étaient devenus le chandail et le pantalon bleu marine qu'il lui avait encore connus la veille. Qu'était devenu aussi le géant blond dont les yeux clairs et le visage avaient souvent été illuminés d'une joie sincère au cours de leurs conversations antérieures? L'homme semblait s'être brusquement voûté, sous le poids d'un fardeau écrasant; le regard demeurait fixe. Où était le rire sonore, presque enfantin, qui résonnait d'une façon si curieuse? Le sourire de contentement enfin qui avait accueilli le croquis du scaphandrier destiné à être rapporté à une vieille maman attendant le retour à Gdynia? Vingt-quatre heures avaient-elles suffi pour opérer une telle transformation?

L'homme n'était plus qu'un grand pantin désarticulé dont Serge Martin surveillait les moindres réactions dans le rétroviseur. Mais il n'y avait même pas de réactions!

Quand ils furent devant la maison de l'antiquaire, Jacques vit le moment où il lui faudrait soutenir le géant pendant les quelques pas qu'il avait à faire pour pénétrer dans la demeure. Arrivé dans le salon des merveilles, Raczinski s'affala sur un siège.

— Buvez! ordonna Serge Martin en lui tendant un plein verre de whisky.

L'homme but d'un trait, obéissant.

L'antiquaire avait effleuré le gong : Kim parut, portant un plateau sur lequel étaient disposés des aliments.

— Maintenant, mangez! ordonna à nouveau Serge

Martin. C'est indispensable, Raczinski! Je sais ce que c'est : vous êtes épuisé...

L'homme avala gloutonnement en silence, sous les regards anxieux du peintre et de l'antiquaire. Il but un nouveau verre de whisky que son hôte, cette fois, avait tempéré d'eau.

Les traits harassés commencèrent à se détendre peu à peu dans une expression de béatitude et ce fut le regard rempli de reconnaissance que le Polonais murmura :

— Merci...

Après l'avoir laissé savourer en silence la première cigarette qu'il lui avait offerte, l'antiquaire demanda doucement :

— Ça va mieux, camarade?

— Ne m'appelez plus jamais ainsi! hurla le géant en se redressant. Plus jamais!

— Je comprends que cette appellation vous fasse horreur, dit Jacques avec douceur. A l'avenir nous serons des amis... C'est beaucoup mieux, n'est-ce pas? Dites-vous qu'ici, c'est un peu comme si vous vous trouviez déjà dans cette France où vous rêvez d'aller... Et que vous connaîtrez bientôt! Vous pourrez y retrouver cette sœur, dont vous m'avez parlé, qui habite le Nord... Maintenant, Raczinski, vous devriez dormir... Venez...

Le géant les suivit jusqu'à une chambre du premier étage, où il s'étala sur le lit, assommé de fatigue...

— Laissons-le, dit l'antiquaire. Il faut d'abord qu'il récupère. Ce ne sera qu'ensuite qu'il parlera peut-être...

Et lorsqu'il se retrouva seul avec Jacques, au rez-de-chaussée, il continua :

— Quand l'aviez-vous vu pour la dernière fois à bord du *N. 625?*

— Je ne l'ai pas vu sur le *N. 625* mais sur l'épave au moment où j'ai dû le quitter, accompagnant Grotoff et le lieutenant Dàng-Ngoc-Tuê pour la visite intérieure. Quand nous sommes remontés trois heures plus tard, il n'était plus sur le pont et il m'a fallu suivre à nouveau Grotoff pour répondre à l'invitation du commandant du *N. 625*.

— Et sur le navire soviétique, pas de Raczinski?

— Pas de Raczinski! Il est vrai qu'à l'exception de l'État-Major on ne m'a pas laissé grand temps pour observer l'équipage!

— Ce qui est certain, c'est que notre Polonais a choisi la liberté sans même attendre votre aide... S'il a agi aussi vite, c'est parce qu'il a estimé qu'il ne retrouverait jamais une pareille chance... A moins que?... Non, je n'y crois pas!

— Dites toujours!

— A moins que les Russes ne l'aient fait débarquer intentionnellement pendant la nuit pour qu'il puisse leur servir d'espion ou simplement d'observateur... Il parle très bien le français, ce garçon! N'ayant pratiquement pas d'accent, il pourrait aisément se faire passer au Viêt-Nam pour l'un de nos compatriotes!

— Il n'en a guère le type!

— Oh! vous savez! Au milieu de tous ces visages jaunes et de ces yeux bridés, il suffit d'avoir le type « européen »! Mais ça m'étonnerait quand même... Nous ne l'aurions pas trouvé dans cet état. Savez-vous pourquoi il errait sur le port? Pour s'enfuir sur le premier navire en partance... Le cargo français, dont il contemplait le chargement avec tant d'admiration, a dû lui paraître le bateau rêvé... Au dernier moment, sans doute serait-il parvenu à se faire embaucher dans l'équipage... Les commandants de ces caboteurs ne se montrent pas trop exigeants sur l'identité de leurs hommes. Ça peut toujours être intéressant d'avoir à bord un solide gaillard qui travaille dur, sans exiger de paye, avec le passage gratuit et la soupe en échange...

— Vous ne pensez pas que l'on nous a vus l'emmener en voiture?

— Pas dans la foule grouillante du port! Et même si cela

était, cela n'aurait aucune importance... On ne pourrait que nous féliciter d'avoir fait œuvre de philanthropes en ramassant un pauvre diable épuisé de fatigue et de faim...

Plusieurs fois, pendant la soirée, l'antiquaire et le peintre montèrent à tour de rôle dans la chambre où le Polonais continuait à dormir d'un sommeil lourd.

La nuit était déjà très avancée quand Jacques revint de l'une de ces visites en annonçant :

— Il vient de se réveiller. Je lui ai donné de quoi faire un peu de toilette. Il semble être beaucoup mieux.

Quelques minutes plus tard, Raczinski les rejoignait dans le salon. Jacques avait raison : bien qu'il portât toujours ses hardes misérables, le géant n'était plus le même homme... Ou plutôt, il était redevenu celui que « le peintre » avait toujours connu.

— Whisky? demanda aussitôt l'antiquaire à l'homme reposé.

— Volontiers! Si vous saviez l'effet que ça m'a produit de retrouver ce breuvage! Je n'en avais plus bu depuis l'époque où j'ai opté pour rejoindre mon pays, après avoir été démobilisé de notre Marine Libre Polonaise.

— Pourquoi n'avoir pas choisi, dès ce moment-là, la liberté comme l'ont fait tant de vos compatriotes?

— Je voulais revoir ma mère, restée à Gdynia avec mes sœurs et essayer de les aider, si je le pouvais! C'était mon devoir...

— Vous avez bien agi, affirma Serge Martin. Vous êtes un homme de cœur... Maintenant que vous vous sentez mieux, pouvez-vous nous dire ce qui s'est passé?

Raczinski eut un regard inquiet.

— Rassurez-vous! dit Jacques en riant. Je vous répète que vous devez vous considérer ici comme étant déjà en France, c'est-à-dire en sûreté... Tout à l'heure, je n'ai pas eu le temps de vous présenter mon vieil ami Serge Martin... Lui aussi est artiste : vous n'avez qu'à jeter un coup d'œil sur toutes les merveilles qui nous entourent pour savoir que vous êtes chez un grand collectionneur. Ainsi trois passions artistiques différentes se trouvent réunies : celle de la musique avec vous, l'amour des antiquités avec Serge, le besoin de peindre avec moi... Que pouvons-nous rêver de plus? Cette communion dans le goût de la vraie beauté ne devait-elle pas nous rapprocher? Ne sommes-nous pas faits pour nous aider mutuellement? Croyez-moi, ami de Pologne, ici vous êtes chez vous... Vous pouvez parler sans crainte. Dites-nous surtout ce que vous croyez utile pour que nous puissions vous aider immédiatement.

— Je ne demande qu'une chose : partir pour votre pays le plus tôt possible!

— Je vous promets, dit l'antiquaire, que vous serez en France avant huit jours, si vous nous écoutez! Mais avant, il faut nous dire pourquoi et comment vous avez réussi à fausser compagnie à ceux qui se disaient vos prétendus « camarades »? C'est indispensable pour que le plan que nous avons en tête, Jacques Fernet et moi, pour vous faire quitter le Viêt-Nam, aboutisse...

Rassuré, Raczinski commença à parler :

— Je n'aurais jamais quitté le *N. 625* si je n'avais pas acquis la conviction que tous ceux qui se trouvent à son bord et qui voguent maintenant pour l'U.R.S.S. y seront durement châtiés.

— Châtiés?

— Parce qu'ils n'ont pas réussi...

— Réussi quoi?

— A trouver sur l'épave la seule chose qu'ils y cherchaient et qu'ils avaient l'ordre impératif de ramener en U.R.S.S.

— Un trésor peut-être?

— Plus que cela, je pense... Un document secret qui était caché depuis des années à bord du navire coulé.

— Un document de quelle nature?

— Ça, je l'ignore! Seul Grotoff devait en connaître la teneur... Mais je sais qu'elle était de la plus haute importance.

— Et c'est pour ce bout de papier que vous avez accompli un travail aussi gigantesque? s'exclama Serge Martin! C'est à peine vraisemblable!

— C'est cependant la vérité... Je ne l'ai compris que quand l'épave a été à demi renflouée. Avec un scaphandrier russe, je faisais partie de la première équipe qui avait reçu l'ordre de descendre dans les cales encore immergées. Grotoff nous a alors donné des instructions très précises : nous devions sonder toutes les cloisons intérieures sans exception jusqu'à ce que nous en découvrions une dont la résonance prouverait qu'elle pouvait servir de cachette. Si nous la trouvions, par micro nous devions aussitôt avertir Grotoff qui nous donnerait de nouveaux ordres. Nous étions munis, mon camarade et moi, de chalumeaux spéciaux que nous utilisons souvent pour le travail sous l'eau et qui permettent, le cas échéant, de découper n'importe quelle tôle en quelques minutes. Mais aucune paroi n'a eu de résonance particulière. Nous sommes remontés et une nouvelle équipe nous a succédé, après avoir reçu les mêmes ordres de Grotoff. Pendant toute la première nuit, il en a été ainsi. Les autres équipes ont fait les mêmes constatations que nous. Alors Grotoff a décidé de débarrasser, au moyen de pompes, l'épave de l'eau qui y restait encore et le cargo a retrouvé sa ligne de flottaison normale.

» Je sentais — et mes camarades aussi — que Grotoff était furieux. Il est redescendu avec mon équipe, après que l'eau eut été chassée de la coque et nous n'avons toujours rien décelé. C'est à ce moment que Grotoff m'a dit :

» — Il ne reste plus qu'une solution : emmener cette épave en remorque pour la découper, centimètre par centimètre, en cale sèche!

» Comme je lui faisais remarquer que ce serait un travail très long, il m'a répondu :

» — Qu'est-ce que ça peut te faire, imbécile! J'ai tout prévu : on nous attend dans un port du Viêt-Minh où nous pourrons prendre tout le temps nécessaire. (Puis il a ajouté :) Tu feras partie de ceux qui resteront sur l'épave pendant toute la durée du remorquage et tu continueras à sonder sans relâche chaque paroi, chaque tôle, chaque cloison étanche... Tu auras au moins une semaine devant toi, jusqu'à ce que nons atteignions le port où l'on nous attend. Si, par bonheur, pendant ces huit jours, tu découvrais quelque chose, tu me le diras à moi seul!

» S'il m'a confié cette mission, c'est uniquement parce qu'il me considérait comme l'ouvrier le plus qualifié de tous pour ce genre de travail.

— Vous a-t-il dit le nom du port où vous deviez aller?

— Non. Je suis donc resté sur l'épave et j'ai recommencé à chercher.

— Votre camarade habituel d'équipe était-il avec vous?

— Non. C'était inutile puisque nous n'étions plus sous l'eau. D'ailleurs, quand Grotoff m'a donné cet ordre, je ne crois pas qu'il se faisait beaucoup d'illusions! Il comptait beaucoup plus sur le découpage méthodique qui serait fait en cale sèche... Mais, alors que nous venions de stopper à l'entrée de l'estuaire, après un début de remorquage, il y eut du nouveau... J'inspectais à nouveau une petite cabine du cargo, voisine de celle du commandant où se trouvait le coffre qui avait été ouvert en présence de la police vietnamienne... Tout à coup, je remarquai avec étonnement que sur l'une des parois intérieures de cette cabine, un espace de dix centimètres sur dix ne donnait pas tout à fait la même résonance quand on frappait dessus avec un marteau... J'avais pourtant frappé à cet endroit au cours de mes deux descentes précédentes et les autres équipes en avaient certainement fait autant... Mais ni elles ni moi n'avions rien découvert... Pourquoi y avait-il, cette fois, une très nette différence? Sans aucun doute parce que l'air, qui pénétrait maintenant dans la coque depuis vingt-quatre heures qu'elle était remontée, commençait à modifier toutes les caisses de résonance en asséchant les parois. Je frappai à nouveau... Il n'y avait aucun doute : sur cette surface de dix centimètres carrés, la résonance était autre. Je remontai sur le pont, sans rien dire à aucun de mes camarades selon les ordres que m'avait donnés Grotoff, et je demandai à lui parler. Il était à bord du *N. 625*. Il rejoignit l'épave dans un canot automobile et je l'emmenai seul avec moi dans la petite cabine pour lui faire part de ma découverte.

» — Découpe! ordonna-t-il.

» J'avais mon chalumeau. Mais au moment où je commençais ce travail, je constatai que la bordure du carré de dix centimètres fondait, sous l'effet de la chaleur, avec une rapidité incroyable et je ne pus que dire à Grotoff :

» — Cette plaque de tôle, après avoir été découpée, a été ressoudée d'une façon assez extraordinaire puisqu'il n'y avait aucune trace extérieure visible à l'œil nu. Ceux qui ont fait ce travail sont véritablement des as! D'autant plus qu'ils l'ont fait sous l'eau.

» Cela, c'était relativement facile à voir d'après l'état intérieur de la soudure.

» Quand la tôle fut découpée, nous découvrîmes une excavation de quinze centimètres de profondeur, remplie d'eau de mer qui prouvait que le travail avait bien été effectué sous l'eau. La présence de celle-ci expliquait également que, pendant les sondages que nous avions pratiqués sous l'eau, il n'y avait eu aucune différence de résonance.

» Après avoir vidé l'eau de l'excavation, nous avons trouvé nettement, sur les parois intérieures, des traces prouvant qu'avant qu'elle fût remplie d'eau, celle-ci avait contenu un objet rectangulaire.

— Que fit Grotoff alors? demanda Jacques.

— Il me demanda simplement : « A ton avis, toi qui as

une grande habitude, il y a combien de temps que ce travail a été effectué? Récemment... ou il y a longtemps? »

» J'examinai à nouveau minutieusement les bords de la soudure. Celle-ci ne pouvait guère excéder une année tout au plus.

» — Tu as raison, me dit Grotoff. Ces gens-là ont été très forts en ressoudant l'ouverture après avoir pris ce qui les intéressait... Ils étaient bien décidés à ce que ceux qui remonteraient l'épave se trompent jusqu'au bout! Ils ont gagné!

» Et il poussa un juron. Il était blanc de rage! J'ai cru qu'il allait me tuer. Il ne parvenait même plus à parler! Quand il le fit enfin, ce fut pour dire :

» — Ça va nous coûter cher à tous! C'est le déshonneur de ma carrière et de toute notre grande Marine! Quant à toi, idiot, si jamais tu racontes ce que toi et moi, nous sommes les seuls à avoir découvert, je te brûle la cervelle! Tu as compris?

» — Oui, camarade.

» — Tu n'as rien vu! Il ne s'est rien passé! Il n'y a jamais eu d'excavation!

» Et nous sommes remontés quelques minutes plus tard sur le pont où Grotoff fit immédiatement rassembler tous les hommes qui étaient encore sur l'épave. Après avoir fait procéder à un appel, il leur donna l'ordre de rejoindre immédiatement avec lui le *N. 625* par le canot automobile. Mais avant de partir, il me dit :

» — Toi, reste ici, attends-moi!

» Il ne revint que quand il fit nuit. Dans le canot, il était seul avec le commandant Nilinski et un homme qui pilotait mais qui ne monta pas sur l'épave. Nilinski et lui avaient apporté des explosifs qu'ils mirent plus de deux heures à répartir à différents endroits de l'épave, selon un plan qu'ils semblaient avoir soigneusement préparé. Pendant que je les aidais dans ce travail, je compris que, cette fois, lorsque le cargo déchiqueté retournerait au fond, ce serait pour toujours!

» Quand tous les cordons et les mèches furent reliés à un détonateur placé au centre du pont, Grotoff me dit :

» — Voici un bracelet-montre : tu as toujours rêvé d'en posséder un... Je t'en fais cadeau! Tu attendras jusqu'à 1 h 45 sur le cadran de ce bracelet pour la mise à feu. Nous avons bien calculé la longueur des mèches pour qu'elles ne se consument pas trop rapidement : il faudra exactement quinze minutes avant que l'explosion n'ait lieu. Je sais que tu es bon nageur... Le *N. 625* va s'éloigner un peu pour ne pas recevoir d'éclats. Dès que tu auras mis à feu, tu sautes et tu nous rejoins à la nage. Je t'attendrai à bâbord avec une échelle de corde. Dix minutes seront suffisantes pour que tu nous rejoignes. Dès que tu seras avec nous, nous partirons. Tu as bien compris?

» — Oui, camarade!

» — Et surtout, ne réponds jamais à aucune des questions que pourraient te poser les autres! Sinon...

» — J'ai compris, camarade.

» Je les ai vus repartir dans le canot et je suis resté seul, dans la nuit, sur le navire qui allait mourir...

Raczinski vida son verre avant de répéter avec une voix étrange, basse, où les sonorités semblaient s'être évanouies et que Jacques ne lui avait encore jamais connue :

— J'étais seul sur l'épave... Cette impression d'isolement m'apporta, pour la première fois depuis des années, la sensation exaltante de liberté! Il peut paraître incroyable qu'un homme, abandonné sur une coque en pleine mer et dont l'unique chance de salut est de se jeter à l'eau quelques minutes avant que le navire ne soit détruit, ait pu éprouver pareille griserie! C'était cependant mon cas : je me sentais libre, complètement! Seul maître à bord! Débarrassé de la surveillance constante qui faisait loi sur le navire soviétique! Libéré de la tutelle des hommes et n'ayant plus de comptes à rendre qu'à Dieu, ce Dieu de notre Pologne catholique... Ces longues heures d'attente, jusqu'à l'instant où je devrais appuyer sur le détonateur me parurent courtes, tellement j'étais ivre de vraie joie!

» Plus l'heure H de l'explosion se rapprochait et plus je me posais une question angoissante : devais-je rejoindre le *N. 625* quand je plongerais ou ne ferais-je pas mieux de tenter de gagner le cap Saint-Jacques à la nage! Jamais sans doute une pareille occasion ne se représenterait pour moi! Quand une possibilité d'évasion vers le monde libre s'offre enfin, n'est-ce pas un devoir de la saisir? Le retour vers l'U.R.S.S. à bord du *N. 625* m'apparaissait comme devant très mal se terminer pour nous tous, même pour le commissaire Grotoff! On n'admet pas là-bas les échecs... Tout l'équipage, du commandant au plus humble matelot, serait rendu responsable de l'absence du document : ne faut-il pas toujours un bouc émissaire qui doit payer pour que d'autres, plus haut placés, ne soient pas contraints d'avouer leurs erreurs? Grotoff serait sûrement révoqué, déporté dans une lointaine province, peut-être même « invité » à se supprimer lui-même? Et nous, on nous enverrait dans les mines de sel... Mais il y avait aussi une faible chance pour que l'on ne s'en prît pas aux techniciens subalternes tels que moi. Et, dans ce cas, je pourrais retourner à Gdynia et rapporter à ma mère le beau dessin que vous avez fait, monsieur Fernet... Si je m'enfuyais, je pouvais craindre aussi les pires représailles à l'égard de ma famille restée en Pologne! Et comment me débrouiller dans ce Viêt-Nam inconnu, au milieu de tous ces Asiatiques? Je savais bien que j'avais découvert en vous un ami, monsieur Fernet, mais je n'avais aucune certitude de pouvoir vous retrouver!

» Finalement, je pris la décision de laisser passer la chance et de rejoindre, désespéré, le *N. 625*. Si vous saviez comme j'ai savouré, pendant mes dernières minutes sur l'épave, l'amertume de dire adieu à mon espoir de liberté!

Enfin le moment vint : à l'heure prescrite j'appuyai sur le détonateur et je plongeai... La nuit était très noire; je nageai le plus vite que je le pus vers le *N. 625* dont j'entrevoyais la masse sombre. Au moment où je m'approchais du navire, à bâbord, comme me l'avait ordonné Grotoff, j'entendis tout autour de moi des sifflements au ras de l'eau... Je compris immédiatement que, du *N. 625*, on tirait sur moi! J'avais déjà connu cette sensation pendant la guerre quand, le destroyer sur lequel je me trouvais ayant été coulé en pleine nuit dans la mer du Nord, j'avais dû nager avec beaucoup d'autres camarades dans des circonstances semblables, jusqu'à l'arrivée des canots sauveteurs. Des avions allemands avaient piqué, mitraillant tout ce qui était encore à la surface : ce sifflement de mort des balles ricochant sur l'eau, je ne pourrai plus jamais l'oublier!

» Cette fois, c'était Grotoff qui avait donné l'ordre que l'on me tue : ainsi disparaîtrait le seul témoin de la découverte de son échec, le seul homme qui pourrait révéler que d'autres, une année plus tôt, avaient réussi à s'approprier le document! Il avait tout calculé, Grotoff, en me faisant rester seul sur l'épave pour la mise à feu, et en me disant de rejoindre le *N. 625* à bâbord où il avait placé mes tueurs! Je n'avais plus qu'une chance de salut : nager le plus longtemps possible sous l'eau pour m'éloigner et disparaître comme si une balle m'avait réellement atteint... Je passai des minutes terribles, remontant de temps en temps rapidement pour renouveler ma provision d'oxygène... A chaque fois que je faisais ainsi surface, j'apercevais les faisceaux des projecteurs du *N. 625* qui continuaient à balayer l'eau, me recherchant pour voir si j'étais encore vivant. Mais je me rendis compte aussi que la distance augmentait entre mes assassins et moi : le *N. 625* s'éloignait de l'épave qui, dans quelques instants, sauterait...

» Brusquement, je fus soulevé par un fantastique remous : c'était l'explosion. A demi assommé par la pression des vagues créées par l'engloutissement du cargo, je revins à la surface, n'ayant même plus la force de plonger, me laissant porter par l'eau... J'eus juste le temps d'apercevoir le dernier tronçon de l'épave, la proue, je crois, qui disparaissait... Les projecteurs du *N. 625*, qui avait pris maintenant le large, s'éteignirent enfin : Grotoff, ne m'ayant pas vu reparaître à la surface, avait dû en déduire que j'avais coulé pour toujours comme l'épave... Et je me suis retrouvé seul, faisant la planche avec difficulté, véritablement perdu dans la nuit, n'apercevant même pas les côtes... Combien de temps suis-je resté ainsi, hébété, grelottant de froid, sentant mes membres s'engourdir progressivement ? Je ne saurais le dire ! Je réalisai quand même qu'au moment où j'avais enfin trouvé la liberté, je n'avais plus qu'à me laisser mourir ! Une dernière fois je repensai à ma mère, à Gdynia, à mon pays et je fis une prière avant de perdre conscience de tout.

» Quand je repris connaissance, il me fallut du temps pour réaliser que j'étais allongé dans une embarcation dont la voile rectangulaire, claquant doucement sous la brise, me fascinait... Allongé sur le dos, j'étais incapable de faire un mouvement... Ce fut alors que je vis un visage se pencher sur moi : visage que je n'oublierai jamais, lui non plus... Il était ridé, usé, fait d'une bouche édentée, surmontée de deux petits yeux perçants, bridés... Un visage de Jaune qui me dit tout de suite en français :

» — Vous êtes sauvé. Je vous ramène à terre... Buvez...

» Ce vieil homme me contraignit à avaler quelques gorgées d'un alcool très fort rappelant celui que boivent nos paysans de Pologne.

— Le *schoum!* murmura Serge Martin avant d'ajouter à l'intention de Jacques : Je vous avais dit que cet alcool de riz ne manquait pas de qualités ! Il est probable que, sans ces quelques gorgées, notre ami serait mort de froid... Avez-vous pu savoir le nom de votre sauveteur ?

— Non, mais je l'ai reconnu : c'est le sampanier qui pilotait la jonque que vous avez utilisée, monsieur Fernet, pour venir rendre visite à l'épave.

— Hô! s'exclama Jacques en jetant un regard à l'antiquaire.

Ce dernier dit, sans paraître autrement surpris :

— Il n'y a vraiment que lui pour avoir osé rôder à un moment pareil dans ces parages! Que vous a-t-il dit, Raczinski ?

— Dès que la chaleur, due à l'alcool, eut commencé à se répandre dans mes membres engourdis, il m'a aidé à m'asseoir et m'a mis un morceau de grosse toile sur les épaules pour me protéger du froid... Il avait l'air très bon cet homme... Il continuait à me regarder avec curiosité. Ce fut moi qui lui demandai :

» — Comment avez-vous deviné que je parlais français ?

» — Je ne l'ai pas deviné, m'a-t-il répondu. Mais je ne sais que cette langue en dehors de la mienne. Et comme je me doutais que vous ne comprendriez pas le vietnamien, j'ai essayé... J'ignore le russe.

» — Je ne suis pas russe, mais polonais!

» — J'ignore aussi le polonais, me dit-il. (Et il resta un long moment silencieux avant d'ajouter :) Nous allons bientôt aborder dans un endroit discret... Vous pensez que vous pourrez marcher ?

» — Il le faudra!

» — Je vous conduirai alors jusqu'à ma maison.

» Une heure plus tard, nous étions dans ce qu'il appelait « sa maison » : une sorte de case en bambou où des filets de pêche séchaient, accrochés aux parois. Je compris que cet homme devait être très pauvre mais il me donna pourtant les vêtements que j'ai encore sur moi en disant :

» — Ce sera mieux pour vous d'être vêtu ainsi : on vous remarquera moins! Je ferai disparaître votre uniforme...

» Après m'avoir offert quelques poignées de riz, il me remit une piastre en ajoutant :

» — C'est tout ce que je possède comme argent... Maintenant je vais vous conduire jusqu'à Nung-Tau où vous trouverez le car chinois qui assure le service régulier avec Saigon... C'est mieux pour vous de rejoindre vite la capitale : tout le monde y parle français.

» — Pensez-vous que je pourrai y trouver un engagement sur un navire en partance?

» — Allez directement au port... Je sais qu'il y a un cargo français qui doit appareiller demain soir... Souvent, à la dernière minute, des hommes manquent à l'appel et ils engagent ceux qui se présentent pour compléter l'équipage. C'est une chance à courir... Surtout, ne vous attardez pas au Viêt-Nam! Les Russes y ont des espions qui ne seraient pas longs à vous repérer... Je pense que si vous les avez quittés, c'est parce que vous ne tenez plus à les revoir?

» — En effet...

» J'eus beaucoup de mal à le suivre, tellement j'étais épuisé, pendant la longue marche qui nous conduisit, à travers la brousse, jusqu'à Nung-Tau où nous arrivâmes bien avant le lever du jour. Pendant ce parcours, j'ai été stupéfait de voir combien ce vieillard décharné, qui avait des jambes si maigres, était encore alerte et énergique! Arrivé sur une place, il s'arrêta pour me désigner à distance le car chinois, où les voyageurs commençaient déjà à s'entasser, en disant :

» — Je dois vous quitter là car il faut que je retourne à ma jonque.

» — Vous allez pêcher?

» — Peut-être...

» — Merci pour ce que vous avez fait!

» — C'est juste.

» — Vous n'étiez pas obligé de me secourir! Je ne suis pas votre ami, ni celui du Viêt-Nam.

» — Vous n'êtes pas non plus notre ennemi... Et même si vous l'aviez été, j'en aurais fait autant...

» — Pourquoi?

» — Parce qu'un jour un homme qui venait d'Occident, comme vous, m'a sauvé la vie... J'avais une dette de reconnaissance dont je n'avais pas encore pu m'acquitter... Maintenant c'est fait : je ne sauverai plus jamais un homme d'Occident.

» Il repartit presque en courant. J'aurais voulu lui demander son nom, lui dire le mien aussi, mais j'ai compris que ce serait inutile, qu'il ne le voulait pas, que ça ne l'intéressait pas...

— Vous a-t-il questionné pour savoir pourquoi les Russes avaient fait sauter l'épave? demanda Serge Martin.

— Non.

— Et pour quelle raison vous aviez décidé de fuir?

— Non plus.

— Vous ne lui avez rien raconté de tout ce que vous venez de nous dire?

— Rien.

— Je pense que vous avez bien fait! conclut l'antiquaire. Personne d'autre que Jacques Fernet ou moi ne devra jamais connaître votre « aventure »...

— Vous êtes toujours certains de pouvoir m'aider?

— Certains, Raczinski, parce que vous vous êtes montré franc. Et je crois qu'un passage sur un avion d'Air-France, ayant sur vous d'excellentes pièces d'identité, sera plus sûr qu'un voyage hypothétique sur un médiocre cargo! Un autre whisky?

— Merci...

— J'ai toujours été convaincu, dit l'antiquaire, que contrairement à la réputation qu'on leur a faite, il pouvait exister des Polonais sobres : vous en êtes un remarquable exemple... Quand vous buvez, ce n'est que pour revenir à la vie! Ne serait-ce pas sage maintenant d'aller dormir?

Profitons des dernières heures de cette nuit... Et, comme je l'ai dit un jour à notre ami Fernet, vous verrez, cher Raczinski, que demain vous serez un autre homme! Tout en restant polonais d'âme, vous aurez cessé de n'être qu'un obscur numéro dans la Marine de l'Union des Républiques Socialistes Soviétiques pour découvrir qu'un morceau de votre cœur vous rattache à la France... Nous ne vous accompagnons pas : vous connaissez le chemin de votre chambre! Bonne nuit, ami!

— Et vous, grand peintre, que diriez-vous d'un autre whisky? demanda l'antiquaire à Jacques dès qu'ils furent seuls.

— J'ai l'impression que ni vous ni moi n'avons envie de nous coucher!

— Vous pourriez même dire que, pour nous, c'est une nuit qui commence... D'abord, comme toujours, faisons le point... Avez-vous l'impression que ce garçon nous a dit la vérité?

— Oui.

— Moi aussi... Entre nous, je ne vois pas très bien comment il aurait pu — tout bon nageur qu'il soit — rejoindre les côtes vietnamiennes! Il a eu beaucoup de chance que la jonque du vieux Hô errât dans les parages...

— C'est vous qui aviez donné l'ordre à Hô de retourner sur les lieux après qu'il m'aurait ramené à la crique?

— Non. Le bonhomme a agi de son plein gré... Ce qui me surprend un peu! Mais ce qui me stupéfie, c'est que ce matin, quand nous l'avons retrouvé nous attendant dans la crique pour nous annoncer que le *N. 625* vous avait faussé compagnie, il ne nous ait pas soufflé mot du sauvetage assez insolite qu'il venait d'accomplir pendant la nuit! Là, franchement, il y a une nette lacune dans mon organisation... Ce Hô serait-il un traître? Je crois cependant bien connaître son pedigree...

— Et ne vous doit-il pas la vie comme il s'est déjà plu à me le confier avant de le laisser entendre à Raczinski ? Dès lors, comment penser qu'il pourrait vous trahir ?

— Je ne suis pas de votre avis. Depuis qu'il a déclaré au Polonais qu'il estimait avoir payé sa dette de reconnaissance et être décidé à ne plus sauver un « homme d'Occident », il risque de devenir notre ennemi...

— Puis-je savoir dans quelles conditions vous lui avez sauvé la vie ?

— C'est de l'histoire ancienne ! Ça s'est passé pendant la guerre d'Indochine : les Français l'avaient arrêté et voulaient le fusiller sous l'inculpation d'espion à la solde de Hô-Chi-Minh... Je leur ai prouvé qu'ils se trompaient et il a été libéré.

— Il était déjà sampanier ?

— C'est moi qui ai fait de lui un sampanier pour les besoins de l'estuaire ! Mais je suis en train de me demander si les officiers français n'avaient pas raison. Peut-être ai-je commis une erreur qui risque de nous coûter cher ! Soyez gentil de monter voir discrètement si notre « protégé » dort là-haut.

Jacques revint en disant :

— Son sommeil paisible ne peut être que celui de la liberté retrouvée !

— Et nous pouvons penser qu'il durera jusqu'à l'aube. Profitons-en pour aller rendre visite à Hô... Ce sera pour vous l'occasion de visiter ce qu'il appelle pompeusement « sa maison » et qui n'est qu'une sordide hutte dans la brousse...

Un quart d'heure après, ils abandonnaient la Chevrolet à l'entrée d'un sentier inextricable, où aucun véhicule n'aurait pu s'aventurer. Après un nouveau quart d'heure de marche harassante, pendant laquelle il fallait sans cesse écarter des lianes et se courber pour pouvoir passer sous les branches basses, ils atteignirent une clairière au centre de laquelle se dressait une pauvre case faite en bambous.

— Son palais! dit Serge Martin. Notez que l'emplacement stratégique est idéal : caché à égale distance de la route nationale de Nung-Tau et de la crique où est amarrée la jonque... C'est moi qui l'ai trouvé et c'est Hô qui a construit la maison : c'est une race très habile de ses mains...

La case était déserte. Jacques remarqua les filets accrochés aux parois, dont avait parlé Raczinski.

— Hô n'a jamais pris un poisson de sa vie! ajouta l'antiquaire. Ce sont là plutôt des filets « de camouflage » destinés à masquer une profession que nous connaissons bien, vous et moi... Tout le monde ne peut pas posséder une Maison d'Antiquités, ni même être peintre! Ceci dit, l'oiseau n'est pas dans sa triste cage et n'y a certainement pas mis les pieds cette nuit. Voyons quand même si nous ne trouvons pas les anciens vêtements de Raczinsky : pendant que vous fouillez l'intérieur, je me charge de l'extérieur... Je ne serais pas surpris que le vieil Hô les ait enterrés dans le voisinage.

Ils ne trouvèrent rien.

— Dommage! Cela nous aurait apporté la preuve irréfutable que le Polonais ne nous a pas menti... Plus ça ira et plus je crois que nous devrons nous méfier de tout le monde, même de « nos amis »! Venez... Rejoignons la voiture pour aller jeter un coup d'œil du côté de la crique... Si la jonque n'y est pas, cela signifiera que Hô poursuit ses investigations personnelles dans l'estuaire.

La jonque était amarrée... Mais, quand ils s'en approchèrent, tous deux eurent un mouvement de recul... Un spectacle hideux s'offrait à leurs regards : le corps du sampanier était attaché à la barre et la tête coupée suspendue par les cheveux au mât. Une tête dont les yeux exorbités semblaient les fixer pour leur faire comprendre que la mort rôdait aux alentours.

— Pauvre Hô! dit doucement Serge Martin. Cet assassinat n'est pas vieux... Regardez : il y a encore du sang qui dégouline de la tête tiède... Et le corps, vous ne remarquez rien ?

— Si : il a été habillé avec le chandail et le pantalon de marin de Raczinski...

— Il me paraît difficile de pousser plus loin le raffinement! En clair, cela veut dire : « Cet homme est mort parce qu'il a aidé le Polonais à s'enfuir. »

Après avoir regardé autour de lui, l'antiquaire se borna à dire :

— Inutile de nous attarder ici! L'endroit est malsain... Filons!

Pendant le retour vers Saigon, il ajouta :

— Après tout, peut-être Hô méritait-il pareille fin? Je me doutais depuis longtemps qu'il n'était qu'une vieille crapule... mais une crapule que l'on pouvait utiliser... Dommage! Avez-vous remarqué l'étrange apparence de la tête coupée, suspendue par les cheveux ? On aurait dit l'un de ces masques terrifiants qu'utilisent les artistes du théâtre chinois... C'est curieux comme la mort restitue à un individu ses véritables origines... J'ai souvent pensé que Hô devait être beaucoup plus chinois que vietnamien... C'est égal! Ceux qui se sont faits ses justiciers n'ont pas perdu de temps... Vous avez remarqué le travail? La tête a été détachée du tronc d'un seul coup! Jamais un « homme d'Occident » — comme nous appelait Hô — n'aurait pu réaliser cette sinistre performance! C'est là du travail d'Asiatique... J'avoue que ça me déroute quelque peu...

Dès qu'ils furent dans le salon, l'antiquaire dit :

— Retournez donc là-haut voir si le sommeil de Raczinski est toujours aussi profond... Ce n'est pas la peine de le réveiller pour lui annoncer la fâcheuse nouvelle! Il ne pourrait plus se rendormir ou risquerait d'avoir d'horribles cauchemars! Pendant ce temps je sers des whiskies bien tassés : ils ne seront pas inutiles pour nous faire oublier la vision grand-guignolesque qui, hélas! est fréquente dans ces régions bénies par Bouddha!

Quelques minutes seulement s'écoulèrent avant que Jacques ne revînt, annonçant :

— Raczinski n'est plus sur le lit, ni dans la chambre!

Aucun trait du visage de l'antiquaire ne bougea. Il prit tout son temps pour boire une gorgée avant de répondre :

— Fouillons dans la maison. Évidemment ce sera plus long que dans la case de Hô : ma demeure est vaste! Notez que je ne crois guère au résultat... Si Raczinski n'est plus là, c'est uniquement parce qu'il nous a faussé compagnie de son plein gré... Commençons par la chambre de Kim qui est au rez-de-chaussée, à côté de la cuisine...

Le boy dormait, étendu sur une natte de jonc.

— Lève-toi! ordonna son maître. A quelle heure t'es-tu couché?

— Après avoir apporté le plateau garni dans le salon... J'ai pensé que vous n'auriez plus besoin de moi ce soir.

— Tu te trompais : justement nous avons besoin de toi! Je te connais trop pour savoir que tu as l'oreille fine et qu'aucun bruit ou mouvement dans la maison ne t'échappe... Tu n'as rien entendu?

— Rien, monsieur Martin!

— Bizarre! Notre invité a disparu. Il faut le retrouver! Pendant que M. Fernet et moi cherchons dans la maison, tu vas aller dans le jardin avec une lanterne, et tu ne laisseras pas un pouce de terrain sans l'avoir inspecté avec soin... Venez, Fernet!

Le premier soin de Serge Martin fut de descendre l'escalier conduisant à la cave. Arrivé devant la lourde porte, il examina minutieusement les trois serrures avant d'affirmer :

— On n'y a pas touché. Je ne suis pas expert pour ouvrir les coffres-forts comme les hommes de Grotoff mais je vous garantis que je connais cette porte mieux que personne! A chaque fois que je la referme, j'y place des repères connus de moi seul : ils sont intacts. Remontons...

Au bout d'une heure, ils acquirent la certitude que le Polonais n'était nulle part dans la maison. Au moment où ils revenaient dans le salon, la voix de Kim se fit entendre, criant du jardin :

— Monsieur Martin... Monsieur Martin!

Le boy apparut, livide, haletant, tenant sa lanterne à la main et répétant :

— Monsieur Martin...

Ils le suivirent jusqu'au fond du jardin. La lanterne de Kim éclaira un sycomore; un corps immense était attaché autour du tronc, ficelé comme l'était celui du sampanier à la barre de la jonque... Un corps également décapité. A deux mètres, enfoncée au sommet d'un bambou planté en terre, la tête — aux yeux exorbités comme celle de Hô — regardait fixement les vivants... C'était Raczinski.

— Là aussi des gouttelettes de sang coulent encore! remarqua Serge Martin. C'est tout frais...

Il s'était retourné vers le boy.

— Et tu n'as rien entendu?

— Rien, monsieur Martin, je vous assure!

— Si tu le dis, c'est que c'est vrai... Mais tu reconnaîtras qu'ils sont forts! Cela m'étonnerait que notre pauvre ami, fatigué comme il l'était, ait éprouvé le besoin d'aller prendre l'air en pleine nuit dans le jardin! Je serais plutôt enclin à croire que ses assassins ont été jusqu'à sa chambre : là, ils ont dû le bâillonner pour l'empêcher d'appeler au secours et ils l'ont ligoté pour pouvoir le transporter jusqu'ici... Ça fait un parcours de quatre cents mètres avec descente de l'escalier et traversée du salon pour atteindre le jardin : tout cela en portant un véritable colosse! Comme il était très fort et rompu à tous les exercices physiques, j'estime que deux hommes n'auraient pas pu le maîtriser... Ils étaient au moins trois, si ce n'est quatre ou cinq! Et toute cette troupe a pénétré chez moi, alors que j'avais pris soin de fermer à double tour la porte du vestibule avant mon départ avec M. Fernet. Elle était d'ailleurs encore verrouillée quand nous sommes rentrés. Vous vous souvenez, Fernet?

— C'est exact.

— Et aucun store n'a été soulevé! Il n'y a pas de traces sur les rebords des fenêtres... Et que toi, Kim, dont la porte de chambre est toujours entrouverte pour entendre mes appels sur le gong, tu ne te sois aperçu de rien, ça me dépasse!

Le boy s'était agenouillé, en larmes :

— Je vous jure, monsieur Martin, qu'il n'y a eu aucun bruit dans la maison! Vous savez que j'ai le sommeil très léger.

— Mais oui, je le sais! C'est ce qui m'inquiète!... Et puis tu m'agaces avec tes pleurnicheries! Lève-toi et rends-toi utile! La première chose à faire, c'est d'enterrer ce pauvre diable... Nous verrons le reste plus tard. Va chercher des pelles!

Kim partit en courant.

L'antiquaire avait approché la lanterne de la tête. Il murmura :

— Exactement la même exécution que l'autre! D'un seul coup! A la chinoise!

A peine eut-il prononcé ces derniers mots qu'il tressaillit.

— Qu'avez-vous? demanda Jacques encore pétrifié par la vision d'horreur.

— Moi? répondit Serge Martin après un moment de silence. Je n'ai rien, cher ami! Ou plutôt si! Mais nous en parlerons un peu plus tard...

— Et vous voulez l'enterrer tout de suite?

— C'est indispensable! Il faut que ce soit terminé avant le lever du jour... L'endroit est assez indiqué pour une tombe qui ne devra laisser aucune trace... Plus tard, beaucoup plus tard, le sycomore pourrait servir de point de repère si nous décidions d'exhumer les restes pour leur assurer une sépulture plus digne... Pauvre Raczinski! Pour le moment, lui qui paraissait être un si bon chrétien, il n'aura même pas droit à une croix! Demain j'essaierai de faire dire une messe anonyme à Saigon pour son repos éternel : sa vieille maman restée à Gdynia nous l'aurait demandé... J'ai de la peine, Fernet... Je n'ai pas vu bien longtemps ce garçon mais j'aurais été heureux de l'aider à réaliser son rêve de connaître la France! Il était sympathique...

— Pourquoi tant de précipitation?

— Vous y revenez? Ah! çà, Fernet, auriez-vous déjà oublié pourquoi on vous a envoyé ici? Vous ne voudriez tout de même pas que la nouvelle de ce crime s'ébruitât au point d'intéresser la police vietnamienne? Le trop aimable lieutenant Dàng-Ngoc-Tuê et surtout le subtil commissaire Xi-Dien seraient ravis de se mêler à nouveau de nos affaires. La première question qu'ils poseraient serait de demander ce que Raczinski, membre de l'équipage du *N. 625*, faisait chez moi. Vous ne pensez pas que j'aurais quelques difficultés à trouver une explication qui tienne debout? Non, croyez-moi, mieux vaut le silence! En Asie, comme ailleurs, il arrange bien des choses!

Kim était revenu, apportant des pelles-bêches.

Tous trois se mirent au travail, dans la nuit. Quand la tombe fut creusée, ils y déposèrent le corps, puis la tête, et rapidement, comme s'ils étaient pris d'une sorte de frénésie les poussant à effacer pour toujours la vision d'épouvante, ils comblèrent le trou et piétinèrent la terre pour la tasser.

Le jour se levait quand ils rentrèrent, harassés, dans la maison. L'antiquaire ordonna au boy :

— Prépare-nous un thé bouillant...

Jusqu'à ce que Kim l'eût apporté, les deux hommes

restèrent silencieux, prostrés, accablés par la double vision hallucinante. Enfin, l'antiquaire parla :

— Il faut réagir, Fernet, sinon ce sera la faillite totale! Les événements se précipitent, les morts aussi... La première question que nous devons nous poser, c'est de nous demander pourquoi Hô et Raczinski ont été exécutés. Quand nous aurons trouvé une réponse satisfaisante, nous pourrons nous poser une deuxième question : par qui?

» Hô peut l'avoir été pour trois raisons : d'abord — et je pense que c'est la plus valable — parce qu'il a favorisé la fuite de Raczinski. Dans ce cas, les responsables du crime seraient les Russes qui auraient laissé des agents à terre... C'est très possible, après tout! Nous y sommes bien, nous! Ils auraient tué le sampanier parce qu'ils étaient persuadés que le Polonais lui aurait tout raconté de leur échec : Raczinski lui-même nous a confirmé qu'ils ont horreur que l'on proclame leurs fiascos : c'est détestable pour la propagande de la puissante U.R.S.S.!

» Deuxième raison : ses assassins savaient que Hô était un agent subalterne de nos S.R. français. Mais c'est déjà moins certain. Si c'était cependant exact, ce serait ennuyeux : il faudrait réorganiser tout notre réseau et vous et moi devrions disparaître du pays.

» Troisième raison : Hô aurait eu la tête tranchée — « à la mode chinoise », je le répète — parce qu'il aurait plus ou moins trahi un autre réseau d'espionnage auquel il appartenait. Il est très possible qu'il ait été un agent double... A quel réseau de quelle autre puissance pouvait-il appartenir? *Intelligence Service? C.I.A.* américain?

— Pourquoi pas tout simplement à la police secrète du Viêt-Nam?

— Nous le saurons si celle-ci ébruite l'affaire et attribue sa mort à une action terroriste du Viêt-Minh : ce qui est très facile dans l'état actuel de l'Indochine... Mais puisque nous parlons de l'Extrême-Orient, il s'y trouve aussi une puissance redoutable et que nous aurions tort de négliger : la Chine! L'immense Chine moderne et communiste qui est en train de devenir la pire ennemie de l'U.R.S.S... Après tout, Hô aurait très bien pu être un agent à la solde de Pékin? Souvenez-vous de son masque mortuaire : 100 % chinois! Quand je l'avais sauvé du peloton d'exécution français, les Vietnamiens l'accusaient d'être un agent du Viêt-Minh communiste... Et entre le Viêt-Minh et la Chine, les relations sont très étroites... Pourquoi auraient-ils supprimé Hô? Uniquement parce qu'il avait aidé le Polonais par humanité — le vieux bonhomme en était très capable — sans lui poser la moindre question sur la réussite ou sur l'échec des Soviets. On exécute pour beaucoup moins que cela actuellement en Chine!

— Vous pensez que Pékin s'intéresserait au document?

— Vous êtes un enfant, mon cher! Ce sont ceux qui ont le plus de raisons de s'y intéresser! Réfléchissez... Ce n'est plus un secret pour personne que la Chine communiste veut la guerre totale pour imposer sa volonté au monde. Et qui dit « guerre totale » dit « guerre atomique ». Nous connaissons les profondes divergences de vues qui ont opposé, au dernier Congrès du Parti communiste à Moscou, les Chinois aux Russes. Ces derniers, qui estiment que l'on peut imposer le communisme au monde entier par paliers successifs et par la propagande sans recourir au conflit généralisé, ont obtenu gain de cause... Mais ce n'est qu'une victoire momentanée! Pékin croit que la socialisation de plus en plus poussée des peuples n'amènera jamais le triomphe absolu de l'idéologie communiste et qu'il faut l'écrasement complet de l'adversaire, c'est-à-dire des pays dits « capitalistes ».

» Ça, c'est l'idée-force! Seulement de l'idée à la réalisation, il y a un stade que les Chinois n'ont pas encore franchi : celui de la suprématie atomique. Il leur faudra encore quelques années pour qu'ils l'atteignent et ceci pour deux causes essentielles. Les Russes, justement inquiets des visées impérialistes de leur dangereux voisin, ont pris soin de retirer de Chine tous les techniciens et ingénieurs qu'ils y avaient envoyés. Ensuite, si incroyable que cela paraisse, il semble que l'immense territoire chinois ne possède que des parcelles infimes d'uranium... Et sans ce métal de base, pas de puissance atomique possible! Vous me suivez?

— Très bien.

— Avouez que si les Chinois ont appris l'existence du fameux document, donnant l'emplacement exact du prodigieux gisement d'une île indonésienne, la tentation doit être diablement forte pour eux de se l'approprier!

— Eux aussi seraient dans la course?

— Ils y sont, n'en doutez pas! Tous les Occidentaux y sont bien! Et les Chinois nous valent largement! La République Populaire du Viêt-Minh et même celle, dite Nationaliste, du Viêt-Nam, constituent pour la Chine un tremplin idéal d'où ses agents peuvent se lancer pour opérer en toute tranquillité! Allez différencier un Vietnamien du Nord d'un Chinois? Il n'y a pas une famille du Tonkin et de la frontière du Yunnan qui ne soit plus ou moins apparentée avec la Chine... Il n'y en a pas une où l'on ne compte un ancêtre, une grand-mère, ou même un « oncle de Chine »... L'infiltration est facile! Vous pouvez être certain, après avoir vu la méfiance de la police vietnamienne, que les dirigeants de ce pays connaissaient très bien la présence du document dans le cargo et tirent en ce moment leurs conclusions sur l'échec de la tentative russe. Et comme les dirigeants de Saigon sont presque tous des émigrés du Nord, on peut supposer qu'ils y ont conservé quelques accointances... De là à mettre la Chine en éveil et à lui transmettre des renseignements, il n'y a qu'un pas vite franchi! Si elle le veut vraiment, avec sa formidable puissance, la Chine peut faire main basse — en quelques semaines — sur toute l'ancienne Indochine... Certains esprits avisés du Viêt-Nam n'ont-ils pas pensé qu'il serait préférable de composer sans trop attendre, avec un tel voisin? et pour cela, lui donner des gages d'amitié en lui dévoilant quelques secrets dont celui du document ne serait pas le moindre?

— Vous savez réfléchir!

— J'essaie surtout de voir un peu plus loin que le bout de nos pauvres nez d'Européens! Mais, si vous le permettez, revenons au point de départ! Maintenant que nous avons passé en revue les trois raisons pour lesquelles on peut avoir assassiné le vieil Hô, cherchons pourquoi on a fait subir le même sort à ce pauvre Raczinski.

» Il peut, comme pour la première hypothèse concernant le sampanier, avoir été exécuté par les agents russes restés à terre : ceci pour le punir de sa traîtrise... Mais alors, vous et moi serions dangereusement visés. En effet, dans l'esprit de ses poursuivants, Raczinski ne peut avoir parlé qu'à Hô, qu'au peintre Jacques Fernet ou à l'antiquaire Serge Martin... Nous sommes d'accord?

— Oui.

— Un vieux dicton affirme : « Jamais deux sans trois... » Hô est mort, Raczinski est mort... Quel sera le troisième : vous ou moi? Peut-être sera-ce les deux si nous ne prenons pas quelques précautions élémentaires... Je crains — si ce sont vraiment les agents russes les exécuteurs — que vous ne soyez le premier visé... Croyez bien que je regrette vivement pour vous cet honneur! On doit vous en vouloir terriblement d'avoir joué ainsi les dilettantes ou les artistes! Moi, je ne dois faire figure que du comparse assez insignifiant qui a hébergé « le grand peintre » par pure camaraderie.

— J'ai toujours pensé que vous étiez charitable, mon cher antiquaire! Le seul ennui, c'est que — tels les Asiatiques — vous le cachez bien sur votre visage!

— Une deuxième raison motivant la mort violente de Raczinski est la peur de le voir révéler la vérité sur la découverte de la cachette vidée de son contenu... Ses « camarades » soviétiques peuvent certes avoir eu cette inquiétude, mais d'autres — qui ne sont pas russes — ont peut-être aussi intérêt à ce que l'on ne révèle pas que le document a été subtilisé depuis une année.

— Qui cela?

— Ceux qui se le sont appropriés! Parce qu'enfin il y a un point qui m'étonne dans toute cette affaire : comment se fait-il que nos S.R., qui sont loin d'être négligents, aient ignoré pendant une année entière la vérité? Hier encore ne nous ont-ils pas câblé, après avoir été informés par nos soins de l'explosion du cargo : « *Confirmons document à bord de l'épave. Continuez peindre en attendant nouvelles instructions.* » Ce qui prouve qu'ils ne sont absolument pas renseignés! A ce propos, il me paraît urgent de leur faire part des révélations de Raczinski qui modifieront radicalement leur façon de conduire les opérations! Et, le plus étrange, c'est qu'il n'y a pas que le S.R. français à être dans un tel état d'ignorance! Si l'*Intelligence Service* s'était douté de la vérité, il y a peu de chances qu'il aurait envoyé le *Buffle* en observateur dans l'estuaire!

— Et les Italiens?

— Le *San Giovanni?* Je ne pense pas que le gouvernement italien ait jamais eu la prétention de s'emparer du document... Je serais plutôt porté à croire que la compagnie civile génoise propriétaire de ce navire n'a vu dans l'opération qu'un très fructueux bénéfice financier... Vous savez aussi bien que moi que, dans le domaine des travaux de renflouement, les Italiens sont des maîtres! Je considère même leurs techniciens comme supérieurs à ceux de Grotoff. N'est-ce pas votre avis?

— Oui.

— Une entreprise qui a la chance de compter d'aussi habiles techniciens peut chercher à louer ses services à une autre puissance infiniment plus argentée... J'ai toujours été convaincu que ce *San Giovanni* travaillait pour le compte d'une nation qui n'a pas voulu dévoiler officiellement son pavillon dans nos régions.

— Laquelle?

— Mais la plus riche, mon cher! Celle qui a fait pour l'Italie le plus! Celle qui a compris le pouvoir séducteur de sa monnaie dans l'aimable péninsule.

— Les États-Unis!

— Mais oui! Ce qui serait une preuve de remarquable habilité du *C.I.A.!* Pas un seul Américain dans l'estuaire, mais uniquement de souriants Italiens! Si c'est vrai, cela prouve que tout comme notre S.R. et comme l'*Intelligence Service*, le *C.I.A.* a cru à la présence encore effective du document dans l'épave... Vous savez aussi quels liens — ne disons pas d' « amitié » parce qu'il n'y en a pas dans notre travail mais d' « entraide confraternelle » — existent entre nos trois services de renseignement anglo-américano-français... Si l'un de ces services avait découvert la vérité, il y aurait eu des fuites certaines! Et il n'y en a pas! Conclusion : ceux qui se sont emparés du document, grâce à de merveilleux travailleurs sous-marins, ne peuvent appartenir qu'à une grande puissance qui a réussi à créer autour d'elle un vaste isolement, qui a fermé de plus ses frontières au monde occidental... Je n'en vois qu'une qui ait parfaitement réussi dans ce domaine, une dont nous ignorons tout, une qui se sent assez forte pour vivre sur elle-même : la Chine!

— Vous y revenez?

— Tout nous y ramène... Y compris la façon dont les deux malheureux ont été assassinés... Ma vieille expérience de l'Asie m'a permis d'assister à plusieurs exécutions capitales en Chine.

— Vous parlez chinois?

— Peu importe! Sachez que je connais assez bien la

Chine... Je dis « assez bien » parce que personne ne peut la découvrir complètement, même pas les Chinois! Ça échappe à tout! Au temps, au bonheur, à la misère... A tout, à l'exception de l'idéologie communiste qui a réussi à s'y implanter... Revenons plutôt aux exécutions de Hô et de Raczinski : ma triste expérience me porte à croire qu'ils ont été décapités par un véritable bourreau chinois et non par un Viêt quelconque. C'est net, précis, fulgurant, comme si « le travail » avait été exécuté non pas au coupe-coupe mais au sabre chinois... Seul peut-être un ancien samouraï japonais aurait pu faire preuve de la même maîtrise mais je ne vois pas ce que les Nippons seraient venus faire dans l'aventure.

— Pourquoi n'auraient-ils pas cherché, eux aussi, à récupérer enfin le document dans le cargo qu'ils n'ont jamais eu le temps de découper? Ne se sont-ils pas montrés, dès 1942, les premiers intéressés par cette affaire?

— C'est exact... Seulement depuis il y a eu Hiroshima, Nagasaki et des années d'américanisation du Japon. En plus de l'horreur justifiée qu'a maintenant le peuple japonais pour la guerre atomique, je pense que s'il cherchait quand même à acquérir cette puissance destructrice, il agirait de concert avec les U.S.A.

— Ce n'est pas mon avis! Je connais très bien la mentalité du Japon. Pendant les trois années de guerre passées dans ce pays, j'ai eu le temps de la découvrir. Et sachez qu'aujourd'hui, encore plus peut-être qu'hier, l'Américain reste pour le Nippon le plus grand ennemi!

— Vous oubliez le Chinois?

— Il est également un ennemi séculaire mais, malgré les progrès du communisme en Chine, le Japonais caresse secrètement le rêve de refaire un jour la conquête de ce Céleste Empire alors qu'il est certain de ne jamais pouvoir faire celle de l'Amérique.

— Ne nous égarons pas pour deux coups de sabre!

J'admets que Hô et Raczinski aient pu aussi être tués par les Japonais. Mais de toute façon, j'estime qu'il existe plus de 50 % de possibilités pour que les ordres d'exécution soient venus non pas du monde occidental, dans lequel j'inclus l'U.R.S.S., mais du monde asiatique dans lequel j'englobe la Chine, le Japon, le Viêt-Minh, le Viêt-Nam et même l'ensemble des pays sud-asiatiques tels que le Laos, le Cambodge et même la Thaïlande.

— C'est vaste!

— C'est surtout un nouvel aspect de l'affaire qui cesse de n'être qu'une rivalité d'agents secrets à la solde des puissances de race blanche pour devenir l'un des éléments d'une lutte éternelle qui reprend : celle des Blancs contre les Jaunes, et de la suprématie de l'une des races sur l'autre. Nous pouvons craindre qu'elle ne puisse se terminer que par un conflit gigantesque où notre monde sera voué à l'anéantissement. Et l'on arrive à cette étrange constatation qu'un simple document peut donner la maîtrise totale à l'une ou à l'autre race! Il est donc indispensable de savoir entre les mains de qui le plan se trouve depuis une année déjà.

— S'il était vraiment dans la possession de l'un ou l'autre camp, ne croyez-vous pas que nous le saurions, ne serait-ce que par les Indonésiens, eux-mêmes, qui auraient déjà traité d'un côté ou de l'autre pour céder l'exploitation du gisement?

— Ce serait évidemment assez étonnant que le document fût actuellement la propriété d'un troisième camp qui aurait la sagesse de le conserver pour maintenir l'équilibre du monde ou même qui l'aurait détruit! Mais, hélas! Je ne crois plus guère à une pareille abnégation des hommes!

— Et pourquoi ce plan ne serait-il pas tout simplement entre les mains, non pas d'une nation, mais d'un seul homme : celui qui a réussi à l'arracher, à dix-sept mètres de profondeur, des flancs du cargo?

— Ce serait admirable et prodigieux... Si un tel personnage existe, j'aimerais le rencontrer! Vous aussi, je pense? D'ailleurs il n'est pas exclu qu'avec son entêtement, « la vieille chouette » ne nous donne l'ordre de trouver ce solitaire à tout prix! Et puisque le surnom du colonel Sicard revient dans la conversation, c'est signe que j'ai déjà perdu trop de temps avant de lui faire part des révélations de feu Raczinski! Allons jeter un coup d'œil sur mes bouteilles de champagne...

La transmission du message par l'intermédiaire du navire de la C.I.R.M. transformé en « relais flottant », fut longue. Quand elle fut terminée, le navire fit savoir que la réponse ne viendrait pas avant deux heures.

— Le temps de faire une sérieuse toilette! dit l'antiquaire. Après les travaux de terrassement de cette nuit, nous en avons grand besoin!

Quand ils revinrent dans le salon, Kim venait d'y apporter les journaux saigonnais du matin. Après en avoir rapidement parcouru un, Serge Martin le tendit au peintre :

— Le titre de cet article, en page trois, ne vous dit rien?

Jacques lut : « *Que vont devenir les épaves coulées qui entravent dangereusement la navigation à l'entrée de notre rivière?* »

L'article annonçait ensuite que la compagnie civile soviétique venait de faire savoir officiellement au gouvernement vietnamien qu'étant donné les difficultés techniques, trop considérables, elle renonçait à poursuivre le renflouement des épaves dans le secteur qui lui était attribué. Mais que, néanmoins, elle avait réussi à faire remonter l'épave la plus dangereuse et à la remorquer jusqu'à la limite des eaux territoriales où elle l'avait détruite de telle façon qu'elle ne pourrait plus jamais être dangereuse pour la navigation.

L'auteur de l'article continuait en disant que c'était tout à l'honneur de la Marine soviétique d'avoir réussi un tel exploit mais il s'inquiétait au sujet des autres navires qui n'étaient pas encore renfloués et il se demandait avec inquiétude si le départ des Russes n'allait pas être suivi de celui des trois autres navires spécialisés, appartenant à des sociétés française, anglaise et italienne. Celles-ci n'allaient-elles pas, elles aussi, renoncer devant les difficultés insurmontables d'un tel travail?

Il terminait en faisant remarquer que l'on était en droit d'exprimer de telles craintes puisque le matériel russe avait toujours été considéré comme étant plus moderne et plus puissant que celui des compagnies étrangères rivales. Et il posait la question : si toutes renonçaient, que ferait le gouvernement vietnamien? Déciderait-il de se charger lui-même des renflouements ou s'adresserait-il à d'autres compagnies étrangères spécialisées, américaines par exemple?

— Les Soviets ont une qualité, conclut Serge Martin, c'est de ne jamais attendre longtemps avant de communiquer leurs décisions au monde! En ce qui concerne la possibilité de renflouement des coques inintéressantes par les seuls moyens du Viêt-Nam, elle doit être radicalement exclue : il n'y a ici ni le matériel ni les techniciens indispensables. Quant à l'idée de voir le Viêt-Nam s'adresser à d'autres nations et particulièrement aux U.S.A., je ne la crois pas très fameuse! Je crains que ces excellents Vietnamiens aient un certain mal à trouver maintenant de nouveaux amateurs d'envergure! Ils seront contraints de se contenter des offres soumissionnées par des entreprises de second ordre qui ne chercheront vraiment qu'à récupérer la ferraille et à condition que ces opérations soient rentables pour elles, ce dont je doute!

— Parce que vous pensez sérieusement que les trois autres équipes vont renoncer elles aussi?

— Si vous étiez à leur place — ce n'est pas au peintre que

je m'adresse cette fois mais au technicien — que feriez-vous ? Ça vous intéresserait de vous contenter de miettes du festin quand le morceau de résistance n'est plus là ?

— Peut-être ne savent-ils pas, comme vous et moi, que le document n'était plus dans l'épave depuis un an ?

— Les Français du navire de la C.I.R.M. viennent de l'apprendre par mon message qu'ils ont transmis à Paris. Quant aux Anglais et aux Italiens, ils ne seront pas longs à l'apprendre en supposant qu'ils ne soient pas déjà au courant ! Ce ne sont pas des imbéciles ! La petite explosion, préparée par le camarade Grotoff, a dû les faire réfléchir ! Et vous pouvez être assuré qu'eux aussi se sont mis en rapport avec leurs « conseillers » lointains... Ça m'étonnerait que ceux-ci leur donnent l'ordre de rester sur place pour poursuivre des travaux de peu d'intérêt ou même uniquement par prestige ! De toute façon, leur prestige est tombé depuis que le *N. 625* a réussi quand même le premier à faire remonter une épave... La gloire — si gloire il y a ! — est pour l'U.R.S.S... Les trois autres n'ont même pas les honneurs de la guerre ! Le mieux pour eux est de partir s'ils ne veulent pas devenir très vite ridicules ! Vous savez aussi bien que moi, cher ami, que l'orgueil est la première qualité d'une grande marine !... Maintenant, allons nous laver rapidement pour être à nouveau présentables quand la réponse à notre message arrivera. Qui sait ? Peut-être va-t-on vous donner l'ordre de rentrer, vous aussi, immédiatement en France ? Je ne vous vois pas prenant l'avion à Tan-Son-Nhut avec ces vêtements maculés de terre !

Ils étaient à l'écoute, dans la cave, depuis une dizaine de minutes quand la lampe rouge d'appel s'alluma. L'antiquaire, qui avait déjà son casque, prit le message. Dès qu'il l'eut déchiffré, il eut un sourire :

— Vous voyez que mon hypothèse de l'entrée de la

Chine dans « notre » aventure n'était pas tout à fait dénuée de logique... Voici l'ordre... Je reconnais qu'il est bref, mais très précis : « *Continuez à peindre... Spécialement à Cholon.* »

— C'est tout?

— C'est très suffisant! Cholon, mon cher, c'est la colonie chinoise du Viêt-Nam! Ils y sont plus de 700 000! Et ce n'est qu'à quelques kilomètres d'ici!... Gros avantage pour vos déplacements avec votre matériel d'artiste! Imaginez un grand faubourg de Saigon... Vous verrez : c'est très pittoresque! Et moins apprêté que Hong Kong. C'est plus vrai... Vous vous y croirez déjà en Chine et vous y trouverez d'étonnants motifs de croquis!... Ah! la lampe rouge se rallume...

Il se remit à l'écoute pendant quelques instants. Puis il se débarrassa du casque en annonçant :

— Le navire de la C.I.R.M. m'informe qu'il lèvera l'ancre dans une demi-heure... Et voilà!

— Vous n'aurez plus de relais radio?

— Tout est prévu depuis longtemps : désormais nous serons relayés par Pnom-Penh.

— Parce que là-bas aussi...?

— Là-bas aussi!... Vous ne trouvez pas que c'est amusant de penser qu'à des milliers de kilomètres de distance, les déductions de « la vieille chouette » concordent avec les miennes? Tel que vous le connaissez, vous pouvez être assuré qu'il a une petite idée derrière la tête en vous demandant d'aller peindre quelques toiles pittoresques dans la colonie chinoise de Cholon...

— C'est plutôt vague comme instructions!

— Sans doute estime-t-il que vous devez d'abord vous familiariser avec l'ambiance très spéciale et spécifiquement asiatique de cette curieuse ville. Un peintre, qui abandonne la solitude des grands horizons marins pour trouver une nouvelle inspiration dans les rues bruyantes et étroites où grouille une foule inimaginable, a besoin de s'adapter... Le contraste est tel qu'il risquerait, s'il voulait peindre trop tôt, de ne plus retrouver cette sublime étincelle qui fait naître les chefs-d'œuvre!

— Selon vous, combien de temps me faudra-t-il pour cette « adaptation »?

— Oh! Une soirée tout au plus! Je vous l'ai dit et redit : vous êtes doué, ami! Et je suis convaincu que nous recevrons d'ici très peu de temps des instructions complémentaires... et surtout plus précises. Il y a quand même une chose qui me plaît dans ce dernier message : du moment que l'on vous invite à continuer à peindre, c'est donc signe que les gens qui nous entourent sont toujours persuadés que vous n'êtes qu'un peintre, rien de plus! C'est excellent! Vous savez : cette vieille chouette est admirablement organisée! Sans bouger de son P.C. parisien, elle possède des sources de renseignement de tout premier ordre! Si elle vous demande de persévérer dans la profession de rapin, c'est parce qu'elle croit à son efficacité. Je ne vous en ai pas parlé mais je l'ai tenue régulièrement au courant de vos relations de plus en plus cordiales avec le camarade Grotoff. Si elle estimait que ce dernier avait très bien décelé que vous étiez l'un de nos agents, elle ne vous ferait pas courir le risque de continuer à jouer les grands peintres du Viêt-Nam... Cela indique donc que les Russes ne vous soupçonnent pas. S'ils vous voulaient du mal, la « vieille chouette » nous l'aurait déjà fait savoir! Ce ne sont donc pas eux nos ennemis... Par « nos » j'entends ceux qui ont supprimé Hô et Raczinski... Quand nous les connaîtrons, nous ne serons pas loin de savoir quels sont les actuels détenteurs du document : ces gens-là seuls avaient intérêt à tuer le sampanier et le Polonais... Et ces gens ont tout de suite compris que si, vous et moi, nous avons eu des rapports suivis avec les deux disparus, c'est uniquement parce que nous voulons, nous aussi, mettre la main sur le document. Or, comme ils ne veulent pas nous voir nous mêler de leurs affaires, ils nous ont donné deux avertissements par deux crimes! Ce qui prouve que nous sommes toujours dans la bonne voie en continuant chacun à jouer les personnages que nous impose Paris : vous le peintre et moi l'antiquaire!

» Deux bons amis qui, dès cet après-midi, vont déambuler et flâner dans les ruelles de Cholon pour s'y imprégner d'un parfum de Chine... Vous aurez votre carton à croquis sous le bras et moi je vous accompagnerai... Car il ne s'agit plus de se séparer! Le jeu devient serré : nous ne serons pas trop de deux! Tant qu'il ne s'agissait pour vous que de vous mesurer avec des Blancs, je pouvais vous laisser opérer seul mais maintenant nous allons affronter les Jaunes. Ça, c'est ma spécialité!

Au moment où la Chevrolet démarrait, vers 16 heures, son conducteur dit :

— Comme le port de Saigon, Cholon ne devient une ville intéressante qu'à la tombée du jour. Nous avons donc tout le temps et nous en profiterons pour faire un détour par une route que je ne vous ai encore jamais fait prendre et qui domine à un moment tout l'estuaire. Vous verrez : la vue y est grandiose!

Vingt minutes plus tard, la voiture s'arrêtait au point indiqué. Serge Martin n'avait pas exagéré : le panorama était admirable. L'estuaire apparaissait tel un immense cirque d'eau. Un seul navire s'y trouvait encore : le *San Giovanni*.

— Ah! ces Italiens! s'exclama l'antiquaire. Ils auront su rester artistes jusqu'au bout... Ils ont du mal à s'arracher à la beauté grandiose du site... Le navire de la C.I.R.M. est parti, le *Buffle* n'a pas dû être long à mettre lui aussi le cap sur une destination inconnue mais le *San Giovanni* est toujours là!

Il avait sorti de l'une des poches de la voiture sa paire de jumelles. Pendant qu'il l'utilisait, il continua :

— Il y a quand même à bord une activité qui sent le départ imminent. Voyez vous-même... Est-ce bien votre avis de technicien?

— Sans aucun doute, répondit Jacques après avoir regardé à son tour avec les jumelles. C'est un appareillage.

— Ce sont des poètes! Ils s'en iront au clair de lune... Et la phase de l'estuaire, à laquelle tant de gens attachaient une si grande importance, sera terminée! Quelle admirable chute de rideau on pourrait faire sur un pareil décor! Maintenant, mon cher, en route pour Cholon! Le deuxième acte va commencer! Un nouveau décor nous y attend : il est déjà planté depuis plusieurs siècles puisqu'il n'est qu'un reflet de la Chine...

Dès les premiers instants où, après avoir laissé la voiture dans un parking, ils déambulèrent dans les rues de Cholon, Jacques fut encore plus fasciné que sur le port de Saigon. Mais il ne s'y trouva nullement dépaysé.

— Tout ce néon, confia-t-il à Serge Martin, toutes ces publicités lumineuses qui restent éclairées en plein jour me rappellent certains quartiers de Tokyo. La seule différence est que les maisons ici sentent moins la pacotille : vos Chinois de Cholon sont des gens riches!

— Pas tous! Les riches vivent à l'hôtel, les autres dans la rue.

— Il y a en effet une profusion incroyable d'hôtels!

— L'hôtel chinois est un endroit aussi fermé que n'importe quel club « sélect » du Soho londonien. Pratiquement, des Européens tels que nous n'y ont pas accès à moins d'y être invités... Mais comme j'ai le bonheur d'être quelque peu connu par ici, je vais me faire une joie de vous en faire visiter un : celui que vous apercevez sur votre droite et qui porte, comme toute institution de luxe dans cette ville, une enseigne européenne. Alors que les établissements de plaisir ont des noms français, les hôtels ont le plus souvent des appellations à résonance britannique : *Bristol, Lancaster, Savoy, Dorchester* même! Comme vous le voyez, celui où nous allons pénétrer se nomme le *Piccadilly* : rien que cela! Il est dirigé par l'une de mes vieilles connaissances : un certain « Monsieur Jojo », grand pourvoyeur pour moi d'authentiques antiquités... Comme vous allez rapidement vous en rendre compte, M. Jojo est pourvoyeur en tout! C'est maintenant un personnage extrêmement respectable qui a connu une existence mouvementée : après avoir passé une bonne partie de sa vie dans diverses prisons, il continue à faire des affaires...

L'apparence du *Piccadilly Hotel,* placé dans une petite rue écartée, était des plus anodines. M. Jojo y accueillit Serge Martin et son ami dans un hall, inévitablement illuminé de néon, décoré de deux rangées de pots de faïence constellés de crachats colorés à divers ingrédients. Il y avait partout des glaces et au fond un escalier de bois.

M. Jojo s'exprima en français. Son visage était perpétuellement éclairé par un sourire commercial, qui — par moments — avait la cruauté du néon. Ses paroles de bienvenue furent :

— Messieurs, vous êtes ici chez vous.

— Ça tombe bien, répondit Serge Martin avec désinvolture, car mon ami, le grand peintre Jacques Fernet, dont vous avez certainement entendu parler, n'a encore jamais visité un hôtel chinois. Ce qui est, à mon avis, une sérieuse lacune pour un artiste de sa qualité.

— J'ai beaucoup apprécié votre exposition à Saigon, monsieur Fernet, répondit M. Jojo. Sincèrement, vous êtes le poète de nos rizières!

— Avez-vous vu la merveilleuse toile qu'il vient de faire de l'estuaire et qui a été rejoindre les autres à la Galerie? demanda Serge Martin.

— Non, mais on m'en a dit le plus grand bien... Nos journaux aussi l'ont vantée et en ont donné des reproductions photographiques.

— Jacques Fernet a maintenant l'intention de faire un certain nombre de toiles sur Cholon...

— Il y trouvera une matière riche! Et une couleur assez rare!

— Seulement, vous qui êtes expert dans les choses de l'Art, vous comprendrez qu'il lui faille d'abord s'imprégner de l'atmosphère si spéciale de votre ville... Aussi me suis-je dit que la visite d'un hôtel typique pouvait être pour lui la meilleure des prises de contact... Et j'ai tout naturellement pensé au vôtre qui est, de loin, celui que je préfère!

— Toujours charmant, monsieur Martin! dit le directeur. Messieurs que puis-je vous offrir?

— Vous y tenez absolument? Eh bien! si vous le permettez, nous prendrons quelque chose en votre compagnie après la visite de votre hôtel.

— Je vous attendrai au bar, déclara M. Jojo. Désirez-vous que je vous accompagne pendant cette visite?

— C'est tout à fait inutile, mon cher directeur! répondit l'antiquaire. Vous avez mille occupations plus importantes et je suis venu si souvent chez vous que j'ai l'impression sinon d'y être chez moi, du moins de connaître votre établissement par cœur!

Pendant qu'ils commençaient à gravir l'escalier de bois, Serge Martin confia à Jacques :

— Ici, vous trouvez et vous faites tout ce que vous voulez. Vous pouvez manger, jouer au mah-jong, fumer l'opium, écouter des chanteurs ou faire l'amour! Vous pouvez même, à la rigueur, essayer de dormir mais ce sera déjà plus difficile! Tout le monde vous dira que l'hôtel chinois n'est pas fait pour cela!

— Pourquoi n'avez-vous pas parlé chinois à M. Jojo?

— Il ne me l'aurait pas pardonné! C'est un habile homme qui essaie de nous faire croire qu'il considère toujours notre langue comme étant celle des diplomates! Ce qui ne l'empêcherait pas, s'il était en présence d'Américains, de leur parler *slang* pour les mettre en confiance... Les Chinois ont incontestablement le don des langues : il est courant d'en rencontrer qui en parlent une bonne demi-douzaine.

— Il leur arrive quand même de parler chinois?

— Entre eux... Quand ils ont des secrets à se dire!

Au premier étage, un couloir central desservait une série de salles, bruyantes de musique et de cris. Dans une grande pièce, où étaient réunis cinq Chinois, l'un d'eux fit un salut à l'antiquaire.

— Ce petit monsieur, en caleçon, expliqua Serge Martin après avoir rendu la politesse, c'est un des plus importants commerçants en riz de Cholon... Il se nomme M. Ty... Vous avez pu constater qu'il paraissait tout réjoui. C'est signe que les cours continuent à monter! On parle vaguement de mesures autoritaires, prises par le gouvernement vietnamien, pour les contraindre à la baisse mais cela ne fait que provoquer chez ce profiteur patenté une violente hilarité : son ventre en tressaute et des larmes doivent en couler sur ses joues... Dites-vous bien qu'à la même heure, dans des milliers de pièces semblables, il y a des centaines de M. Ty, tout aussi puissants, qui font des affaires... Oh! c'est très simple : pas de papiers, jamais de signatures! Il suffit que deux messieurs à demi nus se mettent d'accord en crachant des graines de tournesol, et le marché est conclu. Il sera scrupuleusement tenu.

» Tout cela s'explique parce que le Chinois est presque toujours marié. Il a souvent plusieurs femmes et de nombreux enfants. Il les aime beaucoup, ce n'est pas un mauvais père mais il n'a rien à leur dire! La vie familiale est une chose, les affaires en sont une autre et le centre des affaires, c'est l'hôtel. Il n'est pas convenable non plus de passer ses soirées chez soi. Le riche Chinois a un emploi du temps curieux : je parle de celui qui habite à Cholon ou à Hong Kong. Parce que pour les autres, ceux qui n'ont pas pu s'échapper de la Chine communiste, la vie est tout autre ! Il est vrai qu'ils n'ont plus rien : on leur a tout pris pour le donner au peuple qui, d'ailleurs, n'est pas plus riche pour cela !

» Le Chinois de Cholon dort jusqu'à 6 heures du soir. Vers les 8 heures, il se rend à l'hôtel où il restera jusqu'à 2 ou 3 heures du matin. Parfois il y couche. Et tout se fait au vu et au su de tout le monde : on sait très bien où il se trouve. On vient lui rendre visite exactement comme à Paris on va discuter d'affaires dans un bureau des Champs-Élysées.

Trois femmes les croisèrent dans le couloir : l'une était vieille, édentée; les autres jolies, vêtues de longs fourreaux de soie tissée d'or, très maquillées, le visage blanc, les pommettes rouges, les yeux bruns et humides étirés vers les tempes, sous un front admirablement bas.

— La plus âgée est la masseuse, très habile ! Pendant qu'elle s'occupera d'un M. Ty ou d'un M. Tchou, les plus jeunes se mettront au travail, elles aussi... L'une d'elles va faire la conversation en préparant les pipes d'opium, l'autre chantera, en s'accompagnant sur une sorte de xylophone, un vieil air mélancolique de la Chine traditionnelle. Impassible, le petit doigt gracieusement recourbé, elle chantera ainsi pendant des heures, comme perdue dans un rêve lointain... Ce qui ne veut pas dire qu'elle ait le droit d'être amoureuse de qui elle veut !

» Elle est surveillée de très près par sa protectrice, qui est le plus souvent une vieille chanteuse retirée des affaires. Car cette jeune beauté est une source de revenus extrêmement importante ! Elle a presque toujours signé des reconnaissances de dettes extravagantes qui en font pratiquement une esclave. Sa seule chance d'en sortir est de plaire au riche Chinois qui, pour l'avoir à lui seul, est prêt à dédommager la protectrice. Sa virginité même a été une source de revenus. A l'âge de dix ou onze ans, on l'a remise à un riche amateur, après de laborieuses négociations... Au cours actuel, une vierge jeune et belle vaut de vingt à vingt-cinq piastres. A ce prix on en a l'usage pendant huit jours : il n'y a jamais de tromperie sur la marchandise!

— Et c'est pour me montrer toutes ces beautés que vous m'avez fait entrer dans cet hôtel?

— Pas uniquement! Mais n'êtes-vous pas, avant tout, un artiste dont je dois sans cesse attiser la sensibilité pour lui permettre de renouveler son inspiration? Je tenais aussi à vous faire connaître le P.C. où opère M. Jojo que j'ai toujours tenu pour l'un des chefs très occultes de l'espionnage communiste chinois dans le Sud-Viêt-Nam. S'il y a des renseignements à glaner, concernant la disparition du document, ce devrait être d'abord ici...

— Qu'est-ce qui vous a fait soupçonner ainsi ce M. Jojo?

— Les affaires que j'ai traitées avec lui... Il y a des années déjà, je vous l'ai dit, qu'il est l'un de mes meilleurs fournisseurs d'objets, de potiches ou de meubles rares qui arrivent encore de la Chine communiste... La plupart des merveilles que j'ai entassées chez moi proviennent directement de palais que l'on démolit un peu partout à Pékin ou à Canton, pour les transformer en « maisons du peuple ». Et si M. Jojo peut se les procurer pour me les revendre à des prix très inférieurs à leur valeur réelle, ce ne peut être que parce qu'il a l'accord complet des communistes qui cherchent à se faire des devises par tous les moyens pour accroître leur potentiel industriel et surtout militaire. Or, les communistes chinois ne traitent qu'avec leurs pairs, c'est-à-dire avec des communistes... Même si ceux-ci donnent l'apparence de grande richesse en dehors des frontières de Chine, ne vous y fiez pas trop! Eux aussi, ce sont des esclaves à leur manière, qui seront immédiatement exécutés par un agent envoyé spécialement, s'ils ne remplissent pas scrupuleusement les missions qui leur ont été confiées. M. Jojo est l'un des rouages essentiels de ce fantastique réseau auprès duquel vous et moi, les agents de l'*Intelligence Service*, du *C.I.A.* et même de Moscou faisons presque figure de parents pauvres!

La visite du *Piccadilly Hotel* les avait ramenés au bar du rez-de-chaussée, installé derrière l'escalier, où M. Jojo les attendait, souriant :

— M. Fernet a-t-il vu des choses pittoresques qui puissent l'inspirer?

— Il est enchanté, cher monsieur Jojo.

— Que diriez-vous, messieurs, d'un whisky?

— Si c'était possible, répondit Jacques, je préférerais du *schoum.* Je n'ai pas encore goûté ce breuvage... Mais je trouve qu'il est assez indiqué dans l'ambiance de votre hôtel...

— Excellente idée! approuva Serge Martin. Pour moi aussi, ce sera du *schoum!*

M. Jojo parut contrarié.

— Peut-être n'en avez-vous pas? demanda vivement l'antiquaire.

— J'ai de tout dans mon hôtel! répondit avec orgueil le directeur pendant qu'il donnait des ordres en chinois à la jolie fille qui faisait fonction de barmaid.

Quand il but, Jacques dut faire un effort pour dissimuler toute grimace sur son visage : cette liqueur d'alcool de riz était exécrable! Serge Martin, lui, resta impassible mais son regard moqueur prouvait qu'il savourait la déconvenue du peintre.

— Monsieur le directeur, il nous reste à vous remercier de votre extrême amabilité... Nous allons continuer notrc promenade « documentaire » en ville... Après avoir montré à notre ami un établissement de haute classe tel que le vôtre, je crois indispensable de lui faire découvrir une maison de rendez-vous. J'ai pour principe que l'on ne commence à apprécier une ville que si l'on en connaît les dessous... N'est-ce pas votre avis, monsieur Jojo?

Le Chinois eut un sourire complice et évasif avant de répondre :

— Avez-vous, cher monsieur Martin, une prédilection particulière pour l'une ou l'autre de ces maisons accueillantes?

— Ma foi non! J'avoue qu'il y a bien longtemps que je ne les fréquente plus!

— Dans ce cas, je ne saurais trop vous conseiller d'aller chez Mme Tchang : sa maison a bonne réputation... C'est l'une des plus anciennes de Cholon. Vous y serez bien reçus. Elle aime particulièrement la clientèle française...

— Allons chez Mme Tchang! dit l'antiquaire.

Quand il fut sorti de l'hôtel avec Jacques, il lui confia :

— Ne vous attendez pas à un palais des mirages! La « maison de cette Mme Tchang ne m'est pas tout à fait inconnue... Si j'ai joué les ignorants, c'est un peu parce que je prévoyais que le sieur Jojo nous y enverrait. Cette matrone assez redoutable « travaille » avec lui depuis de longues années : c'est elle qui l'approvisionne en filles de seconde zone pour les clients moins exigeants... Mais vous pouvez être assuré que les filles, ainsi fournies, sont dûment chapitrées avant de se retrouver dans « l'intimité » du client : elles doivent le faire parler, l'interroger sur ses activités, sur la prospérité de ses affaires, sur les membres de sa famille restés éventuellement en Chine... Ce qui permettra au besoin de faire plus tard du chantage ou d'exiger la grosse somme pour rapatrier une grand-mère impotente, devenue d'un rendement inutile en régime communiste! L'argent ainsi extorqué ira dans la caisse du Parti... Car si Mme Tchang travaille en liaison étroite avec M. Jojo, ce n'est que parce qu'elle aussi appartient au réseau... Vous voyez : peu à peu, nous nous enfonçons gentiment — et sous le couvert de buts artistiques — dans l'une des organisations les plus fermées qui soient...

La rue, où ils avançaient maintenant, était étroite et banale, bordée de deux rangées de maisons, assez semblables aux corons d'une ville minière. Devant chaque porte, cinq ou six filles étaient accroupies.

— Voici la « maison » dirigée par Mme Tchang...

La « patronne » était une très vieille femme, au crâne tondu, montrant dans un essai de sourire commercial les chicots de dents noirâtres qui, jadis, avaient dû être laquées : particularité qui semblait indiquer que Mme Tchang était d'origine tonkinoise.

D'abord elle parut assez inquiète de recevoir de tels visiteurs et, avant même que l'un d'eux ait pu parler, elle expliquait avec volubilité — et dans un français assez approximatif — qu'elle était parfaitement en règle avec la police : cherchant un argument décisif, elle montra au mur un document sur parchemin en caractères chinois.

Serge Martin sembla approuver, mais, dès qu'il le put, il dit à voix basse à son compagnon :

— C'est un diplôme attestant que Mme Tchang est une digne et sainte femme, car en 1937, elle a donné 100 piastres pour l'édification d'une pagode à la gloire de Bouddha!

Les aménagements intérieurs étaient rudimentaires. Dans un petit vestibule, servant de salle d'attente, un large panneau était consacré aux fondateurs de la maison... On y voyait la patronne, au temps de sa jeunesse, accompagnée de son mari et de ses enfants. Il y avait aussi les descendants des enfants : cela faisait bien une cinquantaine de photographies cartonnées et jaunies...

— Un véritable album de famille! murmura Serge Martin.

Donnant directement sur la « salle d'attente » un couloir

desservait une série de petites cases séparées par des cloisons en planches à hauteur d'homme.

— Ces serviettes, que vous voyez pendues à des crochets, continua Serge Martin, appartiennent aux habitués : elles leur sont personnelles...

Obséquieuse, Mme Tchang fit visiter l'une des cases : sur un bat-flanc, recouvert d'une natte, un couple chinois était installé, bavardant et ne prêtant même pas attention aux intrus.

— Ici aussi, expliqua l'antiquaire, existent des règles strictes de bienséance... Il est inconvenant de prétendre faire l'amour avant 11 heures du soir : ce sont là des manières d'Européens, autrement dit de gens n'ayant aucune éducation! Jusqu'à 11 heures on fait la conversation; plaisir de l'attente qui est tarifé à cinquante piastres. Le véritable « travail » commence après 11 heures : tarif minimum cent piastres...

Revenue dans le vestibule, la patronne désigna les filles qui attendaient toujours dehors, devant la porte. Elles avaient gardé la position traditionnelle des prostituées chinoises classiques : accroupie, la jambe blanche et grasse repliée sous les fesses. Une position destinée sans doute à émouvoir la clientèle!

Mais ni le peintre ni l'antiquaire ne parurent l'être. Décontenancée, la tenancière montra alors une sorte de comptoir en bois laqué qui servait de bar. Des bouteilles de toutes provenances s'y alignaient.

— Encore un peu de *schoum?* demanda en souriant Serge Martin à Jacques.

— Ah, non! je préfère du whisky.

Au mot magique, qui annonçait des clients sérieux — le whisky n'était-il pas de loin la boisson la plus chère? — le sourire revint sur le visage de Mme Tchang qui avança une bouteille de scotch sur le comptoir, entre les deux consommateurs.

— Pensez-vous qu'elle a aussi une eau minérale gazeuse ? demanda Jacques.

— Eau Perrier ! répondit aussitôt Mme Tchang qui avança également une bouteille ventrue après avoir pris soin de remettre dans la main du peintre un décapsuleur métallique.

Puis, sans dire un mot, après un nouveau sourire, elle disparut dans le couloir, laissant les deux Européens seuls.

— Quelles drôles de façons ! s'exclama Jacques. Elle ne pouvait donc pas ouvrir elle-même cette bouteille d'eau Perrier ?

— En Chine, ça ne se fait pas, mon cher ! Des siècles avant les barmans ou maîtres d'hôtel des établissements occidentaux de grande classe, les Chinois ont décidé une fois pour toutes que l'hôte — même s'il paye ensuite — est une sorte d'invité de choix qui se sert lui-même. Ce serait très mal élevé de lui verser sa rasade de whisky ou d'eau minérale... Il pourrait penser qu'on lui mesure parcimonieusement la dose ! Cette politesse en toutes choses a du bon...

Dès que Serge Martin eut versé le whisky dans les verres, Jacques prit à son tour la bouteille Perrier. Au moment où il introduisait le petit levier métallique sous la capsule, il y eut une détonation brutale. Après avoir poussé un cri en portant ses mains à son visage, le peintre s'était écroulé sur le sol. Ahuri, abasourdi surtout par l'explosion, l'antiquaire mit quelques secondes avant de se précipiter au secours de Jacques. Mme Tchang aussi avait accouru au bruit de la détonation, bientôt suivie par le couple aperçu dans une case et les filles qui stationnaient devant la porte... Tout cela dans un brouhaha indescriptible et ponctué de cris perçants.

— Taisez-vous ! hurla Serge Martin qui, agenouillé, s'était déjà penché sur le visage ensanglanté de son compagnon.

L'antiquaire dit quelques mots rapides en chinois. Deux prostituées sortirent en courant et revinrent presque aussitôt escortées de deux agents de la police vietnamienne.

★

Ce qui se passa alors, l'homme — toujours allongé sur son lit dans sa chambre de la maison de l'antiquaire — aurait été bien incapable de l'imaginer dans le fil de sa longue rêverie solitaire si Serge Martin ne le lui avait raconté par la suite, plusieurs jours plus tard, au cours de l'une des innombrables conversations qu'ils avaient eues dans une autre chambre... celle d'un grand blessé à l'hôpital Francis-Garnier de Saigon...

Le souvenir de l'horrible brûlure et de la nuit complète qui l'avait suivie ramena brusquement Jacques à la réalité de sa situation présente. Pendant des heures, il s'était laissé à nouveau entraîner par le fil de l'aventure... Sans qu'il eût même pris conscience du temps, il avait revécu en mémoire les moments passés à jouer les peintres sur la jonque de Hô, puis sur la terre ferme à proximité du débarcadère des Russes, ensuite il s'était revu sur l'épave, dans le carré des officiers du *N. 625* portant des toasts à la grandeur soviétique, retrouvant le Polonais qui cherchait un moyen de fuir sur le port de Saigon, écoutant en compagnie de l'antiquaire le récit hallucinant de Raczinski, découvrant dans une même nuit les corps décapités du sampanier et du scaphandrier, répondant à l'interrogatoire de la Police Fluviale, admirant une dernière fois l'estuaire où le *San Giovanni* s'apprêtait à lever l'ancre, pénétrant avec son cicérone dans le *Piccadilly Hotel*, entrant enfin dans la sordide maison de rendez-vous de Mme Tchang.

Maintenant, il y avait dans sa mémoire un trou béant, un vide. Le seul souvenir brutal de la détonation de la capsule avait suffi. Quand il l'avait revécu, il avait poussé à nouveau un cri inhumain, le même sans doute que celui entendu par Serge Martin et les habitués de la maison de Mme Tchang... Mais ce cri de douleur, comment se faisait-il que l'antiquaire, allongé dans la chambre voisine, ne l'eût pas entendu? Comment se faisait-il que ce « protecteur », qui avait semblé tellement inquiet pendant la première partie de la nuit, n'ait pas accouru immédiatement près du lit où Jacques venait de revivre sa souffrance?

Cette pensée acheva de le ramener complètement à la réalité.

Pendant quelques secondes il demeura encore allongé, espérant entendre les pas de Serge Martin qui s'approcherait... Mais il dut se rendre à l'évidence : l'antiquaire n'était pas sorti de sa chambre, n'avait pas bougé... Et tout à coup, une nouvelle pensée, affolante celle-là, lui traversa l'esprit... Ce n'était pas possible! Ce n'était pas vrai! Et pourtant, si l'homme à la carabine était resté immobile, serait-ce parce que...?

D'un bond il s'était levé et, tâtonnant, il se dirigea vers la chambre de l'antiquaire en criant :

— Martin! Martin! Vous êtes là?

Il n'y eut pas de réponse.

Après avoir ouvert la porte, il alla directement vers le lit de « son ami ». Ses mains s'avancèrent pour tâter la forme humaine allongée... Mais le lit était vide.

Jacques respira : c'était fou d'avoir pensé un instant qu'un Serge Martin pouvait mourir lui aussi! Un tel homme ne disparaîtrait jamais! N'appartenait-il pas à la race de ces êtres étranges et irréels qui vivent éternellement parce qu'ils n'ont pas d'âge? parce qu'ils semblent être faits d'une essence surhumaine échappant à toute loi humaine?

L'aveugle fit lentement le tour de la pièce : l'antiquaire n'y était pas, la carabine non plus; il était donc sorti en l'emportant.

Après la première impression de soulagement, Jacques se demanda pourquoi Serge Martin l'avait abandonné, seul, une nuit pareille? Où pouvait-il être? Dans la maison? Dans la cave peut-être en train de passer ou de recevoir un message? Avant d'y descendre, il serait venu l'avertir! A moins qu'il n'eût à transmettre un message ultra-secret dont il ne voulait pas lui révéler la teneur?

Une fois de plus, l'aveugle se demanda s'il devait considérer l'antiquaire comme étant son ami ou son plus dangereux ennemi? N'était-ce pas lui, après tout, qui l'avait entraîné à Cholon et dans la maison de rendez-vous? Pourtant, quand il lui avait raconté à l'hôpital ce qui s'était passé après l'éclatement de la bouteille, il semblait avoir été sincère, et surtout précis.

C'était ainsi que Jacques avait appris qu'une ambulance était arrivée sur les lieux très peu de temps après les policiers et que Serge Martin y était monté avec lui. Il se souvenait vaguement avoir entendu la voix de son compagnon dire pendant ce parcours :

— Courage, mon petit... Vous vous en tirerez...

Les jours avaient passé. Des médecins et des spécialistes de toutes nationalités : français, vietnamiens et même américains s'étaient penchés sur lui, allongé sur son lit de douleur. Il les avait entendus parler autour et au-dessus de lui, sans jamais les voir, dans trois langues. Et il avait compris qu'il n'y avait rien à faire, rien à tenter, qu'il resterait aveugle jusqu'à la fin de ses jours... A la douleur physique qui s'était estompée peu à peu, avait succédé la souffrance morale. Mais à chaque fois qu'il avait été au bord du désespoir, une voix avait parlé, le réconfortant :

— Bientôt vous rentrerez en France, où votre maman s'occupera de vous.

La voix de Serge Martin qui, si souvent avant l'accident, s'était montrée ironique et qui — depuis qu'il gisait sur un lit d'hôpital, les yeux emprisonnés sous les compresses — avait su être plus câline que n'importe quelle autre voix... Jacques ne savait plus si l'antiquaire était l'ami ou l'ennemi.

Il croyait encore l'entendre dire dans la chambre de l'hôpital :

— Le miracle est que je n'aie pas reçu moi-même un seul éclat qui aurait pu me mettre dans la même incapacité que vous de réagir. Sinon, je n'aurais pas donné cher de nos peaux, à tous les deux, dans l'établissement de la dame Tchang! Ce n'est que parce que j'ai sorti le revolver, dont j'avais pris soin de me munir avant notre départ pour Cholon, que non seulement personne n'a osé s'approcher de vous, étendu par terre, mais que deux filles terrorisées ont couru chercher les policiers. Je dois reconnaître que ceux-ci ont été très bien : ils ont fait aligner la vieille Tchang, les filles et même les clients contre le mur, sous le panneau des photos de famille... En même temps que l'ambulance, un camion de police est arrivé dans lequel tout ce joli monde a été embarqué. Si vous aviez pu voir les hordes qui se pressaient devant la maison, vous auriez compris comme moi que l'on peut facilement disparaître dans une ville chinoise sans que personne ne puisse même s'en apercevoir!

La tenancière a été mise en prison : elle y est toujours, attendant de passer en jugement. Celui-ci ne pourra avoir lieu que quand l'enquête aura abouti... Savez-vous qui mène l'enquête? Le commissaire Xi-Dien... C'était à prévoir! Nous l'intéressons de plus en plus!

Dès que Jacques avait été en mesure de répondre, il avait reçu la visite du policier qui lui avait demandé :

— Ce que nous ne nous expliquons pas, monsieur Fernet, c'est que vous ayez été la victime d'un tel attentat qui a toutes les apparences du crime politique! Or, vous n'avez jamais fait de politique! Vous n'êtes au Viêt-Nam que depuis quelques semaines... Et vous n'y êtes venu que pour peindre! Tout le monde vous y aime! Vos toiles y sont très appréciées... Si vous saviez comme leur cote a augmenté depuis l'attentat!

— Les amateurs, avait répondu Jacques amer, doivent se dire : « Maintenant qu'il ne pourra plus jamais peindre, ses toiles vont prendre de la valeur... »

— Ne croyez pas que cela, monsieur Fernet! Vous étiez devenu et vous êtes toujours très populaire chez nous... C'est une façon comme une autre aux nôtres de vous montrer leur sympathie. D'ailleurs, depuis que vous êtes sur ce lit d'hôpital, vous en avez reçu des preuves éclatantes...

C'était la vérité. Dès le lendemain de l'attentat, les journaux — qui avaient tant vanté l'œuvre du peintre des rizières — s'étaient empoignés de l'affaire, titrant sur quatre colonnes : UN ATTENTAT IGNOBLE A L'ÉGARD D'UN AMI DE NOTRE PAYS, ou bien L'ATTENTAT CONTRE LE PEINTRE JACQUES FERNET EST LA HONTE DU VIÊT-NAM, ou même IL FAUT CHATIER LES MISÉRABLES QUI ONT OSÉ S'EN PRENDRE A UN ARTISTE ADMIRÉ DE TOUS... Les articles s'étaient succédé, vengeurs, réclamant justice. Certaines journalistes n'avaient pas craint d'écrire : « *On reconnaît une fois de plus la manière d'agir, et la traîtrise des agents à la solde du Viêt-Minh... Quand donc le gouvernement prendra-t-il des mesures pour débarrasser notre République nationale de l'abcès communiste?* »

Tous ces articles violents, Serge Martin les avait lus, un par un, à l'aveugle étendu sur son lit d'hôpital. Et, après les avoir lus, il avait conclu :

— Je finis par croire, cher ami, que nous avions fait un rude travail en vous faisant passer pour peintre... Il n'y a plus personne à Saigon et dans tout le Sud-Viêt-Nam qui ne soit convaincu que vous l'êtes! C'est pourquoi, il ne faut pas désespérer...

— Si vous vous figurez, avait répondu Jacques, que j'ai des regrets pour ma profession artistique!

— Je m'en doute... Mais vous n'avez quand même pas le droit de le dire! Dans l'esprit de tous, vous devez rester « le peintre aveugle », l'homme accablé par le destin qui ne pourra plus jamais exercer son métier... C'est cela qui attendrit les foules!

— Je n'ai que faire de leur pitié!

— Taisez-vous! Vous parlez trop haut! Je vous ai déjà fait comprendre que nous devions faire très attention à tout ce que nous disions dans cette chambre d'hôpital... Matin et soir, je l'inspecte minutieusement pour voir s'il ne s'y trouve pas un micro camouflé...

Surveillé, Jacques s'était bien rendu compte alors qu'il l'était! Il l'avait compris dès le deuxième jour, quand il avait commencé à reprendre conscience de ce qui lui était arrivé... C'était dans cette chambre d'hôpital, à l'odeur ripolinée, qu'il avait senti, pour la première fois de sa vie, ce qu'était une présence à ses côtés sans qu'il pût la voir... Une présence silencieuse qui l'avait veillé, observé, guetté, protégé peut-être? D'abord, elle s'était manifestée d'une façon douce, chaude, presque caressante : c'était la main de l'infirmière qui avait reçu l'ordre de ne pas le quitter d'une seconde... L'infirmière, choisie intentionnellement française par les dirigeants de l'hôpital, et dont il ne connaîtrait jamais le visage. Mais, à ce moment-là, il ne le savait pas encore, ayant conservé malgré tout l'espoir auquel on se raccroche désespérément même si un instinct secret, plus fort que toutes les paroles de consolation de l'entourage, dit qu'il n'y a plus rien à tenter.

La main de femme avait été remplacée, une semaine plus tard, par celle, tout aussi douce mais parcheminée, de l'antiquaire... Serge Martin qui, après être resté pendant des journées entières dans le couloir devant la porte, avait enfin eu le droit — en tant que meilleur ami — de pénétrer dans la chambre. Un Serge Martin dont la voix avait commencé à répéter inlassablement :

— Vous vous en êtes tiré, ami! Ce ne sera plus qu'une question de jours... Bientôt nous partirons, vous et moi, de cet hôpital...

Car il avait obtenu de remplacer l'infirmière la nuit, qu'il passait sur un lit de fortune, ou enfoncé dans un fauteuil, continuant à veiller, à protéger...

Il avait su se montrer un gardien impitoyable, ne s'absentant qu'à de très rares intervalles pendant lesquels il se faisait remplacer par un interne.

La garde avait été totale, permanente, farouche...

L'aveugle avait compris qu'elle était aussi dans le couloir, de l'autre côté de la porte où deux policiers se relayaient pour empêcher qui que ce fût, n'ayant pas d'autorisation spéciale, de pénétrer dans la chambre. C'était par ordre du gouvernement vietnamien qui avait bien été obligé de s'occuper de l'affaire à la suite du tollé général d'indignation... gouvernement qui avait fait prendre chaque jour des nouvelles par l'intermédiaire d'un envoyé personnel du ministre de l'Intérieur.

Quelques visites aussi s'étaient succédé, importantes et remplies d'attentions. Et, parmi elles, revenant régulièrement tous les deux ou trois jours, le commissaire Xi-Dien qui n'avait cessé de poser des questions auxquelles Jacques n'avait jamais pu répondre :

— Vous ne vous connaissez pas d'ennemi, monsieur Fernet? N'auriez-vous pas eu, par hasard, une altercation — même très bénigne — avec l'un de nos compatriotes? N'auriez-vous pas l'impression que votre succès d'artiste, aussi fulgurant que grandissant, aurait pu susciter quelques jalousies de peintres moins favorisés? Même, nous devons tout envisager, de confrères vietnamiens qui vous reprocheraient d'être français? C'est là une forme de nationalisme outré que nous déplorons mais qui peut exister, qui existe dans tous les pays!

A chaque fois, l'aveugle s'était borné à dire :

— Non, je vous assure, monsieur le commissaire, je ne me connais aucun ennemi...

Il fallait suivre la ligne de conduite indiquée par l'antiquaire, suggérée de loin par « la vieille chouette ». La vieille chouette qui avait fait dire à Jacques dans un message transmis par Serge Martin :

« *Surtout, ne répondez à aucune question de qui que ce soit.* »

C'était tout ce que le colonel Sicard avait envoyé comme message de sympathie.

Un matin, l'antiquaire, avait annoncé :

— J'ai une grande nouvelle pour vous, Fernet... Cet après-midi arrive par avion l'un des plus illustres spécialistes français de la vue. Il vous est envoyé, à la demande du gouvernement vietnamien qui a pris à sa charge tous les frais de déplacement, par nos Relations Culturelles... Il faut bien qu'ils se remuent là-bas! Votre « accident » y a fait aussi pas mal de bruit... On y accuse le gouvernement de ce pays de n'être même pas capable de protéger les éminentes personnalités artistiques qu'on lui fait l'honneur de lui envoyer!

Le grand spécialiste était arrivé à l'hôpital, entouré d'une nuée de médecins saigonnais. Après avoir procédé à un examen du blessé pendant plusieurs heures, il était reparti pour la France, réservant son diagnostic.

Ce fut à ce moment que Jacques comprit que tout était fini, bien fini et qu'il n'y aurait plus aucun espoir.

A la désespérance, avait succédé chez lui la prostration. Mais là encore, Serge Martin était venu à son secours :

— Il faut réagir... Que diable, Fernet, vous êtes un homme! Vous l'avez prouvé!... Aussi allez-vous m'écouter... Le spécialiste a dit que, dans quelques jours, on pourrait vous retirer définitivement le bandeau que vous avez sur les yeux et que vous ressembleriez à un homme normal, c'est-à-dire que personne ne pourrait se douter que vous êtes aveugle! C'est tout de même là un point capital! Vous vous rendez compte! Ça ne sert donc à rien de rester allongé... Avec l'aide de l'infirmière, qui vous est très dévouée, nous allons commencer dès aujourd'hui votre rééducation... Il faut que vous marchiez, que vous repreniez l'habitude de vous mouvoir comme si rien ne s'était passé...

La prodigieuse leçon d'énergie commença. Elle ne cessa plus, donnée d'abord dans la chambre, puis dans le couloir... Ensuite vint la première descente et la première remontée d'escalier, la première promenade dans le jardin de l'hôpital... Jacques s'appuyait sur le bras de l'antiquaire et se servait d'une canne.

Enfin vint le jour où le bandeau fut retiré.

— Comment sont mes yeux? avait demandé le peintre.

— Ils n'ont pas changé : toujours aussi bleus! avait répondu l'antiquaire.

— Que pensez-vous que dira ma mère quand elle les verra?

— Elle les embrassera...

Deux larmes silencieuses avaient coulé sur les joues de Jacques.

— Allons! Pas d'attendrissement inutile! Et je vais vous donner un conseil : maintenant qu'il n'y a plus de bandeau, il faut supprimer la canne! C'est ridicule, ces cannes d'aveugle... Ça excite inutilement une pitié que vous détestez autant que moi!

Les promenades dans l'hôpital et dans son jardin s'étaient multipliées, sans bandeau et sans canne, avec juste de temps en temps le bras de Serge Martin qui permettait d'éviter un obstacle. Tous ceux qui les croisaient avaient regardé avec une admiration à peine dissimulée le miracle obtenu par la volonté. Mais il était arrivé que l'aveugle s'arrêtât brusquement, demandant :

— On nous suit, en ce moment, je le sens... Qui est-ce, Martin?

— Personne, cher ami... ou plutôt si : une personne négligeable : un policier!

— Un homme du commissaire?

— On ne peut rien vous cacher!

— Mais enfin, pourquoi me faire suivre ainsi?

— Vous ne semblez pas vous douter que, pour le gouvernement vietnamien et même pour toute la population de ce pays, vous êtes devenu une personnalité beaucoup plus importante qu'avant? Le brave policier, attaché à vos pas, n'est nullement là pour vous surveiller mais pour vous protéger!

— Je n'ai pas besoin de leur protection!

— Je suis convaincu que vous en avez beaucoup moins besoin maintenant qu'avant...

— Je ne comprends pas?

— Soyons logiques : ceux qui vous en voulaient n'ont plus aucune raison de s'acharner après vous... Ils savent très bien que dans quelques jours, quelques semaines tout au plus, vous repartirez pour la France.

— Autrement dit, pour eux je ne suis plus dangereux?

— C'est un peu cela... Mais, si vous le permettez, nous reparlerons de ces choses plus tard, ailleurs qu'ici... A propos, j'ai une autre bonne nouvelle pour vous : les médecins de cet hôpital estiment qu'il n'est plus nécessaire que vous y restiez.

— Pour les soins qu'ils pourraient m'y donner désormais!

— Vous n'avez plus besoin d'aucun soin!

— Je sais...

— Aussi Kim va-t-il venir nous chercher cet après-midi avec la Chevrolet et nous retournerons chez moi où nous serons infiniment plus tranquilles! Vous connaissez déjà très bien la maison dans laquelle vous pourrez déambuler beaucoup plus à l'aise qu'au milieu de tous ces curieux qui, par leur excès de compassion, finiraient vite par vous paraître insupportables!

Les premiers mots de l'antiquaire avaient été, quand ils s'étaient retrouvés chez lui :

— Que diriez-vous d'un whisky?

— J'allais vous le demander.

— Avec Perrier?

— Avec Perrier, avait répondu calmement l'aveugle. Mais ce sera vous, à l'avenir, qui ouvrirez les bouteilles...

Après qu'ils eurent bu, Serge Martin avait repris :

— Puisque nous parlons de bouteilles, il me paraît indispensable — maintenant que nous n'avons plus à craindre d'indiscrétions — de faire la genèse des événements qui se sont produits au moment de l'attentat. Bien que vous me l'ayez déjà demandé à plusieurs reprises pendant vos longues semaines d'hôpital, si j'ai toujours hésité à vous répondre, ce n'est pas tant pour permettre à des souvenirs douloureux de s'estomper que parce qu'il me manquait des éléments essentiels d'appréciation des faits. Aujourd'hui cette lacune est comblée : je puis donc parler...

La bouteille Perrier a éclaté parce que vos ennemis — qui sont aussi les miens, n'en doutez pas! — ont placé sous la capsule de fermeture une charge de plastic. Celui qui la déboucherait était à peu près assuré d'être déchiqueté par la déflagration, ses voisins ou vis-à-vis également. Nous avons donc eu beaucoup de chance de nous en être tirés — pardonnez-moi cette expression, étant donné l'infirmité dont vous êtes maintenant affligé — à aussi bon compte! Normalement nous ne devions pas sortir vivants de la maison de la vieille Tchang : c'était exactement le but recherché par nos assassins.

» Qui sont-ils? Les Russes? Sûrement pas : s'ils avaient vraiment cherché à vous faire disparaître, ils auraient agi pendant que vous visitiez l'épave ou que vous vous trouviez à bord du *N. 625*. Souvenez-vous qu'ils ont déjà réalisé pareil exploit, dans un port britannique, à l'égard d'un certain homme-grenouille, commandant devenu célèbre pendant la guerre et dont l'appartenance à l'*Intelligence Service* ne faisait aucun doute. Disparu, volatilisé, l'officier anglais! Certains prétendent l'avoir reconnu sur une photographie prise deux années plus tard en U.R.S.S... Laissons-leur ces illusions! De toute façon l'agent ne nuira plus aux Russes! Ce qui prouve que quand ils le veulent, ils sont très forts. Mais avec vous, ils n'ont même pas cherché à l'être parce qu'ils étaient et sont encore persuadés que vous n'êtes qu'un peintre.

» A défaut des Russes, quels ennemis acharnés peuvent nous rester? Les Jaunes mon cher... Toujours eux! L'utilisation même de la bouteille d'eau minérale comme engin de mort n'est pas nouvelle dans ces régions. Pendant la guerre d'Indochine, il est fréquemment arrivé que les Viets s'en soient servi comme grenades après les avoir remplies d'une charge explosive. La forme étroite du goulot permet de les saisir facilement avec la main et le côté ventru du corps de la bouteille apporte le balan et le poids nécessaires pour l'envoi à une bonne trentaine de mètres. Ils l'employèrent aussi, comme cela s'est produit pour vous, en plaçant la charge juste sous la capsule : personne ne pouvait la remarquer car à l'intérieur, il y avait encore de l'eau. Combien de nos officiers et de nos hommes ont été victimes de ce procédé! Ce fut à un tel point que l'utilisation de bouteilles de Perrier dans les popotes ou mess d'officiers et sous-officiers fut rigoureusement interdite par les autorités militaires françaises pendant les deux dernières années du conflit. Nous avons été des enfants — et moi particulièrement — de l'avoir oublié!

» Donc nous étions visés. La décision de nous abattre a dû être prise très rapidement, disons presque à la toute dernière minute quand nos adversaires se sont rendu compte que nous n'avions pas été dupes des assassinats de

Hô et de Raczinski : le fait même que le lendemain de leur mort, nous déambulions dans les rues de Cholon, en plein cœur du Q.G. communiste, le leur prouvait.

» Ce fut intentionnellement que je vous entraînai au *Piccadilly Hotel* : pour voir s'il y aurait une réaction d'adversaires dont je commençais à subodorer l'identité. « La vieille chouette » nous avait également donné l'ordre d'opérer à Cholon, ne l'oublions pas !

» Dès que M. Jojo nous a vus pénétrer dans son hôtel, il a compris et vous pouvez être certain que sa décision, ou celle de ses chefs, a été prise pendant le temps que nous avons passé à visiter ce lieu enchanteur alors qu'il nous attendait au bar de son établissement pour nous offrir la boisson de notre choix. Seulement c'est un malin ! Il a dû se dire que ce serait très dangereux pour lui de nous assassiner chez lui ! On ne fait pas disparaître si facilement deux étrangers dont l'un est devenu très populaire au Viêt-Nam grâce à son talent de peintre et dont l'autre est avantageusement connu des milieux les plus cultivés et les plus évolués de la nation par sa profession d'amoureux du Beau... La police du commissaire Xi-Dien n'aurait pas été plus longue à mettre son nez dans ses affaires qu'elle l'a été à s'occuper de celles de la dame Tchang. Je vous l'ai dit : la police vietnamienne est excellente.

» La dame Tchang ? Pour un M. Jojo, elle n'est qu'un agent subalterne, dont il avait peut-être même intérêt à se débarrasser. C'était donc chez elle que l'attentat devait avoir lieu. Quand nous serions morts, sans doute serait-elle arrêtée mais ce ne serait pas trop grave ! La vieille entremetteuse jouerait les victimes innocentes d'une sombre conspiration dans laquelle elle n'était pour rien ! Une aussi sainte femme qui a donné cent piastres pour un temple élevé à Bouddha ! De plus elle saurait se taire comme tous ceux ou celles qui sont terrorisés par l'organisation secrète chinoise. Elle préférerait même se laisser torturer par les nationalistes plutôt que de parler, connaissant depuis longtemps les raffinements de cruauté qui lui seraient réservés par ses chefs occultes si jamais elle les trahissait. Mieux vaut, croyez-moi, pour elle, être fusillée par ordre du gouvernement du Viêt-Nam que de retomber, libérée, sous le pouvoir des agents de Pékin!

» Le subtil M. Jojo ne perdit pas de temps! Quand il nous conseilla d'aller rendre visite à la maison très accueillante de Mme Tchang, il savait très bien qu'il nous envoyait à la mort! L'ennui pour lui est que nous sommes encore vivants... Mais le bonhomme est coriace, ses chefs encore plus que lui : ils reviendront à l'assaut... Seulement ce ne sera pas pour tout de suite! Ils sauront attendre, avec toute la patience séculaire de leur race, que les esprits soient calmés, que le lâche attentat dont vous avez été la victime soit un peu oublié.

» Faire arrêter M. Jojo? Le dénoncer à la police vietnamienne? J'y ai songé mais j'aurais commis là une erreur irréparable. Actuellement le bonhomme n'est pas inquiété et n'a aucune raison de l'être puisque j'ai pris bien soin d'omettre de révéler au commissaire Xi-Dien et à ses sbires, quand ils m'ont interrogé le lendemain de l'attentat, que nous nous étions rendus chez Mme Tchang sur les conseils du sieur Jojo. Si je l'avais dit, le directeur du *Piccadilly* aurait été aussitôt coffré et je perdais le seul rouage qui peut me permettre d'établir encore des « contacts » directs avec l'organisation adverse.

» Actuellement le bonhomme, je le sais, continue à mener ses affaires comme s'il ne nous avait jamais vus chez lui. Évidemment, il doit être un peu étonné que nous n'ayons rien dit de lui à la police. Mais notre silence même doit le rassurer : il pense que nous n'avons fait aucun rapprochement entre ses véritables activités — qu'il croit que nous ignorons toujours — et celles de Mme Tchang. Il est même persuadé que nous sommes toujours ses amis et que je continuerai à passer avec lui des marchés pour l'achat de pièces d'art anciennes. Il est tout à fait dans mes intentions de lui laisser cette conviction et, d'ici deux ou trois jours, vous et moi nous irons lui rendre une visite de courtoisie comme si nous le tenions pour l'un de nos plus grands amis.

— Visite de courtoisie?

— Mais oui! Vous devez aller le remercier vous-même pour les innombrables marques de sympathie émue dont il a su faire preuve à votre égard pendant les semaines que vous avez passées à l'hôpital! Il n'y a pas eu de jour où il n'ait fait prendre de vos nouvelles! Il m'a même adressé une lettre, que je conserve précieusement, et dans laquelle il me dit — comme des centaines de braves gens de ce pays l'ont déjà fait — réprouver hautement l'attentat. Ce ne sont pas des marques de vraie sollicitude, ça? Le fait même qu'elles se multiplient de la part de ce bonhomme prouve que le jour où nous avons pénétré ensemble dans son hôtel, nous étions sur la bonne piste : ce sont les communistes chinois, et eux seuls, qui nous en veulent! Et ils nous en veulent — je maintiens mon opinion — parce qu'ils savent que nous les considérons très sérieusement comme étant les véritables détenteurs du document que de merveilleux techniciens du travail sous-marin ont réussi à prendre dans l'épave, une année avant les Russes. J'en arrive même à me demander, au cas où les MM. Jojo et autres se montreraient vraiment trop forts, si nous n'aurions pas intérêt à nous allier avec les « camarades » soviétiques?

— Vous êtes fou?

— Mon cher, j'estime que les gens qui en veulent le plus actuellement aux Chinois sont de loin les Russes! Mettez-vous à leur place : ils doivent difficilement digérer leur échec! Et s'ils ont fait savoir au gouvernement vietnamien qu'ils se désintéressaient à l'avenir des renflouements dans l'estuaire, cela ne signifie nullement qu'ils aient renoncé à mettre la main sur le document! Leurs agents secrets doivent être déjà en train d'opérer... Je ne désespère pas d'en rencontrer un ou deux du côté de Cholon! Il faudrait tout faire alors pour devenir ami-ami avec eux, en nous servant au besoin du patronage du camarade Grotoff. L'union ne fait-elle pas la force devant un adversaire redoutable?

— Si je comprends bien, vous préféreriez que le document fût aux mains des Russes plutôt qu'entre celles des Chinois?

— Sans aucun doute! Pour moi, tout Slaves qu'ils soient, les Russes restent des Blancs... Entre gens de même race on doit pouvoir s'entendre tandis qu'avec les Jaunes, cette possibilité est exclue.

— Tout ceci implique que vous avez l'intention de poursuivre les recherches?

— Mais je n'ai jamais cessé, bon ami! Même pendant le temps que vous venez de passer à l'hôpital, j'ai continué à vous préparer le terrain pour les jours à venir...

— Vous êtes vraiment plein de sollicitude ! Seulement vous ne vous figurez tout de même pas que je vais continuer à remplir, dans l'état où je me trouve actuellement, la mission qui m'avait été confiée?

— Mais si! Vous allez continuer, Fernet! Comme l'a dit l'un de nos grands hommes, ce n'est pas parce qu'on a perdu une bataille que l'on ne gagnera pas la guerre! Admettons que le premier round, celui de l'estuaire, ait été nettement à notre désavantage... Dans le second, celui qui vient de commencer à Cholon, nous pouvons marquer des points.

— Parce que vous pensez qu'il y en aura un troisième?

— Je vous ai toujours dit que ce serait une affaire de longue haleine. Puisque les Jaunes ont le temps, nous le trouverons aussi!

— Vous le trouverez tout seul, Martin, ou avec un autre!

En ce qui me concerne, je vais demander immédiatement mon rapatriement dans la Métropole.

— Quel argument avancerez-vous pour l'obtenir

— Mon état de santé, figurez-vous!

— Mais votre santé est florissante, mon cher! Vous n'y voyez plus, c'est d'accord! Ce handicap mis à part, je vous considère comme étant beaucoup plus fort que quand vous y voyiez! La vieille chouette est de mon avis... Ses ordres vous concernant et reçus avant-hier par le relais de Pnom-Penh sont formels : vous devez rester dans ce pays et continuer à vous y promener...

— En aveugle?

— En aveugle que tout le monde estime parce que son amour du Viêt-Nam le pousse à ne pas quitter un pays qui l'a si bien accueilli et qui a su lui montrer tant d'affection sincère à un moment tragique de sa vie! Tour à tour, moi-même ou mon fidèle Kim, nous vous servirons de guide... Nous vous conduirons dans la Chevrolet, ou à pied dans les rues de Saigon, de Cholon, d'ailleurs peut-être? Il faut que l'on vous revoie, déambulant avec une grande sécurité malgré votre cécité... On ne vous en admirera que plus! Votre « cote d'amour » sera décuplée... Vous serez accueilli partout sans que l'on se méfie de vous... Un homme qui n'y voit pas a presque toujours ses autres facultés qui se développent d'une façon prodigieuse pour remplacer celle qui lui manque... Promenez-vous! Écoutez!... Vous avez la chance de savoir le vietnamien, le japonais, le russe et deux mille mots chinois : c'est considérable!

— Je vous répète que j'en ai assez! J'ai un contrat d'ingénieur, passé pour trois années avec la C.I.R.M., qui est régi par les lois sur les accidents du travail... J'ai l'intention, dès mon retour à Paris, de le faire jouer...

— Parce que vous estimez que l'incident de la capsule, dans une maison de rendez-vous de Cholon, a des chances d'être classé parmi les accidents du travail reconnus par les compagnies d'assurances? Permettez-moi d'en douter!... Soyez raisonnable, mon petit! Si vous savez l'être pendant les quelques semaines ou même les quelques mois où l'on vous demande de rester encore ici, je vous garantis qu'aussi bien les dirigeants de la C.I.R.M. que « la vieille chouette » — qui a toujours su reconnaître les services rendus — vous alloueront, à votre retour en France, en plus des appointements officiels auxquels vous avez droit, une indemnité très substantielle qui vous dédommagera de la terrible perte que vous venez de subir.

L'antiquaire s'était tu, espérant une réponse, mais l'aveugle restait silencieux. Enfin il se décida à demander :

— Ma mère a-t-elle été tenue au courant de... l'accident?

— Pourquoi l'aurait-elle été? Même si les journaux français en ont parlé, elle n'a pu faire aucun rapprochement entre un certain Jacques Fernet, artiste peintre, et son fils qui se nomme Pierre Burtin. C'est mieux ainsi : croyez-moi!

— Martin... Je suis un homme fini!

— Chut! Une nouvelle existence va commencer pour vous avec tout ce qu'elle pourra comporter de concentration cérébrale, de réflexion, d'étude auditive de tout ce qui vous entourera... Vous pouvez devenir, vous devez être le plus extraordinaire, le plus discret, le plus subtil, le plus dangereux aussi de tous les agents de renseignement. C'est-à-dire l'homme qu'il nous faut, face aux gens de Pékin... Ils ne pourront jamais croire maintenant que vous continuez à travailler pour nous. Pour eux ce serait aussi invraisemblable que cette utilisation qu'ont fait les Anglais pendant la dernière guerre, d'un pilote de chasse qui avait les deux jambes coupées : un homme-tronc qui a stupéfié l'Allemagne! L'infirme — pardonnez ce mot cruel — excite la pitié...

— Mais je n'en veux pas! Vous-même, quand vous m'avez obligé à ne plus utiliser de canne, m'avez dit qu'il ne la fallait pas!

— Il la faut pour le grand public, pour les jolies femmes aussi qui s'attendriront devant votre état et qui n'en aimeront que plus la couleur de votre regard! Vous devez vous servir de votre cécité pour marquer d'immenses avantages vis-à-vis de nos ennemis! La Cour des Miracles, je sais que c'est affreux et sordide... mais ça paie toujours! L'adversaire lui-même aura pitié... Il sera décontenancé... Et il finira par croire que vous êtes moins nuisible. Ce jour-là, nous gagnerons!

— Vous n'êtes qu'un monstre, Martin!

— Je ne vous en veux pas de me le dire enfin... Il y a si longtemps que vous le pensez! Si ça peut vous avoir soulagé, tant mieux!

— Je veux rentrer en France!

— Vous y rentrerez, soyez-en sûr, quand la « vieille chouette » aura trouvé quelqu'un qui soit capable de vous remplacer... Seulement, pour le moment, il doit penser que vous êtes irremplaçable! Réfléchissez : il ne peut plus « fabriquer » un autre peintre et, même s'il y parvenait, ce ne serait jamais « le peintre aveugle », l'admirable victime!

— Vous êtes l'homme le plus cynique que j'aie jamais connu! Et pourquoi vous faut-il un adjoint? Pourquoi m'a-t-on envoyé ici alors qu'à vous seul, vous êtes parfaitement capable de tout mener, de tout réussir! Depuis que je travaille avec vous, j'ai bien compris que je n'étais qu'une utilité, le cobaye, celui qui exécute ou que l'on envoie à la boucherie! Mais le cerveau, c'est vous!

— Seul, je ne puis rien faire... Il y a trop longtemps que j'habite dans ce pays! M'auriez-vous imaginé me mettant brusquement à la peinture, alors que l'on me connaît depuis plus d'un demi-siècle sous l'étiquette de collectionneur ou de marchand d'objets rares? Vous me voyez, décidant subitement de naviguer sur une jonque dans l'estuaire, peignant devant un Raczinski ou les autres, faisant des grâces à un Grotoff? Personne n'y aurait cru au Viêt-Nam! J'aurais été « brûlé » en quelques jours.

— Tandis que vous n'êtes toujours que « le vieil ami » du peintre venu de France?

— Exactement! L'ami fidèle qui continuera à s'occuper de celui qui ne peut plus travailler pour gagner sa vie, qui fera tout pour que les toiles déjà peintes prennent une valeur exorbitante qui fascinera ceux qui se croient des connaisseurs! Tout le monde comprendra, approuvera mon attitude! On trouvera juste que je vous aide à accumuler le pécule qui vous est nécessaire pour continuer à vivre décemment... Et pendant que l'on croira tout cela, je pourrai continuer tranquillement à mener à bonne fin la mission qui « nous » a été confiée à tous les deux! Mais ce ne sera possible que si vous êtes là, à mes côtés! Je sais aussi qu'humainement, personne ne peut vous contraindre, après ce qui vous est arrivé, à rester avec nous. Vous avez le droit de démissionner comme vous l'avez déjà fait une fois, au lendemain de la guerre. Nul ne pourra vous en tenir rigueur... Ce n'est donc pas d'obéir à un ordre que nous vous demandons, mais d'accepter volontairement de continuer à nous aider encore pendant quelque temps.

L'aveugle ne répondait toujours pas. Serge Martin trouva alors un argument décisif :

— Dites-moi, Fernet : estimez-vous que vous pouvez rentrer actuellement en France avec la conviction d'avoir réussi votre mission? Si c'est oui, prenez l'avion dès demain. Mais si c'est non? Si, dans le fond de vos pensées, vous vous dites : « Ce Serge Martin — ce monstre, comme vous l'appelez! — n'a peut-être pas tout à fait tort? J'ai perdu une manche mais je peux remporter la suivante et même la belle : autrement dit, rapporter le document! Après tout, je n'appartiens pas à la race des vaincus... Le seul fait que l'on ait cherché à me supprimer prouve que j'étais sur une bonne piste! L'erreur initiale, qui a fait que même les Russes se sont trompés, n'est pas de moi! Donc, je m'acharne! »

Jacques attendit quelques instants avant de répondre :

— Je reste!

— Je ne vous dis pas merci parce que vous ne faites que votre devoir... Un autre whisky?

Dès le lendemain, on avait revu la Chevrolet, avec ses deux occupants, roulant doucement le long du port de Saigon à la tombée de la nuit. Le surlendemain, l'antiquaire et le peintre prenaient un demi au café installé à la Pointe des Blagueurs; le soir, ils dînaient au restaurant ultra-chic du *Majestic*. De jour en jour, de soirée en soirée, de nuit en nuit, on les retrouvait devisant de peinture, de musique, d'Arts, de Lettres... Partout, ils étaient accueillis avec respect, avec sympathie, avec admiration même... C'était à qui s'approcherait pour dire à l'aveugle : « Monsieur Fernet si vous aviez besoin d'une aide quelconque, je suis à votre disposition. » Mais à chacun, il répondait invariablement :

— Je vous remercie... Heureusement, j'ai avec moi un merveilleux ami !

Quand elles apercevaient le garçon blond, aux yeux toujours clairs, les belles Saigonnaises, émues, se rapprochaient. Leurs voix se faisaient tendres...

Le commissaire Xi-Dien, lui-même — qui semblait posséder un don d'ubiquité lui permettant de se trouver dans tous les endroits où les deux amis se rendaient — faisait preuve d'une extrême sollicitude, semblant s'intéresser infiniment plus à la valeur grandissante des toiles qu'à la cécité de l'artiste. Ce fut par lui qu'ils apprirent que l'enquête sur l'attentat, menée depuis des mois, n'avait donné aucun résultat appréciable et que l'on avait dû remettre en liberté l'honorable Mme Tchang dont l'entière bonne foi dans cette affaire ne pouvait faire aucun doute... Personne n'avait pu expliquer comment la bouteille mortelle avait pu se trouver dans sa maison, ni par qui elle avait pu y être apportée. La police avait cependant pris une sanction exemplaire : la maison de rendez-vous avait été définitivement fermée. Depuis, sa tenancière avait disparu.

— Ce n'est pas une perte! avait conclu le commissaire en souriant.

Mais, après son départ, Serge Martin avait dit à Jacques :

— La disparition de Mme Tchang était prévisible. Dès que la police l'a remise en liberté, M. Jojo a dû s'occuper d'elle... Plaignons Mme Tchang!

Trois autres mois s'écoulèrent pendant lesquels l'aveugle acquit la certitude de découvrir le vrai visage du Viêt-Nam — à travers les explications et les commentaires que ne cessait de lui prodiguer son compagnon au cours de leurs randonnées quotidiennes — beaucoup mieux que s'il avait continué à voir les gens et les choses. Serge Martin appelait cela : parfaire les connaissances asiatiques.

Depuis quelque temps aussi, il arrivait que l'on vît le peintre attablé seul, après que la Chevrolet, conduite par le fidèle Kim, l'eut déposé à l'entrée d'un restaurant ou d'un bar. Kim attendait respectueusement devant la porte, prêt à satisfaire les moindres désirs de Jacques pour lui rendre l'existence moins pénible. Le dévouement du boy était total : ce fut la période où Jacques comprit qu'il s'était trompé et que Serge Martin avait eu raison de lui dire, le lendemain de son arrivée au Viêt-Nam :

« Depuis des années que je l'ai à mon service, j'ai pu juger Kim : c'est un serviteur comme on n'en fait plus et surtout comme on n'en trouve plus en Europe! »

C'était lui qui avait voulu que Jacques commençât à se montrer en public, escorté du seul Kim :

— Il ne faut pas, si nous voulons que vous captiez définitivement la confiance de tous et que les gens parlent devant vous sans se gêner, que l'on nous voit toujours ensemble! Vous pourrez apprendre ou entendre ainsi beaucoup de choses que les gens ne diront jamais en ma présence parce qu'ils me savent trop averti des choses de ce pays.

Des itinéraires étaient minutieusement établis à l'avance par Serge Martin, de concert avec le boy. C'était une sorte de ratissage méthodique de Saigon et de sa banlieue pour permettre à l'aveugle de se familiariser de plus en plus avec la capitale. Un jour sur deux l'antiquaire servait de guide, le lendemain c'était Kim. Serge Martin profitait alors de ces jours de répit pour s'occuper de ses collections, pour aller fouiller chez ses confrères antiquaires d'où il rapportait toujours quelque merveille ignorée.

— Il est indispensable, disait-il à Jacques, que l'on sache que mon commerce continue. Si vous, vous ne pouvez plus peindre, moi je ne dois pas oublier qu'il faut que je reste, dans l'esprit de tous, « l'antiquaire »...

Selon ce qu'avait annoncé Serge Martin, ils étaient retournés rendre visite à M. Jojo au *Piccadilly Hotel*. Le directeur les avait accueillis avec des transports de joie, ne cessant de répéter combien il avait été bouleversé par le lâche attentat. Lui aussi, plus que tout autre, s'était mis à leur entière disposition, offrant même — si cela pouvait distraire M. Fernet — d'envoyer quelques jeunes femmes expertes chez l'antiquaire, précisant que ce n'était pas l'usage de faire ainsi des « livraisons à domicile » mais que, pour de tels amis, il se ferait un devoir de déroger à la règle.

Serge Martin et Jacques avaient décliné l'offre tentante mais n'avaient pas refusé le whisky, agrémenté de Perrier, versé généreusement par M. Jojo dans le bar de son hôtel. Et tous trois avaient bu, trinquant à l'avenir du Viêt-Nam et au développement de ses Arts.

En sortant, Serge Martin avait dit à Jacques :

— C'est un succès, mon cher! Le bonhomme est maintenant persuadé que nous ne le soupçonnons de rien! C'est drôle comme on parvient à tromper les gens, même en Chine...

Mais hier, en fin d'après-midi, alors qu'ils revenaient une fois de plus de ces « promenades instructives », Jacques avait déclaré :

— J'en ai assez, Martin! Vous trouvez vraiment que, depuis que nous errons ainsi un peu partout, nous avons fait du travail utile? que nous avons progressé? Nous n'avons rien appris et le document court toujours!

— S'il courait, bon ami, « la vieille chouette » nous aurait ordonné de changer de tactique. Et il n'en est rien! Chacun de ses messages dit : « *Continuez les promenades.* » Vous verrez que ce sera brusquement, alors que vous commencerez à désespérer, que les événements se précipiteront... En ce moment, nous nous adonnons à une tâche difficile : la conquête progressive d'un monde que vous ignoriez. J'ai toujours été persuadé que ceux qui ne possèdent plus la trop grande facilité de la vue, doivent être plus aptes à déceler le côté sournois de certaines races...

— Pour la dernière fois, je vous demande de me faire rapatrier en France!

— Pour la dernière fois?

— Cela signifie que si vous ne le faites pas, je vous fausserai poliment compagnie et que j'y rentrerai sans l'aide de personne.

— Je serai contraint de considérer ce geste comme une désertion... Mais comme je ne veux pas en arriver à une aussi regrettable extrémité, je suis prêt à tout tenter pour vous rendre le goût de « notre » profession... Sachez que je comprends très bien que vous soyez découragé : vous avez l'impression de piétiner... Que diriez-vous si, pour un soir, nous oubliions complètement notre mission et nous faisions tous deux une sortie de garçons? uniquement pour nous distraire?

Jacques l'écouta, étonné, pendant qu'il continuait:

— J'ai une excellente idée : je vais vous emmener à Cholon...

— Encore!

— Pas chez M. Jojo, rassurez-vous! Mais dans un endroit assez étonnant où vous n'avez encore jamais mis les pieds et qui se nomme *Le Grand Monde*...

— Rien que cela!

— Mais oui! Et vous comprendrez vite que l'établissement justifie son appellation... On y trouve les plus jolies *taxi-girls* du monde! Venez! cher ami... Après une nuit paradisiaque, vos vilaines idées noires seront dissipées!

C'était ainsi que Jacques avait fait la connaissance de Maï.

Depuis cette minute, un réel bouleversement s'était produit dans son existence. Cette nuit seule avait suffi pour qu'il éprouvât d'abord le besoin impérieux de revivre complètement l'aventure commencée par la lecture d'nue annonce dans un journal, ensuite pour qu'il découvrît que Serge Martin — cet homme qui lui avait toujours paru n'avoir peur de rien — était très inquiet depuis qu'il avait appris l'étrange prédiction de la *taxi-girl*.

Serge Martin, que Jacques attendait toujours dans sa chambre, et qui ne revenait pas! Ne serait-ce pas urgent de descendre prévenir Kim de la diparition incompréhensible de son maître? Mais les paroles même de Maï, au sujet du boy, le faisaient hésiter : si Kim était réellement un ennemi, ne serait-ce pas une folie que de se trouver à nouveau face à face avec lui, sachant que l'antiquaire n'était pas à ses côtés? Pour la première fois depuis le commencement de cette nuit, un très réel sentiment d'angoisse empoigna l'aveugle. Il avait presque envie de crier pour appeler au secours! Mais à quoi cela aurait-il servi? La seule personne qui aurait pu accourir était justement celle dont il fallait se méfier : Kim!

A moins que la *taxi-girl* n'ait fait ces révélations, comme l'avait suggéré à un moment Serge Martin, que pour se donner de l'importance? Non, il n'était pas concevable qu'une voix aussi douce, paraissant aussi sincère, eût fait un tel mensonge, jetant le doute sur un boy dont le dévouement jusqu'à ce jour, avait toujours été exemplaire! Si Maï avait parlé ainsi, c'était parce qu'elle était très bien renseignée. Mais par qui? Était-elle une amie ou une ennemie? Serge Martin l'avait bien dit : « Dans ce pays, il faut apprendre à se méfier de tout le monde, et d'abord de ses amis! » D'où venait cette Maï?

L'antiquaire, dont la connaissance approfondie des milieux chinois étonnait de plus en plus son compagnon, n'avait-il pas dit, quand il la lui avait décrite dans la voiture pendant qu'ils revenaient vers Saigon : « *Elle a la taille fine et elle est anormalement grande pour une femme d'Extrême-Orient : ce qui confirme ma conviction qu'elle a beaucoup plus de sang chinois que vietnamien. Il n'y a que dans la Chine de l'Est que l'on trouve de telles créatures...* » La majorité des *taxi-girls* du *Grand Monde* n'étaient-elles pas chinoises? comme les chanteuses du *Piccadilly Hotel* et les pensionnaires de Mme Tchang? Certes, elles étaient d'une autre classe et d'un niveau nettement plus élevé, mais pour peu que l'on se donnât la peine de les étudier un peu, on devait retrouver le même type, le même caractère, le même genre de femme. Maï, c'était la Chine... et la Chine, c'était l'ennemie! Si elle lui avait donné l'avertissement, ce n'était peut-être pas dans un élan de sympathie, mais au contraire pour semer dans son esprit une sorte de peur latente qui le pousserait à abandonner les recherches et à quitter au plus vite le Viêt-Nam? N'était-ce pas là le troisième avertissement après les assassinats de Hô et de Raczinski? Ces paroles « *Si vous ne prenez pas de sérieuses précautions, vous serez assassiné dès que paraîtra la prochaine lune* » ne voulaient-elles pas dire : « Ce n'est pas parce que nous vous avons rendu aveugle que nous sommes satisfaits! Puisque vous vous entêtez à poursuivre votre mission au lieu de vous faire rapatrier, nous n'hésiterons pas à vous supprimer! »

Et une lueur fulgurante traversa le cerveau enfiévré de Jacques. Comment n'avait-il pas pensé à cela tout de suite? Cette menace, c'était la preuve irréfutable qu'en continuant à se promener à Cholon, il était dans le vrai, que Serge Martin et « la vieille chouette » avaient raison une fois de plus! D'autres paroles de l'antiquaire bourdonnaient à ses oreilles : *« Vous verrez que ce sera brusquement, alors que vous commencerez à désespérer, que les événements se précipiteront!* »

Hier soir, au *Grand Monde*, les événements s'étaient précipités : une *taxi-girl* inconnue avait parlé! C'était pour cela uniquement que Serge Martin s'était montré subitement inquiet. Il avait tout de suite compris que le danger était réel, et non pas dû uniquement à l'imagination d'une jeune femme romanesque. Puisqu'un délai très court avait été fixé à ce danger, c'était signe qu'en se rendant au hasard au *Grand Monde*, lui et Serge Martin étaient tout près de retrouver la filière qui avait semblé interrompue par l'explosion de l'épave. Ils brûlaient... C'était pourquoi les adversaires voulaient maintenant le faire disparaître, lui et son ami sans doute, avant vingt-quatre heures! Il fallait retourner au *Grand Monde* et faire parler encore la *taxi-girl!* Si seulement Serge Martin était là, il lui aurait dit de l'y conduire immédiatement! Mais où pouvait-il être? A moins qu'il n'y fût retourné seul, hanté par la même idée?

Au moment où, pour la dixième fois depuis qu'il s'était rendu dans la chambre de l'antiquaire, il se demandait si jamais il reviendrait, Jacques entendit un très léger craquement sur le palier. Instinctivement, il se blottit derrière le rideau d'une penderie où il avait remarqué — quand il voyait — que Serge Martin accrochait des affaires personnelles courantes tels qu'une vieille robe de chambre, un pyjama, un manteau de pluie, ses jumelles même... Et il attendit, retenant son souffle.

La porte donnant sur le palier s'ouvrit sans bruit et

l'homme dont il aurait reconnu les pas n'importe où, s'approcha d'abord du lit sur lequel il déposa un objet, puis se dirigea vers la chambre voisine : celle de Jacques. Dans tous ces mouvements, Serge Martin faisait preuve d'une extrême précaution, comme s'il cherchait toujours à ne pas réveiller celui qu'il croyait endormi.

Dès qu'il eut pénétré dans la chambre voisine, Jacques courut vers le lit où avait été déposé l'objet et il le saisit : c'était la carabine. Fébrilement, il la tâta : elle était armée, une balle dans le canon. Il la prit et se planta debout, près du lit face à la porte de communication.

Il entendit un juron proféré par l'antiquaire qui, après avoir découvert son absence dans la chambre, revint à pas rapides. Dès qu'il le sentit sur le seuil des deux pièces, Jacques dit très calme, en visant dans sa direction :

— Arrêtez-vous, Martin, sinon je tire!

— Ah çà! Vous êtes fou?

— Moins que vous ne le croyez! D'où venez-vous?

— Je ne vous le dirai que quand vous aurez remis cette arme sur le lit.

— Et si je vous abattais?

— Ce serait votre plus grave erreur, mon cher!

— Qu'est-ce qui me prouve que vous êtes mon ami, ou tout au moins mon allié?

— Rien, en effet...

— Vous croyez que je n'ai pas eu le temps de réfléchir depuis que je n'y vois plus? A deux reprises cette nuit, j'ai déjà pensé que vous vouliez me tuer lâchement! Je ne dormais pas figurez-vous!

— Félicitations! Vous avez acquis de remarquables dons de dissimulation... N'importe qui, à ma place, aurait cru que vous reposiez du sommeil du juste! Oui ou non, allez-vous cesser de faire l'enfant avec ce jouet dangereux?

— Vous avez peur? L'invincible Serge Martin! Le Prince des Antiquaires qui tremble!

— Et vous, vous avez trop d'imagination! Je n'ai jamais tremblé de ma vie, ce n'est pas cette nuit que je commencerai! Ceci pour deux raisons : d'abord, quand on ne voit pas — comme c'est malheureusement votre cas — on vise mal! Je sais : il y a la voix... Mais rien ne prouve que je n'ai pas déjà changé de position et que je ne parle pas d'une certaine façon pour vous donner l'impression que je suis à tel endroit de la pièce plutôt qu'à tel autre... Tirez donc pour voir! Vous serez déçu sur la précision de vos facultés auditives! Ensuite, je sais que vous ne tirerez pas!

— Qui pourrait m'en empêcher?

— Vous-même, Fernet! Parce que vous êtes un garçon intelligent... Je ne vois pas très bien ce que vous deviendriez, seul avec Kim, si je n'étais plus là.

— Rien ne prouve que ce n'est pas vous dont je dois me méfier d'abord, que vous n'êtes pas le tueur annoncé qui m'abattra avant la nouvelle lune.

— Les prédictions de la jolie fille? Vous leur attachez donc de l'importance, maintenant! Je croyais qu'elles ne vous intéressaient pas? La nuit vous a sans doute fait changer d'avis... Eh bien! vous avez raison : l'une des prédictions est vraie!

Il y eut un silence.

— Pourquoi ne tirez-vous pas? continua la voix de l'antiquaire. Parce que vous en êtes arrivé à ce point, mon petit, que vous ne savez plus où sont vos amis et vos ennemis. Je reconnais que n'importe qui à votre place pourrait perdre un peu la tête! Seulement vous n'êtes pas n'importe qui! Ne l'oubliez pas! Ce n'est pas parce qu'il atteint un certain degré d'énervement et d'exaspération qu'un homme, ayant accepté sciemment une mission telle que la vôtre, peut se permettre des crises de nerfs... Sinon cet homme devient dangereux pour ceux qui travaillent avec lui, et ceux-ci n'ont plus qu'une solution : le faire disparaître! Vingt fois, cent fois, j'aurais pu le faire : j'en ai le pouvoir, donné en haut lieu! Si je n'ai pas agi dans ce sens, c'est que je persiste — tout comme « la vieille chouette » — à croire dans vos possibilités... Le seul fait que vous ayez reçu hier soir un tel avertissement au *Grand Monde* prouve qu'elles sont grandes : vos adversaires les estiment au point de vouloir vous supprimer, même aveugle! N'est-ce pas là une sorte d'hommage de leur part à l'égard du travail d'approche que vous avez déjà accompli? Pour la dernière fois, posez cette arme sur le lit, Jacques!

Lentement, « le peintre » obéit.

— Maintenant, écoutez-moi! poursuivit la voix qui s'était radoucie. La *taxi-girl* ne s'est pas moquée de vous quand elle vous a dit de vous méfier de Kim... Si j'ai quitté cette chambre tout à l'heure, c'est parce que je voulais être fixé sur le compte de mon boy! Je suis descendu : il n'était pas dans sa chambre, ni dans la maison... J'ai été dans le jardin pour l'attendre... et croyez-moi, je sais attendre! J'ai aussi l'oreille fine, familiarisée avec les moindres bruits de nos nuits d'Extrême-Orient... Je ne sais trop pourquoi une sorte d'instinct m'a poussé à me diriger vers la tombe de Raczinski, au pied du sycomore, et là, adossé à l'arbre comme l'était notre pauvre ami, j'ai attendu encore... Mais je n'étais pas attaché, j'avais les bras libres et ma carabine! Je ne sais si vous avez remarqué que ce sycomore est situé au fond du jardin, presque contre la clôture. De l'autre côté c'est la route de Saigon. J'étais là depuis une bonne demi-heure quand j'ai entendu le bruit d'une auto, venant de la capitale. Le moteur s'est arrêté à une centaine de mètres de l'endroit où je me trouvais. Je me suis caché derrière le sycomore et tout à coup j'ai aperçu une silhouette qui sautait au-dessus de la clôture avec une agilité surprenante pour retomber dans le jardin : ensuite elle a couru dans la direction de la maison. C'était Kim. Quand j'entrouvris doucement la porte de sa chambre quelques minutes plus tard, il était allongé sur sa natte, dormant...

Plus exactement faisant semblant de dormir, comme vous! Il m'a certainement vu, mais cela n'a aucune importance : il sait qu'il m'arrive souvent de faire ainsi des rondes nocturnes dans ma demeure quand je suis frappé d'insomnie. Je suis comme vous : il y a des nuits où je n'ai pas du tout envie de dormir! Et je suis remonté ici où je vous ai retrouvé l'arme à la main. Cette petite expérience prouve simplement que Kim a des amis à l'extérieur, des amis qui viennent le chercher et qui le ramènent en voiture... Ceci explique aussi que Kim n'ait rien vu, rien entendu quand on a transporté le Polonais de sa chambre jusqu'à l'arbre pour le décapiter! Donc Kim est suspect. Et puisqu'il l'est, la jeune Maï ne nous a pas menti! Voilà, mon bon ami, la raison pour laquelle j'ai pris le risque de vous laisser seul pendant une bonne heure. Vous m'en voulez toujours?

— J'ai été stupide!

— Disons que vous avez eu un réflexe normal d'autodéfense et n'en parlons plus!

— Que comptez-vous faire?

— Pour le moment essayer de prendre quand même quelque repos... Plus rien ne se passera pendant le reste de cette nuit. Demain, par contre, sera une journée capitale puisque, le soir même, nous serons gratifiés de la nouvelle lune... Quelques heures de répit, ce n'est pas beaucoup, mais c'est considérable quand on sait ce qui vous attend... Vous aussi, retournez vous allonger en essayant de penser à la jolie fille qui vous veut du bien. Je vous répète qu'elle est la plus belle de toutes : ce sera pour vous un excellent dérivatif! Je ne vous dis plus « bonne nuit » mais « à demain matin »...

Au moment où Jacques rejoignit sa chambre, il ajouta :

— Ah! Un dernier conseil de la plus haute importance : quand Kim vous apportera le petit déjeuner, soyez souriant comme un homme qui a passé une excellente nuit et qui est enchanté de le revoir. Ceci, sans exagération... Pendant que vous rêverez à Maï, je penserai très sérieusement à votre emploi du temps de la journée...

L'aveugle était à nouveau sur son lit, sachant qu'il ne trouverait pas le sommeil. Mais l'antiquaire avait eu raison de lui conseiller le dérivatif : Maï.

Volontairement il oublia tout pour ne plus penser qu'à la fille du *Grand Monde*, à celle dont il ne pourrait jamais voir le visage mais qui, bien qu'elle fût chinoise, était peut-être sa plus grande alliée.

— J'espère que Monsieur a bien dormi ? fut le salut de Kim apportant le petit déjeuner.

— On ne peut mieux, mon brave Kim ! répondit Jacques. J'ai rêvé que la plus jolie fille de Saigon était devenue amoureuse de moi...

— C'est un très beau rêve, dit Kim en souriant avant de s'en aller.

Quelques minutes plus tard, Serge Martin était à son tour dans la chambre :

— Alors, bon ami, cette fin de nuit a été moins pénible que le commencement ?

— Infiniment moins ! J'ai suivi vos conseils : le dérivatif...

— La prise de contact matinale avec Kim a été cordiale ?

— Plus que cela : souriante...

— Parfait ! Quand nous nous sommes quittés cette nuit, j'ai omis de vous demander si vous aviez fait un projet de promenade pour aujourd'hui. En principe, c'est au tour de Kim de vous servir de guide et pas au mien.

— C'est exact. J'avais décidé, pour me changer un peu des pérégrinations dans ce Cholon dont je commence à avoir par-dessus la tête, de retourner à Saigon du côté de la Pointe des Blagueurs.

— Excellente idée ! Aviez-vous mis Kim au courant de ce

projet pendant la promenade que vous avez faite avec lui avant-hier ?

— Oui.

— Voilà qui est très intéressant... et dangereux ! Vous risquez, en effet, qu'à cette Pointe des Blagueurs on ne vous réserve une blague sinistre... Il ne faudra rien changer à vos projets : vers 16 heures, vous monterez le plus naturellement du monde dans la Chevrolet conduite par Kim. Selon votre habitude, vous vous installerez à côté de lui et la voiture partira. Je ne serai pas là pour vous souhaiter bonne promenade : je vous aurai quitté ostensiblement un quart d'heure plus tôt pour me rendre à pied, dans le voisinage, chez l'un de mes vieux amis, le Dr Klein — un Allemand implanté dans ce pays depuis des années — avec qui j'a fait pas mal d'échanges de figurines en terre cuite : lui aussi c'est un collectionneur... Nous nous retrouverons le soir ici, à votre retour vers 19 heures.

— Vous me laissez seul avec Kim juste avant la nouvelle lune ?

— Il le faut pour voir si la deuxième prédiction de l'aimable Maï se réalisera : le projet de votre assassinat... Mais n'ayez aucune inquiétude ! Vous serez protégé à temps si jamais un événement survenait.

— Par qui ?

— Disons : par votre ange gardien !

A 16 heures, Kim ouvrait la portière de la Chevrolet dans laquelle monta Jacques, puis le boy prit place au volant. Pendant l'aller, Jacques lui demanda :

— Tu connais ce Dr Klein auquel ton maître a été rendre visite ?

— C'est un grand ami de M. Martin. Lui aussi possède de belles collections...

Un quart d'heure plus tard, la Chevrolet arrivait devant l'entrée du café restaurant installé à la Pointe des Blagueurs.

Au moment où elle stoppa, une rafale de mitraillette crépita. Le réflexe de l'aveugle fut immédiat : il se baissa, ainsi que Kim, à l'abri du tableau de bord. Presque simultanément une nouvelle rafale avait retenti au milieu des cris des consommateurs attablés à la terrasse et des passants, puis ce fut le silence...

Une voix, que Jacques reconnut aussitôt, demanda à la portière parsemée de trous d'impact :

— Êtes-vous blessé, monsieur Fernet?

— Je n'en ai pas l'impression, lieutenant Dàng-Ngoc-Tuê! répondit Jacques en se relevant. Mais attendez : je vais quitter ce siège pour voir...

Il sortit de la voiture, sans même que l'officier de police ait eu besoin de l'aider, avant de demander :

— Me voyez-vous saigner quelque part? Moi, je ne sens rien...

— Vous êtes indemne, constata le lieutenant. C'est un vrai miracle!

— Disons que ce sera le deuxième! Gare au trois! Que s'est-il passé exactement?

— On a voulu vous abattre... Seulement nous avions été prévenus par votre ami Martin... Votre assassin, lui, n'a pas échappé à mes hommes : il est là, par terre, pour longtemps! C'est sûrement un tueur du Viêt-Minh.

— La deuxième rafale entendue?

— Elle a été pour lui...

— Et Kim? demanda l'aveugle. Il ne bouge pas sous son volant! Il doit être touché!

A cet instant une voix dit du fond de la voiture :

— Kim n'a rien, lui non plus! D'ailleurs le contraire m'aurait surpris : sa mort n'était pas prévue au programme de l'après-midi...

— Vous étiez donc dans la voiture? demanda Jacques ahuri.

— Depuis le départ, cher ami! répondit l'antiquaire.

Pour rien au monde, je n'aurais voulu vous laisser participer seul à un tel festival! Je suis un peu acrobate aussi, à mes moments perdus... Ça t'épate, cela, Kim? Tu ne t'attendais pas à ma présence? Maintenant, relève-toi et reprends bien sagement ton volant sans bouger... Je ne te quitte pas : je suis derrière toi, comme ton ombre! Lieutenant, avons-noue des pneus crevés?

— Non, monsieur Martin.

— Dans ce cas, nous pouvons rouler! Le mieux serait donc, pour éviter un nouvel attroupement, de rentrer d'urgence à la maison. Peut-être y a-t-il encore quelques amis du mort dans les parages? N'est-ce pas votre avis, lieutenant?

— Vous avez raison, monsieur Martin... Je vais vous faire escorter par deux de mes hommes en moto.

— M. Fernet et moi sommes très sensibles à un pareil honneur que l'on ne réserve généralement qu'aux personnalités de choix! Pendant ce temps, lieutenant, vous pourrez commencer immédiatement l'enquête sur place!... Si vous obteniez quelques détails, soyez aimable de nous les communiquer, ne serait-ce que par un coup de fil. Et nous restons à votre entière disposition, bien que notre témoignage me semble devoir s'annoncer comme des plus faibles! Personnellement, je n'ai rien eu le temps de voir... Quant à M. Fernet, il était encore plus mal placé pour se rendre compte de ce qui se passait!... Eh bien! Kim, qu'est-ce que tu attends pour embrayer? La peur t'aurait-elle paralysé à ce point? En route, mon garçon! Direction : la maison!

Le boy se raidit et fit un visible effort pour conduire à nouveau. Quelques secondes plus tard, la Chevrolet roulait, encadrée par deux « motards » de la police vietnamienne, dont les sirènes ne cessaient de hurler pour ouvrir le passage.

— Un vrai retour de roi! dit doucement Serge Martin toujours installé sur la banquette arrière. Et surtout, mon boy adoré, conduis bien sinon ce petit joujou, qui te caresse l'échine depuis que tu t'es accroupi, te réglera ton compte! Ni mon ami Jacques ni moi ne craignons de te voir mourir au volant : la voiture fera une belle embardée et ce sera tout! Ma pauvre vieille Chevrolet est déjà dans un si piteux état que quelques cabosses de plus sur sa carrosserie ne se remarqueront même pas! Je sais aussi que tu ne tiens pas à mourir : tu es trop lâche, Kim!

Jacques, toujours assis à côté du boy, comprit que le canon du revolver de Serge Martin restait appuyé en permanence contre le dos du boy.

— Mon cher Jacques, poursuivit l'antiquaire, je vous dois une petite explication pour ma présence assez imprévue dans cette voiture. Quand je vous ai quitté, un quart d'heure avant votre départ de la maison, je n'ai pas été très loin! Je me suis tout simplement camouflé derrière le massif d'hortensias qui décore ma pelouse; j'ai attendu que Kim ait amené la voiture devant le perron et en soit descendu pour aller vous chercher. Aussitôt j'ai couru jusqu'à la voiture où je me suis tapi sur le plancher arrière, en contorsionniste à cause de mes grandes jambes! Kim vous a ouvert la portière de droite pour que vous puissiez monter dans la voiture, puis il en a fait le tour pour s'installer au volant. Et vous êtes partis, sans vous douter que « l'ange gardien » était allongé, le joujou en main, sur le plancher, à quelques centimètres de vous deux... Quel charmant voyage nous avons ainsi fait tous les trois! Une certaine connaissance des mœurs de ces régions me permettait de me douter un peu de ce qui se passerait à l'arrivée : c'est toujours quand une voiture ralentit ou s'arrête que ses occupants sont le plus vulnérable... Tout était prévu pour vous accueillir à la Pointe des Blagueurs! Le tueur savait exactement où vous seriez assis et Kim savait également que, dès qu'il aurait freiné, il devrait se baisser : ce qu'il a fait aussi vite que vous... Si vous pouviez y voir bon ami Jacques, vous constateriez que le pare-brise est absolument intact sur sa moitié gauche, celle qui se trouve devant le conducteur : on a dû choisir un tireur d'élite qui avait l'ordre de ne viser que vous! J'avais pris soin de prévenir également ce matin le commissaire Xi-Dien qui n'a pas hésité à nous déléguer sur place l'aimable lieutenant Dàng-Ngoc-Tuê : je vous ai déjà dit que la police vietnamienne pouvait se montrer très efficace et qu'un jour ou l'autre nous aurions sans doute besoin de ses services...

Après une courte interruption, il reprit :

— Et toi, Kim, qu'est-ce que tu penses de tout cela? Tu dois t'estimer très heureux que je ne t'aie pas livré à la police du commissaire que tu ne dois pas chérir beaucoup et dont tu connais les méthodes pour faire parler les boys de ton acabit? Entre elle et mon revolver, qui t'imposait le silence, tu as choisi! Tu as opté pour cette délicieuse caresse de ton maître qui te fait encore frissonner! Comme tous ceux de ta race, tu es un raffiné : tu aimes les plaisirs silencieux qui durent... Je pense que tu as bien fait! Ce ne sera que tout à l'heure, quand nous nous retrouverons « en famille », tous les trois chez moi, que je verrai si je dois te livrer au commissaire ou, au contraire, lui faire croire que toi aussi, tu as failli être victime de ce nouvel attentat... Tout dépendra de la bonne volonté dont tu feras preuve pour répondre à mes questions... Pour le moment, je vais te donner un ordre : quand nous arriverons à l'entrée de mon jardin, tu t'arrêteras un instant pour que je puisse dire deux mots à ces solides gaillards qui nous escortent. Ensuite tu nous conduiras jusqu'au perron où tu laisseras la voiture dont tu descendras pour entrer avec nous dans la maison. Mon joujou ne cessera pas d'effleurer ta jolie épine dorsale! Après nous verrons...

Les choses se passèrent exactement comme l'avait décidé Serge Martin. Pendant le court temps d'arrêt devant l'entrée du jardin, il avait dit en vietnamien aux policiers :

— Merci, messieurs... Puis-je vous demander de rester ici encore pendant quelque temps?

— Le lieutenant nous en a donné l'ordre, monsieur Martin.

— Ça ne m'étonne pas de sa sollicitude! Bien entendu, si, par hasard, des journalistes ou curieux se présentaient — les nouvelles courent si vite, dans ce pays! — je vous demande de les éconduire poliment, mais fermement!

— Vous pouvez compter sur nous.

— Si vous saviez, messieurs, combien mon cher ami Fernet, ce pauvre Kim qui tremble encore de tous ses membres et moi-même vous sommes reconnaissants de cette protection! Nous nous sentirons tellement plus à l'aise, sachant votre présence toute proche...

La voiture avait pénétré, débarrassée des motards, dans l'allée conduisant au perron. Ses trois occupants en étaient descendus.

Dès qu'ils furent dans le vestibule, l'antiquaire prit soin de verrouiller intérieurement la porte d'entrée, avant d'ordonner au boy :

— Mets-toi debout contre le paravent chinois, les bras en l'air et la face contre la laque. Je n'ai plus envie, pour l'instant, de contempler ta vilaine frimousse! Quant à vous, cher ami, prenez le joujou...

Il tendit le revolver à Jacques.

— ... et maintenez-le contre le dos de ce jeune voyou. S'il esquisse le moindre mouvement, vous tirez! Vous qui vous exerciez cette nuit à tenir une arme à feu, vous serez très à l'aise : inutile de viser quand le canon reste appliqué contre la cible! Je reviens dans quelques minutes...

A son retour, il portait une cordelette longue et fine :

— Maintenez l'arme dans la même position, cher ami, je vais ficeler Kim...

Il le fit avec une rapidité et une dextérité prodigieuses, en commençant par les jambes du boy et en lui ordonnant à un moment :

— Baisse les bras maintenant!

Les bras aussi furent rivés au corps.

Quand tout fut terminé, il jeta Kim sur le sol, comme un paquet, en lui disant :

— Tu ressembles tout à fait à ce pauvre Hô et à Raczinski, attachés par tes amis à une barre de jonque et à un sycomore! La seule petite différence, c'est que tu as encore la chance d'avoir ta tête sur tes épaules... Mais ça peut ne pas durer! Je ne t'ai pas bâillonné pour que tu puisses me répondre... Ceci fait, que diriez-vous, mon cher Fernet, de deux bons whiskies, dégustés à la santé de Kim? Le plateau est là... Profitons-en!

Tranquillement, il remplit les verres, en tendit un à l'aveugle, approcha deux sièges du boy allongé et dit à Jacques :

— Je vous en prie, mon cher, asseyez-vous! Connaissant la tendance qu'ont les naturels de ce pays au mutisme quand on les interroge dans de telles conditions, la séance risque d'être longue...

Dès qu'ils furent assis, le verre en main, il commença :

— Tu vas d'abord nous dire, Kim, pour qui tu travailles?

Le boy ne répondit pas.

— Tu commences déjà à faire la mauvaise tête? C'est une erreur, mon garçon! Je vais te mettre en train en te rafraîchissant d'abord la mémoire : tu te souviens des bontés que j'ai eues à ton égard depuis sept années que tu es à mon service? Je n'ai rien à cacher devant mon ami Fernet... Quand je dis « bontés », cela signifie bontés de toutes sortes... Oui, je l'avoue, j'ai toujours eu un petit faible pour toi, Kim! Dans ton genre, tu me plaisais... Tu es de loin le plus beau et le plus réussi de tous les boys que j'ai connus! Aussi n'as-tu pas eu à te plaindre de mes prodigalités! Après tout, je suis un homme seul et chacun a bien le droit de trouver ses joies là où il peut...

L'aveugle écoutait avec effarement la voix douce qui continuait :

— Et c'est pour me remercier de ma tendresse que tu as laissé assassiner sous mon toit Raczinski et conduit mon ami Fernet dans un guet-apens où, normalement, il devait trouver la mort... Note bien que je ne t'accuse pas d'avoir participé directement à celle du sampanier : tu n'aurais pas pu te trouver à deux endroits à la fois, ici et auprès de la jonque. Mais cela ne veut pas dire que tu ne sois pas non plus, indirectement, responsable de son exécution! La troisième, celle de Jacques, a été manquée, mais deux de réussies, c'est déjà trop! Réponds : pour qui travailles-tu? Les Russes? Sûrement pas! Tu les hais comme tous ceux de ta race! Les Vietnamiens? Tu as montré tout à l'heure, en te taisant, que tu avais trop peur de leur police : c'est donc que tu n'es pas de leurs amis... Réponds, Kim! J'attends!

Le boy restait toujours muet.

— Au cas où tu aurais tendance à l'oublier, je vais te rappeler pour qui tu travailles... Bien que tu sois annamite de naissance, j'ai découvert, il y a longtemps déjà, que tu avais une mère chinoise et que tu parlais couramment sa langue. Ce qui ne t'a pas empêché de m'affirmer que tu n'en savais pas un traître mot! En ce moment, pour la commodité de mon ami Fernet qui va te juger avec moi, je m'exprime en français mais je pourrais te dire toutes ces choses aussi bien dans ta langue maternelle : tu les comprendrais très bien! Tes véritables maîtres, Kim, sont à Pékin... Tu ne les connais pas, comme tous ceux qui appartiennent à ton Parti, mais tu leur obéis aveuglément... Et en cela tu n'es qu'un imbécile! Tu avais la chance d'avoir ici une vie agréable, une existence que tu ne pourrais jamais connaître dans ce que tu crois être un paradis : la Chine actuelle! Et même en admettant que tu aies commis l'erreur de t'affilier au Parti, si tu avais eu la franchise de me le dire, tu sais très bien que j'avais la possibilité de te faire filer immédiatement ailleurs pour t'en libérer. Seulement tu n'as pas osé, ou tu n'as pas voulu! Tu as préféré rester là, au service de l' « antiquaire » pour l'épier et rapporter fidèlement à tes maîtres tout ce qu'il manigançait! Seulement voilà : pour surveiller un bonhomme comme moi, il faut une envergure que tu n'as pas! Tu n'es qu'un piètre subalterne, mon pauvre Kim! Pour la dernière fois, parle! Je n'ai plus de temps à perdre! Ma justice peut se montrer tout aussi expéditive que celle qui a décidé les morts de Hô et de Raczinski! Tu comprends?

Les lèvres du boy restèrent serrées.

— C'est bon! dit l'antiquaire en quittant son siège. Comme j'ai quand même devant moi un peu plus de temps que n'en ont eu les assassins de mes amis, je vais utiliser à ton égard la méthode chère à tes vrais maîtres de Chine, la mort lente... Peut-être te décideras-tu alors à parler avant la fin?

Les yeux, si petits d'habitude, de Kim s'agrandirent, exorbités, en même temps qu'un frisson semblait secouer son corps ficelé.

— Je vois que je commence à t'intéresser... Tu sais aussi bien que moi qu'il existe dans le pays que tu vénères mille et une façons de faire mourir... Pour te prouver que je ne les ignore pas, je vais me faire une joie de te citer quelques-uns des supplices auxquels tu as droit comme traître à mon égard...

Et la voix commença, sans passion, sur un ton détaché, l'étrange énumération :

— Je peux briser ta tête à coups de maillet pour que le sang en jaillisse; ensuite j'appliquerai dessus une barre de fer chauffée au rouge qui brûlera tes chairs jusqu'à ce qu'il ne reste plus que les os de ton crâne... Je puis aussi décalotter complètement ta tête pour que ta peau retombe sur ton front et recouvre ta figure que je trouve maintenant hideuse!... Je puis t'obliger, au moyen d'un bâillon, à tenir ta bouche ouverte pour y verser de l'huile que j'enflammerai avec une mèche... Je puis également fendre ta bouche des deux côtés jusqu'aux oreilles puis y mettre un bâillon qui la maintiendra ouverte, pleine de sang... Je puis envelopper tes deux mains dans une toile imprégnée d'huile et y mettre le feu... Je puis taillader tes chairs depuis la nuque susqu'aux chevilles et te frapper jusqu'à ce que tu expires jous mes coups... Je puis t'écorcher le cou jusqu'aux reins, de manière que ta peau en retombant couvre la partie inférieure de ton corps... Je puis passer un trident de fer à travers ton corps et le clouer à terre avec cette arme avant de te brûler à petit feu... Je puis t'arracher des lambeaux de chair avec un coutelas à deux tranchants, de manière à pratiquer dans tout ton corps des trous inégaux et à laisser la mort venir... Je puis taillader tes chairs, puis, avec un peigne de fer, racler les lambeaux jusqu'au décharnement de ta personne...

Le boy poussa un rugissement pendant que son corps était soulevé par un soubresaut.

— Je sens que ça te passionne de plus en plus parce que tu te rends compte que je connais vraiment les bonnes méthodes! Tu ne voudrais tout de même pas que je t'accorde la joie de n'être que décapité par un coup de sabre comme Hô et Raczinski! C'est un moyen beaucoup trop rapide! Mais je vais te montrer jusqu'où peut aller ma clémence... Je te laisse le choix dans les aimables procédés que je viens de t'énumérer... Lequel veux-tu, mon gentil Kim?... Tu ne réponds toujours pas? Alors je te réserve une grande surprise : une autre méthode qui me paraît juste puisque nous sommes en pays viêt... Dès que la nuit sera tombée, ce qui ne saurait tarder maintenant, je la mettrai à exécution... Il te reste à peu près une heure pour réfléchir : elle peut t'être salutaire... Et, même si tu t'obstines, elle te permettra de réaliser que ta plus grande erreur a été de tromper ma confiance... Je n'ai plus rien à te dire, Kim!

Après avoir vidé son verre, il s'adressa à Jacques :

— Venez cher ami... Nous pouvons le laisser là seul avec ses réflexions : boudiné comme il l'est, il ne bougera pas!

Quand Jacques et lui furent dans la pièce voisine, il dit :

— Surtout, n'allez pas croire que j'aime la cruauté! J'en ai horreur mais, hélas! il n'y a qu'elle que ces gens-là comprennent.

— Vous ne pensez pas qu'une balle dans la tempe ferait tout aussi bien l'affaire?

— Non! la seule chance que nous ayons de l'amener à parler sera dans un supplice progressif et lent... S'il n'a pas répondu à ma première question, qui est capitale pour nous, il ne répondra à aucune autre... Ne vous attendrissez pas à son sujet! Il n'en vaut pas la peine! Dites-vous bien que si un jour, nous tombions vivants entre les mains de ses amis, nous pourrions connaître une agonie qui durerait huit jours! D'ailleurs, pratiquement, je n'aurai pas besoin de votre aide pour l'exécution si elle se révélait nécessaire... Je vous demanderai simplement de conserver le revolver en main par prudence pendant que j'opérerai... Vous avez d'ailleurs la chance de ne pas voir! Vous entendrez : ce sera déjà très suffisant pour votre sensibilité qui, je le répète, est beaucoup trop grande!

La nuit était venue.

Ils revinrent dans le salon où l'homme ficelé se tordait sur le sol, essayant vainement de se débarrasser de ses liens.

— Alors, Kim? As-tu réfléchi?

La bouche du boy s'ouvrit pour cracher.

— Et tu m'insultes, moi ton bon maître? Je te pardonnerai encore moins que tout cette dernière injure... C'est ta réponse?

La bave dégoulinait de la bouche du boy.

— C'est bien. Tu vas mourir...

Il alla vers un placard du vestibule d'où il sortit deux pelles-bêches qu'il tendit à Jacques en disant :

— Puis-je vous demander de les porter jusqu'au lieu de l'exécution ?

Et il enfonça dans la bouche du boy un tampon pour l'empêcher de crier en ajoutant :

— Ainsi tout se passera en silence... Mon cher Fernet, votre ouïe délicate ne sera même pas troublée! Maintenant, je me charge du colis!

Sans plus attendre, il souleva le boy de terre et le mit sur son épaule comme s'il portait l'un de ces gros sacs de toile bise qui servent de paquetage aux marins.

— Allons... dit-il en sortant de la maison.

L'étrange marche dans le jardin commença. L'aveugle, qui était à sa droite, demanda à voix basse :

— Vous feriez mieux de le remettre aux policiers qui attendent sur la route...

— Pour que le commissaire Xi-Dien vienne une fois de plus se mêler de nos affaires ? La propre de notre profession, mon cher, c'est que nous devons régler nos comptes entre nous et sans l'aide d'aucune police!

— Mais si les policiers s'apercevaient de quelque chose?

— Il fait suffisamment noir : ils ne peuvent pas nous voir. De plus comme ceux qui nous protègent en ce moment ne sont que des « flics » motorisés et non pas des détectives, ils resteront bien sagement à leur poste : pour eux comme pour leurs confrères d'Europe un ordre, c'est un ordre!

Quand la marche cessa, l'antiquaire posa son fardeau humain sur le sol en disant :

— Nous sommes arrivés...

— Où sommes-nous? demanda l'aveugle.

— Au pied du sycomore et devant la tombe secrète de Raczinski : je pense que c'est là que Kim doit expier... Mon cher, prenez à nouveau le revolver pour le cas où il aurait encore des velléités de se libérer de ses liens... Et approchez... encore... là : ce que votre pied vient de heurter, c'est son corps ficelé. Comme cela vous l'avez bien repéré pour tirer éventuellement. L'arme a un silencieux : là-bas où ils sont les policiers n'entendront rien. Pendant ce temps je vais creuser sa tombe... Normalement, si j'appliquais les méthodes des Viêts, je devrais la lui laisser creuser lui-même, mais il faudrait pour cela le délivrer de ses liens et il est agile! Je m'en suis aperçu la nuit dernière quand je l'ai vu franchir le mur...

Dans le silence de la nuit, Jacques n'entendit plus que les coups sourds de la pelle-bêche qui creusait avec une régularité constante comme si celui qui l'utilisait était infatigable. Ce martèlement lui sembla une chose atroce.

Enfin les coups cessèrent. Au même moment la voix de l'antiquaire constata :

— Le trou est suffisant pour sa taille...

L'aveugle comprit qu'il reprenait le corps pour le déposer dans la fosse. Quand ce fut fait, la voix toujours douce, mais implacable reprit :

— Comme tu es né de père annamite, Kim, je vais te faire mourir à la mode de ton pays : t'enterrer vivant... Le bâillon t'empêche de parler, mais tes yeux de chat qui se faufile la nuit vont te permettre de voir.

La pelle-bêche reprit son travail, rejetant la terre sur le corps allongé qui fut enseveli progressivement. Le boy poussait des gémissements. Une nouvelle fois, la pelle-bêche s'arrêta et la voix de Serge Martin, qui s'était penché au bord de la fosse, reprit.

— Maintenant tu es immobilisé, Kim. Mais ton visage est encore à l'air libre. Tu étouffes déjà parce que tu sens toute cette terre qui pèse sur ton corps. Il ne tient qu'à toi que, dans un instant, elle recouvre également ton visage... et ce serait la fin! Je vais te donner encore une chance en te retirant pendant quelques secondes le bâillon. Tu n'auras qu'un mot à dire pour me désigner la nationalité de ceux à qui tu obéis et je te ressortirai de ta tombe...

Jacques aussi s'était penché, espérant de toute son âme entendre le mot prononcé par l'homme presque enterré. Mais, une fois encore, celui-ci resta muet.

— C'est donc que tu préfères la mort? dit l'antiquaire dont la voix s'altéra : Mais qu'est-ce qu'ils vous ont fait à tous, ceux qui vous dirigent, pour vous amener à un tel fanatisme? Ce serait à croire que vous êtes drogués! Si tu parles, Kim, tu pourras vivre, et je te promets que je te ferai échapper à leurs griffes!

Le souffle de Kim, dont la poitrine était comprimée, devenait haletant. Mais il continuait à se taire.

— Je vais te laisser une dernière chance...

Serge Martin avait brusquement allumé une lampe électrique de poche dont le faisceau lumineux, après avoir aveuglé pendant quelques secondes le visage du boy au ras du sol, éclairait maintenant la terre rouge recouvrant jusqu'au niveau du menton le corps enseveli.

— Regarde, Kim, ces petites amies qui ont hâte de venir te rendre visite...

Des nuées de fourmis, sortant de la terre, se dirigeaient vers le visage horrifié.

— Pendant que j'attendais ton retour la nuit dernière sous le sycomore, j'ai constaté qu'il y avait à mes pieds une gigantesque fourmilière. C'est pourquoi j'ai également choisi cet endroit pour t'y enterrer vivant... Nous allons te laisser dans l'exquise compagnie de ces petites bêtes et demain, au lever du jour, nous reviendrons voir si tu n'as pas enfin changé d'avis et décidé d'être plus bavard. Bonsoir Kim!

Pendant qu'il retournait vers la maison en guidant Jacques par le bras, Serge Martin lui dit, après avoir repris le revolver qu'il lui avait confié :

— Si je vous ai mis cette arme en main, ce n'était pas

tellement pour exécuter Kim s'il réussissait à se libérer de ses liens : il n'avait aucune chance d'y parvenir... Je m'y connais en emballages! C'était plutôt pour vous donner la possibilité de m'abattre, pendant que je creusais le trou... Pourquoi ne l'avez-vous pas fait?

L'aveugle restait silencieux, lui aussi. Serge Martin continua :

— Avouez que tout à l'heure ce n'est pas l'envie qui vous en a manqué? Vous avez pensé : « Et si je supprimais cette brute pour libérer ce malheureux boy? » Seulement, pour une fois, vous avez réfléchi intelligemment. Vous vous êtes dit : « Quand je l'aurai tué, qu'est-ce qui se passera? Si je parviens à sortir Kim de son trou, suis-je certain qu'il m'en aura de la reconnaissance? Agira-t-il comme le sampanier Hô qui estimait, lui, avoir une dette humaine à l'égard du premier Blanc qu'il pourrait sauver? S'il me tue à son tour ou me fait assassiner, comme il a tenté de le faire cet après-midi, je disparaîtrai stupidement sans avoir rempli la mission qui m'a été confiée à Paris et que j'ai acceptée. Serge Martin ne sera plus là non plus pour la poursuivre; il n'y aura plus personne! Je serai doublement l'assassin de mon frère de combat secret et un traître vis-à-vis de mon pays : ma mort sans gloire aura quelque chose d'ignominieux. » C'est pour cela que vous n'avez pas appuyé sur la gâchette, Jacques Fernet!

Quand ils furent dans le salon, il demanda :

— Un autre whisky?

— Non.

— Si nous allions nous reposer? La nuit dernière, nous n'avons guère dormi!

— Vous seriez capable de trouver le sommeil quand un homme est en train d'être dévoré par les fourmis à quelques centaines de mètres de vous, dans votre propre jardin?

— Combien de soldats pendant la guerre se sont endormis, assommés de fatigue, à côté des corps de leurs meilleurs camarades morts ? Le combat continue pour nous, Fernet. Ce n'est pas parce qu'il est silencieux et que les journaux n'en parlent pas, qu'il n'est pas meurtrier ! C'est peut-être parce que quelques hommes comme nous sauront le gagner qu'une autre guerre infiniment plus meurtrière et « officielle » celle-là, sera évitée ! Sincèrement, je me sens très capable de dormir...

— Moi je resterai ici.

— A votre aise ! Je rejoins mon lit, l'âme tranquille, sachant que les anges gardiens envoyés par le lieutenant Dàng-Ngoc-Tuê sont suffisants pour empêcher cette nuit toute nouvelle attaque contre votre personne. Bonsoir !

L'aveugle se retrouva seul. Longtemps il demeura prostré dans ce même fauteuil où il avait vu un Raczinski s'affaler, à demi mort de faim et d'épuisement. Ses pensées erraient, confuses et contradictoires. Il en arrivait à ne plus savoir très bien où était son devoir. S'il devait laisser Kim subir un destin hideux ou, au contraire, profiter de ce que Serge Martin dormait pour retourner seul au fond du jardin devant le sycomore qui était devenu l'arbre d'une étrange justice ? Mais il n'était pas très certain, bien qu'il l'eût parcouru à l'époque où il voyait encore, de retrouver le chemin exact dans sa nuit qui était beaucoup plus profonde que celle du monde extérieur. Peut-être serait-il guidé par quelques faibles plaintes du boy bâillonné, si seulement celui-ci avait encore la force de les exhaler ?

Au bout d'une demi-heure, deux peut-être — le temps ne comptait plus pour lui — il se leva et se dirigea vers le vestibule. Sa conscience se révoltait. Même si les conséquences du geste de clémence devaient être graves, il libérerait Kim et le laisserait s'enfuir. Les pelles-bêches étaient restées là-bas sur place, à quelques centimètres de l'enterré vivant. Il saurait les utiliser pour gratter, pour remuer, pour déplacer la terre de la mort lente...

Dans le jardin, il avança à tâtons, s'arrêtant avec l'espoir d'entendre des plaintes... Mais partout, c'était le silence comme si la mort avait déjà accompli son œuvre. Il continuait à marcher, cherchant, se fiant à des souvenirs visuels très incertains mais surtout à son instinct qui lui disait : « Avance! C'est toi qui es dans le vrai! il ne faut pas rendre le mal pour le mal... Tu es dans le bon chemin... »

Alors qu'il commençait à désespérer de retrouver le lieu maudit, son pied heurta un objet dur : c'était l'une des pelles-bêches. Kim était donc tout près... Il s'agenouilla et avança ainsi, les mains en avant, effleurant la terre... Brusquement elles s'immobilisèrent au bord de la fosse. L'homme se pencha pour que ses mains pussent atteindre le visage qui n'était pas encore enseveli... Mais là, elles eurent une répulsion d'horreur : des fourmis grimpaient déjà entre ses propres doigts... Les mains, dirigées par un violent effort de la volonté, revinrent sur le visage pour s'approcher de la bouche d'où il retira le bâillon. Puis le visage de l'aveugle se pencha sur celui de l'homme immobile :

— Kim, c'est moi, le peintre... Je suis revenu seul... Martin ne le sait pas... Je vais te délivrer et tu partiras vite! Je ne te pose pas de questions comme lui. Dis simplement un mot pour me prouver que tu m'entends?

Le boy resta muet.

Ne pouvant approcher son oreille du cœur, déjà enfoui sous la terre, Jacques l'appliqua contre la bouche entrouverte et il écouta : aucun souffle n'en sortait.

A cet instant la voix calme de l'antiquaire dit derrière l'homme agenouillé devant la fosse :

— Il est mort...

Elle attendit avant d'ajouter :

— Relevez-vous, Fernet, pour que je puisse terminer le travail... Vous avez beaucoup de chance de ne pas pouvoir contempler, sous l'éclairage de ma lampe électrique, son visage... Il est couvert de boue et de routes de fourmis. Sa bouche n'en est même plus une : c'est déjà de la terre, engluée de bave et d'insectes.

Jacques avait reculé. Presque aussitôt, il entendit la pelle qui remuait à nouveau la terre pour cacher définitivement le visage.

L'antiquaire piétina ensuite le sol, comme il l'avait déjà fait pour le Polonais, tassant la terre sur le corps.

— Je reviendrai demain au petit jour pour effacer toutes traces : c'est indispensable! Venez...

Pendant qu'ils retournaient vers la maison, il murmura à son compagnon :

— Il faut reconnaître qu'il a eu le courage de mourir comme il a toujours vécu : en se taisant... Et c'est bien là ce qu'il y a de plus effrayant dans cette race!

Une fois de plus, ils étaient dans le salon. Jacques avala d'un trait le whisky que lui avait tendu Serge Martin sans rien dire, puis il présenta à nouveau son verre vide que l'antiquaire remplit avant d'expliquer :

— Contrairement à ce que vous pensiez, je n'étais pas remonté dans ma chambre : j'étais retourné auprès de Kim.. Comme vous, j'ai retiré le bâillon pour lui permettre de parler mais j'ai compris tout de suite qu'il ne pourrait plus jamais le faire... Et j'ai attendu, certain que vous viendriez aussi... Seulement, vous, ce serait avec l'intention de le libérer! Je suis très heureux qu'il soit mort avant, Fernet! Une fois débarrassé de la cordelette, il ne vous aurait pas accordé une seconde de vie! Nous, au moins, nous lui avons laissé le temps de la réflexion...

Jacques l'avait écouté sans l'entendre. Il cherchait à imaginer ce qu'avait dû être cet étrange et dernier tête-à-tête entre l'antiquaire et le boy, pendant que lui-même était encore hésitant dans le salon. Il croyait voir Serge Martin debout, gigantesque, adossé contre l'arbre de justice et ne pouvant détacher son regard du visage tuméfié de Kim, rendu encore plus monstrueux sous la lueur de la lampe électrique... Il avait aussi l'impression d'entendre les mots silencieux que le cœur du vieux colonial avait adressés à celui dont il venait de découvrir la mort prématurée, alors qu'il n'était revenu en secret qu'avec l'espoir que le boy se déciderait enfin à parler :

« Pourquoi as-tu cherché à te montrer plus fort que moi, Kim ? M'aurais-tu détesté en secret, pendant ces années où tu as été à mon service, au point de préférer la plus hideuse des morts à ma compagnie ? T'ai-je donc fait tant de mal pour que tu aies cherché à m'atteindre indirectement dans la personne de cet ami peintre que je loge chez moi ? Aurais-tu, par hasard, été jaloux de sa présence ? Pourquoi avoir fait passer ton idéologie communiste avant les raisons de cœur qui nous avaient liés l'un à l'autre ? Tu es arrivé à ce que moi, qui ai été ton plus grand allié, jusqu'à la nuit où j'ai découvert que tu m'avais trahi, je suis devenu ton bourreau ! C'est toi seul qui as voulu tout cela... Adieu, mon petit boy ! »

Jamais, Jacques le savait, un Serge Martin ne confierait à personne les pensées qui l'avaient hanté pendant la veillée funèbre d'un Kim. Jamais, il ne livrerait le secret qui continuerait sans doute à torturer son cœur. Jamais on ne saurait s'il avait regardé le boy autrement qu'en maître indulgent pour son serviteur...

Mais puisqu'il avait fait preuve d'une telle cruauté pour le faire disparaître, n'était-on pas en droit de se demander si, à la nécessité de supprimer un espion dangereux, ne s'était pas ajoutée la haine implacable qui naît quand un être, qui croit avoir été aimé par un autre, s'aperçoit brutalement que celui-ci s'est joué de lui ?

— Eh bien, Fernet ? demanda la voix de l'antiquaire. Vous êtes songeur ? C'est malsain de faire des rêves éveillé... surtout quand on sort d'un cauchemar ! L'important, dans notre métier, c'est d'oublier vite ! Sinon, on risque d'avoir des remords inutiles... Je pense que vous n'avez toujours pas envie de dormir? Alors montons d'abord nous débarrasser de toute cette terre et surtout des fourmis que nous avons rapportées de là-bas... Ensuite que diriez-vous si nous allions nous changer les idées? A défaut de sommeil, les distractions sont encore le meilleur moyen d'oublier! Pourquoi ne pas retourner au *Grand Monde* et retrouver celle grâce à qui vous êtes encore vivant? Ne lui devons-nous pas cette visite, en remerciement?

— Pas ce soir, Martin, je vous en prie!

— Ce soir plus que tout autre, Fernet! Nous n'avons plus une seconde à perdre! Avant quarante-huit heures, ceux qui utilisaient Kim sauront qu'il a disparu : ils ne le retrouveront pas mais ils nous en rendront responsables... Avant qu'ils n'agissent, nous devons les connaître. La seule personne qui puisse nous aider, c'est la gentille Maï. Puisque ses deux avertissements se sont révélés exacts, c'est donc qu'elle est parfaitement renseignée... Oh! pour l'amener à parler, il nous faudra employer une tout autre méthode que celle que nous avons appliquée à Kim et qui n'a guère réussi! Seulement, avec lui, il n'était pas question d'en utiliser une autre... Tandis qu'avec la belle *taxi-girl,* nous essaierons la méthode douce, très douce... Je dirai même : la méthode de charme... Je compte beaucoup sur vous pour cela, cher ami!

— Qu'allez-vous encore me demander?

— Rien que des choses agréables!... De danser par exemple... Peut-être aussi de vous faire aimer?

— Immédiatement?

— Ne cherchons pas l'impossible... N'oublions pas que la jeune Maï, malgré ce qu'elle nous a raconté de ses origines, est elle aussi chinoise : donc elle a le temps pour elle! La Chine n'est-elle pas éternelle? Prenez également pour principe absolu que, dans ce Viêt-Nam, les gens ne sont jamais de la région dont ils affirment être! Ils mentent tous, qu'ils soient hommes ou femmes! C'est leur force! La plus grande faiblesse des Blancs, et particulièrement de nous les Français, a été à un moment de les croire... Ils mentent parce qu'ils nous haïssent!

— Même celle vers qui vous voulez que nous retournions?

— Même elle!... A moins que le miracle ne se soit produit.

— Quel miracle?

— Ce serait la seule explication de la franchise assez surprenante dont cette jeune femme semble avoir fait preuve à votre égard... Supposons qu'elle soit réellement amoureuse de vous?

— Ça lui serait venu comme ça, hier soir, brusquement? Une fille qui danse toutes les nuits avec des clients différents auxquels elle doit raconter les mêmes histoires pour retirer le meilleur profit de son métier!

— Je serais étonné qu'elle ait annoncé à d'autres qu'à vous qu'ils risquaient d'être assassinés avant une nouvelle lune! Non, vous lui plaisez! C'est très normal, après tout! Je vous ai dit que vous étiez beau garçon et que vous possédiez là votre meilleure arme secrète. Ne nous a-t-elle pas laissé entendre, cette charmante créature, qu'elle pensait à vous depuis longtemps et qu'elle avait même acheté, bien avant votre rencontre d'hier, cette toile du cap Saint-Jacques qui vous a coûté tant de travail sur l'estuaire? Toile véritablement prédestinée! Rien ne dit qu'elle n'a pas été émue quand elle a vu vos premières photographies publiées dans les journaux au moment de votre arrivée, ni qu'elle n'était pas dans cette charmante cohorte de très jolies femmes qui se bousculaient autour de vous le jour de votre vernissage, et que seule une exquise timidité, ou un véritable sentiment d'admiration, l'ont empêchée — en ce jour de triomphe — de vous adresser la parole. Les jolies filles ont parfois de ces pudeurs!

— Auriez-vous l'intention d'exploiter mes charmes à son

égard comme le faisait Mme Tchang avec ses pensionnaires ?

— Mais oui ! C'est ce que j'appelle la méthode douce... Montons vite nous faire très beaux !

Au moment où la Chevrolet franchissait le portail toujours gardé par les policiers, son conducteur stoppa pendant quelques instants pour leur dire :

— Surtout ne vous inquiétez pas à notre sujet, messieurs ! Après les émotions que nous avons connues pendant cette journée, mon ami et moi ressentons le besoin impérieux de nous distraire... Nous allons faire un petit tour du côté de Cholon...

— Mais nous avons reçu l'ordre d'assurer votre protection, monsieur Martin ! répondit l'un des motocyclistes. Nous devons vous accompagner.

— Vous n'y songez pas, messieurs ! Votre présence, avec vos machines dotées de ces sirènes bruyantes, risquerait non seulement d'apporter une certaine consternation dans des endroits de plaisir mais aussi d'attirer l'attention d'ennemis éventuels, si nous en avons encore ! Sincèrement, je crois que l'incognito est préférable et je serais beaucou p plus tranquille si vous continuiez à monter la garde devant ma demeure. D'ailleurs n'est-ce pas l'ordre que vous avez reçu ?

— En effet.

— Vos chefs ne vous ont pas dit que nous avions interdiction de circuler... Alors ?

Les deux policiers semblaient perplexes.

— Je comprends très bien, poursuivit l'antiquaire, votre hésitation qui prouve chez vous un souci de nous protéger qui vous honore... Comme je ne veux pas que vous ayez la moindre inquiétude, j'aimerais que vous disiez au lieutenant Dàng-Ngoc-Tuê, si par hasard il venait ici entre-temps, que nous sommes au *Grand Monde* et que nous serons de retour au plus tard dans deux heures.

— Vous ne voulez pas que l'un de nous vous accompagne et que l'autre reste ici?

— Je vous assure que c'est inutile! Nous ne comptons que des amis là-bas... Et il ne faut jamais dissocier une brigade de police! Vous n'êtes pas trop de deux ici... A tout à l'heure, messieurs!

Dès que la voiture fut repartie, Jacques demanda :

— Vous ne craignez pas qu'ils aient l'idée de faire un tour dans la maison?

— Ils sont beaucoup trop respectueux des consignes pour se permettre de pénétrer dans un domicile privé sans en avoir reçu l'ordre! De plus, ils croient que la maison est bien gardée par mon « fidèle » boy...

— Et s'il leur prenait envie d'aller fouiner dans le fond du jardin?

— N'accordez jamais à un agent motocycliste plus d'imagination qu'il n'en a!

Comme la veille, comme toujours, il y avait foule au *Grand Monde*. Foule dans la salle, foule sur la piste de danse. Comme la veille, les deux amis surent faire une entrée discrète qui n'échappa cependant pas à l'attention du directeur, le trop aimable M. Sun, qui se précipita pour les accompagner jusqu'à une table en disant :

— C'est charmant à vous, messieurs, de revenir! Du whisky naturellement?

— Du whisky, répondit Serge Martin. Vous voyez : nous devenons des habitués...

— Aimeriez-vous que je fasse venir une *taxi-girl* à votre table?

— J'ai déjà pris un lot de tickets pour le N° 7.

— Mlle Maï?... Oh! Je suis désolé... Vous teniez absolument à elle ce soir?

— Oui, pourquoi?

— Elle n'a pas pu venir travailler : elle est souffrante... Vous n'en voulez vraiment pas une autre?

— Quel dommage! s'exclama l'antiquaire. Dire que nous n'étions venus que pour elle!

— Je sais, dit M. Sun en soupirant. Maï est charmante!

— Que faisons-nous, Fernet? Nous partons?

— Vous ne pouvez pas me faire cela, monsieur Martin!... Écoutez : je vais vous envoyer la *taï-pan* avec qui vous vous arrangerez... Elle vous présentera d'autres demoiselles... Il y en a qui sont tout aussi jolies et intelligentes que notre petite malade.

— Ce n'est pas grave, au moins, ce qu'elle a?

— Oh, non! Une légère indisposition...

— Tant mieux!

— Et quand vous en aurez vu une ou deux qui vous plaisent, la *taï-pan* vous échangera les tickets... Ils sont stupides à l'entrée, quand vous avez acheté les tickets N° 7, de ne pas vous avoir prévenu! Je vais immédiatement le leur dire!

— Ne soyez pas trop sévère, cher monsieur Sun! On sait que vous êtes un grand patron mais, dans un établissement qui groupe un tel personnel, de petites erreurs peuvent se produire... Envoyez-nous la *taï-pan* : nous finirons sûrement par nous entendre avec elle!

Dès que M. Sun se fut éloigné, Serge Martin confia à Jacques :

— J'ai l'impression que notre belle amie a une maladie diplomatique... J'ai beau regarder en effet : elle n'est ni sur la piste, ni à une table, ni au bar!... Voici l'abominable *taï-pan*... Il y a des arguments auxquels cette femme-là ne doit pas résister!

Sèche et anguleuse, la *taï-pan* s'était approchée de la table, le sourire forcé sur les lèvres et le carnet de tickets à la main. Comme M. Sun, elle s'exprima en français :

— Si ces messieurs voulaient jeter un regard sur les

N[os] 25 et 32, qui sont actuellement libres au bar, j'ose espérer qu'ils ne seraient pas déçus.

— Gardez tous vos numéros! répondit Serge Martin avant d'ajouter, pendant qu'il lui glissait un gros billet : Il n'y a que le N° 7 à nous intéresser. Pouvez-vous nous donner son adresse?

— Nous n'avons pas le droit de le faire, monsieur. C'est formellement interdit par la direction sous peine de renvoi.

— Par la direction? Par mon vieil ami Sun? Vous me surprenez! Je suis convaincu que s'il connaissait l'adresse de cette fille, il me la donnerait! Mais, dans ce cas, je reprendrai le cadeau très amical que je viens de vous faire... C'est ce que vous voulez?

La *taï-pan* eut un nouveau sourire, se rapprochant de la grimace, avant de répondre à mi-voix et en se penchant vers son interlocuteur comme si elle craignait que le précieux renseignement ne fût divulgué :

— Maï habite au *Piccadilly Hotel...*

— Voyez-vous ça : au *Piccadilly!* Vous entendez, Fernet? Cette charmante enfant ne se refuse rien! C'est un hôtel d'excellente réputation... Merci, chère *taï-pan!* J'étais certain que vous sauriez vous montrer compréhensive...

Après une légère inclinaison de la tête, la femme aux tickets se dirigea rapidement vers d'autres tables pour y vanter les qualités de son cheptel.

— Filons au *Piccadilly!* dit simplement l'antiquaire à Jacques.

Avant d'arriver à l'hôtel, il déclara :

— Décidément, c'est une nuit à surprises... Ne trouvez-vous pas assez curieux que la belle Maï habite chez M. Jojo?

— Plutôt!

— Ne nous étonnons plus qu'elle ait été aussi bien renseignée... Ceci me confirme aussi dans mon idée que ce M. Jojo est au centre de l'affaire.

— N'est-ce pas une erreur d'aller relancer la fille chez lui?

— Il y a des moments, mon cher, où il faut savoir se jeter sciemment dans la gueule du loup, parce que c'est la seule façon d'y voir clair! De deux choses l'une : ou Maï travaille pour M. Jojo et j'entends par là qu'elle aussi est affiliée au communisme chinois, ou elle n'est vraiment qu'une *taxi-girl* qui a choisi cet hôtel parce qu'il est encore l'un de ceux qui a la moins mauvaise réputation. J'opinerais plutôt pour cette seconde hypothèse, sinon je ne comprendrais pas très bien pourquoi la jolie fille vous aurait rendu hier un tel service. De toute façon c'est au *Piccadilly* même qu'elle a tout appris.

— Par qui?

— Dans un établissement de ce genre, il y a toujours des indiscrétions bien que je considère le sieur Jojo comme le plus habile des dissimulateurs... A moins — après tout rien n'est impossible! — qu'il ne soit, lui, amoureux de la *taxi-girl* et qu'il ne lui confie ses secrets les plus intimes?

— D'après ce que vous m'avez dit ou montré des hommes chinois, ceci n'est guère dans leurs manières.

— Je vous répète qu'ils n'ont jamais rien à dire à leurs épouses, mais qu'en échange ils se confient volontiers à leurs maîtresses, qui sont pour eux de véritables confidentes : ce qui, d'ailleurs, arrive souvent aussi en Europe! Et les Chinoises savent être des maîtresses!

— Vous n'allez pas me faire croire qu'une fille aussi fine se soit acoquinée avec un tel bonhomme?

— Seriez-vous déjà jaloux? Ne craignez rien! Bien que, dans son genre, M. Jojo ne soit pas dépourvu d'un certain charme spécial... Comme Maï, il est loin d'être inculte; comme elle, il parle plusieurs langues; comme elle enfin, il aime le Beau : je l'ai jugé dans les marchés que j'ai passés avec lui pour l'achat d'objets rares... Je pense que, dans tous ces domaines, peuvent naître des affinités... Par contre, la belle enfant ne m'a pas donné l'impression d'être une femme passionnée de politique ou de bouleversements sociaux! Je la vois plutôt, dans la vie intime de M. Jojo — qui, lui, est un authentique agent communiste — comme n'étant qu'un très bel objet de luxe qu'il chérit en cachette, qu'il loge sans doute gratuitement dans son propre hôtel... Disons qu'elle est son péché mignon! Et il est très possible que les chefs occultes de celui sur qui elle règne ne voient pas d'un très bon œil une telle emprise. Peut-être même ont-ils déjà essayé de briser cette liaison ? S'il en était ainsi la belle Maï — qui ne déteste certainement pas les prodigalités du riche directeur du *Piccadilly* — pourrait être devenue la pire ennemie du communisme! C'est une fille faite pour le capitalisme! Dès lors on comprend très bien qu'elle n'ait pas hésité à vous prévenir de ce qui vous attendait à nouveau... Et je parierais mille piastres que M. Jojo est loin de se douter que, si l'attentat de la Pointe des Blagueurs a échoué, c'est uniquement par la faute de sa belle amie! Ce qui me ramène à la conclusion que Maï utilise M. Jojo mais ne l'aime pas et qu'elle est mûre pour tomber dans les bras d'un homme qui lui plairait!... Cet homme, ce sera vous, Fernet!

— Avec tous vos savants raisonnements et vos subtiles déductions, vous arriveriez à convaincre aussi bien Dieu que le Diable!

— C'est très possible... A condition cependant qu'aucun de ces deux personnages ne prenne la physionomie de Bouddha! Devant lui, je me suis toujours senti perdu... A chaque fois que je le contemple, j'ai l'impression désagréable qu'il se moque de moi! Il sourit, il me montre son nombril insolent au milieu de son gros ventre et il écarte les deux bras dans un geste, non pas d'accueil, mais de contentement béat qui semble dire : « Tout ce que tu fais ne m'intéresse pas... Tu te donnes beaucoup de mal pour aboutir au néant alors que tu ferais mieux d'aboutir en moi qui suis la vie... » Mais trêve de philosophie! Voici l'hôtel...

— Vous allez demander directement Maï?

— Nous allons commencer par faire des grâces à M. Jojo... Ensuite fiez-vous à mon inspiration...

M. Jojo était dans le hall : c'était à croire qu'il y passait son existence. Dès qu'il aperçut ses visiteurs, il se précipita, encore plus obséquieux que le M. Sun du *Grand Monde* :

— Quelle agréable surprise, messieurs! A une heure aussi tardive, désireriez-vous des chambres?

— Non, mon cher directeur! répondit Serge Martin. Nous recherchons quelque chose d'infiniment mieux... Mon ami et moi n'avons pas oublié la charmante offre que vous nous fîtes, voici quelques semaines déjà, de nous envoyer « à domicile » une ou deux de ces adorables créatures qui apportent sourire et joie dans votre merveilleux hôtel. Jacques Fernet a été particulièrement sensible à une telle marque de sympathie de votre part... Il est évident, étant donné son état, qu'il est très délicat pour lui de rencontrer des jeunes femmes un peu au hasard comme le fait n'importe quel homme qui voit... Il faut une certaine discrétion et que cela se passe dans un lieu très privé : ma maison isolée, que vous connaissez, offre le cadre rêvé... N'est-ce pas d'ailleurs ce que vous aviez très bien compris, avec l'extrême délicatesse qui vous honore, quand vous nous avez fait cette offre? Nous avons réfléchi... Et nous sommes arrivés à la conclusion très simple que, même privé de la vue, un homme est toujours un homme!

— Hélas, messieurs! approuva M. Jojo dans un soupir. C'est d'ailleurs heureux qu'il en soit ainsi, sinon la vie perdrait beaucoup de ses attraits!

— Vous devez donc nous aider à trouver pour ce cher ami la « confidente » nécessaire... Je ne vous cacherai pas que nous avons cherché pendant les nombreuses promenades que nous venons de faire quotidiennement un peu partout... Mais ce n'est qu'hier soir que Jacques a ressenti une véritable attirance pour une jeune personne tout à fait charmante, découverte par hasard au *Grand Monde*.

— Au *Grand Monde!* s'exclama M. Jojo. Ils y ont, en effet, de très jolies filles mais je suis persuadé que vous pourriez trouver tout aussi bien ici!

— Non, parce que Jacques a maintenant son idée... Pourquoi le contrarier? Hier soir, il a dansé avec la personne en question et je dois dire que lorsque nous sommes rentrés chez moi, il était tout énamouré! Je ne l'avais jamais connu ainsi! J'en ai été à la fois ému et heureux... Il s'agit d'une *taxi-girl*... Ce soir nous sommes retournés au *Grand Monde* avec le désir de pousser un peu plus loin les choses mais, à notre plus grande désillusion, nous avons appris que la femme de rêve n'était pas venue travailler, étant légèrement souffrante. Ne voulant pas nous avouer vaincus — vous connaissez, cher monsieur Jojo, ma ténacité en affaires! — nous nous sommes renseignés très discrètement et on nous a affirmé, coïncidence prodigieuse, que cette jeune beauté habitait dans votre hôtel!

— Le monde est petit! dit le directeur. Savez-vous le nom de cette personne?

— Elle nous a dit s'appeler Maï...

— Vous voulez dire Ngô-Thi-Maï-Khanh?

— J'ai toujours pensé, répondit l'antiquaire, que Maï n'était qu'un diminutif et que son vrai nom se composait de quatre syllabes... Ngô c'est le nom de famille paternelle, de la lignée naturelle qui doit être d'origine chinoise!... Thi, cela indique que c'est une jeune femme... Maï, c'est la lignée maternelle qui se cache sous « l'abricot tendre »... Khanh enfin, c'est la sérénité... Oui, elle nous a semblé tellement sereine, cette ravissante créature! Elle habite donc bien votre hôtel?

— Mais oui!

— Pensez-vous que nous pourrions non seulement la

voir, mais l'emmener passer quelques heures agréables chez moi? Naturellement nous la ramènerions demain matin.

M. Jojo eut une courte hésitation avant de répondre :

— Peut-être sera-ce possible si elle n'est pas trop souffrante? J'ignorais d'ailleurs qu'elle le fût et je pensais qu'elle était partie travailler au *Grand Monde* comme les autres nuits.

— Bien entendu aussi, continua Serge Martin, nous serions tout disposés à reconnaître par un don pratique le service très réel que vous nous rendriez en l'autorisant à venir avec nous.

— Mais, messieurs, cette jeune femme n'est nullement sous contrat avec moi! Elle ne fait pas partie de mon personnel. Elle n'est dans mon hôtel qu'à titre de cliente et elle peut bien faire tout ce qu'elle veut! La seule condition que j'ai mise à sa présence ici est justement qu'elle ne m'y amène aucun client! Ce serait une concurrence déloyale à l'égard des jeunes femmes qui travaillent en exclusivité chez moi.

— Évidemment!

— Et il ne saurait être question pour moi de prélever la moindre piastre dans cette affaire, si elle aboutissait! D'ailleurs, cher monsieur Martin, nous sommes depuis trop longtemps des amis pour que vous n'ignoriez pas qu'il n'a jamais été dans mes intentions — quand j'ai offert de rendre service à votre ami Fernet — de gagner de l'argent! Ne faisons-nous pas suffisamment d'affaires ensemble, vous et moi, avec notre commerce d'antiquités?

— J'ai déjà dit à Jacques que vous étiez un homme capable des gestes les plus désintéressés!

— En ce qui le concerne, c'est plus que normal. J'estime que ce n'est là qu'une très modeste contribution de ma part à la réparation que tous, dans ce pays, nous devons à un grand artiste qui a été si odieusement mutilé! Croyez bien que je suis très heureux de pouvoir enfin vous rendre service! Je vais aller moi-même chercher la jeune femme... J'essaierai de me faire convaincant!

Au moment de gravir la première marche de l'escalier, il se ravisa et revint sur ses pas en disant :

— Attendez-moi au bar... Il y a cependant un point sur lequel j'attire votre attention : Ngô-Thi-Maï-Khanh a un contrat de *taxi-girl* avec la direction du *Grand Monde*. En principe, elle n'a pas le droit d'aller avec des clients qu'elle rencontre en dehors de l'établissement. C'est une règle absolue, la même que celle que j'applique aux femmes qui travaillent chez moi... M. Sun, que vous connaissez sans doute, est l'un de mes bons amis et, pour rien au monde, je ne voudrais qu'il crût que je fais des affaires sur son dos! Il existe entre nous une sorte de code d'honneur que nous respectons scrupuleusement : sinon personne ne pourrait plus gagner sa vie! Je sais que la jeune femme qui vous intéresse est discrète : elle ne dira rien... Je vous demande de l'être autant qu'elle. Sinon j'aurais de sérieux ennuis et notre jeune amie risquerait d'être renvoyée d'un établissement où elle est très bien payée.

— Tout cela est normal, dit Serge Martin. Nous saurons rester muets.

Rassuré, M. Jojo repartit vers l'escalier.

Quand il eut disparu, l'antiquaire dit à Jacques :

— Allons au bar...

Puis il ajouta plus bas :

— Curieux bonhomme! Il est malin! Ce ne sera que quand nous serons chez moi avec la fille que nous parviendrons peut-être à savoir ce qu'il est exactement pour elle. Et quand je dis « nous » je me vante! Ce sera vous seul qui pourrez la faire parler : vous lui plaisez.

Jacques hocha la tête, dubitatif.

L'attente au bar dura un bon quart d'heure.

— Les choses ne m'ont pas l'air d'aller toutes seules! remarqua Serge Martin.

Enfin, M. Jojo reparut, souriant.

— Ça y est, messieurs! J'avoue que ça n'a pas été sans mal! Elle était effectivement allongée, souffrante... Ce qui l'a finalement décidée, c'est la tentation de vous revoir, monsieur Fernet... Elle vous trouve follement sympathique et m'a dit avoir passé hier soir, en votre compagnie à tous deux, l'une des soirées les plus agréables de sa vie.

— Espérons dit l'antiquaire, que celle qui se prépare lui semblera encore meilleure!

— Seulement il vous faudra attendre un peu... Elle est en train de se préparer. Et comme elle est coquette!... Un petit whisky?

— Avec plaisir.

Quand Maï arriva au bar, elle était éblouissante, non plus habillée à l'européenne comme au *Grand Monde* mais vêtue d'une écharpe tissée en fil de soie d'argent qui couvrait son épaule gauche. Sa jupe, ou *sinh*, était également de soie, bordée d'une large bande de lamé or. Sa coiffure enfin était ornée de perles d'or rouge, superposées sur plusieurs rangées et reliées par une chaînette à une épingle d'or plantée dans le gros chignon.

Ses premiers mots furent :

— Vous voyez, monsieur Martin... Je me suis souvenue de ce que vous m'avez dit hier : que vous aimeriez me voir vêtue comme ces jeunes filles qui émergent par enchantement des ténèbres pour s'asseoir en ligne devant une pagode.

— Merci! répondit l'antiquaire. Merci pour moi et surtout pour mon ami Jacques! Je vous avais déjà décrite à lui mais je crains que ce soir les mots ne me manquent, tellement vous êtes belle! Merci aussi d'avoir accepté notre invitation, bien que vous soyez souffrante.

— Je ne sais si M. Fernet ou vous êtes des guérisseurs, mais je me sens beaucoup mieux... Nous partons?

Elle se dirigea vers la sortie de l'hôtel sans même prendre

la peine de dire un mot au directeur, comme si celui-ci n'était qu'une personnalité négligeable.

M. Jojo ne parut nullement offensé de cette attitude et se contenta de dire aux deux hommes, avec un sourire complice :

— Je vous souhaite une excellente nuit... Et toujours à votre service!

Un quart d'heure plus tard, la Chevrolet atteignait le portail devant lequel les policiers étaient en faction. Quand il avait fait monter la jeune femme dans la voiture, Serge Martin lui avait conseillé :

— Vous serez plus confortable à l'arrière. A l'avant mon pare-brise troué laisse passer un vent terrible! C'est un souvenir de la Pointe des Blagueurs...

— Je sais, répondit simplement Maï.

— C'est d'abord pour vous remercier que mon ami Fernet a tenu à vous retrouver dès ce soir...

Assis à côté de Maï, Jacques restait silencieux.

— Ce n'est pas parce qu'il se tait qu'il n'a pas été ému par la preuve de grande sympathie que vous lui avez donnée.

— Si j'ai agi ainsi, c'est uniquement parce que ça me plaisait. Il n'y a donc pas à me remercier!

Lorsqu'elle aperçut les policiers, à l'entrée du jardin, elle demanda :

— Ils redoutent encore quelque chose?

— Et vous? répondit l'antiquaire. Ne pensez-vous pas que vous seriez peut-être mieux placée qu'eux pour nous renseigner?

Elle demeura muette et ne recommença à parler que lorsqu'ils eurent pénétré dans le salon. Mais ce fut pour dire :

— J'ai souvent entendu vanter vos collections, monsieur Martin... J'étais curieuse de les connaître... Je n'aurais cependant jamais cru qu'elles fussent d'une telle qualité!

Elle s'était arrêtée dans la pièce, le regard fixé sur le paravent. Un long moment, elle demeura comme figée, dans une contemplation extatique des panneaux aux personnages ivoirés, avant de psalmodier — en chinois cette fois et non pas en français — comme si elle se parlait à elle-même et qu'elle fût seule dans la pièce :

— *Toutes les danseuses, celles qui miment les Dieux,*
*Celles qui miment les rois, celles qui miment les oiseaux,*
*Celles qui miment les singes, celles qui miment les ogres,*
*Tous les joueurs de gong, de cymbales, de flûtes, de tambours en peau de buffle et de tympanons en forme de pirogues...*
*Voilà le peuple d'Asie*
*Qui s'est levé pour ressusciter la Parole du Bouddha...*

La voix légère s'était brusquement tue et la jeune femme se retourna, surprise de se trouver en présence d'Européens, comme si elle sortait d'un rêve...

— Je ne connaissais pas ce poème, dit l'antiquaire. Il s'accorde parfaitement à l'histoire que raconte ce paravent.

— C'est un Chant de Paix, dit-elle. Si seulement tous les hommes du monde essayaient de le comprendre!

Jacques l'avait écoutée avec surprise, se demandant si un tel souhait ne dissimulait pas les aspirations véritables du communisme : un Chant de Paix?

— Je regrette, déclara Serge Martin, que notre ami Fernet ne comprenne qu'imparfaitement le chinois... Sinon il aurait découvert comme moi les beautés du poème...

— Qu'importe ce qu'il chante! répondit Jacques. C'est la voix qui fait l'enchantement... J'aime vous entendre parler chinois, Maï! Mais où avez-vous appris cette langue, parce qu'enfin vous êtes vietnamienne?

— Du Nord, je vous l'ai dit! Dans toutes les familles cultivées de nos régions, on sait le chinois...

Elle demanda vivement à l'antiquaire, comme si elle cherchait à éviter ce sujet de conversation :

— Vraiment, monsieur Martin, vous avez compris tout le poème?

— Je crois...

— C'est signe que, vous aussi, vous parlez très bien le chinois... Puis-je vous demander, à mon tour, où vous l'avez appris?

— En Chine! répondit-il froidement.

— Tiens! s'exclama Jacques. Voilà une chose que vous ne m'aviez pas encore dite : j'ignorais que vous aviez été en Chine?

— Mon cher Fernet, si l'on veut conserver ses amis, il faut savoir leur ménager de temps en temps des surprises qui apportent un regain de vitalité à l'amitié... Et vous ne voudriez tout de même pas que je me sois lancé dans le commerce des antiquités d'un pays sans avoir eu la curiosité de connaître les lieux d'où elles viennent?

— Ce paravent, demanda doucement Maï, comment avez-vous pu vous le procurer, monsieur Martin?

— Je sens que ce paravent vous fascine, belle enfant! Mais si je livrais, à tous ceux et à toutes celles qui me le demandent, le secret de mes sources d'approvisionnement, je n'aurais plus qu'à fermer boutique ou à changer de métier! Laissez-moi profiter du merveilleux mystère de mes trouvailles...

— Celle-ci est grandiose! dit-elle.

— Que peut-on vous offrir? demanda sans attendre Serge Martin. Du whisky comme au *Grand Monde?*

— Si vous voulez...

— C'est un excellent remède pour toutes les maladies! Parce que je n'oublie pas que vous avez été souffrante aujourd'hui... Sincèrement, vous avez toujours l'impression que notre présence équivaut à celle de guérisseurs?

— Je me sens très bien ici...

— Tant mieux! Mais j'espère que vous ne m'en voudrez pas trop si je vous quitte pendant quelques instants : j'ai un travail urgent à terminer ...

— A une heure pareille? demanda-t-elle avec étonnement.

— C'est toujours la nuit que mes idées sont les plus claires, jeune femme! Je vous laisse dans la compagnie de Jacques... A tout à l'heure!

— Où allez-vous? dit Jacques.

— Au fond du jardin, répondit-il cynique. C'est là où s'épanouissent mes plus beaux rêves...

Elle attendit que la porte du vestibule se fût refermée pour dire à l'aveugle :

— N'allez surtout pas croire que je sois dupe d'une telle sortie! Il est intelligent, votre ami... Il sait très bien que si je suis ici, ce n'est que parce que je voulais vous revoir...

— Vraiment, Maï? Alors pourquoi ne m'avez-vous pas attendu ce soir au *Grand Monde?*

— J'ai cru que vous n'y retourneriez pas...

— Vous me connaissez mal! Je me devais de remercier quelqu'un qui m'a sauvé la vie. Pourquoi l'avez-vous fait?

— Parce que tu me plais, répondit-elle en le tutoyant pour la première fois.

Et, pendant qu'il l'écoutait, étonné, elle continua :

— ... Parce que toi aussi tu m'es destiné de toute éternité...

— Moi?

— ... Par la volonté de Bouddha...

— C'est Bouddha qui t'a conseillé de jouer les femmes souffrantes ce soir et de rester dans ta chambre d'hôtel?

— Non : c'est la méchanceté des hommes...

— Tu as donc des ennemis au *Grand Monde?*

— Qui n'en a pas? Mais j'en ai moins que toi... Ça ne te suffit pas qu'ils t'aient rendu aveugle?

— C'est un accident dû au hasard. Ce n'était sûrement

pas moi qui étais visé. Pourquoi s'en prendrait-on à un peintre?

— Parce que ce peintre se mêle de ce qui ne le regarde pas...

— Tu sais cela aussi?

— Oui.

— Puisque tu sais tout, dis-moi comment tu as appris que l'on voulait me tuer avant la nouvelle lune?

— Je ne peux pas te répondre mais je le savais depuis longtemps déjà.

— Et si nous ne nous étions pas rencontrés hier soir?

— Tu serais mort cet après-midi.

— Pourquoi, puisque tu sembles me manifester tant d'intérêt, ne m'as-tu pas averti plus tôt? Pourquoi n'as-tu par cherché à me joindre?

— C'était inutile : ce n'est pas toi, ni moi, qui conduisons nos destinées, c'est Bouddha.

— Toujours Bouddha!

— Toujours lui... Je savais, quand j'ai vu ta photographie dans les journaux, que je te rencontrerais au jour et à l'heure voulus par Bouddha... C'est pour cela que j'ai acheté une de tes toiles. Elle est dans ma chambre, à l'hôtel, signée par toi.

— Tu en es bien sûre?

— Oui... Et je la regardais tous les jours avec confiance en me disant que bientôt je te verrais...

— Cette certitude, tu l'avais acquise avant que je ne perde la vue?

— Oui...

— Et quand « l'accident » est arrivé, tu as conservé la certitude?

— Oui...

— Tu ne t'es pas dit : « Maintenant qu'il n'y voit plus, il va rentrer dans son pays? »

— Bouddha ne le voulait pas.

— Mais enfin, il te parle, Bouddha?

— Je suis sa fille... Il me dirige comme un Père doit le faire pour son enfant.

Elle avait prononcé ces dernières paroles avec une conviction étrange. Le ton était d'une telle sincérité qu'il se demanda s'il ne se trouvait pas en présence de l'une de ces illuminées qui croient avoir des visions ou entendre des voix. A moins qu'elle n'appartînt réellement à la cohorte de ces êtres d'élite, parfois très simples, qui ont en eux le pouvoir surnaturel de communiquer avec l'au-delà ou de recevoir des messages divins? Les manifestations mystiques ne sont pas l'apanage d'une seule religion, d'une seule croyance... Pourquoi n'y aurait-il pas des miracles dans la religion bouddhique?

Et il se sentit envahir par une sorte de respect pour celle qui se disait la Fille du Dieu. Comme il aurait voulu la voir à ce moment! C'était ce miracle-là que Bouddha aurait dû accomplir!

— Je crois tout ce que tu me dis, petite Maï... Mais je n'arrive toujours pas à comprendre que tu aies continué à vouloir me rencontrer alors que moi je ne pouvais plus contempler ton visage.

La fille se taisait.

— Comment est-il, après tout, ton visage? Je connais ta voix qui est douce et bienfaisante pour moi, j'ai enlacé ton corps admirable en dansant... Mais tes yeux? Ton nez? Tes cheveux?

Sans rien dire, Maï lui prit les deux mains et les approcha lentement de son propre visage pour qu'il pût en découvrir les contours. Dans cette première caresse, les doigts de l'aveugle recueillirent des larmes silencieuses qui coulaient le long des joues. Bouleversé, il ne put que murmurer :

— Vraiment, tu m'aimerais?

Comme elle ne répondait pas, il demanda encore :

— Tel que je suis maintenant?

Pour toute réponse, elle blottit ses deux petites mains dans les siennes. Ils restèrent ainsi, perdus dans le rêve qui venait de commencer...

Celui-ci fut interrompu par le retour de l'antiquaire, dont la voix dit, joyeuse :

— On a fait plus ample connaissance?... Je suis navré de troubler ce charmant tête-à-tête mais la nuit s'avance.

— Vous avez raison, dit-elle. Je dois rentrer...

— Nous allons vous reconduire au *Piccadilly*...

— Ce n'est pas la peine de vous déranger, monsieur Martin... Votre boy pourra très bien le faire puisqu'il sait conduire?

— Kim? dit Serge Martin surpris. Mais n'avez-vous pas dit hier soir à Jacques qu'il fallait s'en méfier? Malgré cela, vous auriez confiance en lui?

— A moi, il ne peut rien me faire.

— Vous le connaissez personnellement?

— Je l'ai aperçu à Saigon un jour où il conduisait M. Fernet.

— Et ce fut suffisant pour que vous puissiez vous faire une telle opinion sur lui?

— Nous savons lire sur les visages, répondit-elle très calme. Je n'aime pas celui de Kim...

— Raison de plus pour qu'il ne vous reconduise pas! dit l'antiquaire. En ce moment il dort du plus profond des sommeils : laissons-le là où il est...

Ils reprirent les mêmes places dans la voiture : Serge Martin au volant, Maï et Jacques sur la banquette arrière. Pas une parole ne fut échangée pendant le parcours. Ce ne fut qu'au moment où la voiture s'arrêtait devant l'hôtel que son conducteur demanda à la jeune femme :

— Quand nous ferez-vous le plaisir de revenir?

— Sincèrement, monsieur Martin, ce serait pour vous un tel plaisir?

— Mais... bien sûr! Votre personne s'harmonise tellement avec le cadre de ma demeure que ce serait dommage que vous n'y veniez pas très souvent... J'aimerais que vous vous y sentiez chez vous... Ce ne sera pas l'ami Jacques qui me contredira!

— Je vous promets que nous nous reverrons bientôt, dit-elle en descendant de la voiture. (Puis elle ajouta :) Surtout, continuez à être prudents! Il le faut... pour M. Fernet!

— En somme, dit l'antiquaire, vous me le confiez?

— C'est un peu cela, répondit-elle avec un sourire avant de rentrer dans l'hôtel.

Jacques resta à l'arrière pendant le retour. Assis devant son volant, Serge Martin l'observait dans le rétroviseur : l'aveugle semblait être très loin, songeur... Ce ne fut qu'au bout d'un certain temps que son compagnon demanda doucement :

— Peut-on savoir quelle a été votre conversation?

Jacques parut faire un effort pour répondre :

— Banale...

— Serait-ce possible? Avec une créature aussi fine et aussi séduisante? Êtes-vous parvenu quand même à savoir pourquoi elle vous avait rendu un si grand service?

— Oui... Parce que Bouddha l'a voulu et qu'elle est la Fille de Bouddha!

— Voilà qui est excessivement intéressant... Parlez...

— Elle m'a dit aussi que je lui étais destiné de toute éternité!

— Cela ne me surprend pas!

— Vous continuez à vous moquer de moi?

— Je suis très sérieux au contraire. Quand nous serons à la maison, je vous expliquerai ce que peut être dans la pensée d'une Ngô-Thi-Maï-Khanh l'homme qu'elle croit lui être destiné!

Dès qu'ils furent dans le salon, il commença :

— Cette jeune personne nous a dit, hier, qu'elle adorait la danse... Si vous aviez pu voir comme son regard devenait brillant et passionné quand je lui ai décrit le costume que j'aimerais lui voir porter lorsqu'elle danse... ceci, à condition que cette danse eût lieu, non pas dans un dancing de Cholon, mais sur les marches d'une pagode! J'ai tout de suite ressenti la curieuse impression que la belle Maï était dévorée par un feu intérieur devenu assez rare aujourd'hui en Extrême-Orient mais qui existe quand même : le feu de la Danse Sacrée... Le fait que, tout à l'heure, quand elle nous est apparue dans le hall du *Piccadilly,* exactement habillée comme ces danseuses que j'avais évoquées la veille, prouve non seulement qu'elle connaît parfaitement leurs costumes mais qu'elle les possédait dans sa garde-robe... Il est impossible de trouver ces gracieux atours et ces écharpes brodées, dont les prix d'achat sont devenus exorbitants, en quelques heures dans une boutique chinoise de Cholon ou même chez un couturier de Saigon. Ce sont des vêtements qui ne sont faits que sur commande et dont la confection demande parfois plusieurs mois. Les ouvrières ou brodeuses, spécialisées dans ce genre de travail très délicat, disparaissent elles aussi... Aussi, le plus souvent, se transmet-on ces vêtements à caractère sacré de grand-mère en mère et de mère en fille...

» Je pense que c'est ainsi que notre jeune amie a pu satisfaire aussi vite nos désirs! Mais vous pouvez être assuré que jamais elle n'irait faire son métier de *taxi-girl* au *Grand Monde* ainsi vêtue! La clientèle de ce dancing, comme d'ailleurs celle de tout le Sud-Viêt-Nam, a évolué : les hommes portent des smokings et les femmes des tailleurs de shantung ou des robes à la toute dernière mode de Paris ou de New York... Mais je serais assez enclin à croire qu'une Ngô-Thi-Maï-Khanh, dont le nom complet révèle à lui seul les origines chinoises, n'aime pas tellement se vêtir à l'européenne! La preuve en est que, pour nous séduire cette nuit, elle a su retrouver toute la poésie vestimentaire de ses ancêtres. Car elle est poète : nous nous en sommes aperçus quand elle s'est trouvée devant ce paravent...

» Son âme, son cœur, son cerveau doivent être comme imprégnés d'une nostalgie de la beauté raffinée de la vieille Chine. A cela peut s'ajouter une croyance absolue dans la toute-puissance et l'omnipotence de Bouddha. Elle est un peu comme moi, Maï : elle a foi en ce Dieu.

— Vous n'allez pas me dire que vous vous êtes converti au bouddhisme ?

— Je m'en sentirais très capable ! C'est une religion qui apporte plus que toute autre — et je les ai étudiées ! — une sorte d'apaisement absolu... Mais peu importent mes croyances ! Ce sont celles de notre belle amie qui nous intéressent... Si elles sont vraiment solides et sincères, je comprends très bien qu'elle puisse vous considérer comme lui étant destiné de toute éternité. Souvenez-vous de cette légende que je vous avais racontée, quand vous étiez encore à l'hôpital, et où il était question de la fille d'un roi, enfermée dans un gong à peau de buffle, puis délivrée par un étranger « qui venait d'au-delà des mers... »... Ce jour-là, alors que je vous sentais désespéré, je vous ai dit : « N'êtes-vous pas l'étranger blanc d'au-delà des mers ? Bientôt peut-être rencontrerez-vous la fille aux-cheveux-qui-sentent-bon ? N'étais-je pas un peu prophète ? Dites-vous bien qu'il existe en Asie d'innombrables vierges, comme celle de la légende, qui vivent encore dans l'attente passive de celui qui leur est destiné. Leur patience, qui ferait sourire les Européennes, vient de ce qu'elles ont confiance en Bouddha. Et elles n'ont cette confiance que parce qu'elles se considèrent, telle Maï, Filles du Dieu.

» Comment peut-on devenir Fille de Bouddha ? En lui étant consacrée ! Si vous parveniez, au cours d'entretiens futurs, à savoir comment et surtout pourquoi Maï a été consacrée au Dieu, nous trouverions peut-être la raison pour laquelle — tout en exerçant la profession de *taxi-girl* des temps modernes qui, je le répète, ne saurait lui convenir — cette jeune femme se croit appelée à remplir une mission pendant son passage sur cette terre. Seulement il existe toutes sortes de missions : charitables, rédemptrices, vengeresses ou même destructrices!

» Charitable? Je ne pense pas que la belle Maï vous ait averti dans l'unique but de rendre service à son prochain... Rédemptrice? Pourquoi rachèterait-elle les fautes des autres?... Vengeresse? Il est possible qu'en cherchant à vous éviter le pire, elle n'ait agi en réalité que pour nous permettre d'atteindre ceux qui vous en veulent et qu'elle hait pour des raisons personnelles... Et je vois, je ne sais trop pourquoi, se profiler la silhouette trouble de M. Jojo : si vraiment il est son amant, peut-être cherche-t-elle à se débarrasser de lui avant qu'il ne se débarrasse d'elle?... Destructrice? Cette jolie fille n'est pas une anarchiste : elle aime trop les avantages du luxe capitaliste. Pourquoi détruit-on les êtres ou les choses? Presque toujours dans un but politique, par idéologie... Quelle idéologie veut tout détruire pour pouvoir tout reconstruire sur d'autres bases : le communisme! Et pas celui de Moscou... celui de Pékin qui est intransigeant, totalitaire, sans pitié!

» Vous comprenez mieux, cher ami, pourquoi il est indispensable que vous arrachiez à celle dont vous avez fait la conquête le secret de sa « mission »?

— Je n'ai pas fait sa conquête!

— Aurait-elle fait la vôtre? Vous aurait-elle laissé entendre que, réellement, vous lui plaisiez?

Jacques ne répondit pas. Sans qu'il pût s'en rendre compte, l'antiquaire l'observait curieusement : le visage de l'aveugle restait impassible mais son compagnon avait déjà la certitude que la jolie fille lui avait fait plus de confidences qu'il ne le disait. Si Jacques prenait soin de cacher la partie plus intime de son entretien avec Maï, ce ne pouvait être que parce qu'il était déjà un peu amoureux. Et Serge Martin eut un sourire : c'était très bien qu'il fût dans cet état. Cela faciliterait les choses...

Ne voulant pas paraître trop indiscret, il dit, changeant de conversation :

— Pendant que vous étiez avec cette charmante Maï, je n'ai pas perdu de temps : j'ai achevé le travail de camouflage de la tombe de Kim. Maintenant, elle a la même discrétion que celle de son voisin, Raczinski... Je pense qu'il serait grand temps d'aller prendre un peu de repos.

Ils rejoignirent chacun leur chambre mais, pour la première fois depuis son arrivée dans la demeure de l'antiquaire, Jacques ne lui dit pas bonsoir. Avant de s'endormir, harassé par les deux nuits d'insomnie précédentes, il eut encore une pensée pour Maï dont la voix lui avait semblé d'une sincérité absolue lorsqu'elle avait prononcé ces trois mots :

— Tu me plais...

Quand il fut réveillé par le bruit d'une voiture, s'arrêtant devant le perron, il faisait déjà jour depuis longtemps. Quelques instants plus tard, après avoir entrouvert la porte de sa chambre donnant sur le couloir, il entendit une conversation dans le salon. Et il reconnut sans peine, alternant avec celle de Serge Martin, la voix gutturale du commissaire Xi-Dien et, de temps en temps, celle plus nuancée du lieutenant Dàng-Ngoc-Tuê. Après avoir fait une toilette rapide, il descendit.

— Mon cher ami, dit l'antiquaire, en l'accueillant, vous arrivez à point! Ces messieurs désiraient vous interroger mais je les ai fait patienter le plus possible pour vous permettre de vous reposer. Ils ont d'ailleurs eu l'obligeance d'attendre votre réveil, sachant combien les émotions que vous avez connues hier à la Pointe des Blagueurs étaient capables de briser un homme! D'abord dites-nous si vous avez pu dormir?

— Pas longtemps mais je l'avoue : très bien!

— Nous en sommes heureux, monsieur Fernet, dit le commissaire Xi-Dien. C'était indispensable pour vous! Quand on l'esprit dispos, on est plus apte à se souvenir des détails... Puis-je commencer mon interrogatoire?

— Messieurs, je suis à votre disposition...

— Monsieur Fernet, je dois vous poser une première question dont l'importance ne saurait vous échapper et à laquelle je vous demande de me répondre en toute franchise : vous connaissez-vous des ennemis dans notre pays?

— Aucun! Pourquoi en aurais-je? Je n'ai fait de tort à personne et je n'ai jamais eu d'autre activité que ma peinture... Dequis qu'il ne m'est plus possible de travailler, je n'ai fait que me promener pour continuer à faire mieux connaissance, malgré le lourd handicap de ma vue, avec ce Viêt-Nam que j'aime et dont j'aurais tant voulu peindre tous les aspects!

— Vous n'êtes vraiment resté parmi nous que dans cette pensée?

— Oui...

— Croyez bien qu'elle ne vous rend que plus sympathique à nos yeux. Cependant des gens, qui sont peut-être incapables de comprendre la noblesse de sentiment qui vous anime à l'égard de notre pays, commencent à se demander si réellement il n'y aurait pas une autre raison, plus occulte, à cette prolongation volontaire de votre séjour parmi nous?

— Qui peut se poser une pareille question?

— Notre gouvernement, monsieur Fernet!

— Il s'intéresse donc à moi à ce point?

— Il s'est toujours interessé à vous et il vous en a donné maintes preuves... Ne serait-ce qu'en faisant venir de Paris à ses frais un illustre spécialiste dont le diagnostic fut, hélas! négatif... En vous assurant aussi une protection discrète, mais qui s'est tout de même révélée très efficace hier après-midi, quand vous vous déplacez... Notez bien que, cette fois, des ordres sévères ont été donnés pour que la presse n'ébruite pas la nouvelle affaire de la Pointe des Blagueurs. Aucun journal de ce matin n'en a parlé. Nous pensons que la discrétion est préférable. Mais cela ne veut pas dire que nous ne soyons pas inquiets! Deux attentats contre vous à quelques mois de distance, cela porte à réfléchir... Et nous en sommes à rechercher les raisons véritables pour lesquelles on vous en voudrait tellement? J'avoue que nous n'avons encore trouvé aucune réponse satisfaisante. C'est pourquoi nous avons pensé que vous pourriez peut-être nous aider?

— Messieurs, je suis encore plus étonné que vous de tout ce qui m'arrive!

— Ne pensez-vous pas que vous seriez poursuivi à distance par des ennemis que vous auriez connus en France et qui auraient donné des ordres à des tueurs professionnels de vous abattre?

— Certainement pas! Pas plus qu'ici, je ne me connais d'ennemis en France où j'ai toujours vécu paisiblement ma vie d'artiste. Mais, monsieur le commissaire, vous venez de parler de « tueurs professionnels »? Serait-ce le résultat de votre nouvelle enquête?

— Le lieutenant Dàng-Ngoc-Tuê, qui l'a commencée aussitôt après l'attentat et sur place, vous dira qu'elle n'a rien donné : l'homme abattu ne portait aucun papier. Son visage et sa fiche anthropométrique sont inconnus dans nos archives criminelles. C'est la raison pour laquelle nous envisageons l'hypothèse d'un tueur nouveau payé spécialement...

— En somme, vous piétinez tout autant que la première fois?

— Je l'avoue... Véritablement, vous n'avez pas la moindre idée?

— Pas la moindre!

— C'est dommage... Si nous avons fait taire la presse, c'est surtout pour éviter que vos amis et admirateurs — ils sont nombreux chez nous — ne finissent par se demander, eux aussi, si cet acharnement dont vous semblez être l'innocente victime est vraiment dû au seul hasard ou à de regrettables méprises. Ne pensez-vous pas qu'il serait très ennuyeux que l'on murmurât à l'avenir, quand vous passerez ou entrerez quelque part : « N'y aurait-il pas une autre raison pour que l'on s'attaque à ce Jacques Fernet ? Qui nous dit que ce n'est qu'un peintre ? Peut-être a-t-il une autre activité ?... » Si j'exprime ce point de vue, croyez bien qu'il m'est strictement personnel et n'allez surtout pas vous en formaliser. Seulement, je suis comme vous, les Français : je finis par croire à votre vieux dicton : « Il n'y a jamais de fumée sans feu ! »

Ces dernières paroles, où perçait la menace, furent accueillies par un silence que Serge Martin finit par rompre, en disant avec une conviction merveilleusement simulée :

— Je vous avais bien dit, monsieur le commissaire, que mon ami Fernet était aussi perplexe que moi... Depuis le premier attentat nous nous sommes perdus, lui et moi, en conjectures de toutes sortes... Nous avons élaboré des dizaines d'hypothèses mais aucune n'a pu nous satisfaire pour la raison essentielle que nous sommes incapables de répondre à cette simple interrogation : pourquoi ? D'ailleurs si une police aussi bien organisée que la vôtre n'est arrivée à rien après des mois, comment voudriez-vous que deux artistes, qui vivent dans un monde tellement éloigné de celui des terroristes ou des criminels, puissent arriver à un résultat ? Ce serait par trop paradoxal !

— Nous mettrons le temps, monsieur Martin, répondit froidement le commissaire. Mais je vous garantis que nous finirons par découvrir la vérité ! Souhaitons que ce ne soit pas trop tard pour votre ami... et même pour vous ! Vous reconnaîtrez alors que nous vous aurons prévenus !...

Parlons de quelqu'un d'autre, si vous le voulez bien... Cette fois, c'est à vous, monsieur Martin, que je m'adresse : ne pensez-vous pas que votre boy serait pour quelque chose dans l'attentat d'hier ? C'était lui qui conduisait la voiture : il savait donc très bien où vous vous rendiez ?

— C'est très exact, monsieur le commissaire. Jusqu'à cette deuxième tentative d'assassinat, je vous aurais répondu que je mettais Kim — qui était à mon service depuis sept années déjà et dont je n'avais eu qu'à me louer — au-dessus de tout soupçon... M. Fernet, qui avait déjà émis le même doute que vous après le premier attentat, pourra vous confirmer cette confiance absolue que j'avais en Kim.

— Monsieur Fernet, qu'est-ce qui a bien pu vous faire soupçonner ce Kim après l'incident de la bouteille explosive dans une maison de rendez-vous de Cholon ? Je ne vois pas très bien la connexion qui aurait pu exister entre ce boy et la dame Tchang ?

— Je reconnais que ce n'était alors de ma part qu'une idée assez saugrenue ! répondit Jacques. Je la livrai cependant à Martin en lui demandant : « Ne pensez-vous pas que Kim aurait su, par une indiscrétion naturelle de serviteur, que nous avions décidé de nous rendre dans cette maison trop accueillante ? Et dans ce cas, ne serait-ce pas lui qui aurait averti la tenancière ou mes assassins en puissance ? »

— C'était bien raisonné, reconnut le commissaire.

— Admirablement ! surenchérit l'antiquaire. Si j'avais eu l'intelligence d'ajouter la moindre créance à cette remarquable suggestion de Jacques, sans doute aurions-nous progressé et peut-être évité le deuxième attentat ! Mais je le reconnais : j'ai été stupide ! J'ai persisté à croire dans le dévouement de mon boy... Seulement, j'ai eu tort ! Je m'en suis aperçu ce matin, une heure environ avant votre arrivée, monsieur le commissaire...

— Ce matin ?

— Oui... Alors que je venais, selon mon habitude, de frapper sur ce gong pour que Kim m'apporte mon petit déjeuner, je ne le vis pas apparaître avec la célérité qui était sa plus grande qualité... Je m'impatientais car je n'aime pas attendre! Un deuxième coup sur le gong étant resté sans résultat, je me rendis à l'office, puis à la cuisine, enfin dans sa chambre... Il n'était dans aucune de ces pièces! Il n'était nulle part, ni dans la maison ni dans le jardin! J'ai été obligé d'en conclure qu'il m'avait faussé compagnie...

— A-t-il emporté ses affaires personnelles?

— Il n'a même pas pris cette peine. Elles sont restées dans sa chambre.

— Peut-être est-il sorti faire des courses?

— A une heure aussi matinale, ça n'est pas dans ses habitudes...

— Voilà, évidemment, messieurs, un élément nouveau... D'autant plus qu'il n'a certainement pas utilisé la sortie normale, sinon les hommes qui y montent la garde m'en auraient informé.

— S'il m'a réellement quitté, dit Serge Martin, il ne peut l'avoir fait qu'en sautant au-dessus du mur de clôture : ce qui évoque nettement la fuite!

— Et vous êtes certain qu'il était là hier soir?

— Absolument! Mon ami Fernet peut vous jurer, comme moi, que nous l'avons encore vu en chair et en os vers 10 heures du soir...

Le commissaire s'adressa en vietnamien au lieutenant et lui donna l'ordre de faire le tour intérieur, puis extérieur du mur de clôture pour voir s'il ne relevait pas de traces. Après le départ de l'officier, il reprit :

— Évidemment, si ce Kim s'est enfui, c'est signe qu'il a quelque chose à se reprocher ou qu'il a peur... Vous avez ses papiers?

— Hélas! Je n'en ai aucun! dit Serge Martin navré. Je l'avais engagé, voici sept années, sur sa bonne mine! J'avoue que c'est assez stupide mais je me fie toujours à ma première impression...

— Vous feriez un détestable policier, monsieur Martin!

— Tout ce que je sais de lui, c'est qu'il était d'origine annamite...

— Avait-il de la famille ?

— Il ne m'en a jamais parlé... Il n'était guère bavard : ce que j'appréciais vivement en lui...

— A propos, messieurs, vous êtes sortis en voiture cette nuit?

— En effet : nous nous sommes rendus au *Grand Monde* de Cholon. Mon ami avait été très secoué et une détente était indispensable...

— Je vous approuve, monsieur Martin. Vous avez bien fait... Vous êtes revenus, m'a-t-on dit, au bout d'une heure?

— Oui.

— Vous n'étiez pas seuls, je crois? Une jeune femme ne vous accompagnait-elle pas?

— Une créature exquise! Une *taxi-girl* du *Grand Monde*. J'ai pensé qu'elle serait pour Jacques le meilleur dérivatif... Vous pouvez d'ailleurs constater le résultat : il a bien dormi! Ce qui est proprement inouï après ce qu'il a connu hier...

— Ce fut presque une *taxi-girl* miraculeuse?

— Vous avez dit le mot exact, monsieur le commissaire! Il fallait ce genre de femme...

— Et vous l'avez reconduite? Au bout de combien de temps?

— Deux heures tout au plus...

— A Cholon?

— A son hôtel.

— Quel hôtel?

— Le *Piccadilly*...

— Chez M. Jojo?

— Chez M. Jojo...

— Vous le connaissez particulièrement, ce directeur d'hôtel ?

— Je le connais doublement, en tant que vieux Saigonnais et en tant qu'antiquaire. Il est comme moi : il aime les belles choses...

— Je sais. Son établissement a une certaine réputation... Et ensuite, vous êtes rentrés ?

— Et nous nous sommes couchés...

— Jusqu'à ce que vous découvriez ce matin la disparition de votre boy ?

— Exactement ! Vous avez tout notre emploi du temps.

— Je vous remercie, messieurs...

Le lieutenant Dàng-Ngoc-Tuê était revenu. Dans un rapide colloque avec le commissaire, il expliqua n'avoir relevé aucune trace sur la clôture.

— Messieurs, dit ce dernier, nous allons vous quitter en nous excusant de vous avoir dérangés à cette heure aussi matinale et en vous remerciant de l'extrême obligeance dont vous avez tous deux fait preuve pour nous aider dans nos recherches... Monsieur Martin, puis-je vous demander, au cas où votre boy rentrerait à l'improviste, de ne lui faire que les remontrances normales d'un maître à l'égard d'un serviteur mais de ne lui poser aucune question sur les raisons de sa... fugue ?

— Je vous promets de ne lui poser aucune question ! Je ne lui ferai même pas de remontrances car j'ai trop besoin de ses services !

— C'est à ce degré ?

— Les serviteurs modèles sont de plus en plus rares, même au Viêt-Nam !

— Et soyez aimable de me téléphoner aussitôt... Je me réserve de l'interroger moi-même.

— J'ai très bien compris, monsieur le commissaire.

— Désirez-vous, messieurs, que je laisse des hommes à l'entrée ?

— Franchement, dit l'antiquaire, je n'en vois guère l'utilité! Leur présence risque d'attirer l'attention. Cette nuit nous avons été nous distraire sans aucune escorte et il ne nous est rien arrivé de fâcheux... Si l'on en veut réellement à M. Fernet, je ne pense pas que ses ennemis se gêneraient pour sauter par-dessus la clôture comme a dû le faire Kim!

— Ce qui m'ennuie, c'est que vous êtes très isolés, ici.

— Mais je suis là, monsieur le commissaire!

— C'est heureux! Soyez quand même aimable de me passer un coup de fil quand vous décidez de faire un déplacement avec votre ami!...

— Ceci signifie-t-il que nous devions nous considérer comme étant sous votre surveillance?

— Nullement, messieurs! Nous n'avons rien à vous reprocher! C'est plutôt vous qui seriez en droit de nous accuser de ne pas être capables d'assurer votre protection... Ne nous en veuillez pas si nous la continuons pendant quelques jours. Elle sera discrète! Au revoir, messieurs.

Après son départ et celui du lieutenant, Serge Martin alla s'assurer de ce qui se passait à l'entrée du jardin. Il revint en disant :

— Tout va bien : les motards sont repartis... Ce qui ne veut pas dire qu'ils soient très loin! Je connais les méthodes « discrètes » de la police vietnamienne. C'est quand on ne remarque plus sa présence qu'elle devient dangereuse... comme toutes les polices!

— Le commissaire Xi-Dien me paraît, lui aussi, assez inquiétant, remarqua Jacques.

— Et il le sera de plus en plus! Il y a un certain nombre de pilules — telles que le départ du *N. 625* et de tous les renfloueurs de l'estuaire — qu'il n'a pu encore digérer! Ajoutez-y les ennuis que lui a apportés le premier attentat contre un personnage aussi sympathique et aussi populaire que vous... C'est la raison pour laquelle il ne tient nullement à ce qu'on ébruite l'affaire de la Pointe des Blagueurs : ça pourrait lui coûter sa place! De ce côté-là, nous le tenons... mais d'un autre, il me gêne...

— Kim?

— C'est toujours très difficile de faire disparaître quelqu'un... Le bonhomme va s'acharner! Peu à peu il faudra que nous lui mettions en tête que là encore il s'agit d'un attentat terroriste du Viêt-Minh... C'est assez commode, ce pays divisé en deux zones de chaque côté d'un parallèle, pour attribuer alternativement la responsabilité des disparitions à l'un ou à l'autre camp! Souvenez-vous de ce qui se passait en France à l'époque où les Allemands l'occupaient et où il y avait une ligne de démarcation... Que de crimes ont été commis en son nom! La seule chose que nous puissions faire, pendant les jours qui vont venir, pour avoir une paix relative, est de téléphoner matin et soir au commissaire en l'informant que nous sommes toujours en excellente santé...

— C'est extraordinaire! Tel que je vous connais, vous n'avez pas en vue une nouvelle petite promenade pour cet après-midi?

— Pour moi, mais pas pour vous qui resterez, tel un enfant sage, à la maison...

— Tout seul?

— Auriez-vous peur?

— Je n'ai jamais peur, Martin!

— Je m'en suis aperçu... Étant donné votre état, je ne vous en admire que davantage! C'est pourquoi je suis certain que vous réussirez...

— A quoi?

— A retrouver le document!

— Vous êtes têtu!

— Je suis tenace : c'est très différent! Mais vous ne réussirez que si vous continuez à suivre exactement la nouvelle ligne que je vous ai tracée : la ligne de charme...

— La *taxi-girl?*

— Pourquoi ne pas l'appeler Ngô-Thi-Maï-Khanh? Ça lui va tellement mieux! Cette adorable enfant n'est qu'une *taxi-girl* d'occasion comme vous êtes peintre!

— Existe-t-il vraiment dans ce pays des gens qui exercent la profession qu'ils affichent?

— Peut-être les conducteurs d'autocars chinois, mais à part eux, c'est rare!

— Curieux pays!

— Étrange pays! Je vous ai dit que tout y était faux!

— Et où comptez-vous aller vous promener seul cet après-midi?

— A Cholon...

— Ce capharnaüm vous fascine encore? J'espère au moins que vous n'allez pas aller ennuyer à nouveau Maï?

— Je m'en garderais bien! Si elle veut vous revoir, elle reviendra d'elle-même... Et si cela se produisait, ce serait la preuve que vous êtes le plus bel artiste de charme de la région... Avec les femmes, bon ami, il existe un grand principe dont l'universalité n'a pas fini de me surprendre : qu'elles soient latines, anglo-saxonnes, peaux-rouges ou chinoises, il ne faut jamais courir après elles! On commence par semer, comme nous l'avons fait en nous rendant au *Grand Monde,* pour éveiller leur curiosité qui se transforme vite, si la dame mord à l'hameçon, en intérêt... De l'intérêt au désir, il n'y a qu'un pas... ou un faux-pas, vite franchi! Ensuite on est le roi de la situation : elles deviennent de plus en plus bavardes, elles se confient, elles disent tout... et on apprend une foule de choses intéressantes! Mais si, au contraire, on a le malheur de les pister avec trop d'insistance, elles se métamorphosent en créatures méfiantes ou arrogantes... Elles se croient tout permis et vous n'êtes plus qu'un pauvre homme! Tout autant que vous, j'ignore quel est le véritable Dieu. Se nomme-t-il Bouddha, Allah, Vichnou ou Trinité chrétienne? Mais il existe sûrement! La meilleure preuve en est qu'il a toujours su créer la femme, sous toutes les latitudes et sous tous les climats, avec les mêmes défauts et les mêmes qualités! Nous devons lui en être infiniment reconnaissants! Cela ne permet-il pas aux hommes lucides de s'y retrouver? Il y a un Dieu pour vous et moi, Fernet, ne l'oubliez pas!

Vers 15 heures, la Chevrolet, conduite par son propriétaire, partait de la maison. Jacques s'était installé dans le salon avec, dans la poche de son veston, un revolver chargé que l'antiquaire lui avait laissé en disant : « Si vous entendez le moindre visiteur, n'hésitez pas à tirer... Cette arme n'a pas de silencieux : elle fera du bruit... Comme vous ne pouvez pas viser avec précision, ce sera ce bruit qui vous sauvera! Mais ce n'est qu'une précaution : il ne se passera rien! » Une fois de plus, l'aveugle réfléchissait... Qu'aurait-il pu faire d'autre?

Il se demandait où Serge Martin avait bien pu aller? Malgré toutes les questions qu'il avait posées, il n'était pas parvenu à le faire parler. Son unique crainte était qu'en dépit de ses déclarations sur la manière dont il estimait qu'il fallait se conduire à l'égard des femmes, il ne se fût rendu à nouveau au *Piccadilly* pour essayer de faire parler Maï. Avec l'antiquaire, il ne fallait jamais s'attendre à la vérité absolue. Son principe — l'aveugle l'avait décelé une fois pour toutes — était de faire le contraire de ce qu'il disait... A moins qu'il ne s'agisse de supprimer un ennemi. Dans ce cas, il le tuait vraiment.

Pourquoi ne serait-il pas retourné voir Maï? Pensée qui rendait Jacques à demi fou. Il n'osait encore se l'avouer, mais, obscurément, d'une façon encore assez confuse, sans même qu'il l'eût voulu, il était presque devenu jaloux du vieil homme à cheveux blancs, à l'âge indéfini, mais dont le charme était indéniable! Il écrasait tout! Si réellement il devinait un rival, il devait pouvoir se montrer aussi cruel que dans une exécution! L'adversaire était assassiné sous un flot de politesses et de compliments... Féroce, l'antiquaire! Le plus inquiétant, c'était que Maï — pendant l'heure que Jacques avait passé avec elle — ne lui avait pas dit un seul mot de Serge Martin! Quand une femme ne parle pas d'un homme fascinant, c'est qu'il l'intéresse, qu'il la passionne même!

Le pire dans ce personnage trouble était qu'au fond il devait détester la femme. Pour lui elle ne pouvait être qu'un instrument docile dont il ne se servait que pour faire réussir ses projets et même pas pour combler ses désirs. Les quelques paroles, qu'il n'avait pas craint de dire dans ce salon devant un Kim prisonnier, prouvaient que ses tendances véritables étaient tout autres... En admettant même qu'il réussisse à se faire aimer de Maï, ce ne serait que pour devenir ensuite son plus grand ennemi!

— Tu m'attendais? dit brusquement dans le silence de la pièce la voix déjà aimée.

L'aveugle avait tressailli et ne put que balbutier :

— Toi?... Comment as-tu fait pour entrer ici et t'approcher de moi sans que je t'aie entendue venir?

La voix de Maï répondit rieuse :

— Tu crois que rien ne peut plus échapper à ton ouïe? Peut-être est-ce vrai pour tous les autres mais pas pour moi qui sais me rendre plus discrète que la petite souris! Comment suis-je entrée? Mais par le grand portail du jardin et ensuite par la porte du vestibule : tu ne m'aurais pas plus entendue faire crisser le gravier de l'allée que glisser sur les tapis de cette demeure.

— Tu es extraordinaire, petite Maï!

— J'ai pensé que tu serais seul cet après-midi. Aussi suis-je venue te tenir compagnie. Pourquoi restes-tu enfermé? Ignores-tu la parole de Bouddha : « *C'est un étroit assujettissement que la vie dans la maison. La liberté est dans l'abandon de la maison.* »

— Que pourrais-je faire d'une pareille liberté dans l'état où je me trouve?

— Tu pourrais tout faire si je restais auprès de toi.

— Tu le voudrais?

— Même si ce n'était pas mon désir, il le faudra! Tu es, de toute éternité et de par la volonté du Dieu, mon protecteur... C'est toi que j'attendais depuis des années...

Instinctivement Jacques pensa à ce que lui avait dit l'antiquaire et à la légende de la fille-aux-cheveux-qui-sentent-bon délivrée par un étranger venu d'au-delà des mers, pendant que la voix tendre continuait :

— Si tu as quitté ton lointain pays, ce n'est pas — contrairement à ce que tu pourrais croire — pour peindre dans le nôtre ou même pour y faire autre chose... Tu n'as accompli ce grand voyage que pour me rejoindre : Bouddha l'a décidé... Tous les jours je le priais... Je savais qu'il m'exaucerait : j'avais confiance!

— Tu déraisonnes! Je ne puis être pour toi rien d'autre qu'un ami de passage!

— Tous nous vivons notre passage sur terre. Il peut être plus ou moins long mais nous ne pouvons l'accomplir seul... Même étant la Fille de Bouddha, je ne puis échapper à cette loi.

— Tu dis des choses tellement étranges...

— Je ne dis que la vérité. Tu devrais être joyeux de l'entendre pour la première fois de ta vie.

— Crois-tu vraiment que, dans ton pays, on soit capable de ne pas mentir?

— Nous ne mentons que quand c'est nécessaire. Avec toi, ça ne l'est pas! Et toi, m'as-tu toujours dit la vérité?

Il resta silencieux.

— Je sais que tu ne me l'as pas dite mais je sais aussi que tu ne pouvais pas agir autrement! Je n'ai donc pas le droit de t'en vouloir.

— C'est donc que tu es mon alliée?

— Oui...

— Alors réponds-moi avec cette franchise dont tu te prétends capable à mon égard : tu l'as revu ?

— Qui cela ?

— Celui qui se dit mon ami ?

— Serge Martin ? Pourquoi aurais-je cherché à le revoir en cachette de toi ? Il ne m'intéresse pas ! C'est déjà beaucoup pour moi de supporter sa présence quand il est avec toi ! Je n'aime pas cet homme... Contrairement à ce que tu crois, il n'est pas ton ami.

— Serait-il mon ennemi comme l'était le boy ?

— Comme le boy, il trompera toujours ses amis parce qu'il travaille pour d'autres auxquels il obéit aveuglément.

— Quels autres ?

— Tu les connais aussi bien que moi ! Puisque tu m'as demandé si je l'avais revu, c'est donc que tu es jaloux de lui ?

— Je crois que je pourrais l'être...

— La jalousie est une preuve d'inintelligence. Elle ne conduit qu'au désespoir et à la destruction... Je suis sûre que tu ne connais pas la triste histoire des maris jaloux que l'on raconte en Chine ?

— Mais je ne suis pas ton mari, Maï!

— Tu es plus qu'un mari pour moi : tu es mon protecteur.

— Sais-tu qu'en France cette appellation n'est pas très flatteuse ?

— Chez nous, elle l'est...

— Chez toi ? Où est-ce chez toi ? Au Viêt-Nam ?... Au Viêt-Minh ?... Au Laos ?... En Chine ?...

— Tu es comme tous ceux de ta race : tu veux tout savoir trop vite !

— Je suis sûr que tu viens de Chine, Ngô-Thi-Maï-Khanh !

— Tu sais même mon nom complet ?

— Oui.

— Et tu aimes le prononcer?

— Je préfère Maï : c'est plus gentil et c'est plus doux! La preuve que je ne me trompe pas sur tes origines, c'est que je t'ai déjà entendue hier soir réciter ici, devant le paravent, un poème chinois et que tu viens de me dire que cette triste histoire des maris jaloux se racontait en Chine.

— Aimerais-tu l'entendre?

— Dite par toi, oui...

Elle s'était agenouillée près du fauteuil, puis elle commença de sa voix très douce :

— Il y a bien longtemps, dans le nord de la Chine, existait un mari très jaloux... Il emmena sa femme sur une montagne couverte de forêts, débroussailla un espace qu'il mit en culture et vécut complètement isolé des autres hommes pour conserver sa femme pour lui seul. Au bout d'un certain temps, celle-ci mit au monde une fille. Quand l'enfant fut devenue jeune fille, elle fut un jour aperçue par un homme qui passait par la forêt et qui se prit d'amour pour elle. Il la courtisa en secret et finit par en faire sa maîtresse. Il réussit aussi à devenir l'amant de la mère.

» La mère et la fille savaient l'une et l'autre qu'elles étaient toutes deux maîtresses de cet homme, mais elles avaient trop de torts réciproques pour oser se le reprocher mutuellement. Le mari jaloux ignorait tout. Il commença à être pris de soupçons lorsqu'un jour il s'aperçut que sa fille était enceinte, mais il ne savait que penser. Le cœur agité, il ne pouvait tenir en place et préférait aller chasser tout le jour à l'aventure dans la forêt...

» A la même époque, il y avait dans la région un autre mari extrêmement jaloux. Celui-là était allé apprendre d'un sorcier des incantations qui lui donnaient le pouvoir d'avaler un être humain et, quand il le voulait, il pouvait avaler sa femme pour que personne ne pût la séduire. Un jour sa femme lui demanda comment il pouvait l'avaler ainsi. Comme il l'aimait, il finit par lui apprendre la formule magique. Dès qu'elle l'eut exactement retenue, la femme prit un amant qu'elle avalait à l'approche de son mari qui ne se doutait de rien.

» Un jour le mari dit à sa femme :

» — Demain au lever du jour, tu feras cuire du riz que j'emporterai dans un paquet, car je te mènerai rendre visite à ma mère qui ne te connaît pas encore.

» Le lendemain, il prit en bandoulière les provisions préparées, avala sa femme et se mit en toute hâte en chemin. Au milieu du jour, il atteignit un étang situé au milieu d'une forêt inhabitée. Il s'arrêta, fit sortir sa femme de son estomac et se disposa à faire avec elle son repas. Mais, avant de manger, il alla se baigner dans l'étang. L'eau étant très basse, il dut s'éloigner du rivage pour trouver de la profondeur. Sa femme en profita pour faire remonter de son estomac son amant, se donna à lui, puis le fit rapidement manger avant de l'avaler à nouveau dès qu'elle entendit revenir son mari. Celui-ci mangea en compagnie de sa femme, puis il l'avala et se mit en route.

» La chasse avait amené en cet endroit l'autre jaloux qui soupçonnait sa fille : il s'était caché dans un fourré et avait vu le mari cracher sa femme et aller se baigner, puis la femme cracher son amant, se livrer à lui et l'avaler de nouveau. Il se dit : « Voici un mari qui sait avaler sa femme, et malgré cela elle a un amant ! Moi qui abandonne tout le jour ma femme et ma fille, comment puis-je penser qu'elles sont chastes ? »

» Il courut pour rejoindre le mari qui continuait sa route après le repas et après avoir avalé sa femme. Et il l'invita à venir se reposer un moment chez lui. Dès qu'ils y furent, le chasseur dit à sa fille :

» — Mets vite du riz sur le feu, car j'amène un ami. Nous mangerons tous ensemble...

» La femme et la fille du chasseur préparèrent le repas et

mirent quatre couverts pour l'ami, pour le chasseur et pour elles-mêmes. Mais le chasseur dit :

» — Le couvert n'est pas complet : il faut le compléter pour qui est dans l'estomac de mon ami ! Crachez, mon ami, pour que nous puissions tous manger ensemble !

» Le mari fut très étonné. Comment cet homme pouvait-il savoir qu'il avalait sa femme ? Il la fit sortir de son estomac ; la fille du chasseur apporta un bol de plus. Mais le chasseur dit :

» — Il manque encore un couvert, car la femme de mon ami a un homme dans l'estomac ! Crachez-le, je vous prie, pour qu'il déjeune avec nous !

» La femme fut couverte de confusion. Mais elle ne pouvait nier : elle cracha son amant sous les yeux de son mari. Celui-ci se voyant trompé, ne voulut plus vivre : il se priva de respirer et mourut. Sa femme, prise de remords et de pitié pour son mari, ne voulut plus vivre, se priva de respirer et mourut. L'amant, se reprochant d'être cause de deux morts, ne voulut plus vivre, se priva de respirer et mourut. Le chasseur, sa femme et sa fille, l'amant de ces deux femmes survenu au même moment, se privèrent de respirer et moururent les uns après les autres, car chacun s'accusait des malheurs qui étaient arrivés. Le chasseur se reprochait d'avoir dévoilé le secret qu'il venait de découvrir ; la femme et la fille se désolaient d'avoir préparé le repas qui avait retenu l'étranger ; l'amant de la jeune fille et de sa mère pensait qu'en faisant de ces deux femmes ses maîtresses il avait aigri le cœur du chasseur. La moralité, c'est que la jalousie détruit tout !

La voix tendre s'était tue.

— Elle est étonnante, ton histoire ! dit l'aveugle.

— Tu aimes que je te raconte nos légendes ?

— Oui, petite Maï...

— Je viendrai toujours t'en raconter qnand tu seras seul... Ainsi tu ne pourras plus te passer de moi !

— Véritablement, tu es la plus surprenante des femmes...
— Veux-tu que je prépare le thé?
— Je n'ai pas envie de thé!
— C'est cependant une boisson qui te serait plus salutaire que le whisky!
— Si je voulais du thé, je n'aurais qu'à frapper sur le gong et Kim me l'apporterait...
— Kim ne pourra plus te servir!
— Et pourquoi donc?
— Kim est mort... Tu le sais très bien!
— Comment pourrais-je le savoir? La seule chose qu'ait dite Serge Martin ce matin aux policiers est qu'il a disparu depuis hier soir.
— Pourquoi m'avoir joué la comédie inutile de celui qui n'a qu'à frapper sur le gong pour le voir apparaître? Tu n'as donc pas encore confiance en moi?
Ne sachant que répondre, il préféra demander :
— Qu'est-ce qui te fait penser qu'il est mort?
— Il n'a pas été retrouvé par cette police dont tu parles.
— Elle le retrouva peut-être : les recherches viennent seulement de commencer...
— Et il n'a pas été rejoindre ceux qui lui avaient donné l'ordre de te conduire vers ton assassin.
— Tu les connais donc?
— Je les connais...
— C'est ce qui t'a permis de me prévenir du sort qui m'attendait?
— Je devais le faire puisque tu m'es destiné par la volonté de Bouddha. Je n'avais pas le droit de laisser tuer mon protecteur... Tu dois vivre la durée de mon passage sur terre et tu ne pourras disparaître qu'en même temps que moi!
— Puisque tu es si bien renseignée, Maï, tu devrais savoir que ce sont presque sûrement ceux qui commandaient Kim qui l'ont fait mourir... J'ai entendu dire que ces gens-là ne pardonnaient pas l'échec!

— Ils auraient certainement agi ainsi, s'ils l'avaient retrouvé! Mais Kim n'a pas reparu chez eux...

— Tu sais cela également?

— Je sais beaucoup de choses...

— Et tu n'as pas peur de me les confier?

— Je ne te confie que celles qui sont nécessaires pour t'aider à vivre.

— Auprès de toi?

— Oui. On ne peut pas désobéir à la loi du Dieu! Tu n'es pas d'une essence différente des autres hommes.

— Le Dieu! Toujours le Dieu! Puisque tu parais être en d'aussi bons termes avec lui et que tu prétends même être sa Fille, il doit te faire des confidences!

— Je ne lui demande rien! J'attends ses ordres...

— C'est peut-être quand même lui qui t'a dit que Kim était mort?

— Bouddha ne donne jamais de mauvaises nouvelles et il n'autorise pas le crime...

— Parce que tu es bien sûre que Kim a été tué?

— Il l'a été...

— Par qui?

— Par ceux qu'il a trahis.

— Tu veux dire que c'est moi le coupable?

— Tu n'es pas plus coupable que ceux qui se disent tes amis...

— Serge Martin?

Elle ne répondit pas.

— Mais enfin, Maï, pourquoi voudrais-tu que nous ayons supprimé ce pauvre Kim?

— Il n'était pas le pauvre Kim, mais ton ennemi et celui de tous ceux de ta race... Je ne le plains pas, moi! Il a eu le sort qu'il méritait... C'est toi que je plains maintenant d'avoir du sang sur tes mains! Je n'aurais jamais souhaité que celui auquel je suis destinée fût un assassin!

— Je n'ai pas assassiné Kim!

— Je te crois mais peut-être l'as-tu laissé mourir devant toi sans venir à son aide?

— Va-t'en, Maï!

— Tu le veux sincèrement?

— Je... Je ne sais plus...

— Je préfère te savoir ainsi... Même si tu le voulais, je ne pourrais plus te quitter! Nous sommes rivés l'un à l'autre de toute éternité... Ce sera à moi d'essayer de te faire oublier les remords qui t'ont déjà envahi le cœur... Rassure-toi : ce que je viens de te dire au sujet de la mort du boy ne vient que de moi... J'ai compris quand j'ai su qu'il avait disparu...

— Par qui l'as-tu appris? Par M. Jojo?

— Serais-tu également jaloux de lui? Pourquoi parler de cet homme ignoble? Peut-être un jour te confierai-je comment j'ai tout su, mais aujourd'hui cela ne servirait à rien... Il n'y a que vous, les chrétiens, à prétendre que les morts ressuscitent!

— Je finis par me demander si toi aussi tu n'appartiens pas à la police et si tu ne m'as pas été envoyée par le commissaire Dien pour me faire parler?

— Je ne suis qu'une danseuse...

— Une *taxi-girl* qui se mêle d'une foule de choses qui ne la regardent pas!

— Pourquoi es-tu si dur avec moi?... Selon ton désir, je vais te quitter... Mais je reviendrai parce que, toi aussi, tu as besoin de moi!

Avec une douceur infinie, elle s'était relevée, s'éloignant du fauteuil où il restait prostré. Après un moment de silence, il se redressa, criant :

— Maï! Qu'est-ce que tu fais?... Maï, où es-tu?

Il avança dans la pièce, les bras tendus en avant, répétant :

— Pourquoi te caches-tu?... Réponds, petite Maï!

Mais une brise légère, provenant du jardin, par la porte

du vestibule restée entrouverte lui fit comprendre qu'elle s'était enfuie.

Désemparé, il erra dans le salon, le cerveau et le cœur torturés, se demandant comment elle avait pu partir avec cette même discrétion silencieuse qu'elle avait eue pour venir. C'était à croire qu'elle se fût volatilisée, évanouie comme ces sylphides qui possèdent le pouvoir merveilleux d'apparaître et de disparaître... N'était-ce pas une fée d'Asie ? A cette minute il comprit qu'elle avait eu raison de dire : « Tu as besoin de moi. » Déjà, il ne pouvait plus se passer d'elle.

## DEUXIÈME PARTIE

# LA TRAHISON

— Cher ami, qu'est-ce qui vous arrive? demanda la voix de l'antiquaire, provenant de la porte donnant sur l'escalier intérieur. Seriez-vous souffrant? A vous voir tourner ainsi en rond dans ce salon, on pourrait s'imaginer que vous ne possédez plus tout à fait votre équilibre mental!

— Je me sens devenir fou! hurla l'aveugle. Et il y a de quoi!

— Ne criez pas si fort, je vous en prie... Il est inutile que les observateurs du commissaire Xi-Dien, s'ils rôdent dans les parages, s'imaginent que nous nous disputons!

— S'ils étaient près d'ici, vous le sauriez mieux que moi! Ce ne sont pas eux qui rôdaient, mais vous! Vous seul qui êtes encore en train de m'épier!

— J'avoue ne vous avoir pas quitté une seule seconde pendant le charmant entretien que vous venez d'avoir! Mais n'ayez aucune crainte : la belle enfant ne s'est pas plus aperçue de ma présence que vous! Si elle possède le don assez rare de pouvoir entrer et ressortir d'une maison sans faire le moindre bruit, j'ai, moi, la chance de savoir me rendre invisible... Ceci sans que vous ayez été dans l'obligation de m'avaler et de me recracher comme ces personnages dont elle vous a raconté les aventures... Quelle admirable histoire! J'avoue que je ne la connaissais pas!

Comme quoi, on a toujours à apprendre quand on sait écouter aux portes ou derrière les paravents de laque!

— Dans ces conditions, je pense inutile de vous faire part de notre conversation?

— Ce serait du temps perdu!

— C'était ça, votre promenade mystérieuse?

— C'était ça!... Je sens que vous me le reprochez! Vous avez tort! Si j'ai feint un départ, c'est uniquement pour que votre charmante visiteuse puisse acquérir la conviction que je n'étais pas là... Bien m'en a pris! Elle s'est montrée infiniment plus loquace qu'au cours de votre précédente entrevue. De plus, je me doutais un peu qu'elle ne me portait pas trop dans son cœur : maintenant j'en ai la certitude. Il vaut toujours mieux savoir à quoi s'en tenir avec les femmes!

— Vous saviez qu'elle viendrait?

— Je n'en étais pas certain. J'ai joué les probabilités... Tout dépendait des aspirations de son cœur. Si la balance penchait nettement en votre faveur, j'ai pensé qu'elle n'attendrait pas vingt-quatre heures. Les amoureuses sont ainsi faites qu'elles n'hésitent pas à prendre tous les risques! Notez bien que le choix de son heure de visite a été judicieux. Elle s'est dit — et j'espérais qu'elle agirait de cette manière — : « J'ai moins de chance de tomber sur l'ami-que-je-déteste si je viens au début de l'après-midi. S'il doit s'absenter, ce sera plutôt à ce moment-là que le soir où sa surveillance risque d'être plus vigilante. » C'est pourquoi j'ai fait semblant de m'éloigner! Elle a dû attendre de voir la Chevrolet franchir le portail d'entrée avec moi pour unique passager. Ce qu'elle ne pouvait prévoir, c'est que la voiture n'irait pas loin et que, moi aussi, je suis encore assez agile pour sauter par-dessus un mur et traverser un jardin à pas de loup avant de revenir en cachette dans ma demeure. J'avais laissé entrouverte l'une des fenêtres du rez-de-chaussée. J'ai comme cela une série de petites astuces à ma disposition...

— Ce qu'elle a dit au sujet de la disparition de Kim vous rassure?

— Ça ne m'effraie pas. Elle saura se taire... par amour! Parce que nous avons maintenant une autre certitude : elle est folle de son « protecteur »! La prochaine fois qu'elle reviendra...

— Si elle revient!

— Soyez tranquille. N'a-t-elle pas dit : « Je vais te quitter, mais je reviendrai... » Donc, quand vous la reverrez — et cela ne saurait tarder — il faudra jouer le grand jeu. Un cœur, c'est un peu comme un fer : il faut le battre pendant qu'il est chaud! Après que vous lui aurez laissé raconter l'une de ces légendes ou réciter l'un de ces poèmes dont elle semble être férue, vous lui direz, répondant en cela à une citation des paroles de Bouddha qu'elle vous a faite, qu'en effet vous êtes tout à fait d'avis que « *la liberté est dans l'abandon de la maison* » et que, par voie de conséquence, vous aimeriez bien la quitter, cette maison, de temps en temps, pour reprendre ces promenades que vous aviez l'habitude de faire, soit avec moi, soit avec Kim pour pilote. Malheureusement, depuis la disparition de ce dernier, n'ayant pas pu lui trouver encore un successeur, je suis très handicapé pour vous servir de guide : ne dois-je pas, en effet, m'occuper des soins domestiques en même temps que de mon commerce d'antiquités? Aussi ne serait-ce pas merveilleux pour vous qu'elle consentît à vous servir de guide l'après-midi? Cela ne l'empêcherait pas de continuer à remplir ses fonctions de *taxi-girl* le soir au *Grand Monde* et de dormir le matin.

» Si, par bonheur, elle savait conduire une voiture, je lui prêterais bien volontiers la Chevrolet que j'ai l'intention de mener dès demain chez un carrossier de Saigon pour qu'il fasse disparaître les traces d'un combat sans gloire... Si elle ne sait pas tenir un volant, les taxis et surtout les cyclo-pousses ne sont pas là pour rien. Naturellement, nous lui paierons tous ses frais et même, si cela pouvait l'arranger puisqu'enfin cette jeune femme, comme elle me l'a expliqué, ne travaille au *Grand Monde* que pour gagner de l'argent, nous serions tout disposés à lui accorder une très sérieuse rémunération. Peut-être resterait-il un dernier point à régler : ce serait qu'elle reçût de la direction du *Grand Monde* l'autorisation de vous accompagner ainsi dans la journée. Mais je ne crois pas que M. Sun pourrait me la refuser, ni la *taï-pan* que j'essaierai d'amadouer à nouveau à coups de piastres. Que pensez-vous de ma petite idée?

— Elle est irréalisable.

— Pourquoi?

— Maï n'acceptera jamais!

— Si elle vous aime réellement autant qu'elle le dit, elle sera la plus heureuse des femmes d'avoir une raison d'être quotidiennement auprès de vous!

— Même si elle acceptait, je refuserais.

— Par fierté? Auriez-vous à nouveau peur d'évoquer la vision attendrissante du mutilé qui se promène au bras de sa belle infirmière? Mais cessez une fois pour toutes de vous occuper du qu'en-dira-t-on! Tout le monde vous connaît maintenant à Saigon et dans la région. Contrairement à ce que vous pensez, les gens trouveront votre couple très sympathique, émouvant même! Vos innombrables amis anonymes — qui sont les plus sûrs — seront enchantés à l'idée que vous avez enfin repris goût à la vie et que cette résurrection est due à une jeune femme de race jaune... Elle sera jalousée par toutes les belles Saigonnaises qui rêvent encore de s'occuper de vous! Et Maï n'aura rien d'une infirmière! Elle saura se montrer la plus exquise des « public-relations »! N'est-ce pas normal qu'un peintre, dont l'œuvre ne cesse de se valoriser, ait ainsi à ses côtés la plus charmante des collaboratrices?... Pour vous, ce sera tout de même plus agréable que de continuer à vous promener avec un vieux raisonneur comme moi dont, à certains moments, vous ne pouvez même plus supporter la présence! Je le sens! Voilà enfin pour vous l'occasion inespérée de vous libérer de Serge Martin au moins pendant une partie de la journée!

— Je reconnais que si un argument devait me décider à accepter, ce serait bien celui-là!

— Bravo! Nous allons finir par nous entendre... Et merci pour votre franchise! Elle me fait un peu de peine mais pas trop, parce qu'il y a déjà longtemps que je rêve de vous voir moins malheureux... Dites-vous bien que mon plus cher désir aurait été de vous renvoyer en France aussitôt après l'accident! Si je ne l'ai pas fait, c'est uniquement parce que j'ai dû obéir à des ordres. Contrairement à cette jolie Maï qui vous a dit se considérer désormais comme étant rivée à vous par la volonté de Bouddha, nous ne le sommes, vous et moi, que par la volonté des hommes... Et malheureusement, je crains qu'ils ne soient plus féroces qu'un Dieu! Lui, au moins, a su vous choisir une alliée agréable! Remerciez-le et dites-moi que vous êtes d'accord.

— Vous croyez qu'à Paris ils admettront cela?

— Ils admettront tout! Je me charge de Paris... Qui pourrait m'empêcher d'égayer votre jeunesse et votre solitude?

— C'est véritablement le seul but que vous visez en me soumettant cette idée?

— Vous savez très bien quel objectif final nous devons atteindre tous les deux : le document! Mais la chance veut que, pour la première fois depuis le début de cette aventure, nous puissions enfin mêler l'utile à l'agréable... N'est-ce pas extraordinaire? Ces promenades avec Maï vont vous permettre de mieux la connaître, de découvrir peu à peu sa mentalité, ses pensées véritables, son cœur peut-être. Ce jour-là, je vous le répète, elle vous dira tout! Et quand vous saurez d'où elle tient ses renseignements, nous finirons bien par arriver jusqu'à la tête de l'organisation adverse. Il nous faut connaître nos vrais ennemis avant d'abattre les cartes maîtresses!

— Vous voulez que je joue un rôle ignoble! N'est-ce pas déjà assez d'avoir fait de moi le témoin impuissant d'un assassinat! Le jour où j'ai accepté ma mission à Paris, il n'en avait pas été question : je n'ai jamais signé un contrat de tueur!

— Quand vous avez donné votre parole au colonel Sicard, vous acceptiez tout, Fernet! Maintenant, vous devez séduire cette fille! C'est là, de loin, le plus grand service que vous puissiez nous rendre! Si je pouvais le faire moi-même, je n'hésiterais pas une seconde malgré mes cheveux blancs! Mais c'est vous qu'elle veut. Nous nous comprenons?

Vers 20 heures, la sonnerie du téléphone retentit. C'était un appel du commissaire Xi-Dien qui demandait si Kim était revenu.

— Je vous ai promis, répondit Serge Martin, de vous prévenir immédiatement si cela se produisait... Et vous, avez-vous progressé dans votre enquête?

Après avoir entendu la réponse, il raccrocha en confiant à Jacques, sur un ton d'ironie :

— Il ne progresse pas... Le contraire m'eût étonné!

Une heure plus tard, ils rejoignirent leurs chambres respectives.

— Je pense, avait dit l'antiquaire, que le mieux pour nous ce soir, est de nous coucher tôt pour essayer de récupérer les heures de sommeil qui nous manquent... Malgré le désir que vous avez peut-être de retourner au

*Grand Monde* pour y retrouver la *taxi-girl* n° 7, il est préférable de rester ici. Ce serait une erreur de vous précipiter trop vite : laissez-la venir... Et cette nuit, promettez-moi de ne pas me faire de scène si je dors encore avec ma carabine à portée de la main. Ce n'est pas que je sois aussi inquiet qu'avant-hier soir : nous avons conjuré momentanément le mauvais sort puisque vous êtes encore vivant après l'apparition de la nouvelle lune! Mais on ne sait jamais si les manes de Kim ou de l'inconnu abattu à la Pointe des Blagueurs n'auront pas l'idée de venir nous ennuyer.

Malgré cette appréhension, la nuit fut calme. Jacques s'était endormi en pensant à la visite de Maï. Sa plus grande souffrance était de savoir qu'il ne pourrait jamais connaître le visage de celle qu'il sentait à la fois si proche et si lointaine... Tout aurait dû le séparer de cette petite Maï et cependant il l'avait trouvée... Si seulement il avait pu la connaître avant de perdre la vue! C'est tellement difficile de croire à la sincérité de ceux que l'on ne voit pas! Mais, malgré tout, à chaque fois qu'il évoquait en imagination « son alliée », il éprouvait une réelle sensation d'apaisement. Il croyait même entendre à nouveau la voix douce racontant d'admirables légendes...

Le lendemain, pendant qu'il savourait l'excellent petit déjeuner préparé par Serge Martin, celui-ci demanda :

— Vous ne me reprocherez pas trop de vous quitter dans quelques minutes pour ne revenir qu'à la tombée de la nuit?

— Si ce n'est qu'une feinte pour m'épier comme hier, il était inutile de me poser une telle question!

— Ce ne sera pas comme hier, bon ami... Réellement, je dois me rendre à Saigon pour faire réparer les dégâts sur la voiture. J'ai téléphoné à un carrossier qui m'a promis qu'elle serait prête en fin de journée mais comme je me méfie de la façon de travailler de ces gens-là, je préfère rester avec eux pour les surveiller. Il serait très gênant pour nous de ne pas avoir notre moyen de locomotion immédiat en cas d'urgence; aussi est-il préférable que tout soit terminé dès ce soir. Je reviendrai avec un beau pare-brise tout neuf qui embellira un peu mon vieux tacot! Si vous avez faim, vous trouverez tout ce qu'il faut, préparé dans le réfrigérateur de l'office. Je vous laisse le même revolver : glissez-le dans votre poche. On ne sait jamais! Enfin, j'ai téléphoné au commissaire Xi-Dien pour l'informer que Kim n'était toujours pas rentré. Il m'a répondu qu'à son avis, nous n'avions plus beaucoup de chances de le revoir vivant, et qu'il avait dû être exécuté par les Viêt-Minhs. Je me suis bien gardé de le détromper et j'ai profité de cet appel pour lui demander, étant donné que je devais passer la journée à Saigon, de faire assurer une protection discrète de ma maison où vous seriez seul jusqu'à mon retour.

— Vous êtes fou?

— Je serai plus tranquille... Mais j'ai fait promettre au commissaire que ses hommes ne resteraient pas plantés devant l'entrée du jardin et se rendraient pratiquement invisibles.

— Comme vous hier?

— Comme moi... Je lui ai confié également qu'il était possible que vous receviez cet après-midi la visite d'une charmante jeune femme, grande amie à nous, et qu'il serait aussi déplacé pour ses hommes de l'interroger que de vous déranger pendant qu'elle serait ici...

— Charmant! Vous allez me faire une de ces réputations!

— Quelle réputation? Vous avez tout de même bien le droit de recevoir des visites! Vous n'êtes ni au couvent ni en prison!

— Par moment, je me le demande!

— Ne soyez pas injuste! Je fais tout ce que je peux pour adoucir votre sort...

— A condition que de mon côté je fasse le maximum!

— Le maximum de cet après-midi risque de ne pas être tellement désagréable...

— Mais rien ne dit que Maï reviendra tout à l'heure!

— Ayez confiance! Hier il n'y avait que cinquante pour cent de chances. Aujourd'hui j'estime qu'il y en a soixante-quinze pour cent... Vous progressez! A ce soir, cher ami...

Pour la première fois, depuis qu'il avait été emporté dans le tourbillon de l'aventure insensée, Jacques avait la sensation de marquer un temps d'arrêt. Les heures de la matinée s'étaient écoulées pour lui avec une lenteur désespérante, puis l'après-midi avait commencé, morne... Tour à tour enfoncé dans un fauteuil ou marchant de long en large dans le salon, grillant cigarette sur cigarette, l'aveugle vivait une attente exaspérée. Comme elle était longue à se manifester, la femme de ses nouveaux rêves! Et il se prenait à maudire ce Serge Martin qui lui avait presque garanti qu'elle viendrait! Progressivement l'attente se transformait en souffrance : pourquoi Maï le faisait-elle languir, elle qui avait promis de venir à chaque fois qu'elle le sentirait seul? Elle, qui semblait tout deviner, ne devrait-elle pas être déjà là depuis longtemps? Il ne trouvait même plus la force de penser ou de méditer : avant tout il lui fallait la présence aimée...

Alors qu'il commençait à désespérer de jamais la revoir, ses narines furent brusquement dilatées par un étrange parfum d'encens où se mélangeaient les odeurs du bois de santal, du cyprès et de la cannelle... Il comprit que des *jossticks* commençaient à brûler dans la pièce. Il savait que ce mot anglais, adopté par tout le Sud-Est Asiatique, désignait des objets rituels, venus de Chine et vieux comme elle, destinés à accompagner les fastes et les cérémonies, à embellir les prières, à symboliser toujours — par-delà les croyances différentes — l'aspiration de l'âme consumée... Sous leur forme la plus courante, les *josssticks* n'étaient que des bâtonnets qui, une fois allumés, se tordaient en spirales enrobées de lumière blonde et dégageant une fumée irréelle, légère, fugitive... Dans les pagodes, sous les voûtes des sanctuaires d'Asie, partout sur les autels, brûlaient des *josssticks*. Attiré par la morsure de la flamme, le mélange savant pouvait dégager les fragances où s'expriment une supplique et un espoir venus du fond des âges, éternels comme le cœur de l'homme.

Grisé par le parfum, l'aveugle cria :

— Maï!

Elle était entrée, cette fois, dans la maison en révélant sa présence de la manière la plus subtile que puisse trouver une imagination de femme. Presque aussitôt il entendit la voix tendre murmurer en chinois :

*Comment puis-je être sûre de votre cœur*
*Puisque vous-même, lorsque vous allez*
*A la pêche avec la grande pirogue*
*Vous n'êtes pas maître du courant*
*De ce grand fleuve?*
*Le moucheron vit, comme il peut,*
*Des libéralités de la nature.*
*Mais comment l'éléphant blanc*
*Peut-il s'attarder*
*Auprès de l'humble touffe de bambou?*

Il ne comprit que très imparfaitement le poème, mais il demanda, suppliant :

— Encore, petite Maï! J'aime ta voix quand elle s'exprime dans cette langue dont nous les Blancs, nous ne sommes même pas capables de soupçonner les beautés!

La fille reprit :

*Quoique séparés, nous restons unis,*
*L'absence étreint mon cœur d'une poigne fort dure,*
*Par le feu dévorant*
*Qui me brûle nuit et jour,*
*J'oublie, en ma douleur, même la nourriture,*
*Et mon cœur alangui s'épuise en mal d'amour!*

Puis elle dit, en français et dans un éclat de rire :

— Tu es heureux de me retrouver?

— Très heureux!

— Tu t'aperçois que je connais des façons très différentes de te faire comprendre que Maï est tout près de toi! J'ai pensé qu'aujourd'hui tu aimerais que ma visite commençât par des poèmes pendant que se répandraient des parfums...

— Tu n'as vu personne en venant ici?

— Personne! J'ai utilisé un cyclo-pousse qui m'attend sur la route, devant le portail, et qui me ramènera ce soir à Cholon quand tu me diras comme hier : « Va-t'en! »

— Je ne parlerai plus jamais ainsi!

— Jamais est un mot que vous employez en France un peu à tort et à travers! Nous sommes plus prudents! En Asie nous ne le prononçons que rarement mais à bon escient...

— Si je l'ai dit, c'est parce que je te demande de ne plus me quitter.

— Tu voudrais que je sois tout le temps auprès de toi?

— Oui.

— C'est donc que, toi aussi, tu obéis à la volonté de Bouddha. Je resterai...

— Mais ton métier de danseuse?

— Je danserai pour toi seul...

— Et le *Grand Monde?*

— Je peux le quitter quand je veux. Crois-tu que j'aime faire la *taxi-girl* pour des touristes ou des boutiquiers enrichis?... J'ai préparé le thé : voici ta tasse...

— Tu étais depuis longtemps dans la maison?

— Je l'ai entièrement visitée pendant que tu croyais, dans ce salon, que je t'avais oublié et que je ne reviendrais pas!

— Je ne t'ai absolument pas entendue...

— Tu ne m'entendras que quand cela te fera plaisir. Désormais tu es mon maître dont je dois exaucer les désirs mais ne crois pas que nous soyons pour autant des femmes serviles! Si tu ne me parles pas pendant des heures, je ne t'en demanderai pas la raison... Si tu me réveilles plusieurs fois pendant mon sommeil pour me faire préparer une boisson rafraîchissante ou pour me demander n'importe quoi, je ne me révolterai pas... Quand tu seras las et fatigué, je te masserai...

— Mais tu es la compagne idéale! Et tu me serviras de guide quand j'irai me promener?

— Je serai ton seul guide : avec moi à tes côtés, tu ne courras plus aucun danger... Bois ton thé.

— Je n'aime pas beaucoup le thé!

— Bientôt tu l'aimeras et tu ne pourras plus t'en passer...

Elle avait approché la tasse de ses lèvres et il commença à boire par petites gorgées, comme un malade qui se laisse dorloter, ou un enfant...

— Le fait est, reconnut-il, qu'il est excellent! Que mets-tu donc dans cette tisane pour lui retirer toute fadeur?

— Rien. En Chine nous savons faire le thé.

— Tu avoues enfin que tu es chinoise?

— Mes ancêtres et mon âme sont de Chine...

— Et ton cœur?

— Il n'est plus qu'à toi...

— A combien d'hommes as-tu dit les mêmes paroles?

— Même si elle a offert son corps à d'autres, la Fille de Bouddha ne peut appartenir qu'à son protecteur... Veux-tu encore du thé?

— Sans doute vais-je te surprendre, mais j'avoue que j'en boirais volontiers une autre tasse...

— Je savais que tes goûts changeraient très vite! Je sais aussi qu'aucune femme avant moi n'a cherché à satisfaire tes goûts.

— Chez nous les femmes pensent d'abord à elles...

— Comment peuvent-elles être heureuses si elles ne font pas le bonheur de leur maître? Maintenant que mon thé t'a réconforté, veux-tu que je te raconte une légende?

— C'est inutile : ne suis-je pas en train d'en vivre une?

— Peut-être préfères-tu une histoire vraie?

— Dis-moi la tienne...

— Puisque tu le désires, je vais essayer... Quand tu voyais, avais-tu pris la peine de regarder avec attention les panneaux de laque du grand paravent?

— Non. Et je sens que tu vas me le faire regretter! Quand on possède la vue, on croit que l'on aura toujours le temps de contempler les belles choses et l'on regarde plus volontiers des objets sans valeur... Un jour survient où l'on ne peut plus voir et on s'aperçoit qu'on a été stupide! Tout ce que je sais de ce paravent, c'est ce que m'en a dit Serge Martin...

— T'a-t-il expliqué que l'histoire qui y est racontée est celle d'une danseuse?

— Oui.

— Et que c'est l'une de nos vingt-quatre histoires chinoises qui sont à la base de tout?

— Martin me l'a dit.

— Comme tu ne peux plus voir les personnages de l'histoire, je vais t'aider à les découvrir... Approche-toi du paravent... Donne-moi tes deux mains...

Elle lui prit les mains et leur fit caresser doucement le premier panneau du paravent en disant :

— Tu sens, sous tes doigts, le relief des personnages? Leurs visages d'ivoire?... C'est sur ce panneau que commence l'histoire... En ce moment, tes doigts suivent les contours d'une belle maison bâtie sur pilotis... Sous sa véranda extérieure, des femmes et des hommes regardent une enfant qui danse, accompagnée par les accents du *Khène* dont se sert la vieille nourrice qui l'a élevée... Sens-tu comment sont placés les bras de l'enfant pendant la danse?

— Oui...

— Je vais prendre la même attitude qu'elle... Sens maintenant la position de mes bras et de mes mains... Je vais danser devant toi comme si j'étais la petite fille d'ivoire...

Et elle commença la danse... De temps en temps elle reprenait les mains de l'aveugle pour leur faire effleurer son corps qui ondulait. Bien qu'il n'y eût aucun accompagnement, Jacques avait l'impression d'entendre une musique en gouttes d'eau, plaintive, irréelle, qui martelait le cerveau... De panneau en panneau, de laque en laque, de personnage en personnage — dont elle transposait dans sa réalité vivante, au fur et à mesure du déroulement de l'histoire, les gestes et les attitudes — Maï parvint à lui raconter la vie de la petite fille chinoise dont le destin avait toujours été de danser parce que ses parents l'avaient consacrée à Bouddha et qui avait su persévérer dans son art malgré les embûches et les innombrables ennemis rencontrés sur sa route. La fin de l'histoire, racontée sur le dernier panneau de droite, se passait sur les marches d'une pagode où la danseuse, devenue une merveilleuse jeune femme, s'avançait vers une gigantesque statue du dieu...

— Maintenant, elle va rentrer dans le sein de son Père, expliqua Maï en s'arrêtant de danser. Elle a accompli la mission qui lui avait été confiée pour son temps de passage sur terre... Elle a droit à la béatitude...

— Mais quel est cet autre personnage, que caressent mes doigts et qui semble l'accompagner tout le long de sa vie ?

— C'est son protecteur choisi par Bouddha. C'est grâce à lui que, dans les panneaux du centre, elle a pu triompher du mal. Sur le cinquième panneau, ce protecteur s'est métamorphosé en Dragon. C'est juste puisqu'il en a la force et la vigilance. Il n'a pas la malignité de la Souris, l'obstination du Buffle, la violence du Tigre qui rallume la guerre, l'hypocrisie du Chat, la perfidie du Serpent, la résignation du Cheval, la puanteur du Bouc, l'ineptie du Singe, la témérité irréfléchie du Coq... Il représente l'espérance... Son caractère figuratif ne comporte-t-il pas les éléments « aile » et « eau » ? Cela signifie que le Dragon monte au Ciel qui le pourvoit de dons célestes et qu'il est aussi d'essence ondine, donc ennemi du feu, et, par suite, de la guerre elle-même. Il est le plus grand de tous ! Pour se détendre, il peut s'allonger sur les chaînes de montagnes, puis se replier, au repos, dans un antre profond et mystérieux... Il sait aussi se cacher dans les nues floconneuses et ne se montrer — comme c'est le cas pour la vie de cette danseuse sacrée — que dans les grands moments de l'histoire aux Grands Sages qui en meurent. Chaque année, aussi, à l'équinoxe d'automne, il se meut dans les profondeurs inaccessibles de la mer. Ce n'est qu'au troisième mois lunaire, qui porte son nom, qu'il tressaille d'aise dans l'immensité bleue : ses contorsions et ses circonvolutions brassent les nuages, font le tonnerre qui ébranle le monde, l'éclair qui sillonne l'espace et l'orage en courroux qui se résorbe finalement en une pluie abondante qui arrose et féconde la rizière assoiffée : le Dragon fait ainsi la prospérité de la Terre et des hommes... Puisque tu es mon protecteur, s'il le fallait, toi aussi, tu aurais la force du Dragon !

— La petite danseuse, c'est toi ?

Elle ne répondit pas.

Exalté, il dit dans un souffle :

— Grâce à toi, Maï, je l'ai vue, la danseuse! Merci! Sans toi, je n'aurais jamais attaché d'importance à son histoire... Je comprends maintenant que tu sois restée fascinée quand tu t'es trouvée devant ce paravent avant-hier!

— Ce n'était pas la première fois que je le voyais...

Étonné, il demanda :

— Tu ne vas pas me dire que tu étais déjà venue dans cette maison?

— Non. Mais j'ai vu ce paravent ailleurs, il y a des années, quand j'avais l'âge de la danseuse-enfant...

— Où cela?

— Dans une pagode...

Puis elle ajouta calmement :

— ... Une pagode où il a été volé...

— Tu es sûre de ce que tu dis?

— Oui.

— Cela signifierait que Serge Martin serait un voleur?

— Sans doute n'a-t-il pas été le prendre lui-même mais il est de toute façon le complice des voleurs puisqu'il le conserve chez lui.

— Peut-être ne sait-il pas qu'il a été volé?

— Il le sait très bien! C'est un recéleur...

— N'est-ce pas le cas de beaucoup d'antiquaires qui le deviennent sans même s'en douter après avoir acheté de bonne foi très cher des objets rares?

— Serge Martin n'est pas de bonne foi... C'est pourquoi je ne l'aime pas! Mais un jour — je l'ai promis au dieu dont je suis la Fille chérie — ce paravent retournera là où il a toujours été et où il doit être!

Elle avait prononcé cette affirmation avec une force et une détermination surprenantes mais, très vite, sa voix redevint douce :

— M'approuves-tu maintenant d'avoir répandu ici le

parfum des *jossticks?* N'était-ce pas nécessaire pour que tu croies à mon histoire?

— Approche... dit-il.

Elle vint contre lui, frémissante, voluptueuse.

Les mains tremblantes, il lui prit le visage mais au moment où leurs lèvres allaient s'effleurer dans une première étreinte, elle murmura :

— Non... Ce n'est pas ainsi que nous devons échanger notre serment...

Elle avait approché son nez pour le frotter contre le sien avec une douceur infinie...

— Amour de ma vie, dit-elle, il va falloir maintenant procéder à mon installation ici... Je voudrais qu'elle soit terminée quand Serge Martin reviendra. Crois-tu que ça va lui faire plaisir de me voir dans ce qu'il appelle « son musée »?

— Je ne sais pas... Il a un caractère tellement bizarre!

Il n'eut pas le courage d'expliquer que c'était l'antiquaire lui-même qui lui avait « conseillé » — pour ne pas dire « donné l'ordre » — de brusquer le plus possible les choses. A quoi bon attiser la haine secrète qu'elle lui portait? Jacques était heureux qu'elle se fût offerte spontanément de devenir son guide et de ne pas avoir à lui avouer que c'était aussi une idée de Serge Martin. Mais il était assez inquiet : entre faire d'elle son public-relations ou même sa maîtresse pour lui arracher tous ses secrets et la laisser s'installer en permanence dans la demeure, il y avait un pas immense! Aussi demanda-t-il :

— Tu pourrais te libérer facilement du *Grand Monde?*

— Je n'y retournerai plus jamais! Et quand je dis cet adverbe, tu sais que c'est vrai... Ce *Grand Monde* me fait horreur! J'ai honte d'y être restée aussi longtemps, mais il me fallait gagner beaucoup d'argent.

— Tu aimes donc tant que cela l'argent?

— Quelle est la femme qui n'en a pas besoin?

— Ne trouves-tu pas que ce goût s'harmonise mal avec celui de la Beauté et de la Poésie?

— Si j'ai voulu amasser une fortune, ce n'est pas pour moi mais pour réparer, selon mes humbles moyens terrestres, le plus grand des affronts qui ait été fait à mon Père...

— A Bouddha?

— Oui. Plus tard peut-être comprendras-tu et me donneras-tu raison? Pour le moment, je t'en supplie : ne me pose plus de questions!

— Mais si tu abandonnes le *Grand Monde* pour vivre auprès de moi, tu cesseras de gagner tout cet argent. Je ne suis pas riche!

— Je dois accepter la pauvreté avec toi puisque tu es mon protecteur. Accorde-moi seulement ton cœur : je serai comblée! Je t'aiderai de ma présence, de mes pensées, de mon amour encore plus grand que le tien mais l'argent que j'ai pu mettre de côté pendant les quatre années où j'ai fait la *taxi-girl*, je n'ai pas le droit d'en distraire une piastre pour faciliter notre bonheur. Je dois le garder : c'est un trésor sacré.

— Du moment que tu le dis, je te crois... Alors M. Sun ne fera pas de difficultés?

— Aucune.

— Je ne l'ai jamais vu, ce M. Sun, mais je déteste sa voix mielleuse!

— Tu le détesterais encore plus si tu le voyais!

— Pourtant Serge Martin m'a dit qu'il avait une certaine allure et qu'il ne manquait pas d'élégance vestimentaire?

— Comme si ça comptait! Serge Martin ne peut pas voir les gens avec les mêmes yeux que toi et moi...

— Et au *Piccadilly?*

— Nous allons nous y rendre tout de suite dans le cyclo-pousse qui m'attend à l'entrée pour y prendre mes affaires personnelles...

— Tes robes... De quelle couleur est la jupe de soie brodée que tu portes aujourd'hui ?

— Elle est d'or... Il le fallait aussi pour te raconter l'histoire de la danseuse...

— Je t'aime !

— Tu n'auras qu'à m'attendre devant l'hôtel. Je ne serai pas longue.

— Et le directeur, que dira-t-il s'il te voit partir brusquement ?

— Que veux-tu qu'il dise ? Puisque c'est lui qui m'a conseillé avant-hier de vous accompagner ici, il devrait être enchanté !

— Maï chérie, je n'aime pas non plus cet homme !

— Je t'ai déjà dit qu'il était ignoble ! Mais puisque nous le savons, ce n'est plus dangereux pour nous... Il ne peut rien faire contre un bonheur voulu par Bouddha ! Nous partons ?

— Avec toi, gentille alliée, j'irais au bout du monde !

— Ne le dis pas trop ! Peut-être t'y emmènerai-je si c'est notre destin ?

Il n'avait jamais utilisé de cyclo-pousse, ayant toujours circulé en auto avec Serge Martin. Et pourtant, ce mode de locomotion — évoquant pour lui l'époque où Paris était occupé par les Allemands — le fascinait. Mais si, à Paris, le cyclo-pousse avait quelque chose d'indécent, au Viêt-Nam il semblait indispensable au paysage. N'apportait-il pas dans les rues de Saigon tout le pittoresque de la circulation ?

Sans le voir, il imaginait l'homme qui pédalait pendant qu'ils restaient blottis l'un contre l'autre sur le siège capitonné de l'étrange tricycle. Ce coolie, monté d'un échelon social par rapport à ceux qui erraient sur le port, était communément appelé « cyclo ». Pour le héler dans les rues où il évoluait sans bruit en un glissement furtif, il suffisait de pousser ce cri lapidaire : « Clo! »

Dès qu'il l'avait compris, Jacques avait baptisé de ce nom les cyclo-pousses qui étaient tous devenus pour lui des « Clo »... Tous étaient coiffés d'un feutre délavé, d'un casque colonial vermoulu ou d'une serviette-éponge roulée en turban. Leur chemisette était le plus souvent usée jusqu'à la corde, déchirée, trempée de sueur. Un caleçon noir laissait apparaître de longues jambes brûlées de soleil et musclées. Les jours de grande pluie, ils s'en allaient torse nu, de l'eau jusqu'à mi-roue, quand la ville ou sa banlieue était inondée. Cela ne les empêchait pas de rire aux éclats sous l'averse, d'interpeller joyeusement les collègues, de tancer les automobilistes frappés de paralysie parce que le moteur de leur véhicule était noyé. Les cyclos, eux, ne s'arrêtaient jamais.

Ils étaient les rois du pavé, rois incontestés qui, sous l'écrasante chaleur du onzième parallèle, faisaient la loi. La rue était à eux. Chaque piéton qui passait devenait pour eux une proie possible. Quand le cyclo maraude, il paraît dormir au sommet de sa selle et il n'appuie que d'un pied, pour se reposer, sur la pédale de son engin. Mais l'œil, son petit œil noir et pétillant, incrusté dans l'amande de l'orbite, reste aux aguets. On dirait un serpent guettant sa victime... Il semble sonder la foule, provoquant le passant pressé ou exténué d'un mouvement imperceptible de la paupière, ou d'un grand geste de la main. Quand le client se laisse choir sur la banquette après avoir mordu à l'appel, le cyclo ressuscite! Une vigueur insoupçonnée se répand soudain dans ses membres : son impétuosité est telle qu'avant même de connaître le but de sa course, il roule déjà bon train, droit devant lui...

C'était dans un tel équipage, dont il découvrait les délices, que Jacques roulait en compagnie de la petite Maï vers Cholon! Ce fut la plus merveilleuse des promenades... La

Chevrolet n'aurait pas convenu : quand on est éperdument amoureux d'une fille d'Asie, il faut le cyclo!

— Tu utilises souvent ce mode de locomotion ? demanda-t-il à sa compagne.

— Tous les jours. Sen ne travaille que pour moi...

— Il s'appelle Sen?

— Oui... Il vient me chercher chaque soir au *Piccadilly* pour me conduire au *Grand Monde* où il m'attend pendant toute la nuit s'il le faut. Ensuite il me ramène à l'hôtel. Le reste du temps, il dort : il couche dans sa machine, en pleine rue... Il est très attentionné : c'est pourquoi je l'ai gardé. Je le soupçonne aussi d'être un peu amoureux de moi. Tu ne vas pas être encore jaloux?

— Pas de lui!

— Et tu peux avoir confiance en Sen! Il n'est pas comme Kim... Entre lui et moi, maintenant tu seras protégé. Si tu avais pu voir son sourire quand il m'a vue monter avec toi dans son engin! Il est flatté! Tu es très connu et très populaire chez les humbles de Saigon.

— Je n'ai pourtant rien fait pour cela.

— Tu as essayé, quand tu voyais, de peindre les paysages qu'ils aiment...

L'aveugle aurait tout souhaité, sauf qu'elle parlât de « sa » peinture! Il se demandait surtout si elle y croyait, si elle savait même qu'il n'était pas peintre. Et il dit :

— Sincèrement, tu appréciais ce que je faisais?

— J'ai surtout admiré la toile que tu as peinte sur l'estuaire...

Il n'osa pas insister.

— Voici le *Piccadilly*, dit-elle. Attends-moi dans le cyclo, je ne serai pas longue. Je pense que tu n'as aucune envie de voir M. Jojo?

— Aucune, en effet!

— Sen va rester auprès de toi.

Avant d'entrer dans l'hôtel, elle ordonna au coolie :

— Dès que tu vois un autre cyclo, retiens-le : il nous suivra en portant mes bagages.

Pendant tout le temps où elle avait été blottie contre lui, il n'avait plus réfléchi mais maintenant qu'il se retrouvait seul, l'attendant, il se demandait si ce n'était pas une lourde erreur de laisser cette fille — totalement inconnue de lui et surtout de Serge Martin trois jours plus tôt — s'introduire dans l'intimité de la maison de l'antiquaire. Bien qu'elle se prétendît Fille du Dieu parce qu'elle avait été consacrée à Bouddha pendant son enfance, il ne savait pratiquement rien d'elle. Tout ce qu'elle avait dit pouvait être sujet à caution. Certes, Maï était cultivée, artiste, connaissant beaucoup de choses... Elle en savait même trop, spécialement sur Serge Martin et sur la disparition de Kim! Son calme apparent semblait toujours dissimuler une menace sourde. Et ce don qu'elle avait d'entremêler le rêve à la réalité, en rattachant les moindres actes de la vie à des poèmes ou à des légendes, prouvait qu'elle était très capable de plaider le faux pour savoir le vrai. Cette hâte même, dont elle avait fait preuve pour se rendre immédiatement indispensable, n'avait-elle pas un côté choquant? Ces façons de s'introduire dans une demeure, de la visiter en cachette, d'y répandre des parfums et de préparer le thé sans que personne le lui eût demandé étaient pour le moins surprenantes.

A moins qu'elle ne fût réellement l'une de ces créatures étranges dont la folie est faite de mysticisme et du besoin irraisonné de rendre service à quelqu'un? Alors elle devenait infiniment plus sympathique. Peut-être était-elle sincère, malgré tout? Peut-être était-elle véritablement amoureuse?

Lui-même, Jacques, l'était-il? Il devait s'avouer que, dès la première danse au *Grand Monde*, il s'était senti irrésistiblement attiré, subjugué même, par la séduisante créature dont la douceur savait cacher une extraordinaire autorité. Mais que se passerait-il quand le moment viendrait où cette volonté se trouverait en conflit avec celle, inexorable, d'un Serge Martin ? Il était à peu près certain que deux caractères de cette trempe ne pourraient s'affronter sans heurts. Le choc serait terrible !

En réalité Jacques ne savait plus très bien où il en était. En écoutant Maï, en faisant semblant d'entrer dans son jeu, n'avait-il pas suivi les conseils de l'antiquaire ? Celui-ci devrait donc être satisfait de voir que les choses avaient progressé avec une extraordinaire rapidité. Mais Jacques n'avait-il vraiment été que le dissimulateur, jouant les séducteurs ? N'était-il pas devenu, au contraire, après cette quatrième entrevue avec Maï, la proie inconsciente ? Ne s'était-il pas laissé prendre au piège de la séduction ? Qui, d'elle ou de lui, avait triomphé de l'autre ?

Pour le moment, il avait l'impression d'être à égalité, mais le combat ne faisait que commencer. Il serait rude et se déroulerait sous l'égide d'un arbitre diabolique : Serge Martin. L'issue, qui ne pouvait être que l'abdication complète de Maï par la révélation de tout ce qu'elle savait, paraissait encore très incertaine...

Perdu dans ses réflexions, Jacques n'avait pas remarqué qu'une présence nouvelle s'était approchée du cyclo-pousse dans lequel il était toujours assis. Et il sursauta quand la voix détestée de M. Jojo dit, aimable :

— Alors, monsieur Fernet, c'est ainsi que vous enlevez la plus belle cliente de mon hôtel ?

— Je ne l'enlève pas, monsieur le directeur ! C'est elle qui m'a offert, de son plein gré, de me servir de guide à l'avenir.

— Je sais, et je l'approuve ! Jamais vous ne trouverez de collaboratrice plus sûre ! Maï est véritablement une admirable jeune femme ! Elle a tous les dons : la beauté, le charme, la grâce, l'intelligence surtout ! Je crois qu'avec elle à vos côtés, vous pourrez être très heureux... Comment va ce cher M. Martin?

— Comment un pareil homme pourrait-il ne pas bien se porter?

— Il doit être enchanté de la décision prise par Maï?

— Apprenez que ni elle ni moi ne lui avons demandé son avis! Bien que Serge Martin se soit toujours montré pour moi un excellent ami, je me suis toujours arrangé pour conserver une entière indépendance.

— Vous avez bien fait! Les conseilleurs ne sont jamais les payeurs... Vous avez été, hélas, tristement placé pour vous en apercevoir... Mais voici votre charmante conquête...

Maï ne prêta aucune attention au compliment et, après avoir surveillé l'entassement de ses bagages dans le deuxième cyclo hélé par Sen, elle monta à côté de Jacques en ordonnant au coolie :

— Va!

M. Jojo courut pendant quelques secondes à côté du véhicule, qui commençait à rouler, en demandant à Maï :

— Devrons-nous faire renvoyer votre courrier chez M. Martin?

— Vous savez bien que je ne reçois aucun courrier! répondit-elle sèchement.

— A bientôt, monsieur Fernet! cria encore le directeur.

Lorsque le cyclo eut pris de la distance, Jacques demanda :

— Pourquoi ne lui as-tu pas dit au revoir?

— Ce porc ne mérite aucune marque de politesse. Je ne lui dois rien! Lui et moi nous sommes quittes...

— Tu ne passes pas au *Grand Monde* pour prévenir M. Sun?

— C'est inutile. M. Jojo s'en chargera...

— Comme tu sembles mépriser tous ces gens-là!

— A l'avenir, je ne respecterai que toi.

Quand les deux cyclo-pousses s'arrêtèrent devant le perron de la maison de Serge Martin, la voix de l'hôte dit, aimable :

— Je vous attendais... Quel charmant équipage! En tête, les amoureux... Derrière, les innombrables bagages de Madame! Je reconnais que c'est une arrivée très réussie!

Maï avait sauté à terre et, tout en aidant l'aveugle à descendre du cyclo, elle demanda, gracieuse, à l'antiquaire :

— Ça ne vous ennuie pas trop de me voir m'installer chez vous avec une telle désinvolture et sans avoir même pris le temps de vous en demander l'autorisation?

— Gentille jeune femme, jamais je n'aurais espéré une pareille joie! Vous nous comblez, Jacques et moi! Souvenez-vous que je vous ai dit que mon plus cher souhait était que vous vous sentiez chez vous ici. Votre arrivée ce soir me prouve qu'il est réalisé! Malheureusement, ayant perdu mon boy, je crains que le service ne laisse à désirer!

— Je suis venue pour remplacer Kim, dit-elle.

Puis elle précisa, avec un sourire étrange :

— Pour le remplacer... en tout!

— Vraiment? Dans ces conditions, je vais vous demander d'avoir la gentillesse de nous servir les whiskies destinés à saluer votre arrivée.

— Le vôtre, si vous y tenez... Quant à Jacques, il prendra du thé comme moi.

— Du thé? s'exclama l'antiquaire. Seriez-vous déjà parvenue, en si peu de temps, à modifier ses goûts?

— Je n'aime pas le voir boire et je méprise ceux qui boivent trop...

— Alors je sens que vous allez me détester!

Pour toute réponse, les lèvres de la jeune femme n'eurent qu'une moue que l'on pouvait interpréter de différentes manières. Mais Serge Martin était beaucoup trop subtil pour paraître y attacher la moindre importance. Ce soir il cherchait à se montrer aimable, très aimable, presque mondain... Il était le monsieur qui reçoit une jolie femme. Aussi Jacques l'écoutait-il avec une certaine inquiétude. Mais le vieil homme fut si habile, si enjoué, si gai même que très vite l'atmosphère se détentit.

— Ma chère enfant, dit Serge Martin, j'ai pensé — puisque vous avez eu l'exquise gentillesse d'accepter aussi spontanément et aussi rapidement de remplir à l'avenir le rôle de public-relations pour notre ami — qu'il serait préférable que votre chambre ici fût voisine de la sienne... C'était jusqu'à ce soir celle que j'occupais mais je vais déménager tout de suite mes affaires personnelles pour que vous puissiez vous y installer.

— Et où logerez-vous? demanda Jacques.

— Au rez-de-chaussée, dans l'ancienne chambre de Kim, à côté de la cuisine.

— Mais enfin, Martin, c'est une chambre indigne de vous! s'exclama le peintre.

— Je ne trouve pas... Je n'aime pas les trop grandes pièces. Celle où dormait Kim est intime... Je trouve aussi qu'il n'est pas mal que quelqu'un habite au rez-de-chaussée, ne serait-ce que pour le surveiller... Avec Maï à côté de vous au premier étage, je serai tout à fait tranquille!

Une demi-heure plus tard, le déménagement de l'antiquaire et l'installation de l'ex-*taxi-girl* étaient terminés. Pendant que Maï s'affairait dans la cuisine pour préparer le premier repas que l'étrange trio allait prendre en commun, l'antiquaire dit à Jacques en servant deux whiskies au salon :

— J'ose espérer, mon cher, que votre nouveau « gouvernement » ne fera pas d'opposition à ce que vous ingurgitiez ce breuvage?

— Vous avez fini de vous moquer de moi?

— Je pensais que vous n'auriez plus droit qu'au thé!... Cette petite restriction de votre liberté d'homme mise à part, je tiens à vous féliciter pour la façon magistrale avec laquelle vous êtes parvenu à mettre en cage la charmante enfant.

— Je n'ai aucun mérite : c'est elle-même qui m'a offert de venir ici.

— Voilà qui est encore plus intéressant! Ça prouve qu'elle est beaucoup plus amoureuse que je ne le pensais... Aussi, mon cher, cette nuit, pas d'hésitations! Dévouez-vous pour la cause de « la vieille chouette »!

— C'est bien le dernier personnage auquel je penserais en un moment pareil!

— Vous avez pu constater que je vous ai facilité les choses en logeant la Belle à côté de vous... Une fois de plus la porte de communication intérieure pourra rester ouverte...

— Ça ne vous ennuie pas qu'elle se soit installée chez vous?

— Cela m'enchante! Nous allons gagner beaucoup de temps! Vous ne vous voyez pas allant faire sa conquête dans sa chambre du *Piccadilly* ou dans celle d'un quelconque hôtel! Il fallait l'atmosphère de cette demeure...

— Si nous avons des choses assez confidentielles à nous dire, vous et moi, je crains qu'elle ne soit toujours là pour les écouter.

— Bon ami, quand deux hommes ont entre eux des secrets d'hommes, ils parviennent toujours à se les confier! A votre santé!

Maï revint de la cuisine, annonçant :

— Dans quelques instants, le dîner sera prêt.

— Chère petite Maï! s'extasia l'antiquaire. Je suis dans l'admiration... A tous les dons incomparables que la nature vous a prodigués, vous ajoutez celui de maîtresse de maison! Il y a bien longtemps déjà que je me disais : « Ce qui te manque, dans ta vie de vieil ours solitaire, c'est une femme qui apporterait à cette triste demeure un peu de la chaleur humaine qui lui manque... »

Le repas fut une réussite. Alors qu'il touchait à sa fin, Maï demanda :

— Suis-je meilleure ou plus mauvaise cuisinière que Kim?

— Vous l'égalez! répondit le maître de maison. Dites-vous bien que c'est là un compliment que je n'aurais jamais cru pouvoir faire!

Quand ils se retrouvèrent dans le salon, une fois encore, la jeune femme resta en contemplation muette devant le paravent. L'antiquaire finit par dire :

— Décidément, il vous fascine?

— Oui... Comment avez-vous pu vous le procurer?

— Je constate que vous avez de la suite dans les idées! Mais je vous ai déjà dit que je ne pouvais pas livrer les petits secrets de ma profession... Un whisky, chère amie?

— Volontiers...

Mais au moment où Jacques allait, lui aussi, en boire un, elle lui dit avec douceur :

— Non! Je sais que tu en as déjà bu un avant le repas... Je vais t'apporter le thé que tu m'as dit trouver bon.

Pendant sa courte absence, Serge Martin confia :

— Je finis par croire que vous aviez raison : même quand elle n'est pas dans une pièce, elle sait tout ce qui s'y passe... A l'avenir, quand nous aurons à parler, il sera préférable d'aller au fond du jardin : l'ombre du sycomore me paraît tout indiquée pour abriter nos secrets...

Dès qu'elle fut de retour, il dit :

— Jacques a beaucoup de chance de vous avoir rencontrée, Maï! Personne au monde ne saura mieux que vous s'occuper de lui.

— Je le sais, répondit-elle, très sûre d'elle.

— Savez-vous que, moi aussi, j'aimerais bien goûter à ce breuvage préparé par vous?

— Le thé ne vous convient pas, monsieur Martin.

— Pas plus qu'à vous sans doute puisque vous prenez également du whisky?

— Ne dois-je pas goûter les boissons que vous m'offrez pour vous faire honneur?

— Quelle légende allez-vous nous raconter ce soir, Maï?

— Aucune... Jacques et moi avons besoin de repos. Cela fait tant d'années, avec la profession que j'exerçais au *Grand Monde*, que je ne me couchais pas avant le lever du jour! Ce doit être merveilleux de ne plus lutter contre la nuit!

— Alors récitez-nous un tout petit poème et je vous laisserai tranquille...

— Seriez-vous comme les enfants auxquels il faut raconter une belle histoire chaque soir si l'on veut qu'ils s'endorment?

— En vieillissant, je crois en effet que mon âme se rapproche de celle des enfants... Nous vous écoutons. N'aimeriez-vous pas devenir pour nous une Shéhérazade d'Asie aux Mille et Une Histoires?

— Pas ce soir!

— Je n'insiste pas et ce sera moi qui, en guise de bonsoir, dirai à notre ami Jacques un proverbe chinois qui me paraît de circonstance; mais je le lui traduirai en français : « *Pour faire la rizière, profite du moment où la terre est chaude... Pour prendre une femme, profite du moment où ton cœur est chaud...* » Il ne me reste plus, ajouta-t-il en inclinant légèrement la tête devant la jeune femme, qu'à vous souhaiter à tous deux la plus agréable des nuits sous mon toit.

Maï répondit :

— A mon tour, monsieur Martin, de vous dire un autre proverbe chinois encore plus court que le vôtre : « *Quand le tigre s'accroupit, ne dis pas qu'il te salue!* » Bonsoir!

L'antiquaire la regarda avec un étrange sourire pendant qu'elle montait l'escalier en compagnie de Jacques qui, lui, était resté silencieux...

Le soleil était déjà haut, le lendemain, quand l'aveugle descendit l'escalier.

— Cette nuit s'est-elle bien passée? demanda Serge Martin.

— On ne peut mieux! répondit Jacques, laconique.

Son interlocuteur comprit immédiatement que ce n'était pas le moment de poser d'autres questions et il ajouta, très détendu :

— Voici déjà plus d'une heure que notre gentille amie est partie faire des courses à Saigon pour notre ravitaillement... Je dois dire que l'apparition de cette jeune beauté est de loin la vision matinale la plus agréable que l'on puisse avoir! Elle était véritablement rayonnante et m'a dit, avec beaucoup de gentillesse, avoir passé chez moi l'une des meilleures nuits qu'elle eût connues depuis longtemps... C'est un compliment qu'un maître de maison aime entendre! Je lui ai offert de la conduire en voiture à Saigon mais elle a refusé, me disant que son cyclo-pousse attitré l'attendait sûrement devant la porte... un certain Sen : celui qui est déjà venu hier. C'était vrai. Je m'en suis aperçu quand j'ai accompagné Maï jusqu'au portail : ce Sen était là, tout réjoui. Il a dû passer la nuit à l'attendre, en dormant dans son véhicule... Au fond ce n'est pas si mal : n'avons-nous pas en lui un gardien improvisé qui est infiniment moins voyant que les motards du commissaire Xi-Dien? Seulement le fait que votre belle amie ait décidé de conserver ce cyclo en permanence à son service, prouve qu'elle tient à garder une certaine indépendance pour ses déplacements... Ce qui m'inclinerait à croire qu'elle a peut-être l'intention de se rendre périodiquement à certains rendez-vous dont elle ne veut pas que nous connaissions l'adresse... Ce matin, par exemple, il se pourrait très bien que, sous le couvert d'emplettes alimentaires à faire, elle ait été donner à ses amis un compte rendu de la première nuit qu'elle vient de passer ici ?

— Vous n'allez pas commencer à l'espionner dans tous ses déplacements ?

— Je m'en garderai bien ! Pourquoi perdre ainsi mon temps quand je sais que vous parviendrez facilement à tout lui faire avouer avant peu ?

— Vous êtes trop optimiste, Martin ! Si, véritablement, Maï sait beaucoup de choses, je ne pense pas qu'elle ait l'intention de nous les confier... Mais je commence à me demander si vous n'aviez pas raison...

— Sur quel point ?

— Maï n'est venue ici que parce qu'elle est amoureuse... Elle n'a aucune autre idée en tête.

— Tant mieux ! Cela prouverait qu'elle est sincèrement votre alliée. Et même en supposant — ce dont je doute fort ! — que nous nous soyons trompés et qu'elle ne sache rien d'intéressant pour nous, elle aura au moins eu le mérite de vous faire passer quelques moments agréables...

— Et à vous ?

— Vous oubliez qu'elle n'est pas du tout amoureuse de moi ! Rappelez-vous aussi qu'elle n'ignorait pas que l'on voulait vous assassiner ! Il ne devait pas exister tant de gens à le savoir !

Jacques ne répondit pas.

— C'est assez curieux, dit l'antiquaire sur un ton dont on ne pouvait savoir s'il était amusé ou agacé, de voir comme une seule nuit suffit pour vous transformer un bonhomme! Hier soir, vous ne parliez pas parce que vous désiriez intensément cette fille... Ce matin vous vous taisez parce que vous estimez que vos secrets d'alcôve ne regardent personne! Seulement là, vous vous trompez! Vous ne vous figurez tout de même pas que j'ai laissé cette charmante créature s'installer chez moi uniquement pour qu'elle puisse apporter un piment à votre existence?

— Ne m'aviez-vous pas dit que vous vouliez adoucir par tous les moyens ma lamentable condition humaine?

— Vous êtes beaucoup trop intelligent pour ajouter foi à tout ce que je vous raconte! Et vous savez très bien que ce que vous apprendrez dans le lit m'intéresse au plus haut point!

— J'ai toujours pensé que vous aviez l'âme d'un tenancier...

— Je sais : vous m'avez déjà comparé à Mme Tchang, de défunte mémoire! Maintenant, répondez-moi franchement : oui ou non, avez-vous appris quelque chose?

— Rien!

— C'est normal pour la première nuit : celle de la prise de possession... Je l'admettrai également pour la deuxième, la troisième et même les quelques nuits qui vont suivre : elles vous permettront de parachever la conquête... Mais il ne faudrait pas que ce petit jeu durât trop longtemps, sinon il risquerait de devenir dangereux...

— Pour qui? Pour elle... ou pour moi?

— Pour les deux!

— Vous êtes trop pressé, monsieur l'antiquaire! N'est-ce pas vous qui m'avez expliqué que dans ces régions, il fallait savoir attendre et que le temps n'y comptait pas?

— L'ennui, c'est que je ne suis pas encore parvenu à faire partager ce point de vue par ceux dont nous dépendons, vous et moi... C'est à Paris qu'on s'impatiente... Pendant que vous étiez cette nuit dans les bras de votre belle amie, j'ai été faire un petit tour dans ma cave...

— Vous êtes entré en contact avec « nos amis » lointains ?

— Pourquoi vous le cacherais-je ?

— ... Et vous leur avez annoncé triomphalement, en langage codé : « *Tout va bien. Le peintre est en train de faire l'amour avec la Chinoise. Stop. Nous sommes sur la bonne piste.* » Malheureusement, si ce message est parti, il est faux ! Quelle preuve avez-vous que je sois devenu l'amant de cette femme ?

— Votre silence ce matin... Que vous soyez devenu son amant, cela ne me déplairait pas mais que ce fût elle qui ait réussi à devenir votre maîtresse, cela m'ennuierait ! Votre précédent passage dans un Service de Renseignement aurait dû vous apprendre que quand un agent est contraint à l'acte d'amour par ordre de ses chefs, il doit toujours savoir rester maître de la situation... Je vous ai prévenu que la femme chinoise est très dangereuse parce qu'elle sait être une maîtresse. Et quand elle l'est, elle peut devenir féroce ! Ce sera mon dernier avertissement. Je ne vous poserai plus la moindre question, estimant que c'est à vous de me donner les renseignements au fur et à mesure que vous progresserez... Ce cyclo-pousse qui vient de franchir le portail nous ramène vos amours... Sachons les accueillir avec toute la gentillesse dont nous pouvons être capables...

Il avait ouvert la porte du vestibule pour s'avancer sur le perron d'où il dit à Maï qui descendait du véhicule, les bras remplis de paquets :

— Avez-vous fait un bon marché ? Que nous rapportez-vous de succulent ?

— Ce sera une surprise pour vous, répondit-elle. Mais il y en a eu une pour moi tout à l'heure à Saigon...

— Vraiment ? Laquelle ?

— Comme j'habitais l'hôtel, il y avait bien longtemps que je n'avais fait le marché... Aussi suis-je effondrée de constater combien les prix y ont augmenté!

— C'est exactement, chère amie, ce que mon boy me disait tous les jours! Vous avez discuté, au moins?

— Ce n'est pas pour rien que j'ai des origines chinoises! dit-elle en riant.

Pendant qu'elle rentrait dans la maison, Serge Martin lui cria :

— Petite Maï, connaissez-vous cet autre proverbe de votre pays : « *Les mets savoureux, ne les garde pas pour demain. L'épouse que tu soupçonnes, ne la fais pas marcher derrière toi...* »?

Le rire de la jolie fille cessa instantanément.

Une semaine, puis deux, suivies d'un mois, puis de deux, passèrent pendant lesquels les journées semblèrent à Jacques s'écouler avec une incroyable rapidité. Lui — qui s'était tant de fois demandé, depuis l'accident, comment il pourrait continuer à endurer cette existence d'homme sans cesse à la merci du bon vouloir et des décisions d'un Serge Martin — avait l'impression de s'être complètement évadé de l'influence du personnage démoniaque. Ceci grâce à la présence attentive de Maï.

Maï, qui ne le quittait qu'à de très rares intervalles, et de moins en moins, pour aller faire des emplettes. Maï, qui était devenue la petite fée de la grande demeure triste. Maï, dont la grâce ailée et la gentillesse intelligente avaient réussi à tout éclairer pour l'homme perdu dans sa nuit.

Elle était presque parvenue à émousser la méfiance de l'antiquaire qui finissait par confier à son compagnon :

— Elle est véritablement étonnante! Jamais je n'aurais cru que son amour pour vous pût atteindre un tel degré de désintéressement et de dévouement!

Mais périodiquement aussi, avec une obstination tenace, il ne cessait de demander :

— Que vous a-t-elle appris d'intéressant pour « notre » travail ?

Invariablement la réponse de l'aveugle était :

— Rien !

Chaque après-midi, Maï et Jacques partaient, dans le cyclo du fidèle Sen, faire de longues promenades, tantôt dans la campagne, tantôt à Saigon, tantôt à Cholon. Ils étaient retournés danser au *Grand Monde*, et même s'asseoir à la terrasse du café installé à la Pointe des Blagueurs... Jamais rien de fâcheux ne s'était passé. C'était comme si Maï était pour Jacques une sorte de bouclier humain le protégeant contre ses ennemis. Il semblait que ceux-ci eussent disparu ou renoncé à s'en prendre à lui. Maï avait eu raison de dire :

— Quand je serai auprès de toi, tu seras bien protégé.

Ceux qui les voyaient ainsi déambuler les saluaient avec sympathie. La prédiction de Serge Martin s'était réalisée : « Vous verrez que vos admirateurs seront dans la joie de voir cette idylle entre le peintre blanc aimé de tous et sa maîtresse de race jaune. »

Toutes les nuits, précédées de soirées passionnantes où la jeune femme et l'antiquaire faisaient preuve d'une immense connaissance de la Chine éternelle en récitant à tour de rôle des poèmes ou en racontant des légendes imprégnées d'une étrange philosophie, Jacques les passait avec celle qui avait su s'affirmer dès le premier soir la plus voluptueuse des maîtresses. Il y avait, dans le corps et dans l'âme de Maï, quelque chose d'extrêmement fragile, qui le fascinait. Et la peau, extraordinairement lisse, était toujours belle, douce à caresser...

Dans l'acte d'amour, elle savait se dominer pour ne jamais montrer son plaisir : c'était chez elle une preuve de bonne éducation. Dans le monde asiatique — comme dans le monde arabe — l'homme ne trouverait-il pas très choquant que celle à qui il fait l'honneur d'accorder ses faveurs, eût un autre comportement ? Chez une Maï, obéissante et soumise, le seul but à atteindre était le plaisir de son protecteur.

Ce que Jacques, s'abandonnant de plus en plus à ses sens, n'était plus en état de comprendre après deux mois de cette liaison, était que la femme jouait avec lui le jeu le plus subtil, le mieux calculé pour augmenter de jour en jour, et même d'heure en heure, son emprise. Très vite, le combat était devenu inégal : sans qu'il s'en fût même rendu compte, l'homme blanc n'était déjà plus qu'un vaincu face à celle qu'il croyait sa plus sûre alliée.

Il avait cependant des sursauts de révolte pendant les très rares instants où il se retrouvait seul, sans avoir auprès de lui Maï ou Serge Martin. A ces moments-là, il souhaitait presque être très loin, revenu en France, débarrassé de la double tutelle dont l'une lui semblait trop douce pour être tout à fait sincère et l'autre trop machiavélique pour ne pas le conduire un jour à l'anéantissement complet de sa propre personnalité. Il se reprochait sa faiblesse pour Maï et sa lâcheté devant l'antiquaire... Il ne parvenait même plus à se reconnaître, à retrouver ce garçon, épris d'aventure et de risques, qu'il avait été quand il avait accepté la mission au Japon... Et pourtant ! lorsqu'il avait découvert — dans le bureau anonyme de la C.I.R.M. — que « la vieille chouette » était ce colonel grisonnant qui lui demandait de s'engager dans une nouvelle aventure, il n'avait pu résister. Il s'était laissé entraîner, emporter par la fabuleuse histoire du cargo englouti avec son prodigieux secret... Et il était parti dès le lendemain, sans plus réfléchir, acceptant de nouveaux risques et peut-être aussi tous les sacrifices. Mais sans doute avait-il trop escompté des bénéfices matériels ? Maintenant qu'il avait une petite fortune, l'attendant dans une banque à Paris, il se demandait à quoi elle pourrait bien lui servir et s'il aurait même la possibilité d'en jouir. Il était vrai qu'il avait encore une maman, dont il se devait d'assurer la tranquillité financière et qui l'avait engagé à accepter l'offre tentante. N'était-elle pas un peu fautive aussi, cette mère ambitieuse qui avait passé des années — depuis la fin de la guerre — à lui répéter qu'il n'avait pas une situation en rapport avec ses connaissances et ses qualités ? A chaque fois qu'il repensait à sa mère, il se sentait moins coupable d'avoir signé l'étrange contrat.

Ce qui le terrifiait, au moment où allait se terminer une année entière déjà passée au Viêt-Nam, était l'idée fixe — s'ancrant de plus en plus dans son cerveau torturé — qu'il avait trop présumé de sa force morale... Surtout depuis qu'il avait perdu la vue, il se sentait terriblement handicapé. Malgré toutes les exhortations et tous les encouragements de Serge Martin, qui n'avait cessé de lui redire qu'aveugle « il pouvait être le plus extraordinaire des agents secrets », il n'avait plus confiance. Le sentiment d'être un homme inutile, qui ne fait que piétiner sur place et que tourner en rond au lieu d'aller de l'avant, finissait par devenir chez lui une hantise. Il se sentait ballotté, dans l'impossibilité d'agir seul, pris alternativement en remorque — telle l'épave du cargo — par la sollicitude grandissante de Maï ou la volonté d'acier de Serge Martin. Une épave humaine tiraillée tour à tour par le charme mystérieux de l'Asie et par la rouerie cynique de la vieille Europe.

Le drame — le seul qu'il parvenait à analyser parfaitement dans ces quelques instants de réflexion — était que Maï était assez habile pour conserver tout son mystère et que Serge Martin ne se départissait jamais de sa froide lucidité. Tous deux savaient enrober, avec un art consommé, leur force cachée sous les facettes trompeuses de l'amour et de l'amitié. Tous deux parvenaient même à donner l'impression qu'ils avaient fini, à force de vivre sous le même toit, par avoir une réelle estime l'un pour l'autre! Mais l'aveugle savait qu'il était l'enjeu de la sinistre comédie. Ce qui le révoltait.

Révoltes qui étaient de courte durée et de plus en plus rares. Il ne pouvait plus s'arracher à la femme et il ne trouvait plus la force de tenir tête à Serge Martin, comme il avait tenté de le faire au moment de l'assassinat de Kim. Ce jour-là, il avait commencé à faire preuve sinon de lâcheté, du moins de manque de courage. Depuis, il n'avait fait que descendre la pente, acceptant tout, ne sachant même plus ce qu'il attendait, ni pourquoi il était là.

A chaque fois qu'il pouvait converser seul avec Serge Martin et que celui-ci le questionnait, il se sentait gêné. De plus en plus fréquemment, le vieil homme lui reprochait de ne pas parvenir à arracher à la femme ses secrets et, à chaque fois, il promettait de faire un effort. Mais quand il se retrouvait avec sa maîtresse, il se sentait annihilé, craignant de la perdre s'il lui posait trop de questions précises. Il savait aussi qu'elle ne répondrait pas. Le cycle devenait infernal.

Un après-midi où la jeune femme était partie seule à Saigon pour aller, avait-elle dit, discuter avec des marchands de tableaux, qui voulaient organiser une nouvelle Exposition des toiles de Jacques Fernet dont la valeur avait décuplé, il avait eu, en se promenant dans le jardin, une longue discussion avec l'antiquaire.

Celui-ci qui, jusqu'à ce jour, avait semblé faire preuve d'une réelle patience et d'une extrême compréhension, s'était montré brusquement plus acerbe. Tout en restant poli et doucereux, son ton n'avait plus été le même :

— Vous reconnaîtrez, avait-il commencé, que je vous ai laissé du temps pour parachever la conquête aussi bien commencée. Seulement je crois — et ceux dont nous dépendons pensent comme moi — que la plaisanterie a suffisamment duré... En termes clairs, si nous vous avons permis de savourer les délices d'une liaison que nous estimions nécessaire, non seulement pour vous faciliter « le travail » mais aussi pour vous redonner le goût des plaisirs terrestres, ce n'a jamais été avec la pensée que les choses s'éterniseraient... Pendant deux mois, mon cher, vous vous êtes laissé endormir... La fille est adroite : ce n'est pas elle qui s'est livrée, c'est vous qu'elle a eu!

— Elle ne sait absolument rien de moi et me considère toujours comme n'étant qu'un artiste... La preuve en est cette nouvelle Exposition de mes œuvres pour laquelle elle s'est rendue aujourd'hui à Saigon.

— Pourquoi diable ne vous a-t-elle pas demandé de l'accompagner?

— Très justement, elle m'a dit qu'elle serait mieux placée pour discuter hors de ma présence et faire encore monter les prix.

— En somme, elle défend vos intérêts dans tous les domaines? Félicitations! Mais franchement, croyez-vous qu'une femme, aussi artiste et aussi au courant de la vraie beauté et de la valeur véritable des choses de l'art, se fasse quelques illusions sur la qualité de votre peinture? Si c'était vrai, ce serait à désespérer de ses bases culturelles! Et celles-ci sont grandes! Je m'en suis aperçu pendant toutes ces soirées, assez étonnantes, où elle et moi avons fait assaut de poésie et d'érudition chinoise... Qu'elle soit maintenant persuadée que je connais ce dont je parle, c'est certain mais que je sois convaincu qu'elle n'a appris autant de choses que pour le plaisir de l'art pur, j'en suis moins persuadé! Ce n'est qu'en laissant parler les autres qu'on peut les observer, les étudier et se faire une opinion... Vous reconnaîtrez également que, depuis qu'elle vit avec nous, j'ai su me montrer beaucoup moins bavard. C'est surtout elle qui a parlé : je l'ai écoutée.

» Eh bien, mon cher, elle est prodigieuse, cette jolie fille! Je puis vous garantir qu'elle a été à rude école et qu'au moment où elle vous a spontanément offert de devenir votre public-relations, elle savait très bien dans quel traquenard elle s'aventurait! C'est pourquoi j'ai tenu à lui donner l'illusion — et je pense n'avoir pas trop mal réussi! — que moi aussi, tout vieux cheval de retour que je sois, j'étais complètement subjugué par son charme et par son intelligence artistique... Elle a fini par mordre à cet hameçon : maintenant, ici, elle se sent complètement chez elle et maîtresse absolue de la situation! Autrement dit, à moins que je ne me trompe, bientôt vous la verrez passer à l'attaque... Ce jour-là, mon petit Jacques, vous perdrez sans doute quelques illusions de plus sur la sincérité féminine! Mais vous êtes quand même devenu assez grand garçon pour placer cette déconvenue sur le compte « profits et pertes ».

» Comment attaquera-t-elle?... Le plus simplement du monde! En effet, se sachant votre maîtresse absolue — car elle l'est! — elle s'arrangera pour vous poser quelques questions auxquelles vous répondrez...

— Pour qui me prenez-vous?

— Pour un garçon de valeur qui, malheureusement, est devenu un faible! J'avoue que je suis le premier responsable d'un tel état de fait et que si j'avais pu prévoir le résultat de l'aventure sentimentale vers laquelle je vous ai orienté voici deux mois, jamais je ne l'aurais tentée! Je reconnais m'être trompé et être doublement déçu : d'abord je pensais que votre force de caractère serait plus grande face au doux sexe, ensuite je croyais sincèrement que la belle enfant tomberait éperdument amoureuse de vous. Sans doute ai-je trop surestimé votre charme puisque c'est exactement l'inverse qui s'est produit!

— Elle m'aime! Je le sais...

— Je ne nie pas qu'elle puisse avoir pour vous un réel penchant, disons même un certain faible... Cela se sent quand elle vous regarde... Il est regrettable que vous ne puissiez pas vous en rendre compte, car il y a, dans son regard brillant, d'admirables lueurs de tendresse. Mais de là à affirmer qu'elle vous aime, il y a, hélas! une marge assez sérieuse!

— Vous n'êtes qu'un destructeur, Martin! Vous n'admettez pas que les autres puissent être sincères puisque c'est un sentiment que vous avez toujours ignoré!

— Je suis prêt à tout admettre ici-bas, sauf la sincérité de la belle Maï!

L'aveugle s'était arrêté de marcher et, d'un geste irraisonné, il avait saisi son compagnon à la gorge. Celui-ci, avec une poigne de fer, réussit à écarter les doigts qui commençaient à se resserrer puis il dit, calme :

— Vous voulez m'étrangler, maintenant? Et cela uniquement à cause d'une femme? Mon bon ami, je vous l'ai dit : ça ne tourne plus rond chez vous! Si vous voulez continuer à travailler avec nous, il faudra faire preuve de plus de maîtrise! Je suis effondré, non pas du geste que vous venez d'avoir à mon égard, mais du fait qu'il ait suffi qu'une fille devienne votre maîtresse pour que vous deveniez un tout autre homme! C'est grave, cela, mon petit!

— Dites tout de suite que je suis un traître!

— Généralement, nous prenons nos dispositions pour faire disparaître les gens avant qu'ils ne puissent manquer à leur devoir d'agent secret... C'est préférable pour eux et pour nous! Cela nous permet de faire savoir à leurs familles qu'ils sont morts en service commandé et qu'ils n'ont nullement démérité de leur pays. Je ne voudrais quand même pas, étant donné la très grande estime en laquelle je continue à vous tenir, en venir à une pareille extrémité. Mais je dois cependant vous avouer que je n'hésiterais pas une seconde si vous n'accomplissiez pas ce que j'appellerai « un rétablissement immédiat ».

Cela avait été dit sur un ton qui n'admettait aucune réplique.

— Maintenant écoutez-moi sagement. J'ai acquis la preuve formelle que cette fille — qui, selon vous, vous adore — est la maîtresse de M. Jojo et cela, depuis des mois!

— Vous mentez! hurla Jacques. Ce personnage ignoble qu'elle déteste et dont elle ne peut même pas entendre prononcer le nom!

— Justement! A moi aussi, elle m'a dit tout le mal possible de lui. Ce fut là sa première erreur!

— Si vous saviez ce qu'elle pense de vous!

— Tout... même que je suis un voleur de paravent chinois!

Jacques demeura interloqué.

— Vous voyez que je suis admirablement renseigné... Donc vous devez me croire quand je vous certifie que lorsque notre belle amie se rend à Saigon, dans le cyclo du dénommé Sen, sous prétexte d'emplettes, d'achat de nourriture au marché ou même d'Exposition future de vos œuvres passées, ce n'est que pour y retrouver dans un endroit très discret le directeur du *Piccadilly*... Et là, savez-vous ce qui se passe?

— Taisez-vous!

— Rassurez-vous : je ne blesserai pas votre orgueil de mâle qui a le plus grand tort de se croire bafoué! Il arrive simplement que la belle créature fait à M. Jojo — qui ajoute à ses qualités d'amant en titre le prestige d'être chef de cellule — un rapport détaillé sur notre activité à tous les deux... Vous avouerez que j'avais déjà subodoré, au commencement de votre idylle, que les choses se passeraient ainsi!

— Ce que vous dites ne tient pas debout ! Que pourrait-elle lui raconter ?

— Rien, absolument rien, mon cher ! Ceci pour l'excellente raison que, depuis deux mois, notre activité a été volontairement réduite au néant. Il était indispensable que nous ne fissions rien d'autre que de paraître occupés, vous à faire l'amour et moi à pratiquer mon commerce d'antiquités que j'avais quelque peu négligé depuis votre arrivée... Comme je sais que vous ne lui avez pas fait la moindre confidence sur la raison véritable de votre présence ici, elle n'est pas plus renseignée sur nous que nous ne le sommes sur elle ! Ce qui doit quelque peu la dérouter ! Quant à M. Jojo, il doit trépigner d'impatience... mais comme il est chinois, il continue à cacher son dépit sous des sourires. Seulement il est harcelé par Pékin qui voudrait bien savoir où nous en sommes de nos recherches ! Et comme je suis assailli moi-même de messages radio de « la vieille chouette », nous sommes *ex æquo*... Oui, je n'ai pas voulu trop vous ennuyer pendant les débuts de votre crise amoureuse, mais aujourd'hui je suis dans l'obligation de vous révéler le texte du dernier message reçu de Paris cette nuit... Écoutez : « *Urgence absolue avoir toutes précisions sur détenteurs actuels document. Stop. Si impossibilité aboutir par intermédiaire peintre, prendre mesures pour le remplacer.* » Ceci me paraît un ordre net... Et à vous ?

Jacques resta muet.

— J'avoue être assez ennuyé... Non pas pour vous remplacer : je sais déjà qui pourrait vous succéder immédiatement... Mais qui dit « remplacement » dans notre métier, dit aussi « suppression » de l'agent devenu inutile.

— Ça ne vous gênerait guère de me faire subir le sort de Kim ?

— S'il le fallait, je crois que j'aurais assez de force d'âme pour étouffer mes scrupules et même mes regrets. Mais vous ne méritez nullement le même sort que celui qui nous a trahi en cherchant à vous faire assassiner. Vous n'avez rien d'un traître, mon cher Jacques! Actuellement, vous ne pourriez guère trahir que par amour. Mais je ne pense pas que vous iriez jusque-là.

— Et si j'avais déjà choisi? Si je préférais une femme, que j'adore, à la mission pour laquelle vous m'avez maintenu de force dans ce pays malgré ma cécité? Depuis que je ne vois plus, je sais très bien que je suis incapable de continuer à rendre certains services. Je vous l'avais dit quand j'étais encore à l'hôpital. C'était à ce moment-là qu'il fallait me liquider! Maintenant, c'est trop tard parce que j'aime, Martin! J'aime passionnément! Et je ne crois pas un seul mot de tout ce que vous venez de me raconter sur Maï! Vous avez inventé cette histoire de liaison avec M. Jojo uniquement pour tenter de la démolir à mes yeux! Seulement vous avez eu tort d'oublier que j'étais aveugle! Je ne peux plus et je ne veux plus rien voir de toutes vos machinations! Mon cœur aussi est aveugle! Vous comprenez?

— J'ai peur de trop bien comprendre, mon petit...

— Ah, je vous en prie! Pas de « mon petit »! J'ai horreur de ce ton paternel que vous prenez avec moi et qui est ridicule! Vous semblez oublier que j'ai quarante ans!

— Il fut quand même un temps, quand vous étiez sur votre lit d'hôpital, où vous ne paraissiez pas détester que je me montre un peu moins ours. Elle vous a bien changé, cette Maï! Je vais finir par croire qu'elle a des dons de sorcière ou les pouvoirs d'une vraie Fille de Dieu!

— Justement parce qu'elle est Fille de Dieu, elle ne peut pas se moquer de moi.

— Auriez-vous oublié ce que l'on vous a enseigné quand vous faisiez vos Humanités? La Mythologie ne fourmille-t-elle pas d'exemples de Dieux ou de Déesses qui n'hésitaient pas à descendre de leur Olympe pour se commettre avec d'humbles mortels auxquels ils jouaient les plus vilains tours?

— Vous êtes odieux!

— J'aimerais tellement mieux pouvoir me montrer gentil avec vous, cher Jacques!... Peut-être ne voulez-vous plus aussi que je vous appelle par votre prénom?... Désormais ce sera donc à « Jacques Fernet », agent secret se camouflant sous l'étiquette d'artiste peintre que je m'adresserai! Et je lui dirai simplement ceci : « Si vous ne faites pas parler la belle Maï cette nuit, quand vous vous retrouverez dans sa troublante intimité, et si demain à midi... — vous voyez que je pousse la mansuétude jusqu'à vous laisser faire la grasse matinée après cette nuit d'amour exceptionnelle qui se prépare! — ... Si demain à midi, vous ne m'apportez pas un renseignement précis sur ceux qui ont subtilisé le document dans la coque du cargo coulé, je serai dans la regrettable obligation d'exécuter scrupuleusement les ordres reçus de Paris et qui vous concernent. » Je pense que nous n'avons plus rien à nous dire avant demain?

— C'est également mon avis.

— Je vais tout faire pour vous faciliter la tâche. La Chevrolet est devant le perron : je m'absente jusqu'à demain midi. Vous serez le maître incontesté de la maison... et de la situation!

— Me donnez-vous votre parole d'honneur que vous ne serez vraiment pas là, ni dans la maison ni dans le jardin, caché ou rôdant pour nous épier? Je ne peux pas « travailler » dans de pareilles conditions! Vous ne savez pas ce que c'est pour moi, qui connais aussi bien mon métier d'agent que vous, de me dire sans cesse : « Je suis auprès d'elle... Je l'aime... Elle est ma maîtresse... Mais je sens qu'il est toujours là en train de me surveiller. » J'en ai assez, Martin! Par-dessus la tête! Vous m'entendez?

— Inutile de crier aussi fort, cher ami! Personne ne vous « surveillera » cette nuit mais n'oubliez pas que votre seule protection sera la présence de Maï!

— Avec elle à mes côtés, je me sens en complète sécurité.

— Tant mieux! A demain, midi...

Resté seul dans le jardin, l'aveugle attendit d'avoir entendu démarrer la voiture pour se diriger vers la maison.

Maï ne revint de Saigon qu'à la tombée de la nuit. Jacques avait eu tout le temps de réfléchir pendant cette nouvelle attente. Les paroles de l'antiquaire avaient eu, cette fois, une résonance menaçante. Le connaissant, le peintre pouvait être certain qu'il ferait exactement ce qu'il avait annoncé si la jeune femme continùait à s'enfermer dans son mystère. Jacques était torturé entre sa conscience qui lui ordonnait de remplir sa mission d'agent jusqu'au bout et son cœur qui redoutait de perdre la femme adorée.

La crainte d'être tué par Serge Martin — qui avait déjà dû supprimer tant d'autres êtres humains avant lui — ne l'effleurait même pas. Après tout, disparaître d'un monde où il ne rencontrait plus que pitié ou hostilité, ne serait-il pas la meilleure solution? Mais aurait-il le courage de s'arracher aux caresses et à la tendresse de l'amante?... Il essaierait quand même, cette nuit, de la faire parler. Si cette dernière tentative échouait, il n'attendrait même pas d'être « liquidé » par l'antiquaire et saurait se supprimer lui-même. Serge Martin n'avait-il pas dit, quand il lui avait fait tenir Kim en joue pendant qu'il le ligotait dans le salon : « *Pas besoin de viser quand le canon est plaqué contre le corps! Il n'y a plus qu'à appuyer sur la gâchette...* »

Ainsi il aurait accompli son devoir sans avoir renié son amour.

Mais si Maï se décidait enfin à parler? Aurait-il l'autre courage : celui de tout relater à Serge Martin? Ne serait-ce pas signer l'arrêt de mort de la jeune femme? La loi des Services de Renseignement est terrible, pire que celle de la jungle! Elle n'admet pas la pitié : quand un agent ou un indicateur a livré tout ce qu'il sait, il est pratiquement « fini », aussi bien aux regards de ceux qui l'emploient qu'à ceux de ses ennemis. Il devient nuisible ou inutile : la seule vraie solution est de le faire disparaître. Kim avait été tué parce qu'il avait refusé de parler, Maï pourrait mourir parce qu'elle parlerait trop...

Dès qu'il la revit, il lui dit avec une voix qu'il s'efforça de rendre joyeuse :

— Maï chérie, ce soir et toute cette nuit nous serons seuls dans la maison : Serge Martin ne reviendra pas avant demain midi. Il est parti en tournée pour acquérir de nouveaux objets rares...

— Qui auront presque sûrement été volés, eux aussi, comme le paravent!

— Je crois que tu as tort de considérer Serge comme étant un recéleur. Il a, je le reconnais, beaucoup de défauts mais pas celui-là!

— Tu n'as pas besoin de prendre sa défense devant moi : tu le détestes encore plus que moi! Puisque nous avons la chance de ne pas être obligés de supporter sa présence jusqu'à demain, ne parlons pas de lui. Oublions-le! N'avons-nous pas tellement de choses plus intéressantes à nous dire?

Pendant le dîner, il fut cependant peu loquace.

— Qu'est-ce que tu as? demanda-t-elle. Soucieux?

— Moi? Je suis très heureux, au contraire, petite Maï! Je savoure mon bonheur en silence!

Aussitôt après le repas, ils rejoignirent leurs chambres communicantes que Maï n'avait pas été longue à transformer en un petit appartement où Jacques retrouvait la tiédeur de l'intimité à deux.

« Ici, nous sommes chez nous! » avait-elle dit.

Très vite, il s'était rendu compte que c'était vrai : sa jeune maîtresse avait su créer pour lui une atmosphère qu'il n'avait encore jamais connue en France : un foyer.

Bien sûr, vivant avec sa mère, il n'avait pas souffert de la solitude complète dont l'homme a une horreur instinctive parce qu'il n'a pas été créé pour elle, mais il comprenait, depuis que Maï était entrée dans sa vie, que tout ce qu'il avait cru être une forme de bonheur n'avait été qu'illusion. La tendresse maternelle ne peut pas remplacer la sollicitude d'une compagne; la piété filiale est peu de chose en comparaison de l'amour.

Elle lui avait préparé la tasse de thé dont il ne pouvait plus se passer et qui était devenue pour lui une sorte de drogue... Il aimait ce geste de soumission de Maï qui s'agenouillait, devant le fauteuil ou devant le lit où il était étendu, dans l'attitude de la servante amoureuse qui apporte à son seigneur et maître la boisson bienfaisante.

Ce soir, plus que tous les autres, il la sentait frémissante, toute proche... Il aurait voulu s'abandonner à ses caresses sans plus attendre mais il savait ne pas en avoir le droit avant de l'avoir amenée à dire ce qu'elle savait... Ne paraissait-elle pas prête à l'aveu, tellement elle semblait amoureuse? Une fois de plus, c'était à croire que l'antiquaire avait deviné que ce serait cette nuit qu'elle parlerait, ou jamais...

Il demanda avec douceur :

— Petite Maï, tu m'as souvent questionné sur ma mère restée en France mais pourquoi ne m'as-tu pas parlé de la tienne? Vit-elle toujours?

— Je n'ai plus de famille.

— Vous étiez nombreux?

— Je n'ai jamais connu mon père qui est mort quelques mois après ma naissance.

— Fille unique?

— J'avais un frère, qui était mon aîné de dix années, et que j'adorais... Pour lui, j'étais un jouet... Bien qu'il fût encore très jeune, il était devenu le chef de ma famille depuis que mon père n'était plus. Ma mère m'a toujours dit qu'il avait très bien compris ses responsabilités... Il l'a prouvé quand les Japonais ont envahi mon pays...

— La Chine?

— Nous habitions à Lao-Kay, juste à la frontière qui sépare le Tonkin de la Chine... Nous y avions une très belle demeure : mon père était un mandarin très puissant et très riche... Comme Lao-Kay se trouve sur la ligne de chemin de fer qui relie le golfe du Tonkin au Yunnan, les Japonais se sont montrés terribles, surtout avec les familles originaires de Chine. Quand ils sont entrés dans notre maison, mon frère, qui avait alors seize ans, s'est placé devant ma mère et moi, qui n'en avais que six, pour nous protéger... Les Japonais l'ont assommé à coups de crosse de fusil devant nous... Il était étendu sur le sol, agonisant, saignant, mais il trouva quand même la force de compter à haute voix en chinois : 1, 2, 3, 4... Chez nous, quand un voleur pénètre dans une maison, nous comptons ainsi... S'il n'est pas ressorti avant que nous ayons fini de compter, il mourra en franchissant le seuil de la porte... Les Japonais se conduisaient en voleurs... Mais mon frère est mort avant d'avoir pu finir de compter... Et les voleurs sont restés. Ils nous ont chassées, ma mère et moi, et nous sommes parties avec des milliers de réfugiés... Pendant des jours et des jours nous avons marché... Souvent ma mère me portait sur son dos, mais j'étais déjà très lourde... Nous n'avions rien à manger... Nous sommes arrivées épuisées à Yen-Bay : là ma mère a pu me faire monter avec elle dans un train militaire qui revenait vide après avoir transporté du matériel de guerre japonais au Yunnan. Ce train nous a permis d'atteindre Hanoï. Ma mère y est décédée quelques semaines plus tard : elle ne pouvait se consoler de la mort de mon frère. La veille de sa mort, une amie, qu'elle avait retrouvée à Hanoï et qui nous avait recueillies, m'a conduite auprès d'elle. Ce fut la première fois que j'entendis la prière des agonisants :

» *Le corps de l'homme ne vit pas longtemps; lorsqu'il s'éteint, ce n'est plus qu'une matière inerte abandonnée dans le monde... La vie d'un homme n'est pas limitée : personne ne peut en préciser la durée... On vient au monde et on en sort suivant les desseins de Bouddha. Il faut se hâter de l'honorer et d'acquérir des mérites!*

» Des branches de pêcher avaient été apportées dans la pièce où ma mère allait mourir : c'est le talisman souverain contre les esprits du Mal qui viennent rôder autour de ceux qui vont rendre le souffle... Malgré mon jeune âge, je comprenais que bientôt je serais seule au monde, sans père, sans mère, sans frère. Mais j'avais tellement pleuré quand j'avais vu tuer mon frère et pendant notre longue fuite que je sentais taries toutes mes larmes. On me fit agenouiller devant la natte où ma mère était allongée pour mourir à même le sol... Elle trouva encore la force de réouvrir les yeux et de me dire :

» — Tu ne resteras pas seule au monde, ma fille bien-aimée! Dès que je ne serai plus là, mes amis vont te conduire dans une pagode où tu seras consacrée à Bouddha... Quand tu seras devenue la Fille du Dieu, tu apprendras à danser pour glorifier celui qui a bien voulu faire de toi son enfant et en qui tu apprendras à distinguer le bien du mal... Mais comme ton frère n'est plus, tu vas devenir aussi chef de notre famille et tu te devras de venger sur les Japonais la mort de ce fils chéri. Ce ne sera que quand tu l'auras fait que tu auras droit au bonheur terrestre avant de connaître la félicité éternelle... Ce bonheur de ton passage sur terre, Bouddha te l'accordera : un jour tu rencontreras celui que le Dieu a choisi pour être ton protecteur et qui viendra d'au-delà des mers. Il ne sera pas de notre race mais tu lui obéiras avec amour jusqu'au jour où Bouddha te reprendra pour bien te montrer que lui seul a le droit de disposer de ta vie... Jusqu'à ce que tu retournes à la terre, toi aussi, tu continueras à danser pour glorifier le dieu ton père! Telles sont mes volontés, Ngô-Thi-Maï-Khanh... »

La jeune femme s'était tue. Jacques caressa son visage sur lequel il recueillit à nouveau quelques perles de larmes.

— Continue, petite Maï! supplia-t-il.

La voix de la Fille du Dieu reprit, s'infléchissant comme un chant d'amour :

— L'amie de ma mère m'a emmenée très loin, vers une pagode géante, construite au fond d'une grotte dans la province de Phu-Ly, pour me faire consacrer par un bonze. Je compris alors que je ne reverrais plus ma mère dans ce monde... Et je commençai à apprendre les danses sacrées.

» Quand les Japonais évacuèrent le continent, l'un de mes oncles, frère de mon père, vint de Chine pour me chercher et me ramener avec lui au Yunnan, mais comme la guerre civile y faisait rage, il jugea plus sage de me laisser au Viêt-Nam. Je voulais devenir une femme instruite. Pour parfaire mon éducation, je suppliai mon oncle de me faire entrer dans l'un de ces innombrables collèges que dirigeaient alors des religieuses françaises. Mon oncle hésitait beaucoup parce que nous étions bouddhistes et ce ne fut que quand les religieuses lui eurent donné l'assurance qu'elles n'essaieraient pas de me convertir au catholicisme que j'entrai dans l'un des couvents pour jeunes filles les plus célèbres de Hué. J'y retrouvai un milieu qui était le mien : toutes mes camarades étaient d'excellente famille. Celles qui, comme moi, étaient d'origine chinoise, étaient aussi filles de mandarins. Mais aucune n'avait été consacrée à Bouddha.

» Ce fut dans ce collège que j'appris le français et l'anglais sans pour cela négliger la danse sacrée que j'allais perfectionner les jours de congé dans une pagode. Je dois dire que les religieuses surent se montrer merveilleusement compréhensives à mon égard et contribuèrent, par leur largeur d'esprit, à me faire aimer la France plus que tous les autres pays d'Europe! Quand je quittai ce couvent à dix-huit ans, la guerre contre le Viêt-Minh avait commencé. Après l'accord de Genève, séparant le pays en deux zones d'influences opposées, j'aurais pu rester à Hué, qui était situé au-dessous du 18ᵉ parallèle mais l'afflux de réfugiés du Nord était tel que je ne voulais plus y séjourner et connaître à nouveau les horreurs de l'exil que j'avais vécues étant petite fille. Tous les biens qui me restaient à Lao-Kay avaient été pris par le Viêt-Minh. N'ayant plus rien, je descendis vers le Sud et m'installai à Saigon.

» Au début ce fut très dur pour moi mais un jour je rencontrai une ancienne amie de pension, chinoise elle aussi, qui me conseilla, si je voulais gagner rapidement de l'argent, d'aller travailler au *Grand Monde* de Cholon où les *taxi-girls* chinoises étaient beaucoup plus recherchées et appréciées que les Vietnamiennes. J'étais jolie... Pourquoi n'aurais-je pas accepté l'offre que me fit M. Sun?

— Cet horrible personnage?

— Pendant ces quelques années passées au *Grand Monde*, j'ai réussi à mettre de côté des économies que jamais je n'aurais pu gagner dans un autre métier! Le défilé incessant — renouvelé chaque nuit — d'amateurs de *taxi-girls*, m'a permis de découvrir la mentalité d'hommes de tous les pays : de Français, d'Anglais, d'Américains surtout... Mais à aucun moment, je n'oubliai deux choses : que j'étais Fille du Dieu et que je devais venger mon frère... Une nuit, mon numéro de *taxi-girl*...

— Le nº 7?

— Je n'ai toujours eu que ce chiffre... Une nuit, il m'amena à danser avec un Japonais qui avait fait exactement la même chose que Serge Martin le premier soir où tu es venu avec lui : il avait acheté un carnet entier de tickets et je dus rester avec lui pendant toute la soirée... Tu ne peux imaginer quelles furent ma souffrance et mon humiliation! Moi, fille de mandarin chinois, danser et tenir compagnie à un homme qui appartenait à la race des assassins de mon frère! Néanmoins, je cachai ma honte, pensant que ce devait être le dieu mon père ou les mânes de ma mère qui mettaient ce Japonais sur ma route pour me permettre d'accomplir enfin la vengeance. Ce serait lui qui paierait pour sa race! Rentrée à mon hôtel, je pleurai, mais le lendemain soir, quand je retournai au *Grand Monde,* ma décision était prise. L'homme m'avait dit que je lui plaisais et qu'il reviendrait. Il était déjà là, au bar, quand je m'y installai. Comme la veille, il avait acheté un carnet complet de tickets n° 7. Il revint tous les soirs et je découvris qu'il avait beaucoup d'argent. Il me fit de très beaux cadeaux, ne cessant de me demander de devenir sa maîtresse. A la fin je cédai, sachant que je pourrais mieux réaliser ma vengeance quand il serait à ma merci.

— N'as-tu pas cru aussi à ce moment, demanda l'aveugle d'une voix altérée, qu'il était l'homme-d'au-delà-des-mers qui t'était destiné pour protecteur terrestre?

— Je ne pouvais pas penser cela! Mon protecteur ne peut être que mon ami et les Japonais sont les plus grands ennemis de la Chine... Au *Grand Monde,* les autres *taxi-girls* de ma race ne me parlaient plus depuis qu'elles savaient que j'étais la maîtresse d'un Japonais, mais cela m'était indifférent : je tenais enfin ma vengeance, que je voulais terrible! Un jour elles me rendraient raison.

— Et M. Sun, que disait-il?

— M. Sun aime avant tout l'argent. Et comme mon amant dépensait sans compter, aussi bien au jeu qu'au dancing, il était satisfait. La *taï-pan* aussi. Un jour — il y a de cela plus d'une année — où j'étais avec mon amant dans le luxueux appartement qu'il occupait à l'hôtel *Majestic*, comme tous les trafiquants internationaux qui viennent à Saigon, il me révéla des choses étranges... Jusqu'à ce moment-là, il m'avait toujours dit faire partie d'une mission commerciale japonaise qui importait au Viêt-Nam des marchandises de toutes sortes, mais je ne l'avais toujours cru qu'à moitié, sentant qu'il était là pour d'autres raisons. Est-ce que tu sais le japonais?

— Non, répondit-il catégoriquement.

— Moi non plus. Mais mon amant parlait couramment le chinois. Comme tu ne connais pas suffisamment ma langue natale, que je parviendrai un jour à très bien t'apprendre, je vais te raconter en français cette conversation que nous eûmes dans l'appartement du *Majestic*...

Jacques se crut brusquement transporté dans l'atmosphère douillette du luxueux palace, assistant, témoin invisible et anonyme, au dialogue entre la fille du Céleste Empire et le fils de l'Empire du Soleil Levant...

★

« — Ngô-Thi-Maï-Khanh, veux-tu devenir ma compagne pour toujours?

» — Cela dépendra de beaucoup de choses, Kova-Sako...

» — Je vais être l'un des hommes les plus riches du monde! Je pourrai t'offrir tout ce que tu voudras mais il faudra qu'avant la prochaine lune, nous ayons quitté ce pays...

» — Où irons-nous?

» — Où cela te fera plaisir : aux États-Unis, si tu le désires, ou dans cette France que tu me dis tant aimer! Je connais bien Paris : c'est la plus merveilleuse des villes pour une jolie femme! Tout y est luxe, joie, plaisir...

» — Tu ferais de moi, une Chinoise, ta vraie femme?

» — Je t'aime, Ngô-Thi-Maï-Khanh...

» — Pourquoi veux-tu être encore plus riche? Ne l'étais-tu pas assez?

» — Pas suffisamment pour combler tes moindres caprices... Écoute-moi, toi qui as su devenir mon adorable maîtresse... Contrairement à ce que tu penses, je ne suis pas venu dans ce Viêt-Nam pour y faire du commerce mais pour y reprendre quelque chose qui nous appartenait, à nous les Japonais... Cela valait plus cher que tous les trésors du monde et c'était enfoui dans la coque d'un navire coulé dans l'estuaire de la rivière de Saigon depuis des années... C'est un plan. Celui qui serait capable de le récupérer pourrait le vendre à n'importe quel pays riche... Cela, je le savais depuis la dernière guerre contre l'Occident : je faisais partie de l'équipage de l'un de nos sous-marins qui avait capturé le navire sur lequel était le plan mais, à cette époque, mes compatriotes n'avaient pas eu le temps de le découvrir dans sa cachette, aménagée entre deux cloisons étanches, avant que les avions américains n'aient réussi à couler le navire là où je t'ai dit. Ainsi le plan est resté au fond de la mer où il se trouvait toujours à un mille du cap Saint-Jacques. Quand la paix est revenue, j'ai été rendu à la vie civile : j'étais très pauvre comme tous ceux qui avaient fait la guerre, mais je me suis juré qu'un jour je retournerais vers l'estuaire où dormait la fortune. J'ai recruté trois de nos plongeurs, qui recueillent les perles au large de nos côtes et qui sont les meilleurs nageurs sous-marins du monde. Personne n'a jamais pu les égaler! Après un entraînement de plusieurs mois et après les avoir équipés d'un matériel que m'a cédé un Américain dont j'ai su faire mon ami...

» — N'as-tu pas volé ce matériel aux Américains?

» — Qu'est-ce que cela peut te faire ? Les Américains sont les ennemis des Japonais et ne sont plus les amis des Chinois... Tu devrais être doublement contente puisque tu m'aimes !

» — Je t'aime, en effet, Kova-Sako... Mais parfois, je dois me cacher de mes compatriotes ! Ils me reprochent d'être la maîtressse d'un ennemi héréditaire de mon pays...

» — C'est pourquoi tu as tout à gagner à t'enfuir avec moi dès que j'aurai reçu l'argent que l'on va me payer en dollars dans une banque de Hong-kong...

» — Sans doute partirai-je avec toi, mon maître, mais à condition que tu me donnes la preuve que tout ce que tu me dis est vrai.

» — Voici la preuve, Ngô-Thi-Maï-Khanh !

» Kova-Sako avait sorti d'une serviette en cuir, qu'il avait été prendre dans le coffre-fort privé de l'appartement, un plan qu'il déplia devant sa maîtresse. Celle-ci après l'avoir regardé superficiellement, avait demandé :

» — Qu'est-ce qui est indiqué sur ce plan ?

» — L'emplacement du plus grand gisement d'uranium du monde ! Celui qui le possède peut ébranler la tranquillité des peuples ou devenir l'homme le plus riche de la terre ! Ayant pris, comme tous mes compatriotes, la guerre en horreur, j'ai choisi la seconde solution... Je préfère vendre ce plan contre un paiement de millions de dollars. Pendant que ceux qui vont l'acheter prépareront des armes atomiques, moi je vivrai enfin heureux et tranquille avec toi dans le pays qui nous plaira !

» — Mais si vraiment ceux qui vont te l'acheter font une nouvelle guerre, ne crains-tu pas d'en devenir aussi la victime ?

» — Non, parce que je vais le vendre au seul peuple qui peut le garder et l'utiliser sans jamais avoir l'intention de faire la guerre...

» — Il n'existe pas de peuple aussi sage!

» — Si : les États-Unis!

» — Tu crois vraiment à la sincérité des pires ennemis de ton pays? De ceux qui se sont servis les premiers de l'uranium pour fabriquer les bombes d'Hiroshima et de Nagasaki? De ceux qui ont tué en quelques secondes des centaines de milliers de tes compatriotes? Tu es fou, Kova-Sako!

» — Je crois surtout aux monnaies solides! Toi aussi, Ngô-Thi-Maï-Khanh, qui aimes tant les beaux cadeaux!

» — Comment as-tu pu prendre ce plan dans le navire englouti?

» — Grâce à mes trois plongeurs... Ce fut très long et très difficile parce qu'il ne fallait attirer l'attention de personne et surtout pas de la police vietnamienne. Elle ne s'est pas méfiée parce que nous n'avons travaillé que la nuit et sans gros navire de surface. Mes hommes se relayaient sans cesse et plongeaient d'une barque plate... Dès que le jour apparaissait, nous rejoignions la terre et mes hommes allaient dormir dans une hutte où ils restaient cachés toute la journée. Moi, je revenais seul à l'hôtel *Majestic*. Qui aurait pu se douter que l'honorable Kova-Sako, importateur patenté et agréé aussi bien par les autorités de son pays que par celles du Viêt-Nam, pouvait diriger une telle entreprise? Je suis fier que nous les Japonais, nous ayons récupéré ce que nous avions déjà réussi à prendre pendant la guerre!

» — Si tu pousses à ce point la fierté nationale, tu devrais offrir ce plan à ton gouvernement plutôt qu'à celui des États-Unis.

» — La récente guerre m'a enseigné qu'un grand patriotisme n'est jamais récompensé! Tous nos pilotes-suicide sont morts pour rien et ceux qui ont fait leur devoir de Japonais ont été condamnés ou jugés comme traîtres. Nous sommes très nombreux, au Japon, à avoir compris ces vérités... Désormais notre patriotisme sera toujours « éclairé »... Mon gouvernement est trop pauvre pour pouvoir me payer le prix de mes longs efforts. Et comment oserait-il acheter un tel plan quand il proteste à longueur de journée contre l'emploi de la bombe atomique par d'autres peuples? Il serait en contradiction avec lui-même! Je n'ai même pas voulu le mettre devant un tel cas de conscience... Mais comme il se peut qu'il apprenne un jour que c'est moi qui ai trouvé le plan et qui l'ai vendu aux U.S.A., je crois plus sage de ne plus retourner dans mon pays. D'ailleurs, telle que je te connais, petite maîtresse, tu ne pourrais pas t'acclimater à la vie japonaise! Il te faut la liberté de l'Occident!

» — Il y a longtemps déjà que tu as ce plan?

» — Mes plongeurs ne me l'ont rapporté que la semaine dernière.

» — Quand nous avons fait connaissance au *Grand Monde*, tu ne l'avais donc pas?

» — Pas encore... Mais j'étais sûr de réussir!

» — Comment faisais-tu pour avoir quand même autant d'argent?

» — Je me suis endetté... Je n'en ai toujours pas mais j'ai rendez-vous demain avec les acheteurs américains pour le paiement. Ils sont arrivés hier soir dans cet hôtel. C'est pour cela que je peux t'offrir aujourd'hui de partager ma richesse... Acceptes-tu?

» — Oui... Quand tu auras touché l'argent.

» — Alors prépare-toi pour prendre après-demain l'avion pour Hong-kong où les dollars m'attendent. Là je les ferai virer dans le pays que tu choisiras pour vivre...

» — Où sont tes trois compagnons?

» — Tu crains qu'ils ne parlent? Rassure-toi : ils se tairont!

» — Tu les as payés très cher?

» — Je leur ai fait croire que nous partagerions les dollars... Mais ce n'aurait tout de même pas été normal que de pauvres pêcheurs de perles devinssent tout à coup aussi riches! Ils n'auraient même pas su comment employer tant d'argent! Il y a une telle différence entre le yen et le dollar qu'ils auraient pu en mourir suffoqués! Aussi ai-je jugé plus charitable de leur éviter tous ces ennuis qu'apporte la trop grande richesse à ceux qui ne sont pas nés pour elle... Après la découverte du plan, nous avons fêté tous les quatre cette victoire par un repas pris dans la case où ils s'étaient cachés pendant des mois... Ils ont beaucoup apprécié le *saké,* notre alcool national dont j'avais apporté une bonne bouteille... Ils en ont bu, heureux... J'avais mêlé du poison à l'alcool. Ils se sont endormis pour toujours, rejoignant le Paradis des Héros! Comme j'étais le seul à ne pas avoir bu de *saké,* j'ai pu sortir leurs corps de la case et je les ai brûlés. Il n'est resté de mes trois pêcheurs qu'un petit tas de cendres... Ce n'est pas grave : dans leurs villages, au Japon, personne ne s'inquiétera! Il y a tant de pêcheurs de perles qui ne remontent jamais à la surface...

» — J'admire ton calme, Kova-Sako!

» — J'apprécie ta beauté, Fleur de Sérénité! Es-tu certaine de ne pas regretter ta vie à Cholon?

» — Non. Et toi, ton pays?

» — Tu es toute ma vie, Ngô-Thi-Maï-Khanh! Et tu sais que seul le Vent d'Est apporte la félicité...

★

La voix douce continua pour Jacques :

— Ce qui m'avait toujours intéressée dans le caractère de Kova-Sako était son orgueil démesuré : comme la plupart de ses compatriotes, il se prenait pour un être d'essence supérieure. Je savais que c'était là son plus grand point faible et qu'un jour je l'aurais par la flatterie. Sa suffisance lui faisait croire que jamais je ne pourrais le trahir puisqu'il m'avait fait l'honneur de faire de moi sa maîtresse! J'avais su être à la fois humble et esclave. Il était persuadé d'être devenu mon maître absolu alors que je le tenais complètement! Toi qui es mon amour, tu sais que je puis être une maîtresse si je le veux...

— Maï adorée, tes paroles sont terribles! Je crois que tu m'aimes mais je suis affolé à l'idée que tu peux faire croire à d'autres que tu les aimes alors que tu les hais! Jure-moi devant Bouddha que tu as toujours été sincère avec moi!

— Si je ne l'étais pas, te raconterai-je mon passé? Mais laisse-moi tout te dire! Je savais bien qu'il faudrait que je me confie à quelqu'un en qui j'aurais confiance. J'ai toujours été seule depuis l'âge de six ans : à qui d'autre qu'au protecteur choisi par Bouddha aurais-je pu révéler mes secrets? Après t'avoir attendu pendant des années, je t'ai enfin rencontré! Mais j'ai jugé plus sage de patienter pendant des semaines avant de me livrer à toi comme je le fais ce soir... Je voulais d'abord bien te connaître... Je voulais aussi que tu ne puisses plus te passer de moi! Maintenant que ces deux conditions sont remplies, je peux parler...

Puis elle ajouta, avec l'intonation d'une épouse attentive :

— Prends une autre tasse de thé, mon amour...

Pendant qu'il dégustait le breuvage, elle poursuivit l'étrange confession :

— Bien que je ne me sois pas rendu compte sur le moment de l'importance de ce plan que Kova-Sako venait d'étaler sous mes yeux et qui traînait sur une table, j'eus l'intuition que si je parvenais à me l'approprier, je pourrais enfin mettre ma vengeance à exécution... Aussi fallait-il éviter par n'importe quel moyen qu'il ne le remît dans le coffre-fort de l'appartement... Dès qu'il m'eut dit que seul le Vent d'Est apportait la félicité, je me montrai encore plus femme que je ne l'avais été jusqu'alors... Très vite il ne pensa plus qu'à être une fois de plus mon amant... J'étais décidée à épuiser toute sa vitalité, à ce qu'il n'ait plus la force de penser à rien, n'étant même plus capable de bouger de la couche où je lui aurais prodigué mes caresses. Ainsi, il oublierait que le plan était toujours là, à portée de ma main... Quand je le sentis déjà prêt à sombrer dans le sommeil qui succède à l'amour, je lui racontai une légende qui pouvait flatter à la fois son orgueil de Japonais et sa vanité de mâle assouvi...

— Une légende? Je pensais que tu ne les avais réservées que pour moi, ton protecteur?

— Celles que je te raconte ne sont destinées qu'à t'aider... Celle que j'ai dite ce matin-là à Kova-Sako n'était faite que pour le détruire un peu plus en l'endormant...

— Je veux la connaître, Maï! Comme cela, si un jour tu me la racontais, je saurais que c'est pour me conduire à ma perte, moi aussi!

— Elle ne peut pas te concerner! Écoute plutôt : « Il fut un homme dont les ongles des pieds étaient devenus brillants à force d'avoir été frottés contre les crêtes étincelantes de diadèmes qu'il avait le pouvoir d'acheter et d'offrir à ses maîtresses... Bien qu'étant venu de l'Empire du Soleil Levant, cet homme était une Lune incomparable pour fermer les lotus des races hostiles... Comme il aimait humilier tous les autres, ce fils du Soleil Levant provoquait la passion dans l'esprit des plus belles de toutes les jeunes femmes. Mais il possédait assez d'intelligence pour réaliser la paix dans son propre cœur...

» Comme si elle avait été une femme ayant pour vêtement flottant l'océan, ayant pour ceinture les vagues agitées et ornées d'une multitude de joyaux, ayant pour fesses les larges montagnes et pour visage le parasol immaculé, il réussit à prendre son plaisir avec la Terre qui s'était donnée à lui...

» Bien que constamment plongé dans l'océan ambroisé des anciens préceptes, il pratiquait comme conduite l'union avec cette autre belle femme qu'est la Fortune...

» Le voyant comblé de tout, le Créateur s'écria, l'esprit confondu : « Ah! Me voici vraiment en proie à l'affolement causé par l'amour de cet être si beau! » La science elle-même qui, chez les autres hommes, était constamment amaigrie par le feu de la douleur, retrouvait en lui son embonpoint parce qu'il avait su boire l'ambroisie de la compréhension universelle...

» Il sut vaincre ses adversaires dans les combats les plus audacieux comme si ceux-ci n'avaient été pour lui que des amusements...

» Le roi des Éléphants, fendu en deux par lui au cours d'une bataille, se mit aussitôt, comme pour manifester la joie que lui procurait l'excellence d'une aussi violente coupure, à l'honorer des deux côtés avec un corps dédoublé...

» Posant son pied vainqueur sur la tête des puissants inclinés, détruisant l'éclat de ses rivaux, éclairant de sa lumière les taches de points cardinaux, il fut le premier homme à ressembler au Soleil! »

» Quand j'eus fini de raconter ce conte, Kova-Sako, à demi inconscient, repu d'amour et d'orgueil me dit :

» — Oui... Grâce à ma fortune, je serai maintenant le seul à ressembler au Soleil Levant!

» Et il s'endormit d'un profond sommeil.

» Aussitôt, j'abandonnai sa couche et après m'être vêtue en hâte, je quittai l'appartement de l'hôtel *Majestic* en emportant le plan... Je n'avais aucune idée de ce que j'en ferais et je pensais même, un moment, m'en débarrasser en le déchirant en morceaux et en le jetant à la rivière : puisque

Kova-Sako m'avait dit que c'était là toute sa fortune future, je trouvais juste de le ruiner sans plus attendre... Mais, finalement, estimant plus urgent de venger mon frère, je gardai le plan. Ne voulant pas le conserver sur moi ni dans ma chambre du *Piccadilly*, je l'ai porté chez l'une de mes amies chinoises, très sûre, qui possède un petit appartement. Quand je le lui ai remis, je lui ai simplement dit que c'était un ingénieur qui me l'avait confié pour quelques jours mais que je ne pensais pas que ça offrait un grand intérêt! Je savais que mon amie n'était pas curieuse et que, même si elle jetait un regard sur ce plan comme je l'avais fait moi-même, elle n'y verrait que des cotes, des dessins et aucun nom mentionné. Je ne savais même pas de quel territoire ni de quel lieu de la terre il était question sur ce plan!

» En sortant de chez mon amie, je suis entrée dans un bar où j'ai rédigé en vietnamien, et en contrefaisant mon écriture pour que l'on ne pût faire aucun recoupement, une lettre adressée au chargé d'Affaires du Japon au Viêt-Nam. Je l'y informai que le dénommé Kova-Sako, se disant importateur et demeurant à l'hôtel *Majestic*, s'apprêtait à trahir son pays en revendant le lendemain à des envoyés américains, arrivés la veille dans le même hôtel, un plan qu'il avait réussi à voler dans une épave coulée au large du cap Saint-Jacques. Je lui disais aussi que c'était un criminel qui n'avait pas hésité à tuer quelques jours plus tôt trois pauvres pêcheurs de perles dont il avait utilisé les services pour prendre ce document au fond de l'eau. Je terminais en disant que Kova-Sako était actuellement endormi dans son appartement du *Majestic*, et que, s'ils ne perdaient pas une seconde, ils pourraient l'y trouver pour le faire avouer. J'indiquai enfin le numéro de cet appartement, avant de signer « un ami du Japon ».

» J'allai au consulat japonais et j'y remis au premier employé que j'y vis la lettre en le priant de la donner de toute urgence au chargé d'Affaires qui l'attendait. Dès que l'homme eut disparu en emportant la lettre, je m'enfuis... Ensuite j'ai erré dans la ville, ne voulant pas retourner à mon hôtel avant de connaître la suite des événements... Le soir, je n'ai pas été non plus travailler au *Grand Monde*, craignant que Kova-Sako, s'étant réveillé avant l'arrivée de ses compatriotes, ne se fût aperçu que j'avais volé ce qu'il appelait « sa fortune »... Il serait venu immédiatement me retrouver! J'ai préféré traîner de bar en bar jusqu'au lever du jour. Je n'aurais pas pu dormir! Plus les heures passaient et plus mon anxiété grandissait... Ce ne serait que le matin que je pourrais savoir si ma vengeance avait réussi. Ayant appris à connaître les Japonais quand ils avaient envahi mon pays et après les avoir vus assassiner mon frère, je pouvais leur faire confiance sur le sort qu'ils réserveraient à Kova-Sako s'ils avaient pris ma lettre au sérieux et s'ils étaient arrivés à temps à l'hôtel... J'éprouvais même une certaine délectation à la pensée que celui qui avait eu le front de croire que je pouvais l'aimer serait exécuté par ses propres compatriotes! Aucun supplice ne me paraissait assez cruel pour lui faire expier les affronts qu'il m'avait fait subir pendant des semaines... Ne lui avais-je pas tout donné? Avant de le rencontrer, j'étais pure... Je n'avais consenti au sacrifice de ma chair que pour mieux l'atteindre ensuite dans la sienne.

— Pourquoi ne l'as-tu pas tué toi-même quand il s'est endormi?

— Bouddha interdit de tuer son prochain, même si celui-ci est ton pire ennemi! Ne valait-il pas mieux laisser ces tigres se dévorer entre eux? La Fille du Dieu ne peut avoir du sang sur les mains...

» Le lendemain, dès la première heure, je courus acheter les journaux et j'y lus avec délectation que l'on avait trouvé, dans un luxueux appartement du *Majestic*, le corps d'un puissant exportateur japonais qui s'était suicidé en se faisant hara-kiri avec son rasoir...

Ainsi était mort celui qui — un an avant les puissantes équipes spécialisées des Soviets, des Anglais, des Italiens et des Français — avait réussi, avec pour seuls collaborateurs trois obscurs pêcheurs de perles, à s'approprier le document recherché par tous les services secrets du monde! C'était à la fois fantastique et risible, incroyable et simple... Et tout ce merveilleux travail avait été anéanti en quelques heures par la dénonciation d'une femme qui ignorait l'importance du plan et qui ne cherchait qu'à venger la mort d'un frère tué quinze années plus tôt à la frontière du Yunnan! Maï, qui s'était enfuie en ne sachant même pas ce qu'elle pourrait faire du plan et en se demandant si elle ne devrait pas le détruire tout de suite! C'était peut-être cela le plus insensé de la longue aventure!

Malgré lui, Jacques se demanda si vraiment Bouddha, dans sa clairvoyante sagesse, n'était pas le maître du Destin. Bouddha qui possédait le pouvoir de renvoyer vers l'Empire des ténèbres éternelles celui qui avait commis l'affront de se croire comparable au Soleil Levant...

Ces pensées avaient déferlé dans l'esprit de l'aveugle en quelques secondes. Maintenant, il n'entendait plus que la voix de Maï qui continuait :

— L'article du journal se terminait par un commentaire disant qu'il fallait sans douter attribuer ce suicide, d'après les premiers résultats de l'enquête de police, au fait que l'exportateur japonais se trouvait dans une situation financière désastreuse. Je pensai aussitôt aux emprunts que Kova-Sako m'avait dit avoir contractés pour payer les frais de son long séjour et de celui de ses trois compagnons pendant la durée de leurs travaux secrets sous la mer. Je fus satisfaite à l'idée que ceux qui lui avaient accordé des crédits, et qui ne devaient pas valoir mieux que lui, ne seraient jamais remboursés! Les seuls que j'aurais pu plaindre étaient les pauvres pêcheurs de perles... Mais pourquoi s'être laissé entraîner dans une aventure aussi hasardeuse par un forban tel que Kova-Sako ? Eux aussi avaient été attirés par l'appât du gain futur. Bouddha dit : « *Celui qui gagne indûment de l'argent est toujours puni... Les richesses du monde ne doivent servir qu'à soulager les misères ou à bâtir des pagodes... Seul celui qui reviendra pauvre dans mon sein aura droit à l'éternel bonheur !* »

— Bouddha, dont tu vénères tant la sagesse infinie, n'a-t-il pas dit aussi que « *le Sage ne doit pas laisser son cœur envahir par l'esprit de vengeance* » ?

— Bouddha l'a dit en effet... Mais je devais donner satisfaction aux mânes inassouvies de ma mère. Je savais qu'en dénonçant Kova-Sako, j'avais enfreint la loi de Bouddha mais je savais aussi que je pourrais réparer en consacrant le reste de mon existence à glorifier le Dieu dont je suis l'enfant... C'est pour cela que, le soir même, je suis retournée au *Grand Monde* pour continuer à y gagner de l'argent... Argent qui est sacré mais que je méprise pour moi... Un jour viendra où cette fortune, que je conserve soigneusement cachée, me permettra, à moi aussi, de glorifier le Dieu !

— Aurais-tu l'intention de faire édifier une nouvelle pagode ?

— Une pagode coûte trop cher ! Je n'en aurais pas les moyens... Mais je puis, à une époque où la foi et les croyances se perdent de plus en plus dans le monde, contribuer à leur résurrection...

La voix douce avait pris un accent enflammé, fait d'un mélange de mysticisme et de ferveur.

— Comment réussiras-tu ce miracle ?

— C'est mon secret... Celui que je porte en moi depuis que j'ai été consacrée... Et ce sera toi, mon protecteur, qui m'aideras à le réaliser quand le moment sera venu.

Il resta un long moment silencieux. Tout ce qu'il venait d'apprendre, sans avoir rien demandé et parce qu'elle seule avait décidé de parler, était à la fois ahurissant et émouvant. Jamais en Europe, ni peut-être dans aucun autre lieu du monde, il n'aurait pu rencontrer une créature qui eût en elle un tel mélange de candeur admirable et de cruauté secrète, de franchise et de mystère, de rêve et de réalisme... Il y avait, dans cette petite Maï, tous les sentiments poussés à l'extrême, tous les frémissements de l'âme, toutes les aspirations et toutes les soumissions. Quelle femme pouvait être aussi complète et aussi enfant ? Aussi désirable et aussi seule ? Jacques se sentait vraiment « le protecteur » indispensable. Bientôt il finirait par croire qu'il n'était, lui aussi, qu'un instrument de la volonté de Bouddha...

Il eût souhaité que cette longue confession — qui, chez elle, prenait la forme d'une délivrance nécessaire — s'écourtât, se terminât même... Mais il devait continuer à jouer le rôle, de plus en plus odieux pour lui, du confident qui recueille tout pour pouvoir ensuite s'en servir. Se faisant de plus en plus horreur à lui-même, il dut faire un réel effort pour demander :

— Quand tu es revenue ce soir-là au *Grand Monde*, on ne t'a pas posé de questions ?

— Si. La police était là... Le commissaire Xi-Dien que tu connais aussi bien que moi...

— Comment sais-tu que je le connais ?

— N'est-ce pas grâce à sa protection que l'homme, qui avait reçu l'ordre de te tuer, a été abattu à la Pointe des Blagueurs ?

— Mais c'est grâce à ce que tu m'avais dit la veille au soir que j'ai pu le faire avertir du danger qui me menaçait... Comment avais-tu été informée ?

— Tu me l'as déjà demandé et je t'ai répondu que je ne

te le dirais que quand le moment serait venu... Le moment est arrivé mais auparavant je dois te révéler d'autres choses qui te permettront de mieux me comprendre...

— Parle...

— Xi-Dien était au bar. Son enquête sur le suicide de Kova-Sako lui avait révélé que j'étais la maîtresse du Japonais. Les autres *taxi-girls* chinoises, qui me le reprochaient, ne s'étaient pas gênées — quand elles avaient appris par les journaux le suicide de celui qui se croyait mon amant — pour bavarder... C'est normal : la haine des femmes, peut-être aussi leur jalousie parce qu'elles pensaient que Kova-Sako était très riche, est stupide! Xi-Dien me demanda quand j'avais vu le Japonais pour la dernière fois. Je lui répondis : « Avant-hier soir ici au *Grand Monde.* » Il me dit alors : « Mais ce soir-là, tu es partie avec lui au *Majestic?* » Comme je prenais toujours mes précautions quand j'allais dans son appartement, je savais très bien que personne ne m'avait vue entrer par une porte de service cette nuit-là. Jamais je n'arrivais avec Kova-Sako qui entrait, lui, toujours par la grande porte du hall. Je répondis que j'avais quitté le Japonais en sortant du *Grand Monde* et que Sen m'avait ramenée directement à mon hôtel, le *Piccadilly,* où j'étais allée me coucher. Il fit venir Sen, qui confirma mes dires.

» A chaque fois que je devais aller rejoindre Kova-Sako au *Majestic* je me faisais d'abord conduire au *Piccadilly* et je n'en ressortais que longtemps après, quand je savais que mon cyclo était parti.

— Ta réponse était dangereuse : le portier ou le veilleur de nuit du *Piccadilly* pouvait très bien dire au commissaire qu'il t'avait vue ressortir plus tard dans la nuit.

— Il y a un tel va-et-vient pendant toute la nuit au *Piccadilly* que l'on ne peut pas remarquer les gens qui y entrent ou qui en sortent.

— Même le directeur, M. Jojo? A chaque fois que nous nous sommes rendus, Serge Martin et moi, à son hôtel, il était toujours là, dans le hall, pour nous y accueillir... J'ai l'impression que rien ne lui échappe?

— Tu as raison : lui m'avait vue à chaque fois que je ressortais... Mais il ne m'avait jamais fait la moindre remarque, se contentant de m'adresser un sourire amical...

— Le fameux soir, il t'a adressé le même sourire?

— Le même sourire...

— Et le lendemain?

— Je t'ai dit que le lendemain, je n'étais pas plus rentrée au *Piccadilly* que je n'étais retournée travailler au *Grand Monde*... Ce fut la deuxième question que me posa Xi-Dien : « Où étiez-vous la nuit dernière? » Je répondis que j'étais souffrante et que je ne m'étais pas senti le courage de venir danser... Mais comme j'avais perdu depuis longtemps l'habitude de me coucher tôt, j'avais préféré aller me promener de bar en bar : je lui ai donné les noms exacts de tous les établissements où j'ai traîné cette nuit-là sans lui expliquer, naturellement, que si j'avais agi ainsi, ce n'était que parce que j'appréhendais une vengeance éventuelle de Kova-Sako au cas où il se serait réveillé plus tôt... Le commissaire est reparti et a pu vérifier que j'avais été effectivement dans tous les bars indiqués par moi. Depuis, convaincu que j'avais dit la vérité, il ne m'a plus jamais ennuyée... Une seule fois, j'ai été convoquée, une semaine plus tard, à la direction de la police où l'on m'a demandé si j'étais au courant des activités de Kova-Sako. J'ai fait celle qui ignorait tout. Quand on m'eut expliqué qu'il ne laissait que des dettes, je jouai la surprise de celle qui était au contraire persuadée qu'il était très riche! Les beaux cadeaux qu'il m'avait faits n'étaient-ils pas pour moi une preuve suffisante de richesse?

— On ne t'a pas obligée à restituer ces cadeaux?

— Pourquoi l'aurait-on fait ? On n'en avait même pas le droit. Personne ne se permettrait de reprendre les cadeaux faits à une honnête *taxi-girl*...

— En France les choses ne se seraient pas passées exactement ainsi ! On aurait pu t'accuser de complicité et de recel.

— Kova-Sako laissait des dettes qu'il avait contractées légalement et qu'il aurait sûrement remboursées après avoir touché l'argent des Américains. C'était un aventurier ambitieux mais pas un voleur...

— C'était un assassin !

— Beaucoup d'autres que lui n'auraient pas hésité à tuer trois pêcheurs pour s'approprier le plan...

— S'approprier ! Il l'a volé, ce plan !

— Et toi, si tu avais eu la chance de le trouver, n'aurais-tu pas agi comme lui ?

— Pourquoi me serais-je intéressé à ce plan ?

— Le monde entier s'y est intéressé, sauf moi qui l'ai eu pendant près d'une année en ma possession.

— Tu t'en es débarrassée ?

— Je l'ai échangé...

— Contre quoi ?

— Toi...

Il crut n'avoir pas compris et répéta :

— Contre moi ?

— Oui.

— Mais... c'est de la folie !

— Ta vie ne valait-elle pas ce bout de papier ?

Manquant de suffoquer, il dut faire un nouvel effort pour paraître conserver son calme et dire :

— Continue à parler...

— Après le départ du commissaire, le soir où il m'avait interrogée au bar du *Grand Monde*, j'ai dû jouer le rôle de la femme qui est désespérée par la mort de son amant... Si j'avais laissé paraître ma joie, on aurait pu me soupçonner d'être la responsable... En me lamentant, en pleurant, je trompai tous ceux qui m'observaient avec méfiance : M. Sun, la *taï-pan* et surtout mes camarades *taxi-girls* chinoises qui me détestèrent un peu plus! Pour elles j'étais traître à mon pays. Mais Bouddha m'a donné la force d'âme et la volonté nécessaires pour triompher... Prétextant ma douleur et mon chagrin, je refusai de danser avec plusieurs clients et je me fis reconduire par Sen au *Piccadilly*... Cette nuit-là, je ne quittai pas l'hôtel comme j'avais pris l'habitude de le faire pour rejoindre Kova-Sako.

» J'étais dans ma chambre depuis plus d'une heure quand j'entendis frapper : c'était M. Jojo. Après avoir refermé avec soin la porte derrière lui, il me demanda dans notre langue :

» — Vous ne ressortez pas, Ngô-Thi-Maï-Khanh?

» — Non. J'ai trop de chagrin...

» — La mort de Kova-Sako? Je savais depuis longtemps par M. Sun qu'il était votre amant... Je vous fais toutes mes condoléances mais il ne faut pas trop le regretter... Ce n'était pas un homme pour votre grande beauté! Et comment avez-vous pu accepter un Japonais pour amant?

» — Il me faisait de très beaux cadeaux!

» — Moi aussi, Ngô-Thi-Maï-Khanh, je pourrais vous en faire! Je suis riche, très riche! Et je suis de votre race...

» — Il faudrait que vous me plaisiez, monsieur Jojo!

» — Quelle est celle, à Cholon, qui ne rêve pas d'être la maîtresse du directeur du *Piccadilly?*

» — Toutes sans aucun doute, à l'exception de moi!

» — Vous avez tort, belle Ngô-Thi-Maï-Khanh, car je suis votre plus grand ami...

» — Pourquoi mon ami? Je ne vous dois rien : j'ai

toujours bien payé ma chambre dans votre hôtel.

» — Ça, je le sais... Mais il y a des services que l'on peut rendre à une femme dans l'ennui sans qu'elle s'en doute... Tout à l'heure par exemple, alors que vous étiez encore au *Grand Monde*, le commissaire Xi-Dien est venu m'interroger à votre sujet...

» Je compris à cette minute que de la réponse de cet homme infâme dépendait ma liberté ou mon arrestation, mais je sus me montrer assez sûre de moi pour dire avec calme :

» — Que vous a-t-il demandé ?

» — Si vous aviez l'habitude, après que le cyclo-pousse de Sen vous avait ramenée du *Grand Monde*, de ressortir la nuit.

» — Et qu'avez-vous répondu ?

» — Que vous étiez la plus sage de mes clientes, chère Ngô-Thi-Maï-Khanh, et que vous ne bougiez jamais de votre chambre avant le lendemain après-midi... Ai-je bien répondu ?

» — Très bien... Pourquoi avoir fait ce mensonge puisque vous m'avez vue sortir toutes les nuits ?

» — J'ai pensé que ce mensonge pourrait vous aider. Dormez tranquille, belle Ngô-Thi-Maï-Khanh ! Votre ami Jojo veille désormais sur vous !

» Dès qu'il eut quitté la chambre, je compris qu'il ferait peser sans cesse sur moi la menace. Le chantage a toujours été sa meilleure arme. Que pouvais-je faire ? Il était et il est toujours puissant à Cholon... Le lendemain, les jours suivants, il continua à me saluer quand je sortais de l'hôtel ou à m'y accueillir, quand j'y rentrais, avec son horrible façon de sourire que je déteste ! De jour en jour et surtout de nuit en nuit, je sentais que ce sourire forcé était de plus en plus hypocrite et qu'il signifiait : « Si vous ne cédez pas à mon désir, bientôt je dirai au commissaire Xi-Dien que, la nuit précédant la mort du Japonais, vous avez été le rejoindre et que vous n'avez pas reparu à mon hôtel pendans quarante-huit heures! »

» Je dus m'incliner, me montrer plus aimable, répondre à ses sourires, accepter d'aller boire du *schoum* avec lui dans son appartement privé, devenir finalement sa maîtresse... Cela dura pendant des mois... Comme Kova-Sako, il me comblait de cadeaux mais, bien qu'il fût de ma race, je crois que je l'ai haï encore plus que le Japonais! C'était l'homme le plus fourbe et le plus sournois que j'eusse jamais rencontré! Il était étrange aussi, difficile à comprendre. Par moments, il savait se montrer enjoué, souriant, fastueux comme un homme dont l'existence n'est qu'un perpétuel bonheur. A d'autres, au contraire, plus rares, il devenait taciturne, méfiant, inquiet comme si un danger inconnu et terrible le menaçait... Je remarquai qu'il était toujours dans cet état second quand il s'était absenté de l'hôtel pendant quelques heures, parfois même pendant une journée entière. Quand je lui demandais, à son retour, s'il avait eu des ennuis, il me répondait invariablement : « Aucun! » mais je savais que, là aussi, il mentait. On aurait dit un homme traqué par un ennemi invisible, un homme qui a peur... Parfois, il était brusquement appelé au téléphone. Il s'enfermait alors dans son bureau et en ressortait, quelques minutes plus tard, le front couvert de sueur... A ces moments-là, il me donnait toujours l'impression d'être un condamné à mort en sursis. Ses gouttes de sueur ressemblaient à celles d'une agonie... Mais, très vite aussi, il parvenait à redevenir normal, avec son sourire commercial qui savait accueillir les clients... Il y avait, dans sa vie, un mystère que je ne parvenais pas à comprendre.

» Tous les soirs, je continuais à aller au *Grand Monde* avec l'espoir qu'un jour enfin, je verrais y entrer celui que le dieu mon Père m'avait choisi pour protecteur. Ce ne pouvait être ce M. Jojo qui ne venait pas d'au-delà des mers...

Ma mère, en mourant, m'avait prédit que ce serait un homme d'une autre race que la mienne.

» Un matin, en ouvrant le journal, je vis en première page ta photographie. Tout de suite je compris que mon protecteur ne pouvait être que toi ! Et je commençai à lire avidement les lignes où l'on parlait de toi et où l'on vantait ton œuvre... Pendant des semaines, je dévorai avec passion tous les articles publiés sur ce Jacques Fernet. Quand la presse annonça que tu arrivais à Saigon pour inaugurer l'exposition de tes œuvres, je crus mourir de joie ! Je m'agenouillai devant le petit autel de mes ancêtres que j'avais installé dans ma chambre et, après avoir allumé des *jossticks*, je les suppliai de te conduire jusqu'à moi.

» Je ne pus résister au désir de te voir à la galerie de peinture le jour du vernissage... Entouré de tout ce monde, et de toutes ces jolies femmes, tu n'as pu me remarquer, perdue dans la foule de tes admirateurs... Mais dès que je t'ai vu dans la réalité, j'ai su que je ne m'étais pas trompée et que Bouddha ne t'avait fait traverser les océans que pour me satisfaire, moi, sa fille bien-aimée... Les semaines passèrent, à la fois exaltantes et terribles pour moi ! J'étais contrainte de continuer à faire le plaisir de M. Jojo alors que je ne pensais qu'aux caresses que je saurais te prodiguer ! Seulement je devais attendre le jour et le moment fixés par Bouddha. Celui qui veut agir plus vite que la volonté du Dieu est voué à l'échec et peut être rejeté à jamais des félicités éternelles !

» Quand j'ai vu dans un journal la reproduction du premier tableau que tu avais peint sur l'estuaire, j'ai été aussitôt l'admirer à la Galerie où il avait été exposé au milieu de tes œuvres antérieures. Le jour même où l'Exposition a pris fin, je l'ai acheté très cher. Je l'ai rapporté dans ma chambre du *Piccadilly* où je l'ai accroché au mur à côté d'une photographie de toi que j'avais découpée dans un journal. Tous les soirs, avant de m'endormir, je regardais ton visage et le tableau; tous les matins, en me réveillant, je te saluais, toi qui étais déjà le maître de mon cœur et de ma destinée terrestre.

» Un soir, M. Jojo, qui ne venait jamais dans ma chambre parce qu'il préférait que j'aille le rejoindre dans son appartement, frappa à nouveau à ma porte. Dès qu'il y fut entré, il me dit, en désignant le tableau :

» — Pourquoi avez-vous acheté cela?

» — J'aime cette toile...

» — Et sans doute celui qui l'a signée puisque vous avez conservé sa photographie?

» — Je trouve qu'il a du talent...

» — Vraiment? Si vous connaissiez son véritable talent, vous seriez assez surprise, Ngô-Thi-Maï-Khanh!

» — Il est très possible en effet qu'un tel homme ait tous les talents...

» — Même celui d'être le plus grand ennemi de la Chine!

» — Pourquoi serait-il l'ennemi de notre pays?

» — C'est un espion envoyé au Viêt-Nam par les Français pour essayer d'y voler un document... Seulement, ils se trompent, lui et son ami l'antiquaire, s'ils croient qu'ils réussiront!

» — L'antiquaire? Quel antiquaire?

» — Un trafiquant d'objets anciens.

» — Ne l'êtes-vous pas aussi?

» — Moi je ne travaille que pour un idéal! Le même que le vôtre : celui de la plus Grande Chine maîtresse du Monde! Tandis que l'antiquaire n'exerce son commerce que pour cacher sa véritable profession d'agent secret. Il n'est pas plus antiquaire que Fernet n'est peintre!

» — Et vous, monsieur Jojo, n'êtes-vous réellement qu'hôtelier?

» — Vous n'avez aucune question à me poser : la femme doit obéir aveuglément à son amant...

» — Ceci est vrai quand l'amant est juste avec elle. Mais vous ne l'êtes pas!

» — Ne vous ai-je pas offert les plus beaux cadeaux?

» — Les cadeaux ne remplacent pas les élans du cœur...

» — Ne vous ai-je pas évité d'être arrêtée par la police vietnamienne pour la mort de Kova-Sako?

» — J'ai payé ma dette de reconnaissance en vous accueillant dans ma couche et en vous accordant mes faveurs...

» A ce moment il se radoucit :

» — Je continue à les apprécier, Fleur de Sérénité! Pourquoi nous disputer à propos d'un étranger?... Peut-être me suis-je laissé aveugler par la jalousie? C'est là un sentiment vil que Bouddha réprouve... Faisons la paix, voulez-vous? »

» Je fis celle qui l'acceptait et je lui offris une tasse de thé. Puis je dus subir une fois de plus ses caresses, mais quand il m'eut quittée, j'avais compris deux choses : d'abord ce document, dont il avait parlé, ne pouvait être que le plan trouvé par les hommes de Kova-Sako dans l'épave coulée et qui était toujours dans la cachette où je l'avais laissé chez mon amie. Je me félicitai de ne pas l'avoir détruit... Ensuite, malgré sa colère, Jojo ne pouvait plus se passer de ma présence! Il était mon prisonnier charnel comme l'avait été le Japonais. Si je savais me montrer habile, peut-être parviendrais-je à lui arracher tous ses secrets? Quand je les connaîtrais, j'aurais enfin le moyen de me débarrasser de lui comme je l'avais fait avec Kova-Sako...

— Petite Maï, aurais-tu pour principe de faire mourir tous les amants dont tu ne veux plus?

— Kova-Sako et M. Jojo n'ont toujours été pour moi que de faux amants : eux seuls croyaient qu'ils l'étaient! Pas moi!... Mon véritable amant ne pouvait être que toi, mon protecteur... Ce soir-là, j'ai regardé ta photographie avec un amour encore plus grand!

» Quelques jours plus tard, j'ai appris par les journaux l'attentat dont tu avais été la victime. Je fus horrifiée et bouleversée mais je ne laissai rien paraître de mon état d'âme à M. Jojo. J'étais à peu près certaine que c'était lui le responsable : la preuve en était que l'attentat s'était produit une heure à peine après que Serge Martin et toi vous étiez venus lui rendre visite au *Piccadilly*. C'était lui qui avait tout machiné, mais comme il est rusé, il n'avait pas voulu que ça se passât dans son hôtel. Réponds-moi : est-ce lui qui vous a conseillé de vous rendre dans la maison de rendez-vous de Mme Tchang?

— C'est lui, en effet.

— Le lendemain de l'attentat, il est revenu dans ma chambre pour me dire, en ricanant devant ta photographie et le tableau : « J'ai bien peur que ce Jacques Fernet ait moins de succès auprès de ses admiratrices maintenant qu'il est aveugle! Il ne pourra plus leur faire ses yeux doux d'Européen!... Cela m'étonnerait aussi qu'il puisse continuer à inonder le Viêt-Nam de ses toiles! » Puis il ajouta, sarcastique : « Au fond, peut-être avez-vous bien fait d'acheter ce tableau de l'estuaire? Maintenant que son auteur ne pourra plus peindre, même si ses toiles sont mauvaises, elles risquent de prendre une certaine valeur! Vous êtes une remarquable femme d'affaires. »

» J'ai eu envie de lui crever les yeux, mais une fois encore je me contins et je lui répondis :

» — Rien ne prouve que ce peintre ne retrouvera pas la vue s'il est bien soigné.

» — Il vaut mieux souhaiter pour lui qu'il ne la retrouve pas! Grâce à cette infirmité, il sera certainement rapatrié en France et, comme il cessera de s'occuper de ce qui ne le concerne pas, il aura quelques chances de vie.

» — Et s'il restait au Viêt-Nam?

» — Il n'y restera que s'il guérit : dans ce cas je ne donnerais pas cher de sa peau! Mais il ne guérira pas! Et comment voulez-vous utiliser un espion aveugle? Il s'en ira...

» Je savais, moi, que tu ne repartirais pas parce que tu m'étais destiné. Je savais aussi que je devais continuer à patienter et que le moment viendrait où, enfin, le Dieu te mettrait sur ma route... Tous les jours j'allais à l'hôpital, où tu étais soigné, pour prendre discrètement de tes nouvelles sans que ni toi ni ceux qui t'entouraient et te gardaient jalousement, pussent se douter que Ngô-Thi-Maï-Khanh ne pensait qu'à toi! Tous les soirs, je brûlais des *josssticks* devant l'autel de mes ancêtres pour qu'ils t'apportent la guérison... Je voulais que tu puisses me voir le jour de notre première rencontre... Mais quand j'appris que tu ne retrouverais jamais la vue, d'après le diagnostic du grand spécialiste venu t'examiner, je fus désespérée! Se pouvait-il que mon protecteur fût aveugle?

» Je priai encore davantage Bouddha. Un soir, la lumière — la vraie — se fit dans mon esprit : si le Dieu mon Père ne permettait pas que tu retrouves la vue, c'était pour que tu puisses continuer à vivre! Sinon tes ennemis te tueraient! Aveugle, ils ne te considéreraient plus comme étant dangereux pour eux... Et tu aurais toujours besoin de quelqu'un auprès de toi pour t'aider et pour guider tes pas : ce serait moi! Je fus comblée de joie à l'idée que tu ne pourrais plus te passer de ta petite Maï et que tu m'aimerais non pas avec tes yeux, mais avec ton cerveau et ton cœur! N'était-ce pas encore plus beau? N'est-ce pas ce qui s'est produit?

— Oui...

— Des jours passèrent pendant lesquels mon anxiété fut immense... Jamais tu ne venais au *Grand Monde!* Je savais pourtant que tu avais quitté l'hôpital et que l'on te voyait un peu partout, te promenant à Saigon, tantôt avec Serge Martin, tantôt conduit par un boy... Un jour, je t'aperçus dans la voiture de l'antiquaire, sur le port... J'eus une envie folle de courir vers toi mais Bouddha me conseilla dans mon cœur : « Attends, ma fille chérie... Ce n'est pas encore le moment... » Et je laissai la voiture s'éloigner.

» Plus jamais je n'avais parlé de toi avec M. Jojo mais le soir de cette rencontre, je ne pus résister à la joie de lui dire :

» — J'ai vu le peintre Fernet qui se promenait dans une voiture conduite par un boy dans Saigon : contrairement à ce que vous pensiez, je l'ai trouvé encore plus beau qu'avant! Bien qu'ils ne voient plus, ses yeux sont toujours d'un bleu d'azur et restent grand ouverts comme s'ils cherchaient maintenant à contempler l'infini...

» — Il n'aurait pas dû rester au Viêt-Nam! répondit M. Jojo. Pour lui, c'est comme s'il avait signé son arrêt de mort! Avant que ne revienne la nouvelle lune, il aura cessé de vivre...

» — On lui en veut donc encore?

» — Il est plus dangereux aveugle que lorsqu'il voyait...

» — Mais qui oserait s'en prendre à un infirme que tout le monde aime et respecte?

» Il prononça alors une phrase qui me glaça le cœur :

» — Il a surtout tort de faire confiance à ceux qui lui servent de guide.

» Sur le moment, je pensai à Serge Martin mais, très vite, je rejetai cette idée : M. Jojo ne m'avait-il pas dit que l'antiquaire était aussi un agent secret des Français? Si Serge Martin continuait à te loger et restait auprès de toi, ce ne pouvait être que pour te protéger... Mais il y avait le boy. Je demandai à Sen, mon fidèle cyclo qui m'était tout dévoué, s'il connaissait ce boy. Il me répondit que non, mais qu'il pourrait très vite se renseigner. Les cyclos, qui circulent partout et qui sont des milliers à Saigon, arrivent à tout savoir et à tout connaître avec une rapidité prodigieuse. Quelques jours plus tard Sen me dit :

» — Ngô-Thi-Maï-Khanh, ce boy qui conduit l'aveugle dans la voiture de l'antiquaire se nomme Kim. Avant d'être au service de M. Martin, il a appartenu au Viêt-Minh. Des coolies amis m'ont dit qu'il était toujours affilié à une cellule communiste et qu'il détestait tous les Européens.

» Entre-temps, j'avais enfin réalisé qu'à chaque fois que M. Jojo recevait l'un de ces appels téléphoniques, qui le mettaient dans l'état de l'homme qui a peur, c'était parce qu'il recevait des ordres de chefs qu'il craignait. Les seuls qui soient vraiment craints actuellement par la colonie chinoise de Cholon, ce sont les communistes qui obéissent directement à Pékin. Et je compris que M. Jojo, tout directeur du *Piccadilly* qu'il fût, devait appartenir lui aussi à une cellule, comme ce Kim en qui l'antiquaire et toi aviez pleine confiance. Je fus affolée! D'autant plus qu'il ne restait plus que deux jours avant la nouvelle lune.

» Je décidai d'attendre encore une nuit, mais si ce soir-là tu ne venais pas au *Grand Monde* — où je m'étonnais que Serge Martin et toi, qui circuliez partout, n'ayez pas encore mis les pieds — j'irais dès le lendemain matin à la maison de l'antiquaire pour t'avertir du nouveau danger qui t'attendait. J'étais prête, pour te sauver, à transgresser la loi de Bouddha qui interdit que l'on agisse avant lui.

» Mais le Dieu n'a pas voulu que sa fille lui désobéisse une nouvelle fois comme elle l'avait fait pour exercer sa vengeance sur Kova-Sako. Il s'est montré clément en t'inspirant de venir le soir même au *Grand Monde*.

— Ce n'est pas moi que le Dieu a inspiré mais Serge Martin qui me sentait désespéré. Je voulais repartir pour la France!

— Bouddha connaissait tes pensées et n'a pas voulu que tu t'éloignes de moi! Bouddha est grand! Il s'est seulement servi de Serge Martin. Dès que je t'ai vu à une table du *Grand Monde*, j'ai compris que le moment était venu et je n'ai plus cessé, tout en dansant avec un Américain, de vous regarder, toi et l'antiquaire. Je savais que tu ne pouvais pas me voir, mais j'avais confiance : Bouddha t'a prêté ce soir-là les yeux de Serge Martin...

Bouleversé, Jacques restait doublement confondu par l'étonnante simplicité avec laquelle la jeune femme venait de parler et par la prodigieuse perspicacité de l'antiquaire dont les moindres décisions semblaient avoir été réellement guidées par Bouddha pour l'amener progressivement — lui, qui se croyait devenu un homme inutile — jusqu'à cette nuit où tout s'éclairait enfin.

Il était ébloui aussi par la franchise de Maï. Pour atteindre à une telle sincérité, il fallait qu'elle l'aimât vraiment de toute son âme! Le récit de son comportement au cours de ces événements le prouvait. Tout n'avait été dicté chez elle que par l'amour. Au point où elle en était de la confession, elle ne reculerait plus et irait jusqu'au bout de l'aveu.

Avec encore plus de douceur qu'il n'en avait eu pour poser les questions précédentes, il demanda :

— Tu as été véritablement heureuse quand tu as appris le lendemain que, grâce à toi seule, l'attentat de la Pointe des Blagueurs avait échoué?

— J'avais envie de crier ma joie à tous ceux que je rencontrais! Mais comme j'étais sûre que tu viendrais me remercier le soir même au *Grand Monde*, j'ai jugé plus prudent de ne pas y aller. Il fallait que personne ne se doutât que c'était moi qui t'avais prévenu! Au *Grand Monde*, tous m'épiaient : les filles étaient jalouses de mes succès, les hommes me désiraient, M. Sun était l'ami intime de M. Jojo dont il savait que j'étais la maîtresse. S'il avait pu découvrir notre joie ou apprendre par des espions — qu'il place un peu partout dans la salle du dancing — que tu m'avais remerciée, il aurait tout de suite compris et aurait averti le directeur du *Piccadilly*. J'ai préféré simuler une maladie et attendre dans ma chambre en priant Bouddha qu'il te conduise une nouvelle fois vers moi. Il l'a fait.

— N'était-ce pas très dangereux ? Tu étais chez M. Jojo...

— Il ne m'a pas soupçonnée une seule minute ! Ceci parce qu'il est presque aussi orgueilleux que ne l'était le Japonais. Pas un instant, il ne s'est imaginé qu'une femme, qui — croyait-il — lui appartenait, pouvait divulguer les secrets qu'il lui avait confiés ! De plus je le tenais physiquement. Même s'il avait eu une velléité de révolte, je l'aurais dominé par l'amour.

— Justement, puisque tu avais acquis un tel empire sur lui, comment a-t-il réagi quand Serge Martin, que j'accompagnais, est venu en pleine nuit lui dire que nous voulions t'inviter parce que tu me plaisais ?

— Que vous a-t-il répondu, à vous ?

— Que tu n'étais qu'une cliente de l'hôtel et que tu avais le droit d'y entrer et d'en sortir à l'heure où tu voulais. Il était très gêné aussi parce qu'il nous avait proposé, au cours d'une précédente visite que nous lui avions faite, de nous envoyer des femmes à domicile pour distraire ma solitude ! Serge Martin a été assez habile pour le lui rappeler.

— Je t'ai dit et redit que M. Jojo est très intelligent. Il a saisi l'occasion inespérée qui se présentait pour lui d'introduire dans votre intimité quelqu'un en qui il avait toute confiance : moi, sa propre maîtresse ! Quand il est monté m'expliquer que vous m'attendiez dans le hall, j'ai feint la surprise et la colère en lui disant : « J'ai fait, en effet, connaissance hier soir au *Grand Monde* avec Serge Martin et M. Jacques Fernet, mais ce n'est pas une raison pour que j'accepte d'aller chez eux ! »

» — Depuis le temps que vous rêvez de ce peintre, m'a-t-il répondu, cette rencontre hier soir et cette demande aujourd'hui devraient pourtant vous combler d'aise ?

» — Non. Je suis très déçue! Maintenant que j'ai vu de près ce Jacques Fernet, je n'ai plus aucune envie de le revoir! Je regrette même d'avoir acheté aussi cher ce tableau!

» Et, pour prouver mon affirmation, j'ai déchiré devant lui ta photographie que j'avais accrochée au mur. Il eut aussitôt un sourire enchanté et me dit :

» — Ngô-Thi-Maï-Khanh adorée, vous venez de me donner la plus belle preuve de votre amour. C'est pourquoi je vais vous demander de me rendre un grand service : acceptez l'invitation de ces hommes qui sont « nos » ennemis. Ce soir montrez-vous très gentille, surtout avec le peintre! Si vous le pouvez, faites-le parler pour essayer de savoir comment la police a pu être avertie de l'attentat qui a échoué cet après-midi. Il faut absolument que vous parveniez à savoir qui nous a trahis.

» — Ce que vous exigez de moi me répugne. Je suis heureuse d'être votre amante mais je me sens incapable d'interroger ces Français.

» — Vous êtes très fine, Ngô-Thi-Maï-Khanh : vous réussirez! Il le faut pour la grandeur de la Chine!

» — J'essaierai. Mais peut-être se méfieront-ils de moi si je pose trop de questions...

» — Si vous sentiez le moindre risque de ce côté, n'insistez pas et contentez-vous de faire d'eux vos grands amis pour qu'ils vous réinvitent. Ainsi, peu à peu, vous parviendrez à savoir. Si vous aviez la chance de pouvoir connaître dès cette nuit le nom du traître, je vous offrirais dès demain ce collier de perles fines dont vous rêvez, belle Ngô-Thi-Maï-Khanh!

» — Vraiment vous me l'offririez? Si vous saviez comme mon amour pour vous grandit de jour en jour! Vous êtes le seul homme de Cholon qui ait compris que la vraie beauté doit être mise en valeur par les plus belles parures! Cette nuit, je vous promets de tenter l'impossible. Même si, pour réussir, je dois faire de ce Jacques Fernet mon amant. Vous m'y autorisez?

» — Il ne pourra jamais être votre amant puisque vous m'avez! Mais je sais que vous saurez le transformer en esclave! Je connais vos merveilleuses armes.

» — Vous ne me le reprocherez pas plus tard?

» — Comment le pourrais-je puisque vous n'agirez que pour m'aider.

» — J'aime votre stoïcisme! Vous êtes le plus digne des fils du Ciel!

» — Pendant que je redescends les faire patienter au bar, faites-vous très belle!

» — Je vais me vêtir en danseuse sacrée : hier soir, pendant notre conversation au *Grand Monde*, j'ai compris que l'antiquaire aimerait me voir ainsi. Il me trouvera tellement attirante qu'il décrira mon costume à son ami et celui-ci n'en deviendra que plus amoureux!

» — Ngô-Thi-Maï-Khanh, j'admire ce raffinement de vos pensées qui vous permet de prévoir les moindres détails!

» — Allez vite les rejoindre! Mais n'oubliez jamais que vous me demandez ce soir le plus grand des sacrifices : celui de livrer mon corps à un homme qui ne peut même pas le voir!

» Pardonne-moi si j'ai été contrainte de faire ce mensonge qui me faisait horreur! Tu sais aujourd'hui que je suis heureuse que tu ne puisses pas me contempler : ainsi tu continueras à m'aimer, même quand je deviendrai vieille et laide!

» Quand Serge Martin et toi m'avez ramenée en voiture au petit jour, M. Jojo m'attendait dans ma chambre. Sa première question fut :

» — Qu'avez-vous appris?

» — Rien ! répondis-je. Mais je sais déjà que l'aveugle est amoureux de moi.

» — C'est très bien, cela ! gloussa M. Jojo.

» — Il m'a demandé de me revoir et l'antiquaire m'a dit que sa maison me serait toujours ouverte.

» — Toujours ouverte ? Vous y retournerez dès demain après-midi, belle Ngô-Thi-Maï-Khanh ! Mais il faudra faire preuve de beaucoup de discrétion. Je sais que leur maison est protégée par la police... Les hommes de Xi-Dien ne devront pas vous voir. Vous irez dans le cyclo-pousse de Sen qui ne fait aucun bruit quand il glisse sur une route et que l'on n'entend pas approcher. Vous ne le ferez pas s'arrêter devant le portail d'entrée et vous resterez cachée. Vous ne pénétrerez dans le jardin que si les policiers ne montent pas la garde et qu'après avoir vu la voiture de l'antiquaire s'éloigner. Je connais les habitudes de Serge Martin : presque tous les après-midi, dès que le soleil est moins chaud, il se rend à Saigon. Si le peintre est à ses côtés dans la voiture, vous reviendrez ici mais si l'antiquaire était seul dans l'auto, cela indiquerait que son ami est resté dans la demeure. Alors vous irez le rejoindre !

» — Mais il y aura aussi le boy dans la maison ?

» — Kim ? Dans quelques heures, quand il sortira pour aller faire le marché en ville, il sera prévenu par mes soins de votre visite. Et il ne dira rien ! Au contraire, il surveillera même la porte pour vous prévenir d'un retour éventuel de l'antiquaire. Maintenant, prenez du repos : vous en avez grand besoin pour être encore plus belle cet après-midi.

» Au moment où j'allais monter dans le cyclo de Sen pour venir te rejoindre, M. Jojo me fit signe de l'accompagner dans son bureau et là il me dit, retrouvant brusquement son visage inquiet dès qu'il eut refermé la porte :

» — Kim n'est pas venu aux ordres ce matin ! Il n'est pas sorti de la maison pour aller faire le marché. Il ne peut y avoir que deux raisons à cela : ou bien il n'a pas osé se présenter à nouveau devant nous et c'est la preuve que c'est lui qui nous a trahis, ou bien ils l'ont gardé prisonnier pour le faire avouer et peut-être même l'ont-ils tué! Dans ce cas, ils ont déjà fait disparaître son corps : l'antiquaire connaît très bien son métier! Ce qui me porte à croire que cette seconde hypothèse est la vraie, c'est que je viens d'apprendre que la police fait partout des recherches pour retrouver Kim. C'est donc qu'elle a été informée par Serge Martin qu'il n'est plus dans la maison. Et je ne puis pas croire que Kim se soit conduit en traître à notre égard! C'était le plus fidèle, le plus dévoué, le plus sincère de tous nos hommes! Nous avions mis des années à le former.

» — Que dois-je faire, monsieur Jojo?

» — Exactement ce que je vous ai dit à l'aube. Mais il faudra faire preuve d'une prudence encore beaucoup plus grande, puisque Kim ne sera pas là pour vous avertir du retour de l'antiquaire.

» — S'il rentrait avant que je n'aie quitté l'aveugle, que pourrait-il faire ou me dire puisque c'est lui-même qui m'a demandé de revenir le plus tôt possible?

» — Rien, évidemment! Mais n'oubliez quand même pas que vous serez dans une demeure où l'on a presque sûrement fait mourir l'un des nôtres.

» — Je n'ai pas peur. Bouddha et votre amour me protègent.

» — Bonne chance, Ngô-Thi-Maï-Khanh!

Après un nouveau silence, Jacques lui demanda :

— C'est ainsi que tu as appris que le boy était mort?

— Non, parce que je n'en étais pas certaine. Connaissant mieux M. Jojo et ceux avec qui il travaillait, je pensais que c'était lui ou ses complices qui avaient exécuté Kim parce que l'attentat avait échoué. Mais j'ai voulu quand même avoir l'âme rassurée : je ne pouvais pas croire que toi, mon protecteur que j'adorais déjà, tu avais participé à un crime! Bouddha ne l'aurait pas permis. C'est quand j'ai compris, une heure plus tard, que tu me mentais au sujet de ce boy que tu prétendais pouvoir appeler en frappant sur le gong, que j'ai eu la certitude que Serge Martin l'avait tué. C'est toi-même qui t'es trahi devant moi!

— Sur tout notre immense amour, je te jure, petite Maï, que je n'ai pas participé à la mort de Kim!

— Mais tu n'as rien fait pour l'empêcher!

— J'ai tenté de le délivrer pour qu'il puisse s'enfuir, murmura l'aveugle dans un souffle.

— Je t'en crois capable : c'est pourquoi je ne t'ai fait aucun reproche... Je savais aussi que Bouddha ne pouvait donner à sa fille un assassin pour protecteur! Je t'aime.

— Je n'ai fait qu'agir comme toi au moment de la mort de Kova-Sako.

— Ni toi ni moi n'avons du sang sur les mains.

— Tout cela est affreux, Maï!

— Ce qui compte, c'est que toi, tu sois vivant, auprès de moi.

— Je sais que je te le dois : ne m'as-tu pas dit tout à l'heure que tu avais fait l'échange de ma vie contre le plan?

— Si c'était à refaire, je recommencerais. Souviens-toi qu'après ma troisième visite ici — l'après-midi où je t'ai expliqué l'histoire de la danseuse racontée par le paravent — je t'ai offert de devenir ton guide et de rester auprès de toi...

— J'ai accepté avec joie!

— Parce que tu ne pouvais pas te douter que c'était M. Jojo qui avait eu cette idée! En effet, se rendant compte, après la deuxième visite que je t'avais faite, que je ne pouvais obtenir aucun renseignement intéressant sur votre activité à tous deux, il me dit : « Vous n'arriverez à un résultat que si vous vivez complètement dans l'intimité de ces hommes.

Il faut que vous passiez auprès de l'aveugle non seulement les journées, mais les nuits. Vous allez vous proposer pour lui tenir compagnie et le guider pendant ses promenades. Comme ils n'ont plus de boy, ils seront enchantés de votre offre. » J'ai répondu que cette idée me semblait intelligente mais que je me refusais à t'accompagner dans tes promenades hors de la maison si je n'avais pas la certitude qu'aucun autre attentat n'aurait lieu contre toi! Je prétextai qu'une balle s'égare vite et que je ne tenais nullement à courir le risque d'être tuée à tes côtés!

« — Ngô-Thi-Maï-Khanh adorée, s'écria M. Jojo, je tiens trop à ma petite maîtresse pour consentir à la perdre! Tant que vous serez auprès du peintre, il ne se passera rien. Ce ne sera que quand vous le quitterez, après lui avoir arraché tous ses secrets, qu'il faudra l'abattre pour qu'il ne puisse pas les livrer à d'autres! »

Jacques était assez étonné que M. Jojo ait eu la même idée que Serge Martin pour atteindre le même but! Le machiavélisme de ces deux personnages devait être identique : sans doute était-ce pourquoi ils continuaient à faire ensemble le commerce d'objets anciens. Se craignant trop réciproquement, ils devaient préférer s'observer avec le sourire commercial.

— Le soir même, continua Maï, je t'emmenai avec moi à Cholon dans le cyclo de Sen pour venir y chercher mes vêtements. Si je t'ai demandé alors de m'accompagner, c'était parce que je te savais protégé quand j'étais auprès de toi. Sur ce point, je pouvais compter sur la parole de M. Jojo qui tenait doublement à moi : n'étais-je pas la maîtresse dont il ne pouvait plus se passer et sa meilleure espionne? Ce qu'il ne pouvait savoir, c'était que j'étais bien décidée à ne plus jamais te quitter! Cette nuit aussi je devins ta femme comme l'avait voulu Bouddha et je fus certaine que plus rien au monde ne pourrait nous séparer! Même quand nous aurons terminé notre temps de passage sur terre, nous nous retrouverons dans le sein de mon Père.

— Bien que tu me dises être devenue ma femme dès notre première nuit, tu as tout de même continué à aller retrouver M. Jojo quand tu te rendais en cyclo à Saigon sous prétexte d'y faire le marché ?

— Je le revoyais en effet mais de moins en moins et pas pour ce que tu crains ! Sur les mânes de mes ancêtres vénérés je te jure que je ne me suis plus jamais donnée à l'homme immonde à dater de la nuit où je suis devenue tienne ! Comment pourrais-je avoir envie de te tromper, toi qui es tout pour moi : mon protecteur et mon amant ? Comment oserais-je enfreindre la loi de Bouddha qui dit : « *Celle qui trompe l'homme auquel elle a été destinée de toute éternité, n'aura plus droit aux félicités éternelles.* »

» Je ne revoyais le directeur du *Piccadilly* que pour lui faire croire que je continuais à vous espionner méthodiquement. Mais, à chaque fois que je le retrouvais, je ne savais pas quoi lui raconter d'intéressant sur toi et sur Serge Martin ! Je ne pouvais pas lui dire que nous passions tous les trois de merveilleuses soirées où nous racontions et écoutions de vieilles légendes et des poèmes. Il m'était impossible de lui confier aussi que plus nous étions amants et plus nous nous aimions ! Je le sentais de plus en plus jaloux et furieux. Jaloux de toi, furieux que je ne parvienne pas à lui rapporter le moindre renseignement ! Mais même si j'en avais recueilli de vous, je les aurais gardés pour moi. Si je n'avais eu affaire qu'à l'antiquaire, sans doute aurais-je tout dit parce que je hais cet homme qui est l'ennemi de ce qui est Saint et Sacré ! Mais comme tu vivais avec lui, mes révélations auraient pu te porter tort. Pensant d'abord à toi et uniquement à toi, je me serais tue.

» Un matin, à Saigon, M. Jojo, excédé après les semaines que j'avais déjà passées ici sans résultat appréciable pour lui, me dit :

» — Je ne peux pas croire que, dans les conversations qu'ils ont entre eux, tu n'aies pas entendu l'antiquaire et le peintre parler d'un plan?

» — Quel plan? fis-je en simulant celle qui ne comprenait rien. Car je n'avais jamais parlé à M. Jojo du plan que j'avais pris à Kova-Sako et qui était toujours caché chez mon amie.

» — Un plan pour lequel « le peintre » est spécialement venu de France! Il y en a beaucoup d'autres aussi qui sont venus de loin : des Anglais, des Italiens, même des Russes! Tous recherchaient ce plan mais ils sont repartis quand ils ont su que le plan n'était plus là où l'on croyait qu'il se trouvait! Tous sont repartis à l'exception du peintre. S'il est resté, c'est parce qu'il a une idée : il doit savoir où se trouve ce plan et qui a réussi à se l'approprier un an avant tout le monde! Il nous a gêné, ce faux peintre! Quand nous l'avons vu rôder dans Cholon avec l'antiquaire, nous avons compris qu'il pouvait même devenir dangereux.

» — Pourquoi? C'est donc vous qui détenez ce plan?

» — C'est ce que doivent penser les Français. Malheureusement, nous ne l'avons pas, et comme eux, nous voulons le retrouver!

» — Ce plan a donc une telle importance?

» — Celui qui saura l'utiliser pourra imposer sa volonté et ses lois au reste de la terre! Le seul pays qui doit atteindre à ce résultat est le nôtre, Ngô-Thi-Maï-Khanh! Seule notre Chine peut régner sur le monde! Pendant des centaines d'années, elle a paru s'engourdir dans la léthargie de l'isolement et dans le souvenir de sa splendeur passée! Mais son nouveau régime politique l'a enfin sortie de cette torpeur. Elle s'est réveillée avec une force décuplée par des siècles de sommeil! Sa civilisation millénaire s'est modifiée et modernisée pour s'adapter au rythme des temps actuels. Rien ne pourra plus l'arrêter! La Chine redevient la nation du progrès et des inventions... C'est pour cela qu'il lui faut ce plan! Et vous pouvez nous aider, Ngô-Thi-Maï-Khanh! Votre grande beauté a séduit l'un de ces Français... Les Français sont connus pour ne pas savoir résister à la Beauté! Maintenant que vous en avez un en votre pouvoir, il faut qu'il vous confie tout ce qu'il sait!

» — Croyez-vous vraiment, puisque vous me dites qu'il recherchait aussi ce plan, qu'il soit mieux renseigné que vous?

» — Il est très habile! Si le plan s'était trouvé là où il était resté enfoui pendant dix-sept années, ce Jacques Fernet aurait fini par l'avoir! Il a même réussi à tromper les Russes grâce à sa fausse profession de peintre...

» — Comment avez-vous pu savoir ces choses?

» — Nous avions un homme à nous, Hô, qui pilotait la jonque utilisée par le Français sur l'estuaire sous prétexte d'y peindre cette toile que vous avez achetée et que je vous ai interdit d'emporter avec vos affaires personnelles dans la maison de l'antiquaire! Si je l'ai gardée, cette toile, c'est parce qu'un jour elle me servira peut-être à prouver que Jacques Fernet est incapable de l'avoir peinte! Ce jour-là, il sera confondu aux yeux de tous! Il n'aura plus d'admirateurs, plus personne pour le plaindre d'être devenu aveugle. Il sera plus mort que si nous avions réussi à le tuer! Il cessera définitivement de nous gêner!

» — C'est parce qu'il vous a gêné dans vos propres recherches que vous avez essayé de le supprimer à deux reprises?

» — C'étaient les ordres reçus.

» — Ce Hô, qui conduisait la jonque, qu'est-il devenu?

» — Il est mort.

» — Comme Kim? Les Français se sont débarrassés de lui?

» — Ce ne sont pas les Français, mais nous! Il a été châtié pour nous avoir trahis!

» — Il a parlé aux Français?

» — Il a aidé un homme, qui savait beaucoup de choses sur la disparition du plan, à s'enfuir.

» — Un homme de quel pays?

» — Un Polonais qui s'est réfugié dans la demeure de l'antiquaire. Et là, il a sûrement parlé aux Français! Mais à nous il n'a rien voulu dire!

» — Ce Polonais est donc venu vous trouver après les Français?

» — C'est nous qui avons été le trouver, Ngô-Thi-Maï-Khanh! Nous avons profité de ce que l'antiquaire et le peintre s'étaient absentés de leur demeure pendant quelques heures pour y entrer et aller jusqu'à la chambre où dormait le Polonais. Kim nous a aidés et servi de guide. C'était le plus sûr des collaborateurs, Kim! Nous avons tout essayé pour faire parler le Polonais! D'abord en lui offrant beaucoup d'argent, puis par la persuasion. Sachant qu'il détestait les Russes, nous lui avons fait comprendre que sa plus grande vengeance à leur égard serait de nous aider, nous les Chinois, le seul peuple que les Russes craignent! La seule nation qui possède une réserve d'hommes suffisante pour les écraser un jour! Mais comme le Polonais ne parlait toujours pas, nous l'avons menacé des pires supplices. Il n'a toujours rien dit! Le malheur a voulu que nous ayons eu très peu de temps devant nous : les Français pouvaient revenir d'un instant à l'autre, d'autant plus qu'ils venaient certainement de découvrir la mort du sampanier, décapité sur sa jonque. Nous n'avons pas pu faire subir au Polonais les grands supplices qui finissent par délier les langues les plus silencieuses! Mais comme nous ne voulions pas qu'il puisse dire avoir reçu notre visite — ce qui aurait révélé aux Français que Kim était l'un des nôtres — nous l'avons entraîné au fond du jardin et nous l'avons décapité comme le sampanier. Kim nous a dit le lendemain que les Français l'avaient enterré sur place. Nous pouvions être certains qu'ils ne diraient rien de cette disparition car ils ne tenaient nullement à ce que la police vietnamienne se mêlât de leurs affaires! Ils sont comme nous : ils n'aiment pas les polices officielles. Ils règlent leurs comptes eux-mêmes!

» Pendant que M. Jojo me racontait, presque avec le sourire, tous ces crimes, j'étais horrifiée! Mais, une fois encore, Bouddha m'aida à conserver assez de sérénité pour dire :

» — Si vous êtes persuadés que les Français en savent plus que vous sur ce plan qu'ils n'ont cependant pas, et si eux croient que c'est nous les Chinois qui le détenons, il n'y a aucune raison pour que vous parveniez, les uns ou les autres, à un résultat! Ne pensez-vous pas que le plan pourrait se trouver en d'autres mains?

» — Vos raisonnements sont toujours judicieux, belle Ngô-Thi-Maï-Khanh! Il est certain que si les Français avaient réussi à s'approprier le plan, ils ne seraient pas restés au Viêt-Nam — tout au moins le peintre — pour continuer à courir des risques inutiles!

» — Pourquoi, dans ce cas, l'antiquaire ne serait-il pas reparti, lui aussi, pour la France?

» — Tel que je crois le connaître, ce Serge Martin ne quittera jamais ce pays. Il y vit depuis trop longtemps! Il est un peu comme moi : comment pourrais-je abandonner Cholon! Il aime autant sa demeure que moi mon hôtel! Nous sommes rivés à nos professions.

» — Celles d'antiquaire et d'hôtelier?

» M. Jojo eut un sourire avant de me répondre :

» — Je suis persuadé que Serge Martin ne se fait pas plus d'illusions sur ma véritable activité que je ne m'en fais sur la sienne! Mais ceci n'a aucune espèce d'importance! Quand on se connaît bien entre adversaires, on peut à la rigueur se supporter, faire du commerce ensemble et même se saluer amicalement! L'essentiel, c'est que l'on ne puisse jamais être tout à fait certain que l'ennemi a participé à un coup ou à la liquidation d'un gêneur. Je sais très bien, par exemple, que l'antiquaire se doute que je suis l'instigateur du premier attentat qui a rendu aveugle son ami Fernet, mais il n'en a aucune preuve! A l'inverse, je suis à peu près certain que c'est lui qui a fait disparaître Kim, mais moi aussi, je n'en ai pas la preuve! Une fois de plus nous sommes quittes et contraints de nous tolérer réciproquement!

» — Cette lutte secrète et hypocrite peut durer jusqu'à quand?

» — Charmante maîtresse, elle continuera bien après nous! Il y aura toujours, tant que le monde durera, des « antiquaires » et des « hôteliers ». A moins qu'une nation, plus forte et plus intelligente que les autres, ne parvienne, comme je vous l'ait dit, à imposer sa loi. Ce ne pourra être que la nôtre! Ce jour-là, Ngô-Thi-Maï-Khanh, vous serez encore plus fière d'être chinoise!

» Je laissai M. Jojo avec ses rêves d'hégémonie. Moi-même j'avais besoin de réfléchir pendant une nuit encore avant de lui faire une offre qui certainement le stupéfierait. Cette nuit-là, pendant que je te prodiguais mes caresses et que tu m'adorais, je compris que Bouddha avait voulu que ce fût de moi seule, sa fille bien-aimée, que dépendît notre bonheur terrestre, à toi et à moi. Grâce aux voies détournées du destin qui, un jour, m'avait mise sur la route de Kova-Sako, je tenais le moyen, non seulement de me libérer à jamais de M. Jojo, mais aussi d'assurer ta sérénité future. Et, dans ce que m'avait dit M. Jojo, sans qu'il s'en doutât, il y avait une grande vérité : si Bouddha, dans sa clairvoyance infinie, avait voulu que ce plan — convoité par tous les peuples du monde — échouât entre les mains d'une humble Chinoise telle que moi, cela voulait dire que je ne pouvais remettre ce plan qu'à mon pays.

— Mais, s'exclama Jacques, le régime communiste de la Chine actuelle est le pire ennemi du bouddhisme dont il cherche la destruction par tous les moyens!

— Plus la foi est attaquée, plus elle reparaît forte! Pour qu'une religion subsiste, elle doit subir les assauts de ses ennemis! Ne vous a-t-on pas également appris cela dans votre christianisme? Seul le feu purifie tout! Des cendres peut renaître une vie nouvelle! Plus le communisme chinois montera aux sommets et plus son effondrement sera grand! Bouddha n'a-t-il pas dit : « *Celui qui cherche à s'élever au-dessus de la Sagesse retombera dans les abîmes du Néant!...* » Ce sera le moment où ceux qui auront conservé la foi pourront enfin conquérir le monde par la bonté et par l'amour!

— Malheureusement, petite Maï, entre-temps, il y aura eu des millions, peut-être même des centaines de millions de morts!

— Qu'importe si quelques justes restent!

— Une telle mystique est très dangereuse! Si la Chine, avec sa puissance et sa population immense, acquiert enfin, grâce à ce plan, le pouvoir de tout détruire, rien ne prouve qu'ensuite elle pourra reconstruire!

— La Chine est éternelle! Et je donnerai toujours raison à mon pays!

— Tu préfères être patriote plutôt qu'amante? Si je t'épouses, tu deviendras française!

— Sans que tu t'en doutes, tu m'as déjà épousée devant mes ancêtres et sous la loi bouddhique. Tu n'as plus à le recommencer! Jamais je ne serai française, alors que toi tu es devenu mon protecteur. Je n'avais pas le droit de trahir mon pays, ni mon amour. Aussi ai-je agi avec sagesse quand j'ai revu M. Jojo le lendemain à Saigon.

★

» — Monsieur Jojo, je crois savoir où est le plan que vous recherchez.

» — Vous avez réussi à faire parler l'aveugle ?

» — Pas plus que son ami Serge Martin, il ne sait où se trouve ce plan et j'ai acquis la conviction que ça ne l'intéresse que médiocrement.

» — Mais il n'est venu de France que pour le voler !

» — Il n'est venu de France que pour peindre !

» — Vous êtes crédule, belle Ngô-Thi-Maï-Khanh ! Qui alors, selon vous, aurait ce plan ?

» — Il pourrait être en votre possession d'ici une heure si vous acceptiez mes conditions.

» — Vos conditions ?

» — Sinon peut-être le remettrai-je à d'autres ?

» — Vous, ma maîtresse adorée, vous auriez ce plan et vous me posez des conditions ? Ceci dépasse l'entendement ! Je vous écoute quand même.

» — La première, c'est que vous me juriez de ne plus jamais, vous et vos amis, attenter à la vie de Jacques Fernet.

» — L'aimeriez-vous donc autant que cela ?

» — Je l'aime. Il est celui que Bouddha m'a destiné. Ma deuxième condition, c'est que plus jamais vous n'exigerez de moi que je vous offre mon corps ou mes caresses.

» — Vous me quitteriez, Ngô-Thi-Maï-Khanh ?

» — Je ne veux plus appartenir qu'à Jacques Fernet !

» — Mais qu'a donc fait cet homme aveugle pour vous transformer ainsi ? Vous, notre compatriote, vous lier à un Européen !

— Si vous acceptez ces deux conditions, vous aurez le plan.

» — Et si je les refusais?

» — Vous deviendriez le plus grand traître de toute la Chine et je vous dénoncerais à ceux que vous craignez.

» — A moins que je ne vous étrangle tout de suite, belle Ngô-Thi-Maï-Khanh?

» — Cela ne vous donnerait pas le plan!

» — Il m'est relativement facile d'accepter la première condition. Après tout, si ce Français n'est vraiment venu au Viêt-Nam que pour y faire de la peinture, je ne vois aucun inconvénient à ce que nous le laissions tranquille! Mais la seconde me fait une peine immense! Comment pourrais-je me passer de vous maintenant?

» — Votre consolation sera d'avoir enfin le plan. Ne pensez-vous pas qu'elle vaut toutes les femmes de la terre? Vous deviendrez l'homme le plus célèbre de Chine! Vous serez félicité et récompensé par Pékin.

» — Pourquoi me donneriez-vous ce plan? Vous n'avez pas nos idées! Vous chérissez la vie capitaliste!

» — Nous sommes de la même espèce, monsieur Jojo! Nous aimons le luxe, vous et moi! Vous ne demandez qu'à rendre service à notre pays mais vous aimez vivre à Cholon! Pour rien au monde vous ne voudriez retourner de l'autre côté de la frontière et vous avez peur que l'on ne vous oblige à la franchir si vous ne trouvez pas le plan! Mais si nous recherchons tous les deux la richesse, nous ne sommes pas non plus de mauvais patriotes! Nous voulons la grandeur et la suprématie de la Chine éternelle : c'est pourquoi je préfère vous donner le plan plutôt qu'à d'autres qui risquent de s'en servir contre notre pays. Il aurait pu vous coûter très cher! Je suis cependant prête à vous l'offrir pour rien, sans vous demander une seule piastre, si vous acceptez également la deuxième condition.

» — Rien ne me prouve que vous l'avez, ce plan...

» — Je l'ai! Ngô-Thi-Maï-Khanh ne ment pas!

» — Pourrais-je savoir comment vous vous l'êtes procuré?

» — Par Kova-Sako qui, lui, l'avait pris dans le cargo coulé.

» — Vous l'aurait-il donné en dot?

» — Il s'est suicidé quand il s'est aperçu que je me l'étais approprié.

» — La nuit où vous n'êtes pas rentrée au *Piccadilly?...* Savez-vous que je pourrais vous dénoncer?

» — Vous n'auriez aucun intérêt! Avant que je ne vous remette le plan, cela vous empêcherait définitivement de l'avoir et après, mes précautions seront prises.

» — Quelles précautions?

» — Si vous me dénonciez ou cessiez de respecter les deux conditions, vous seriez immédiatement arrêté par la police vietnamienne pour le double assassinat du sampanier Hô et du Polonais. Vous savez très bien que si vous étiez accusé de ces meurtres, vos chefs de Pékin vous désavoueraient aussitôt et vous abandonneraient à votre sort. Ils n'aiment pas que leurs agents se montrent maladroits.

» — Je dois donc me résigner à ne plus vous revoir, Ngô-Thi-Maï-Khanh.

» — J'ai toujours pensé que vous étiez le plus intelligent des hommes, monsieur Jojo! Allez m'attendre au bar du *Majestic.* Dans une demi-heure je vous y apporterai le plan.

» — J'y serai. Mais ne pensez-vous pas que vous pourriez me remettre ce plan tout en restant ma maîtresse? N'allez-vous pas, une fois encore, trahir notre race en associant votre existence à un étranger? Déjà, on vous avait reproché votre liaison avec le Japonais!

» — Mais je n'ai reçu aucune félicitation pour être

devenue votre maîtresse! Et il y a une grande différence entre un Japonais et un Français! Les Français ne sont pas les ennemis héréditaires de la Chine.

» — Pourtant, celui que vous choisissez a agi en ennemi!

» — Cela ne l'a pas empêché d'être devenu très populaire au Viêt-Nam!

» — Parce qu'il a su tromper tout le monde!

» — Tout le monde sauf moi, monsieur Jojo! Il m'aime! A tout à l'heure!

★

Effaré, Jacques avait écouté le récit de l'incroyable tractation. Maï n'avait pas menti quand elle lui avait dit avoir échangé le plan contre lui-même! C'était à la fois grandiose et insensé. Grandiose parce qu'en agissant ainsi, la jeune femme avait donné la plus extraordinaire preuve de la sincérité de son amour. Insensé, si l'on mesurait les conséquences du geste! Hébété, ne sachant plus que penser, il entendit, comme s'il était dans un autre monde, la voix douce continuer :

— Je lui ai remis au bar du *Majestic* le plan que j'étais allée chercher chez mon amie.

— Quand as-tu fait cela?

— Cet après-midi.

— C'était cela le projet de nouvelle exposition de mes œuvres dans une galerie?

— Oui... Comment aurais-je pu te dire la vérité?

— Alors pourquoi me l'as-tu révélée cette nuit?

— Parce que tu ne cours plus aucun risque d'être tué et que je me sais libérée d'une liaison dont j'avais honte. Je te devais toute la vérité, dès ce soir. Tu m'en veux?

— Comment pourrais-je t'en vouloir, petite Maï? Tu

n'as agi que par amour pour moi, sans même te rendre compte de la folie que tu as faite!

— Quelle folie?

— Ce plan, que tu as donné à cet homme, va apporter à la Chine ce qui lui manquait encore pour pouvoir écraser le monde!

— N'est-ce pas préférable que ce soit mon pays qui l'ait plutôt qu'un autre?

— Tu es complètement inconsciente!

— Tu ne vas tout de même pas me faire croire que, toi aussi, tu voulais ce plan et que tu n'es venu de France que pour essayer de le prendre?

Il ne répondit pas.

— Alors, c'est vrai ce qu'a dit M. Jojo sur toi et sur Serge Martin?

— Maï chérie, dans toute cette aventure je ne sais plus ce qui est vrai et ce qui est faux! Où est le mal et où est le bien? Où sont ceux qui ont raison et ceux qui ont tort? Ce qui m'inquiète, c'est la confiance dont tu as fait preuve à l'égard de celui dont tu as été la maîtresse. Comment peux-tu être sûre, maintenant qu'il a enfin ce qu'il cherchait, qu'il n'essaiera pas de te reprendre et, si tu refuses, qu'il ne te nuira pas?

— Il ne bougera pas pour deux raisons... D'abord, j'ai laissé chez l'amie qui avait caché le plan, une lettre que je lui ai dit de remettre au commissaire Xi-Dien s'il m'arrivait quelque chose... Dans cette lettre je raconte tout sur Kova-Sako et sur M. Jojo que je dénonce comme assassin... Ensuite, je connais la façon d'agir des dirigeants de Pékin : dès qu'ils auront le plan, ils sauront faire disparaître M. Jojo comme ils l'ont fait avec Mme Tchang quand elle a été libérée par la police vietnamienne. Après son succès, orgueilleux comme il l'est, le directeur du *Piccadilly* se montrera trop exigeant : Pékin n'aime pas les agents qui sont gourmands! Tu verras que bientôt, nous n'entendrons plus parler de M. Jojo qui sera absorbé par la Chine éternelle.

— Je te sais gré de ta franchise mais ne crains-tu pas que je n'utilise tous les renseignements que tu viens de me donner?

— Que pourrais-tu en faire maintenant?

— Si Serge Martin m'interrogeait?

— Tu ne lui dois aucun compte! N'es-tu pas un homme libre?

— Je l'étais avant de te rencontrer.

— Aurais-tu des regrets?

— Non. Tes liens sont doux.

— Si j'ai parlé ce soir, c'est parce que je sais aussi que tu ne pourras plus te passer de moi! Tu es à la fois mon protecteur et mon prisonnier. Si tu me quittais seulement pendant quelques semaines, tu ne pourrais plus vivre!

— Et toi, petite Maï?

— J'en mourrais aussi mais je n'aurais le droit de retourner dans le sein de Bouddha qu'après l'avoir suffisamment glorifié sur terre.

Elle s'était blottie contre lui.

Le corps de l'homme fut à nouveau embrasé par la fièvre qui le dévorait depuis qu'il était devenu l'amant de la Fille du Dieu. Une fois de plus il s'abandonna. L'antiquaire n'avait-il pas dit : *« C'est une nuit exceptionnelle qui se prépare?* » Ce fut la plus grisante de toutes les nuits. Rassasié de caresses, Jacques oublia vite tout ce qu'il venait d'entendre pour ne plus être qu'un homme...

Serge Martin tint sa promesse. Il ne revint en voiture qu'à

midi. Jacques l'attendait dans le salon. La première question de l'antiquaire fut :

— La nuit s'est-elle bien passée?

L'aveugle ne répondit pas.

— Vous paraissez grave? continua Serge Martin. La belle Maï serait-elle encore là-haut, en train de dormir?

— Il y a plus d'une heure qu'elle est partie en cyclo pour Saigon.

— Comme j'aime cette discrétion! Peut-être a-t-elle pensé que nous allions avoir tous deux une conversation importante? A moins que ce ne soit vous qui ayez eu l'habilité de lui conseiller de s'éloigner?

— Je n'ai pas eu à prendre cette peine. Elle ne tenait pas à vous revoir avant ce soir.

— Me détesterait-elle à ce point? Et moi qui pensais que, depuis longtemps, nous avions fait la paix! Mais puisque nous sommes seuls, je vous écoute.

— Je n'ai pas grand-chose à vous raconter à l'exception d'un détail qui pour vous et pour Paris aura sans doute de l'importance. Je sais entre les mains de qui est le plan depuis hier après-midi.

— Qui?

— Votre grand ami et complice en trafic d'antiquités : l'honorable M. Jojo.

— Vous êtes sûr de ce que vous me dites?

— C'est bien là le renseignement que vous cherchiez? Alors vous pouvez être satisfait.

— Très satisfait, en effet. Pourtant, il y a une chose qui m'intrigue : vous m'avez bien dit que M. Jojo n'aurait le document que depuis hier après-midi?

— Oui.

— Après tout, c'est possible! Il est probable que s'il l'avait eu avant, il ne serait déjà plus directeur du *Piccadilly!*

Il aurait eu de l'avancement dans le Parti et aurait peut-être déjà été élu membre du Comité directeur de Pékin!

— Croyez-vous qu'il y tienne vraiment? N'est-il pas infiniment plus tranquille en pays capitaliste?

— Je ne le pense pas : s'il reste à Cholon, je ne lui accorde pas un long brevet de vie.

— Pourquoi? Il peut continuer à y rendre de grands services à ses amis?

— Non, mon cher, parce que je vais m'occuper personnellement de lui! Vous souvenez-vous qu'avant de vous faire découvrir Cholon, je vous ai dit — alors que nous venions de contempler avec une certaine mélancolie l'admirable panorama de l'estuaire où ne restait plus que le *San Giovanni* qui s'apprêtait, lui aussi, à lever l'ancre : « *Les Jaunes, c'est ma spécialité!* »

— Je m'en souviens, en effet.

— Comme M. Jojo ne peut renier ses origines, je me charge de lui! Mais il n'y a pas une minute à perdre!

— Et moi, qu'est-ce que je deviens?

— Vous, bon ami? J'estime que votre mission est terminée. A la rigueur, connaissant leur langue, vous auriez pu vous débrouiller avec les Russes, mais avec les Chinois, vous n'êtes pas de taille!

— Pourtant?

— Pourtant quoi? N'avez-vous pas été envoyé ici pour découvrir le document? Vous venez de me dire où il se trouvait. C'est une réussite complète! Mes félicitations ne font que précéder celles que vous recevrez sous peu à Paris.

— Je ne veux pas retourner en France!

— Mon cher, les agents proposent et « la vieille chouette » dispose! Comme je dois lui câbler le brillant résultat de votre mission, je ne manquerai pas non plus de lui faire part du désir que vous venez d'exprimer. Sincèrement, vous aimeriez rester au Viêt-Nam?

— Oui. Mais plus comme agent de renseignement! Maintenant que j'ai réussi, comme vous le dites, je demande qu'on me rende mon entière liberté.

— Qu'en ferez-vous?

— Je vivrai avec celle que vous m'avez jetée dans les bras.

— Évidemment, c'est une façon de vivre comme une autre. Même moins désagréable que beaucoup d'autres! Seulement je me demande si on acceptera cela là-bas.

— Ma vie privée ne les concerne pas!

— Votre vie privée, mon cher, a tout de même été organisée ici par nos soins.

— Seulement votre « organisation » n'avait pas prévu qu'un véritable amour pourrait naître. J'aime Maï et je ne la quitterai pas!

— Cette jeune personne est véritablement magicienne! Notez que je comprends très bien qu'on puisse tomber éperdument amoureux d'elle! Puisqu'il en est ainsi, pourquoi ne pas l'emmener avec vous, en France?

— Elle s'y refusera, elle veut rester en Asie.

— Enfin, Fernet, vous ne vous voyez pas passant le reste de votre existence dans ce pays, en compagnie de cette créature?

— Il n'y a plus de pays qui compte quand on est heureux!

— Vous l'êtes?

— Avec Maï, pleinement!

— J'accepte de vous croire. L'ennui, c'est que vous avez signé un contrat de trois années avec la C.I.R.M. et qu'il avait été convenu que lorsque vous auriez terminé votre temps ici, vous retourneriez à Paris pour y occuper un poste important à la direction générale de cette grande entreprise.

— Et travailler sous les ordres de M. Ekko ? Je préfère Maï ! Et n'oubliez pas que je suis aveugle. Je suis d'accord pour que l'on résilie purement et simplement mon contrat.

— Sans indemnité ?

— Je me contenterai de l'année d'appointements d'avance qui m'a été versée avant mon départ et que j'ai déjà abandonnée à ma mère.

— Justement, madame votre mère ! Vous ne pouvez tout de même pas la laisser seule, aussi loin de vous ! Et que dira-t-elle quand elle apprendra que vous vivez ici avec une Chinoise ? Ne craignez-vous pas que l'émotion soit trop forte pour elle ?

— Quand ma mère rêvait de ma réussite financière, elle pensait d'abord à sa propre tranquillité future !

— Peut-on le lui reprocher ? Beaucoup de mères sont ainsi ! Enfin, comme vous me paraissez décidé, je vais immédiatement descendre à la cave pour transmettre vos désirs à Paris... S'ils sont agréés, vous pourrez vous considérer comme étant désormais libre d'agir à votre guise.

— Je quitterai immédiatement cette maison.

— Cette Ngô-Thi-Maï-Khanh a même réussi à ce que vous me haïssiez !

Et comme l'aveugle restait silencieux, il continua :

— Elle est encore plus forte que je ne le pensais !

— Comprenez-moi, Martin : maintenant que j'ai rempli ma mission, je n'ai pas le droit de trahir un tel amour !

— Je vous ai toujours considéré comme étant un homme de devoir. Puis-je vous poser une dernière question ? Êtes-vous parvenu à savoir comment M. Jojo s'était procuré le document ?

— Il lui a été remis par Maï.

L'antiquaire eut un moment de surprise avant de répéter :

— Par Maï ? Décidément, cette jeune beauté me stupéfie

de plus en plus! Vous n'allez tout de même pas me dire que c'est elle qui a plongé à dix-sept mètres de fond pour aller le chercher dans l'épave?

— Elle l'a pris aux Japonais qui, eux, savaient plonger.

— Des Japonais? Voyez-vous ça! Je reconnais avoir eu le plus grand tort de ne pas croire à leurs possibilités. On devrait toujours se méfier de ces gens-là! Cela me remet en mémoire qu'un jour vous m'avez dit : « *Ne serait-ce pas les Japonais qui auraient pris le document?* » C'est vous qui aviez raison! Ceci prouve aussi que « la vieille chouette » avait vu juste en vous désignant, vous qui connaissez bien les Nippons, pour cette aventure. Je vais à la cave. Ensuite nous pourrons déjeuner. La belle Maï nous fera-t-elle l'honneur de rentrer pour ce repas?

— Sûrement pas! Elle m'a dit qu'elle ne serait pas de retour avant la tombée de la nuit.

— Que peut-elle bien faire encore à Saigon? C'est toujours pour cette future exposition?

— Non. Elle cherche un logement pour elle et moi.

— Quelle maîtresse femme! Elle ne perd pas de temps!

— Je n'en perdrai pas non plus ici, Martin! Dès que la réponse de Paris sera arrivée, je vous quitterai.

— Aussi vite, après toutes les émotions que nous avons connues ensemble? Seriez-vous un ingrat?

— Je vous remercie sincèrement de tout ce que vous avez fait pour moi mais j'aurais préféré de beaucoup ne vous avoir jamais connu!

— Et voilà comment on vous enterre un bonhomme!

— Vous enterrer? Mais vous êtes un personnage immortel!

— Je vais finir par croire que Bouddha ne veut vraiment pas de moi dans son sein!

Quand il revint de la cave, il dit simplement :

— Le message est transmis. Je pense n'avoir rien oublié en ce qui vous concerne. Ne comptez pas sur la réponse avant deux ou trois heures. Si elle dit que votre demande est acceptée, vous pourrez partir aussitôt. Mais comme je connais les difficultés de logement, qui sont peut-être encore plus grandes à Saigon qu'à Paris, il est très possible que votre belle amie ne parvienne pas à trouver rapidement le nid d'amoureux qui vous convienne. Dans ce cas, bien que je sache que cela ne vous fasse aucun plaisir à l'un et à l'autre, je me ferai un devoir de continuer à vous héberger chez moi jusqu'à ce que vous soyez logés. Les règles de la bienséance et de la civilité ne sont-elles pas valables sous toutes les latitudes?

— Même si Maï revenait ce soir sans avoir réussi, nous irions nous installer à l'hôtel.

— C'est en effet une idée. J'en connais un excellent : le *Piccadilly!*

— Il sera toujours préférable à une demeure dont le jardin pue le cadavre!

— Merci.

La journée se passa, morne et pénible pour l'aveugle. Pendant le déjeuner, pris avec Serge Martin, pas une parole n'avait été prononcée. Les deux hommes ne s'étaient-ils pas tout dit?

Après le repas, l'antiquaire était allé s'enfermer dans sa chambre, celle où avait logé Kim, et Jacques était resté dans le salon. Les heures s'étaient écoulées avec cette même lenteur désespérante qu'il avait déjà connue l'après-midi où il attendait un retour improbable de Maï. Mais, cette fois, il savait que sa maîtresse reviendrait le soir de Saigon ayant trouvé une nouvelle habitation. Il n'avait aucune inquiétude à ce sujet. Par contre, l'attente de la réponse de Paris avait quelque chose d'exaspérant. Plusieurs fois, il avait été frapper à la porte de la chambre de Serge Martin en demandant à travers la cloison :

— Ne croyez-vous pas que vous devriez vous remettre à l'écoute ?

— C'est inutile! J'ai ici, dans cette pièce, un voyant lumineux qui s'allume pour m'avertir que l'on veut me transmettre un message. Dès qu'il sera au rouge, je descendrai à la cave, mais pour le moment, il n'y a rien.

Une heure, deux heures, trois heures, quatre heures plus tard, il n'y avait toujours rien : le voyant ne s'allumait pas. Vers 18 heures, Jacques n'y tint plus et retourna devant la porte de la petite chambre en criant :

— Martin, ouvrez!

— Qu'est-ce qui vous arrive? demanda celui-ci en apparaissant dans l'entrebâillement de la porte.

— Il m'arrive que je ne comprends pas pourquoi ils mettent autant de temps à répondre! Maï sera bientôt de retour, ayant certainement trouvé un logement. Et je ne pourrai rien lui dire!

— Comme vous êtes pressé de vous enfuir avec elle! Ne soyez pas aussi nerveux, Fernet! Actuellement, jusqu'à ce que Paris nous ait répondu, vous faites encore partie de nos services : donc vous devez rester calme et conserver le contrôle de vous-même qui est la qualité dominante de tout agent de renseignement. Il est tout à fait normal que « la vieille chouette » réfléchisse! Aucune clause du contrat n'avait prévu que vous demanderiez sa résiliation deux ans avant son expiration! Parce qu'enfin, vous n'êtes resté qu'un an ici?

— Un an! Alors qu'ils m'avaient presque garanti rue

Saint-Lazare que je ne serais pas absent plus de deux ou trois mois!

— Mais ils avaient quand même pris soin de vous payer une année d'appointements d'avance! Sans doute pressentaient-ils que les choses n'iraient pas toutes seules?

— Et vous, qu'est-ce que vous fichez ici, allongé dans cette chambre, au lieu d'essayer de reprendre le document à M. Jojo quand il en est encore temps? Le jour où le plan sera en Chine, ce sera fini!

— Regretteriez-vous de ne plus vous occuper de cette affaire? Avouez que vous vous sentez un peu l'âme d'un déserteur? Déserteur par amour, mais quand même déserteur!

— Taisez-vous! J'ai fait mon devoir en vous apportant le seul renseignement important.

— Votre devoir? Avouez qu'il n'a pas été si désagréable depuis quelque temps.

— Vous me dégoûtez.

— Je le sais mais je ne vous en veux quand même pas : vous ne savez plus ce que vous dites depuis que cette femme a établi son règne... Que se passerait-il à votre avis si la réponse de Paris était : « *Rapatriez immédiatement Jacques Fernet!* »

— Je refuserais de partir.

— Je ne pense pas, d'ailleurs, que Paris se montrera aussi cruel! Sous des dehors bourrus, « la vieille chouette » sait avoir le cœur sensible.

— On pourrait en douter à la façon dont elle a accueilli la nouvelle de l'attentat qui m'a fait perdre la vue! Pas un mot de sympathie! Pas une lettre! Rien! Uniquement cette réponse : « *Continuez à chercher. Restez au Viêt-Nam!* »

— Dites plutôt que c'est remarquable de perspicacité! Si vous aviez été rapatrié à l'époque, comme vous le réclamiez à cor et à cri, vous n'auriez pas pu rencontrer la belle Maï. Avouez que cela aurait été dommage pour tout le monde! « La vieille chouette » a très bien agi en vous obligeant alors à rester. Aujourd'hui, je reconnais que c'est différent : votre présence ici est devenue parfaitement inutile!

Jacques était reparti en claquant la porte. Avec son ironie désabusée et son sarcasme perpétuel, l'antiquaire serait parvenu à faire se départir de son calme l'homme le plus paisible du monde! Véritablement, c'était un être odieux!

Et Maï qui ne revenait toujours pas! La nuit était déjà tombée! Comme si la jeune femme n'aurait pas dû être là pour l'aider! Entre le vieillard, enfermé dans sa chambre, et la maîtresse absente, Jacques se sentait devenir fou.

Brusquement, le bruit d'une voiture, franchissant le portail, l'arracha à sa torpeur inquiète. Serge Martin était déjà dans le salon, disant :

— Serait-ce enfin votre belle amie? Je la croyais partie en cyclo-pousse?

— Sans doute a-t-elle voulu revenir vite pour me libérer plus tôt de votre présence?

— Réellement, mon cher Jacques, vous êtes de plus en plus aimable! Pensez-vous qu'une telle hargne soit absolument nécessaire quand nous sommes peut-être en train de passer nos derniers moments ensemble?

— Et Paris?

— Paris reste toujours muet!

La porte du vestibule s'était ouverte, livrant passage au commissaire Xi-Dien, accompagné du lieutenant Dàng-Ngoc-Tuê et de quatre hommes armés de mitraillettes.

— Messieurs, quelle entrée! s'exclama l'antiquaire. Elle m'a tout l'air de ressembler à ce qu'on appelle vulgairement « une descente de police »?

— C'en est une en effet, monsieur Martin, répondit froidement le commissaire. Nous avons un mandat d'expulsion immédiate pour M. Jacques Fernet.

— Qu'est-ce que vous dites?

— Si vous voulez bien en prendre connaissance et le lire à votre ami?

Après avoir parcouru rapidement la pièce qui lui était présentée, Serge Martin remarqua :

— Et c'est signé de votre ministre de l'Intérieur. Ça me paraît sérieux. Mais enfin, monsieur le commissaire, pour quelle raison cette expulsion?

— Je l'ignore, monsieur Martin. Nous ne faisons qu'exécuter des ordres... Nous devons emmener M. Fernet et le conduire directement à l'aéroport de Tan-Son-Nhut où part dans une heure pour Paris l'avion régulier d'Air France.

— Mais enfin qu'est-ce qu'on me reproche? s'écria Jacques qui, jusqu'à cet instant, avait écouté, médusé.

— Je l'ignore aussi, monsieur Fernet. La seule chose que je puisse vous dire est que vous êtes considéré comme indésirable au Viêt-Nam et que vous devez avoir quitté notre territoire avant minuit.

— Je ne l'admets pas! J'exige des explications!

— Il n'y a aucune explication à vous donner, monsieur Fernet.

— J'ai tout de même le droit de demander la protection de l'ambassade de France?

— L'ambassade de France, consultée, a donné son plein accord à votre expulsion.

— Mais... Ce n'est pas vrai? balbutia l'aveugle. C'est une plaisanterie? Enfin, Martin, faites quelque chose!

— Que voulez-vous que je fasse, cher ami, contre un ordre qui émane du gouvernement de ce pays?

— Messieurs, dit le commissaire, il reste très peu de

temps avant le départ de l'avion où une place a été retenue. Si vous le permettez, monsieur Fernet, le lieutenant Dàng-Ngoc-Tuê et deux hommes vont vous accompagner dans votre chambre pour vous aider à faire rapidement vos bagages!

— Je refuse de partir! hurla Jacques.

— Si vous nous y obligez, nous serons contraints, à notre plus grand regret, de vous emmener de force! Évitez-nous cette pénible formalité.

— Mais enfin, dit l'aveugle, il n'y a que moi qu'on expulse? Pourquoi moi plutôt que Serge Martin?

— Il n'y a aucune raison d'expulser M. Martin qui réside au Viêt-Nam depuis plus de cinquante années tandis que vous, monsieur Fernet, n'avez qu'un visa de touriste étranger dont vous avez largement profité pendant une année et que notre gouvernement refuse de renouveler. C'est très simple!

— Cher ami, dit l'antiquaire à Jacques d'une voix conciliante, vous savez aussi bien que moi qu'il n'y a jamais rien à comprendre en pareil cas! Les explications viendront plus tard et vous pouvez compter sur mon amitié pour qu'elles soient nettes! Sincèrement je crois que le mieux pour vous serait de vous incliner pour le moment.

— Vous vous figurez que ça s'arrangera quand je serai en France, à des milliers de kilomètres? Je reste ici!

— Je vous demande d'être raisonnable! insista Serge Martin. Allons dans votre chambre : je vais vous aider à faire vos bagages. Vous m'y autorisez, monsieur le commissaire?

— Certainement, monsieur Martin. Mais nous sommes contraints de vous faire accompagner par deux hommes. Le lieutenant et moi nous attendrons dans ce salon. Seulement, faites vite! Vous n'avez plus que dix minutes.

L'antiquaire prit l'aveugle par le bras et l'entraîna dans l'escalier, suivi des deux hommes. Jacques tenta de se débattre mais son compagnon serra l'étau de sa main en disant :

— Ne faites pas l'enfant, voyons! Je vous promets de tout arranger dès demain matin.

— Demain matin? Je serai loin!

— Avant huit jours, vous serez de retour parmi nous.

— Huit jours? Et Maï?

— C'est vrai : la pauvre petite! J'allais l'oublier! Eh bien! rassurez-vous : je m'occuperai d'elle pendant votre absence...

— Qu'est-ce qu'elle peut faire? Pourquoi n'est-elle pas là? Elle devrait être rentrée depuis longtemps!

— Oh! vous savez : ces histoires d'appartement, c'est toujours très long! Je vous avais dit que ce ne serait pas facile, même pour une jolie femme!

— Si je ne la revois pas avant mon départ, que lui direz-vous?

— Que vous allez revenir parce que vous l'aimez.

Ils étaient dans la chambre. Sur le palier, les hommes, toujours armés, continuaient à les surveiller.

Avec une rapidité vertigineuse, Serge Martin remplit deux valises. Au moment de les fermer, il dit :

— Inutile d'emporter vos toiles vierges : elles ne vous serviraient à rien!

— Assez d'ironie, je vous en prie! Dites-moi à quoi vous attribuez cette expulsion?

— Franchement, je suis perplexe. Demain je le saurai.

— Encore demain! Mais ce sera trop tard, Martin!

— Il n'est jamais trop tard pour bien faire.

La voix suave avait prononcé cet axiome avec un ton

étrange qui frappa l'aveugle. Et brutalement, la lumière se fit dans son esprit. Lumière aveuglante qui lui fit dire d'une voix rauque :

— C'est vous, Martin! C'est votre travail! Je comprends maintenant le silence de Paris. C'est vous seul qui avez tout manigancé pour me faire expulser! Vous vous taisez? Ayez au moins la franchise de dire la vérité?

— C'est moi, répondit avec calme l'antiquaire.

— Pourquoi avoir agi ainsi?

— Pourquoi? Parce que la réponse de Paris est arrivée au début de l'après-midi. Elle est formelle : « *Rapatriez immédiatement le peintre.* » Cela veut dire qu'on n'accepte pas là-bas votre démission pour raison d'amour. Seulement un ordre pareil, c'est relativement facile de le transmettre par câble mais infiniment plus difficile à exécuter sur place! Vous connaissant et sachant surtout à quel degré vous êtes maintenant attaché à cette femme, je n'avais qu'une solution : vous dénoncer au gouvernement vietnamien pour qu'il vous fasse immédiatement expulser. N'est-ce pas un moyen élégant et radical pour vous obliger à quitter le pays?

— Me dénoncer? Que leur avez-vous dit?

— Que vous êtes, comme chacun le sait au Viêt-Nam, le plus sensible et le plus merveilleux des artistes. Mais que, malheureusement, vous vous êtes laissé mettre le grappin par une Chinoise communiste!

— C'est faux! Jamais Maï n'a été communiste! Elle ne se consacre qu'au bouddhisme dont les principes mêmes sont à l'opposé du communisme!

— Quelle fougue pour la défendre! Cher ami, il est inutile de chercher à me convaincre sur les véritables sentiments de votre belle amie. Je sais tout aussi bien que vous qu'elle n'a rien d'une affiliée du P.C.!

— Et le sachant, vous l'avez quand même dénoncée sous cette étiquette?

— Il le fallait bien pour la faire arrêter au Viêt-Nam!

Jacques suffoquait.

— Arrêter?

— Ceci a été fait en plein Saigon, cet après-midi à 15 heures, au moment où « notre » amie sortait d'un immeuble qu'elle venait de visiter et où elle a même réussi à retenir un appartement libre! Avouez qu'il était grand temps d'agir, sinon vous seriez reparti d'ici, ce soir, avec elle, sans même tenir compte des ordres arrivés de Paris! Vous m'auriez placé dans une très fâcheuse position! Tandis que maintenant tout est tellement plus facile : la belle enfant est sous les verrous et vous prenez l'avion pour la France dans une heure. La séparation sera totale!

Pour la seconde fois de sa vie, l'aveugle agrippa le cou de l'antiquaire qu'il serra de toutes ses forces en hurlant :

— Je savais que vous étiez un monstre! Vous allez le payer!

— Cela suffit, Fernet! Vous me faites mal! dit le vieil homme.

Mais Jacques s'acharnait, continuant à serrer et criant :

— Je veux revoir Maï! Je veux que vous vous rétractiez pour qu'on la délivre immédiatement!

Attirés par les vociférations de l'aveugle, les policiers, qui montaient la garde sur le palier, firent irruption dans la pièce pour délivrer l'antiquaire. En quelques secondes, Jacques se retrouva les menottes aux mains.

— Eh bien! constata Serge Martin reprenant son souffle. Jamais je n'aurais cru que vous aviez une poigne pareille, Fernet! Vous voilà bien avancé maintenant : le commissaire Xi-Dien et moi-même aurions voulu éviter que l'on vous voie à l'aérodrome avec de tels bracelets! Cela risque de produire un effet désastreux sur les autres voyageurs! Mais rassurez-vous : on vous les retirera juste avant le départ de l'avion car vous n'êtes nullement un condamné de droit commun ou même un prévenu! Vous êtes devenu indésirable au Viêt-Nam : c'est tout! Quant à votre belle amie, ne vous inquiétez pas trop pour elle! Dès demain matin, quand votre avion sera déjà loin, je la ferai libérer en disant que je me suis trompé. Elle aura droit à toutes mes excuses, ajoutées à celles de la police. Vous avez compris également pourquoi elle mettait tant de temps à revenir ce soir?

— Vous êtes le plus fort actuellement, Martin! Vous avez tous les atouts parce que vous savez très bien que je ne puis rien dire. Mais puisque vous m'expédiez à Paris, je vous garantis que là-bas les choses ne se passeront pas comme vous l'espérez! Ils seront bien obligés d'accepter la résiliation de mon double contrat : celui de la C.I.R.M. et celui que vous connaissez. Dès que ce sera fait, je reviendrai ici, libre, pour retrouver celle que j'aime et pour vous faire payer le talion!

— Il serait très dangereux pour vous, cher ami, de revenir au Viêt-Nam tant que l'ordre d'expulsion vous concernant ne sera pas rapporté! Vous risqueriez d'être immédiatement arrêté!

— Vous êtes vraiment plein de sollicitude! Ne vous inquiétez pas pour mon avenir! La vérité, vous voulez que je vous la dise? Vous n'avez agi ainsi que parce que vous êtes fou de rage à l'idée que Maï et moi nous nous aimons sincèrement, profondément, et que plus rien au monde — même la police et des menottes — ne pourra nous séparer! Vous êtes incapable de comprendre ces choses! J'ai vu comment vous vous êtes conduit à l'égard de quelqu'un que vous prétendiez aimer et dont je n'ai pas à donner le nom ici parce que nous ne sommes pas seuls! Je ne sais ce qui me retient de vous cracher au visage comme l'a fait celui qui n'est plus! Je ne vous dis pas adieu parce que je sais que nous nous retrouverons.

— C'est mon souhait le plus cher! murmura doucement

l'antiquaire. Peut-être ce jour-là me remercierez-vous d'avoir agi ainsi ? Bon voyage, Jacques Fernet !

Quelques instants plus tard, la voiture de police dans laquelle « le peintre » avait pris place, encadré par le commissaire Xi-Dien et le lieutenant Dàng-Ngoc-Tuê, fonçait dans la nuit, sur la route de Saigon, précédée par le hululement des sirènes des motards. Malgré lui, Jacques ne put s'empêcher de se souvenir d'un certain retour de la Pointe des Blagueurs dans la Chevrolet au pare-brise troué de balles, avec d'autres motards qui ouvraient le chemin : Kim était au volant, terrorisé par le canon de l'arme que Serge Martin maintenait contre son dos.

Malgré lui aussi, quand la voiture atteignit l'aérodrome, l'aveugle se remémora la réception qu'il y avait reçue le jour de son arrivée une année plus tôt. Il croyait réentendre le discours d'accueil de l'Attaché Culturel français saluant en lui « le peintre des rizières ». Il croyait revoir les belles Saigonnaises et, au moment où il était sorti du bâtiment de la douane, la silhouette inquiétante de l'homme, aux cheveux blancs et à la barbe taillée en pointe, dont les premiers mots avaient été : « *Ne vous avait-on pas prévenu à Paris que quelqu'un vous attendrait?* » Mais Paris avait soigneusement évité de l'avertir que ce « quelqu'un » ne le quitterait plus pendant toute la durée de son séjour au Viêt-Nam...

Quand la voiture s'arrêta, le commissaire Xi-Dien — qui n'avait pas dit un mot pendant le parcours — lui expliqua :

— Nous sommes sur l'aire d'embarquement. J'ai donné l'ordre que la voiture aille jusqu'à l'avion. Nous sommes juste devant la passerelle. L'hôtesse d'Air France vous y attend pour vous conduire jusqu'à votre place. Pour que personne ne remarque rien, je vais vous retirer les menottes avant que vous ne descendiez de la voiture mais je veux que vous me donniez votre parole d'honneur que vous monterez directement dans l'avion. Si vous esquissez la moindre tentative de fuite, mes hommes ont reçu l'ordre de tirer. Dès que vous serez dans l'avion, vous vous trouverez en territoire français et vous ne dépendrez plus de nous.

Jacques n'avait rien répondu. Le commissaire le débarrassa quand même des menottes avant d'ouvrir la portière. Au moment où il la franchissait, l'aveugle sentit une main gantée, une main de femme, qui prenait la sienne pendant qu'une voix claire disait :

— Suivez-moi, monsieur Fernet... Je vous précède sur la passerelle.

Tel un somnambule, avec des gestes d'automate, il se laissa conduire par l'hôtesse dans l'avion jusqu'à un pullman dans lequel il s'enfonça, ahuri, incapable de réaliser encore ce qui lui arrivait. Avec une vitesse prodigieuse, des images défilaient devant ses yeux éteints : images créées par son imagination et qui ne se différenciaient que par leur résonance auditive. Ce fut ainsi qu'il entendit bourdonner successivement dans sa tête les voix gutturales du commissaire Xi-Dien et du lieutenant Dàng-Ngoc-Tuê, de Kim le boy, de Sen le « cyclo », de M. Jojo, de tous ceux qui venaient d'être les acteurs de l'aventure à Cholon. Alors que les Russes avaient été les principaux personnages du premier acte, dans le décor de l'estuaire, les Chinois avaient triomphé dans le second... Quelles seraient les vedettes du troisième dont l'action le ramenait en France?

Mais au-dessus de toutes ces voix, les dominant en surimpression sonore, il y en avait deux, celles de l' « antiquaire » et de la *taxi-girl,* qui revenaient, lancinantes. Deux voix dont l'une, ironique et détestée, ne cessait de répéter : « *Pour moi, mon cher, les femmes — qu'elles soient jaunes ou blanches — ne seront jamais que des objets de curiosité...* » alors que l'autre, douce et adorée, semblait murmurer : « *Aie confiance en Bouddha qui ne peut abandonner celui qui est venu d'au-delà des mers pour être le protecteur de sa fille bien-aimée... Si nous subissons l'épreuve de la séparation, c'est parce que le Dieu l'a voulu pour nous faire comprendre que rien, ni le temps ni l'éloignement ne pourront détruire notre amour !... Je vais continuer à brûler des jossticks devant l'autel de mes ancêtres et bientôt tu me reviendras, plus amoureux que jamais !* »

Au moment où l'avion commençait à rouler sur la piste d'envol, une voix inconnue — celle de l'homme qui était assis dans le pullman voisin — dit discrètement en français :

— Monsieur Fernet ? J'ai la mission de veiller sur vous jusqu'à l'arrivée à Paris. Si vous aviez besoin de la moindre chose, je suis à votre entière disposition.

En entendant ces paroles qui le ramenaient à la réalité, Jacques tressaillit : il venait de comprendre que le personnage essentiel du troisième acte serait « la vieille chouette »...

Dans cinq minutes, l'avion atterrirait à Orly.

Pendant le voyage, Jacques n'avait pas dit un mot à son voisin auquel il n'avait même pas répondu lorsque celui-ci s'était présenté discrètement au départ de Tan-Son-Nhut. Quand l'aveugle avait eu besoin de quelque chose, il s'était adressé à l'hôtesse, marquant ainsi sa volonté d'ignorer le nouvel « ange gardien » qu'on lui avait imposé. Mais il avait la conviction que l'homme avait reçu des instructions très précises à son sujet.

Entre deux somnolences, Jacques n'avait fait que penser à Maï qui, seule, continuait à occuper complètement son esprit et son cœur comme si tous ceux qu'il avait connus pendant cette année passée au Viêt-Nam ne comptaient plus, n'avaient pas existé... Même la prodigieuse personnalité de l'antiquaire s'estompait devant celle de la jeune femme, dont l'aveugle n'avait cependant jamais vu le visage. Il n'y avait plus que la voix douce de Maï racontant des légendes, les caresses de Maï asservissant de plus en plus l'amant et développant sa sensualité jusqu'à un degré qu'il n'aurait jamais cru pouvoir atteindre, la volonté de Maï exigeant la présence continuelle de « son protecteur » auprès d'elle, ses dernières paroles enfin qui lui revenaient en mémoire : « *Si tu me quittais seulement pendant quelques semaines, tu ne pourrais plus vivre!* » Quelques semaines? Mais il ne pourrait même plus se passer d'elle pendant deux semaines! Avant huit jours, il serait de retour.

Déjà dans l'avion, à un détail en soi bénin, il s'était rendu compte que sa maîtresse lui était indispensable : le thé, apporté par l'hôtesse, lui avait paru imbuvable et il avait préféré se remettre au whisky dont Maï était cependant presque parvenue à le dégoûter.

L'homme, qui allait retrouver son pays, n'était plus du tout celui qui en était parti, animé par l'enthousiasme de l'aventure. C'était à peine s'il se souvenait avoir quitté le même aérodrome d'Orly sous l'étiquette de « peintre »! Ce n'était plus Jacques Fernet qui revenait, mais Pierre Burtin, l'ingénieur à qui sa véritable profession semblait bien peu de chose en comparaison de tout ce qu'il venait de découvrir dans la Femme.

Quand l'avion s'immobilisa enfin, son voisin — à l'égard duquel il avait quand même une certaine reconnaissance parce qu'il avait su se taire et respecter son besoin d'isolement — lui dit avec le même ton confidentiel qu'il avait déjà eu au départ :

— Une voiture nous attend au bas de la passerelle pour vous éviter toutes les formalités interminables de l'arrivée.

— La douane a donc confiance en moi? demanda Jacques sarcastique.

— Par principe, la douane n'a confiance en personne! Seulement des ordres ont été donnés.

Quelques instants plus tard, précédé de l'hôtesse et suivi de son « surveillant » l'aveugle descendait la passerelle.

Quand il se retrouva installé au fond de la voiture dont la portière fut très vite refermée, il constata qu'il ne s'y trouvait pas seul : un autre « compagnon » l'y attendait.

Dès que la voiture démarra, celui-ci dit d'une voix rude :

— Mon petit, je suis enchanté de vous récupérer ! Il y a eu des moments où j'ai bien cru que nous ne nous reverrions jamais !

L'aveugle, qui avait immédiatement reconnu « la vieille chouette », ne répondit pas et le début du parcours entre Orly et Paris fut aussi silencieux que l'avait été le voyage en avion.

Enfin le colonel Sicard reprit :

— Dites-moi, mon garçon, vous n'avez pas l'air très enthousiaste de me retrouver ! Moi, à la rigueur, je le comprends. Mais la France, et Paris ?

— Si je vous disais le contraire, vous me considéreriez comme un menteur ! Et j'y reviens dans de telles conditions !

— Évidemment. J'ai été très affecté de ce qui vous est arrivé. Il m'était impossible de vous le faire savoir à distance mais vous pouvez croire qu'il n'y a pas eu une seule journée, depuis votre départ et surtout depuis « l'accident » dont vous avez été la victime, où je n'aie pensé à vous. Je tenais à vous le dire tout de suite pour bien mettre les choses au point.

— Je vous remercie de cette sollicitude tardive.

— Vous n'auriez tout de même pas voulu que je vous adresse des télégrammes de condoléances ou que je vous fasse envoyer des roses à l'hôpital par l'intermédiaire d' « Interflora » ? Vous semblez oublier que nous n'étions pas censés nous connaître ! Et je vous savais en d'excellentes mains.

— Ce cher antiquaire !

— Un homme remarquable.

— ... que l'on peut difficilement oublier quand on a eu le plaisir de faire sa connaissance ! Il y a longtemps que vous ne l'avez vu, mon colonel ?

— Des années ! Mais cela ne nous a pas empêchés, lui et moi, de rester en relations suivies.

— Je m'en suis aperçu.

— D'ailleurs il ne doit pas tellement changer d'aspect, malgré le temps écoulé. Je l'ai toujours connu vieux : il n'y a que ces gens-là qui ne vieillissent pas ! Porte-t-il toujours cette barbe taillée en pointe qui lui donnait une apparence méphistophélique ?

— Il l'avait la dernière fois où je l'ai approché de très près.

— De très près ?

— Je ne pouvais plus le voir !

— C'est vrai ! Je ne suis qu'une vieille bête ! Savez-vous, mon petit, que l'on jurerait que vous y voyez encore ! C'est vrai : vos yeux sont toujours aussi clairs et n'ont pas changé.

— Serge Martin me l'a déjà dit...

— Ainsi, vous l'avez approché de « très près » ?

— Pour l'étrangler !

— Il y a longtemps ?

— Avant-hier soir. C'était tout ce qu'il méritait !

— Je crains que vous ne soyez très injuste. Il est vrai que vous avez quelques excuses ! Étrangler ce pauvre Serge ! Quelle vilaine pensée ! J'espère au moins que vous n'avez pas réussi ?

— Vous le savez très bien ! Sinon je ne serais pas ici ! Mais je peux vous garantir que ce n'est que partie remise.

— Notre ami vous a donc fait tant de mal pour que vous lui en vouliez à ce point ?

— Il a tout fait pour ruiner mon bonheur.

— Nous reparlerons de cela un peu plus tard, quand vous aurez retrouvé ce calme que j'aimais tant chez vous et qui semble maintenant vous aire complètement défaut! Nous sommes arrivés.

— Où cela? Devant les bureaux de la C.I.R.M.?

— Devant le vieil immeuble du XV<sup>e</sup> arrondissement où j'habite depuis trente-quatre années. Il n'est pas luxueux, je le reconnais. Il n'a pas d'ascenseur et sa concierge balaie rarement l'escalier! Mais peu importe puisque je m'y plais! Venez. Mon appartement n'est heureusement qu'au deuxième étage. Voulez-vous que je vous donne le bras?

— C'est inutile! Je sais encore tenir une rampe!

« La vieille chouette » avait dit la vérité : une odeur de moisissure se dégageait de la cage de l'escalier. Arrivé sur le palier, l'aveugle entendit le colonel introduire une clef dans une serrure. Dès que la porte fut ouverte, il dit :

— Excusez-moi si je passe le premier : voici mon vestibule. Si vous voulez vous débarrasser de votre manteau? Et voici une pièce qui me sert à la fois de salon et de salle à manger. Elle communique avec une autre dont j'ai fait mon cabinet de travail et qui donne elle-même sur ma chambre. De l'autre côté du vestibule, vous avez une cuisine où règne, pendant quelques heures par jour, ma femme de ménage : Amélie. Vous voyez que tout cela est très modeste. Mais c'est amplement suffisant pour un vieux garçon qui n'a pas fait fortune dans notre sacré métier! Asseyez-vous dans ce fauteuil. Que diriez-vous d'un cigare?

— Non, merci.

— Eh bien! moi, je ne résiste pas à la tentation. Il y a quand même quelque chose que vous ne refuserez pas : un verre de champagne.

Il cria par la porte restée entrouverte sur le vestibule :

— Amélie! Apportez-nous la bouteille que je vous ai dit de mettre au frais avant mon départ. Et joignez-y quelques gâteaux secs.

Quand Amélie eut apporté le plateau et fut retournée vers sa cuisine, il ferma la porte donnant sur le vestibule avant de dire :

— J'estime que le premier geste de tout Français qui retrouve son pays après une longue absence, et surtout après avoir connu quelques aventures lointaines — comme c'est votre cas — devrait être de déboucher une bouteille de ce nectar incomparable!

— Je constate que vous avez les mêmes goûts que Serge Martin.

— Vraiment? Lui aussi boit du champagne quand il s'agit de prendre une décision sérieuse? C'est un sage!

En faisant sauter le bouchon, il demanda :

— Cette détonation sympathique ne vous réjouit-elle pas le cœur?

— Elle m'en rappelle une autre...

— Décidément je ne commets que gaffe sur gaffe à votre égard! Je suis confus, mon petit. Acceptez quand même ce verre auquel j'attache une grande importance. Ne scelle-t-il pas d'abord une amitié de longue date entre « la vieille chouette » et l'ex-agent 2 884 pour lequel j'ai toujours eu la plus grande estime? Ensuite il fête votre complète réussite dans la nouvelle mission qui vous avait été confiée : grâce à vous, nous savons enfin où se trouve ce que nous recherchions depuis des années! Sincèrement, Pierre Burtin, je vous remercie et je vous félicite pour le remarquable travail accompli. Vous avez bien mérité de votre pays qui saura vous récompenser.

— De quoi, mon Dieu! D'avoir joué les Don Juan pour faire parler une femme? Si vous saviez comme j'en ai honte!

— Vous avez tort! Parce qu'enfin vous n'avez pas joué un rôle : vous avez été et vous êtes encore sincèrement épris de cette jeune femme. C'est même la seule raison pour laquelle vous en voulez à Serge Martin de vous avoir fait rapatrier d'urgence.

— En me faisant expulser et en dénonçant injustement une innocente pour qu'on l'arrête!

— Peu importent les moyens employés dans notre métier! Ce qui compte, c'est le résultat.

— Oh! Je me doute que Serge Martin n'a pas dû attendre longtemps, après mon départ, pour s'occuper de celui qui a réussi à s'approprier le document?

— Le fameux M. Jojo? Notre ami, en effet, n'a pas perdu de temps : son dernier message reçu ce matin m'indiquait qu'il était à la frontière du Yunnan et qu'il s'apprêtait à passer en Chine.

— A la frontière du Yunnan? répéta Jacques, surpris.

— Cela vous étonne de Serge Martin? Vous devriez pourtant savoir qu'il n'est pas homme à tergiverser quand il y a une décision importante à prendre! Depuis hier — pendant que vous étiez dans les airs — je savais qu'il avait quitté le Viêt-Nam pour franchir le 18e parallèle et s'enfoncer en plein pays Viêt-Minh. L'un de nos agents de Hanoï nous a signalé son passage en précisant que « *tout allait bien* ». Ceci semblerait indiquer que le sieur Jojo a dû quitter précipitamment la direction de son hôtel à Cholon pour porter lui-même à ses grands patrons le précieux plan. Nous pouvons faire confiance à notre cher antiquaire lorsqu'il suit une piste.

— Mais alors, il a abandonné sa maison?

— Peut-être a-t-il confié la garde de ses collections à un ami sûr?

— Ou à la police vietnamienne avec laquelle il m'a toujours paru être en excellents termes?

— Si l'on veut aboutir à quelque chose, on ne peut pas être l'ennemi de tout le monde! Et parmi les amis, il faut d'abord mettre la police locale. Les nationalistes vietnamiens savent aussi qu'ils n'ont pas chez eux d'hommes de la classe d'un Serge Martin; aussi doivent-ils être enchantés de lui rendre parfois quelques services en se disant qu'il pourra leur être utile un jour.

— Selon vous, quand, exactement, Serge Martin a-t-il quitté sa demeure?

— Avant-hier soir, aussitôt après votre départ dans la voiture qui vous conduisait à l'avion. Ce jour-là, il m'a adressé à 23 heures un message que j'ai encore sur moi et que je vais vous lire : « *Colis réclamé expédié. Je rejoins immédiatement Hanoï.* » Le colis, c'est vous : j'espère que vous ne vous en formaliserez pas! Quant au voyage de Martin, le nouveau message reçu de Hanoï prouve qu'il ne s'est pas éternisé dans cette ville : il doit talonner M. Jojo...

— Et il a oublié Maï! Contrairement à ce qu'il m'avait promis, il ne l'a certainement pas fait sortir de prison!

— S'il ne l'a pas fait, c'est qu'il n'en a pas eu le temps. Cela prouve aussi qu'il est homme à accomplir les devoirs de sa profession avant de s'occuper des jolies femmes! Il n'est pas comme vous, Burtin!... Si je vous rends votre nom véritable, c'est parce que j'estime que le rôle du peintre Jacques Fernet est définitivement terminé. Vous m'avez bien fait transmettre par Martin une double demande de démission et de résiliation pure et simple du contrat qui vous liait pour deux années encore à la C.I.R.M.?... Apprenez qu'elle est acceptée.

— Vous n'auriez pas pu me le faire savoir alors que j'étais encore là-bas?

— Je tenais à vous l'annoncer moi-même après vous avoir félicité.

— C'est l'unique raison pour laquelle vous m'avez fait revenir?

— Non, mon petit. J'ai également estimé que votre aventure sentimentale ne devait pas se prolonger après que vous aviez obtenu le renseignement essentiel. Pierre Burtin, il ne faut pas revoir cette femme!

Ces mots avaient été prononcés d'un ton grave. Ils furent suivis d'un long silence pendant lequel le vieil officier observa l'aveugle : celui-ci sut rester aussi impassible que le jour où il avait subi un examen similaire dans le bureau de la rue Saint-Lazare.

— C'est bien, Burtin; je vois que vous possédez encore assez de maîtrise de vos nerfs pour ne pas laisser apparaître vos véritables sentiments. Je vous en félicite d'autant plus que je les connais, ces sentiments! Un Service, comme celui dont j'ai la responsabilité, m'oblige presque toujours à m'imaginer que je suis à la place de ceux à qui je dois parfois demander l'impossible! Pour vous, qui êtes un chic type et un garçon sensible, je sais très bien que le plus grand sacrifice n'est pas de risquer votre vie — vous venez, au cours de cette mission, de le prouver à nouveau — mais de renoncer à ce que vous croyez sincèrement être le grand amour... Sachez que s'il y a un sentiment que je respecte plus que tous les autres, c'est bien celui-là! Mais je maintiens que cette jeune Chinoise, toute charmante qu'elle soit, ne peut pas être une compagne pour vous... Votre erreur, excusable étant donné votre état et les circonstances assez exceptionnelles qui vous ont permis de faire sa connaissance, a été d'aller trop loin.

— Si je ne l'avais pas fait, jamais je n'aurais pu vous rapporter le renseignement sur le plan! Maï ne m'a tout dit que lorsque sa confiance en moi a été totale et qu'elle a eu la certitude que je l'aimais.

— J'en suis persuadé mais vous n'auriez pas dû prendre les choses aussi au sérieux!

— Je me sens incapable de mentir dans ce domaine!

— Êtes-vous, oui ou non, l'un de nos agents ayant accepté volontairement de tout endurer pour mener à bien la tâche qui lui a été confiée?

— Je l'ai été.

— Vous l'avez été jusqu'au moment où je vous ai dit, dans ce salon, que votre démission était acceptée. Mais avant, même quand vous vous trouviez dans l'avion qui vous ramenait en France, vous n'étiez encore qu'un soldat d'une armée silencieuse où le mot « obéissance » prend encore plus de force et de valeur que dans n'importe quelle autre arme officielle! Vous n'aviez donc ni à discuter les ordres qui vous ont été donnés ni à juger ceux qui — tel Serge Martin — ont eu la mission difficile de vous les imposer! Je vous ai dit que je connaissais « l'antiquaire » depuis des années, depuis bien plus longtemps que vous! C'est un homme d'une trempe supérieure qui aura toujours ma confiance parce qu'il n'a jamais confondu le devoir et l'amitié. Il s'en est fallu de quelques heures pour que vous, vous commettiez cette erreur! Avez-vous seulement réfléchi, pendant votre voyage de retour, à ce qui se serait passé si vous étiez resté — selon votre désir insensé — au Viêt-Nam ou quelque part en Asie avec cette femme?

— J'ai eu en effet tout le temps de réfléchir. Mais à quoi cela aurait-il servi puisque je ne peux plus me passer de Maï?

— Vous ne pouvez plus! C'est ce qu'on dit quand la blessure n'est pas encore cicatrisée. Et puis les choses finissent par s'arranger avec le temps! Les meilleurs souvenirs s'estompent. Vous êtes un homme jeune, Burtin! Vous pouvez très bien refaire votre vie!

— Sans voir?

— Je suis persuadé qu'il y a chez nous des femmes qui ne demanderaient qu'à vous rendre heureux!

— Même si j'accomplissais le tour du monde pour

trouver ce type de femme rare, aucune n'atteindrait au degré de perfection amoureuse que je viens de connaître. Et contrairement à ce que vous croyez, ce n'est pas un homme tel que vous, mon colonel, qui peut se mettre dans ma peau! Ne m'avez-vous pas dit vous-même que vous viviez en vieux garçon solitaire? Comme Serge Martin! Je pense d'ailleurs que ce doit être indispensable pour faire votre métier.

— Qui était le vôtre il n'y a pas encore si longtemps! Mais là vous êtes dans le vrai : il nous faut le célibat! Le métier d'agent, c'est une sorte de sacerdoce. C'est bien pourquoi, quand j'ai su que vous étiez tellement épris, j'ai décidé de vous rendre votre liberté. Maintenant, vous agirez comme bon vous semblera! Vous pouvez même faire venir cette précieuse personne ici. Je ne vous conseille pas, dans votre intérêt, de retourner là-bas : vous êtes toujours sous le coup d'un mandat d'expulsion et vous auriez du mal à continuer à faire croire à vos admirateurs vietnamiens que vous êtes Jacques Fernet « le peintre des rizières » si nous ne sommes plus auprès de vous pour accréditer cette légende artistique! Je ne vous imagine pas non plus repartant immédiatement pour Saigon sous votre véritable identité! Ça ne ferait pas sérieux. Et je me demande même si la dame de vos pensées ne serait pas très déçue...

— Elle ne s'est jamais fait la moindre illusion sur mes capacités de peintre! Cela va sans doute vous étonner, mais elle m'aime pour moi, sans avoir cherché à savoir qui j'étais réellement!

— En êtes-vous bien sûr?

— Oui... Elle m'aime parce que, de toute éternité, j'ai été désigné par Bouddha pour être son protecteur!

— Par Bouddha? Et « son protecteur »? Elle vous a complètement fait perdre la tête, mon pauvre garçon! Enfin, ceci ne me regarde plus. Encore un peu de champagne?

— Non, merci.

— Je vous rends le contrat, que vous aviez signé avec le président de la C.I.R.M., pour vous prouver que nous le considérons comme étant terminé. Cependant, si vous désiriez rester à la direction de cette Société à Paris, comme le président Ekko vous l'avait offert, celui-ci est toujours prêt à vous accueillir. Ne serait-ce pas pour vous très sage de conserver, au moins pendant les deux années restant encore à courir, une aussi belle situation? Ce n'est pas parce que vous n'y voyez plus que votre compétence technique ne peut pas être utilisée.

L'ingénieur prit le contrat et le déchira sans la moindre hésitation.

— J'enregistre cette réponse, dit simplement le colonel.

— Puisque je suis maintenant libéré de mes obligations, puis-je vous demander la permission de me retirer?

— Il reste encore une question à régler. J'estime que nous ne sommes pas tout à fait quittes à votre égard. En effet, quand vous avez perdu la vue, vous étiez en service commandé. Malheureusement, n'ayant pas pu vous inscrire officiellement sur les listes de nos effectifs pour des raisons que vous connaissez, vous n'êtes pas censé avoir fait partie de nos cadres. Vous ne pouvez donc pas compter sur une pension de grand mutilé que vous allouerait le gouvernement. Il ne vous est pas possible non plus d'espérer qu'un attentat dans une maison très accueillante de Cholon puisse être considéré par la C.I.R.M. comme étant un « accident du travail »! Maintenant que vous avez démissionné, je crains, si une telle affaire était plaidée, qu'elle ne se retourne contre vous! D'ailleurs nous ne saurions autoriser un tel procès qui risquerait de jeter une lumière indiscrète sur notre organisation. Mais nous ne pouvons tout de même pas vous abandonner à votre sort avec, pour seule compensation, la première année d'appointements que vous avez touchée d'avance. Ce serait suffisant si vous étiez revenu dans l'état où vous vous trouviez en partant. Comme ce n'est pas le cas, nous avons décidé de vous verser une indemnité forfaitaire qui vous permettra d'entrevoir l'avenir avec moins d'appréhension et surtout de réfléchir en vous reposant. Je ne désespère pas que, de cette période de méditation, finisse par jaillir en vous la vraie lumière qui vous permettra de redevenir le garçon énergique que vous étiez. Voici donc — et vous allez me faire le plaisir de l'enfouir immédiatement dans votre portefeuille — un chèque important. Je vous avoue que ce n'est pas sans mal que j'ai pu obtenir en haut lieu que l'on vous alloue ce capital, prélevé sur ce qu'on appelle « les fonds secrets »! Je suis très heureux d'avoir réussi : pour une fois, ces fameux fonds seront judicieusement employés. Prenez ce chèque, mon petit. Et n'ayez surtout aucun scrupule! Il ne s'agit pas de le déchirer, comme le contrat, dans un grand geste désintéressé. Vous avez droit à cette compensation que je persisterai à trouver infime par rapport au préjudice physique que vous avez subi.

— Je vous remercie, dit Pierre Burtin en prenant le chèque. J'accepte beaucoup plus pour ma mère que pour moi!

— Bravo! Justement, votre maman... Nous n'avons pas encore parlé d'elle. Mais est-ce bien utile puisqu'elle est là, attendant avec anxiété, dans ma chambre où je lui ai demandé de ne pas bouger jusqu'à ce que j'aie pu parler avec vous. Ne pensez-vous pas que son supplice a assez duré? Hier après-midi, je suis allé moi-même lui rendre visite pour lui annoncer votre retour et la préparer à vous retrouver dans l'état où vous êtes. Selon nos conventions, elle a tout ignoré de votre véritable activité là-bas. Je vous rappelle qu'elle n'a jamais su que vous étiez devenu peintre, ni entendu parler de Jacques Fernet. Pour elle, vous êtes resté le fils adoré : « son » Pierre. Jusqu'à ma visite d'hier, elle a également ignoré que vous aviez perdu la vue : n'était-ce pas préférable?

— Je vous remercie d'avoir agi ainsi.

— Vous devez vous douter que quand je le lui ai appris hier, ce fut pour elle un choc terrible! Mais très vite, elle a fait mon admiration par la façon dont elle a su réagir. C'est une maîtresse femme qui m'a presque aussitôt demandé comment ce malheur était arrivé. J'ai répondu qu'il s'agissait là d'un accident stupide : que l'une des chaudières d'un navire, sur lequel vous vous trouviez pendant des essais, avait éclaté. Cette version des faits m'a paru s'harmoniser avec l'exercice de votre profession d'ingénieur du Génie Maritime. Je vous la transmets pour que nos récits concordent. Il m'a semblé inutile que votre chère mère connaisse les circonstances exactes : elle pourrait se demander ce que vous étiez allé faire dans la maison de la dame Tchang? Inutile aussi de lui parler de la liaison que vous avez eue. Elle comprendrait difficilement que son fils ait pu tomber éperdument amoureux d'une Chinoise! Pour une maman de race blanche, c'est là un fait qui dépasse les limites de l'entendement! A chaque fois qu'il s'est produit dans une famille n'ayant pas séjourné en Extrême-Orient, ou en Asie, il n'a engendré que des drames. Essayons d'éviter celui-ci! Maintenant que je pense vous avoir tout dit au sujet de madame votre mère, je vais la délivrer de sa longue attente.

Après avoir traversé la pièce, communiquant directement avec le salon et qui lui servait de cabinet de travail, il ouvrit la porte donnant sur la chambre, en annonçant :

— Votre fils vous attend, madame.

Ce fut d'abord une étreinte silencieuse entre la mère et le fils, puis la voix brisée de Mme Burtin commença à dire doucement :

— Mon petit... Mon petit! Tout cela est de ma faute... Jamais je n'aurais dû te laisser partir là-bas!

— Mais, maman, le même accident aurait très bien pu se produire en France!

— Pourquoi ne m'a-t-on pas prévenue plus tôt?

— C'est moi qui ne l'ai pas voulu, maman. Vous connaissant, je savais que vous vous seriez imaginé des choses pires. Je n'y vois plus mais, à part cela, je suis en excellente santé!

— Oui, mon chéri.

— Madame Burtin, dit le colonel, si cela peut vous rendre service, j'ai donné l'ordre au chauffeur qui nous a ramenés d'Orly d'attendre pour vous reconduire avec votre fils à votre domicile.

— Je vous remercie, colonel.

— Vos bagages, Burtin, sont d'ailleurs restés dans la voiture. Il me reste, cher ami, à vous souhaiter d'oublier le cauchemar que vous venez de vivre pour ne plus penser qu'à l'avenir.

— L'avenir? répéta machinalement l'aveugle.

— Il peut être encore souriant si vous savez apprécier la présence de votre chère maman à vos côtés! Madame, nous vous rendons votre fils et surtout, nous vous le confions! Après tout ce qu'il vient de connaître, je crois qu'il a d'abord un immense besoin de tendresse. Mes hommages, madame. Au revoir, Burtin, et à bientôt, j'espère? Madame votre mère vous donnera mon adresse ici et mon numéro de téléphone privé : vous pourrez toujours venir me voir ou m'appeler si vous avez besoin du moindre service. Ce sera pour moi un plaisir de vous le rendre. Sans rancune?

L'ingénieur eut une courte hésitation avant de répondre :

— Pourquoi, après tout, aurais-je de la rancune à votre égard? Comme vous me l'avez très bien fait comprendre, je sais que, vous aussi, vous n'avez fait qu'obéir à des ordres.

— Dites-moi aussi que vous en voulez un peu moins à l'ami que vous avez laissé là-bas?

— L'ami?

— Mais oui! C'est précisément dans les moments où vous avez eu l'impression du contraire qu'il a fait preuve de la plus grande amitié!

— Quel ami? demanda Mme Burtin.

— Un vieil antiquaire, maman...

— J'aimerais tant, continua le colonel, pouvoir lui faire savoir — la prochaine fois où j'entrerai en contact avec lui dans un message — que vous avez enfin compris?

Il y eut un nouveau silence avant que Pierre ne dise :

— Mère, soyez gentille d'aller m'attendre dans la voiture où je vous rejoins dans un instant.

— Mais, mon petit, tu as besoin de moi pour descendre l'escalier...

— Rassurez-vous! répondit l'aveugle. Je me débrouille admirablement tout seul! Je n'ai même pas de canne!

— C'est vrai, et quand tu me regardes, j'ai l'impression que tu me vois encore...

— Je vous verrai toujours, ma petite maman...

Dès qu'il se retrouva seul avec le colonel, il lui dit :

— Tout à l'heure vous m'avez demandé quelque chose de bien difficile... Mais peut-être finirai-je un jour par comprendre que vous et Serge Martin n'avez agi que dans mon intérêt si vous me promettez de faire immédiatement le nécessaire auprès du gouvernement vietnamien pour que Ngô-Thi-Maï-Khanh soit remise en liberté.

— Vous aussi, vous me demandez là quelque chose de très difficile! Enfin, je vais essayer.

— Quand ce sera fait, je vous demande de me communiquer son adresse.

— Vous ne l'avez donc pas?

— Comment pourrais-je l'avoir? Je ne pense pas qu'elle retournera habiter dans la maison de Serge Martin maintenant que ne n'y suis plus!

— Il y a peu de chances, en effet. D'autant plus que l'absence du propriétaire va peut-être se prolonger!

— Croyez-vous qu'il pourra revenir de Chine?

— Vous vous intéressez à nouveau à lui? Cela me fait un rude plaisir! Et vous avez suffisamment appris à le connaître pour savoir que si un pays ne lui fait pas peur, c'est bien le Céleste Empire! Il y est chez lui!

— Je sais. Il me l'a dit : « *Les Jaunes, ça me regarde!* » Pourtant, je crains que, cette fois, il n'y trouve quelques embûches de taille.

— Ce sera certainement très dur pour lui, mais je le crois encore plus fort que les événements ou les catastrophes. Il ira jusqu'au bout de la mission que vous avez si bien commencée et il nous rapportera le document!

— Bouddha vous entende!

— Encore Bouddha? Mais dites-moi, mon garçon, l'amour de cette Chinoise ne vous a quand même pas incité à vous convertir au bouddhisme?

— Pas encore, mais ça pourrait venir. C'est une religion pour laquelle j'ai la plus sincère admiration!

— Pourquoi?

— Elle n'est faite que de philosophie. Dès que vous aurez l'adresse de Maï, vous me la communiquerez?

— C'est promis. Nous nous serrons la main, Burtin?

— Pourquoi pas?

La conversation pendant le premier repas, pris avec sa mère dans l'appartement de la rue Vaneau, fut d'abord un long monologue de Mme Burtin pendant lequel celle-ci ne cessa de poser questions sur questions. A la fin, excédée par le silence de son fils, qui n'avait aucune envie de répondre, la vieille dame dit :

— Mais enfin, Pierre, qu'est-ce que tu as? Ce serait à croire que tu es désespéré d'être rentré chez toi?

— Je suis heureux de vous avoir retrouvée, mère, mais je ne peux pas vous dire que je ne regrette pas l'existence que j'ai menée là-bas.

— Même en ne voyant plus depuis plusieurs mois?

— Même n'y voyant plus...

— Tu me stupéfies! Je ne parle pas de ton infirmité, mais sais-tu que je ne te retrouve plus du tout le même? Tu as beaucoup changé! Avant, tu étais gai, tu me racontais tout ce que tu faisais, tu me confiais tes projets ou tes rêves. Aujourd'hui tu te tais comme si tu avais un secret qui t'oppressait... Y a-t-il quelque chose que tu craignes de me dire?

— Rien, je vous assure.

— S'il y a quelqu'un au monde à qui tu dois te confier, c'est à ta mère, mon enfant!

— Je sais.

— Tout à l'heure, quand je t'ai expliqué les transformations de l'appartement que j'ai pu faire grâce à une partie de l'argent que tu m'avais laissé avant ton départ, j'ai eu l'impression qu'elles ne t'intéressaient pas...

— Je suis sûr qu'elles sont très réussies, maman : je connais votre bon goût. Mais que voulez-vous! J'aurais aimé les voir.

— C'est cela qui te hante, ta vue? Mon pauvre petit, je te comprends. Seulement ce n'est pas une raison suffisante pour te laisser aller au découragement! Je connais ton énergie : c'est la même que celle de ton père. Je te garantis que si un pareil accident lui était arrivé, il aurait immédiatement réagi! Tu dois faire comme lui : d'où il est en ce moment, c'est lui qui te le demande. Tu es un Burtin, ne l'oublie pas! Et les Burtin sont courageux! D'ailleurs, après la visite du colonel Sicard hier, j'ai beaucoup réfléchi. Avant, je l'avoue, j'ai longuement pleuré. J'étais désespérée! Je me disais : « Est-ce possible, mon Dieu, que vous nous envoyiez cette nouvelle épreuve au moment où nous pensions pouvoir enfin envisager la vie avec plus d'optimisme ? » C'est vrai : nous n'avons plus de difficultés financières.

— A ce propos, maman, voici un autre chèque qui m'a été remis comme indemnité pour mon accident. Vous n'aurez qu'à le remettre à la banque pour encaissement.

Après avoir jeté un regard sur le montant du chèque, Jeanne Burtin s'écria :

— Mais... C'est énorme! Enfin, je veux dire que c'est normal après ce qui t'est arrivé.

— J'aurais préféré que la somme fût moins importante : cela aurait prouvé que j'avais quelque chance de guérison!

— Ta guérison? Précisément, nous y arrivons. Donc hier, je t'ai dit avoir réfléchi. J'ai pensé que, malgré tout ce qui a été tenté à Saigon comme me l'a expliqué le colonel, il y avait peut-être encore une chance.

— Quelle chance?

— Celle de te rendre la vue, Pierre!

— Il n'y a plus aucun espoir : l'un des plus grands spécialistes français a fait exprès le voyage pour venir m'examiner là-bas. Son diagnostic a été formel : rien à faire!

— C'est peut-être un très grand spécialiste, mais cela ne signifie pas qu'il soit infaillible! Il n'y a pas que lui sur terre! Il existe d'autres spécialistes tout aussi compétents! Et si nous ne les trouvons pas en France, maintenant que nous avons de l'argent, je n'hésiterais pas à t'emmener à l'étranger, s'il le fallait, pour consulter d'autres médecins. On m'a dit qu'il y en avait de remarquables en Allemagne et aux États-Unis...

— Qui vous a dit cela?

— Tous nos amis auxquels j'ai téléphoné hier soir.

— Déjà? Je constate que vous n'avez pas perdu de temps pour annoncer la grande nouvelle : « Pierre revient, mais il est aveugle! » C'est affreux, maman! Ils vont tous venir pour me plaindre. Je ne veux plus de cette pitié inutile!

— Ne sois pas si amer! Nous avons de bons amis, qui nous aiment sincèrement et qui ont toujours eu pour toi la plus grande estime. Tous ne veulent que ton bien et je vais te le prouver. Parmi eux se trouve Mme Rufec... Tu la connais.

— Cette vieille folle qui passe son temps à faire du spiritisme?

— Cette vieille folle ne l'est pas autant que tu le crois! Quand je lui ai raconté ce qui t'était arrivé, elle m'a tout de suite dit : « Il faut le conduire immédiatement chez la doctoresse Norther! »

— Qui est-ce?

— Une femme exceptionnelle! Je dirais même : une femme qui fait des miracles! Ce que tu ne sais sans doute pas, c'est qu'il y a deux ans Mme Rufec était devenue aveugle : tous les spécialistes consultés avaient déclaré qu'il n'y avait rien à faire. Désespérée, elle est allée chez la doctoresse Norther : six mois plus tard, elle avait retrouvé une vue presque normale! C'est tout.

— Il n'y a aucun rapport entre une cécité qui vient progressivement et un accident comme le mien!

— C'est possible mais cela ne veut pas dire qu'il faut

hésiter à demander pour toi une consultation à cette doctoresse. Je l'ai fait ce matin avant d'aller chez le colonel. Elle nous attend demain à 10 heures. Et même si elle nous disait qu'il n'y a aucun espoir, je continuerais, moi ta mère, à croire en ta guérison possible. Je suis même prête, après t'avoir donné la vie, à t'offrir mes propres yeux s'il le fallait, pour que tu puisses voir à nouveau! Qu'est-ce que ça peut faire qu'une vieille femme comme moi devienne aveugle? Mais toi, Pierre! Toi qui n'as que quarante ans et qui peux connaître encore une magnifique carrière d'ingénieur! Il te faut des yeux! Tu veux bien venir avec moi, demain, chez la doctoresse?

— Pour vous faire plaisir, oui.

La première nuit dans sa chambre parisienne fut pour lui la plus atroce qu'il eût jamais connue. Celle qu'il avait passée dans la maison de l'antiquaire à Saigon et pendant laquelle il avait revécu une grande partie de son effarante aventure, lui semblait — avec le recul du temps — presque douce en comparaison de celle-ci. Son cerveau et son cœur étaient torturés comme ils ne l'avaient jamais été. Il se sentait partagé entre deux sentiments, qui s'opposaient, se détruisaient même : l'amour filial pour sa mère et la passion inassouvie pour celle dont l'absence était déjà la plus intolérable des souffrances.

Il s'en voulait aussi de ne pas avoir su se montrer plus affectueux pendant les premiers instants où il avait retrouvé cette maman qui avait été pour lui toute sa famille. Une mère souvent tyrannique, mais admirable qui venait de lui prouver une fois de plus qu'elle n'abdiquerait jamais et qu'elle ne se laisserait pas dominer par l'adversité : elle n'avait même pas attendu son arrivée, ni son consentement, pour prendre le rendez-vous avec cette doctoresse que l'on disait prodigieuse. Que se passerait-il demain? Quel serait le diagnostic? S'il était optimiste, ne serait-ce pas uniquement pour lui redonner le désir de rester en France pendant tout le temps nécessaire à un traitement ou peut-être même à plusieurs opérations successives? Les jours, les semaines, les mois sans doute s'écouleraient avant qu'il puisse envisager de retourner auprès de Maï... S'il était pessimiste, sa mère, avec son terrible entêtement, s'acharnerait et essaierait de le traîner de médecin en médecin, de clinique en clinique, de ville en ville, de pays en pays en conservant toujours l'espoir d'une guérison problématique. Ne serait-ce pas pire que tout que d'être ainsi ballotté de désillusions en désespoir? Que de temps perdu pendant lequel Maï serait loin!

Il se reprochait de n'avoir pas parlé tout de suite de son grand amour à sa mère. Mais connaissant son intransigeance, ses ambitions pour lui, se doutant que pendant son absence elle avait dû élaborer pour lui mille projets de mariage avantageux, il n'en avait pas eu le courage. Le colonel Sicard, lui-même, ne lui avait-il pas conseillé de se taire? Et cependant! L'aveu immédiat n'aurait-il pas arrangé beaucoup de choses, dissipé le nuage qui n'avait cessé de planer, pendant toute cette première journée, sur une conversation qui aurait dû être franche et sincère comme le sont généralement celles d'une maman avec son fils unique?

Il était surtout bouleversé à la pensée qu'en ce moment, alors qu'il bénéficiait du confort douillet de son domicile parisien, la petite Maï devait être dans l'une des sinistres geôles vietnamiennes, en butte aux questions insidieuses posées sans cesse par les valets du redoutable commissaire Xi-Dien, se défendant seule contre d'injustes accusations... Maï qui ignorait certainement que son amant lui avait été arraché par la force sans qu'il ait même eu la possibilité de la prévenir ou de lui dire au revoir! Le mot « adieu » ne lui venait pas à l'esprit, puisqu'il savait qu'il irait la retrouver...

Mais comme elle devait le maudire en ce moment, croyant avoir été abandonnée au moment même où elle était allée à la recherche d'un domicile où ils pourraient abriter leur bonheur! Jamais, malgré ce que lui avait demandé « la vieille chouette », il ne pardonnerait à l'antiquaire d'être parti pour la Chine sans avoir tenu sa promesse ou, tout au moins, sans avoir fait dire à Maï que son protecteur reviendrait vite.

Plusieurs fois, pendant cette nuit, l'aveugle entendit s'ouvrir la porte de la chambre : sa mère s'était approchée de son lit, avec cette même discrétion dont avait su faire preuve Serge Martin, pour savoir s'il se reposait. Là aussi il avait fait semblant de dormir, contrôlant la régularité de sa respiration. Par ces visites silencieuses, sa mère marquait — tout autant que l'antiquaire — sa volonté de le surveiller, de le protéger... Et cela lui semblait odieux! La seule protection qu'il aurait souhaitée était celle de l'amante. Il n'y avait qu'avec elle qu'il s'était senti en pleine sécurité. Même la tendresse excessive d'une maman l'exaspérait, même le baiser qu'elle avait déposé sur son front comme elle le faisait déjà quand il n'était encore qu'un enfant. Il n'avait plus besoin de ces caresses-là...

La voix de la doctoresse Norther était étrange, presque trop grave pour une voix de femme, mais calme... Une voix qui, sans être douce, apportait l'apaisement. Dès les premières paroles, l'aveugle chercha à imaginer le visage et l'aspect de celle qui avait la réputation de pouvoir rendre la vue à ceux qui s'étaient crus condamnés à une nuit désespérée. Dans cette voix, dont les résonances profondes venaient d'Europe centrale, il y avait l'espoir...

Après avoir laissé parler Mme Burtin pendant quelques instants, la doctoresse dit :

— Je vais examiner votre fils, madame, mais je vous

demande d'avoir l'obligeance d'attendre dans mon cabinet pendant que je procéderai à l'examen dans ma salle de consultation. Venez, monsieur.

Elle le conduisit vers une porte, recouverte d'une lourde tapisserie, qu'elle referma derrière elle. Après l'avoir fait s'installer sur un siège spécial, dont le dossier réglable permettait de maintenir la tête droite et immobile, elle lui demanda :

— Pouvez-vous m'expliquer avec le plus de précision possible comment s'est passé cet accident?

Il eut une courte hésitation avant de répondre :

— Ma mère vous a dit qu'une chaudière de navire avait éclaté : c'est ce que j'ai été dans l'obligation de lui faire croire pour des raisons qu'il m'est impossible de vous révéler... Mais, en réalité, l'accident a été tout autre : ce fut un attentat...

Sans précipitation, car il sentait que chacune de ses paroles était rigoureusement enregistrée, il raconta ce qui s'était passé dans la maison de Mme Tchang, sans toutefois préciser les véritables raisons pour lesquelles il s'y trouvait. N'était-il pas préférable que cette doctoresse crût qu'il n'y était venu qu'en touriste avec un ami, pour y passer un moment agréable? Bien que se sachant maintenant libéré de ses obligations à l'égard du Service auquel il avait appartenu, il n'avait pas le droit de révéler à qui que ce fût les activités auxquelles il s'était livré. C'était là une règle absolue du code d'honneur qui oblige tous les anciens agents d'un service secret à se taire.

Quand il eut fini, elle dit simplement :

— Maintenant, ne bougez plus.

Pendant les semaines passées à l'hôpital de Saigon, il avait subi tant d'examens de ce genre que tout ce que fit la doctoresse lui parut normal, même cette légère sensation de chaleur sur l'épiderme provenant de l'ophtalmoscope électrique, qui projetait de la lumière dans les diverses parties de l'œil pour permettre de voir éventuellement la rétine. Mais, malgré les projections faites successivement en haut, en bas, à droite et à gauche, dans neuf positions différentes de l'appareil, la doctoresse ne parvint pas à voir le fond de l'œil : ce qui prouvait qu'il y avait, avant tout, de fortes hémorragies du corps vitré qui, en le rendant opaque, empêchaient de voir plus loin. Il fallait utiliser maintenant la lampe à fente — ce bio-microscope pouvant grossir de douze à trente fois l'œil — qui montrerait plus en détail les hémorragies du vitré : celles de l'humeur aqueuse s'étaient déjà résorbées, depuis le temps écoulé après l'accident. La tension oculaire enfin, prise sur chaque œil grand ouvert à l'aide d'un troisième appareil posé sur le globe de l'œil, était très forte, démontrant qu'il y avait de grosses contusions de ce globe.

Tout cela fut fait avec une extrême minutie.

L'anxiété de Mme Burtin, restée seule dans le cabinet, grandissait au fur et à mesure que le temps passait. Ce ne fut qu'au bout de trois quarts d'heure que la tapisserie se souleva et que la doctoresse ressortit, avec Pierre, de la salle de consultation.

— Madame, commença-t-elle, si je n'ai pas encore fait part à monsieur votre fils du résultat de cet examen, c'est parce que je tenais à parler en votre présence... Une première constatation s'impose : il n'y a pas d'éclatement du globe de l'œil qui enlèverait tout espoir de guérison... Il faut donc, avant tout, faire se résorber les caillots du vitré : ce qui doit être possible. Ensuite, quand on pourra apercevoir la rétine, on verra si elle est, oui ou non, déchirée et si une opération doit être tentée. En cas de déchirure, l'intervention chirurgicale sera obligatoire. Mais si la vue commençait à revenir au cours du traitement du vitré, ce serait signe que la rétine est intacte et l'opération ne serait plus nécessaire.

L'aveugle et sa mère avaient écouté avec une attention où, très vite, l'angoisse s'était atténuée pour laisser place à un faible espoir.

— Je pense pouvoir commencer dès demain, continua la voix grave, le traitement du corps vitré. Je vous ferai directement, dans le globe de chaque œil, une piqûre d'Opsomyl, qui est à base de chlorure de sodium. Il vous faudra une piqûre par mois pendant six mois, soit six piqûres en tout. Ces piqûres ont une action irritante sur les tissus et provoquent leur exhulation : progressivement le sang sera attiré par osmose vers l'extérieur de l'œil qui s'éclaircira peu à peu... J'ai pensé un moment vous administrer des hormones lipocaïques, sous forme de comprimés de Liphormone, mais c'est absolument inutile : elles ne sont destinées qu'à empêcher de nouvelles hémorragies du vitré qui ne sont pas à craindre puisque les vôtres n'ont pas été spontanées mais provoquées par un choc. Par contre, en plus de la série de piqûres, nous procéderons à une dizaine de séances d'ultra-sons au niveau du globe de l'œil pour permettre la désagrégation des caillots. Nous élargirons également la pupille par des gouttes de Collyre Mydriatique.

Après un silence, Mme Burtin demanda, la voix tremblante :

— Et vous pensez, docteur, que la vue pourrait revenir après ces six mois de traitement?

— Si la rétine n'est pas atteinte, elle reviendra même avant, madame... La guérison sera progressive. Dès les quatre premiers jours qui suivront la première piqûre, M. Burtin devrait apercevoir une sorte de brouillard et des corps flottants. Au bout de quinze jours, il récupérera à peu près trois dixièmes de sa vue; enfin, entre trois et six mois, sa vue reviendra totalement.

— Telle qu'elle était auparavant?

— Je le pense.

— Mon fils n'aura même pas besoin de lunettes?

— Quand il sera guéri, non. Mais pendant la durée du traitement, il devra porter des lunettes noires, pour éviter la fatigue.

— Tu entends, mon chéri? Ce serait prodigieux!

L'aveugle ne répondit pas mais de ses yeux encore éteints coulaient des larmes silencieuses.

— J'aime ces larmes! dit la doctoresse. Elles me prouvent, monsieur, que vous avez retrouvé la volonté de guérir. Quand vous êtes entré dans ce cabinet, j'étais inquiète : je vous sentais désespéré et n'ayant plus aucune confiance dans personne! Avouez que vous n'êtes venu ici que pour faire plaisir à madame votre mère?

— C'est vrai.

— Mais enfin! s'exclama Mme Burtin, comment se fait-il que tous les médecins et spécialistes consultés à Saigon n'aient pas compris qu'il y avait une chance de guérison?

— Ne sous-estimons pas les confrères, madame! Ils ont procédé exactement de la même façon que moi et ils ont fait les mêmes constatations. Seulement ces examens ont eu lieu il y a quelques mois. A cette époque, le traitement que je tente était peu pratiqué. Il n'y a que très peu de temps que l'on a pu observer les résultats obtenus. Pouvez-vous venir demain matin à 8 heures pour la première piqûre?

— Nous serons là, docteur! répondit vivement Mme Burtin. Et merci pour tout ce que vous venez de nous dire.

— Je n'ai dit que des choses normales, fondées sur des constatations. Quant au remerciement, je l'aurai le jour où votre fils verra.

Dès qu'ils furent sortis de l'immeuble, Pierre demanda à sa mère :

— Comment est-elle, cette doctoresse?

— Que veux-tu dire?

— Physiquement?

— Mon chéri, ce n'est pas une femme pour toi! répondit-elle, joyeuse. Elle a au moins mon âge! La principale différence entre elle et moi, c'est qu'elle n'a aucune coquetterie! Ses cheveux sont tout blancs. Ça lui va bien d'ailleurs. Elle est très sympathique.

— Je l'ai senti.

— Pourquoi m'avoir posé une pareille question puisque tu la verras bientôt?

— Vous le croyez vraiment?

— Une maman n'est-elle pas toujours prête à croire ce qui peut faire le bonheur de son enfant?

L'après-midi, il profita de ce que sa mère était sortie pour téléphoner au colonel Sicard.

— Vous avez de la chance de me trouver chez moi à cette heure, répondit ce dernier. Comment se sont passées ces premières vingt-quatre heures? Vous êtes-vous un peu réadapté à la vie parisienne?

— Je ne le pourrai jamais. Avez-vous pu agir pour Ngô-Thi-Maï-Khanh?

— Je puis vous confirmer que « l'antiquaire » a fait le nécessaire avant de quitter Saigon et que la jeune personne a été remise en liberté par la police vietnamienne une heure après votre départ. Je vous avais dit que l'on pouvait compter sur notre ami.

— Alors Maï a dû revenir à la maison de Serge Martin?

— En effet... Et elle y a trouvé un autre de nos amis.

— Qui cela?

— Vous ne le connaissez pas et comme il y a peu de chances pour que vous fassiez un jour sa connaissance, je n'ai aucune raison de vous dire son nom. Celui-ci, qui a la mission de veiller sur la demeure et sur les trésors qu'elle contient, a informé votre belle amie de votre départ.

— Que lui a-t-il dit?

— La vérité : que vous aviez été expulsé par ordre du gouvernement vietnamien.

— Mais c'est de la démence!

— Cela me paraît au contraire très intelligent : ainsi cette femme ne pourra pas penser une seconde que vous l'avez abandonnée délibérément. Vous sortez de l'aventure avec les honneurs de la guerre, en gentleman!

— Lui a-t-il fait comprendre que j'allais revenir le plus vite possible?

— Comment aurait-il pu avancer une pareille affirmation? D'abord cet agent ignore que votre démission a été acceptée par nous, ensuite votre retour éventuel là-bas ne dépend plus de nos Services mais du bon vouloir du Viêt-Nam.

— Puisque je vous ai dit que j'y retournerai!

— Mon cher, vous ferez ce que vous voudrez : ceci ne nous concerne plus.

— Enfin, comprenez-moi : j'aime cette femme!

— Vous me l'avez déjà dit mais je persiste à croire que cette passion ne durera pas.

— Je vous interdis de parler ainsi!

— Et moi je vous interdis de me déranger pour des choses qui n'en valent pas la peine! S'il fallait que je m'occupe des histoires de cœur de tous mes subordonnés, je n'en sortirais plus!

— Je vous demande pardon.

— Vous êtes tout excusé, mon petit.

— Mon colonel, je vous supplie de répondre à une dernière question. Après je vous promets que je ne vous ennuierai plus!

— Je vous écoute.

— Cet « ami » qui a accueilli Maï vous a-t-il dit quelle a été sa réaction quand elle a appris que je n'étais plus là?

— Elle est, paraît-il, restée très calme et elle a emporté toutes ses affaires personnelles dans un cyclo-pousse conduit par un certain Sen.

— Où a-t-elle été?

— Ça, nous l'ignorons. Et il n'y avait aucune raison de le lui demander.

— Mais vous ne vous rendez pas compte! Comment puis-je la retrouver? Je ne sais même pas où lui écrire!

— Lui écrire? C'est une idée, en effet. Seulement qui rédigera la lettre que vous serez bien obligé de dicter? Madame votre mère? Je ne pense pas que ce soit très indiqué!

L'aveugle resta sans réponse.

— Il faut penser à tout! continua la vieille chouette. Je veux bien vous rendre encore un service : dépêchez-vous de sauter dans un taxi et venez chez moi. Vous m'y dicterez la lettre et je m'arrangerai pour la faire parvenir à cet ami, qui remplace Serge Martin à Saigon pendant son absence, en lui donnant des instructions pour qu'il retrouve à tout prix l'adresse de la belle enfant et qu'il lui remette votre lettre en mains propres. Comme vous êtes capable de signer, elle sera rassurée. Mais il faudra que la lettre soit très courte, sans trop d'amour dedans. Cette offre vous convient-elle?

— Ne serait-ce pas mieux d'adresser cette lettre directement au *Grand Monde?*

— Pensez-vous qu'elle y soit retournée travailler? Et, dans ce cas, je serais bien surpris si la lettre lui parvenait! A moins qu'elle n'ait réintégré sa chambre de l'hôtel *Piccadilly?*

— Certainement pas!

— Peut-être s'est-elle réfugiée dans l'appartement de cette amie qui a caché si longtemps le plan?

— C'est l'hypothèse la plus vraisemblable. Malheureusement, j'ignore l'adresse et même le nom de cette amie!

— Alors utilisons notre agent là-bas. Il est loin d'être sot! A un moment, après votre accident, nous avions même pensé à lui pour vous remplacer au cas où nous aurions été dans l'obligation de vous rapatrier tout de suite. Mais, finalement, j'ai préféré la solution de l'attente.

— Celle du peintre aveugle, dont personne ne se méfie!

— N'ai-je pas été bien inspiré puisque cette prolongation de votre séjour a été couronnée par la réussite? Alors, vous venez?

— Oui.

Une demi-heure plus tard la lettre, très courte comme l'avait voulue le colonel et disant que son auteur allait tout tenter pour revenir au Viêt-Nam, était faite, signée « Jacques Fernet ».

— Maintenant, dit l'officier, ne vous tourmentez pas sur l'itinéraire assez spécial que prendra votre missive. Vous devez bien vous douter que je ne la confierai pas à la poste ordinaire! Admettons que nous utilisons une sorte de « valise diplomatique » secrète... Mais ce dont vous pouvez être assuré, c'est que le remplaçant de Serge Martin l'aura en mains d'ici une dizaine de jours. Entre-temps, il se sera renseigné sur le lieu où se cache votre bien-aimée. Mais se cache-t-elle seulement? Après tout, il n'y a aucune raison pour qu'elle le fasse!

— Je ne suis pas de votre avis! Il y en a une essentielle maintenant.

— Laquelle?

— Si Serge Martin talonne vraiment, comme vous me l'avez dit, M. Jojo dans sa fuite en Chine avec le document, vous pouvez être certain que les communistes ne se font plus d'illusions sur l'identité de celle qui les a trahis. Serge Martin ne peut avoir été renseigné que par Maï, à travers moi.

— Je suis stupéfait à la pensée que vous puissiez continuer, après l'avoir fréquenté pendant aussi longtemps, à croire que l'antiquaire est un apprenti! Apprenez une fois pour toutes que, s'il le veut, personne ne pourra le repérer... même en Chine! C'est un homme capable de changer complètement de silhouette et même de visage en quelques heures.

— Je sais... Le caméléon... Lui-même s'est comparé devant moi à cet animal!

— Vous devriez plutôt dire : le plus prodigieux des acteurs de composition! Si un jour, avec votre entêtement borné, vous réussissiez quand même à retourner là-bas, il pourrait vous arriver de le rencontrer et même de lui parler sans le reconnaître.

— Il y a une chose que je reconnaîtrai toujours maintenant : sa voix...

— Croyez-vous?

— Et si je parviens à retourner en Extrême-Orient, peut-être sera-ce après avoir retrouvé toutes mes facultés.

— Cela signifierait-il que vous avez un espoir de retrouver la vue?

— Un espoir très vague, je le reconnais, mais il existe.

— Voilà bien la meilleure nouvelle que j'aie entendue depuis longtemps!

La voix rude avait prononcé ces derniers mots avec sincérité. Elle enchaîna presque aussitôt :

— Qu'est-ce qui vous fait penser cela?

— Je ne puis encore rien vous dire de précis. Mais si jamais cela arrivait, je vous promets que vous seriez l'une des premières personnes à qui je viendrais rendre visite.

— Le ciel vous entende! Alors là, je comprendrais que vous retourniez immédiatement au Viêt-Nam...

— Pour y reconnaître, malgré ses déguisements, l'antiquaire?

— Avouez que vous seriez bien surpris si ce géant vous apparaissait rapetissé et bossu? Mais lui ne vous intéresserait que médiocrement. Ce serait votre maîtresse que vous chercheriez d'abord pour découvrir enfin son visage que vous ignorez. Je reconnais que ce doit être là un moment prodigieux, quand on a vraiment adoré une femme! Ça peut être dangereux aussi : on risque d'avoir des désillusions...

— Je n'en aurai pas!

— Alors je vous souhaite la guérison la plus rapide possible!

— Vous rendez-vous compte de ce que ce serait pour moi de revoir?

— Ce serait surtout juste parce que vous n'avez pas mérité ce qui vous est arrivé. Je vous aime bien, Burtin!

— Je le sais.

— Si cela arrivait, n'oubliez quand même pas que c'était quand vous n'y voyiez plus que vous avez fait pour nous le travail le plus utile. N'est-ce pas étrange?

— Très étrange, en effet.

Quand il se retrouva seul, l'officier eut un sourire avant d'allumer un cigare. Pendant qu'il commençait à le savourer il ne put s'empêcher de penser : « Je ne sais pas ce qui s'est passé pendant ces vingt-quatre heures, mais j'ai l'impression que la maman de ce garçon-là est très forte! Elle est déjà parvenue à lui redonner le désir de ne retourner auprès de sa Chinoise qu'une fois guéri. Une pareille guérison, si elle a lieu, va demander du temps. Le temps, ça favorise l'oubli! Rien ne prouve que lorsqu'il verra, il ait envie de repartir. Paris offre tellement de distractions! Et les Françaises sont si jolies! »

Ce que la vieille chouette ne pouvait comprendre, c'était que plus le temps passé loin de Maï s'allongeait et plus son amant ressentait le besoin de la retrouver. Chez lui, ce n'était même pas un besoin mais une nécessité.

Pendant la deuxième nuit qu'il passa à Paris, il fut obsédé par l'idée de connaître enfin le visage de l'aimée. C'était la toute première raison pour laquelle il voulait retrouver la vue. Aucun autre visage ne l'intéressait. Que lui importait qu'un Serge Martin lui réapparût un jour sous un autre aspect? Il n'avait que faire de cet aventurier!... Revoir aussi le visage de sa mère? Ce serait très doux mais ne le portait-il pas déjà gravé dans son cœur et dans son âme depuis tant d'années? Non, il n'y avait que Maï...

Un autre visage inconnu l'intriguait cependant : celui de la doctoresse. Il avait aimé tout de suite cette voix qui ne parlait que pour apporter le plus fantastique des espoirs! Une telle femme ne pouvait avoir qu'un diagnostic sûr. Et, de toute façon, Jacques sentait déjà qu'elle tenterait tout pour qu'un jour il pût enfin prononcer les deux mots qui seraient presque un cri de délivrance :

— Je vois!

La première piqûre était faite.

Suivant les prescriptions de la doctoresse, Pierre était rentré se reposer à la maison. Pendant la fin de la matinée et le début de l'après-midi, il s'était senti assez fatigué, mais sans plus. La doctoresse l'avait prévenu :

— Dans les premières heures qui suivront chaque piqûre mensuelle, vous aurez une grande lassitude mais, assez vite, l'impression d'abattement disparaîtra.

Vers 6 heures du soir, brutalement, il fut pris d'une violente crise d'étouffement. Le voyant presque râler, Mme Burtin, affolée, avait appelé d'urgence son médecin traitant habituel : le Dr Crépin. Celui-ci diagnostiqua rapidement une hémorragie pulmonaire nécessitant l'injection immédiate par piqûre de vitamine K à forte dose. Une heure plus tard, le malade était soulagé.

Alors qu'il commençait à sommeiller, le Dr Crépin eut une consultation dans le salon avec la doctoresse Norther, mandée également en toute hâte.

— Je ne m'explique pas, dit-elle, une réaction aussi violente. La piqûre d'Opsomyl, faite ce matin, ne peut absolument pas en être la cause. Il y a autre chose. Vous avez très bien fait d'envoyer tout de suite son sang dans un laboratoire pour une analyse. Quand aurez-vous le résultat ?

— Il faut attendre au moins vingt-quatre heures.

La nuit fut relativement calme, ainsi que la journée du lendemain. Mais l'état de prostration du malade ne s'améliorait pas. Revenue en fin d'après-midi, la doctoresse ne cessait de répéter à Mme Burtin et au médecin traitant :

— C'est anormal ! Il devrait avoir déjà retrouvé toute sa vitalité.

Après avoir tenté, en compagnie de son confrère, d'interroger le malade, elle revint auprès de Mme Burtin en lui confiant :

— Le Dr Crépin et moi-même sommes de plus en plus

perplexes : votre fils a une grande difficulté d'élocution et un commencement d'hémiplégie : la moitié droite de son visage est légèrement paralysée. Mon confrère est en train de lui injecter une nouvelle dose de vitamine K.

Enfin le résultat de l'examen de sang arriva du laboratoire. Après en avoir pris connaissance et s'être à nouveau consultés, les deux médecins déclarèrent à Mme Burtin :

— L'examen démontre un temps de coagulation très lent : c'est donc un cas d'hémophilie prouvant un défaut grave de vitamine K dans l'organisme. Votre fils a-t-il déjà été sujet à des accidents de ce genre?

— Jamais!

— Votre défunt mari, madame, n'avait jamais connu non plus... d'accident?

— Je puis vous affirmer que tout le monde est sain des deux côtés des ascendants de mon fils!

— Dans ce cas, madame, il faut rechercher une cause plus récente, dit la doctoresse. Avez-vous expliqué à mon confrère que monsieur votre fils n'était revenu d'Extrême-Orient qu'il y a trois jours, après y avoir séjourné pendant une année?

— Oui.

Le Dr Crépin eut une légère hésitation avant de dire :

— Mon confrère Norther vient sans doute de trouver la véritable origine du mal. Il n'y a pas une seconde à perdre! Je vais immédiatement téléphoner au Pr Trumaud, qui est l'un de nos plus éminents toxicologues actuels ainsi qu'un grand spécialiste des maladies contractées en Extrême-Orient, en Asie et surtout dans le Sud Asiatique.

— Que voulez-vous dire? demanda Mme Burtin.

Le Pr Trumaud, assisté de ses deux confrères, resta

longtemps au chevet de Pierre. Quand ils ressortirent de la chambre, tous trois étaient soucieux. Ce fut le professeur qui parla :

— Actuellement, madame, votre fils est sous l'effet de la nouvelle dose de vitamine K que lui a administrée tout à l'heure mon confrère Crépin. C'était d'ailleurs la seule chose à faire et il faudra continuer à pratiquer ce traitement jusqu'à ce que l'organisme de M. Burtin recommence à lui fournir normalement cette vitamine K qui, si elle avait continué à lui manquer, l'aurait conduit très rapidement à une issue fatale. C'est à dire que l'intervention du Dr Crépin hier a été providentielle.

La voix blanche, Mme Burtin balbutia :

— Vous voulez dire, monsieur le professeur, que mon fils a été en danger de mort ?

— Il l'est toujours, madame... Mais depuis hier, le mal commence à être enrayé. Il faudra pourtant de six mois à un an pour obtenir une guérison complète ! Tout dépendra de la rapidité et surtout de la facilité avec laquelle son organisme absorbera la vitamine K. De toute façon, nous devons avoir confiance.

— Mais le traitement commencé par la doctoresse Norther pour sa vue pourra-t-il continuer aussi ?

— Il n'y a aucune raison pour que nous ne le poursuivions pas parallèlement, affirma la doctoresse. Le mois prochain, je ferai la seconde piqûre d'Opsomyl.

— Et vous pensez que mon pauvre Pierre commencera quand même à entrevoir un brouillard et des corps flottants demain puisque vous nous aviez dit que cela se produirait après quatre jours ?

— Je le crois, madame... Attendons demain. Pour le moment, il n'y a qu'à suivre les prescriptions du Pr Trumaud et à continuer le traitement pratiqué par mon confrère Crépin.

— Messieurs, je vous remercie de la diligence dont vous avez fait preuve... Mais je vous demande, avec toute l'angoisse dont peut être capable un cœur de mère, si vous croyez vraiment dans une guérison possible.

— Il doit guérir, madame! affirma le professeur.

— Avez-vous enfin une idée sur la véritable cause de cette hémophilie soudaine?

— Nous attendrons que monsieur votre fils soit en état de parler et surtout de mieux nous comprendre pour expliquer ce qui lui est arrivé. Si l'effet bienfaisant de la vitamine K continue à s'affirmer, peut-être sera-ce bientôt.

La nouvelle nuit et la journée qui suivit furent calmes. Le commencement de demi-paralysie faciale avait disparu et, vers 3 heures de l'après-midi, Pierre put recommencer à parler sans difficulté avec sa mère, qui n'avait pas quitté son chevet.

— Que m'est-il arrivé? demanda-t-il.

— Une chose assez étrange, mon chéri... Mais maintenant tu es en de bonnes mains.

— C'est sans doute dû à l'injection faite par la doctoresse?

— Il n'y a aucun rapport, ont affirmé les spécialistes. D'ailleurs le P^r Trumaud doit revenir te voir ce soir vers 6 heures avec le D^r Crépin qui s'est montré très dévoué.

— Et la doctoresse?

— Elle aussi est déjà venue deux fois : c'est une femme admirable qui a une entière confiance dans le résultat de son traitement.

— Mais six mois, c'est tellement long!

— Pas quand il s'agit de retrouver l'un des biens les plus précieux du monde : la vue! Ce sera le temps qu'il faudra aussi pour guérir ton autre mal... Mais surtout ne t'agite pas ! Ne t'inquiète pas ! Dis-toi bien que ta maman te tirera de tout !

— Je sais que vous êtes tenace.

— Et tu t'en plains ?

Il resta muet une bonne heure, comme s'il se perdait dans un rêve désespéré. Assise près du lit, Mme Burtin savait qu'il ne dormait pas. Elle aurait voulu le questionner, lui demander quelle était la cause secrète de cette tristesse qui ne l'avait pas quitté depuis son retour. Elle comprenait maintenant que ce n'était pas uniquement la perte de la vue qui le hantait. Il y avait autre chose... mais quoi ? Comment aurait-elle pu se douter que l'éloignement de Maï était pour lui la plus atroce des souffrances ?

Brusquement, il se dressa sur son lit en criant :

— Maman... je vois !

— Tu en es sûr, mon Pierre ?

— Oui... C'est faible : un brouillard, et, au milieu de ce nuage... des corps... indéfinissables, plus sombres, qui tournent sans cesse devant mes yeux dans une sorte de ronde, toujours la même ! Maman, la doctoresse avait raison ! Il faut tout de suite lui téléphoner pour l'informer : expliquez-lui bien ce que je vois.

Quelques instants plus tard, Mme Burtin revint du vestibule, où se trouvait le téléphone, en disant :

— La doctoresse Norther est satisfaite. Elle te fait dire de rester tranquille et surtout de ne pas t'exaspérer si les corps flottants, qui dansent devant tes yeux, finissent par t'agacer. Cela durera une dizaine de jours. Ensuite, comme elle te l'avait annoncé, tu récupéreras environ 3/10e de ta vue : c'est-à-dire que tu verras les gens et les choses d'une manière très floue. C'est merveilleux, mon chéri ! Tu m'en veux toujours de mon entêtement ?

— Non, maman.

— La doctoresse a ajouté que, dès que le Pr Trumaud t'autorisera à sortir, il faudra que tu viennes chez elle pour ta première séance d'ultra-sons.

— J'irai! s'écria-t-il, presque joyeux.

Le soir, ce fut la visite du professeur, accompagné du Dr Crépin.

— Je constate avec plaisir, dit ce dernier, qu'il y a une très nette amélioration de votre état, cher monsieur... Mais je reconnais que vous nous avez inquiétés! Avant toute chose, je vais vous faire une nouvelle piqûre de vitamine K... Ensuite vous écouterez attentivement ce que vous dira le Pr Trumaud qui est en ce moment en conversation avec madame votre mère dans le salon.

Dix minutes plus tard, le professeur entrait à son tour dans la chambre :

— Cher monsieur Burtin, mon confrère Crépin va avoir l'obligeance d'aller tenir compagnie à madame votre mère pendant que nous aurons ici tous deux une petite conversation d'homme à homme que j'estime indispensable...

Dès qu'ils furent seuls, Pierre répondit :

— Je vous écoute, monsieur le professeur...

— Vous allez d'abord me promettre de répondre avec la plus grande franchise à toutes les questions que je vous poserai?

— C'est promis.

— Je sais que vous revenez du Viêt-Nam où vous avez séjourné pendant une année. Qui avez-vous rencontré là-bas?

— Cette première question m'embarrasse un peu, monsieur le professeur! J'ai rencontré là-bas beaucoup de monde.

— Beaucoup de monde, c'est vague! Avez-vous vécu plus particulièrement avec une personne déterminée?

— Pendant toute la durée de mon séjour, j'ai habité, dans la banlieue de Saigon, chez l'un de mes amis qui est antiquaire.

— Un Français?

— Un Français qui habite au Viêt-Nam depuis près de cinquante ans.

— Un vieux colonial endurci?

— Ça, vous pouvez le dire!

— C'est donc un homme qui doit connaître à fond non seulement le pays mais toutes les coutumes et les habitudes qui s'y pratiquent?

— Sans aucun doute.

— Estimez-vous que vous pouviez avoir pleine confiance en cet homme?

— Qu'entendez-vous par là?

— Vous ne pensez pas que cet homme aurait pu, pour une raison que j'ignore, vous en vouloir jusqu'au point de ne pas hésiter à attenter à vos jours?

Pierre eut une longue hésitation avant de répondre :

— Sincèrement, je ne crois pas qu'il aurait été jusque-là.

— Votre réticence prouve que vous n'avez quand même eu qu'une confiance assez limitée en lui?

— Pour certaines choses, c'est exact.

— Avez-vous fréquenté régulièrement d'autres personnes? Je dis bien *régulièrement,* car la cause de votre mal ne peut venir que d'une personne qui a vécu avec vous dans une telle intimité qu'il vous a été impossible de vous apercevoir de ce qu'elle pratiquait contre vous.

— Mais enfin, expliquez-vous, monsieur le professeur.

— Monsieur Burtin, vous avez été empoisonné.

L'affirmation venait d'être faite par un homme qui savait peser ses mots. Il y eut un long silence avant que celui-ci ne reprît :

— Et empoisonné d'une façon qui se pratique assez fréquemment en Extrême-Orient et en Asie... Suivez-moi bien, monsieur Burtin : des cas d'empoisonnements similaires au vôtre ont été souvent constatés chez des coloniaux qui ont eu des maîtresses indigènes... Celles-ci, pour garder entièrement à elles leurs amants et les empêcher de les quitter un jour soit pour une autre femme, soit pour revenir en Europe, n'hésitent pas à leur administrer dès le début de la liaison — et j'insiste sur ce point — certains poisons dont elles ignorent elles-mêmes les réactions scientifiques. Ce sont des recettes ultra-secrètes qui se transmettent de femmes en femmes et souvent même de mère en fille pour tenir les amants et même les maris complètement sous le pouvoir de leurs compagnes.

» Il arrive aussi que ceux qui ont été questionnés ou séquestrés par certains Services de Renseignement secrets aient été victimes de cette méthode d'empoisonnement progressive et dosée. Vous-même, qui avez séjourné en Extrême-Orient, ne devez sans doute pas ignorer le cas des poils de tigre que l'on coupe finement avant de les mêler au thé. Dans les six ou, au plus, les douze mois qui suivent l'absorption de ce breuvage, ces poils provoquent de petites hémorragies des parois de l'estomac contre lesquelles on ne peut rien faire et qui provoquent irrémédiablement la mort!

— Vous avez bien dit dans le thé?

— Oui. C'est une tisane qui s'y prête et qui offre pour les criminels l'avantage d'être très répandue dans les pays chauds. Je vous garantis qu'il est infiniment préférable d'y boire du whisky qui, dans certains cas, peut presque jouer le rôle de contrepoison! C'est pourquoi ceux ou celles, qui cherchent à empoisonner lentement quelqu'un, s'efforcent d'abord d'accoutumer leur future victime au thé, tout en essayant de la dégoûter parallèlement du whisky si elle avait l'habitude d'en prendre!

— Monsieur le professeur, ce que vous dites là est effrayant!

— Ce n'est hélas! cher monsieur, que la vérité... Mais n'allez surtout pas en tirer des conclusions trop hâtives pour vous! Si vous aviez vraiment absorbé des poils de tigre, la vitamine K n'aurait pas produit en moins de quarante-huit heures les excellents effets que nous constatons... Mais pourquoi cette remarque? Seriez-vous amateur de thé?

— Je ne l'étais pas mais je m'y suis mis depuis environ trois mois... Et assez vite j'ai trouvé cette boisson si agréable que j'ai encore du mal à m'en passer!

— Combien de tasses buviez-vous par jour?

— Je serais incapable de vous le préciser mais au moins six ou sept entre le petit déjeuner et le coucher.

— Évidemment, vous étiez une proie rêvée pour quelqu'un qui vous en aurait voulu!... Vous m'avez bien dit que vous habitiez chez un ami. C'était lui qui préparait ce thé?

— Non.

— Peut-être alors l'un de ses serviteurs?

— En effet, répondit Pierre après une nouvelle hésitation.

— J'estime qu'il y a de fortes présomptions pour que ce boy — c'est ainsi qu'on les nomme, je crois ? — soit l'auteur de votre empoisonnement... Il y aurait la plus grande urgence à prévenir votre ami!

— Il n'y a aucune urgence, monsieur le professeur... Mon ami ne boit jamais de thé, dont il a horreur, et le boy en question est mort.

— Peut-être empoisonné lui aussi?

— Non.

— Et après sa mort, qui préparait ce thé?

— Je... Je ne sais pas... Mais puisque vous m'avez dit que je ne courais aucun risque d'avoir avalé des poils de tigre, le thé que j'ai pris n'était peut-être pas empoisonné?

— Cher monsieur, puisqu'il s'agit d'une carence en vitamine K dans votre organisme, il est à peu près certain qu'on vous a administré par doses successives un poison à base de Dicoumarol dont il existe un dérivé soluble dans le thé. Ce poison provoque dans l'organisme la formation d'anticoagulant.

— Cette formation est-elle sensible dès les premières doses?

— Certainement.

— Alors comment se fait-il que je n'aie ressenti aucun trouble pendant le temps de mon séjour là-bas quand je buvais déjà du thé?

— C'est là où intervient tout le raffinement de l'Extrême-Orient qui peut être aussi bénéfique que maléfique... Vous pensez bien que si une femme y administre régulièrement un poison à un amant ou à un mari auquel elle tient, ce n'est pas pour le voir mourir rapidement! Elle ne le laissera mourir que s'il l'abandonne... Mais, tant que ce ne sera pas le cas, elle ajoutera au poison, dans le même breuvage, un contrepoison. Pour vous ce contrepoison a été tout simplement de la vitamine K... Sous quelle forme exacte? C'est un problème que bien des toxicologues se sont posés avant moi, sans parvenir à le résoudre pleinement. Sans doute doit-il exister là encore l'une de ces mystérieuses recettes que se transmettent les sorcières ou les femmes entre elles... Jusqu'à votre départ de Saigon, il y a six jours, avez-vous continué à boire du thé?

— Oui.

— Vous souvenez-vous de la dernière tasse que vous avez bue là-bas?

— C'était au milieu de la nuit qui a précédé mon départ...

— Qui a préparé ce thé?

— Monsieur le professeur, il m'est très difficile de vous le dire... Cela impliquerait que la personne en qui j'ai le plus confiance au monde m'aurait empoisonné... Je ne puis me résoudre à le croire! Ce serait à la fois inexplicable et monstrueux... Je ne vois pas la raison...

— Monsieur Burtin, vous m'avez promis de me répondre avec franchise et vous n'êtes pas en train de subir un interrogatoire de police! Vous n'êtes qu'en présence de votre médecin qui est lié par le secret professionnel... Je vous donne ma parole que ce qui est dit en ce moment entre vous et moi ne sera révélé à personne, pas même à mes confrères Norther et Crépin. Je ne pense pas en effet que de telles révélations soient nécessaires maintenant puisque votre organisme commence à réagir victorieusement. Donc vous me devez une réponse : aviez-vous une maîtresse là-bas?

— Oui...

— Européenne?

— Chinoise.

— C'est elle qui a préparé la dernière tasse de thé?

— Oui...

— ... Ainsi que toutes les tasses de thé que vous avez absorbées pendant près de trois mois?

— Oui.

— Croyez bien que je suis désolé d'avoir été contraint de vous amener à de telles précisions. Maintenant il est inutile de chercher ailleurs le nom de la personne qui a voulu vous tuer!

— Mais pourquoi l'aurait-elle fait, monsieur le professeur? Je suis sûr qu'elle m'adorait!

— Elle vous adorait trop! Voyons, monsieur Burtin, vous n'êtes plus un enfant! Vous savez mieux que personne, pour avoir vécu en Extrême-Orient, que les femmes y sont encore plus jalouses que celles de nos régions. Plus jalouses et plus barbares aussi dans les moyens qu'elles emploient pour garder un homme dont elles ont su faire leur amant. Ce qui vous arrive s'est produit pour des centaines, des milliers de Blancs qui se sont laissé prendre au mirage de l'Asie ainsi qu'aux roueries subtiles des femmes de race jaune. Elles connaissent très bien, ces dangereuses créatures, l'art de se rendre séduisantes! Combien de temps a duré cette liaison?

— Trois mois environ.

— Il faut croire que là-bas les mois comptent double pour les raffinements de plaisir que les femmes peuvent y apporter! Estimez-vous heureux que cette maîtresse tyrannique et exigeante ne vous ait pas entraîné aussi vers les fumeries d'opium! L'analyse de votre sang prouve qu'il n'y a aucune trace de drogue de ce genre. Vous m'avez bien dit tout à l'heure qu'assez vite vous aviez trouvé le thé, que cette femme vous préparait, très agréable?

— C'est vrai.

— Elle a employé un processus simple : dès la première tasse — dans laquelle se trouvaient déjà les doses de poison et de contrepoison s'équilibrant — elle a dû ajouter un produit inoffensif, donnant rapidement le goût d'accoutumance : ceci pour que vous preniez l'habitude de boire ce breuvage.

— Je l'avoue : ce thé me manque! J'ai essayé d'en prendre dans l'avion qui me ramenait en France, et ici même... Mais aussi bien celui qui a été préparé par l'hôtesse d'Air France que le thé servi par la cuisinière de ma mère m'ont paru exécrables! Et j'ai pensé que seule ma maîtresse savait faire le thé!

— Ces Chinoises sont démoniaques! Vous comprenez qu'ensuite, ce n'a plus été pour elle qu'un jeu de continuer à vous faire ingurgiter le breuvage.

— Mais je le répète, monsieur le professeur : pourquoi m'aurait-elle empoisonné?

— Pour vous garder auprès d'elle! Réfléchissez : tant que vous avez été là-bas, il ne vous est rien arrivé parce que le contrepoison annulait l'effet du poison : comment aurait-on pu découvrir votre hémophilie!... Mais, dès que vous êtes parti, le poison, beaucoup plus tenace que le contrepoison dans l'organisme, a commencé à produire ses effets destructeurs qui n'étaient plus contrebalancés par les doses régulières de contrepoison... Si le Dr Crépin n'était pas intervenu à temps en vous faisant une injection d'une dose massive de vitamine K, beaucoup plus forte que les doses de poison que vous avez encore dans l'organisme, vous seriez actuellement à l'agonie. Maintenant vous êtes sauvé, mais le traitement durera au moins six mois, pendant lesquels on continuera à vous administrer de la vitamine K jusqu'à ce que votre organisme en refournisse normalement. On verra les progrès du traitement à l'analyse de votre sang, qui montrera un temps de coagulation de plus en plus rapide.

Pierre restait silencieux, anéanti par la révélation.

— Ce n'est pas parce que vous savez exactement ce qui vous est arrivé, reprit le professeur, que vous devez rester prostré! Il faut réagir au contraire et vous estimer très heureux d'être à nouveau en France, débarrassé de cette femme...

— Mais je l'aime, monsieur le professeur!

— Vous l'aimez? Malgré ce que vous venez d'apprendre?

— Comment pourrais-je lui reprocher d'avoir voulu me garder entièrement à elle? N'était-elle pas, dans son esprit, Fille du Dieu et moi le protecteur qui lui a été destiné par

Bouddha?... Je me doute combien mes paroles doivent sembler incohérentes à un homme de science mais je vous adjure de croire que je ne déraisonne pas!

— Je sais que vous êtes un homme parfaitement équilibré, monsieur Burtin... Seulement vous êtes encore — et cela durera un certain temps — sous le choc de ce que vous venez de subir. Vous connaîtrez de terribles moments de dépression pendant lesquels il vous arrivera même de penser au suicide : c'est la suite logique de l'empoisonnement. Mais, peu à peu, vous reprendrez goût à l'existence, car le fond de votre organisme est sain. Dans six mois, vous tiendrez un tout autre langage! S'il vous arrivait alors de repenser à celle qui a prémédité votre assassinat dans le cas où vous la quitteriez, elle vous fera horreur! Ne croyez-vous pas qu'elle aurait pu vous aimer tout autant sans utiliser de tels procédés?

— Elle est capable de tout pour assurer ce qu'elle considère comme étant son droit au bonheur pendant la durée de passage sur terre.

— Curieuse conception du bonheur! Mais je vous en ai assez dit pour aujourd'hui. Pensez plutôt au moment où vous retrouverez la vue! A propos, cette femme, l'aviez-vous connue avant l'accident qui vous a rendu provisoirement aveugle?

— Non.

— Je ne m'étonne plus que vous soyez aussi indulgent pour elle! Je ne vous conseille quand même pas, quand vous serez guéri, de retourner là-bas pour la voir enfin! Ce serait la plus grave des erreurs : conservez vos illusions sur elle puisque vous en avez encore mais ne cherchez pas à les concrétiser! Un tel retour serait dangereux : vous vous laisseriez reprendre par le charme asiatique et elle n'hésiterait pas à recommencer à vous intoxiquer sournoisement pour vous attacher à nouveau à elle! Ce jour-là, vous seriez perdu! On ne trouve pas toujours, sur un simple appel téléphonique, un Dr Crépin qui a l'idée de vous administrer immédiatement de la vitamine K! Je reviendrai vous dire un petit bonsoir demain... Et surtout du calme!

Du calme! Tous avaient répété la même chose : le colonel, la doctoresse, sa mère, le professeur... Comme s'ils s'étaient donné le mot pour établir une conjuration contre les seuls souvenirs merveilleux qu'il possédait! Tous, il le sentait, en voulaient à Maï! Même sa mère, à qui il n'avait cependant pas révélé l'existence de sa jeune maîtresse, mais qui — comme toutes les mères — avait déjà dû deviner... Sa mère qui était encore là, à côté de son lit, le veillant pendant la nouvelle nuit qui allait commencer... Sa mère qui le croyait endormi, enfin calmé, alors que ses pensées étaient de plus en plus angoissées...

Il aurait souhaité que Serge Martin fût l'auteur de l'empoisonnement : ce qui aurait expliqué beaucoup de choses... En le faisant brutalement rapatrier en France, l'antiquaire n'avait-il pas un moyen infaillible de voir disparaître quelques jours plus tard un agent devenu inutile, sans paraître être l'auteur du crime? N'aurait-ce pas été une façon élégante de le liquider? Peut-être même aurait-il reçu de la « vieille chouette » l'ordre d'agir ainsi? Malheureusement, c'était Maï qui avait préparé le thé... C'était même à se demander si Serge Martin, s'étant rendu compte qu'elle l'empoisonnait, n'avait pas précipité intentionnellement son départ pour lui permettre, sans qu'il pût s'en douter, de rentrer en France où il trouverait des spécialistes capables de le sauver?

La seule question, à laquelle il ne parvenait pas à trouver une réponse, lui revenait sans cesse à l'esprit : pourquoi Maï avait-elle agi ainsi? Parce qu'elle aurait reçu de M. Jojo ou d'autres l'ordre de l'intoxiquer peu à peu pour le laisser mourir en quelques jours quand elle ne lui administrerait plus le contrepoison? Maï ne lui avait-elle pas répété une phrase du directeur du *Piccadilly* : « *Tant que vous serez auprès du peintre, il ne se passera rien... Ce ne sera que quand vous le quitterez, après lui avoir arraché tous ses secrets, qu'il faudra l'abattre, pour qu'il ne puisse pas les livrer à d'autres!* » Cela ne cachait-il pas une entente secrète entre la jeune femme et celui dont elle avait été la maîtresse pendant des mois! Mais pourtant, ce n'était pas Maï — à qui il n'avait rien révélé de sa véritable identité — qui lui avait « arraché tous ses secrets »! C'était elle, au contraire, qui lui avait livré les siens dans un élan d'amour...

Amoureuse? Elle l'était... Donc le Pr Trumaud avait raison quand il lui avait fait comprendre que les femmes d'Asie ou d'Extrême-Orient sont prêtes au crime pour conserver l'homme dont elles s'estiment la compagne. C'était la seule explication de cette réponse de Maï, pendant leur dernière nuit : « *Si j'ai parlé ce soir, c'est parce que je sais que tu ne pourras plus te passer de moi! Tu es à la fois mon Protecteur et mon prisonnier... Si tu me quittais seulement pendant quelques semaines, tu ne pourrais plus vivre!* » Elle savait l'effet foudroyant que produirait l'absence de contrepoison.

Mais, dans son aveuglement d'amante, elle n'avait pas prévu un seul instant qu'il pourrait y avoir entre eux la séparation brutale. N'avait-elle pas eu raison d'être sûre d'elle? Jamais il n'aurait eu le courage de la quitter! Il avait fallu le cerveau machiavélique de l'antiquaire, aidé par la complicité d'un commissaire Xi-Dien... Sinon Pierre serait encore à Saigon, dans l'appartement trouvé par sa maîtresse continuant à aimer et à absorber régulièrement les tasses de thé... Et si un jour, longtemps après, il avait manifesté le désir de la quitter, sans doute lui aurait-elle avoué :

« Ce n'est plus possible. Tu es lié à moi par mon amour et par le poison que j'ai répandu dans ton corps qui maintenant m'appartient complètement! »

Peut-être même que, dans son mysticisme exalté, Maï avait estimé avoir le droit le plus absolu d'agir ainsi : puisqu'elle était convaincue que Jacques Fernet était son protecteur voulu par Bouddha, n'était-ce pas son devoir de tout faire pour que ce protecteur ne pût pas l'abandonner sans mourir? Ainsi le Dieu serait satisfait.

Quand le P^r Trumaud revint le lendemain faire la visite promise, l'état du malade s'était encore amélioré.

— Vous êtes, déclara le médecin, sur la voie d'une guérison qui devrait être plus rapide que je ne l'avais pensé. D'ici deux ou trois jours vous pourrez vous relever et sortir. La prochaine visite, ce sera vous qui me la ferez!

Ce même soir, Mme Burtin entra dans la chambre en annonçant :

— Il y a dans le salon un visiteur que tu recevras, je crois, avec plaisir.

— Qui cela?

— Ton vieil ami, le colonel Sicard... Je vais profiter de ce qu'il te tiendra compagnie pour aller faire quelques courses dans le quartier. Si tu savais comme le colonel a été ému quand je lui ai raconté ce qui venait de t'arriver!

— Pourquoi le lui avoir dit? J'aurais préféré de beaucoup qu'il ne sût jamais rien.

— Mon chéri, une crise d'hémophilie peut arriver à tout le monde! Ce n'est pas un déshonneur!

— Et vous n'avez pu résister au besoin de lui expliquer la cause initiale de cette crise?

— Je lui ai raconté exactement ce que m'ont expliqué les médecins : que tu avais sûrement dû être empoisonné là-bas par l'alimentation. Il paraît qu'on mange n'importe quoi dans ces pays-là! Crois-moi : rien ne vaut la cuisine que tu as toujours connue ici! A tout à l'heure.

En pénétrant dans la chambre, l'officier s'écria, bougon :

— Eh bien! Voilà un garçon qui nous donne de belles émotions! Dites-moi, Burtin, vous ne pensez pas que vous m'avez causé assez de soucis depuis une année pour ne pas y rajouter une maladie supplémentaire? Vraiment, vous exagérez! Enfin, comme on vous aime bien, on est quand même venu prendre de vos nouvelles. Je peux m'asseoir?

— Je vous en prie.

— Et je vous fais remarquer que je n'allume pas de cigare! J'avais déjà téléphoné il y a trois jours : j'avais une communication à vous faire...

— Au sujet d'Elle?

— Oui... C'est par Mme Burtin, qui m'a répondu, que j'ai appris ce qui vous arrivait... Aussi vous pensez bien que je me suis contenté de formuler des souhaits de prompt rétablissement! Depuis j'ai téléphoné matin et soir pour savoir si votre état s'améliorait. Vous l'a-t-on dit?

— Non.

— Il ne faut pas en vouloir à madame votre mère. La pauvre femme devait avoir d'autres soucis en tête! Enfin, je sais depuis hier soir que ça va beaucoup mieux et que vous commencez à entrevoir un vague brouillard devant vos yeux. Est-ce exact?

— Oui.

— C'est sensationnel, mon petit! Vous êtes d'ailleurs en d'excellentes mains : cette doctoresse Norther a une prodigieuse réputation.

— Je pense qu'elle est en effet une femme extraordinaire... Ce que vous vouliez me dire par téléphone concerne Ngô-Thi-Maï-Khanh?

— D'une façon indirecte... Je voulais vous confirmer que j'ai pu avoir, par le relais de Pnom-Penh, un contact avec l'agent qui remplace actuellement Serge Martin à Saigon. Je l'ai informé qu'il recevrait bientôt une lettre destinée à votre belle amie et je lui ai donné l'ordre de tout mettre en œuvre pour la retrouver le plus rapidement possible. Il n'a pas dû perdre de temps car je viens de capter à 16 heures ce message codé que je vous traduis : « PERSONNE RECHERCHÉE SEMBLE AVOIR COMPLÈTEMENT DISPARU DE CHOLON, SAIGON ET MÊME VIÊT-NAM. POURSUIVONS ENQUÊTE SELON INSTRUCTIONS REÇUES. » Voilà, mon bon ami, tout ce que j'avais à vous dire... Vous constaterez, en tout cas, que je tiens mes promesses.

— Je vous remercie. Mais pourquoi a-t-elle disparu ainsi ?

— Il faudrait peut-être le demander aux communistes chinois ! Seulement je crains fort qu'ils ne nous répondent pas ! A moins que — ce serait à la fois assez extraordinaire et très romantique — cette jeune personne, ne pouvant se passer de vous, n'ait pris elle aussi un avion pour vous rejoindre en France ? Dans ce cas, elle devrait déjà être arrivée à Paris. Seulement une difficulté doit se présenter pour elle : personne ne connaît ici le peintre Jacques Fernet. J'espère au moins que vous ne lui aviez pas trop parlé de votre mère, ni indiqué votre adresse parisienne ?

— Évidemment non. Elle ignore tout de Pierre Burtin.

— Je n'en attendais pas moins de votre conscience professionnelle. Si jamais elle débarquait brusquement ici, je vous conseille la plus extrême prudence.

— Pourquoi ?

— N'ayant pu recevoir la lettre que nous avons expédiée, elle pourrait venir ici avec les intentions vengeresses d'une maîtresse qui se croit délaissée... C'est toujours ennuyeux, ces histoires de femmes... Pensez aussi à l'émotion de madame votre mère...

— Maï n'abandonnera jamais son pays pour l'Europe !

Elle est persuadée que ce n'est pas sa destinée... C'est moi, au contraire, qui dois tout quitter ici pour aller la rejoindre là où le Dieu veut que nous vivions.

— Bouddha ? Décidément, il vous a envoûté !

— Par sa clairvoyance et sa sagesse, oui.

— Vous êtes un garçon étrange, Burtin... Vous persistez à vouloir retrouver cette femme ?

— J'ai maintenant une raison encore beaucoup plus impérieuse de le faire !

— Je pense que si je vous demandais quelle raison, vous ne répondriez pas. Chacun agit selon sa conscience... ou selon ses goûts ! Les vôtres sont, pour le moins, surprenants ! Et je finis par croire que cette femme est un véritable danger pour un homme de race blanche ! Elle a su vous prendre et vous êtes prêt à vous brûler à nouveau les ailes auprès de cette lampe incandescente malgré tout le mal qu'elle vous a déjà fait !

— Elle ne m'a fait aucun mal ! Elle m'a aimé... Et elle m'aimera toujours !

— A sa façon ! Mon petit, je vais être obligé de vous laisser... Après tout, peut-être est-ce vous — qui la connaissez mieux que moi — qui êtes dans le vrai quand vous affirmez que cette Ngô-Thi-Maï-Khanh ne viendra pas vous rechercher... Mais alors on se demande vraiment pourquoi elle se cache si elle n'a rien à se reprocher ? A moins que...

— Dites-le...

— Je ne voudrais pas vous alarmer inutilement, puisque vous semblez tant tenir à elle, mais enfin il reste une autre hypothèse qu'il faut bien envisager : peut-être est-elle... morte ?

— Non ! Ce n'est pas possible ! Ne dites surtout pas cela ! Vous lui porteriez malheur !

— Superstitieux, maintenant?

— Je ne sais plus.

— Vous avez beaucoup changé depuis l'époque où vous étiez l'agent 2 884!

— Qu'importe puisque je ne serai jamais plus cet anonyme! Mais maintenant que vous en avez parlé, qui aurait une raison de s'en prendre à la vie de Maï?

— Certainement pas nos services qui n'ont que des remerciements à lui adresser pour les précieuses révélations qu'elle vous a faites. Je ne pense pas non plus que la police vietnamienne puisse lui en vouloir : c'est une police qui sait nous écouter, quand il le faut... Par contre, je vois deux personnes qui pourraient être responsables de sa mort... D'abord M. Jojo qui ne doit pas être homme à pardonner à une maîtresse qui l'a quitté pour un autre amant, surtout si c'est un Blanc!

— Vous m'avez bien dit que M. Jojo était parti précipitamment pour la Chine en emportant le document? Il n'a donc pas eu le temps d'assouvir une vengeance personnelle.

— Vous savez bien que M. Jojo avait des amis très dévoués...

— Et quelle serait la deuxième personne?

— Vous!

— Moi? S'il le fallait, je donnerais ma vie pour assurer celle de Maï!

— N'exagérez pas! Vous avez déjà commis assez de sottises pour elle! Et la pensée que vous pourriez l'avoir tuée personnellement ne m'a même pas effleuré l'esprit! Mais il arrive que l'on tue sans le savoir et surtout sans le vouloir! Par exemple quand la personne qui vous aime croit qu'elle a été abandonnée : ce qui est probablement le cas pour cette jeune femme qui n'a pas encore pu recevoir la lettre dans laquelle vous lui donnez des explications. Elle peut s'être tuée par désespoir! Il n'y a pas qu'au Japon que l'on se suicide avec une froide détermination!

— Maï est beaucoup trop équilibrée, trop réfléchie aussi pour commettre un acte pareil...

— Vous ne pensez pas que son amour pour vous pourrait aller jusque-là?

Et, comme il ne répondait pas, la « vieille chouette » poursuivit :

— Si elle avait cependant accompli ce geste, ce serait de loin la plus grande preuve de la sincérité de sa passion. Je serais obligé de reconnaître que vous avez bien fait de l'aimer.

— Vous parlez comme si notre amour était déjà au passé! Apprenez que même si elle était morte, je continuerais à l'adorer.

— C'est très beau de votre part, mais heureusement, je n'ai fait qu'émettre une hypothèse tout ce qu'il y a de plus gratuite! Pour le moment, il nous faut attendre encore une huitaine de jours. Si, ce délai passé, mon agent n'a pu la joindre pour lui remettre votre lettre — qui devrait arriver à Saigon d'ici trois jours au plus tard — vous pourrez considérer que votre message ne lui parviendra jamais et agir par une autre voie.

— Soyez certain que j'agirai en personne quand je serai guéri et dès que j'aurai retrouvé la vue!

— Nous restons en contact... A bientôt, mon petit!

Au moment où il allait sortir, Pierre demanda :

— Mon colonel, serait-ce indiscret — maintenant que je ne fais plus partie de vos Services — de vous demander si vous avez des nouvelles de Serge Martin?

— Il vous intéresse donc toujours celui-là?

— Je suis curieux de savoir s'il aboutira.

— Je le suis encore plus que vous, Burtin! Il devrait réussir... Quant aux nouvelles, je peux vous confier que nous n'en avons aucune depuis son passage signalé à la frontière du Yunnan : tout ce que nous savons, c'est qu'il est en Chine...

— Toujours à la poursuite de M. Jojo?

— Nous l'espérons!

— A-t-il autant de possibilités qu'au Viêt-Nam pour communiquer avec vous?

— Je mentirais si je disais que ce n'est pas plus difficile... Mais l'antiquaire a tellement de tours dans son sac que nous pouvons avoir confiance... Bonsoir.

★

Les huit jours passèrent. Le matin du neuvième, Pierre, dont l'état n'avait cessé de s'améliorer et qui avait recommencé à sortir en compagnie de sa mère, confia à celle-ci :

— Le brouillard que j'avais devant les yeux s'est dissipé et ce qui m'apparaissait sous la forme imprécise de corps flottants a pris maintenant des contours beaucoup plus nets. Sans que je puisse encore distinguer les traits de votre visage, je vois très bien votre silhouette. J'ai compté le nombre de jours : ce qu'avait annoncé la doctoresse Norther est exact. Je dois avoir récupéré à peu près 3/10$^{e}$ de ma vue. Je distingue également les meubles autour de moi et je suis surtout libéré de cette effroyable impression de nuit qui n'en finit plus! Déjà, grâce au brouillard entrevu dès le cinquième jour, je pouvais différencier le jour de la nuit... La seule chose qui me fatigue, c'est la lumière électrique, mais c'est une fatigue que j'aime car elle me prouve que je commence vraiment à voir... Je vais téléphoner moi-même à la doctoresse pour lui faire part de ces progrès.

Après l'avoir écouté à l'appareil, cette dernière lui dit :

— Venez à 2 heures de l'après-midi avec Mme Burtin : nous procéderons à la première séance d'ultra-sons...

Quand ils en revinrent, la femme de chambre annonça :

— M. le colonel Sicard a demandé que Monsieur le rappelle dès qu'il serait de retour.

Une nouvelle fois, Pierre se précipita sur l'appareil sans même se préoccuper de la présence de sa mère.

— Allô?... C'est moi, Burtin... Comment je vais? beaucoup mieux, merci!... Vous avez des nouvelles?

— Êtes-vous seul dans l'appartement? demanda la voix du colonel.

— Pas tout à fait.

— Alors sachez rester calme... Voilà : j'ai la confirmation absolue que la personne recherchée est introuvable... Toutes les recherches possibles ont été faites... Votre lettre est bien arrivée là-bas entre les mains de notre représentant mais il n'a aucun espoir de pouvoir la remettre à sa destinataire. J'aurais voulu vous apporter d'aussi bonnes nouvelles que celles que vous me donnez au sujet de votre vue...

— Je vous remercie quand même... Et l'antiquaire?

— Pas de nouvelles non plus! Nous commençons à être très inquiets à son sujet... Nos agents de Pékin et de Canton n'ont pu prendre contact avec lui... C'est assez curieux, mais il semble que ses traces se perdent juste à la frontière.

— Et celles de M. Jojo?

— Également!

Lorsqu'il se retrouva le soir, seul dans sa chambre, il s'efforça, malgré son très grand désarroi, de faire le point : Maï restait introuvable, Serge Martin ne donnait plus de ses nouvelles, M. Jojo s'était volatilisé avec le document... Un bilan catastrophique! La seule note d'espoir le concernait : il retrouvait la vue. Dans quelques mois, quelques semaines peut-être si les progrès étaient foudroyants, il reverrait. Ce jour-là, il repartirait pour le Viêt-Nam. Une fois arrivé, il ne perdrait pas une seconde pour retrouver les traces de Ngô-Thi-Maï-Khanh et peut-être aussi de l'antiquaire. Ce n'était pas à un agent secret, si habile qu'il fût, d'accomplir ces recherches : ce serait à lui seul qu'incomberait cette mission qu'il s'imposerait, libre de toute contrainte et ne dépendant plus que de lui-même. Il irait à la poursuite de son amour. Le document l'indifférait mais pas la disparition de Serge Martin. S'il parvenait à le retrouver, celui-ci lui révélerait certainement où se cachait Maï. Il ne pouvait pas ne pas le savoir : l'antiquaire était le seul homme auquel rien n'échappait!

Un étrange revirement s'opérait en Pierre : la silhouette de l'aventurier se dressait à nouveau dans ses souvenirs : attirante, passionnante, fascinante... Depuis qu'il savait que Serge Martin était en train de se débattre seul au milieu des pires dangers pour essayer, malgré tout, de mettre enfin la main sur le carré de papier dont l'existence avait tout déclenché, Pierre se sentait pris d'une immense sympathie pour celui qui avait peut-être été quand même son plus grand ami. Ne lui avait-il pas déjà sauvé la vie à deux reprises? Ne s'était-il pas montré le plus attentif des gardes du corps le jour où il avait cessé de voir? Ne l'avait-il pas fait expulser en deux heures pour l'arracher à celle qui l'empoisonnait?

Plus la silhouette de l'antiquaire grandissait dans son esprit, plus la féminité de Maï s'estompait... C'était un peu comme si Pierre se fût trouvé au centre d'une étrange balance dont l'un des plateaux — occupé par Serge Martin — avait son pesant d'intelligence, de courage et d'amitié alors que l'autre — occupé par la *taxi-girl* — n'avait qu'un poids de beauté, de sensualité et de rouerie... A un moment — quand il avait découvert Maï au *Grand Monde* — les plateaux avaient paru s'équilibrer, mais assez vite, celui de la femme l'avait emporté... Aujourd'hui, après le recul de quatre semaines, il semblait que l'équilibre se fût rétabli et que la balance commençait même à pencher légèrement en faveur de l'antiquaire... Si on lui avait prédit un pareil revirement de ses pensées seulement quinze jours plus tôt, il ne l'aurait pas cru! Il était vrai que deux facteurs nouveaux étaient intervenus : la certitude de retrouver la vue et la révélation de l'empoisonnement.

Il s'acharna à guérir, allant de la doctoresse Norther au Pr Trumaud. Trois nouveaux mois passèrent pendant lesquels trois nouvelles piqûres d'Opsomyl furent faites ainsi que de nombreuses injections de vitamine K. Le double miracle s'accomplissait : la vue redevenait de plus en plus nette tandis que le poison s'éliminait progressivement de l'organisme.

Il n'y avait pas de nuit où l'homme en voie de guérison complète ne pensait à Maï : tantôt pour la désirer, tantôt pour la haïr. Plusieurs fois, il avait téléphoné au colonel Sicard dans l'espoir d'avoir enfin des nouvelles de la jeune femme. Les réponses avaient toujours été négatives. De Serge Martin non plus, on ne savait plus rien. Au cours de la dernière conversation téléphonique, l'officier avait confié :

— J'ai bien peur que le pire ne soit arrivé à « notre » ami! Voici déjà trois mois que nous recherchons ses traces sans succès.

Celui qui avait été Jacques Fernet n'osait même plus parler du document.

Au fur et à mesure que sa vue s'améliorait, il découvrait le visage de la doctoresse Norther tel qu'il l'avait imaginé : calme, empreint de bonté, s'harmonisant avec la voix grave. Après chaque consultation, il ressortait apaisé, confiant dans l'avenir. Cette femme était véritablement le docteur-miracle! Souvent, il fut pris de l'envie de lui parler de Maï, comme il l'avait fait avec le toxicologue, pour lui demander conseil : devait-il, une fois guéri, retourner au Viêt-Nam pour tenter de retrouver celle qui avait su être sa maîtresse ou, au contraire, fallait-il tout essayer pour l'oublier? Mais en serait-il capable? Peut-être, si la doctoresse l'aidait... Il avait foi en elle. Il était même prêt à lui révéler tout ce qu'il avait encore caché à sa mère. Malheureusement, à chaque fois qu'il avait voulu se confier, il ne l'avait pu : soit que Mme Burtin l'accompagnât comme elle avait pris l'habitude de le faire, soit qu'il se sentît retenu par une sorte de pudeur l'empêchant de parler de sa maîtresse devant une autre femme, même si cette dernière avait les cheveux blancs.

Après la sixième piqûre, la doctoresse avait dit :

— C'est la dernière. Le mois prochain, quand vous reviendrez me voir, ce ne sera plus que pour une visite de contrôle : vous aurez retrouvé votre vue normale.

Quelques jours plus tard, le P^r Trumaud tenait un langage similaire :

— La dernière analyse de votre sang prouve qu'il ne s'y trouve plus de traces de poison. Il est donc inutile de continuer à vous administrer de la vitamine K puisque votre organisme en fournit normalement. Autrement dit, vous êtes guéri.

— Merci, monsieur le professeur.

— Remerciez plutôt madame votre mère qui n'a pas perdu de temps avant d'appeler mon confrère Crépin! A ce moment-là, votre salut dépendait de quelques heures...

Remerciez sa mère! La doctoresse lui avait donné le même conseil, précisant, comme le toxicologue :

— Le jour où votre vue sera redevenue normale, ce ne sera pas à moi à qui il faudra en savoir gré mais à votre maman qui a eu raison de ne pas croire que vous seriez aveugle pour le restant de vos jours. C'est là l'un de ces admirables entêtements qu'il faut respecter. J'ai toujours pensé que seule une mère est capable, soit par ses conseils, soit par ses prières, soit par son amour, de sauver son enfant quand il est en danger...

Si tous lui demandaient d'avoir de la gratitude pour sa mère, c'était bien parce qu'elle était le véritable moteur de la double guérison. Et s'il ne l'avait pas encore fait, c'était uniquement dans la crainte que leurs espérances communes — celles de sa mère et les siennes — n'aient dépassé le résultat final. Mais aujourd'hui, après six mois, la preuve était faite : il voyait, il était guéri. Aussi profita-t-il d'une soirée dans l'appartement, qui n'offrait cependant pas beaucoup de différence avec celles qu'il avait vécues depuis six mois, pour dire :

— Mère, je vois aussi bien qu'avant... C'est vous qui aviez raison le jour où vous m'avez entraîné presque de force chez cette doctoresse. Je vous remercie.

— Mon chéri, je savais que le Bon Dieu ne pouvait pas rendre aveugle mon fils unique!

— Je vous remercie aussi de m'avoir fait soigner de mon intoxication.

— De ton empoisonnement, devrais-tu dire! Car tu as bel et bien été empoisonné, mon pauvre petit! Et ceci par une horrible femme!

Pierre s'était dressé, blême, demandant :

— Qui vous a révélé cela?

— Toi, mon chéri...

— Jamais je n'ai dit une chose pareille!

— Sais-tu que tu as déliré pendant plusieurs jours, au début de ta maladie? Je t'ai veillé toutes les nuits... Tu parlais, tu criais, tu souffrais, mon enfant! Et un nom revenait sans cesse dans tes paroles : Maï... Je n'aurais pas été une vraie mère si je n'avais pas compris que tu appelais cette Maï au secours, qu'elle te manquait, qu'il te la fallait auprès de toi... Désespérée, voulant ta guérison complète et ton bonheur, je me suis renseignée pour savoir qui pouvait bien être cette femme.

— Auprès de qui ?

— J'ai été voir le colonel Sicard en lui faisant promettre que jamais il ne te ferait part de ma visite : je sais que c'est un homme de parole. Je lui ai dit que les médecins étaient très inquiets et que tu avais le délire, réclamant une certaine Maï... Que j'étais toute prête aussi, s'il le fallait, pour aider ta guérison, à faire venir cette femme auprès de toi... Il me répondit que ce n'était pas possible et que, même s'il avait su où elle se trouvait, il me l'aurait déconseillé car ce n'était pas une compagne pour toi !

— Il n'avait pas le droit de parler ainsi ! Il n'a jamais connu Ngô-Thi-Maï-Khanh !

— Il avait ce droit parce qu'il t'estime et qu'il m'a révélé avoir été ton chef pendant la guerre. Pourquoi ne me l'avais-tu jamais dit ?

— Parce que je ne le connaissais pas alors...

— Pourquoi mentir à ta mère, mon chéri ?

— Je vous jure que c'est la vérité.

— Quand je suis rentrée ici, revenant de cette entrevue avec ton ancien chef, j'ai trouvé le Pr Trumaud qui m'a dit qu'il pensait que tu te tirerais d'affaire mais qu'il ne s'expliquait pas comment tu avais pu être empoisonné.

— Parce qu'il ne vous a jamais dit que j'avais été empoisonné par des aliments ?

— Il m'a précisé : par des aliments dans lesquels un poison avait été introduit par une main criminelle... Il m'a demandé si j'étais au courant de tes relations au Viêt-Nam et des gens que tu y avais fréquentés. Je lui ai répondu que j'ignorais absolument tout de ton activité là-bas et que tu ne m'avais envoyé que très peu de nouvelles, te bornant à m'adresser de temps en temps quelques cartes postales dans lesquelles tu ne me donnais aucune précision!... Le professeur a semblé étonné et ne m'a plus posé d'autres questions ce jour-là mais, le lendemain, trouvant que ton état s'était nettement amélioré, il m'a dit : « Madame, pendant que vous resterez dans ce salon en compagnie de mon confrère Crépin qui vous expliquera le traitement que nous appliquons à monsieur votre fils, je vais avoir une conversation importante avec ce dernier. Il y a, en effet, un certain nombre de choses que je ne m'explique pas... » Une heure plus tard, il ressortait de ta chambre. Comme je lui demandais s'il était satisfait, il me répondit simplement : « Très satisfait, madame. C'était bien ce que je soupçonnais... » Et il est parti avec le D^r^ Crépin sans rien dire d'autre. Depuis, je l'ai interrogé à plusieurs reprises mais il s'est toujours borné à me répondre : « Pourquoi vous tracasser inutilement, madame, au sujet de l'origine de cet empoisonnement puisque vous savez maintenant que M. Burtin est sauvé? » Si je te raconte tout cela, Pierre, c'est pour te prouver que ce n'est pas le professeur qui t'a trahi, ni personne au monde! C'est ta mère seule qui a deviné... Ta maman dont l'angoisse a été indescriptible pendant des nuits, pendant des semaines entières... A chaque fois que je m'approchais de ton lit, quand tu dormais, je regardais ton visage en me disant : « Mais qui a pu faire tant de mal à mon enfant? Qui a cherché à l'empoisonner? » Et un soir, brusquement, j'ai compris! Mon instinct de mère m'a révélé que ton ennemie ne pouvait être qu'une femme, l'une de ces créatures diaboliques dont on parle souvent dans les romans, mais qui doivent exister... L'une de ces femmes d'Extrême-Orient ou d'Asie qui sont toujours la perte des Blancs! C'était cette Maï que tu réclamais dans ton délire et dont ton ancien chef m'avait dit qu'elle n'était pas une compagne pour toi... C'était donc qu'elle l'avait été!

» J'ai été atterrée à la pensée que mon fils ait pu avoir

une liaison avec une femme pareille! Mais le lendemain matin, j'ai su te cacher mon désespoir et je suis allée chez le Pr Trumaud auquel j'ai dit : « Monsieur le professeur, mon fils vient de tout me révéler... Il a eu une maîtresse en Extrême-Orient... J'estime nécessaire que vous m'expliquiez comment cette femme a pu l'empoisonner pour que je parvienne à lui retirer de l'esprit l'idée d'aller la retrouver un jour! » Et le professeur a parlé... Je sais que c'est très mal de ma part d'avoir menti ainsi en faisant croire que tu t'étais confié à moi, mais je ne le regretterai quand même jamais! Une mère a tous les droits quand il s'agit de sauver son enfant! Et je te sauverai, même contre toi! Tu es guéri physiquement mais pas moralement, mon petit... Je dois encore t'aider!

» Au fur et à mesure que ta vue est revenue, j'ai senti que tu n'étais plus hanté que par une idée fixe : retourner auprès de cette Maï! Peut-être est-ce même, plus encore que ma volonté, ce qui t'a incité à suivre le traitement avec une telle ardeur! Mais ton idée est folle, Pierre! Tu oublies d'abord que cette femme a voulu te faire mourir, et ceci avec une traîtrise inimaginable!

— Elle a voulu me garder pour elle seule... Tous ses actes, même ceux qui peuvent nous paraître répréhensibles à nous Européens, n'ont été dictés que par l'amour : un amour passionné qui ne craint pas d'aller jusqu'au crime! Vous ne trouvez pas que cela mérite l'indulgence et même une certaine admiration?

— Cette femme t'a complètement fait perdre la tête! Crois-tu qu'elle s'est souciée de savoir que tu aurais pu mourir dans des souffrances atroces?

— Qui vous dit que je ne l'ai pas abandonnée et que je ne méritais pas une pareille vengeance?

— Mais, mon chéri, tu as bien fait de la quitter! Tu ne pouvais pas toute ta vie, toi, Pierre Burtin, rester auprès d'une telle créature!

— Vous ne m'avez pas encore demandé si je l'aimais?

— Tu l'aimes!... Évidemment tu l'aimes, parce que tu es un sensible et que tu es un garçon qui as du cœur... Je crois même que tu peux t'attacher rapidement à une femme si elle sait se montrer un peu compréhensive à ton égard. Elle a su l'être, n'est-ce pas?

— Comme vous-même ne l'avez jamais été!

— Pierre, tu es un ingrat! Aurais-tu déjà oublié tout ce que j'ai fait pour toi?

— Pardonnez-moi de parler ainsi, mais vous n'avez toujours pensé qu'à votre intérêt quand il s'est agi de moi...

— Même pour te faire rendre la vue?

— Vingt-quatre heures après l'avoir appris au cours de la première visite que vous a faite le colonel Sicard, vous ne pouviez déjà plus supporter l'idée d'avoir un fils aveugle! Et vous avez tout mis en œuvre, téléphonant même partout avant mon arrivée... Vous avez bien fait : le résultat est là... Je vous en ai une reconnaissance infinie, mais je n'irai pas plus loin! Tandis qu'avec Maï, ce fut tout autre chose! Elle était devenue amoureuse de moi avant mon accident, mais moi je ne l'ai pas aperçue à cette époque et je ne l'ai pas su. Ce ne fut que lorsque je n'y voyais plus que le hasard a voulu que nous nous rencontrions : elle m'a aimé encore plus et elle n'a nullement appréhendé d'être, pendant tout le restant de sa vie, la compagne d'un aveugle! Ça, je n'ai pas le droit de l'oublier... Je ne l'oublierai jamais! Pendant tout le temps qu'elle est restée auprès de moi, elle a su se montrer la plus attentive et la plus douce des compagnes... Vous voyez, mère, que je n'hésite pas à répondre à la question que vous m'avez posée tout à l'heure! Si j'ai pu revenir vivant ici — sans avoir été tué dans un attentat préparé à Saigon et dont je ne vous aurais jamais parlé si vous n'aviez pas fait preuve d'un tel acharnement contre cette jeune femme — c'est uniquement grâce à elle! Je lui dois donc la révélation d'un amour sincère et la vie... Et vous voudriez que je l'oublie aussi vite? que je ne sois pas désespéré à la pensée de ne plus être auprès d'elle et de ne même pas savoir où elle est en ce moment? Peut-être est-ce elle qui a besoin de moi maintenant?

— Mon chéri, si tu ne connaissais pas ces angoisses et même ces remords, tu ne serais pas l'enfant auquel j'ai donné la vie en souhaitant de toute mon âme qu'il soit plus tard un homme au sens le plus complet du mot... Si je comprends tes peines, je ne peux quand même pas t'approuver quand tu veux t'engager à nouveau dans une voie qui ne t'a apporté que le malheur... Je te promets de ne plus jamais te parler de cette femme, ni même de t'empêcher d'aller la retrouver si ton cœur te dit que ce n'est qu'auprès d'elle que tu peux connaître cette chose si rare, le bonheur... Mais, en échange de ces deux promesses de ma part, je te demande de m'en faire une... Une seule qu'il te sera facile, je crois, de tenir.

— Qu'allez-vous encore me demander?

— Ai-je donc exigé tant de choses de toi?

— Pour vous je devais d'abord être une machine à gagner de l'argent!... C'est uniquement dans ce but que je suis parti là-bas! Je vous ai laissé, avant mon départ, beaucoup d'argent et, quand je suis revenu aveugle, je vous ai donné à nouveau une très grosse somme... De cela, au moins, vous devez être satisfaite?

— Pierre, tu es terrible! On ne parle pas ainsi à sa mère.

— Qui a fait tant de sacrifices pour vous élever? Je sais! Ne reprenez pas cette antienne que vous m'avez rabâchée aux oreilles pendant des années! J'estime que maintenant je ne vous dois plus rien : j'ai fait mon devoir de fils en vous assurant la tranquillité dont vous rêviez... Alors changeons de sujet de conversation, voulez-vous? Je suis tout prêt à vous écouter si la promesse que vous me demandez est d'un autre ordre.

— Elle l'est.

— Parlez.

— Tu dois te douter que tous nos amis ont été affreusement inquiets à ton sujet quand ils ont su que, non seulement tu n'y voyais plus mais que tu nous étais revenu accablé d'une affreuse maladie.

— Tout cela, ils l'ont appris par vous bien entendu? Était-ce bien utile de le leur dire?

— C'était indispensable! Tout le monde se demandait ce que tu étais parti faire là-bas. Généralement, quand un homme s'expatrie ainsi c'est parce qu'il a commis des sottises.

— Vous en êtes encore là? L'engagement du dévoyé à la Légion Étrangère? Mais c'est fini tout cela, depuis longtemps! Les voyages ne comptent plus! On part pour le pays où l'on peut gagner correctement sa vie!

— C'est bien ce que j'ai dit à tout le monde! Seulement, tu m'es revenu dans un tel état et dans de telles circonstances que j'ai jugé préférable de ne pas tout cacher... Oh! rassure-toi : j'ai déformé la vérité... Il le fallait! J'ai proclamé, avant même ton retour, que j'étais certaine que tu guérirais... Tous ont fini par me croire! Tous ont pris de tes nouvelles... Aujourd'hui toi et moi, nous avons gagné mais il faut le montrer aux autres! Il n'y a que les preuves qui comptent de nos jours! Nos amis veulent te voir... Je te demande donc de me promettre d'attendre encore un mois avant de repartir.

— Et pendant ce mois, que se passera-t-il?

— Nous sortirons beaucoup! Et quand je dis « nous », je veux surtout dire toi! Il m'arrivera, au début, de t'accompagner dans certaines réceptions ou dans quelques dîners... Mais ensuite, tu iras seul! Avant que nous n'ayons un peu d'argent devant nous, tu me disais toujours : « Mère, je n'ai pas les moyens de sortir... Ça coûte cher! Il faut rendre les invitations... Notre budget est très limité. » Je reconnais que tu avais raison. Aujourd'hui les choses ont changé : nous avons les moyens... Tu n'as plus le droit de rester terré comme un ours ou comme un garçon qui a peur de se montrer! Tu n'as rien à cacher, Pierre! Tu es en pleine force de l'âge, tu es beau, intelligent et tu as réussi...

— Quelle réussite!

— Sais-tu ce que tu devrais faire, maintenant que ta vue est normale : réaliser ce rêve que tu as caressé si longtemps... Acheter l'une de ces petites voitures de sport qui te faisaient tellement envie!

— Acheter une voiture si je ne reste qu'un mois?

— Tu pourras facilement la revendre avant ton départ : elle sera presque neuve... Mais pendant le temps où tu seras là, elle te permettra d'emmener des amis, de faire des week-ends... Tu acceptes de rester encore pendant ce mois?

— J'accepte pour que vous ne puissiez plus dire que je suis un ingrat, mais ne vous attendez pas à ce que, ce mois écoulé, j'aie changé d'avis!

— Et tu te montreras un peu à nos amis?

— Oui, puisque je serai là!

— Alors je t'annonce que demain nous dînons chez les Verdet...

— Comme toujours, vous aviez tout prévu! Ceci dit, je préfère aller chez les Verdet plutôt qu'ailleurs. Ils offrent au moins l'avantage de former un couple sympathique : il est intelligent et elle est jolie.

— N'est-ce pas? J'étais certaine que cette idée ne te déplairait pas trop pour tes nouveaux débuts dans le monde. Les Verdet sont enchantés de te revoir et je crois savoir qu'ils ont convoqué d'autres amis charmants... Alors, mon chéri, tu me pardonnes?

— Vous pardonner quoi ?

— D'avoir cherché à savoir la véritable raison de ta tristesse ?

— Après tout, si vous n'aviez pas agi ainsi, peut-être vous en aurais-je voulu ? On pardonne toujours à sa mère.

Mme Veuve Burtin avait prévu les événements beaucoup plus loin que son fils ne le pensait. Affolée à l'idée qu'elle risquait de le perdre définitivement le jour où il déciderait de retourner au Viêt-Nam pour y retrouver la femme dont il semblait ne plus pouvoir se passer, elle avait vu s'approcher avec angoisse le moment où Pierre retrouverait complètement la vue. Elle n'avait pas eu besoin de ses aveux pour comprendre qu'il n'aurait plus qu'un désir : voir enfin cette créature dont il avait été l'amant passionné.

La seule façon de lutter contre l'emprise de la Chinoise n'était-elle pas d'agir exactement comme l'avait fait cette exigeante maîtresse ? Pour contrebalancer l'effet du poison, pendant que son amant était encore auprès d'elle, Maï lui avait administré un contrepoison... Pour une Marguerite Burtin, le poison, c'était la femme jaune... Le contrepoison ne pouvait être qu'une autre femme, de race blanche, dont la beauté, le charme, la finesse et un atout supplémentaire considérable — auquel la vieille dame avait toujours attaché une grande importance — la richesse, sauraient contrebalancer très vite les qualités d'une Ngô-Thi-Maï-Khanh ! A la femme, ne faut-il pas toujours opposer la femme ? Et, pendant que son fils se faisait soigner, elle s'était mise en campagne : une campagne discrète mais tenace qui avait fini, après cent coups de téléphone et des dizaines de thés pris en compagnie de ceux qu'elle appelait « de bons amis », à lui faire découvrir la femme miraculeuse.

Intentionnellement, elle l'avait choisie très différente d'une fille d'Asie. Alors que cette Maï devait avoir, comme toutes celles de sa race, la peau mate et les yeux noirs, la rivale avait toute la blondeur des Anglo-Saxonnes agrémentée d'admirables yeux dont le gris-vert était saupoudré de paillettes d'or. C'était le contraste absolu : l'antidote. Elle se prénommait Nicole; elle était la fille unique de l'un des plus riches industriels de l'Est qui ne demandait qu'à avoir pour gendre un homme de valeur doublé d'un technicien ayant fait ses preuves. Pierre ne pourrait pas ne pas être ébloui ! Le jour même où il la verrait, le souvenir de la Chinoise commencerait à s'effacer... Il fallait la victoire complète et rapide! Ce n'était que pour cela qu'elle lui avait demandé de rester encore un mois en France. Un mois, c'est plus qu'il n'en faut à une mère organisée pour changer la destinée de son fils... D'autant plus qu'elle ne perdrait pas de temps : demain soir, à ce dîner chez les « chers amis Verdet », Nicole serait là, resplendissante, accompagnée de son père qui était, lui aussi, un véritable charmeur. Le hasard étant ainsi organisé, ce ne serait plus ensuite qu'un jeu d'amour...

Tel avait été le travail.

Le dîner fut une réussite. Pierre, qui avait retrouvé toute sa forme, produisit une grosse impression, spécialement quand il raconta après le repas quelques contes et légendes d'Extrême-Orient parmi lesquelles l'une, tout particulièrement, obtint le plus franc succès : il s'agissait d'un mari jaloux qui avait trouvé le moyen, pour la cacher aux regards de ses rivaux, d'avaler sa femme...

Assise dans un coin du salon, éblouissante elle aussi, Mme Burtin n'avait cessé d'observer en cachette son fils qui semblait prendre un réel plaisir à la conversation de la belle Nicole. Celle-ci n'était-elle pas pour lui la compagne rêvée? Sans être une oie blanche — il en reste d'ailleurs très peu à notre époque et c'est tant mieux, pensait Mme Burtin, puisque les hommes n'en veulent plus! — la fille aux yeux gris n'était pas non plus l'une de ces petites sottes qui croient n'avoir plus rien à apprendre de la vie parce qu'elles ne sont pas laides et que leurs parents sont en extase devant leur jeunesse qui n'a que des droits et assez peu de devoirs.

Bien qu'elle eût tout observé avec satisfaction, Mme Burtin se garda bien, pendant le retour rue Vaneau, de faire le moindre éloge de la riche et charmante héritière : connaissant Pierre, ce n'aurait été qu'une maladresse. Elle savait que lorsqu'il avait des décisions graves à prendre — ne l'avait-il pas prouvé quand il était parti en moins de vingt-quatre heures pour l'Extrême-Orient? — son fils n'aimait consulter personne. Et, en cela, il était bien son fils!

Aussi se contenta-t-elle seulement de demander :

— J'espère que tu ne t'es pas trop ennuyé?

— Pas du tout! Cela m'étonne moi-même!

— Tu vois que ces petites sorties ont du bon... Sais-tu que j'ai été très fière de toi?

— Il n'y avait vraiment pas de quoi!

— Tout de même, Pierre, il n'y a pas tant d'hommes qui peuvent raconter des choses aussi passionnantes sur les coutumes et sur le mystère de l'Extrême-Orient! C'est fou ce que tu as dû voir et apprendre là-bas! J'avoue que si j'étais plus jeune, moi aussi je me serais volontiers laissé tenter par le démon des voyages lointains et de l'aventure! Malheureusement, quand j'avais ton âge, j'étais déjà veuve depuis longtemps et je devais me consacrer entièrement à ton éducation... Aussi tu peux comprendre quel est mon orgueil de maman quand je te vois briller dans un salon! Ton cher père aussi aurait été fier de toi! Cet industriel qui était parmi les invités m'a fait les plus grands compliments de toi... Mme Verdet m'a dit qu'il possédait une très grosse affaire.

— Je la connais de nom...

— Quelle affaire?

— Les Forges et Aciéries de l'Est : l'industrie lourde...

— J'ai vu que tu as parlé longuement avec sa fille... Est-elle agréable?

— Elle est mieux qu'on ne pourrait le penser, étant donné sa fortune.

Mme Burtin n'insista pas. Pour cette première soirée, c'était suffisant : les jalons étaient posés. Demain elle trouverait autre chose, mais ce dont elle était déjà sûre, c'est que — partout où il irait les jours suivants — son fils rencontrerait la blonde Nicole. Du moment qu'après la première entrevue, il n'avait pas dit « non », tous les espoirs étaient permis...

Elle sut se montrer d'une habilité diabolique, la veuve Burtin! Tout aussi habile qu'une Ngô-Thi-Maï-Khanh, avec peut-être en plus l'expérience de l'âge et les ressources inépuisables de l'invention maternelle. Jamais elle ne parlait de la jeune Nicole, ni de son père, « le gros industriel ». Elle s'extasiait au contraire sur d'autres jeunes filles ou sur d'autres parents qui n'offraient aucun intérêt et que Pierre lui disait avoir également rencontrés au cours des sorties suivantes. Car la voiture de sport anglaise, achetée dès le lendemain du dîner chez les Verdet, avait accompli le premier miracle espéré : elle avait redonné au garçon, assez solitaire jusqu'à ce jour, le goût de circuler, de rouler, de voiturer du monde, de « sortir »! Il n'y eut pas un soir de la semaine où, comme par hasard — c'était toujours le hasard qui favorisait les plans de Mme Mère — il n'y eût une réunion, un cocktail, un dîner... Dès le deuxième jour, Mme Burtin avait dit :

— Je sais, mon chéri, que ça te ferait un grand plaisir que je t'accompagne ce soir, mais vraiment je suis un peu fatiguée! Autant ces sorties sont bonnes pour toi, autant elles me sont néfastes! Mais surtout que cela ne t'empêche pas d'en profiter!

Elle semblait se sacrifier, restant seule à la maison, mais, dès qu'elle avait vu la petite voiture rouge démarrer en trombe devant son immeuble, elle s'était précipitée sur le téléphone et elle avait dit, la voix radieuse et haletante, à Mme Verdet, sa complice dans le projet élaboré :

— Ça y est! Il est parti... Vous êtes bien certaine qu'elle sera à ce cocktail, et sans son père cette fois?

Elle, c'était Nicole.

Nicole qui, à chaque nouvelle rencontre, était de plus en plus belle, de plus en plus élégante, de plus en plus charmante, de plus en plus femme en puissance. Une Nicole qui se sentait irrésistiblement attirée par cet homme nettement plus âgé qu'elle et dangereux — l'homme de quarante ans n'est-il pas le plus séduisant! — un homme qui avait quelque chose à dire, qui avait voyagé, qui connaissait le Japon, l'Extrême-Orient. Un homme qui ne ressemblait pas à tous les prétendants qu'on lui avait présentés. Un garçon qui savait se présenter tout seul grâce à sa personnalité. Du moins, c'était ce que croyait Nicole.

Comment aurait-elle pu se douter que derrière cette façade d'imprévu et de naturel, se cachait, dans la coulisse, la prodigieuse Veuve Burtin puissamment aidée par cette cohorte de femmes désœuvrées qui ne peuvent voir un célibataire attardé et une riche héritière encore libre sans penser à un mariage.

Aussi Mme Burtin ne fut-elle qu'assez peu surprise quand après deux semaines de ce carrousel organisé, son fils lui confia :

— Je pense, mère, que si jamais je prenais la décision de me marier en France, ce serait avec une jeune fille dans le genre de Nicole.

Mme Burtin avait retenu son souffle, tout en prenant soin de ne rien laisser paraître de son émotion... Une émotion teintée de satisfaction : ses savants calculs avaient été justes. Elle sut répondre :

— Vraiment, chéri ? Je t'avoue que cette idée ne m'était même pas venue à l'esprit, mais tu es seul juge. Du moment que tu parles ainsi de cette jeune fille, c'est qu'elle doit avoir de sérieuses qualités.

— Plus encore que vous ne le croyez.

La satisfaction se transforma chez Mme Veuve Burtin en un sentiment d'exultation intense. Le moment n'était-il pas enfin venu pour elle d'appuyer « l'idée » qui semblait être née spontanément dans le cœur de son cher enfant ? Et ses paroles déferlèrent dans un torrent vertigineux où tout se mêlait : l'ambition, l'orgueil de mère, la rancœur assouvie, le chant de victoire... Tout cela enrobé sous une tendresse exigeante qui se glissait habilement entre deux réflexions pratiques comme si elle n'en était que la ponctuation :

— Évidemment, cette jeune fille et toi feriez un couple magnifique ! Vos enfants ne pourraient être que très beaux... Tu sais très bien que mon plus cher désir serait d'être grand-mère ! Vous me confieriez vos enfants quand vous auriez envie d'être seuls et je te garantis qu'ils seraient bien élevés !.. Nicole offre aussi l'avantage d'être fille unique : donc pas de risque de mésentente avec des beaux-frères ou belles-sœurs... Elle n'a plus que son père : ce qui est très bien aussi ! J'ai toujours craint pour un garçon, aussi sensible que toi, l'influence d'une belle-mère... Tandis que tu sais que je saurais être pour ta femme une vraie maman ! J'aurais tant voulu avoir également une fille ! C'est toi seul qui peux me l'apporter, mon Pierrot !... Nicole ! Quel charmant prénom ! Nicole et Pierre, c'est gentil... Nicole Burtin, ça sonne bien !... Je ne parle pas de sa fortune, qui est considérable, bien que j'aie toujours été persuadée que l'on ne vit pas uniquement d'amour et d'eau fraîche! Une belle dot, ça n'a jamais fait de mal à personne! Ça facilite tellement les choses... Mais, même sans penser à cela, on ne peut nier qu'une union pareille t'apporterait une situation que des milliers d'hommes cherchent et ne trouvent jamais! Il me paraît normal que tu prennes un jour la succession de ton beau-père... Cela aussi, ça sonnerait très bien : « Pierre Burtin, Président-Directeur Général des Forges et Aciéries de l'Est... » Ce serait tout autre chose que les emplois que tu as connus jusqu'à présent et qui n'ont jamais été dignes de toi, ni en rapport avec tes capacités. Tu as l'étoffe d'un grand patron, je te l'ai toujours dit!... Oui, je crois que je comprendrais, mon chéri, que tu puisses te décider pour une jeune fille de ce milieu. Vous devez avoir les mêmes goûts, les mêmes affinités... Non, vraiment, je n'aurais pas le droit de faire la moindre objection à une telle union...

Il l'avait laissé parler, l'écoutant à peine... Tout ce qu'elle venait de dire, il l'avait pensé avant elle, mais sans que ce fût pour lui essentiel. La seule chose qui comptait, c'était que Nicole était aussi belle que simple : en un mot, adorable. Sans qu'elle ait cependant rien fait, ou dit, d'extraordinaire, en quelques jours la jeune fille avait réussi à faire sa conquête. Elle était même parvenue — mais de cela elle ne pouvait se douter — sinon à ce qu'il oubliât, du moins à ce qu'il pensât plus rarement à la maîtresse lointaine. Mme Burtin ne s'était pas trompée dans le choix du contrepoison.

Et elle sut être assez fine pour ne jamais prononcer le nom de Maï, pour n'établir surtout aucune comparaison entre une jeune fille de race blanche et une Chinoise... C'était comme si Maï n'avait pas existé, comme si on n'en avait jamais entendu parler et comme si l'empoisonnement de Pierre n'avait été qu'une invention des médecins...

Une nouvelle semaine passa pendant laquelle il n'y eut pas de jour où Nicole et Pierre ne sortirent ensemble. Le délai d'un mois que Mme Burtin avait demandé à son fils était expiré et Pierre ne parlait plus de départ pour l'Extrême-Orient. Sa mère se garda bien d'évoquer le Viêt-Nam, sachant que le triomphe discret de Nicole était proche.

Celui-ci fut confirmé par une phrase lapidaire, dite avec beaucoup de simplicité par Pierre :

— Maman, je t'annonce que Nicole et moi sommes fiancés.

Mme Mère sut feindre encore la surprise :

— Déjà ? Eh bien, vous au moins, vous n'avez pas perdu de temps ! Sais-tu que ton père et moi avons attendu six mois avant de nous fiancer ! Enfin ! Tout va tellement plus vite de nos jours ! Es-tu bien certain de tes sentiments, mon chéri ?

— Oui, maman.

— Et de ceux de cette jeune fille ?

— C'est la fille la plus franche que j'aie jamais rencontrée !

— Tant mieux ! Je n'ai plus qu'à approuver, n'est-ce pas ? Et tu dois savoir ce que tu fais, à ton âge. Le père de Nicole est-il au courant ?

— Elle a dû lui annoncer également notre décision ce matin... J'ai l'intention d'aller faire ma demande en mariage dès cet après-midi. Nous voulons nous marier le plus vite possible.

— Ne penses-tu pas qu'il y a dans tout cela un peu de précipitation ? C'est très grave, le mariage, Pierre.

— Je le sais.

Ce fut alors que Mme Burtin sut se montrer géniale. Connaissant l'entêtement de son fils, il fallait se montrer réticente : plus elle paraîtrait lutter contre cette brusque décision de mariage et plus Pierre activerait les choses. Avant un mois, deux tout au plus, il serait marié et ce jour-là, c'en serait bien fini de la Chinoise.

Aussi dit-elle avec une extrême gentillesse :

— Tu ne regrettes vraiment pas de ne pas repartir en Extrême-Orient ?

— Non.

La réponse avait été catégorique. Elle insista cependant :

— Ni de ne plus revoir cette femme dont tu m'avais fait un tel éloge et pour laquelle tu étais prêt à tout abandonner ?

— J'ai beaucoup réfléchi. Vous aviez raison, mère : cette femme n'était pas faite pour moi.

— Ça, j'en ai toujours été persuadée ! Malgré leur charme indéniable et l'attrait qu'elles peuvent avoir pour des Européens, ces femmes d'une autre race ne peuvent pas être les compagnes de toute une vie pour des Blancs. Il y a trop de différence ! Et enfin, elle ne t'a jamais donné de ses nouvelles ?

— Comment l'aurait-elle pu ?

— Mon chéri, quand une femme veut vraiment un homme, il n'y a pas de frontières, ni de distances qui comptent ! Elle parvient toujours à le retrouver. Les sept mois qui viennent de s'écouler te prouvent qu'elle t'a complètement oublié ! Sans doute même t'a-t-elle déjà remplacé depuis longtemps ! Je suis persuadée qu'elle a dû trouver une autre victime — peut-être même un Blanc ? — pour tenter de l'asservir, comme elle a essayé de le faire avec toi, par un empoisonnement progressif.

— Et si elle était morte ?

— Ne le souhaitons pas ! Il ne faut jamais rendre le mal pour le mal, mon enfant ! Maintenant embrasse-moi comme tu n'as pas su encore le faire depuis ton retour. Je te souhaite de vivre avec Nicole le même bonheur que j'ai connu avec ton cher père !

Pierre n'avait pas menti quand il avait dit avoir longuement réfléchi. Plusieurs fois, depuis sa guérison, il était retourné voir le colonel Sicard et toujours la réponse avait été la même : « Aucune nouvelle »! L'antiquaire aussi avait disparu. A sa dernière visite Pierre avait trouvé son ancien chef très abattu :

— Mon petit, lui avait dit ce dernier, j'estime que tout ce que nous avons fait n'a servi à rien! Et dire que vous avez failli réussir! Serge Martin et vous faisiez une rude équipe! Vous avez été à deux doigts du document : on peut dire que vous l'avez frôlé! Mais les Chinois ont su se montrer plus forts que tout le monde!

— Je n'arrive pas à croire qu'un M. Jojo ait pu se montrer plus habile qu'un Serge Martin!

— Il n'y a plus aucune trace de l'antiquaire... et Dieu sait pourtant si nous avons tout mis en œuvre pour le retrouver! Nous n'avons pas hésité à utiliser les services des agents du *C.I.A.*, de l'*Intelligence Service* et même des Russes!

— Ce n'est pas vrai?

— Si! Tous ont très bien compris que l'ennemi commun dans cette affaire était la Chine et que ce serait dramatique pour la paix du monde si elle acquérait rapidement la possibilité d'utiliser la puissance atomique... Nous nous sommes donc tous plus ou moins associés pour essayer de retrouver notre vieil ami : c'est l'intérêt commun.

— Même celui des Russes?

— Surtout celui des Russes! Ils comprennent très bien qu'ils seraient les premiers visés par leur redoutable adversaire! Ils savent également que Serge Martin était de loin l'agent du monde occidental le plus près d'aboutir, le plus habile aussi. Vous avez été suffisamment dans « le métier » pour ne pas ignorer qu'il existe une sorte de confraternité secrète entre agents de renseignement, même s'ils travaillent pour des puissances différentes. Il arrive souvent que les uns et les autres soient contraints de s'épauler. Le vieil axiome : « Passe-moi la rhubarbe, je te donnerai le séné » prend dans notre travail toute sa valeur et pourrait se transformer en « Passe-moi un bon renseignement, et je te dirai où se trouve ton agent disparu! » J'estime qu'il vaut mieux tout accepter plutôt que de perdre un agent de grande classe. Mon personnel est sacré pour moi! Je vous l'ai prouvé. On peut, à la rigueur, reconstituer en quelques mois un réseau démantelé, mais il faut des années pour faire un Serge Martin! Sincèrement, Burtin, je suis très inquiet...

— Les Russes vous ont réellement aidé?

— Ce sont eux qui se sont montrés les plus compréhensifs. N'est-ce pas leur intérêt? S'ils parvenaient à nous faire récupérer Serge Martin, celui-ci serait définitivement « brûlé » et n'aurait plus qu'à rentrer, comme vous, dans la vie civile. Mais le drame, c'est qu'ils ne l'ont pas retrouvé! Ils sont pourtant les mieux placés, ayant sur tout le territoire chinois des agents de premier ordre. La mise en place d'un tel réseau leur a été relativement facile à l'époque où ils avaient envoyé en Chine d'innombrables missions, destinées à aider au relèvement du pays et à y implanter le communisme... Depuis ces dernières années, effrayés des progrès foudroyants accomplis par leurs alliés chinois dans tous les domaines : militaire, économique et social, ils ont retiré peu à peu leurs techniciens et rapatrié leurs missions. Mais comme ils ne sont pas fous, ils ont eu bien soin de laisser un peu partout des agents de renseignement.

— Et dire que vous ne m'avez envoyé là-bas que pour ravir le plan aux Russes!

— Mon cher, comme les guerres officielles, la guerre secrète offre toujours des renversements de situation! La base essentielle d'organisations telles que la nôtre est la souplesse... Je l'avoue : au cours de ma longue carrière, il m'est arrivé plusieurs fois d'être obligé de retourner ma veste! Mais cela n'a aucune importance quand on n'agit que dans l'intérêt de son propre pays... Je pense avoir toujours servi la France. En demandant aux Soviets de nous aider, je crois avoir encore agi pour le mieux.

— Parce que vous estimez qu'un Serge Martin vaut un tel retournement de situation?

— Actuellement, pour notre pays, la perte d'un seul Serge Martin équivaudrait à celle de trois bons diplomates! Vous me comprenez?

Plus peut-être que le silence de Maï, la disparition de l'antiquaire avait contribué à ce que Pierre ait commencé à changer d'avis sur ses projets d'avenir. Qu'irait-il faire à nouveau dans ce lointain Viêt-Nam quand tous ceux qu'il y avait connus et avec qui il avait continuellement vécu semblaient ne plus s'y trouver? S'il y retournait, n'y disparaîtrait-il pas, lui aussi, à son tour, sans que cela soit d'aucune utilité? Il n'y retrouverait pas Maï et encore moins le document. Si Serge Martin avait véritablement échoué, personne ne réussirait.

Plus les heures et les jours de réflexion avaient augmenté, et plus il réalisait que sa maîtresse, si elle l'avait réellement voulu, aurait pu, sinon le rejoindre en France — n'avait-elle pas dit avoir accumulé une réelle fortune? — du moins lui donner signe de vie. Depuis son retour, il ne s'était jamais caché. Maï lui avait très bien fait comprendre qu'elle n'ignorait pas que, sous le couvert de son activité artistique, il en dissimulait une autre. Très vite, avec sa subtilité et sa finesse, la jeune femme serait parvenue à l'identifier sous son véritable nom! Mais elle n'avait pas bougé. Il ne voyait que trois raisons valables à ce silence.

Ou bien Maï était persuadée que le poison avait accompli son œuvre destructrice et que celui dont elle avait fait son amant n'était plus. Ou bien elle craignait, au cas où des médecins français auraient réussi à le guérir, de se retrouver en sa présence alors qu'il ne devait plus la considérer que comme une criminelle. Ou enfin, désespérée d'avoir perdu son « protecteur », Maï s'était tuée... Pendant les premières semaines de son retour, Pierre avait été hanté par cette idée lancée par le colonel. Mais le sentiment de sa propre culpabilité s'était atténué progressivement : il n'avait quitté le Viêt-Nam que contraint par la force. Si Maï avait cru à un abandon volontaire, elle s'était trompée.

Une autre hypothèse restait : Maï ne se serait pas suicidée, mais aurait été tuée par les communistes chinois. Sans savoir trop pourquoi, son ancien amant ne pouvait y croire. Un instinct secret l'incitait à penser que la jeune femme était toujours en vie. Mais plus le traitement de désintoxication avait accompli son œuvre régénératrice, et plus il avait perdu peu à peu le désir sensuel de retrouver ses caresses. C'était comme si le goût d'accoutumance, qu'elle avait su lui donner en même temps que le poison, s'était émoussé... Quand la rayonnante Nicole était apparue, les derniers sursauts de désir avaient été balayés. Sans qu'elle pût même s'en douter, la jeune fille avait joué le rôle du catalyseur, qui déclenche une réaction, sans y participer lui-même. C'était d'abord dans le cerveau, puis dans le cœur de Pierre, que tout s'était passé. La transformation s'était accélérée en lui avec la double guérison : sans regret maintenant, il tournait le dos à l'Asie et à l'Extrême-Orient pour ne plus penser qu'à une Europe irradiée de beauté blonde.

Comme l'avaient voulu les amoureux, la période des fiançailles fut courte. Six semaines après leur annonce, Pierre et Nicole étaient à la veille du mariage. Dans quelques heures, cet après-midi, aurait lieu le mariage civil à la mairie du XVI$^e$, quartier où habitait la jeune fille. Et demain, à Saint-Honoré-d'Eylau, ce serait — au milieu d'une foule innombrable d'invités — la cérémonie religieuse. Ensuite viendrait le départ pour le voyage de noces en Espagne dans la voiture de sport anglaise. Après, il y aurait le retour à Paris dans le luxueux appartement que l'industriel avait offert à sa fille... Et ce serait le bonheur complet avec tout : l'amour, la compréhension mutuelle, la richesse... Il avait déjà été décidé qu'en attendant de succéder à son beau-père, Pierre prendrait la direction des bureaux de Paris avec le poste de « Vice-Président des Aciéries de l'Est ». Entre un vice-président, qui est le gendre unique, et un président, il n'y a qu'un pas très vite franchi. Mme Burtin l'avait compris depuis longtemps.

Au moment où son fils et elle allaient quitter l'appartement de la rue Vaneau pour se rendre à la mairie, où la cérémonie civile aurait lieu à 16 heures, un coup de sonnette retentit à la porte. C'était un télégraphiste apportant un pneumatique.

— Encore des félicitations! dit Mme Burtin quand la femme de chambre tendit à Pierre le message. Nous n'avons pas le temps de les lire, mon chéri, sinon nous serons en retard et ça fera très mauvais effet! Tu verras cela plus tard.

Sans l'ouvrir, Pierre enfouit le pneumatique dans l'une de ses poches d'où il ne le ressortit que lorsqu'ils furent dans la voiture de grande remise qui les emportait vers la mairie.

— De qui est-ce? demanda sa mère, distraite.

Il ne répondit pas et froissa le pneumatique.

— Des gens que nous connaissons bien? demanda à nouveau Mme Burtin.

— Non... des inconnus...

Comment aurait-il pu lui dire :

— Ce message est en vietnamien... L'écriture est volontairement impersonnelle, rédigée en lettres d'imprimerie...

Et savez-vous comment il se traduit : « TU T'APPRÊTES A ME TRAHIR. TU N'EN AS PAS LE DROIT. N'OUBLIE PAS QUE NOUS SOMMES UNIS DEVANT BOUDDHA POUR TOUT LE TEMPS DE NOTRE PASSAGE SUR TERRE. TU PEUX ENCORE TE RACHETER EN N'ÉPOUSANT PAS CETTE FEMME DE TON PAYS. JE T'ATTENDS TOUJOURS. MAÏ. »

Il restait silencieux, blême.

— Qu'est-ce que tu as, chéri ? Tu es tout pâle. Tu ne te sens pas bien ?

— Si, maman, je vous assure.

— Ce n'est pas une mauvaise nouvelle, au moins ?

Il dut faire un effort pour répondre :

— Aujourd'hui, il ne peut y avoir que de bonnes nouvelles...

Mais il était bouleversé. C'était la première fois que son ancienne maîtresse lui donnait signe de vie ! Et elle avait attendu le moment où il se rendait à la mairie pour son mariage civil ! Ce pneumatique, apporté à la toute dernière minute, c'était à la fois un défi et une menace. Défi dont tous les termes avaient été mesurés : *N'oublie pas que nous sommes unis devant Bouddha...* Cela signifiait que Ngô-Thi-Maï-Khanh n'avait renoncé à aucun des droits qu'elle croyait avoir sur lui. Menace ? *Tu peux encore te racheter...* Et ça se terminait sournoisement par des mots très doux qui résumaient tout : *je t'attends toujours...*

Dans quelques instants, il arriverait à la mairie. Maï y serait peut-être, prête à faire un scandale ou même à accomplir un geste fatal ? Il se sentait envahi par une inquiétude indescriptible qu'il n'avait encore jamais connue. Celle qu'il avait vécue pendant la nuit de Saigon où il attendait la venue de son assassin et pendant toutes les nuits passées dans l'appartement de Paris alors qu'il se demandait si, oui ou non, il retrouverait jamais la vue, n'était rien en comparaison !

Que faire? Renoncer à Nicole? Non... Il l'aimait trop maintenant. Elle seule lui était destinée et non pas celle qui s'était prétendue Fille du Dieu! Il ne cherchait même pas — il n'en avait plus le temps — à se demander comment la Chinoise avait pu savoir? Ce qu'il fallait, c'était prendre la décision immédiate... Il n'y en avait qu'une : ne pas reculer! Il épouserait Nicole... Même si la rivale cachée devait surgir de la foule au dernier moment pour l'abattre, il aurait au moins accompli son devoir d'homme. Et un Burtin ne cédait pas aux menaces! Sa seule crainte était que Maï, si elle était vraiment là, ne s'en prît à Nicole. Avec elle ne fallait-il pas s'attendre au pire dans la vengeance?

Quand la voiture s'arrêta devant le porche de la mairie, Pierre eut un regard circulaire pour voir si la silhouette — dont il redoutait maintenant la présence après l'avoir tant désirée — ne se dressait pas, menaçante.

— Mais qu'est-ce que tu as? demanda à nouveau Mme Burtin. Tu es inquiet?

Il ne répondit pas et s'engouffra avec elle sous le porche. A l'entrée de la grande salle des mariages, ils retrouvèrent les témoins et les amis. Ce fut avec un réel sentiment de soulagement qu'il constata qu'aucun visage asiatique ne se trouvait, non plus, à l'intérieur du bâtiment.

Quelques minutes plus tard, Nicole arrivait avec son père. Elle était véritablement charmante dans un strict tailleur bleu marine. Ses boucles d'or s'échappaient d'un chapeau blanc. Le sac aussi était blanc, ainsi que les gants.

Ce fut d'une voix claire et assurée que Pierre répondit « oui » à la question rituelle : « Désirez-vous prendre mademoiselle X pour épouse? »

Un quart d'heure s'était écoulé : Nicole et Pierre étaient unis devant les hommes. Demain ils le seraient devant Dieu. La toute jeune Mme Pierre Burtin était radieuse en ressortant de la mairie au bras de son époux qui, lui, continuait à scruter du regard les alentours. Mais il dut se rendre à l'évidence : Maï n'était pas là.

Pendant qu'une voiture emportait le nouveau couple vers l'hôtel particulier de l'industriel où était prévue une réception destinée au « Tout-Paris », Pierre demanda à sa femme :

— Nicole, m'en voudriez-vous beaucoup si, après vous avoir ramenée chez vous, je profitais de cette voiture pour aller rendre une rapide visite à l'un de mes amis? Je vous promets d'être de retour d'ici une demi-heure.

— Quelle drôle d'idée, Pierre! Cette visite est donc si importante?

— Elle l'est moralement en ce sens que j'ai omis d'informer l'un de mes plus vieux camarades de guerre de mon mariage! Je ne m'en suis rendu compte que tout à l'heure, au moment où je me rendais à la mairie et j'ai trouvé que c'était très mal de ma part! Il aurait le droit de ne pas me le pardonner. Les vrais amis sont si rares, chérie, qu'il ne faut pas leur faire de peine!

— Je vous approuve d'être ainsi. Cela vous ferait-il plaisir qu'avant d'aller à la maison, nous fassions ensemble le détour pour que votre camarade puisse me connaître?

— Je n'ose pas vous demander une chose pareille... Et votre père vous en voudrait à juste titre de ne pas être à ses côtés pour recevoir les premiers invités qui ne vont pas tarder à arriver.

— Vous avez raison. Allez vite! Mais n'oubliez pas que, maintenant, vous avez une femme qui vous attend.

Le « vieil ami de guerre » était le colonel Sicard. Dès qu'il fut dans son appartement, Pierre lui tendit le pneumatique :

— Je l'ai reçu au moment où je me rendais à la mairie pour y épouser la plus adorable des jeunes filles!

— Et alors? Ça ne vous a pas empêché de vous marier?

— Évidemment non.

— Dans ce cas, acceptez d'abord mes félicitations. Je suis très heureux de ce mariage. Bien que vous ayez négligé de m'en faire part — ce qui n'est pas très gentil pour « la vieille chouette » — j'avais lu, en son temps, dans les journaux, l'annonce de vos fiançailles et je m'apprêtais même à aller vous serrer la main demain à l'église.

— Je vous remercie, mon colonel... Oui, je n'ai aucune raison de le cacher : je suis heureux ! Mais je le serais encore bien davantage si je n'avais pas reçu un pareil message !

— A votre place je serais plutôt satisfait... N'avez-vous pas là une preuve que l'ex-dame de vos pensées ne s'est pas suicidée de chagrin après votre départ et que ses compatriotes chinois ne lui ont fait aucun mal ? N'étaient-ce pas les deux points qui vous tourmentaient ?

— Vous ne pensez pas qu'elle pourrait chercher à se venger ? Sur moi, ce serait encore explicable, mais ce serait terrible si elle s'en prenait à ma femme !

— Avez-vous avoué cette liaison à votre future femme pendant vos fiançailles ?

— J'ai estimé que c'était inutile.

— Peut-être avez-vous eu tort. Souvent, quand on a décidé de faire place nette dans son cœur et de balayer un passé, il vaut mieux la franchise.

— Pensez-vous que Ngô-Thi-Maï-Khanh soit à Paris ?

— Si elle avait pris l'avion ou le bateau pour venir en France, mes agents d'Extrême-Orient, auxquels je n'ai jamais donner l'ordre de cesser les recherches, m'en auraient immédiatement informé... Si elle a pénétré en France, ce ne peut être que par un itinéraire détourné et sous une fausse identité. Seulement on se demande pourquoi elle aurait pris autant de précautions puisqu'elle sait très bien que ni nos Services ni le gouvernement français n'ont rien à lui reprocher. La seule personne qu'elle pourrait craindre est vous... En effet vous auriez très bien pu porter plainte contre elle pour tentative de meurtre... Mais puisque vous ne l'avez pas fait, elle peut dormir tranquille.

— Qui vous a dit qu'elle m'avait empoisonné?

— Madame votre mère.

— Décidément, elle en a parlé à tout le monde!

— A tous ceux en qui elle avait confiance! La pauvre Mme Burtin était tellement affolée par votre état! Elle n'a agi que dans votre intérêt... Et la suite des événements prouve qu'elle a bien fait! Jamais vous n'auriez rencontré votre femme si votre mère ne s'était pas entêtée à faire soigner votre vue et à vous obliger à ne plus mener une vie de solitaire. Moi aussi, vous devriez me remercier, Burtin! C'est parce que je vous ai fait revenir de force que vous êtes aujourd'hui le plus heureux des hommes! Quant à ce bout de papier — il désignait le pneumatique — je le conserve à toutes fins utiles mais je n'y attache aucune importance.

— Si ce n'est pas Maï qui l'a posté elle-même deux heures avant que je ne le reçoive, c'est donc qu'elle a chargé une autre personne de cette mission?

— C'est plus que probable. Pendant le temps où vous avez vécu avec elle, vous a-t-elle parlé de la France?

— Rarement... Je me souviens seulement l'avoir entendue dire à Serge Martin et à moi, le jour où nous avons fait connaissance au *Grand Monde*, qu'elle avait été élevée dans un couvent de Sœurs françaises à Hué et que c'était là qu'elle avait appris notre langue. Ce ne fut que longtemps après, exactement pendant la dernière nuit que j'ai passée en sa compagnie, qu'elle m'a dit aimer la France plus que tous les autres pays étrangers parce que ces Sœurs Missionnaires de Hué avaient su se montrer accueillantes et compréhensives à son égard en lui permettant de continuer à pratiquer la religion bouddhique.

— Elle ne vous a pas dit s'être fait alors des amitiés parmi les jeunes filles qui poursuivaient leurs études dans le même collège et dont certaines, filles de fonctionnaires, d'officiers ou de commerçants, eurasiennes pour la plupart, ont dû revenir en France depuis les accords de Genève ?

— Non.

— Donc si nous voulons trouver l'auteur de la rédaction de ce pneumatique, qui évoque assez la lettre anonyme, il nous faudrait orienter nos recherches parmi les milieux d'exilés vietnamiens installés en France. La difficulté, c'est qu'ils sont innombrables depuis ces dernières années ! Sans doute votre ancienne maîtresse a-t-elle conservé parmi eux quelques amis, dont elle ne vous a jamais parlé, mais avec lesquels elle est restée en relations... Vous-même m'avez dit, peu de temps après votre retour, que vous ne pensiez pas que Ngô-Thi-Maï-Khanh viendrait vous relancer en France et qu'elle ne quitterait jamais son pays où elle était certaine que vous finiriez vos jours auprès d'elle. Sur ce point, je continue à vous croire volontiers : cette jeune beauté doit être farouchement asiatique ! Pourquoi aurait-elle couru le risque de partir à votre poursuite, sachant qu'elle vous avait empoisonné et qu'elle risquait, à son arrivée, de se trouver devant votre tombe avec tous les ennuis que pourrait lui apporter ensuite une enquête de police sur la véritable cause de votre mort ? Cette jolie fille a déjà montré qu'elle était beaucoup trop intelligente pour agir aussi sottement...

» Son premier soin, quand elle a appris votre départ, a été de se cacher. Pour elle il n'y avait pas d'autre solution : elle savait que, normalement, il ne vous restait plus qu'une quinzaine de jours à vivre... Puisque vous, son protecteur voulu par Bouddha, l'aviez abandonnée, cette mort était juste... Sa consolation était que vous n'appartiendriez pas à une autre femme. Mais elle s'est dit aussi que vos amis — et entendez par là nos Services auxquels elle savait par M. Jojo que vous apparteniez — tenteraient tout pour vous tirer d'affaire... Parallèlement, elle a dû prier l'une ou même plusieurs de ses relations parisiennes de se renseigner vite et avec discrétion sur ce qu'était devenu un certain Jacques Fernet, artiste peintre débarqué à Orly le... par l'avion nº X... Il n'y a rien de plus facile à contrôler qu'un passage dans un aéroport... Seulement, il a fallu un certain temps aux amis de la belle Chinoise pour remonter la filière et découvrir que Jacques Fernet et Pierre Burtin n'étaient qu'un seul et même personnage.

» Si nos services avaient eu à faire une telle enquête, ils n'auraient pas mis huit jours à vous identifier : il n'y a pas tant de peintres aveugles qui débarquent à Paris, venant du Viêt-Nam! Vous pouvez être certain que, dès que vous avez été repéré, les moindres de vos allées et venues ont été surveillées. C'est ainsi que Ngô-Thi-Maï-Khanh a dû apprendre que, non seulement vous suiviez un traitement pour retrouver la vue, mais que le poison n'avait pas accompli l'effet mortel escompté. Aussi bien votre immeuble de la rue Vaneau que les domiciles de la doctoresse Norther et du Pr Trumaud, sans oublier mon propre appartement ici, ont dû être soigneusement repérés!

» Tant qu'il ne s'est agi que de votre guérison, celle qui continuait à se considérer comme étant toujours votre maîtresse n'a pas bougé. Elle devait estimer que votre guérison était primordiale. Puisqu'elle vous aimait avec passion, m'avez-vous dit, son cœur a dû exulter quand elle a appris que votre vue revenait! N'importe quelle femme amoureuse aurait eu les mêmes sentiments... Quant au poison, elle a dû se dire que si les médecins européens étaient décidément très forts, cela n'aurait pas de conséquences directes pour elle. Ne m'avez-vous pas laissé entendre que cette jeune personne était très sûre d'elle, orgueilleuse comme pas une et tout à fait convaincue que vous ne pouviez pas vous passer d'elle?

— Oui...

— Alors mettez-vous à sa place! Pas un instant elle n'a douté que, dès que vous auriez retrouvé la vue, vous n'auriez plus qu'une idée en tête : retourner au Viêt-Nam pour la voir enfin ! Elle s'est dit aussi que la toute-puissance de Bouddha ne pouvait pas ne pas vous ramener vers elle ! Ceci explique son silence volontaire pendant les six premiers mois qui ont été ceux de votre guérison... La seule erreur de cette femme a été de sous-estimer la volonté acharnée d'une autre femme, qui est votre mère... Elle a eu tort de croire que les mamans européennes sont moins tenaces que les mamans chinoises ! Dès que vous avez été guéri, Mme Burtin a agi comme je l'aurais fait moi-même si vous aviez été mon fils ! Et une charmante jeune fille s'est présentée sur votre route hésitante alors que vous ne saviez plus très bien où vous en étiez... Est-ce vrai ?

— Oui...

— Jeune fille qui, depuis une heure, porte votre nom : vous avez raison d'en être fier et heureux ! Mais les observateurs de Ngô-Thi-Maï-Khanh ont dû la prévenir, pendant ces deux derniers mois, qu'il y avait du nouveau, que l'on vous voyait souvent en compagnie d'une jolie Française... La rage a dû alors envahir le cœur de celle qui a compris que ni le souvenir de ses caresses, ni la violence du poison, ni enfin la toute-puissance de Bouddha ne seraient assez forts pour vous ramener à elle ! Ses informateurs ont dû également repérer le domicile de votre fiancée... Quand on connaît l'adresse d'une jeune fille et son nom, il est très facile de se rendre chaque jour à la mairie de son arrondissement pour lire, sur les tableaux d'affichage installés dans les couloirs, les listes de publication de futurs mariages. La réaction a été immédiate ! Vous la connaissez : elle s'exprime dans ce bout de papier, dont vous pouvez être certain que tous les termes ont été dictés de loin. Les ordres de Ngô-Thi-Maï-Khanh ont été de ne vous faire parvenir ce pneumatique qu'au moment précis où vous vous apprêtiez à vous rendre à la mairie. C'est loin d'être stupide ! Elle prévoyait que la seule lecture de ces quelques mots sybillins produirait en vous un choc psychologique intense... Avouez que, sur le moment, vous avez connu ce choc?

— Je l'avoue.

— Seulement, grâce au ciel qui n'a pas toujours le visage de Bouddha, vous êtes redevenu un homme fort!... Celui que je désespérais à un moment de retrouver et qui a été pour moi le plus valeureux des collaborateurs! Vous n'êtes plus, Burtin, ce garçon découragé et affaibli que j'ai connu après une année de séjour en Extrême-Orient. Vous n'êtes plus rongé par un double mal : celui, physique, du poison secret, et celui, psychique, d'une passion contre laquelle j'ai bien cru que personne ne pourrait lutter! C'est un homme revigoré, transformé, qui a dit « oui » tout à l'heure dans une salle de mairie. Puisque vous avez franchi ce cap du premier coup, vous avez gagné! Vous n'avez plus à vous inquiéter de rien car il ne se passera rien!... Demain, comme je vous l'ai déjà dit, je me ferai une joie d'aller vous serrer la main après la cérémonie religieuse, et je prendrai quand même quelques dispositions pour qu'un service d'ordre, discret et efficace — sur ce point vous pouvez me faire confiance! — soit mis en place dans l'église et dans ses alentours. Sans que personne des invités puisse même s'en douter, tous les visages seront soigneusement examinés et le public filtré. Ce sera un peu comme si des Serge Martin inconnus se trouvaient là pour continuer à vous protéger le plus beau jour de votre vie... Ceci doit rester strictement confidentiel entre vous et moi... Admettons que ce soit là le cadeau de mariage qu'offre notre S.R. à l'un de ses anciens agents qui l'a bien mérité! Maintenant, mon garçon, filez! Votre jeune femme vous attend.

L'immense nef de Saint-Honoré-d'Eylau était archicomble : les grands industriels ont tant d'amis! La cérémonie venait de prendre fin : Nicole et Pierre étaient unis devant le Dieu de leur croyance. Le défilé à la sacristie, dans lequel tous se bousculaient pour être les premiers à féliciter les époux et leurs familles respectives, venait de commencer. Il durerait une bonne heure. La mariée était de loin la plus jolie mariée de l'année. Son père faisait digne. Le marié paraissait calme. Sa mère était la plus radieuse de toutes les mamans triomphantes. Les cloches commençaient à sonner leur *alleluia* pendant que les poignées de mains se succédaient, épuisantes pour les mariés, accompagnées de mots de félicitations d'une banalité de bon aloi. Parmi tous ces gens, hommes ou femmes, qui passaient devant lui dans une file ininterrompue, l'ex-agent 2 884 ne reconnaissait que quelques visages. A tous il répétait invariablement, avec le sourire : « Merci... Merci... »

Mais brusquement, ce « Merci » fut sincère : la « vieille chouette » se trouvait devant lui, grommelant de sa voix bourrue :

— Mon petit, nous sommes très contents pour vous.

Le colonel s'adressait maintenant à la jeune femme :

— Madame, je vous félicite d'avoir épousé un chic type!

Le flot d'invités continua. Mais le rapide passage de son ancien chef fit que Pierre ne put s'empêcher d'avoir une pensée pour un autre homme qu'il eût aimé voir également là... Un homme sans âge qui lui avait confié un soir dans la grande demeure de la banlieue saigonnaise : « *S'il vous arrivait plus tard, quand vous serez rentré en France, d'entendre prononcer ce mot très banal d'* « *antiquaire* », *j'ose espérer qu'il aura pour vous une résonance particulière.* »

Alors que ces paroles étaient encore dans sa mémoire, il serra — dans la file qui continuait à s'allonger — la main d'un homme dont le visage n'évoquait pour lui rien de plus que ceux de tous les autres inconnus. Profitant de la poignée de mains, l'homme lui glissa un morceau de papier plié en huit qui tenait dans le creux de la paume. Ce seul contact fit tressaillir Pierre qui voulut voir la physionomie de l'homme, mais celui-ci avait déjà disparu, emporté par le courant de la foule. Il était impossible au marié de le poursuivre. Sa seule réaction fut, comme il l'avait déjà fait la veille après avoir reçu le pneumatique, d'enfouir dans l'une de ses poches le petit carré de papier que personne, même pas sa jeune femme, n'avait vu.

La fin du défilé fut pour lui un supplice. Quand donc cette corvée se terminerait-elle? Il avait hâte de lire ce qui était écrit sur ce nouveau message, mais il ne le pourrait que plus tard... Il ne fallait pas non plus que Nicole pût se douter de quelque chose... Si seulement le colonel était passé après cet homme, il lui aurait remis le papier en lui confiant rapidement à l'oreille :

— Celui qui vient de me le donner est encore sûrement dans l'église! Essayer de le rattraper!

Car il ne se faisait aucune illusion : ce ne pouvait être qu'un nouveau message de Maï...

Enfin ce fut la sortie du cortège, la descente des marches extérieures de l'église pour monter dans la voiture tapissée de roses blanches, puis le départ avec sa jeune femme, radieuse. Lui aussi se devait de sourire comme si rien ne s'était passé... Personne ne remarqua que son sourire était crispé.

Pendant que la voiture les emmenait vers l'hôtel particulier du beau-père où les attendait un lunch gigantesque, il trouva la force de demander à Nicole :

— Heureuse?

— Je t'adore, répondit-elle en le regardant avec amour. Jamais je n'aurais cru connaître un pareil bonheur!

— Moi non plus, chérie...

Il n'osa pas sortir le papier de sa poche et dut attendre l'arrivée à la maison. Alors, vite, profitant de ce que sa femme était entourée à nouveau par des amis, il déplia le papier. Comme le premier message, c'était rédigé en vietnamien, et écrit en caractères d'imprimerie : TU M'AS TRAHI.

TOI ET TES DESCENDANTS ÊTES A JAMAIS MAUDITS PAR LE DIEU MON PÈRE. Ce n'était même pas signé.

Rageusement, il déchira le papier en tout petits morceaux. A quoi servait de conserver cette nouvelle marque de dépit et de haine? La prédiction du colonel ne s'était-elle pas réalisée : rien ne s'était passé, absolument rien! Le double mariage avait eu lieu, confirmant l'impuissance de celle qui prouvait, par ses menaces tardives, qu'elle n'était plus qu'une ennemie. Après avoir tenté de l'empoisonner physiquement, elle essayait de le harceler moralement. La lâcheté du procédé avait quelque chose de révoltant. Heureusement, il y avait une justice immanente : toutes ces tentatives s'étaient soldées par des échecs.

Il ne fallait plus jamais penser à Ngô-Thi-Maï-Khanh et se consacrer entièrement au bonheur de Nicole.

★

Six semaines plus tard, ils revenaient du voyage de noces et s'installaient dans un bel appartement. La lune de miel, ajoutée à l'enchantement de l'Espagne, avait contribué à ce que Pierre oubliât presque complètement Maï et ses menaces. Deux ou trois fois cependant, il avait failli — suivant les conseils de la vieille chouette qui estimait qu'en amour la franchise est préférable à la dissimulation — raconter à Nicole l'étrange liaison qui l'avait enchaîné et obsédé pendant des mois. Mais cet aveu l'aurait contraint à d'autres explications sur les véritables raisons de son séjour au Viêt-Nam. Et il ne pouvait rien dire. Comment révéler, par exemple, qu'il n'était connu en Extrême-Orient que sous l'identité d'un artiste peintre se nommant Jacques Fernet?

Et Nicole n'était-elle pas une merveilleuse compagne, dont le calme tranquille était pour lui un véritable baume?

C'eût été la pire des aberrations que de troubler une harmonie qui ne ferait que grandir de jour en jour.

Malheureusement le retour à Paris marqua pour lui un brusque renouveau d'inquiétude. Sans qu'il pût s'expliquer pourquoi, il avait l'impression de se rapprocher dangereusement de son passé. De l'autre côté des Pyrénées, il s'était senti délivré, dans un autre monde. Aucun contact n'existait pratiquement entre l'Espagne et le Viêt-Nam alors que les avions reliaient trop facilement Paris à Saigon.

Il tenta tout pour réagir contre le sentiment qui recommençait à l'envahir. Un sentiment? Plutôt une angoisse persistante, comme si l'ombre de l'ancienne amante rôdait encore autour de son foyer et de son bonheur... Ce n'étaient pourtant pas les occupations qui lui manquaient entre l'organisation de sa nouvelle vie et sa situation de vice-président du trust industriel dirigé par son beau-père. De temps en temps, Mme Burtin venait rendre visite au jeune couple, mais, très vite, Nicole avait su la juger en disant à son époux :

— Ta mère est une femme étonnante... Seulement si nous ne nous défendons pas tout de suite contre son envahissement progressif, je crains que nous ne soyons submergés!

Il avait approuvé en souriant et, insensiblement, Nicole et lui s'étaient efforcés d'espacer les relations.

Rien donc n'aurait dû troubler la quiétude du couple. Mais il y avait le souvenir caché et tenace de Maï...

Une heureuse nouvelle aurait pu cependant resserrer encore les liens de joies : quelques jours après le retour du voyage de noces, Nicole fut enceinte. A l'annonce de cet événement, Mme Burtin déclara :

— Ce sera un garçon! Les Burtin ont toujours des fils. Il faudra l'appeler André comme mon défunt mari.

Pour elle le triomphe était complet : bientôt l'avenir de la lignée des Burtin serait assuré.

Mais, au fur et à mesure que les mois de grossesse

augmentaient, l'inquiétude presque maladive de Pierre ne faisait que s'accroître. Il entourait sa jeune femme de précautions extraordinaires comme s'il craignait pour elle et surtout pour l'enfant qu'elle portait dans ses flancs un danger indéfinissable.

— Enfin, chéri, lui dit un jour Nicole, je me demande pourquoi ma maternité prochaine semble tant te tourmenter. Ne suis-je pas en excellente santé et le gynécologue n'a-t-il pas affirmé que tout se présentait sous les meilleurs auspices ?

Malgré cela, le futur père était soucieux, ne formulant qu'un souhait : que Maï ne pût pas savoir que Nicole attendait un héritier ! Il la sentait capable de tout à l'encontre de la jeune maman et de l'enfant.

Rien cependant ne justifiait ses craintes : Maï, ou ses espions, n'avaient plus jamais donné signe de vie depuis le deuxième message reçu à l'église. Peut-être la Chinoise avait-elle enfin compris qu'il n'y avait plus rien à tenter pour elle et avait-elle définitivement renoncé à ce qu'elle avait cru être son destin terrestre ? Seulement une « Fille du Dieu » a-t-elle le droit de se laisser prendre son « protecteur » sans réagir ? Son âme exaltée ne l'incitait-elle pas à croire que, si elle ne se vengeait pas de l'affront, elle n'aurait plus droit aux félicités éternelles quand elle retournerait dans le sein de Bouddha ? On peut tout craindre d'une folie mystique.

Peu à peu, la prochaine venue au monde de l'enfant commença à créer un climat de gêne qui tourna à la hantise. L'homme en arrivait presque à redouter cette naissance et la jeune femme à regretter d'avoir été enceinte aussi rapidement. Le malaise se dissimulait pourtant sous d'innombrables marques de sollicitude réciproque.

Un soir où Pierre rentra de son bureau plus tôt que d'habitude, il trouva Nicole en larmes.

— Ma chérie, qu'est-ce qui t'arrive?

— Rien...

— On ne pleure pas pour rien! Dis-moi tout... A qui veux-tu te confier, si ce n'est à ton mari?

— Je sais, Pierre... J'ai peur... Très peur!

— Peur de quoi?

— De tout et de rien... Toi aussi, je sens que tu es inquiet! Tu n'es plus le même depuis ces derniers mois... C'est toi qui devrais d'abord tout me dire parce que ton inquiétude a fini par me gagner : je t'aime, mon chéri! Comment veux-tu que ta femme soit heureuse si elle te sent malheureux? Je suis sûre que si tu retrouves ta joie, la mienne reviendra... Ne crois-tu pas que c'est très important pour le petit être que je vais mettre au monde? Un enfant doit être enfanté dans l'euphorie et non pas dans la tristesse... Parle, mon amour!

— Que veux-tu que je te dise, ma petite Nicole! Tu t'imagines des choses qui ne sont pas... ou qui ne sont plus, ce qui revient au même!

— Pierre, il y a une période de ton passé que tu ne veux pas me révéler pour des raisons que j'ignore.

— Elle n'a aucun intérêt pour toi!

— Crois-tu? J'ai au contraire l'impression qu'après m'avoir tout raconté, tu te sentirais libéré, plus sûr de toi... Heureux!

— Je t'aime moi aussi, n'est-ce pas la seule chose qui compte?

— Es-tu certain de m'aimer complètement, autant que je t'aime?

Comme il restait silencieux, elle insista :

— Tu n'oses pas répondre?... Je ne te ferai cependant aucun reproche! Je n'ai pas le droit de te juger pour ce que tu as fait quand nous ne nous connaissions pas. Ce serait stupide! Mais j'ai quand même le droit d'être un peu jalouse de ce que tu me caches... Si tu m'avais tout dit, je ne le serais pas!

— Je t'en prie, Nicole!... C'est à toi de me répondre avec franchise : c'est ma mère qui t'a parlé?

— Elle ne m'a rien dit. Si elle l'avait fait, je ne l'aurais pas écoutée parce que j'ai compris, depuis le premier soir où nous avons dîné chez les Verdet, que tout en étant ta plus grande alliée, ta mère pouvait être aussi ta plus grande ennemie!

— Que veux-tu dire?

— Elle cherche à te conserver pour elle seule comme toutes les mamans qui ont un fils unique... Elle est à la fois terrible et admirable! Pour elle, je suis nécessaire mais pas indispensable! Elle se croit la seule femme de ta vie! Je suis certaine qu'elle a toujours dû agir ainsi avec toi, face aux maîtresses que tu as pu avoir...

— Pourquoi parles-tu de maîtresses? Jamais tu n'avais prononcé ce mot jusqu'à présent.

— Sans doute parce qu'il n'en était pas temps! Mais je crois que le moment est venu...

— Non!

— Je parlerai! Il le faut! Qui était cette femme dont le souvenir continue à te hanter?

— Une ennemie...

— Raison de plus pour te confier à ta seule amie, ta femme!

— Tu ne pourrais pas comprendre... Il s'agit d'un autre monde, tellement éloigné du tien, du mien, de tout ce que l'on nous a appris et fait découvrir dans notre jeunesse! Ne me pose plus de questions, veux-tu?

— Je ne t'en poserai plus, rassure-toi! Mais si notre bonheur s'écroulait, tu serais le seul responsable parce que tu auras manqué de confiance en ta femme alors qu'elle était enceinte...

— Ce ne sera pas ma faute, Nicole!... Au-dessus de toi et de moi, au-dessus des lois que nous croyons intangibles, il y a le Destin... Et lui, il ne se préoccupe ni des hommes, ni de leurs origines, ni de leur race! Il décide... Selon les pays ou les climats, il a le visage d'une Divinité différente... Il peut s'appeler Dieu, ou Allah, ou Bouddha! Mais ses décisions sont toujours inexorables! Que nous le voulions ou non, nous devons nous y conformer... Même si nous avons essayé de le tromper, il sait nous reprendre sous son emprise... Cela commence souvent d'une façon imperceptible, alors que nous pensions sincèrement nous être libérés... Et ça s'enfonce, ça progresse, cela devient une souffrance atroce qui n'est faite que de souvenirs et peut-être aussi de remords... Mais tu ne pourras jamais comprendre, petite Nicole!

— Je crois en effet, Pierre, que nous aurions pu, toi et moi, nous comprendre s'il n'y avait pas eu entre nous ce que tu appelles le Destin... La seule chose que je puisse te dire maintenant, à toi mon époux, c'est que je commence à haïr cet enfant que je porte en moi!

— Tais-toi!

Le moment de la naissance était arrivé.

Pierre arpentait le couloir de la clinique. Il était seul, dans l'attente. Sa mère avait voulu l'accompagner mais il avait refusé, sachant qu'il y a quelques instants dans la vie d'un homme où il doit savoir se trouver face à ses responsabilités, sans l'aide de personne. Tout se passerait bien, il en était sûr : l'accoucheur l'avait dit. Mais elle était longue, très longue cette attente!

Enfin le médecin reparut.

Il avait le visage grave et dit simplement :

— C'était l'un ou l'autre... Votre femme est en vie.

Ce fut ainsi que Pierre apprit que Nicole avait accouché d'un fils et que ce fils était mort.

Il ne voulut même pas le voir et sortit de la clinique comme un fou. La malédiction de Ngô-Thi-Maï-Khanh se réalisait : *Toi et tes descendants êtes à jamais maudits...*

Il alla directement chez le Pr Trumaud et lui demanda, haletant :

— Est-il possible que ce poison que l'on m'a administré ait pu avoir une influence sur l'enfant dont ma femme vient d'être délivrée et qui est mort-né?

— Calmez-vous, monsieur Burtin! Ce qui vous arrive est terrible, mais je ne pense pas, sincèrement, qu'il puisse exister une relation de cause à effet.

— Mais enfin, monsieur le professeur, cette femme m'a fait prévenir que je serais maudit ainsi que mes descendants! N'est-ce pas la preuve qu'elle savait ce qu'elle disait?

— Je dois reconnaître que des cas semblables se sont déjà produits et que les toxicologues restent perplexes sur ce problème... Il est possible qu'il y ait une relation entre l'intoxication de l'un des ascendants directs et l'accident à la naissance de l'enfant, mais ce n'est pas certain... De toute façon, je vous répète que votre organisme est sain : il n'y a donc aucune raison pour que vous ne puissiez avoir d'autre enfant, d'autant plus que votre femme est très jeune. Ayez confiance dans l'avenir, monsieur Burtin!

Confiance? L'avenir? Deux mots qui sonnaient faux pour celui qui se sentait de plus en plus seul... Certes, il y avait Nicole, encore sur son lit de clinique, à peine réveillée sans doute, ignorant le drame... Nicole à qui l'on avait dû tout cacher et qui apprendrait bien assez tôt la vérité! Nicole qu'il n'avait pas encore eu le courage d'aller embrasser... Cette effusion serait-elle même de circonstance? La jeune femme n'avait-elle pas prononcé les paroles terribles, qui avaient déchaîné le malheur : « Je commence à haïr cet enfant! »?

Nicole n'était déjà plus son alliée avant l'accouchement. Maintenant elle serait son ennemie involontaire : la tombe de l'enfant, que le Destin n'avait laissé vivre que dans le ventre de sa mère, serait le pire des fossés... Pourquoi s'acharner à lutter contre le Destin? Il était le plus fort... La Chinoise n'avait cessé de le répéter et de le faire comprendre à travers les contes et les légendes de son pays. C'était elle qui avait raison... Mais elle était aussi doublement criminelle : après avoir tenté de faire mourir un homme, elle avait réussi à l'atteindre dans son enfant. La réponse même du Pr Trumaud était ambiguë : « *Il est possible qu'il y ait une relation entre l'empoisonnement et l'accident de la naissance... Des cas semblables se sont produits. Les toxicologues restent perplexes sur ce problème...* » Les toxicologues n'avaient pas trouvé l'explication. La seule qui pouvait la donner était la Fille du Dieu qui connaissait les recettes maléfiques...

Il revint à la clinique. Quand il se retrouva en présence de Nicole, il découvrit une femme très différente de celle dont il avait fait son épouse. Elle ne pleurait pas, son visage était marqué par la lassitude de la maternité, le regard était lointain, n'appartenant plus à celui dont elle continuerait à porter le nom plus par habitude que par amour. Un enfant mort-né, ça peut quelquefois resserrer des liens mais le plus souvent, ça les brise.

Des semaines passèrent pendant lesquelles aussi bien elle que lui firent quelques efforts pour maintenir une harmonie chancelante et donner surtout à leur entourage l'illusion que leur bonheur conjugal continuait... Ni le père de Nicole ni la mère de Pierre ne se doutaient de rien : tous deux étaient persuadés que bientôt l'annonce d'un nouvel enfantement viendrait effacer le triste souvenir. L'orgueil de

Nicole était aussi grand que celui de Pierre : pourquoi donner en spectacle aux autres la faillite rapide d'une union? Les autres — et surtout les proches parents — ne comprennent jamais, ne veulent pas chercher à comprendre.

Un soir, Pierre, excédé, vint trouver son ancien chef :

— Je veux repartir là-bas!

L'officier n'avait marqué aucun signe d'étonnement en entendant cette déclaration. Il s'était borné à demander :

— Pourquoi?

— Vous connaissez le deuil dont nous avons été frappés. Mon fils n'est mort que parce qu'il a subi la malédiction de Ngô-Thi-Maï-Khanh! C'est elle qui a invoqué les dieux infernaux pour qu'il disparaisse!

Et, pour la première fois, il lui avoua avoir reçu un deuxième message, celui de la menace à l'église.

— Pourquoi ne pas m'en avoir informé plus tôt, Burtin?

— J'ai voulu suivre vos conseils et ne pas attacher d'importance à ce chantage déguisé. J'étais persuadé, comme vous me l'aviez dit, qu'il ne se passerait rien... Rien ne s'est passé, en effet, jusqu'au jour de l'accouchement!

— Je crois que vous exagérez beaucoup les pouvoirs de sorcellerie de votre ancienne maîtresse... Qu'elle ait l'étoffe d'une empoisonneuse, c'est possible, mais qu'elle puisse agir à distance sur la vie d'un petit être qu'elle n'a jamais approché, ceci me paraît infiniment plus douteux!

— De toute façon, je veux en avoir le cœur net! Il faut que je la retrouve pour lui demander des comptes! C'est là mon droit le plus absolu! Ce ne sera qu'à ce prix que je pourrai retrouver enfin non seulement la paix de l'âme, mais la joie dans mon foyer... Comprenez-moi! C'est effrayant de sentir sans cesse rôder autour de soi l'ombre d'une ennemie sournoise! Cette Chinoise a réussi, sans cependant jamais se montrer, à s'immiscer dans mon intimité conjugale, à s'interposer nuit et jour entre ma femme et moi... Je n'ose plus toucher à mon épouse et je sens qu'elle se refuserait à moi si je tentais de le faire : il y a, entre Nicole et moi, le cadavre d'un premier enfant... Il y en aurait d'autres si nous avions à nouveau des rapports! Tous ceux auxquels nous donnerions la vie mourraient comme le premier, soit en naissant, soit un peu plus tard... Et cela uniquement par la faute de la malédiction de Maï! Ma femme et moi nous ne le savons que trop : c'est pourquoi nous n'osons plus nous approcher l'un de l'autre... C'est horrible! Notre existence est intenable! Je dois retourner au Viêt-Nam pour empêcher le démon — qui a pris un visage de femme — de continuer à nous nuire... Je n'hésiterai pas à la supprimer, s'il le faut!

— Croyez-vous qu'un crime ait jamais arrangé les choses?

— J'ai connu dans ce Viêt-Nam des crimes qui avaient beaucoup moins de raisons d'être que celui-là et qui ont cependant été commis.

— De qui voulez-vous parler?

— Vous le savez mieux que moi! C'est tellement facile de faire disparaître quelqu'un là-bas!

— Mais êtes-vous bien sûr que cette femme soit encore au Viêt-Nam? Si toutes les recherches que nous avons entreprises sont restées vaines, c'est qu'il y a une raison : elle n'y est plus...

— Elle ne peut être que là! Si c'est nécessaire, je mettrai des années mais j'aboutirai! Je parcourrai tout l'Extrême-Orient, et même la Chine, son vrai pays où elle s'est probablement réfugiée.

— Vous avez bien dit : la Chine?

— Oui! Elle ne m'effraie pas!

— Serge Martin disait comme vous... Et cependant, la Chine l'a eu!

— Que voulez-vous dire?

— Nous avons acquis la quasi certitude que notre meilleur agent n'est plus vivant...

— Ça non plus, ce n'est pas possible! Je me refuse à croire à la mort de « l'antiquaire »! C'est un homme qui ne peut pas mourir, qui ne mourra jamais! Il y a en lui quelque chose d'éternel... Tous vos agents passeront, sauf lui!

— Mon cher ami, j'aimerais partager votre foi!

— Si on ne l'a pas retrouvé jusqu'à présent, c'est parce qu'on le connaît mal! Mais moi j'ai appris à le deviner pendant toute une année... Et je le retrouverai! Oui, ce sera moi! Ce ne peut être que moi!... Je le lui dois car il m'a sauvé la vie et surtout parce qu'il a eu raison de me mettre en garde contre la traîtrise d'une Ngô-Thi-Maï-Khanh! Il m'avait prévenu et je n'ai jamais voulu l'écouter! Je l'entends encore me dire, alors qu'il me parlait des femmes de ces régions : « *N'oubliez jamais qu'elles possèdent sans doute le plus grand don de dissimulation que vous ayez jamais rencontré chez n'importe quelle créature du doux sexe!* » Aussi ai-je maintenant une double raison de repartir : châtier Maï et retrouver Serge Martin! Je suis sûr de réussir! Et quand je serai à nouveau auprès de l' « antiquaire », peut-être parviendrai-je également à récupérer le document qui a été la cause de tout!

— Il y a longtemps que ce plan doit être entre les mains des dirigeants de Pékin! Je vous avoue que nous en avons fait notre deuil! C'est une affaire manquée... Et ceci par ma faute! J'aurais beaucoup mieux fait de ne pas sortir de ma retraite et de ne pas reprendre du service pour mener ce dernier combat! D'ailleurs on ne s'est pas gêné en haut lieu pour me le faire comprendre... Ils ont eu raison! Je ne suis plus qu'une vieille baderne!

— Vous n'êtes fautif en rien, mon colonel! Je suis prêt à le dire à qui vous voudrez.

— Ce serait inutile. Quand il y a un échec, il faut bien un responsable : mieux vaut que ce soit moi ! D'ailleurs je suis responsable : mon plan initial, qui a consisté à faire de vous un peintre, n'a pas été bon !

— Je ne suis pas de votre avis ! S'il n'avait pas été suivi, jamais sans doute je ne serais entré en relations avec la Chinoise et nous n'aurions rien su du travail du Japonais Kova-Sako, ni frôlé de quelques heures la possession du document... Votre plan était excellent !

— Voilà bien, Burtin, la chose la plus gentille que vous m'ayez jamais dite ! Alors, sincèrement, quand vous êtes parti là-bas, c'était avec la certitude que je ne vous envoyais pas dans une bagarre inutile ?

— Ce fut avec la conviction absolue que nous réussirions.

— Donnez-moi la main... Merci !

— Et je ne croirai que tout est définitivement perdu que lorsque je me trouverai en présence du cadavre de Serge Martin ! Pas avant ! S'il n'a pas donné signe de vie depuis huit mois, c'est qu'il y a une raison... Et cette raison ne peut être que la suivante : il est toujours sur la bonne piste, que ce soit en Chine ou ailleurs ! Notre plus grand tort, à nous qui sommes habitués à la vie trépidante de l'Occident, c'est d'oublier un principe que Serge Martin m'a énoncé le soir même de mon arrivée à Saigon : « *En Asie, il ne faut jamais se montrer trop pressé... Le Temps seul fait du bon travail.* » Il est en train d'appliquer ce précepte : il ne se presse pas...

— Savez-vous que votre optimisme a quelque chose de réconfortant ! Je vais finir par bénir cette Chinoise d'avoir tenté de vous empoisonner et de vous avoir envoyé ces messages ! C'est elle qui vous a transformé... Peut-être pas exactement comme elle l'espérait, mais tel que tous vos vrais amis souhaitent vous retrouver... Seulement méfiez-vous de l'esprit de vengeance : il n'a rien à voir avec l'esprit de combat! Que vous vouliez repartir là-bas pour obliger cette femme à ne plus se mêler de votre vie privée, c'est bien... Que vous mettiez tout en œuvre pour rechercher notre ami, l'antiquaire, c'est encore mieux... Mais sachez limiter à ces deux objectifs votre activité. Et, dès qu'ils seront atteints, revenez-nous vite!

— Vous oubliez le troisième objectif : le document...

— Je ne l'oublie pas mais je préfère ne plus en parler avant que vous ne l'ayez déposé ici sur cette table...

— Alors vous acceptez de me reprendre dans votre Service?

— Si cela ne tenait qu'à moi, je vous répondrais tout de suite « oui ». Mais, hélas! j'ai été mis définitivement à la retraite à la suite de « notre » échec et je n'ai plus droit à la parole! De plus, on ne reprend jamais un agent qui a donné officiellement sa démission comme vous l'avez fait... Aujourd'hui vous n'êtes plus qu'un civil. Si vous voulez vraiment retourner au Viêt-Nam, il vous faudra le faire par vos propres moyens et en agissant en cavalier seul. En aucun cas vous ne pourrez compter sur l'appui des Services Secrets : c'est vous dire que les risques seront beaucoup plus grands!

— Je ne le pense pas... Je crois sincèrement que j'obtiendrai de bien meilleurs résultats si je suis indépendant... Je vais repartir là-bas sous ma véritable identité, celle de Pierre Burtin, vice-président d'une importante société industrielle française qui cherche à établir des contacts avec l'industrie lourde vietnamienne. En somme je repars « pour traiter des affaires »...

— Je vous approuve de ne pas repartir sous l'identité de Jacques Fernet, artiste peintre : le mandat d'expulsion le concernant n'a jamais été rapporté par le gouvernement vietnamien... Seulement ne craignez-vous pas que l'on vous reconnaisse, à peine serez-vous débarqué de l'avion?

N'oubliez pas que Jacques Fernet était devenu très populaire, que sa photographie a paru dans tous les journaux et que ses œuvres continuent à être cotées là-bas!

— Vous ne voudriez tout de même pas que je porte une fausse moustache ou même la barbe?

— Pourquoi pas? Ça peut transformer un bonhomme... Ajoutez-y des lunettes teintées : avouez que ce serait plutôt original de porter des lunettes maintenant que vous y voyez! Croyez-moi, Burtin, il faut vous faire un nouveau visage et, dès qu'il sera présentable, vous irez chez Photomaton pour avoir de nouvelles photographies que l'on collera sur votre carte d'identité et surtout sur votre passeport.

— C'est tout de même inouï de penser que je vais devoir me camoufler alors que je voyagerai sous ma véritable identité?

— Que va devenir votre épouse pendant cette nouvelle expédition? Car je ne pense pas qu'il soit dans vos intentions de lui demander de vous accompagner?

— Certainement pas! Je ne lui dirai même pas où je vais..

— Ceci me paraît difficile : elle s'inquiétera à juste titre?

— Je lui laisserai, avant de partir, une lettre qui la rassurera... Et je crois qu'elle ne sera pas fâchée, étant donné nos rapports actuels, qu'il y ait une pause... Une coupe dans notre vie conjugale. Cela nous permettra à tous deux de nous ressaisir et de voir plus rationnellement les choses grâce à une séparation.

— Vous n'allez tout de même pas abandonner votre femme?

— Nullement! Je l'aime toujours. Si j'agissais ainsi, après la mort de notre premier enfant, je serais un monstre! Non, je reviendrai dès que j'aurai réussi dans ma triple mission : châtier Ngô-Thi-Maï-Khanh, retrouver Serge Martin et vous rapporter le document! Bien que vous m'ayez confié ne plus faire partie du S.R., ce sera quand même à vous que je le remettrai. Je veux vous donner la satisfaction de le présenter à votre tour à ceux qui n'ont plus confiance dans les possibilités de « la vieille chouette »... Ce sera votre vengeance à vous!

— A mon âge, mon bon ami, on a perdu tout désir de vengeance et on ne pense plus qu'à terminer paisiblement son existence.

— Je sais que vous ne pensez pas un seul mot de ce que vous venez de me dire et je pourrais vous retourner une phrase que vous avez prononcée devant moi dans le bureau de la rue Saint-Lazare.

— Dites-la toujours...

— *Quand on a appartenu à un S.R., ce n'est pas si facile que cela de lui échapper complètement!*

— Puisque vous avez une telle mémoire, je pense qu'elle pourra vous être utile là-bas le cas échéant... Je vous ai dit que vous ne pourriez compter sur aucune aide « officielle » du Service auquel nous avons appartenu, vous et moi... Néanmoins, je prends sous ma responsabilité de vous indiquer un numéro de téléphone à Hanoï qui — si vous étiez, ce que je pense, contraint de franchir le 18e parallèle pour pénétrer en plein Viêt-Minh communiste — pourrait vous être d'un grand secours... Mais je vous demande de ne former ce numéro qu'à la toute dernière extrémité et qu'au cas où la situation serait désespérée pour vous... Ce numéro, qui se compose de six chiffres, vous allez bien vous le mettre dans la tête...

— Il y est déjà! Je le connais... N'est-ce pas le 28-26-24?

— Qui vous l'a donné?

— Serge Martin, quand je devais m'embarquer sur le *N. 625* soviétique auquel nous avons prêté, à tort, l'intention de remorquer l'épave jusqu'à l'avant-port d'Haiphong pour la mettre en cale sèche et la découper complètement au chalumeau. Dès que je me serais emparé du document, je devais m'enfuir avec Raczinski jusqu'à Hanoï. Là, j'aurais formé ce numéro sur l'automatique. Une voix m'aurait répondu, à qui je devais dire en vietnamien : « *L'antiquaire se rappelle à votre bon souvenir.* » La voix m'aurait alors conseillé de me rendre à une heure H à un endroit déterminé de la ville où quelqu'un se serait présenté en disant, toujours en vietnamien : « *J'ai de nouvelles pièces de collection.* »

— Le numéro est toujours valable. Seule la phrase change. Vous direz : « *L'hôtelier a besoin d'aide.* » Vous indiquerez l'endroit où vous vous trouverez et l'on fera l'impossible pour vous tirer d'affaire. C'est compris?

— Je vous remercie.

— C'est, hélas! tout ce que je puis faire pour vous! Quand pensez-vous partir?

— Le plus tôt possible...

— Attendez quand même que votre barbe ait poussé... Les postiches sont toujours à redouter, surtout dans les pays chauds! Rien ne vaut le naturel. Que va dire votre épouse quand elle constatera que vous laissez pousser moustache et barbe?

— Je ne lui donnerai aucune explication...

— Mais elle va peut-être vous trouver très laid? Ce pourrait être un cas de divorce!

— Au point où nous en sommes!

— Une dernière question : si par bonheur vous réussissez à vous retrouver en présence de Ngô-Thi-Maï-Khanh, comment la reconnaîtrez-vous puisque vous ne l'avez jamais vue?

— Une voix ne peut plus me tromper...

— Toutes les voix de ces femmes d'Extrême-Orient se ressemblent : elles sont à la fois gutturales et nasales.

— Celle de Maï ne ressemble à aucune autre! Elle est douce... très douce!

— Donc plus trompeuse?

— Oui...

— D'ailleurs je crois que lorsque l'on a eu une liaison assez poussée avec une femme, on doit pouvoir la reconnaître même sans l'avoir jamais vue... Il y a l'odeur, il y a la peau... Pourtant, je pourrais peut-être vous rendre là aussi un service... Attendez une minute.

Il était allé vers un bureau-secrétaire fermé dans lequel il introduisit une clef qu'il portait sur lui. Après avoir ouvert un tiroir intérieur, il en sortit deux photographies d'identité qu'il tendit à son visiteur en disant :

— C'est elle...

— Maï?

— De face et de profil...

— Ce n'est pas vrai? balbutia Pierre qui ne pouvait s'arracher à la contemplation des deux petites photos, qu'il tenait dans ses doigts tremblants.

— Je comprends que vous soyez un peu ému... N'est-ce pas la première fois que vous la voyez?... Jolie fille, je le reconnais!

— Mais... Comment avez-vous pu vous procurer ces photographies?

— Rien de plus simple! C'est votre ami l'antiquaire qui les a prises en cachette, sans doute un soir où la jeune beauté vous racontait l'une de ses fabuleuses légendes... Ni elle ni à plus forte raison vous, n'avez pu vous apercevoir de rien... Il est vrai que l'on fabrique aujourd'hui des appareils tellement perfectionnés, qui ont des dimensions microscopiques et dont l'objectif peut se dissimuler dans la boutonnière d'un veston! A tous ses dons, Serge Martin ajoutait celui d'être un remarquable photographe... Il ne l'a pas ratée, cette Ngô-Thi-Maï-Khanh : de face et de profil! Exactement comme si elle avait posé pour une fiche signalétique de police! Dès qu'il a eu ces petits documents, il nous les a fait parvenir pour que nous puissions procéder à quelques recherches dans nos archives... N'était-ce pas la plus élémentaire prudence? On ne sait jamais qui l'on introduit chez soi, dans son intimité... Imaginez que cette jeune personne ait été réellement l'agent secret d'une autre puissance : cela aurait été très dangereux, non seulement de vous la jeter dans les bras, mais de vous confier à elle en lui permettant de vous servir de public-relations...

— Quel a été le résultat de vos recherches?

— Nous avons acquis la certitude que Ngô-Thi-Maï-Khanh n'appartenait à aucun réseau, ni occidental, ni russe, ni japonais, ni chinois, ni sud-asiatique... Elle n'était que la maîtresse de M. Jojo, ce qui, pour nous, pouvait avoir les conséquences les plus heureuses! Il suffisait de la dégoûter du directeur du *Piccadilly*... Vous y avez parfaitement réussi.

Pierre restait silencieux, continuant à regarder les photographies.

— Personnellement, reprit le colonel, je la préfère de profil... Mais ce n'est là qu'une question de goût! Vous n'êtes pas trop déçu, au moins?

Pierre hésita avant de répondre.

— Je... Je ne sais pas... Elle n'est quand même pas telle que je me l'imaginais...

— La trouveriez-vous moins belle que vous ne le pensiez?

— Oui, avoua-t-il dans un souffle.

— Sans doute avez-vous été victime du mirage de votre imagination? Ce sont de ces choses qui arrivent... L'inverse aussi se produit : combien de stars ou starlettes avons-nous trouvées idéales quand nous les contemplions sur l'écran ou dans les magazines illustrés et qui nous ont terriblement désappointés quand nous les avons vues en chair et en os!... Notez bien que ces deux photos n'ont nullement la prétention d'être des œuvres d'art! Elles se contentent d'être vraies. La vérité est parfois cruelle... Allons! Remettez-vous, mon garçon! La découverte que vous venez de faire devrait, au contraire, vous rendre heureux : n'indique-t-elle pas que la femme absolument ravissante, que vous avez épousée, peut supporter avantageusement les comparaisons?

— Oui... Il y a quand même une chose que je ne m'explique pas : c'est que Serge Martin m'ait décrit cette femme comme étant, de loin, la plus belle Chinoise qu'il eût jamais connue!

— Notre vieil ami, qui n'a pas quitté l'Extrême-Orient depuis tant d'années, a peut-être des idées très personnelles sur le type de la Beauté idéale! Mais je crois qu'il y a une autre raison à ce mensonge : souvenez-vous que, le soir où cette jeune femme vous a été présentée au *Grand Monde,* vous étiez sous l'effet d'une dangereuse dépression... Vous étiez dégoûté de tout et vous n'aviez plus qu'une idée : retourner en France! Seulement c'était trop tôt, à mon avis. Vous pouviez encore nous être utile et vous l'avez été... Avec son immense clairvoyance, Serge Martin a compris qu'il fallait vous retenir là-bas par quelque chose d'autre... Et il a pensé à la femme! Elle venait de se présenter brusquement sous l'apparence d'une charmante *taxi-girl* dont — vous me l'avez dit vous-même! — la voix était tellement douce que vous fûtes immédiatement conquis... N'était-ce pas l'occasion inespérée? Serge Martin a bien fait de vous dire, quand vous lui avez demandé de vous la décrire, que cette Ngô-Thi-Maï-Khanh était une splendeur d'Asie... Ce fut peut-être là, de sa part, le plus grand geste d'amitié à votre égard! Vous ne pouvez pas le lui reprocher.

— J'ai compris depuis quelques mois qu'il a été pour

moi un ami surprenant... C'est pourquoi je veux l'aider à mon tour.

— Estimez-vous que ces photographies pourront vous être utiles?

— Très utiles!

— J'ignore, mon cher Burtin, si nous nous reverrons avant votre départ. Mais je compte bien recevoir votre visite dès votre retour.

— Je vous promets que vous l'aurez...

— Il ne me reste donc plus qu'à vous redire ces mêmes mots que j'avais déjà prononcés la veille de votre premier départ, dans le bureau du président Ekko : Bonne route!

Un mois plus tard, alors qu'elle rentrait chez elle en fin d'après-midi, Nicole trouva — placée sur sa coiffeuse — une lettre dont l'enveloppe portait cette simple inscription, écrite de la main de Pierre : « *A ma femme.* » Puis elle lut :

*Ma chérie,*

*A l'heure où tu ouvriras cette lettre, je serai déjà loin de toi. Mais tu te diras, comme moi, que cette séparation était nécessaire. Je te promets de revenir, car toi seule est ma compagne. Te souviens-tu, mon amour, m'avoir reproché un jour de te cacher une période de mon passé? Tu m'as même dit : « Si tu retrouves ta joie, je suis sûre que la mienne reviendra... »*

*Si je te quitte, pour un temps que je souhaite le plus court possible, ce n'est que pour me libérer définitivement de ce passé qui m'obsède et qui nous a empêchés, toi et moi, d'être heureux. Quand je serai de retour, plus rien ne pourra s'interposer entre nous. Je ne puis pas t'en dire plus mais tu dois faire confiance à ton mari. Je suis certain aussi que nous redeviendrons les amants que nous avons déjà été pendant notre voyage en Espagne. Et nous aurons un autre enfant parce qu'il n'aura plus à subir les terribles conséquences d'une malédiction qu'un innocent ne mérite pas. Nous deux aussi, nous avons le droit de connaître le bonheur absolu.*

*Ne cherche pas à savoir où je suis : cela pourrait t'inquiéter inutilement. Dès que cela me sera possible, je te ferai parvenir de mes nouvelles. Montre-toi patiente. Je n'ai prévenu personne à l'exception de toi. Je te demande de dire à ma mère que je suis parti pour un important voyage d'affaires à l'étranger. Tu connais sa curiosité et ce besoin qu'elle a de toujours se mêler du bonheur des autres! Moins tu lui en diras, mieux cela vaudra pour l'avenir.*

*Je t'aime. Ton mari.*

★

L'homme, portant une courte barbe blonde et dont le regard se dissimulait derrière des lunettes noires, n'eut aucune difficulté à franchir le service de contrôle de l'aérodrome de Tan-Son-Nhut. Ses visas étaient en règle, au nom de Pierre Burtin, ingénieur des Aciéries de l'Est.

Quand il passa dans le bâtiment de la douane pour la visite de ses bagages, le voyageur ressentit un léger serrement au cœur. Durant quelques secondes, il resta immobile, espérant entendre une voix murmurer derrière lui : « *Je vous attends auprès de ma voiture, devant la deuxième porte* », mais personne ne parla. Et il se retrouva à la sortie de l'aéroport, hélant un taxi auquel il lança l'adresse de la maison de l'antiquaire.

Pendant le voyage en avion, il avait eu tout le temps de réfléchir sur la façon dont il devait agir. Et il était arrivé à la conclusion que, pour réussir dans sa triple mission volontaire, il devait reprendre la filière là où elle débutait.

N'était-ce pas dans la demeure de l'antiquaire que l'on

avait vu Maï pour la dernière fois, libérée de sa courte incarcération et revenant chercher ses affaires personnelles qu'elle avait emportées dans le cyclo-pousse de Sen ? Ensuite plus personne n'avait retrouvé sa trace. La dernière personne qui l'y avait vue était cet agent — inconnu de Pierre et dont la vieille chouette n'avait jamais révélé ni le nom ni l'identité — qui était venu s'installer dans la maison pour remplacer Serge Martin. Le prétexte de cette nouvelle présence avait été d'assurer la garde des précieuses collections mais la véritable raison ne pouvait être que d'établir une permanence pour le poste émetteur installé dans la cave. Comme l'antiquaire, le remplaçant avait continué à recevoir, grâce à ce moyen, les instructions de Paris, retransmises par le relais de Pnom-Penh. Pierre était anxieux de connaître enfin le remplaçant qui avait reçu du colonel Sicard l'ordre de rechercher Ngô-Thi-Maï-Khanh pour lui remettre une certaine lettre d'explications mais qui n'avait jamais abouti dans ses recherches.

C'était de cette demeure aussi que Serge Martin était parti, quelques heures à peine après que lui-même Pierre eut été reconduit sous l'identité de Jacques Fernet à l'aérodrome par le commissaire Xi-Dien. Ensuite un agent de Hanoï avait signalé le passage de l'antiquaire dans la capitale du Viêt-Minh, puis sa silhouette s'était évanouie à la frontière du Yunnan.

L'enquête que Pierre entreprenait devait recommencer de A jusqu'à Z... La lettre A, c'était la maison où il arriverait dans quelques minutes. Z, ce serait le point final, c'est-à-dire la réussite ou l'échec définitif. Mais l'homme, qui agissait maintenant en loup solitaire, était de plus en plus sûr de lui.

Quand le taxi franchit le portail grand ouvert pour aller jusqu'au perron, Pierre fut très étonné d'apercevoir un groupe d'enfants vietnamiens en bas âge qui jouaient sur les pelouses du jardin sous la surveillance d'une jeune nurse indigène. Les enfants avaient aussitôt couru après la voiture pour l'entourer, en poussant des cris de joie, dès qu'elle s'était arrêtée.

Le voyageur gravit les quelques marches du perron, qu'il connaissait bien, pour se trouver — à l'entrée du vestibule — en présence d'une femme assez austère, vietnamienne elle aussi, pouvant avoir la cinquantaine, et dont l'accueil fut réservé.

— Vous désirez, monsieur? demanda-t-elle en vietnamien.

Poussé par une inspiration secrète, le visiteur répondit en français :

— Excusez-moi, madame... Je viens rendre visite à l'un de mes vieux amis que je n'ai pas revu depuis très longtemps : M. Serge Martin.

— Il y a déjà deux années que M. Serge Martin n'habite plus ici, monsieur, répondit la femme dans un excellent français.

— Mais... cette maison lui appartient toujours?

— Depuis un an déjà, elle a été réquisitionnée par notre gouvernement qui y a installé un pensionnat d'enfants orphelins dont je suis la directrice. Je n'ai pas connu personnellement M. Martin, mais seulement l'homme qu'il avait laissé pour liquider ses affaires.

— Liquider?

— Oui, M. Martin, m'a-t-on dit, a définitivement quitté ce pays pour raison de santé, je crois, il y a de cela deux années. Mais, avant de partir, il avait laissé l'un de ses associés, le Dr Klein, un Allemand spécialisé comme lui dans le commerce des antiquités. C'est à lui que nous avons eu affaire au moment de la réquisition : il avait reçu de M. Martin l'ordre d'assurer le transfert des collections et de tous les objets d'art au Musée d'Hanoï où ils sont maintenant.

— Au Musée?

— M. Martin s'est montré généreux : il a fait don au Musée de la totalité des merveilles qu'il avaient réunies ici... Ensuite la maison a subi d'importantes transformations pour servir d'orphelinat comme vous pouvez en juger.

La directrice s'était effacée pour laisser Pierre pénétrer dans le salon. Là, il éprouva un véritable choc : du salon il ne restait qu'une vaste pièce, dont les murs avaient été ripolinés en blanc et qui évoquait tout aussi bien un parloir qu'une salle de jeux pour les jours de pluie. Il n'était plus question de figurines T'ang en terre cuite, ni de porcelaines Ming bleues et blanches... Mais ce qui frappa le plus le visiteur fut la vision du mur nu auquel n'étaient plus fixés les panneaux du paravent, où était racontée la merveilleuse histoire de la danseuse sacrée... Pendant un court moment, Pierre eut comme un éblouissement... Il croyait encore entendre la voix tendre de Maï lui décrivant chaque motif pendant que ses doigts racés guidaient ses propres mains d'aveugles sur le relief de la laque incrustée d'ivoire...

Mais, très vite, il fut ramené à la réalité par la voix sèche de la directrice qui disait :

— Sans doute n'habitez-vous pas Saigon? Sinon vous auriez su que M. Martin avait fait ce legs important... Tous les journaux en ont parlé!

Les journaux! Ils avaient parlé de beaucoup d'autres choses et d'autres manifestations artistiques! Ne serait-ce que d'un certain vernissage dont un peintre, inconnu jusqu'alors, avait été la révélation... Il répondit cependant :

— J'habite la France d'où j'arrive... Comme Serge Martin, je suis antiquaire, mais à Paris. Il y a longtemps que nous étions en relations d'affaires mais depuis deux années, je n'ai plus eu de ses nouvelles... J'ai profité d'un voyage de prospection artistique dans le Sud-Asiatique pour faire un détour par Saigon et venir lui rendre visite...

Je n'étais même venu que pour cela, aussi suis-je vraiment navré ! Vous n'avez pas idée où il peut être ?

— On m'a dit qu'il était rentré en France...

— Cela me surprendrait ! S'il y était revenu, il m'aurait certainement rendu visite à mon magasin... Et ce M. Klein, que je ne connais pas, pensez-vous qu'on puisse le voir ?

— Lui aussi a quitté le Viêt-Nam dès que les collections ont été remises, par ses soins, au Musée...

Pierre réfléchissait : ce nom de Klein lui disait quelque chose. Brusquement il se souvint : Serge Martin avait prononcé ce nom juste avant l'attentat à la Pointe des Blagueurs, quand il avait simulé de le laisser seul avec Kim qui devait le conduire dans la Chevrolet. Il lui avait dit : « *Je vous aurai quitté ostensiblement un quart d'heure plus tôt pour me rendre à pied, dans le voisinage, chez l'un de mes vieux amis, le Dr Klein, un Allemand implanté dans ce pays depuis des années, avec qui j'ai fait pas mal d'échanges de figurines en terre cuite : lui aussi est un collectionneur.* » Et, pendant le trajet en voiture avec Kim, Pierre se souvenait d'avoir demandé au boy s'il connaissait ce Dr Klein ? Kim lui avait alors répondu : « *C'est un grand ami de M. Martin. Lui aussi possède de belles collections.* »

Un « grand ami » dont Pierre n'avait jamais plus entendu prononcer le nom par l'antiquaire et qu'il n'avait jamais rencontré pendant toute la durée de son séjour ! C'était, pour le moins, étrange... Mais ce n'était que maintenant qu'il s'en rendait compte. Ce « Dr Klein » devait être tout simplement l'agent auquel la vieille chouette et Serge Martin avaient pensé pour le remplacer éventuellement quand il était devenu aveugle et qui, ensuite, avait occupé la maison après le brusque départ de l'antiquaire pour Hanoï. C'était cet homme qui avait dû continuer à assurer la liaison radio avec Paris par le relais de Pnom-Penh en utilisant le poste clandestin de la cave. Lui aussi qui avait reçu du colonel l'ordre de rechercher Ngô-Thi-Maï-Khanh et de lui remettre la lettre.

— Excusez-moi, madame, de vous avoir dérangée : la direction de cet orphelinat doit vous donner un tel travail!... Savez-vous que je suis dans l'admiration, moi qui ai connu cette demeure il y a une dizaine d'années déjà, de voir comment vous avez su la moderniser!

La directrice eut un sourire : le compliment avait porté. Et pourtant, tout ce qui avait été fait était hideux! Le ripolin, le néon et le linoléum avaient tout envahi...

— Cela vous ferait-il plaisir, monsieur, de la visiter en entier pour voir les transformations?

— Je n'osais vous le demander...

La visite commença... Pour Pierre, cette modernisation n'était qu'un massacre. Pour la directrice, c'était le comble du raffinement... Ce fut à peine s'il reconnut les chambres du premier étage : celle de Serge Martin et surtout celle où il avait habité... Il frémissait à la pensée qu'il ne restait plus rien du charmant petit appartement que Maï avait réussi à aménager, en utilisant ces deux pièces contiguës le jour où elle était venue s'installer et où Serge Martin était descendu habiter dans l'ancienne chambre de Kim. La cloison, séparant les deux pièces, avait été abattue pour transformer le tout en un dortoir.

— Avez-vous pu utiliser également le sous-sol? demanda-t-il négligemment. Je me souviens qu'il y avait une cave voûtée très spacieuse...

— Nous en avons fait une cuisine : celle qui se trouvait au rez-de-chaussée était insuffisante.

Il vit la nouvelle cuisine et eut la preuve que tout avait disparu de l'installation radio cachée derrière les bouteilles de champagne... Puis ce fut la promenade dans le jardin où Mme la directrice tenait absolument à lui faire admirer les portiques de gymnastique et les terrains de jeux. Toutes les pelouses avaient été piétinées. Mais le regard de Pierre fut attiré par une clôture, faite de quelques piquets supportant une corde circulaire, entourant un sycomore... Son cœur cessa de battre pendant qu'il demandait d'une voix qu'il s'efforça de rendre le plus désinvolte possible :

— Et ça, qu'est-ce que c'est ?

— Nous avons été obligés d'entourer cet arbre pour que les enfants n'aillent pas jouer autour... En effet nous avons découvert qu'il y avait, au pied de ce sycomore, une gigantesque fourmilière... J'ai déjà adressé plusieurs réclamations à notre ministère de l'Hygiène pour qu'on la détruise, mais vous devez savoir ce que c'est : les administrations ne sont jamais pressées !

— C'est la même chose en France...

Les tombes de Raczinski et de Kim avaient trouvé ainsi une protection éphémère... Il était vrai que, depuis le temps, les fourmis avaient dû achever leur travail de destruction.

— Madame la directrice, il me reste, après vous avoir félicité pour le magnifique effort accompli qui fait bien augurer de l'avenir de votre jeune nation, à prendre congé... Encore une fois, je m'excuse de vous avoir fait perdre un temps aussi précieux.

— J'aimerais, monsieur, que vous fissiez part de vos impressions à des personnalités de Saigon, s'il vous arrivait d'en rencontrer. Cela pourrait nous rendre un grand service. Il y a encore tant à faire dans ce pays pour nos enfants déshérités !

— Je n'y manquerai pas... Malheureusement mon séjour sera très court... Si j'avais su que mon ami Martin n'était plus au Viêt-Nam, sans doute n'y serais-je même pas venu ! Mes hommages, madame.

Dès que le taxi, qui l'avait attendu devant le perron et dans lequel étaient restés ses bagages, eut démarré, il ordonna au chauffeur :

— Menez-moi à l'hôtel *Piccadilly*, à Cholon...

Quand il pénétra dans la hall du *Piccadilly*, il constata que rien n'avait changé dans la décoration : les rangées de pots de faïence, toujours constellés de crachats colorés, brillaient sous l'éclairage au néon. La seule différence était l'absence de M. Jojo, remplacé par un autre directeur, tout aussi obséquieux, tout aussi chinois. Croyant sans doute que le gentleman à barbe blonde était un fils d'Albion, il l'accueillit en anglais.

— Je suis français, dit intentionnellement le visiteur.

Le visage du directeur s'éclaira d'un sourire d'extase pendant qu'il répondait dans un excellent français :

— C'est une joie pour nous, monsieur, d'accueillir un compatriote!

— Vous n'allez tout de même pas me dire que vous êtes né à Paris!

— Je suis né à Cholon à l'époque où la seule langue que l'on y parlait était la vôtre...

— Et le chinois!

Le directeur eut un nouveau sourire d'acquiescement :

— Monsieur désire une chambre, sans doute?

— Exactement. Pouvez-vous me faire voir ce que vous avez de mieux? et faire prendre mes bagages dans le taxi?

Ils gravirent l'escalier en bois, orné de plantes vertes disposées toutes les trois marches. En longeant le couloir du premier étage, Pierre aperçut, par les portes latérales, des silhouettes identiques à celles qu'il avait vues deux années plus tôt quand il visitait l'hôtel avec Serge Martin. Ce n'étaient peut-être pas les mêmes personnages, mais ils leur ressemblaient étrangement : replets, bruyants, satisfaits d'eux-mêmes. Il n'y avait aucune différence apparente entre un M. Ty, un M. Tchou ou un M. Wong...

Dès qu'ils eurent visité les chambres disponibles, le voyageur demanda :

— C'est tout ce que vous avez à me proposer?

— Oui...

— Je suis déjà venu dans cet hôtel que j'aime beaucoup, voici quelques années au cours de l'un de mes précédents voyages... Le directeur, qui était un homme aimable et se nommait — si mes souvenirs sont justes — M. Jojo, m'avait donné une chambre véritablement ravissante...

— Monsieur a connu M. Jojo? demanda le directeur étonné.

— Oui... Je l'aimais beaucoup. Je suis antiquaire à Paris et plusieurs fois j'ai eu affaire à lui pour l'achat de pièces rares. C'est un homme dont le goût est très sûr. C'est d'ailleurs la raison pour laquelle je suis venu loger à son hôtel plutôt qu'au *Majestic* de Saigon. Et j'aime le pittoresque de Cholon! Votre ville est véritablement unique, dans tout l'Extrême-Orient... Je la préfère à Hong Kong qui s'est trop modernisée... Mais qu'est donc devenu M. Jojo?

— Il a quitté la direction de cet hôtel voici deux ans et je crois qu'il est parti pour l'Europe.

— Lui aussi? lâcha Pierre.

— Je ne comprends pas, monsieur?

— Je ne suis arrivé de Paris par l'avion d'Air-France que depuis quelques heures et je découvre, avec consternation, que tous les bons amis que j'aurais aimé retrouver au Viêt-Nam sont partis pour l'Europe! Le plus étrange est qu'aucun d'eux n'est venu me rendre visite à Paris... Pour M. Jojo, par exemple, c'est inexplicable! Je suis très déçu... Enfin! Comme j'ai de bons souvenirs de cet hôtel, je veux bien y rester une ou deux nuits à condition que vous me redonniez la chambre que j'y ai déjà occupée.

— Monsieur se souvient-il de l'étage?

— Ma foi non! Montrez-moi les autres chambres... Je vous dirai laquelle...

La visite de l'hôtel reprit. Les chambres du deuxième étage ne parurent pas plus enthousiasmer le voyageur que celles du premier. Quand ils arrivèrent sur le palier du troisième, le directeur confia :

— Ici, ce sont des chambres plus luxueuses... A droite, c'était précisément l'appartement privé de M. Jojo...

— Je le connais, répondit Pierre en continuant à mentir. Sans doute vous l'êtes-vous réservé?

— En effet...

Cette succession de mensonges paraissait nécessaire à celui qui, pour la deuxième fois en une heure de temps, s'était présenté comme étant un antiquaire : devant la directrice de l'Orphelinat et devant le nouveau directeur du *Piccadilly*. Ce ne serait que par la dissimulation qu'il réussirait à obtenir un résultat! Les salutaires leçons de Serge Martin commençaient à lui être utiles. Puisque tout était faux chez les Chinois, il fallait savoir se montrer encore plus fourbe qu'eux! Il avait un peu l'impression, en se parant de cette qualité d'« antiquaire », d'usurper une identité dont seul Serge Martin avait le droit de se servir parce qu'il avait su l'utiliser en virtuose. Mais il avait aussi la conviction intime de se rapprocher de plus en plus de l'extraordinaire personnage qui l'avait fasciné. Sans qu'il ait eu à faire le moindre effort, il avait même pris, instinctivement, son ton persifleur et désabusé... Ce directeur d'hôtel, il fallait le traiter avec la même morgue et avec la même désinvolture qu'aurait employées à son égard un Serge Martin! D'ailleurs ne commençait-il pas déjà à lui ressembler vaguement depuis qu'il avait laissé pousser, lui aussi, sa barbe?

Une curieuse lueur se fit dans son esprit : il comprenait

enfin pourquoi Martin portait la barbe! Ce n'était que pour impressionner les foules asiatiques... Cet attribut ne marquait-il pas, sinon l'âge, du moins l'expérience et la connaissance des choses de ce monde? Serge Martin n'avait fait en cela qu'imiter les Missionnaires qui, pendant des années, avaient apporté la foi chrétienne en Chine. Tous portaient la barbe du mandarinat qui impose le respect. Décidément, une fois de plus, la vieille chouette lui avait donné un excellent conseil!

Le directeur du *Piccadilly* avait ouvert une porte faisant face à son appartement privé. Dès qu'il eut pénétré dans cette chambre, qui n'avait cependant rien de plus extraordinaire que toutes celles qu'il venait de visiter, Pierre s'écria avec ravissement :

— Enfin! C'est la chambre que j'occupais...

Le directeur eut un sourire épanoui : il avait eu si peur de perdre un client de cette qualité! En bon Chinois, sachant que le commerce passe avant tout, il confia :

— C'est une chambre que nous ne réservons qu'à nos grands amis... Du moment que M. Jojo vous l'avait proposée, c'est que vous avez certainement été l'un de ses meilleurs amis... Pour rien au monde, je ne voudrais trahir cette amitié...

— Faites apporter mes bagages ici, dit simplement le voyageur.

Le directeur se retira après s'être incliné jusqu'à terre dans un geste de reconnaissance émue pour l'honneur qui lui était fait. Pierre se retrouva seul dans la contemplation d'un tableau, accroché juste au-dessus du paillot qui tenait lieu de lit... Un tableau qu'il connaissait bien, représentant la pointe du cap Saint-Jacques et signé Jacques Fernet... La signature était de lui : il avait eu assez de mal à la faire un soir en présence de Serge Martin! C'était la première fois de sa vie qu'il faisait un faux de ce genre... Mais la toile était de l'antiquaire. Il se souvenait que la sienne, barbouillée sur la jonque de Hô, n'avait pas résisté à la comparaison. Et il resta rêveur...

Cette chambre qu'il avait voulu connaître — poussé par un sentiment qu'il ne cherchait même pas à analyser — était donc celle qu'avait occupée Maï quand elle vivait dans l'hôtel... Mais à l'exception du tableau, les murs étaient nus. Il aurait voulu retrouver, accroché sur une étagère, le petit autel des ancêtres et sans doute aussi la statuette de Bouddha devant laquelle la jeune femme lui avait dit avoir fait brûler des *jossticks,* répandant l'arôme de l'encens, pour supplier le Dieu son père de mettre enfin sur sa route le protecteur qui viendrait d'au-delà des mers... Il s'imaginait Ngô-Thi-Maï-Khanh, revêtue de l'une de ses merveilleuses robes de soie, agenouillée sur le sol, passive et obéissante, attendant avec résignation l'heure choisie par Bouddha... Combien de fois aussi le regard de Maï avait-il dû se poser sur ce tableau qu'elle s'était empressée d'acheter le jour où elle avait cru que son protecteur ne pouvait être que « le peintre français »?

C'était dans cette chambre également que la *taxi-girl* avait dû devenir la maîtresse de M. Jojo... Celui-ci avait pris bien soin de loger celle qu'il convoitait, juste en face de son appartement : ce qui faciliterait les relations... Tout cela était à la fois émouvant et sordide.

Quand Maï avait quitté le *Piccadilly* pour venir s'installer dans la maison de l'antiquaire, elle n'avait pu emporter le tableau que M. Jojo avait exigé de conserver pour prouver plus tard que celui qui l'avait signé était un faux peintre et un agent secret... Seulement les événements s'étaient précipités. Dès que M. Jojo s'était trouvé enfin en possession du plan, il n'avait plus eu qu'une idée : vite le porter à ses maîtres occultes pour recevoir la récompense suprême! Et il avait oublié le tableau de Jacques Fernet, dont les activités cachées n'offriraient plus pour lui d'intérêt... M. Jojo n'était jamais revenu. L'hôtel avait changé de directeur. Ce remplaçant était-il, lui aussi, un agent de Pékin? C'était probable. Serge Martin avait bien cédé sa place au Dr Klein. Pourquoi n'y aurait-il pas eu, attendant son heure dans l'ombre, une doublure de M. Jojo? Tous les services de renseignement ont la même ossature de base : personne n'y est irremplaçable...

De plus en plus, le voyageur se félicitait d'avoir choisi cet hôtel : le tableau, accroché au mur, ne constituait-il pas le premier chaînon de sa nouvelle enquête? N'était-il pas là pour lui rappeler que l'action directe avait d'abord débuté sur l'estuaire? De l'estuaire, après le départ des Russes, elle s'était déplacée à Cholon... C'était à cet hôtel que Serge Martin l'avait d'abord conduit... Ensuite ils s'étaient rendus dans la maison accueillante de Mme Tchang... Pierre ne voyait pas la nécessité d'y retourner : la dame Tchang n'était plus là depuis longtemps et il n'avait aucune envie de revoir la misère des toutes dernières images qu'il avait eues du Viêt-Nam avant de devenir aveugle. Par contre, il y avait un endroit où il devait retourner immédiatement : *le Grand Monde*!

La nuit était venue. Quand les lumières criardes s'allumaient dans Cholon, l'enseigne gigantesque du *Grand Monde* devait tout écraser, comme un phare dont le feu aveuglant n'était fait que pour attirer les papillons de nuit : ceux pour qui le jeu, la drogue, la musique, la danse et les femmes faciles constituaient les éléments indispensables d'un Paradis artificiel sans lequel il ne pouvait exister de bonheur terrestre!

Le *Piccadilly... Le Grand Monde...* les deux terminus de l'étrange parcours que Maï avait accompli chaque nuit, pendant des années dans le cyclo-pousse de Sen, pour amasser une fortune dont elle n'avait jamais voulu avouer l'emploi qu'elle en ferait... Comme la *taxi-girl*, il se ferait conduire en cyclo à l'endroit où il l'avait rencontrée pour la première fois...

Lorsqu'il avait lancé au cyclo le nom du *Grand Monde*, l'homme l'avait regardé avec étonnement, puis s'était mis à pédaler. Quelques minutes plus tard le véhicule s'arrêtait devant l'entrée de l'établissement, mais celle-ci n'était pas illuminée et l'immense bâtiment, qui semblait abandonné, n'apportait qu'une tache sinistre au milieu des façades des cinémas voisins, qui, elles, ruisselaient de clarté.

— C'est le jour de fermeture ? demanda Pierre au coolie.

— Monsieur ne sait donc pas que *le Grand Monde* est fermé depuis un an par ordre du gouvernement ?

— Pourquoi ?

— On a prétexté qu'il y avait eu des scandales et que des officiers américains s'étaient plaints... C'est quand même très triste pour tout le monde ! Une aussi belle maison ! Monsieur y était déjà venu ?

— Deux fois.

Depuis son arrivée, il jouait de malchance ! La maison de l'antiquaire avait été transformée en orphelinat, personne ne savait ce qu'étaient devenus Serge Martin et son successeur, le nouveau directeur du *Piccadilly* ignorait où se trouvait M. Jojo et *le Grand Monde* était fermé ! Beaucoup de choses semblaient avoir changé au Viêt-Nam pendant ces deux années ! Déjà, alors qu'il traversait Saigon en taxi pour se rendre de l'aéroport à la demeure de Serge Martin, Pierre avait cru remarquer que la ville était moins animée, beaucoup plus triste surtout... Presque à chaque croisement, on apercevait des groupes de policiers armés comme si l'on craignait à tout moment un coup d'État. Ce que lui avait dit l'antiquaire se confirmait : le gouvernement du Viêt-Nam, harcelé par les bandes à la solde du Viêt-Minh, ne tenait que grâce à sa police.

— Ramenez-moi à l'hôtel *Piccadilly,* ordonna-t-il au cyclo.

A Cholon aussi, la foule grouillante — qui n'avait cependant pas diminué — paraissait moins bruyante. La crise économique devait s'y faire lourdement sentir et les commerçants chinois commençaient à s'inquiéter des événements qui se passaient au Laos, où l'infiltration du communisme avait pris des proportions considérables. Ce n'était pas tellement un changement de régime politique que ces centaines de milliers de Chinois transplantés dans un pays nationaliste redoutaient, mais le risque de ne plus pouvoir exercer bientôt leur fructueux négoce en toute liberté. Beaucoup de trafics étaient déjà interdits et d'autres rendus impossibles par l'intransigeance de la Nouvelle Chine dont l'influence grandissait de jour en jour sur tout le sud de l'Asie.

Après quelques minutes de trajet, Pierre demanda au cyclo :

— Connaîtrais-tu par hasard, parmi tes camarades de métier, un certain Sen ?

— Je connais un Sen qui est l'un de mes bons amis... Mais il y a beaucoup de Sen dans notre pays et même chez les cyclos !

— Tu ne sais pas si ton ami avait l'habitude, il y a deux années environ, de véhiculer une *taxi-girl* du *Grand Monde* qui se nommait Ngô-Thi-Maï-Khanh et dont il était le conducteur attitré ?

— Oui, c'est le bien le Sen que je connais.

— Il fait toujours le métier ?

— Toujours, monsieur... Cela devient très dur d'ailleurs parce qu'il y a la concurrence des cyclomoteurs qui appartiennent à des compagnies. Bientôt les indépendants ne pourront plus travailler !

— Si je te donnais un bon pourboire, tu pourrais joindre rapidement ce Sen ?

— Je crois, monsieur. Je sais où il mange son bol de riz.

— Tu arriverais à le retrouver dès cette nuit ?

— Cela dépendra du pourboire.

— Prends ces piastres... Dès que tu m'auras déposé à l'hôtel, tu iras le chercher et tu lui diras que je l'attends à n'importe quelle heure de la nuit au *Piccadilly.*

— Quel nom faudra-t-il donner ?

— Mon nom ne lui dira rien... Dis-lui simplement que je suis un ami de Ngô-Thi-Maï-Khanh et qu'en arrivant à l'hôtel, il demande au portier de nuit de prévenir le monsieur de la chambre 27. Je descendrai le voir dans le hall.

Lorsqu'il rejoignit sa chambre, Pierre eut la surprise d'y trouver une jeune Chinoise très jolie qui l'attendait, assise à même le sol, les jambes repliées sous elle. La fille était vêtue d'un long fourreau de soie tissée d'or et très maquillée. A son entrée, elle avait incliné la tête dans un gracieux sourire.

— Que fais-tu ici ? lui demanda-t-il.

La fille répondit en anglais :

— Selon les ordres reçus, je vous attendais pour vous faire passer des heures agréables...

— Mais je ne t'ai pas demandée ! dit-il à son tour en anglais.

— C'est l'usage que les clients qui occupent cette chambre soient accueillis de la sorte. C'est compris dans le prix ainsi que la masseuse et la chanteuse que je puis faire venir si vous le désirez.

— Tout le harem ! Je n'y tiens pas... Comment t'appelles-tu ?

— Thuy-Lièu.

— Et cela signifie?

— C'est le nom d'une longue feuille recourbée, la feuille d'un arbre de nos régions qui ressemble un peu au saule pleureur...

— Ça te va bien. Si tu n'es ni masseuse ni chanteuse, quelle est ta spécialité?

— Je sais préparer les pipes d'opium...

— Je ne fume pas.

— Je sais aussi des poèmes d'amour...

— Vraiment? Dis-m'en un.

La fille psalmodia en chinois :

*O blanche, blanche jolie*
*O blanche, ô blanche aimable*
*Ta taille est fine et harmonieuse*
*O blanche, tu vas bien avec moi!*
*Ma main levée te soutiendra*
*O ma chérie, ne pleure pas!*
*O blanche, blanche jolie*
*O blanche, que tu es blanche!*
*J'embrasse tes seins en appuyant*
*Mais sans laisser de marques...*
*Je baise ton sein gauche*
*Réservant le sein droit*
*Mais sans lui faire de marques...*
*Je garde des baisers pour ce soir encore.*
*Dis bien à ta mère de ne pas nous déranger,*
*La porte est fermée au verrou*
*Et la route étroite!*

— Il me plaît, ton poème, Thuy-Lièu...

— Vous avez tout compris?

— Pas tout... mais cela n'a aucune importance!

— C'est quand même bien de parler un peu notre langue... Moi j'aimerais tant savoir le français!

— Tu le devrais! N'as-tu pas été élevée à Cholon quand la ville était encore sous l'autorité des Français?

— Non. On m'a amenée de Chine et quand je suis arrivée ici, les clients français avaient déjà été remplacés par les Américains... Je sais aussi faire l'amour...

— Je m'en doute!... Laisse-moi maintenant et dis à ton aimable directeur que je le remercie de ses attentions...

Resté seul, il se demanda pourquoi il n'avait pas renvoyé tout de suite cette fille. Serait-ce parce qu'elle lui avait rappelé la présence de Maï? Il sortit de son portefeuille les photographies données par le colonel : Maï ne ressemblait nullement à cette poupée trop peinte, tout juste bonne à satisfaire les désirs de la clientèle du *Piccadilly*... Pourquoi aussi l'avait-il laissée réciter un poème? Sans doute parce qu'il conservait la nostalgie cachée de la voix douce et qu'il avait voulu se rendre compte si celle de Thuy-Lièu l'égalait? Il avait été déçu : aucune voix, jamais, n'égalerait celle de Maï...

On frappa à la porte. C'était le portier de nuit qui annonça :

— Il y a en bas un certain Sen, qui prétend que monsieur l'a fait demander?

— C'est exact. Je descends.

Il n'avait jamais vu Sen, puisque celui-ci ne l'avait véhiculé avec Maï qu'après qu'il fut devenu aveugle. Mais Sen l'avait vu, lui! L'expérience serait cruciale : s'il le reconnaissait tout de suite, malgré sa barbe et ses lunettes noires, ce serait signe que la transformation était inutile. Il y avait aussi la voix... Heureusement, il se souvenait avoir toujours conversé en français en présence de Sen et pas en vietnamien. Il n'avait jamais non plus eu l'occasion de donner directement des ordres au cyclo. C'était Maï qui s'en était chargée. Il attaquerait donc l'homme en vietnamien. La différence très sensible de prononciation pouvait modifier la voix. Sen enfin n'était venu aussi vite dans la nuit que parce que son camarade lui avait dit qu'un ami de Ngô-Thi-Maï-Khanh voulait le voir. Cela prouvait que le seul nom de la *taxi-girl* avait des résonances très nettes pour celui qui lui avait été tant dévoué à l'époque où elle était pensionnaire du *Grand Monde.*

Il ne put douter que le personnage famélique — aux longues jambes maigres émergeant d'un short incolore, qui se tenait gauchement debout dans le hall près de l'entrée, tournant et retournant sans arrêt dans ses mains calleuses un feutre incolore — était Sen. L'homme lui semblait moins jeune qu'il ne l'avait imaginé quand il se faisait voiturer par lui deux ans plus tôt. Il donnait surtout l'impression d'être usé par les privations et par l'effort musculaire quotidien. Après l'avoir entraîné dans un coin du hall, suffisamment éloigné du portier pour que celui-ci ne pût pas entendre leur conversation, il lui demanda :

— Tu es bien Sen, le cyclo?

— Je suis Sen.

— Tu ne te souviens pas de moi?

Les petits yeux perçants du coolie le regardèrent avec insistance, mais très vite sa voix, éraillée d'avoir trop crié au hasard de la rue et des carrefours pour obliger les piétons à se ranger, répondit sans hésitation :

— Non.

— Pourtant j'ai été un grand ami de quelqu'un que tu connais bien : Ngô-Thi-Maï-Khanh.

Cette affirmation ne parut pas tellement surprendre Sen qui déclara avec conviction :

— Ngô-Thi-Maï-Khanh n'a eu que des amis... Elle était si gentille et si bonne!

— Elle était belle aussi?

— Comme toutes les *taxi-girls* du *Grand Monde*. On n'y trouvait que des belles femmes! J'étais fier quand je transportais Ngô-Thi-Maï-Khanh! Cela rendait jaloux tous les autres cyclos!

— Pourquoi parles-tu au passé? Ngô-Thi-Maï-Khanh n'est donc plus à Cholon ou à Saigon?

— A Cholon, elle habitait dans cet hôtel. C'est pourquoi je suis venu à toute vitesse quand mon camarade m'a fait votre commission.

— Peut-être croyais-tu qu'elle y était revenue?

— Oui, je l'ai cru.

— Cela t'aurait fait plaisir?

— Oh, oui! Je l'aimais beaucoup... Et elle me faisait bien travailler! C'était toujours moi qu'elle employait.

— Où est-elle maintenant?

— Je ne sais pas.

— Moi aussi, Sen, je voudrais bien la revoir! J'ai dansé avec elle au *Grand Monde* et je n'ai jamais pu l'oublier.

— Comme tous ceux qui l'ont connue!

— Est-ce qu'il t'est arrivé de véhiculer avec elle beaucoup de ses amis?

— Un seul!

Les petits yeux s'étaient écarquillés et, dans un cri de joie sincère, le coolie s'écria :

— Monsieur Fernet!

— Oui... C'est moi. Mais surtout ne prononce pas mon nom! Et parle plus bas! Je me méfie de cet hôtel!

— Ngô-Thi-Maï-Khanh ne l'aimait pas non plus!

— Je le sais... Que penses-tu du nouveau directeur?

— Tous les directeurs d'hôtels se ressemblent à Cholon : ce sont des Chinois!

— Tandis que toi tu es un pur Vietnamien?

— Oui, répondit Sen avec fierté.

— Et tu n'aimes pas les Chinois?

— Ce sont des voleurs et ils discutent toujours sur le prix d'une course.

— Ce sont avant tout des commerçants! Tu ne les aimes pas, mais pourtant Ngô-Thi-Maï-Khanh était chinoise?

— C'est vrai, mais elle était généreuse! Elle venait sûrement d'une famille de mandarins!

— Tu as senti cela, toi?

— Oui. Nous ne nous trompons jamais, nous les cyclos, sur la clientèle...

— Quand l'as-tu vue pour la dernière fois?

L'homme parut interloqué par la question. Ce ne fut qu'après un moment de silence qu'il répondit avec calme :

— La nuit où vous êtes reparti pour la France, monsieur Fernet. Ngô-Thi-Maï-Khanh était très triste. Elle est venue me trouver là où elle savait que je dormais, dans mon cyclo... Elle m'a réveillé et elle m'a dit : « Vite, Sen! Conduis-moi tout de suite à la maison de l'antiquaire! »

— Tu te souviens de l'heure?

— Il était très tard... Au moins 2 heures du matin... Pendant le parcours de Saigon jusqu'à la maison, elle m'a dit : « Sen, je suis à nouveau seule... M. Fernet est reparti pour la France... Je ne veux plus habiter là où nous vivions, lui et moi. Tu vas m'attendre et j'emporterai toutes mes affaires. » Je l'ai attendue devant le perron.

— Tu as dû apercevoir l'antiquaire?

— Je ne l'ai pas vu... Il y avait un autre Européen que je connaissais un peu pour l'avoir eu deux ou trois fois comme client... Sa maison n'était pas très éloignée de celle de M. Martin. Lui aussi était antiquaire, aussi n'ai-je pas été surpris de le voir chez son voisin.

— Le D^r^ Klein?

— C'était lui.

— Ensuite que s'est-il passé?

— Nous sommes repartis, Ngô-Thi-Maï-Khanh et moi avec les bagages, après que le Dr Klein lui eut adressé un salut du haut du perron.

— Et où s'est-elle fait conduire?

— Au *Majestic*, à Saigon.

— Au *Majestic?* répéta Pierre, saisi.

C'était là où Maï lui avait dit avoir eu ses rendez-vous avec Kova-Sako, le Japonais... N'était-ce pas étrange qu'elle y fût retournée? Cela pouvait s'expliquer sans doute par le fait que cet hôtel était immense et devait avoir des chambres libres.

— Et après?

— Quand je l'ai déposée devant l'hôtel, je lui ai demandé si je devais l'attendre à proximité comme j'avais pris l'habitude de le faire lorsqu'elle habitait ici, au *Piccadilly*. Mais elle rentra dans l'hôtel, suivie des boys qui portaient ses bagages, sans me répondre et sans même me souhaiter un bon repos comme elle le faisait toutes les nuits. J'en fus un peu chagriné mais je me dis que si elle n'y avait pas pensé, c'était sûrement qu'elle était encore attristée par votre départ.

— Quelle heure était-il approximativement quand elle est entrée au *Majestic?*

— Au moins 4 heures du matin... Je ne pouvais quand même pas me douter que ce serait la dernière fois que je verrais Ngô-Thi-Maï-Khanh!

— La dernière fois?

— Oui... Je suis resté devant l'hôtel et j'ai dormi dans mon cyclo. Ce n'est que vers 4 heures de l'après-midi que j'ai fait demander par le portier à quelle heure ma cliente aurait besoin de mes services. Il m'a répondu que Ngô-Thi-Maï-Khanh ne sortirait pas et que je pouvais disposer du restant de la journée et de ma nuit. Je suis donc reparti pour essayer de trouver d'autres clients. Le lendemain, je suis revenu stationner devant l'hôtel où j'ai attendu jusqu'à 4 heures de l'après-midi à nouveau. Je connaissais très bien les habitudes de Ngô-Thi-Maï-Khanh qui ne sortait jamais avant... Je suis retourné voir le portier pour lui dire que j'attendais les ordres de ma cliente mais il me répondit qu'elle avait quitté l'hôtel le matin même à 8 heures avec tous ses bagages dans un taxi. J'ai été stupéfait car elle ne prenait jamais de taxi : elle m'avait souvent dit qu'elle détestait ce mode de locomotion parce que les chauffeurs commettaient trop d'imprudences. Je n'ai jamais pu savoir, ni par le personnel du *Majestic* ni par aucun chauffeur de taxi — et ils ne sont pas tellement nombreux à Saigon! Je les connais tous! — où elle s'était fait conduire. Je n'ai plus jamais eu de ses nouvelles depuis deux années. J'ai même pensé qu'elle avait dû aller vous rejoindre en France et qu'elle était tellement heureuse auprès de vous qu'elle avait oublié ses vieux amis du Viêt-Nam...

— Elle n'est pas venue me rejoindre, Sen. C'est pourquoi je la recherche, moi aussi. Comme je recherche également Serge Martin.

En entendant ces derniers mots, le coolie eut une expression d'étonnement avant qu'il ne dise :

— Pour « l'antiquaire », c'est différent... Lui, il n'a pas quitté le Viêt-Nam...

Pierre crut avoir mal entendu :

— Qu'est-ce que tu viens de dire? On m'a affirmé que Serge Martin n'était plus dans ce pays!

Le coolie eut un moment d'hésitation avant de répondre, très sûr de lui :

— M. Martin est toujours parmi nous... Il ne nous quittera même jamais!

— Pourquoi dis-tu cela?

— Parce que c'est la vérité... Je sais où il est.

— Ce n'est pas vrai, Sen? Tu mens, ou tu es fou!

— Pourquoi mentirais-je? Ce n'est pas parce que je suis très pauvre que je n'ai pas toutes mes idées!

— Où est-il?

— Tout près de Saigon, mais pas du côté où il habitait avant.

— Tu pourrais m'y conduire?

— Si vous ne savez pas où il est, c'est sans doute qu'il n'a pas voulu que vous le sachiez, ou même que personne ne le sache! Alors je n'ai pas le droit de vous le révéler!

— Je te donnerai ce que tu veux, Sen! Combien?

— Je vous ai dit que j'étais très pauvre, monsieur Fernet...

— Et moi je t'ai dit de ne plus m'appeler ainsi! Tu as bien compris! Écoute... Quoi qu'il arrive, tu ne m'as pas reconnu : il n'y a plus de Jacques Fernet, le peintre! Il est retourné en France pour toujours! Je m'appelle maintenant Pierre Burtin et je suis antiquaire comme Serge Martin... Alors, combien veux-tu?

— Pas ne pas reconnaître le peintre ou pour vous conduire auprès de Serge Martin?

— Pour les deux! Je suis prêt à payer cher... Parle, Sen!

— Nous sommes tellement misérables, nous, pauvres cyclo indépendants!

— Je sais : les compagnies de cyclomoteurs vous font une concurrence terrible! Pourquoi ne t'achèterais-tu pas, toi aussi, un cyclomoteur?

— C'est trop cher, monsieur Burtin!

— Combien?

— Ça va chercher dans les 10 000 piastres!

— Les voici! Et maintenant conduis-moi chez Serge Martin!

— En pleine nuit ce n'est pas possible là où il est... Demain matin, dès qu'il fera jour, si vous le voulez... J'attendrai devant l'hôtel en dormant dans mon cyclo. Nous pourrons partir vers 7 heures... Avant, ce serait trop tôt : ce ne serait pas ouvert...

— Quoi ?

— Les portes de sa nouvelle demeure : elles sont toujours fermées de 6 heures du soir à 8 heures du matin.

— Quelle drôle d'idée ! Ça ne ressemble pourtant pas à l'antiquaire qui avait l'habitude de sortir de chez lui à n'importe quelle heure de la nuit ! Enfin, c'est bon... Nous partirons à 8 heures. Combien de temps te faudra-t-il pour le trajet ?

— Trois quarts d'heure environ...

— C'est donc tout près ?

— C'est à la fois très près... et très loin !

— Mais ne va pas t'aviser de me faire faux bond maintenant que je t'ai payé ! Si jamais tu agissais ainsi, je te garantis que je te retrouverais ! Par contre, si tu es là demain je te donnerai encore quelques piastres de plus quand je serai en présence de Serge Martin. Nous sommes d'accord ?

— Je vous mènerai auprès de lui... Bonne nuit, monsieur Burtin.

Pendant qu'il rejoignait sa chambre, Pierre avait l'impression de tituber, comme s'il était ivre... Il se demandait même si la conversation qu'il venait d'avoir avec le misérable cyclo, avait été réelle et si elle n'était pas le fruit de son imagination obsédée par les missions dont il s'était chargé. Mais très vite, il réalisa que les événements continuaient — comme cela s'était toujours produit depuis qu'il avait été entraîné dans la fantastique aventure — à se succéder à l'encontre diamétralement opposée de ses projets. Alors qu'il n'avait interrogé Sen que pour essayer d'avoir quelques éclaircissements sur la disparition inexplicable de Ngô-Thi-

Maï-Khanh, il découvrait que Serge Martin se trouvait à quelques kilomètres de Saigon!

C'était à peine croyable! Ce qu'il ne parvenait pas à s'expliquer, c'est que le colonel Sicard lui ait affirmé à plusieurs reprises — et avec une tristesse non dissimulée — qu'il avait la conviction que Serge Martin n'était plus? Cette opinion aurait pu, à la rigueur, se justifier si les traces de l'antiquaire s'étaient perdues — comme l'avait dit également la vieille chouette — à la frontière du Yunnan ou en Chine... Mais si, vraiment, Serge Martin n'était qu'à quelques kilomètres de Saigon, il était impensable que ses chefs ne fussent pas au courant! Il y avait là un mystère...

A 7 heures — Sen avait été fidèle à sa promesse — le cyclo prenait la direction de Saigon. Pierre, qui n'échangea pas une parole pendant le parcours, remarqua qu'après avoir traversé la ville, où la circulation et l'animation étaient encore assez réduites à cette heure matinale, le cyclo s'était engagé sur une route de la banlieue : celle qui conduisait à Bien-Hoa.

Après les trois quarts d'heure de course annoncés par Sen, le véhicule ralentit et s'arrêta devant une grille d'entrée, pratiquée dans un mur longeant la route.

— C'est ici, dit simplement Sen en s'épongeant le front ruisselant de sueur.

— Mais... C'est un cimetière!

— C'est là où se trouve M. Martin... C'est pour cela que je vous ai dit qu'il ne quitterait plus jamais le Viêt-Nam... Pour cela aussi que nous ne pouvions pas arriver avant l'heure où l'on a le droit d'y pénétrer. La nuit, la visite en est interdite.

Pierre n'osait pas entrer.

— Suivez-moi, monsieur Burtin... Vous verrez la tombe de votre ami.

La majorité des tombes était dissimulée sous d'imposants monuments dont l'architecture d'un goût discutable cherchait à rappeler les petites pagodes. Certaines d'entre elles étaient cependant surmontées d'une croix prouvant que la chrétienté avait laissé des traces profondes au Viêt-Nam. La survivance du bouddhisme se retrouvait dans le style. Sur chaque monument, le nom d'une famille vietnamienne était inscrit... Au bout de la troisième travée, une tombe attirait l'attention par sa simplicité. Il n'y avait pas de monument mais une simple dalle portant un nom français : SERGE MARTIN, suivi de deux dates indiquant la naissance et la mort. Un peu au-dessous, sur la dalle, étaient gravés ces mots : *on supporte d'être logé à l'étroit, mais on ne supporte pas d'avoir le cœur à l'étroit.*

Pierre resta pétrifié. Il n'était pas possible que « l'antiquaire » fût là ! Ne l'avait-il pas toujours cru éternel ? C'était une folie, il le savait bien, mais il ne parvenait pas à se libérer du sentiment qu'un Serge Martin ne pouvait pas mourir et surtout être enseveli comme les autres hommes ! Il s'était toujours imaginé que si, un jour, le vieux colonial disparaissait, personne ne retrouverait son corps... Et voilà qu'il était sous la dalle d'un cimetière quelconque !

Les deux dates prouvaient qu'il avait vécu soixante et onze années : cela surprenait quand on se souvenait de sa vigueur physique. Comment oublier la facilité déconcertante avec laquelle il avait transporté Kim, ficelé, sur son épaule pendant le dernier trajet qu'il lui avait fait accomplir entre la maison et l'endroit, situé au fond du jardin, où il l'enterrerait vivant ? A cette époque, l'antiquaire avait déjà soixante-dix ans : quel était l'homme de cet âge qui aurait pu accomplir, sans avoir même besoin de reprendre son souffle, un pareil effort ?

Par contre, si l'on se souvenait de l'aspect de l'homme, on était étonné qu'il n'eût que soixante et onze ans ! Le

Serge Martin qu'avait connu Pierre paraissait aussi vieux que le monde !

La deuxième date indiquait aussi que la mort avait eu lieu un mois après le départ de Pierre pour la France, un mois également après que Serge eut quitté précipitamment sa demeure pour aller à la poursuite de M. Jojo... L'instant de sa mort se situait donc au moment où Pierre, ayant déjà retrouvé 3/10ᵉ de sa vue, avait eu avec le colonel Sicard une conversation téléphonique au cours de laquelle celui-ci lui avait dit : « *Il semble que ses traces se perdent juste à la frontière du Yunnan...* » N'était-ce pas la preuve qu'à cette époque la vieille chouette était encore persuadée que Serge Martin était en vie et ignorait absolument que celui-ci venait d'être enterré dans la banlieue de Saigon ? En ce même temps, le Dʳ Klein était toujours installé dans la maison de l'antiquaire et continuait à entretenir des relations suivies par radio avec Paris ! S'il avait appris la mort et l'inhumation de Serge Martin, il en aurait aussitôt informé le colonel... A moins que, lui aussi, ne l'ait ignoré ? Mais pourtant, les journaux avaient dû mentionner la disparition de celui qui avait fait don d'aussi admirables collections au Musée de Saigon ! On n'enterre pas un homme, surtout quand il a eu l'envergure d'un Serge Martin, comme un chien !

— Pour connaître cette tombe, dit doucement Pierre à Sen qui était resté immobile derrière lui, c'est donc que tu as conduit un client à l'enterrement ?

— Non. Je l'ai découverte par hasard, il y a seulement six mois. Une cliente vietnamienne m'avait demandé de la transporter : elle voulait se recueillir sur la tombe de son époux... Je l'ai accompagnée dans le cimetière parce que je portais une grande quantité de *jossticks* qu'elle désirait faire brûler... Cette tombe est la pagode que vous voyez à droite de celle de M. Martin... Quand j'ai vu le nom inscrit sur la dalle voisine, j'ai été comme vous tout à l'heure : j'ai cru que ce n'était pas vrai et que je ne savais plus lire votre langue! C'est la seule tombe de ce cimetière où les inscriptions sont en français...

Pierre relisait la pensée gravée dans la pierre tombale : *on supporte d'être logé à l'étroit, mais on ne supporte pas d'avoir le cœur à l'étroit...* C'était à croire que Serge Martin l'avait choisie lui-même avant de mourir! N'étais-ce pas tout à fait dans sa manière, dans sa façon de juger les gens et leurs agissements... N'était-ce pas une pensée de seigneur? L'antiquaire avait horreur de la médiocrité mais celle qu'il exécrait par-dessus tout était celle du cœur : toute sa vie l'avait prouvé. Il avait le sens de la grandeur, même quand il accomplissait une basse besogne nécessaire telle que l'exécution de Kim. Ces quelques mots gravés exprimaient toute sa morgue... C'est pourquoi on pouvait penser qu'il était réellement là!

S'il n'y avait ni croix ni pagode bouddhiste, cela prouvait que ceux qui avait fait édifier la tombe connaissaient bien l'homme qu'elle recouvrait : un sceptique qui avait trop étudié les diverses religions pour pouvoir en adopter une! Serge Martin ne croyait qu'en une chose : en sa propre étoile. Elle s'était éteinte...

Mais il fallait quand même une prière pour lui, une prière très spéciale, un peu impie, qui lui plairait... Pierre la prononça mentalement : *Pardon d'abord pour toute l'incompréhension dont j'ai fait preuve à votre égard! Mais d'où vous êtes en ce moment, vous devez être satisfait de constater que je suis revenu de France pour vous rechercher. Vous étiez l'un des trois buts essentiels de ce nouveau voyage que j'accomplis de mon plein gré, sans en avoir reçu l'ordre et sans aucun appui... Je vous demande de l'admettre pour un geste de réparation. Mais je veux faire mieux! Quand je saurai dans quelles circonstances vous avez perdu la vie, j'agirai... Et si j'apprenais que vous avez été victime d'un crime, je vous jure, sur notre amitié, de vous venger! Je ne vous dis pas « adieu », mais « au revoir »... Il n'est pas possible que nous ne nous retrouvions pas, vous et moi, dans un autre monde où nous reconstituerons la « rude équipe » chère à la vieille chouette.*

La vieille chouette? Il fallait la prévenir immédiatement par un télégramme qu'il enverrait par la poste normale. L'arrivée du message serait un rude coup pour le vieux Chef mais elle lui permettrait peut-être, bien qu'il eût prétendu ne plus appartenir au S.R., de réorganiser immédiatement son réseau d'Extrême-Orient? Ne fallait-il pas encore tout essayer pour tenter de retrouver le document? Cette mort de Serge Martin faisait comprendre à l'ex-agent 2 884 que c'était à lui qu'incombait de reprendre le flambeau. De quelle façon? Il ne le savait absolument pas.

— M. Burtin paraît très triste? dit derrière lui la voix de Sen qui n'avait toujours pas bougé.

— Oui. Il sut être pour moi le plus sûr des amis...

— M. Martin était très connu à Saigon... et très estimé! Surtout depuis qu'il avait légué ses collections au Musée...

— Sais-tu à peu près à quel moment il a fait ce legs?

— Il y a un an environ...

— Mais alors ce legs a eu lieu après sa mort?

Et il pensa : « C'est donc qu'il a laissé un testament! Je serais curieux d'en connaître la teneur si c'était possible... »

— A l'époque, les journaux ont d'ailleurs parlé de ce don, continua le cyclo.

— Les journaux? Dans ce cas, ils ont dû dire qu'il était mort?

— Ils ne l'ont pas dit, sinon cela m'aurait frappé... Ce n'est que six mois plus tard que le hasard m'a fait découvrir la tombe. Sen a bonne mémoire... M. Burtin se souvient-il qu'il a fait cette nuit, au *Piccadilly*, une promesse à Sen?

— Oui... Prends encore ces piastres. Tu ne m'avais pas

menti : tu m'as bien conduit auprès de Serge Martin! Nous n'avons plus rien à faire ici... Allons...

— Nous rentrons à Cholon?

— Non. Conduis-moi à Saigon... Au Musée! Et dépêche-toi!

Une salle entière était réservée aux dons de Serge Martin sans que soit cependant mentionnée, sur le catalogue, la date à laquelle ils avaient été faits. Il n'y avait pas de notice non plus sur la vie du généreux mécène. Aucun visiteur ne pouvait savoir s'il était encore vivant ou décédé. Une telle imprécision parut à Pierre aussi regrettable qu'insolite.

Pourtant il n'y avait aucun doute : les pièces exposées étaient bien celles qu'il avait connues dans la demeure de l'antiquaire. Il reconnut notamment, parmi beaucoup d'autres merveilles auxquelles il avait eu tort de ne pas attacher d'importance quand il avait eu la chance de vivre au milieu d'elles, l'extraordinaire masque de pierre dont nul ne découvrirait jamais l'origine! Mais il manquait le morceau de choix : l'immense paravent en laque dont les différents panneaux racontaient l'histoire de la danseuse sacrée. Après avoir pointé avec soin dans le catalogue la nomenclature de tous les objets exposés, Pierre dut se rendre à l'évidence : Serge Martin n'avait pas légué sa pièce maîtresse au Musée de Saigon. Et comme celle-ci ne se trouvait plus dans la maison, on pouvait se demander avec anxiété où elle était? Seule, peut-être, une lecture éventuelle du testament le révélerait... Mais où se trouvait ce testament? Sans doute chez un notaire? En supposant même que Pierre finisse par découvrir le tabellion, ce dernier consentirait-il à ce qu'un étranger — qui n'était nullement héritier — prît connaissance de dispositions testamentaires?

Alors qu'il était encore perdu dans la contemplation muette d'une porcelaine Ming, décorée d'un fantastique dragon rouge, qu'il se souvenait également avoir vue dans le salon du rez-de-chaussée, il entendit une voix murmurer doucement derrière lui, presque à son oreille :

— Êtes-vous satisfait de retrouver ces objets que vous avez bien connus ?

Pierre tressaillit : cette voix, il l'aurait reconnue entre mille ! C'était celle qui avait dit un soir : « *Nous avons un mandat d'expulsion immédiate pour M. Jacques Fernet.* » La voix du commissaire Xi-Dien...

Il se retourna : le policier était bien là, énigmatique, égal à l'agaçant personnage qu'il avait toujours été.

— Je serais enchanté de vous revoir, monsieur Fernet, si le mandat d'expulsion vous concernant avait été rapporté par notre gouvernement ! Malheureusement, comme ce n'est pas le cas, ce mandat est toujours valable...

— Et, une fois de plus, vous avez la mission de le mettre à exécution ?

— On ne peut rien vous cacher ! Aussi vais-je vous demander d'avoir l'extrême obligeance de m'accompagner à mon bureau qui me paraît un endroit plus indiqué que ce temple de l'Art pour une conversation d'ordre un peu terre à terre...

— Je commence à avoir une certaine habitude de vos arrestations, monsieur le commissaire... Je vous suis.

Quand il fut dans la rue, Pierre remarqua, au moment de monter dans la voiture de police, que le cyclo de Sen avait disparu. Il eut un vague sourire en pensant que Sen, maintenant qu'il avait empoché ses piastres, avait dû trouver habile d'informer la police de son retour sous une nouvelle identité.

Le bureau du commissaire Xi-Dien offrait, sur ceux de ses confrères du Quai des Orfèvres, l'avantage d'être moderne et propre. Mais c'était la seule différence : les méthodes que l'on y employait devaient être sensiblement les mêmes.

— D'abord, commença le policier, permettez-moi de vous féliciter pour l'étonnante transformation physique de votre visage! Il faut croire que c'est très réussi puisque votre retour dans notre pays est passé complètement inaperçu!

— Jusqu'à ce que Sen vous en informe?

— Nous avons compris depuis longtemps que ces cyclos, qui parcourent Saigon et sa banlieue, peuvent constituer une remarquable cohorte d'indicateurs... Nous nous servons d'eux puisqu'ils ont besoin de nous : comment pourraient-ils obtenir la licence de circuler avec leur véhicule de transport si nous ne la leur donnions pas? Mais ceci n'est qu'un détail... Je tiens à vous féliciter également d'avoir retrouvé la vue. Tous les admirateurs que Jacques Fernet a laissés au Viêt-Nam s'en réjouiront comme moi...

— Il n'y a plus de Jacques Fernet!

— C'est aussi ce que j'ai entendu dire... On m'a expliqué que non seulement vous auriez renoncé à votre nom, mais même à votre art? Selon ces on-dit vous ne seriez plus peintre mais antiquaire... Serait-ce exact?

— Je n'ai qu'à vous retourner votre phrase de tout à l'heure : on ne peut rien vous cacher!

— Donc, maintenant, vous vous nommez Pierre Burtin? Pouvez-vous avoir l'amabilité de me présenter votre passeport?

— Le voici.

Après avoir examiné longuement la pièce d'identité, le commissaire la plaça sur son bureau sans la rendre à son propriétaire et en disant :

— Il me paraît en règle. Tous les visas indispensables y ont été apposés... Autrement dit, si M. Jacques Fernet n'a plus de papiers, Pierre Burtin par contre possède tout ce qu'il faut! Avouez que c'est plutôt curieux puisqu'il s'agit du même personnage! Peut-on connaître les raisons de ce changement d'identité?

— La seule chose que je puisse vous dire est que Pierre Burtin est mon véritable nom et que je ne suis pas plus antiquaire que peintre, mais ingénieur comme c'est mentionné sur le passeport.

— Je l'avais remarqué... Mais alors peut-on savoir pourquoi vous êtes venu la première fois au Viêt-Nam sous l'étiquette de peintre?

Pierre ne répondit pas.

— Je dois reconnaître, poursuivit le commissaire, que les choses avaient été remarquablement orchestrées! Tout y était : une publicité tapageuse, une réception grandiose avec la présence effective de l'attaché culturel de l'ambassade de France, le vernissage d'une exposition qui fit courir tout Saigon... N'importe qui s'y serait laissé prendre! Cependant, quand j'ai appris par le lieutenant Dàng-Ngoc-Tuê que vous peigniez — quarante-huit heures à peine après votre arrivée — sur une jonque qui se promenait dans l'estuaire, vous avez commencé à m'intriguer... Lorsque j'ai su que vous aviez réussi à vous faire inviter sur le navire soviétique, vous m'avez intéressé... Enfin, quand vous avez été la victime d'un premier attentat, vous m'avez passionné... Et je vous avoue avoir commencé à émettre quelques doutes discrets sur la véritable raison de votre séjour parmi nous! Seulement, à chaque fois que j'ai fait part de ces vues toutes personnelles à mes supérieurs hiérarchiques, il m'a été impérativement répondu de vous laisser, ainsi que votre ami Serge Martin, opérer en toute tranquillité... Bien plus! Quand vous avez perdu la vue, j'ai reçu l'ordre de vous faire protéger! Ce qui a été fait et qui vous a sans doute évité de graves ennuis au moment du deuxième attentat à la Pointe des Blagueurs. Aussi comprendrez-vous que vous êtes devenu pour moi un personnage de plus en plus extraordinaire! Je m'étais toujours promis de continuer, de mon propre chef et sans en avoir reçu l'ordre, à essayer de percer le mystère qui vous entourait... J'étais sur le point d'aboutir lorsqu'un nouvel ordre, venu de très haut cette fois, m'a été donné : vous expulser du Viêt-Nam dans les six heures. Ce qui a été fait. Personnellement j'ai toujours regretté la rapidité d'une pareille décision dont vous ne pouvez me tenir aucun grief! Si cela n'avait tenu qu'à moi, je vous aurais laissé séjourner encore un certain temps dans notre pays avec la certitude qu'un jour ou l'autre, j'aurais pu apporter à mon gouvernement quelques précisions, vous concernant, qui auraient été du plus haut intérêt!

— Si les choses s'étaient passées ainsi, monsieur le commissaire, j'ai tout lieu de croire qu'elles vous auraient coûté votre place!

— C'est très possible... Mais, au moins, ayant fait mon métier, j'aurais eu la conscience tranquille!

— Et vous ne l'avez plus?

— Parce que vous êtes revenu! Notez que j'ai toujours la possibilité de vous faire reconduire immédiatement à l'aéroport!

— Mon nouveau départ vous redonnerait la sérénité?

— Non... C'est pourquoi j'ai tenu à ce que nous ayons ce petit tête-à-tête... Monsieur Burtin, qu'êtes-vous revenu faire au Viêt-Nam?

— Sur ce point, je puis vous répondre... Je tiens d'abord à vous préciser que j'accomplis ce voyage de mon plein gré et sans que personne au monde ne me l'ait demandé.

— Je veux bien en prendre note, mais sous toutes réserves! Mettez-vous à ma place!

— Vous devez me croire, monsieur le commissaire... Le premier but de mon voyage a été de retrouver un ami dont je n'ai plus eu de nouvelles depuis la nuit de mon expulsion : Serge Martin...

— Et... Vous l'avez trouvé?

— Oui : au cimetière! Vous saviez qu'il était mort?

— J'en ai entendu parler...

— Étant donné sa personnalité et l'intérêt que vous sembliez lui porter, vous n'allez tout de même pas me faire croire que vous ne vous êtes contenté que de vagues rumeurs au sujet de la fin de Serge Martin? Vous savez très bien, par exemple, que son décès remonte, jour pour jour, à un mois exactement après mon départ et qu'il a été enterré dans le cimetière qui borde la route de Saigon à Bien-Hoa?

— Je le sais, en effet.

— Dans ce cas, monsieur le commissaire, puis-je vous demander de quoi Serge Martin est mort?

Le commissaire Xi-Dien prit tout son temps avant de répondre, très calme :

— Il a été décapité.

Son vis-à-vis le dévisagea avec stupeur : le visage du policier demeurait impassible.

— Vous en êtes sûr?

— On ne peut plus, monsieur Burtin! C'est moi-même qui ai reconnu le corps...

Un long silence suivit avant que Pierre ne demandât :

— Et où l'a-t-on trouvé?

— A deux kilomètres à peine de l'endroit où il est enterré : le long de la voie ferrée qui relie Saigon à Phan-Thiet... On l'a trouvé à l'aube... J'en ai été presque aussitôt informé. Après m'être rendu sur les lieux, connaissant — comme vous le disiez si bien — la personnalité de votre ami, j'ai immédiatement demandé des instructions en haut lieu. Elles n'ont pas été longues à venir et se sont résumées à ceci : « Évitez d'ébruiter cette affaire. Il ne faut aucune publicité, ni relation du crime dans la presse ! Faites immédiatement inhumer le corps au cimetière de Bien-Hoa dans le plus grand secret. »

— Il n'y a eu aucune cérémonie ?

— Aucune ! Seul un attaché de l'ambassade de France, accompagné d'un représentant de notre ministre de l'Intérieur sont venus s'incliner devant le corps. Je crois que ces messieurs étaient surtout là pour s'assurer que les instructions données étaient scrupuleusement exécutées.

— C'est fantastique ! Et vous êtes certain que ce fut un crime ?

— Aucun doute possible sur ce point.

— Mais enfin... Vous me dites qu'il a été retrouvé à l'aube le long d'une voie de chemin de fer ? Ce pourrait être un accident ? Il aurait pu tomber du train, par exemple ?

— Ou s'être endormi sur la voie jusqu'à ce qu'un train passe et le décapite ? Non, monsieur Burtin ! Votre ami ne prenait jamais le chemin de fer et n'avait pas pour habitude de s'endormir sur les voies !... Il a été exécuté d'un seul coup de sabre.

— Un coup de sabre ?

Pierre frissonna, se souvenant des visions de Hô le sampanier et de Raczinski, assassinés de la même manière... Il se rappelait surtout une phrase de Serge Martin, prononcée devant le sycomore où le corps du Polonais était encore attaché : « *Exactement la même exécution que l'autre ! D'un seul coup ! A la chinoise !* »

Serge Martin avait subi le supplice. Et d'autres paroles de l'antiquaire, dites quelques heures plus tard après qu'ils eurent enterré Raczinski, lui revinrent à l'esprit : « *Un vieux dicton affirme : jamais deux sans trois ! Hô est mort, Raczinski est mort... Quel sera le troisième : vous ou moi ?* » Instinctivement, il se passa la main autour du cou.

— Qu'avez-vous, monsieur Burtin? demanda le commissaire sur un ton compatissant. Craindriez-vous, par hasard, de connaître un jour le même sort?

— Oh, nullement! Qui pourrait m'en vouloir aujourd'hui? Je pense que mes ennemis ont dû être suffisamment satisfaits de m'avoir fait perdre la vue!

— Le seul ennui, c'est que vous l'ayez retrouvée.

Cela avait été dit sur un ton glacial.

— De plus n'oubliez pas que, grâce à nous, ceux qui vous en voulaient vous ont manqué à la Pointe des Blagueurs et qu'ils y ont perdu l'un des leurs. Ce qui est terrible dans notre pays, monsieur Burtin, c'est que les haines y sont tenaces et que les gens savent attendre pour exercer leur vengeance.

— Parce que vous estimez que Serge Martin a été victime d'une vengeance?

— Sans aucun doute! C'est la seule explication possible.

— Vous avez entrepris une enquête?

— J'ai reçu l'ordre de ne pas bouger. Sans doute devait-on craindre que les recherches de police n'ébruitent l'affaire?

— Mais c'est insensé, monsieur le commissaire! Vous n'allez quand même pas me dire que l'on a laissé assassiner, sans même essayer de châtier le coupable, un homme qui a vécu pendant un demi-siècle au Viêt-Nam et qui lui a prouvé — en léguant toutes ses admirables collections au Musée de Saigon — qu'il aimait votre pays!

— Ce furent cependant les ordres.

— Mais Serge Martin était citoyen français! Le gouvernement français se devait de protester par l'intermédiaire de son ambassade ou de son consulat!

— Si votre gouvernement ne l'a pas fait, c'est sans doute qu'il avait d'excellentes raisons. Je vous ai dit qu'un attaché de l'ambassade était venu assister à l'inhumation... Vous devez être assez averti de certaines choses pour savoir qu'il arrive, plus souvent qu'on le croit, qu'un gouvernement préfère ne pas faire toute la lumière sur la mort subite de l'un de ses ressortissants.

Ces derniers mots faisaient réfléchir Pierre : il était sûr maintenant que la vieille chouette avait été tenue au courant de l'assassinat de l'antiquaire... peut-être même par son remplaçant, ce Dr Klein qui n'avait quitté le Viêt-Nam que plusieurs mois plus tard. Sans doute était-ce même le S.R. français qui avait fait dire aux représentants officiels de la France que le silence absolu était préférable? Ce qui expliquait beaucoup de choses dans l'attitude réservée du colonel Sicard à chaque fois qu'il lui avait demandé à Paris s'il avait des nouvelles de Serge Martin. Ce n'avait été que progressivement, mais avec une force de conviction de plus en plus grande, que l'officier avait essayé de le persuader que l'antiquaire n'était plus... Seulement lui, Pierre, n'avait jamais consenti à accepter cette idée! Il s'était révolté dans un sursaut instinctif, qui s'était révélé plus fort que tout ce qu'on lui disait! Mais pourquoi la vieille chouette l'avait-elle laissé repartir à la recherche de son ami sans lui avouer toute la vérité?

— Il y a encore un détail, poursuivit le commissaire, que j'ai omis de vous révéler au sujet de cette mort : nous avons retrouvé le corps mais pas la tête.

— Qu'est-ce que vous dites?

— Oui... Le corps décapité était le long de la voie mais la tête avait disparu. Elle a certainement été emportée par l'assassin... On se demande d'ailleurs pour quelle raison. Ce n'a sûrement pas été pour cacher l'identité du mort sur lequel nous avons trouvé tous les papiers personnels.

— Mais... Êtes-vous certain que ce corps soit celui de Serge Martin?

— Serge Martin, avec sa haute taille et différentes particularités que je n'ai pas à vous expliquer ici, était beaucoup trop connu de nous tous pour que nous puissions nous tromper! Je me suis fait la même réflexion que vous, mais très vite j'ai été contraint d'abandonner cette hypothèse. Il n'y avait qu'un Serge Martin au Viêt-Nam où les Français ne sont plus si nombreux! C'est bien son corps qui est dans la tombe.

— Peut-être l'assassin a-t-il enterré la tête ailleurs?

— Je n'en vois pas l'utilité pour lui... Je vais vous dire une chose qui va vous sembler effarante mais que je crois possible : dans nos régions, où l'on coupe encore assez facilement les têtes, il y a des gens qui aiment les conserver... Soit comme un trophée, soit surtout pour prouver à d'autres que celui — qu'ils considéraient comme un ennemi — est vraiment mort... Si cela était, il est certain que si l'on avait retrouvé cette tête, conservée d'une façon ou d'une autre, on n'aurait pas été loin de découvrir l'assassin! Le malheur, c'est que l'on m'ait interdit de poursuivre l'enquête.

— Tout ce que vous m'apprenez est bouleversant!

— Quand je vous ai revu dans le Musée, où vous paraissiez perdu dans la contemplation de la collection Martin, j'ai tout de suite pensé qu'une conversation entre nous serait indispensable. N'est-ce pas maintenant votre avis?

— Oui... Ces collections n'ont pu entrer au Musée que par disposition testamentaire du défunt?

— Serge Martin avait fait depuis longtemps un testament qui était déposé chez un notaire de Saigon. Et pour que le transfert de ces pièces rares soit effectué sans précipitation, il avait même prévu pour exécuteur testamentaire un autre antiquaire qui avait toujours été l'un de ses amis, le Dr Klein. Sans doute l'avez-vous connu?

— Non.

— Comme c'est étrange! Eh bien, ce Dr Klein, auquel Serge Martin avait également confié la garde de sa maison le jour où il l'a quittée, s'est acquitté avec beaucoup de soin de cette tâche dès que nous lui avons appris discrètement la mort. Il a fallu plusieurs mois pour tout inventorier et ce ne fut qu'après une année que la maison, devenue vacante, a été réquisitionnée par l'État qui l'a transformée en orphelinat.

— Serge Martin est bien parti de chez lui quelques heures après que vous m'aviez conduit à l'avion?

— Oui. Quand j'y suis revenu le lendemain, j'ai trouvé le Dr Klein qui m'a dit que votre ami s'était absenté pour quelques jours. Un mois plus tard, son corps était retrouvé là où vous savez.

— Quel genre de personnage était ce Dr Klein?

— Un homme charmant qui passait assez inaperçu. Il avait la réputation de ne vivre que pour ses propres collections.

— Mais lui aussi a disparu?

— Il est reparti pour son pays, l'Allemange, dès que les collections de Serge Martin eurent été transportées au Musée.

— Et ses propres collections, qu'en a-t-il fait, ce Dr Klein?

— Il a été moins généreux que votre ami : il les a emportées avec lui.

— Vous ne pensez pas qu'il aurait pris également la plus belle pièce de la collection Martin?

— Le paravent? Vous dites cela parce que vous ne l'avez pas vu au Musée? Eh bien, non! Quand il y a eu le transfert de la maison au Musée, j'ai fait la même remarque que vous au conservateur, mais celui-ci m'a répondu que Serge Martin avait envoyé, quatre jours après son départ, un ordre écrit au Dr Klein où il lui disait d'expédier immédiatement le paravent à Haiphong.

— En plein pays Viêt-Minh ? Quelle idée saugrenue ! Et comment le gouvernement nationaliste a-t-il laissé partir une telle merveille ?

— A ce moment-là, notre gouvernement ignorait que votre ami léguerait ses collections au Musée de Saigon. Il ne l'a appris qu'après sa mort, quand on a ouvert le testament chez le notaire. De son vivant, Serge Martin, seul propriétaire de ses collections, avait le droit d'en faire ce qu'il voulait : de les vendre ou même de les donner.

— Mais enfin, ce paravent — qui avait au moins douze grands panneaux — était immense ! On peut donc faire passer en transit par chemin de fer ou par avion des objets de cette taille et de cette valeur à la ligne de démarcation du 18e parallèle ?

— En principe, il n'y a aucun échange commercial entre le Viêt-Minh et nous : la frontière est bien gardée des deux côtés ! Ici notre économie est fondée sur le dollar, chez les communistes elle s'aligne sur les monnaies chinoise ou russe. Si l'on avait quand même réussi à forcer cette barrière pour introduire le paravent au Viêt-Minh, nous l'aurions certainement su... J'ai posé la question au Dr Klein qui m'a très franchement répondu qu'après avoir été transporté en camion jusqu'au port de Saigon, le paravent avait été embarqué sur un cargo anglais qui devait faire escale à Haiphong.

— Vous a-t-il révélé le nom du destinataire ?

— Non. Et je ne pouvais pas exiger qu'il me le dise. A mon avis, je pense que Serge Martin, qui prospectait un peu partout pour dénicher des pièces rares, avait besoin d'une monnaie d'échange au Viêt-Minh : le paravent a dû servir à cet effet. Tel que nous connaissions votre ami, nous pouvons supposer que l'opération a été fructueuse !

— Cela s'est passé quand exactement ?

— Huit jours après son départ, qui a coïncidé avec le vôtre.

— Donc trois semaines et demie environ avant que l'on ne découvre le corps le long de la voie ferrée?

— Oui.

— Ce paravent, sait-on où il est maintenant?

— Comment voulez-vous avoir des précisions en plein pays rouge?

— Vous devez cependant avoir des espions là-bas?

— Comme tout le monde! Seulement, ils ont des tâches plus urgentes que de s'occuper d'un paravent!

— Monsieur le commissaire, j'ai quand même l'impression que le départ de ce paravent a joué un rôle déterminant dans la suite des événements qui ont abouti à l'assasinat de Serge Martin... Celui-ci attachait trop d'importance et de prix à ces laques pour les avoir laissées partir de gaieté de cœur, même contre un paiement ou un échange fabuleux! Beaucoup plus que sa tête, dont vous me parliez tout à l'heure, je suis persuadé que si l'on retrouvait le paravent, on découvrirait en même temps la piste de l'assassin.

Le commissaire parut réfléchir avant de répondre :

— Ce que vous dites là n'est pas dénué de bon sens et pourrait étayer une hypothèse toute personnelle que j'ai souvent échafaudée au sujet de ce crime... Mais je n'en ai fait part à personne ici pour la bonne raison que l'on m'aurait traité d'imaginatif et surtout parce que l'on m'a donné l'ordre d'abandonner l'enquête.

— Quelle que puisse être votre opinion sur moi, je suis tout prêt à vous écouter parce que je veux vous aider. Il faut absolument que, vous et moi, nous sachions pourquoi Serge Martin a été tué!

— Avant de vous répondre, j'aimerais connaître l'autre but que vous poursuivez en revenant au Viêt-Nam. Vous m'avez déjà expliqué le premier qui était de retrouver votre ami : c'est fait, hélas!... Passons au second, voulez-vous?

— Je veux également revoir cette jeune femme qui a su se montrer pour moi la plus douce des compagnes.

— Ngô-Thi-Maï-Khanh, la *taxi-girl* qui avait abandonné *le Grand Monde* pour venir vivre auprès de vous?

— Oui.

— Elle aussi a disparu dans les quarante-huit heures qui ont suivi votre départ.

— Je sais : elle a quitté le *Majestic,* où elle s'était faite conduire par Sen, le surlendemain matin. Depuis personne n'a plus eu de ses nouvelles... Mais vous, monsieur le commissaire, peut-être avez-vous des renseignements plus récents?

— A vrai dire, je n'avais aucune raison spéciale de m'intéresser au sort de cette jeune personne!

— Vous l'avez cependant fait incarcérer pendant quelques heures sous l'inculpation d'être un agent du Viêt-Minh?

— Je ne me suis jamais fait la moindre illusion sur la véracité d'une telle accusation! Ngô-Thi-Maï-Khanh n'a jamais appartenu, ni au Viêt-Minh ni au Parti communiste chinois... Elle ne pensait qu'à la danse et peut-être aussi à l'amour après qu'elle vous eut rencontré. Si nous l'avons arrêtée, c'est uniquement sur la demande de Serge Martin qui estimait qu'elle pourrait nous gêner dans l'exécution rapide de l'ordre d'expulsion vous concernant... Dès que vous avez été dans l'avion, je suis revenu ici dans ce bureau où j'ai trouvé l'antiquaire qui m'a dit en souriant : « Maintenant que l'oiseau s'est envolé, je pense que nous pourrions libérer l'oiselle? » Nous l'avons fait aussitôt. Sans doute avez-vous dû nous en vouloir terriblement?

— Surtout à Serge Martin! Mais je lui ai pardonné depuis longtemps!

— C'est bien de ne pas être rancunier... Reconnaissez aussi qu'il n'a pas eu tout à fait tort d'agir ainsi? Cette jeune femme n'était pas digne de vous, monsieur Jacques Fernet, et encore moins de l'ingénieur Pierre Burtin! Vous voulez quand même la revoir?

— J'ai un compte à régler avec elle.

— Un compte?

Pour la première fois depuis le début de l'entretien, le regard froid du commissaire Xi-Dien fut traversé, pendant l'espace d'une seconde, par une lueur que Pierre remarqua avec étonnement. Mais, très vite, les yeux retrouvèrent leur indifférence pendant que la voix sèche disait :

— Vous n'êtes pas le seul, monsieur Burtin!

— Vraiment, Ngô-Thi-Maï-Khanh aurait des ennemis?

— Je lui en connais au moins un.

— Qui cela?

— Moi!

— Que vous a-t-elle donc fait?

— A moi personnellement, rien... Seulement je la soupçonne, sinon d'en être l'auteur, du moins d'avoir inspiré le meurtre de Serge Martin.

— Dans la bouche d'un homme tel que vous, c'est là une accusation très grave!

— Monsieur Burtin, depuis le premier jour où nous avons fait connaissance voici deux ans, avez-vous jamais eu l'impression que je parlais à la légère?

— Non, évidemment... Je me souviens même avoir dit à Serge Martin que je trouvais votre calme plutôt inquiétant!

— Pas pour ceux qui, comme vous, ont la conscience tranquille! Parce que vous l'avez, n'est-ce pas?

— Je pense n'avoir toujours fait que mon devoir.

— Moi aussi... C'est pourquoi mon devoir est de vous mettre en garde contre cette femme, au cas où cela n'aurait pas été déjà fait par d'autres avant moi.

Pierre ne répondit pas.

— Pourquoi je soupçonne Ngô-Thi-Maï-Khanh d'être mêlée à l'assassinat de votre ami ? Pour une foule de petites raisons qui, a priori, pourraient sembler assez faibles... Je ne m'explique pas, par exemple, la disparition de cette fille coïncidant avec celle de l'antiquaire. Sur le moment je n'y ai pas prêté attention mais quand le corps a été découvert un mois plus tard, j'ai cherché qui pouvait bien avoir eu intérêt à commettre un tel crime. Encore une fois je vous répète qu'il ne s'est pas agi là d'une enquête officielle mais de recherches très discrètes faites par moi seul.

» Quelles étaient les personnes qui avaient vécu les derniers temps dans l'entourage de Serge Martin et qui pouvaient lui en vouloir pour une raison quelconque ? D'abord vous, qui ne deviez que difficilement lui pardonner de vous avoir fait rapatrier aussi cavalièrement en France... Seulement vous y étiez toujours au moment du crime et je vous imaginais mal payant des mercenaires pour accomplir ce forfait !... Je pensais aussi à Kim, le boy qui avait disparu trois mois plus tôt d'une façon assez inexplicable : il était possible que ce fût lui mais il aurait fallu pour cela que votre ami se fût séparé de lui brusquement et l'eût mis à la porte... Ce qui n'a pas été le cas, n'est-ce pas ?

— Non.

— Serge Martin m'a même semblé très sincèrement désolé du départ subit de son boy pour lequel il semblait avoir une prédilection assez spéciale.

— Ce ne peut être Kim, je vous le garantis !

— Serait-ce ce Dr Klein qui l'avait remplacé aussi rapidement dans sa demeure ? Pendant les mois qui ont suivi le crime, le Dr Klein est encore resté là : j'ai eu tout le loisir et toutes les possibilités d'observer ses allées et venues ou ses agissements... Il s'est comporté en homme tranquille qui n'aspirait qu'à une chose : achever de remettre au Musée, selon la volonté expresse du défunt, les collections et rentrer finir ses jours dans son pays. Il n'avait aucun intérêt à tuer Serge Martin pour lequel il m'a toujours paru avoir la plus grande estime.

— Ne l'ayant pas connu, je ne puis rien dire.

— Restait Ngô-Thi-Maï-Khanh qui, de loin, devait être la personne en voulant le plus à Serge Martin! Je me souvins qu'au moment où nous l'avons libérée de sa très courte incarcération, nous avons dû lui faire des excuses, en lui disant qu'il y avait eu une regrettable erreur. Quand elle a su que la dénonciation avait été faite par Serge Martin, j'ai vu son visage changer : une rage indescriptible s'y devinait. Et en partant, elle m'a dit ces paroles auxquelles j'ai eu tort de ne pas attacher alors d'importance : « *Cet homme a fait mon malheur. Je sais qu'il me hait, mais sa haine n'est rien en comparaison de celle que je lui porte! Un jour viendra bientôt où il paiera au centuple tout le mal qu'il m'a fait!* » J'ai vraiment eu à ce moment l'impression de me trouver en présence d'une furie déchaînée qui ne pardonnerait jamais à celui qui l'avait séparée de vous, son amant. Un mois a passé et Serge Martin a été décapité selon la méthode chinoise. Ngô-Thi-Maï-Khanh était d'origine chinoise. Son nom commença à bourdonner tout doucement dans ma tête où il revint de plus en plus souvent...

— Ce n'est quand même pas suffisant pour accuser cette femme d'être l'instigatrice du crime!

— Cher monsieur Burtin, une amoureuse qui se croit bafouée est capable de tout, surtout si elle est chinoise! Ne l'oubliez jamais! Et revenons à votre idée selon laquelle la disparition du paravent pourrait avoir un rapport avec l'assassinat de votre ami... Je vous ai dit que ce paravent avait été transporté jusqu'à Haiphong sur un cargo anglais... Je connaissais ce navire qui revient régulièrement faire escale à Saigon pour y charger ou y décharger toutes sortes de marchandises. J'ai donc attendu patiemment son retour. Dès qu'il a été à nouveau dans notre port, trois mois plus tard, le lieutenant Dàng-Ngoc-Tuê, que vous connaissez bien et qui est à la tête de la police fluviale, s'est rendu à bord pour interroger le capitaine anglais. Celui-ci n'avait aucune raison de faire des difficultés pour lui dire que le paravent avait été remis à Haiphong à une certaine Ngô-Thi-Maï-Khanh qui était venue le chercher avec un camion.

— Pourquoi m'avez-vous dit tout à l'heure que vous ignoriez le nom du destinataire?

— Simplement parce que vous ne m'aviez pas encore révélé le second but de votre voyage : régler un compte avec cette jeune personne... Or, l'ordre, laissé au Dr Klein, de faire expédier le paravent a été donné par Serge Martin quatre jours après son départ, c'est-à-dire après qu'il était venu me demander de libérer Ngô-Thi-Maï-Khanh... Avouez que tout cela est plutôt troublant!

— Et qu'a-t-elle fait de ce paravent après en avoir pris livraison à Haiphong?

— Nul ne le sait.

— Sauf moi, monsieur le commissaire!

— Vous?

— Je me souviens très bien qu'un soir où elle contemplait, dans le salon de Serge Martin, ce paravent qui la fascinait, Ngô-Thi-Maï-Khanh m'a dit : « *J'ai vu ce paravent ailleurs, quand j'avais l'âge de la danseuse-enfant... Il était dans une pagode... Il y a été volé... Mais un jour il retournera là où il a toujours été...* » Et, pendant la dernière nuit que j'ai passée avec elle la veille de mon expulsion, elle m'a raconté qu'étant enfant elle avait été consacrée à Bouddha dans une pagode se trouvant dans la province de Phu-Ly... Ceci évoque-t-il pour vous quelque chose?

— Je ne l'ai jamais visitée mais je sais qu'il existe, en effet, dans cette région, une pagode gigantesque creusée dans des grottes adossées à la chaîne annamitique... Le nom de cette pagode, qui est l'un des derniers grands refuges du bouddhisme, est même très connu : Huong-Tich...

— Je suis sûr que c'est là où, enfant, Ngô-Thi-Maï-Khanh avait vu le paravent! Et c'est là où, avec sa folie mystique, elle a dû le rapporter! Comprenez-moi, monsieur le commissaire : Ngô-Thi-Maï-Khanh est persuadée que l'histoire racontée sur les laques — celle d'une petite fille consacrée au Dieu pour devenir danseuse sacrée — est sa propre histoire! Elle se prétend même Fille du Dieu! Sur le dernier panneau de laque, racontant l'histoire, on voit la fille consacrée, devenue grande, monter les marches d'une pagode, les bras tendus vers Bouddha qui l'attend... Je suis certain que Ngô-Thi-Maï-Khanh est à Huong-Tich, où elle doit se croire dans la demeure du Dieu son Père... Il faut que j'aille là-bas!

Pour la première fois, un imperceptible sourire effleura les lèvres minces et dures du commissaire Xi-Dien avant qu'il ne réponde :

— Ce n'est peut-être pas impossible, monsieur Burtin... Peut-être pourrais-je vous aider à réaliser ce projet! Seulement j'y mettrai une condition!... Vous m'avez bien dit que vous aviez un compte à régler avec cette femme? Un compte de quel ordre? Sentimental?

— Admettons... Elle a tenté de m'empoisonner.

— Voilà qui m'éclaire! Et pourquoi voudriez-vous, dans ce cas, qu'elle n'ait pas fait assassiner votre ami l'antiquaire? Elle voulait sa vengeance totale : sur l'homme qui l'avait quittée et sur celui qui avait favorisé votre fuite... N'est-ce pas très logique, tout cela?

— Oui.

— Je commence à comprendre que vous ne portiez plus cette jeune beauté dans votre cœur! Voici la condition que je mets pour vous aider à faire ce voyage : vous allez me donner votre parole d'homme — et ce n'est pas au « faux peintre » que je m'adresse mais à l'authentique ingénieur — que vous ferez l'impossible, si vous avez enfin la preuve qu'elle a trempé dans l'assassinat de Serge Martin, pour la ramener avec vous ici au Viêt-Nam?

— Pourquoi tenez-vous tant à récupérer cette femme?

— Le jour où elle sera là, je l'arrêterai immédiatement en tant que criminelle de droit commun et elle sera jugée comme telle! Ceci me permettra de prouver à ceux qui m'ont scié les bras dans cette affaire, parce qu'ils s'imaginaient qu'il s'agissait d'un crime politique, qu'ils se sont trompés lourdement et que nous ne nous trouvons — comme je l'ai toujours pensé — que devant l'absurde vengeance d'une amante délaissée. Cette mise au point risque de renforcer considérablement ma position et peut-être de m'apporter un poste beaucoup plus important que celui où je piétine en ce moment.

— L'arrestation de Ngô-Thi-Maï-Khanh serait, en somme, votre action d'éclat?

— Dans mon métier, on les trouve là où l'on peut, les actions d'éclat...

— Vous avez ma parole. Comme j'ai déjà promis, sur sa tombe, à mon vieil ami de le venger, ça ne m'est pas difficile! Quand puis-je partir?

— Ce soir, si vous le voulez... Voici comment nous allons procéder pour vous permettre d'opérer en toute tranquillité au Viêt-Minh... Je vais vous expulser à nouveau, mais, cette fois, ce ne sera pas le peintre Jacques Fernet! Le mandat concernera Pierre Burtin, ingénieur affilié au Parti communiste français, personnage dangereux dont nous ne voulons plus en pays nationaliste. N'est-il pas normal que nous vous conduisions à la frontière communiste la plus proche : celle du Viêt-Minh? Le motif de votre expulsion sera le suivant : « *A tenté de faire de l'espionnage au profit de puissances étrangères...* » Je vais vous faire établir une carte de membre actif au P.C. français... Vous verrez comme elle vous sera utile! Nous en avons toujours quelques-unes en réserve... Pour vous, ce sera la meilleure carte de visite de l'autre côté du 18$^{e}$ parallèle!

» Vous avez un train qui part à 20 h 45 pour Dang-Hoï, la dernière grande ville avant la frontière. Là, on vous attendra : l'un de nos officiers de police avec une jeep. Il vous conduira directement à un poste frontière où il vous remettra entre les mains des communistes. Vous exhiberez alors votre ordre d'expulsion — qui sera, à leurs yeux, un titre de gloire — ainsi que votre carte de membre du P.C. français. Je vous préviens que vous aurez à subir un interrogatoire très serré! Je vous crois assez habile pour répondre que, n'ayant pu rendre service comme vous l'espériez quand le P.C. vous a envoyé de France au Viêt-Nam, vous vous mettez à l'entière disposition du Viêt-Minh.

» Ils vous accueilleront très vite à bras ouverts car ils manquent actuellement de techniciens et d'ingénieurs. De plus, tout ce qui vient de France est très prisé au Viêt-Minh, beaucoup plus qu'au Viêt-Nam où nous nous sommes laissés trop américaniser. Étant donné votre qualité d'ingénieur, il est presque certain que l'on vous enverra rapidement à Hanoï. Là, vous vous débrouillerez...

— Comment pourrai-je revenir avec Ngô-Thi-Maï-Khanh?

— Cher monsieur, un homme qui a réussi à se faire inviter sur le *N. 625* soviétique alors qu'il n'était qu'un faux peintre, doit avoir plus d'un tour dans son sac... N'est-ce pas votre avis?

Et comme Pierre ne répondait pas, il continua :

— Vous ne m'avez toujours pas dit pourquoi vous êtes venu, la première fois, chez nous, sous une fausse identité...

— Vous ne me croiriez sans doute pas si je vous affirmais que je n'ai employé ce « canular » que pour faire plaisir à Serge Martin qui me l'avait conseillé.

— Vous le connaissiez depuis longtemps?

— Pas personnellement, mais nous étions en correspondance depuis des années... L'un de mes amis avait emporté quelques-unes de mes toiles au Viêt-Nam et les avait fait voir à Serge Martin.

— Ces fameuses toiles que vous aviez peintes d'imagination sans être pourtant jamais venu dans notre pays?

— Oui... L'antiquaire a été tellement étonné qu'il m'a écrit pour me conseiller de continuer parce qu'il était dans ses intentions, quand il y aurait assez de toiles, d'organiser ici une exposition de mes œuvres. J'ai continué... Mon métier est d'être ingénieur mais mon violon d'Ingres a toujours été la peinture! Seulement Serge Martin m'a judicieusement fait remarquer, dans l'une de ses lettres, que si je voulais faire une véritable carrière de peintre, je ne devais pas passer pour un amateur qui ne barbouille des toiles qu'à ses moments perdus... C'est comme cela que je suis devenu Jacques Fernet! Avouez que ça n'a pas trop mal réussi?

— Je le reconnais d'autant plus que j'ai moi-même acheté l'une de vos toiles!

— Non? Laquelle?

— La seconde que vous avez peinte ici après votre arrivée et qui représente l'estuaire, vu du cap Saint-Jacques.

— Comme c'est amusant! Savez-vous qui a acheté la première qui représente au contraire le cap Saint-Jacques vu de l'estuaire?

— Qui cela?

— Ngô-Thi-Maï-Khanh...

— Sans doute était-elle déjà amoureuse de vous!... Mais méfiez-vous quand même si vous la retrouvez à la pagode de Huong-Tich. Sachez être prudent!

— Les marques d'affection, qu'elle a su me prodiguer depuis, m'obligent à l'être! J'aimerais savoir une dernière chose au sujet de la mort de Serge Martin. Vous m'avez dit que l'inhumation avait eu lieu dans le plus grand secret parce que personne, et surtout le gouvernement français, ne tenait à ce que l'on sût qu'il avait été assassiné... Mais n'a-t-on pas cherché même à cacher qu'il était mort ?

— Peut-être votre gouvernement, en accord avec le nôtre, a-t-il estimé qu'il y avait intérêt à faire croire pendant quelque temps encore qu'il était toujours vivant.

— Il y a eu cependant la pose de la pierre tombale sur laquelle ont été gravés non seulement un nom et la date de sa mort, mais une pensée ?

— La tombe est restée anonyme pendant onze mois. Ce n'est qu'à la veille de son départ et après en avoir obtenu l'autorisation de votre ambassade, que le Dr Klein a fait poser la dalle.

— Après que les collections eurent été remises au Musée ?

— Oui.

— Et, à ce moment-là, y a-t-il eu une cérémonie quelconque ?

— Aucune. Quant au choix de la pensée, il a été fait par Serge Martin lui-même qui l'avait prévue dans son testament.

— Je me doutais qu'elle venait de lui.

— Sen m'a dit que vous aviez élu domicile au *Piccadilly* de Cholon. C'est vrai ?

— J'adore Cholon !

— Tous les artistes aiment Cholon ! Le mieux maintenant, c'est de rentrer à votre hôtel, d'y faire vos bagages et de revenir ici dans deux heures... Vos papiers seront prêts, ainsi que votre place retenue dans le train. Ah ! Un conseil : quand vous franchirez la frontière, arrangez-vous pour avoir une tenue plus négligée... Avec votre barbe, ce sera facile ! Et pas de cravate ! Ça fera plus « camarade prolétaire » ! A tout à l'heure, « camarade Burtin » !

— Vous ne seriez pas mal non plus en commissaire du peuple!

Dès que son visiteur fut parti, le commissaire Xi-Dien décrocha un téléphone intérieur pour annoncer à un interlocuteur invisible :

— Tout est en ordre. Il prend ce soir le train de 20 h 45... Je transmets immédiatement à nos agents... Soyez tranquille : on ne le perdra pas de vue... Lui? Il n'a plus qu'une idée en tête : venger son ami l'antiquaire! Selon vos instructions, je lui ai bien fait comprendre que je tenais la femme pour la vraie responsable de cette mort... Il part à sa recherche... Du moins c'est ce qu'il dit! Mais il n'était pas obligé de tout me dire... Je me suis bien gardé de lui parler du document mais je suis toujours convaincu qu'il n'est revenu que pour le trouver... S'il court après la femme, c'est parce qu'elle a dû être mêlée de très près à l'affaire : elle était la maîtresse de M. Jojo... S'il la retrouve, il saura la faire parler : ce sera à ce moment-là qu'il faudra agir vite!... Vous avez prévenu notre réseau de l'autre côté? Bien... Vous aviez raison. Il faut appliquer exactement la même tactique qui a failli réussir avec les Russes : les laisser opérer pour leur prendre le plan au tout dernier moment... Ils sont très forts, ces Français! Et très bien dirigés de Paris! Puisque nous n'avons ni les moyens ni surtout les hommes capables de faire ce genre de travail, servons-nous des autres sans qu'ils le sachent! Nous restons en liaison.

★

Le commissaire Xi-Dien avait bien fait les choses : une couchette était réservée dans le train jusqu'à Dong-Hoï où celui-ci n'arriverait que le lendemain à midi après avoir serpenté, depuis Phan-Thiet, tout le long de la côte bordant la mer de Chine. Le voyageur à la tenue assez négligée s'installa dans son compartiment où il y avait trois autres couchettes, toutes occupées par des Vietnamiens.

Il put constater qu'il était l'un des rares Européens se trouvant dans ce train bondé où les voyageurs s'entassaient dans les couloirs. Un train dont la lenteur avait quelque chose de désespérant!

Avant de retourner chercher les faux papiers indispensables chez le commissaire, Pierre avait fait un détour par la poste centrale d'où il avait adressé au domicile personnel du colonel Sicard un câble dont la teneur ne pourrait pas attirer l'attention d'un service de contrôle éventuel mais qui lui paraissait suffisamment explicite : « *Recevez mes condoléances pour décès confirmé de votre fils Serge.* » Et c'était signé simplement : *Pierre.*

Après une nuit, où, bien qu'allongé, il lui fut impossible de dormir — tellement la chaleur était étouffante — il sauta sur le quai de la gare de Huê à 6 heures du matin pour s'arracher, pendant la halte, à la fournaise du compartiment. Là il apprit que l'arrêt était d'au moins deux heures. C'était plus de temps qu'il n'en fallait pour faire en ville un rapide tour qui lui permettrait d'avoir une vision d'ensemble de la cité, dont il avait entendu maintes fois vanter la beauté et que les anciens Empereurs d'Annam avaient choisie pour capitale. Il n'oubliait pas non plus que c'était dans cette ville que Maï lui avait dit avoir appris à aimer la France dans un pensionnat dirigé par des Sœurs françaises.

Le plaisir de cette promenade matinale dans un taxi décapotable fut complet : la ville était encore bien chez elle, nullement dépossédée par l'invasion de l'Occident. Elle continuait à se prélasser au bord de la Rivière des Parfums... Les rives, plates et gazonnées, étaient ombragées par de sveltes filaos, dont les aiguilles bruissaient à la moindre brise, sous un ciel bleu et jaune. Le charme de Huê était indéniable.

Au milieu des eaux calmes de la rivière s'élevait le tombeau sur pilotis de l'Empereur Thu Duc alors que les autres empereurs défunts dormaient au cœur d'imposantes urnes de bronze alignées dans une cour de rêve près du temple de Thê-Miêu. Il n'était même pas nécessaire de songer à regarder pour voir, ni à écouter pour entendre. Peut-être était-ce parce qu'il y avait une tiédeur inaccoutumée dans la caresse du vent sur le fleuve? parce que l'eau semblait chargée de reflets aux tons plus variés? parce que les montagnes, au loin, apparaissaient plus bleutées que partout ailleurs? Le plaisir, d'une qualité rare, se changeait en émotion : le cœur du voyageur était pris. Il ne cherchait pas à comprendre et n'avait plus qu'à s'abandonner.

Pendant sa rêverie, Pierre ne put s'empêcher de se souvenir de quelques-unes de ces légendes que lui avait racontées Ngô-Thi-Maï-Khanh et Serge Martin. Hué était en harmonie avec le passé. Ce fut avec regret qu'il dut donner l'ordre au chauffeur, dolent comme tous les habitants que l'on croisait dans cette cité encore à peine éveillée — et qui ne devait jamais tout à fait sortir de sa léthargie — l'ordre de retourner à la gare.

S'il le pouvait un jour, il reviendrait flâner sur les bords de la Rivière des Parfums...

Le train était reparti, l'emportant vers Dong-Hoï où le commissaire Xi-Dien lui avait dit qu'une jeep de police l'attendrait pour le conduire jusqu'à la frontière. Pendant cette dernière étape sur rail, un détail lui revint en mémoire : alors qu'il accomplissait sa visite de Hué dans le taxi, il avait remarqué qu'un autre taxi n'avait pas cessé de suivre le sien à une distance respectable. Dans cette voiture, il n'y avait également qu'un seul voyageur, un Vietnamien, dont il put distinguer enfin le visage pendant qu'il réglait à son propre chauffeur le prix de la promenade, au retour dans la cour de la gare. Ce visage, il l'avait eu devant lui pendant toute la nuit d'insomnie : c'était celui du voyageur qui occupait la couchette du bas, faisant face à la sienne. Mais il n'attacha pas trop d'importance à cette découverte. Après tout, ce Vietnamien n'avait peut-être cherché, comme lui, qu'à s'arracher pendant deux heures à la monotonie du voyage?

Devant la gare de Dong-Hoï, où la plupart des voyageurs descendirent, la jeep était là, occupée par deux hommes : un soldat qui la conduisait et un officier qui se présenta au voyageur en saluant militairement et en demandant en vietnamien :

— Vous êtes bien monsieur Pierre Burtin?

Sans répondre, après avoir salué d'une inclinaison de tête, Pierre montra son passeport ainsi que l'ordre d'expulsion tamponné d'innombrables cachets selon l'habitude chère à la police du pays.

— Montez! dit simplement l'officier.

Quelques minutes plus tard, la voiture sortait de la ville, se dirigeant vers le Nord-Ouest sur une route très étroite qui avait tout de la piste de montagne et rien du chemin carrossable.

Après une heure de voyage, dans un décor de montagnes d'une sauvagerie grandiose où ils ne rencontrèrent pas un seul être vivant, l'officier annonça :

— Dans cinq minutes, nous serons à la frontière. De notre côté, les ordres vous concernant ont déjà été donnés : donc il n'y aura aucune difficulté mais il n'en sera certainement pas de même chez les communistes... Ils sont très méfiants au Viêt-Minh pour laisser pénétrer quelqu'un sur leur territoire... Seulement, comme vous êtes également communiste et expulsé du Viêt-Nam, vous avez quelques chances... Il y a deux cents mètres à franchir entre les deux postes : vous irez seul et en portant vos bagages. Aucun de nous ne peut vous accompagner, sinon les Rouges tireraient aussitôt! Dès que vous entendrez un ordre vous enjoignant de vous arrêter, vous déposerez immédiatement vos bagages et vous croiserez vos deux mains au-dessus de votre tête. Vous ne bougerez plus et vous attendrez que l'on vienne vous fouiller pour vérifier que vous n'êtes pas armé.

Ces instructions avaient été données par une voix sèche et impersonnelle : Pierre comprit que ce Vietnamien avait un profond mépris pour lui et ne le considérait que comme un ennemi dont son pays était heureux de se débarrasser.

Les événements se passèrent comme les avait décrits l'officier nationaliste. Quand l' « expulsé » eut parcouru une centaine de mètres sur la route étroite et désertique, il entendit une voix gutturale crier un ordre en vietnamien :

— Halte!

Il obéit, laissa tomber ses bagages à terre et croisa les mains au-dessus de sa tête en signe de reddition. A peine ce geste eut-il été fait qu'il sentit d'autres mains qui palpaient ses vêtements pour lui retirer toute arme éventuelle. Trois soldats, dont l'un portait une mitraillette sous le bras, l'entouraient. Il semblait qu'ils eussent surgi des cailloux et du sol : avant de les avoir autour de lui, Pierre n'avait pu déceler aucune présence humaine dans la jungle bordant la route. Ces hommes avaient la traîtrise des reptiles. Après avoir fouillé également ses bagages, qui se réduisaient à deux valises légères, ils lui firent signe de continuer à avancer : deux des soldats l'encadraient, le troisième — portant la mitraillette — le suivait, le canon braqué dans son dos. Ce fut ainsi qu'il franchit les derniers cent mètres avant d'arriver devant une hutte qui servait de poste-frontière et dont la porte d'entrée était surmontée du drapeau du Viêt-Minh.

A l'intérieur, assis devant une grêle table de bambou, sur laquelle était placé un téléphone de campagne, un sous-officier attendait. Sans rien dire, Pierre présenta son passeport, l'ordre d'expulsion et sa carte de membre du Parti communiste français. Après avoir pris tout son temps pour examiner les pièces, le sous-officier décrocha le téléphone dans lequel il annonça, sans doute à son supérieur direct, l'arrivée d'un Français expulsé par les autorités vietnamiennes. Il déclina également le nom et la profession d'ingénieur de Pierre. Celui-ci n'eut aucune difficulté à comprendre ce qui était dit en vietnamien. La réponse fut brève. Le sous-officier raccrocha et, sans dire un mot, fit signe aux soldats d'emmener l'homme qui éprouva la sensation de faire en pays Viêt-Minh beaucoup plus une entrée de prisonnier que d'ami.

On le fit monter dans une autre jeep, de fabrication française celle-là et non pas américaine : Pierre pensa qu'elle devait provenir des stocks laissés sur place par les troupes françaises au moment de leur évacuation du Tonkin, après les accords de Genève en 1954. Son escorte était composée de deux autres soldats : le conducteur et un homme, armé d'une mitraillette. Ils ne furent pas plus loquaces que leurs prédécesseurs.

Au bout d'une demi-heure de trajet sur une piste, encore plus cahoteuse que celle qu'il avait connue depuis Dong-Hoï, la voiture arriva dans la petite ville de Thuong-Trach où Pierre put recueillir une toute première impression sur la façon dont les gens vivaient au-dessus du 18e parallèle.

Ce qui le frappa le plus fut d'abord le silence : la ville était infiniment moins bruyante que celles du Viêt-Nam. Les véhicules y étaient rares, hippomobiles ou tirés par des zébus. Les quelques autos que l'on croisait étaient toutes, sans exception, occupées par des hommes en uniforme. Mais la grande majorité des gens allait à pied, poussant ou remorquant des charrettes à bras, qui semblaient prêtes à s'effondrer sous des monticules de denrées alimentaires de toutes sortes : peut-être était-ce jour de marché et les paysans apportaient-ils aux coopératives les produits de leurs fermes? Tuong-Trach avait la physionomie d'un gros marché agricole. La population y semblait paisible mais active, moins dolente qu'à Hué, satisfaite aussi de son sort. Et elle n'était nullement misérable. On ne voyait aucun coolie, allongé paresseusement à même le sol, comme cela se passait sur le port de Saigon. Par contre, il n'y avait pas le moindre étalage de luxe : pas de belles voitures américaines, pas de motocyclettes chromées, pas de cyclos transportant de jeunes et jolies femmes paraissant n'avoir rien d'autre à faire que se faire admirer.

La jeep s'arrêta devant un bâtiment moderne, en ciment armé, construit face à la gare. La ligne de chemin de fer, que Pierre et la plupart des voyageurs avaient dû abandonner à Dong-Hoï, était encore là — après avoir franchi la frontière au col de Qui-Hop — continuant à longer, non plus la Mer de Chine mais le Golfe du Tonkin jusqu'à Hanoï.

Quelques minutes plus tard, Pierre se trouvait dans un bureau, en présence de deux officiers de police du Viêt-Minh en uniforme. Assis devant une petite table, un troisième personnage en civil attendait devant une machine à écrire : Pierre comprit que tout ce qu'il dirait serait immédiatement transcrit. Un premier interrogatoire commença. Il eut lieu en vietnamien, bien que l'ingénieur s'aperçût que l'un des deux officiers parlait couramment le français. Un interrogatoire serré — l'officier vietnamien l'avait prévenu — où les questions revenaient, répétées sous différentes formes pour essayer d'amener la personne interrogée à se contredire : Qui êtes-vous? D'où venez-vous? Pourquoi êtes-vous venu de France au Viêt-Nam? A cette dernière question, il répondit :

— J'appartiens au Parti communiste, comme vous le prouve ma carte de membre actif, depuis l'époque de la Libération en France. J'étais et je suis toujours ingénieur sorti de l'École du Génie maritime... Mais dans le maquis, pendant l'occupation allemande, j'ai lutté en compagnie de camarades communistes et j'ai compris leur idéal auquel je me suis rallié sans hésiter. Quand la paix fut revenue, j'ai refusé de travailler pour la Marine nationale, ne voulant pas apporter ma collaboration aux constructions de guerre et j'ai gagné ma vie dans des entreprises privées ne travaillant que pour la Marine marchande. J'y ai créé plusieurs cellules et, en récompense de mes services, le Parti m'a confié une mission secrète au Viêt-Nam.

— Quelle mission?

— Je ne pourrai l'expliquer qu'en présence de techniciens mais je puis vous confier qu'il s'agissait de faire un rapport sur les nouvelles installations portuaires et les bases navales américaines établies au Viêt-Nam en accord avec le gouvernement Diêm... Malheureusement, malgré toutes les précautions que j'ai prises, ma présence a été signalée aux nationalistes dans les quarante-huit heures qui ont suivi mon arrivée et ils m'ont expulsé.

— Pourquoi ne vous ont-ils pas renvoyé en France puisque c'est votre pays?

— Je l'ignore mais je pense qu'ils ont dû consulter l'ambassade de France et que celle-ci leur a dit que l'on m'y considérait comme indésirable actuellement étant donné mes activités politiques. L'officier de police qui m'a notifié l'ordre d'expulsion m'a d'ailleurs déclaré : « Puisque vous êtes communiste, vous serez beaucoup plus à votre place chez vos amis du Viêt-Minh! »

— Pourquoi ne vous a-t-on pas incarcéré et jugé?

— Il n'y avait aucune preuve contre moi : je n'avais pas encore eu le temps d'agir et de faire un travail utile.

— Souhaiteriez-vous être renvoyé en France par nos soins?

— Maintenant que le hasard m'a conduit au Viêt-Minh,

franchement non... Je suis certain, si je rentre en France, d'y être arrêté soit sur la demande du gouvernement vietnamien, qui continue à entretenir des relations très serrées avec le gouvernement français, soit plutôt sur la demande du gouvernement américain.

— Mais le Parti communiste français a besoin de vous?

— S'il apprend que je vous ai offert mes services, il sera satisfait... Je serais très heureux que le Viêt-Minh, pour lequel j'ai toujours eu la plus grande admiration, acceptât d'utiliser mes connaissances techniques dans l'immense effort de rénovation qu'il a entrepris!

Cette profession de foi avait porté. Les paroles du commissaire Xi-Dien, lui rappelant que le Viêt-Minh manquait de techniciens et en recherchait à tout prix, n'avaient pas été inutiles.

— C'est bien, répondit l'un des interrogateurs. Vous restez ici à notre disposition jusqu'à ce que nous ayons reçu des instructions à votre sujet.

On le conduisit dans une pièce où il fut enfermé après qu'un gardien lui eut apporté un bol de riz et de l'eau.

Il y resta deux jours, se demandant, non pas avec inquiétude mais avec anxiété, quel sort allait lui être réservé. Maintenant qu'il avait joué le jeu, il ne pouvait plus reculer et il devait s'en tenir strictement aux déclarations déjà faites. Sa seule crainte était que, par l'intermédiaire de ses agents secrets en France, le Viêt-Minh n'y fît une enquête auprès du Parti communiste français pour savoir si le titulaire de la carte N° X était réellement affilié au Parti? Mais il ne pouvait croire que la carte délivrée par le commissaire Xi-Dien ne correspondît pas à une certaine réalité : Xi-Dien était un homme trop habile pour ne pas avoir pris toutes les précautions. Si son incarcération se prolongeait, au rythme alimentaire d'un bol de riz et d'une cruche d'eau par jour, ce serait signe que le Viêt-Minh attendait la réponse de Paris : le procédé, consistant à simuler l'expulsion d'un soi-disant espion pour le faire pénétrer en pays ennemi, n'était pas nouveau. Il avait déjà été employé de nombreuses fois à toutes les frontières.

Si, au contraire, l'emprisonnement n'était que de courte durée, cela indiquerait que l'on n'avait pas fait d'enquête en France ou, tout au moins, que l'on n'attendait pas son résultat pour l'incorporer rapidement dans la machine de travail organisée du Viêt-Minh en pleine évolution économique et sociale. Son titre d'ingénieur ferait peut-être pencher la balance en sa faveur. Ses nouveaux chefs attendraient de le voir à l'œuvre — et principalement de mesurer le rendement dont il serait capable pour la collectivité — avant de prendre une décision définitive. Il connaîtrait alors une période de travail à l'essai pendant laquelle ses moindres gestes ou réactions seraient étroitement surveillés.

Ce fut cette conviction qui prévalut dans son esprit quand on vint le chercher, le matin du troisième jour, pour le ramener dans le bureau où il avait déjà été interrogé.

Aux deux officiers de police et au secrétaire s'était joint un quatrième personnage, en civil lui aussi. Mais ce n'était pas un Jaune. L'homme était européen. Pouvant avoir la cinquantaine, trapu, court sur jambes, les cheveux taillés en brosse, des lunettes cerclées d'or lui donnant vaguement l'aspect d'un businessman, celui-ci resta immobile et muet, assis derrière la même table que les deux policiers pendant que ceux-ci procédaient, en alternant, à un nouvel interrogatoire. Les questions furent, à peu de chose près, les mêmes que celles de la première fois. Pierre reconnut en cela une méthode chère aux pays d'obédience rouge : c'était un interrogatoire de vérification qui serait peut-être suivi de beaucoup d'autres du même genre. Mais le calme de ses réponses, identiques à celles qu'il avait faites deux jours plus tôt, contribua à dissiper la méfiance de ceux qui cherchaient à découvrir une faille dans ses déclarations.

La tension, dont il dut faire preuve pendant quatre heures d'affilée pour ne se contredire en rien, était épuisante : ce n'était pas encore un « lavage de cerveau » mais il sentait qu'il n'en était pas loin.

Au moment où les policiers semblaient n'avoir plus de questions à lui poser, l'un de ceux-ci lui dit en désignant l'homme aux lunettes :

— Le Pr Feyginne va vous demander, à son tour, quelques précisions...

Celui-ci s'exprima dans un français dont les résonances sonores rappelèrent étrangement à Pierre la voix du commissaire Grotoff.

— Camarade Burtin, commença-t-il, le gouvernement de la République socialiste du Viêt-Minh m'a demandé de venir spécialement pour vous faire subir, non pas un interrogatoire d'identité que les camarades policiers ont déjà terminé, mais un petit examen d'ordre technique...

Et il eut un gros rire avant de continuer :

— Je suis persuadé qu'un très brillant ingénieur du Génie maritime français saura répondre à toutes mes questions.

— Je suis à votre disposition, camarade.

Les questions commencèrent, rapides, précises, en rafale : Quel a été votre rang de sortie de l'École du Génie maritime? Quelles méthodes d'enseignement y emploie-t-on? Quelle a été, ensuite, votre spécialisation? Dans quelles entreprises avez-vous travaillé? Combien de temps êtes-vous resté dans chacune d'elles?

Pierre n'hésita pas à citer les Forges et Chantiers de la Loire ainsi que les Aciéries de l'Est tout en omettant soigneusement de préciser qu'il avait épousé la fille unique du président de la firme! Il se garda bien aussi de mentionner avoir appartenu, pendant une année, aux cadres de la

C.I.R.M. Des rapprochements auraient pu être faits avec l'aventure de l'estuaire et l'échec du *N. 625*... Au fur et à mesure que les réponses arrivaient, prouvant qu'il connaissait à fond son métier d'ingénieur et que ses connaissances techniques étaient considérables, le visage du gros homme s'éclairait. Et il finit par dire :

— Je suis satisfait de constater que vous êtes en effet un véritable technicien. Je pense, camarade, que vous pourrez être très utile au Viêt-Minh et que vous auriez été bien dangereux pour le Viêt-Nam si vous aviez pu accomplir votre mission!

— Je vous sais gré de cette appréciation, camarade.

— Nous savons toujours reconnaître la véritable valeur, là où elle est... Vous ne devez pas être sans savoir que, pour accomplir l'immense effort exigé par l'amélioration du bien-être du peuple, nos camarades du Viêt-Minh manquent actuellement de techniciens... C'est pourquoi ils n'hésitent pas à faire appel aux hommes de bonne volonté de tous les pays qui acceptent délibérément, comme vous, de sacrifier leur confort du monde capitaliste pour se consacrer à la cause commune... Moi-même je suis russe...

— Je m'en doutais un peu, dit en souriant Pierre. Si cela peut faciliter nos rapports, je tiens à vous préciser que je parle aussi votre langue.

Le visage du camarade Feyginne s'épanouit et il dit en français aux policiers...

— Vous entendez cela, camarades? Il parle russe!

Puis il s'adressa aussitôt dans cette langue à son interlocuteur en lui demandant où il l'avait apprise. Pierre lui expliqua, en russe, qu'il avait eu un père français et une mère russe.

Après l'avoir laissé parler sans l'interrompre pendant deux ou trois minutes, Feyginne lui dit à nouveau en français et en désignant les autres occupants du bureau.

— Les camarades ne connaissent pas notre langue... Parlons à nouveau en français parce qu'ils pourraient croire que nous nous confions des secrets d'État!

Il hoqueta dans un nouvel éclat de rire avant d'ajouter à l'intention des Jaunes qui, eux, étaient restés impassibles :

— Sa connaissance du russe, du français et du vietnamien va nous permettre de le faire entrer immédiatement dans mon service. Je l'emmène dès ce soir à Hanoï... Il n'y a pas de temps à perdre! Nous avons un tel travail à faire! Établissez-lui un ordre de transport : il prendra avec moi le train qui part dans une heure.

Il avait quitté son siège pour s'avancer vers Pierre.

— Serrons-nous la main, camarade!

En accomplissant ce geste, Pierre ne put s'empêcher de penser que c'était la deuxième fois que les Russes lui tendaient la main... Il se souvint aussi que la vieille chouette avait dit à Paris, alors qu'il était de plus en plus inquiet sur le sort de Serge Martin : « *Nous n'avons pas hésité, pour le retrouver, à même utiliser les services des agents Russes.* »

Ensuite Pierre tendit la main aux deux officiers qui s'étaient levés à leur tour, déférents pour la première fois. A cette minute il comprit que les techniciens soviétiques devaient occuper des places de tout premier plan au Viêt-Minh.

— Je pense, camarade, reprit Feyginne, que nous devrions nous restaurer avant le départ car les trains de ce pays sont les plus lents que j'aie jamais connus!

— J'ai déjà pu apprécier ceux du Viêt-Nam.

— Ce sont des express en comparaison de ceux d'ici! Mais bientôt, tout s'améliorera et il sera infiniment plus agréable de vivre au nord du 18e parallèle plutôt que sous la dictature capitaliste du Sud!

Pendant le repas, qui fut servi dans le bâtiment même de la Police, le Russe sut se montrer très enjoué. Comme Grotoff, il déclara :

— Nous aimons passionnément la France en Russie! C'est le pays qui, le premier, a donné au monde l'exemple de l'abolition de la tyrannie en 1789... Nous connaissons tous vos grands hommes de la Révolution française. Il n'y a aucune raison pour que vous, qui en êtes l'un des descendants, ne soyez pas de la même trempe qu'eux!

Pour aller à la gare, il suffisait de traverser la place mais l'un des officiers de police sembla mettre son point d'honneur à faire accomplir en voiture ce très court trajet à ses hôtes illustres. Quand ils furent dans la gare, il les accompagna lui-même sur le quai le long du train, jusqu'à un wagon de voyageurs dont il ouvrit la portière en disant :

— Ce compartiment vous a été réservé, camarades.

Ce n'était qu'un compartiment aux banquettes en bois, dans un wagon sans couloir rappelant ceux qui circulaient encore en France sur certaines lignes départementales avant la guerre de 1940. Après avoir serré une dernière fois la main du policier, le camarade Feyginne et le camarade Burtin se retrouvèrent seuls.

Ils eurent tout le temps de s'installer, pendant que Feyginne expliquait :

— C'est assez rare que les trains partent à l'heure ailleurs qu'à Hanoï... Mais l'important n'est-il pas qu'ils partent? Et ils offrent le mérite d'être aussi pittoresques que notre Transsibérien d'autrefois!

Accoudé à la portière, Pierre regardait avec stupeur le spectacle qui s'offrait à ses yeux dans la petite gare de Thuong-Trach...

Le wagon, dans lequel ils avaient pris place, était de loin le plus luxueux du convoi. Tous les autres n'étaient que des wagons de marchandises ou des plates-formes en plein vent sur lesquelles s'étaient entassées des grappes humaines d'hommes, de femmes et d'enfants. Sur le wagon à bestiaux accroché immédiatement après le leur, Pierre et le Russe pouvaient lire une inscription encore écrite en français : « *Réservé aux bonzes.* » Mais il n'était occupé par aucun bonze : le commerce avait détrôné la foi. Les passagers, tous Jaunes, semblaient n'avoir aucune préoccupation de confort.

— Tous ces gens ont des billets ? demanda Pierre en russe à son compagnon.

— Quelques-uns seulement... Les autres se débrouillent : les trains ne sont-ils pas faits pour faciliter les déplacements du peuple ?

« Le peuple » était là, transportant avec lui une quantité invraisemblable de colis et de marchandises.

— Regardez sous les boggies, dit Feyginne. C'est là où l'on entasse les grosses briques de poisson sec aggloméré... Tous les endroits sont utilisés... Quand je suis venu hier de Hanoï, le mécanicien a trouvé dans la citerne de son tender un voyageur clandestin qui s'y était noyé : le train s'est arrêté et le contrôleur a demandé de l'aide aux voyageurs pour sortir le corps mais personne n'a bougé ! Ils ne voulaient pas toucher à un mort... Alors on l'a laissé dans la citerne jusqu'à l'arrivée ici.

Il y avait, assis sur le toit de leur propre wagon, des voyageurs, dont les jambes pendaient dans le vide devant chaque fenêtre. Patiemment ils attendaient le départ.

— Les planchers sont rongés, poursuivit le Russe, par le sel qui y a été répandu en couche pour être transporté à la sauvette... Les rails aussi sont peu à peu rongés. Le sel, dans ce pays, c'est l'ennemi numéro un du chemin de fer !

Le départ devait être imminent : une cohue de retardataires monta à l'assaut du train en portant des paniers, des bourriches, des sacs en toile, mais personne n'osa ouvrir la portière du compartiment réservé sur laquelle était inscrite en vietnamien la mention POLICE. Les enfants étaient innombrables : petits Chinois à culotte fendue ou marmots vêtus seulement d'une chemise s'arrêtant au nombril.

— Pourquoi tant d'enfants? demanda Pierre.

— Ils ne payent pas de place, et, en cas d'inspection de la police, ils servent à attendrir les autorités.

Enfin un coup de sifflet de la locomotive, crachant une fumée noirâtre due à ce qu'elle marchait au bois, retentit et lentement, très lentement, le plus grand train de la République socialiste du Viêt-Minh — celui qui traversait tout le territoire dans sa longueur — s'ébranla.

Le camarade Feyginne, qui n'avait fait que s'exprimer en russe tant que le train était encore en gare, dit alors en français, mais dans un français qui avait brusquement perdu toutes ses inflexions slaves et sonores :

— « *L'hôtelier a besoin d'aide...* »

Pierre abandonna la vision de la gare qui s'éloignait pour se retourner, saisi, vers son compagnon de voyage qui, après avoir répété doucement la même phrase, demanda :

— Ces mots ne vous disent rien?

Et comme Pierre se taisait toujours, il continua :

— La vieille chouette ne vous avait-elle pas conseillé, au cas où vous seriez en danger, de former un numéro d'appel téléphonique le 24-26-28 à Hanoï et, dès qu'une voix serait au bout du fil, de dire : « *L'hôtelier a besoin d'aide* »?

— C'est exact... Seulement d'où vouliez-vous que je lance cet appel? Des bâtiments de la police à Thuong-Trach où j'étais enfermé à double tour? Je n'ai jamais eu non plus l'impression d'être véritablement en danger.

— Vous l'étiez cependant à un point dont vous ne pouvez vous faire une idée! Cher monsieur Burtin, je pense que le moment est venu de me présenter... Sans doute avez-vous entendu parler à Saigon d'un certain Dr Klein, reparti pour l'Allemagne, son pays, après avoir exécuté les dernières volontés de ce pauvre Serge Martin? Eh bien, c'est moi... Je ne suis pas russe mais effectivement allemand. Comme vous, j'ai la chance d'avoir une certaine facilité pour les langues... Et j'ose espérer que vous ne regrettez pas trop d'avoir pris un train aussi démocratique. C'est le seul endroit où nous pouvons être parfaitement tranquilles, vous et moi, pour deviser sans crainte d'être entendus... Il y a un tel bruit de ferraille! Et il nous fallait au moins un compartiment réservé! D'abord je veux vous dire que nous sommes très satisfaits de votre arrivée : il y a encore beaucoup de travail à faire et la mort de notre ami Serge a failli être pour nous catastrophique...

— Il a vraiment été décapité?

— Oui.

— Par qui, selon vous?

— Je pense que vous êtes sur la bonne piste.

— Ngô-Thi-Maï-Khanh?

— Elle-même... ou plus exactement ses hommes de main.

— Pourquoi, puisque vous êtes certain de sa culpabilité, ne l'avez-vous pas supprimée?

— Il faudrait d'abord la trouver! A chaque fois que nous sommes sur le point de la rejoindre, Ngô-Thi-Maï-Khanh nous échappe en se réfugiant en Chine... Et là, c'est beaucoup plus difficile pour nous d'opérer! Cette femme est insaisissable... Vous-même qui l'avez fréquentée de près, pouvez-vous affirmer que vous la connaissez vraiment?

— Votre question pourrait être indiscrète mais, au point

où j'en suis, je reconnais son bien-fondé : je croyais, en effet, connaître cette femme... Je me trompais!

— La deuxième raison pour laquelle nous avons attendu avant de l'exécuter, c'est que nous pensons qu'elle peut nous être utile... Savez-vous qu'en ce moment, Pékin n'est pas encore en possession du document?

— Je ne peux pas le croire! Ça va faire bientôt deux années que M. Jojo l'a pris!

— Seulement, M. Jojo n'a pas remis le plan aux nouveaux maîtres de la Chine!

— Il en a pourtant eu le temps!

— Quand il est parti précipitamment de Cholon, c'était son intention... Mais lorsqu'il est arrivé ici au Viêt-Minh avec le désir de passer au plus vite la frontière pour se rendre à Pékin, il a appris que tous les agents, qui rentraient actuellement en Chine après avoir réussi une mission, étaient assez peu récompensés et qu'on les y envoyait dans des camps de travail forcé pour leur apprendre la modestie! Une telle perspective ne convenait nullement aux ambitions du directeur du *Piccadilly* qui avait déjà dû s'imaginer être placé à la tête du Parti pour les éminents services rendus... Aussi changea-t-il radicalement de projet et, sans perdre une seconde, entra-t-il immédiatement en contact avec un agent des Russes, qui sont peut-être actuellement les plus grands ennemis de leurs voisins chinois et qui ne veulent surtout pas que ceux-ci puissent acquérir trop rapidement la puissance atomique! Ce serait la fin de l'équilibre mondial... Le jour où la Chine possédera cette force de frappe et où sa population aura atteint un milliard d'individus, elle n'hésitera pas à mettre le monde à feu et à sang... Qu'est-ce que vous voulez que ça fasse à la Chine de perdre même cent cinquante millions d'hommes! Elle estime qu'en dépit de toutes les représailles qu'elle pourrait subir de l'Occident, il restera toujours assez de Chinois vivants sur terre pour qu'elle puisse imposer sa volonté et sa loi à ce qui restera du monde vivant...

— C'est étrange : vous vous exprimez exactement comme Serge Martin!

— Je pense ne parler que comme tous ceux qui essaient de réfléchir et de voir plus loin que leurs intérêts personnels... Serge Martin était une très grande intelligence! Mais revenons à M. Jojo... La première précaution qu'il prit, avant d'engager les pourparlers avec l'agent soviétique, fut de cacher le précieux document en lieu sûr... Ensuite, il discuta pour savoir combien il pourrait soutirer d'argent aux Russes tout en leur faisant gentiment comprendre que, s'ils ne payaient pas le prix fort, il n'hésiterait pas à s'adresser aux États-Unis...

— Comme Kova-Sako?

— Comme le Japonais!

— N'est-ce pas fantastique de penser que ce plan, qui fait trembler le monde et que tous les pays convoitent, n'a jusqu'à présent servi qu'à enrichir ses détenteurs privés?

— Il ne leur a guère porté bonheur! Le Hollandais, qui l'avait établi après avoir découvert le gisement, est mort quelques semaines après l'avoir vendu aux Anglais; Kova-Sako ne l'a conservé que quelques jours avant d'être contraint au suicide par ses propres compatriotes; Ngô-Thi-Maï-Khanh l'a conservé dans une cachette pendant plus d'une année sans en tirer d'autre profit que de vous perdre; M. Jojo a été trouvé assassiné à Hanoï la veille du jour où, s'étant mis d'accord avec les Russes sur le montant du prix qui venait d'être consigné dans une banque du Caire, il devait leur remettre le document...

— Qui a découvert sa mort?

— Serge Martin...

— Il avait réussi à le joindre?

— Huit jours à peine après leur départ de Saigon... Malheureusement, au moment de son assassinat, M. Jojo ne portait pas sur lui le plan dont la cachette est demeurée introuvable!

— Peut-être les Soviets l'avaient-ils déjà reçu?

— Je puis vous affirmer que non! Je le saurais, faisant moi-même partie du Service de Renseignement Secret russe... Vous avez bien vu tout à l'heure que j'étais le « P^r^ Feyginne »?

— J'ai vu, en effet...

— Donc les Soviets n'ont pas mis la main sur le document.

— On peut dire que c'est la deuxième fois qu'il leur échappe de justesse!

— C'est bien ce qui les ennuie autant que nous!

— Alors qui a tué M. Jojo?

— Comme Serge Martin, il a été trouvé décapité d'un seul coup de sabre... Tirez-en vos conclusions...

— Les Chinois?

— Eux sans aucun doute! Ils n'ont pas dû lui pardonner sa trahison... Seulement ils ont été trop expéditifs! Cette exécution hâtive ne leur a pas révélé la cachette utilisée par M. Jojo... Comme les Russes, ils continuent à chercher... C'est pourquoi votre arrivée peut nous être d'un grand secours...

— Je ne vois pas...

— Je n'ai pas encore eu le temps de vous dire que, trois jours après son arrivée au Viêt-Minh, M. Jojo y a été rejoint par la belle Ngô-Thi-Maï-Khanh qui, elle aussi, avait brusquement ressenti le besoin pressant d'entreprendre un petit voyage... Sans doute avez-vous appris qu'elle avait quitté un matin, à l'aube, l'hôtel *Majestic* de Saigon pour une destination inconnue? Ce fut pour Hanoï...

— M. Jojo l'y attendait?

— Peut-être pas mais avec l'orgueil que nous lui connaissions, il dut être assez flatté que son ancienne maîtresse lui revînt ainsi! Il l'adorait...

— Je ne suis pas persuadé qu'elle le payait de retour!

— Elle vous préférait certainement, cher monsieur! Seulement elle était sous le coup d'une amère déception : votre départ! Dans son esprit, vous ne l'aviez abandonnée aussi brusquement que parce que vous aviez réussi à obtenir d'elle, au cours d'une longue confession, tout ce que vous désiriez savoir... Le fait même qu'en plus de votre fuite, Serge Martin se fût lancé à la poursuite de M. Jojo, le prouvait... Animée par un farouche désir de vengeance à votre égard à tous deux, Ngô-Thi-Maï-Khanh n'eut plus qu'une idée : rejoindre au plus tôt M. Jojo non seulement pour l'avertir du danger qu'il courait à avoir « l'antiquaire » à ses trousses, mais aussi pour lui dire que le pacte fait entre elle et lui n'était plus valable. Souvenez-vous qu'elle avait échangé votre vie contre le document! Comme vous l'aviez trahie, elle ne tenait plus du tout à ce que vous puissiez continuer à vivre...

— Elle avait d'ailleurs pris ses précautions dans ce sens!

— Nous l'avons appris par Paris... Heureusement la France possède d'excellents médecins!

— La vieille chouette vous a même dit cela?

— Je n'ai jamais cessé d'être en contact avec elle...

— Encore maintenant?

— Surtout maintenant! Comment aurais-je pu savoir que vous nous reveniez, animé d'un tout autre esprit?

— Et ma lettre, que le colonel vous a fait parvenir pour la remettre à Maï, qu'en avez-vous fait?

— La voici! répondit calmement l'Allemand, qui venait de la sortir de l'une des poches de son veston... J'ai pris soin de l'emporter avec moi pour vous la montrer au moment où je vous retrouverais : n'est-ce pas la meilleure preuve que je ne suis venu que pour vous aider?

Pierre tournait et retournait la lettre, écrite de la main du colonel et qu'il n'avait fait que parapher gauchement alors qu'il était encore aveugle. Puis il demanda :

— Pourquoi ne l'avez-vous pas remise à Ngô-Thi-Maï-Khanh puisque, contrairement à ce que m'a affirmé à plusieurs reprises la vieille chouette, vous saviez très bien où elle se trouvait? Maï aurait compris que je ne l'avais pas trahie!

— Étant donné la tournure que prirent rapidement les événements, ce geste eût été une erreur... Réfléchissez : Ngô-Thi-Maï-Khanh avait retrouvé M. Jojo... Si elle redevenait sa maîtresse — ce qu'il fallait — nous pourrions peut-être récupérer le document avant que le bonhomme ne s'en fût débarrassé moyennant finances... Pour qu'elle soit cette maîtresse, que nous saurions bien utiliser ensuite, il fallait que la jeune femme continuât à vous haïr! Si nous lui avions remis votre lettre, elle aurait compris que vous aviez été sincère et elle aurait quitté immédiatement M. Jojo! Ce qui n'arrangeait pas nos affaires : elle était notre dernière chance, notre seul pont! Ce fut alors que Serge Martin, une fois de plus, sut se montrer génial...

» Il parvint à prendre contact avec votre ancienne amie à Hanoï, à l'insu de M. Jojo. Et il lui fit une offre : si elle réussissait à reprendre le document à ce dernier, il lui donnait en échange le paravent chinois qu'elle rêvait de restituer à la pagode de Huong-Tich!

Pendant que l'Allemand parlait, Pierre eut l'impression d'entendre l'incroyable tractation qui avait dû avoir lieu entre l' « antiquaire » et la *taxi-girl* quelque part, à Hanoï...

★

« — Le temps presse, Ngô-Thi-Maï-Khanh... Rêvez-vous toujours de voir le paravent revenir à la pagode de Huong-Tich ?

» — Ce n'est pas chez moi un rêve puisque Bouddha l'exige !

» — Apprenez d'abord que je ne suis pas un voleur et que j'ai acheté ce paravent.

» — A ceux qui l'avaient volé pendant la guerre qui a ruiné le Tonkin !

» — J'ignore s'ils l'ont volé mais moi je l'ai payé une fortune ! Malgré cela, je suis prêt à vous en faire cadeau.

» — Je me méfie de vos cadeaux ! Vous êtes un fourbe.

» — Et vous la plus rusée de toutes les filles de l'Empire Céleste ! Je vous le donne en échange du document qui est toujours entre les mains de cet amant, que vous venez de rejoindre... Ce document ne vous intéresse pas : vous l'avez prouvé ! Alors que votre devoir, puisque vous êtes Fille du Dieu, est de rapporter à votre Père ce qui lui appartient... C'est là votre vraie mission ! Quand vous aurez accompli ce geste de piété, Bouddha sera satisfait et vous aurez droit aux Félicités Éternelles... Si vous êtes d'accord, je donne immédiatement des ordres pour que les laques vous soient livrées ici.

» — Comment pourriez-vous leur faire passer la frontière ?

» — Aussi facilement que vous et moi l'avons franchie !

» — Et comment pourrais-je reprendre le document ?

» — Grâce à votre charme qui est grand, Ngô-Thi-Maï-Khanh ! M. Jojo ne peut pas y rester longtemps insensible.

» — Il n'y a que vous, Français, à être insensibles !

» — Nous aimons la Beauté mais nous préférons qu'elle ne se mêle pas de nos affaires!

» — J'ignore où est le document.

» — Vous l'apprendrez entre deux de vos caresses... Comme vous l'avez déjà fait avec Kova-Sako...

» — Et qu'en ferez-vous si je vous l'apporte?

» — Je vous promets que la France, qui est raisonnable, ne s'en servira jamais contre la Chine alors que vous ne pouvez pas me garantir le contraire!

» — Je n'ai plus confiance dans la France depuis que celui qui m'était destiné m'a trahie.

» — Il ne vous a pas trahie! C'est vous qui vous êtes trompée : il n'est pas celui qui vous est destiné... Un jour, un autre viendra et ce sera celui-là!

» — Quelle preuve pouvez-vous m'en donner?

» — Une seule mais elle est suffisante : vous avez cru que votre pouvoir était assez grand pour empoisonner mon ami... Seulement je puis vous garantir qu'il vivra! Je viens d'avoir de ses nouvelles de France... Par votre faute, il a failli mourir mais maintenant il guérira! Il sait aussi que vous avez voulu le tuer... Il pourrait vous faire arrêter comme criminelle mais il ne le fera pas si je le lui demande.

» — Moi je pourrais vous supprimer ici, bien avant que vous ne puissiez me dénoncer! Je suis dans mon pays et vous n'êtes qu'un étranger.

» — Vous êtes au Viêt-Minh que vous détestez encore plus que moi parce qu'il s'attaque à vos croyances... Vous savez bien que le communisme fait tout pour détruire le bouddhisme qui est une religion de paix et d'amour du prochain... Ce retour du paravent à Huong-Tich marquerait une éclatante victoire de votre Foi sur l'incroyance grandissante... Si vous n'aidez pas à ce retour, c'est que vous avez menti en disant que l'on vous avait consacrée à Bouddha!

» — Je suis Fille du Dieu!

» — Alors ne le trahissez pas!... Nous sommes d'accord?

» — Vous êtes un homme terrible, Serge Martin!

» — Je ne suis, comme vous, qu'un instrument du Destin...

» — Si j'accepte, quelle garantie aurai-je que vous tiendrez parole?

» — J'ai déjà donné des ordres... Avant une semaine, un cargo anglais apportera à Haiphong le paravent qui y sera livré à votre nom. Vous pourrez aller le prendre et le faire transporter aussitôt à la pagode.

» — Vous étiez donc certain que j'accepterais?

» — J'étais sûr de vos croyances que je respecte et que j'admire! Ce sont elles seules qui peuvent vous faire agir pour le mieux et pour le pire... Il me faut le document rapidement, sinon M. Jojo réussira à le vendre à d'autres qui, eux, s'en serviront pour la ruine du monde! Bouddha ne veut pas la ruine, mais le bonheur de l'Humanité... Quand pensez-vous pouvoir me remettre le document?

» — Le jour où le paravent sera à nouveau à la pagode...

» — Ce sera donc à Huong-Tich que vous me le remettrez?

» — Oui, dans la Maison de mon Père...

» — J'y serai... »

★

La voix du Dr Klein continuait :

— Selon les ordres reçus, je fis expédier de Saigon le paravent. Ngô-Thi-Maï-Khanh vint en prendre livraison et le fit charger, sans attendre, sur un camion qui partit pour Huong-Tich où Serge Martin se trouvait déjà... Ce qui se passa exactement ensuite, je n'ai jamais pu l'éclaircir, ni aucun membre de notre réseau. Tout ce que j'ai su, c'est que le paravent a retrouvé sa place à l'intérieur de la pagode et que Ngô-Thi-Maï-Khanh n'a pas remis à notre ami le document. Elle a manqué à sa parole! Le lendemain, j'ai reçu indirectement un message de Serge Martin m'informant qu'il avait découvert M. Jojo décapité dans un faubourg de Hanoï, mais que le document restait introuvable. Il terminait en disant qu'il poursuivait les recherches et qu'il pensait aboutir rapidement. Ce fut son dernier message, aussi bien pour moi que pour d'autres... Trois semaines plus tard, une visite du commissaire Xi-Dien à la maison de Saigon — où Paris m'avait donné l'ordre de rester — m'apprit que l'on venait de découvrir son corps là où vous savez... S'il était rentré en secret au Viêt-Nam, c'était qu'il y avait une raison majeure. Pendant les mois qui ont suivi, en accord avec la vieille chouette, j'ai tenté l'impossible — avec l'aide de tous nos agents et même celle d'hommes d'autres réseaux — pour obtenir une explication. Tous nos efforts ont été voués à l'échec.

— Pourquoi avez-vous quitté Saigon et êtes-vous venu au Viêt-Minh?

— J'en ai reçu l'ordre de Paris... C'est ici que les choses doivent se passer désormais parce que nous avons une certitude absolue : le document n'est toujours pas aux mains des Chinois.

— Vous ne pensez pas qu'après avoir réussi à le reprendre à M. Jojo, et peut-être même après avoir fait assassiner celui-ci, la femme se l'est approprié?

— C'est infiniment probable, mais pour la faire parler, c'est une autre affaire! Vous êtes le seul homme qui ait déjà réussi ce miracle une fois... parce qu'elle croyait sincèrement que vous lui étiez destiné! C'est pourquoi j'ai été très heureux d'apprendre par Paris que vous reveniez...

— Mais je ne suis revenu que de mon plein gré et nullement comme agent du S.R. qui a accepté depuis longtemps ma démission!

— Je le sais aussi... Seulement vous connaissez la vieille chouette aussi bien que moi. Quand elle a décidé de se servir de quelqu'un, elle l'aide... Nous avons reçu des ordres à votre sujet au moment même où vous repreniez l'avion à Orly sous l'identité de Pierre Burtin...

— Et que disaient ces ordres?

— De vous faciliter au maximum la tâche : ce que nous avons fait sans que vous vous en doutiez. Le colonel Sicard pense, lui aussi, que si Ngô-Thi-Maï-Khanh se retrouve brusquement en votre présence, elle ne pourra pas longtemps résister.

— A mon charme?

— Qui sait?

— Ah çà! Vous êtes tous fous et le colonel en premier! Elle tentera de me tuer comme elle a dû le faire pour Serge Martin.

— Ce n'est pas certain. Elle a toujours haï l'antiquaire, tandis que vous, elle vous a aimé! Cela devrait compter... D'ailleurs, si vous n'aviez pas couru un réel danger, je ne me serais pas manifesté à vous et sans doute n'auriez-vous jamais su que le D^r^ Klein n'était pas rentré en Allemagne mais s'était réincarné en P^r^ Feyginne, brillant technicien faisant partie de l'une des missions soviétiques qui se sont installées au Viêt-Minh pour aider à sa modernisation.

— Il y a longtemps que vous faites partie du S.R. français?

— J'ai toujours aimé la France qui, pendant des années, m'a accueilli à la Légion étrangère... Aussi ai-je pensé, après les événements de 1954, que je pourrais encore lui prouver ma reconnaissance en restant dans un pays que j'avais appris à connaître au cours de durs combats. Le hasard m'a fait rencontrer Serge Martin dans un café de

Saigon : nous avons tout de suite sympathisé. Lui aussi ne voulait pas renoncer. Il a continué la lutte à sa manière, en restant. J'ai fait comme lui, c'est tout.

Pierre — qui n'avait pas cessé, pendant tout l'entretien, de conserver dans les mains son unique lettre à Maï — sortit son briquet et mit le feu au carré de papier en disant :

— Vous aviez raison : c'était une erreur de ma part.

Quand les morceaux furent consumés, il les jeta par la portière en murmurant :

— Mieux vaut que tout disparaisse!

Puis il demanda :

— J'ai vraiment couru un si grand danger? Les policiers du Viêt-Minh voulaient me faire disparaître sans autre forme de procès?

— Ce ne sont pas eux qui étaient à craindre, mais les sbires du commissaire Xi-Dien...

— Que voulez-vous dire?

— Les communistes étaient et sont encore ravis à l'idée qu'ils viennent de faire en vous une recrue de grande valeur. Je vous l'ai dit en leur présence! Ils manquent terriblement de techniciens pour deux raisons : ils n'ont pas d'argent pour les payer et même ceux qui ont leurs idées préfèrent carrément aller travailler en U.R.S.S... Les Blancs sont de plus en plus méfiants quand il s'agit de vivre au milieu des Jaunes! Malgré toutes les promesses qui peuvent leur être faites, la confiance ne règne plus...

— Le fait est que je me suis toujours méfié du commissaire Xi-Dien... Seulement je n'avais pas le choix!

— Vous avez très bien opéré, d'autant plus que nous vous « protégions » à votre insu depuis l'instant où vous avez débarqué à nouveau à l'aérodrome de Tan-Son-Nhut. Et nous avons très vite compris, quand Xi-Dien vous a rejoint au Musée, qu'il n'avait qu'une véritable idée en tête...

— Me donner toutes facilités pour que je puisse retrouver Ngô-Thi-Maï-Khanh qu'il considère comme étant la responsable de la mort de l'antiquaire?

— Il se fiche pas mal de la disparition de Serge Martin! Elle a même dû l'enchanter! Comme tout policier, il déteste par principe les gens qui ont su se montrer plus forts que lui... Il se moque éperdument aussi du fait que vous trouviez ou que vous ne retrouviez pas Ngô-Thi-Maï-Khanh! Ceci, parce qu'il est fermement convaincu — et ceux qui le dirigent pensent domme lui — que si vous êtes revenu d'une façon aussi impromptue, c'est uniquement parce que le S.R. français vous en a donné l'ordre. Pour eux, un homme, qui a vécu pendant une année complète avec un Serge Martin, ne peut être que son successeur... Ce en quoi ils ne se trompent pas tellement? N'est-ce pas vous qui, finalement, allez réussir là où il a échoué au moment où il devait sans doute connaître la plus extraordinaire réussite de sa longue carrière d'agent secret?

— Ne serait-ce pas plutôt vous qu'ils auraient dû soupçonner comme étant le successeur désigné? N'avez-vous pas été son exécuteur testamentaire?

— C'est justement ce qui les a trompés... Pour eux, ce brave D^r^ Klein n'a toujours été, depuis des années, qu'un obscur collectionneur qui ne faisait jamais parler de lui, le bon voisin de Serge Martin qui ne cherchait qu'à entretenir d'excellentes relations avec son éminent confrère... Et puis, tous ces Asiatiques ne parviennent pas à se mettre encore en tête que la prétendue « haine séculaire » entre la France et l'Allemagne appartient aujourd'hui à l'histoire ancienne! Ne sommes-nous pas tous égaux devant le péril commun qui menace la civilisation? Péril sur lequel, si j'ai bonne mémoire, le Kaiser avait déjà attiré l'attention de l'Europe avant la guerre de 1914 et qu'il avait défini judicieusement sous le titre de « Péril Jaune »... Comment un commissaire Xi-Dien et ses acolytes auraient-ils pu supposer qu'il y avait entre le Français Martin et l'Allemand Klein une entente telle que si l'un venait à disparaître, l'autre le remplacerait aussitôt? En ce qui me concerne, je crois vraiment que nous avons été plus malins que la police vietnamienne! Tandis que vous, à leurs yeux, vous êtes beaucoup plus inquiétant que moi!

— Je constate en tout cas avec plaisir que l'école de Serge Martin a laissé des fruits...

— C'était un grand bonhomme! Donc, selon Xi-Dien, vous n'êtes revenu que pour essayer, malgré tout, de mettre enfin la main sur l'objet rare qui avait déjà été la cause de votre première venue dans ces régions... Il est très bien renseigné sur votre compte! S'il a fait preuve d'une telle compréhension pour faciliter votre deuxième « expulsion », c'est uniquement parce qu'il se dit que vous êtes sur la bonne piste : celle du document... Il sait aussi que vous serez obligé, pour aboutir, de renouer avec la belle Ngô-Thi-Maï-Khanh... Là, il fait preuve d'un certain flair! Et depuis votre départ de la gare de Saigon en wagon-couchette, il vous a fait suivre de très près... Vous l'êtes toujours! Dans ce même wagon archaïque — qui offre pour nous l'inestimable avantage de ne pas posséder de couloir de communication — se trouve, exactement dans le compartiment voisin, un agent de Xi-Dien qui attend patiemment votre arrivée à Hanoï en ma compagnie...

— Qu'est-ce que vous me racontez là?

— Vous ne me croyez pas? Quand vous avez profité de l'arrêt prolongé à Hué pour visiter en taxi cette merveilleuse cité, n'avez-vous pas remarqué qu'un autre taxi suivait le vôtre?

— Si.

— Et que son occupant était le personnage vietnamien qui était allongé dans la couchette faisant face à la vôtre dans le compartiment?

— En effet.

— C'était un homme du commissaire Xi-Dien... Il vous a lâché à l'arrivée à Dong-Hoï, sachant que là vous seriez pris très officiellement en charge par la jeep de police qui vous a conduit jusqu'au poste-frontière pour vous permettre d'être accueilli par les Rouges. Le réseau secret nationaliste ne se limite pas seulement au territoire du Viêt-Nam : il possède d'excellentes ramifications au Viêt-Minh. Ses agents, qui ont été alertés, savaient très bien qu'après avoir subi un premier interrogatoire au poste-frontière, vous seriez automatiquement dirigé sur le bâtiment de la direction de la police à Thuong-Trach où les décisions importantes, vous concernant, seraient prises. Ils ont attendu patiemment pendant les quarante-huit heures où l'on vous y a retenu. Et quand ils vous ont vu ressortir, en une aussi brillante compagnie que celle du « Pr Feyginne », agent soviétique, ils ne se sont pas autrement étonnés! Ils se sont dit, comme l'a toujours pensé Xi-Dien, que vous étiez un garçon très adroit qui avait dû réussir à convaincre le Viêt-Minh de ses bonnes intentions... Ce doit même être avec une certaine délectation qu'ils vous ont vu monter, toujours en ma compagnie, dans ce compartiment réservé... Pourquoi ai-je pris soin de vous faire admirer le pittoresque de la gare de Thuong-Trach avant le départ? Tout simplement pour qu'un autre agent de Xi-Dien nous repère bien et monte dans le compartiment voisin! Il y est... Mais ce qu'il ignore, ainsi d'ailleurs que les gens du Viêt-Minh qui me font toute confiance pour vous amener à Hanoï, c'est que dans son compartiment se trouve également un homme à moi... Comme celui de Xi-Dien, c'est un Jaune... Remarquablement intelligent!

» A l'heure actuelle, pendant que nous devisons tous les deux, il a déjà dû — selon mes instructions — engager avec l'espion nationaliste une conversation banale mais très suivie, de façon à nouer une « amitié de voyage ». L'autre, qui risque à tout moment d'être fusillé si les communistes flairent sa présence, a tout intérêt à se montrer aimable causeur. De plus il pense qu'il n'a rien à faire jusqu'au moment de l'arrivée à Hanoï, prévue pour demain matin au plus tôt à 10 heures si le train n'a pas trop de retard! A ce moment-là, un autre agent de Xi-Dien nous prendra en filature pour voir où je vous emmène. Et cela continuera! Vous ne serez plus lâché par ces messieurs pendant des jours, des semaines, des mois même jusqu'à ce que vous réussissiez à joindre enfin Ngô-Thi-Maï-Khanh... C'est le moment qu'attend avec impatience le commissaire Xi-Dien pour tenter de réussir le coup qui a raté quand le brillant lieutenant Dàng-Ngoc-Tuê avait la mission de saisir sur l'épave tout document trouvé par les Russes. Malheureusement pour eux, il n'y avait aucun document à bord! Et la police fluviale vietnamienne, bredouille, a bien été contrainte de donner au camarade Grotoff l'autorisation de faire ce qu'il voulait de l'épave!

» Ces gens-là ne peuvent pas opérer directement : ils n'en ont pas les moyens. Aussi se comportent-ils en chacals qui n'arrivent qu'au moment de l'hallali. Une fois encore, quand vous aurez bien travaillé et que vous aurez enfin le plan, ils pensent pouvoir se l'approprier à la toute dernière minute. Ce sera à cet instant précis que les agents de Xi-Dien vous abattront s'il le faut.

» Cher monsieur, je viens de vous brosser un tableau général de votre situation actuelle... Elle n'est pas très brillante mais elle peut se modifier! Et elle se modifiera obligatoirement puisque le P^r Feyginne n'est que votre allié Klein... Dans quelques minutes, cet invraisemblable train s'arrêtera à Vinh. Ensuite nous connaîtrons d'autres haltes, plus ou moins prolongées, à Thanh-Hoa, Vinh-Binh, Nam-Dinh pendant lesquelles nous prendrons soin — pour que l'on nous voit bien — de faire quelques pas sur le quai de chacune de ces gares comme deux braves touristes qui cherchent à se dégourdir les jambes... La nuit sera venue quand nous approcherons de la cinquième halte qui est Phu-Ly...

— Phu-Ly ?

— Je sens que ce nom évoque pour vous quelque chose... Oui, c'est dans la province de Phu-Ly, à une trentaine de kilomètres de cette ville, que se trouve la fameuse pagode de Huong-Tich... Et je ne voudrais, pour rien au monde, vous priver du plaisir de pouvoir aller contempler le paravent là où il restera sans doute jusqu'à la fin des siècles, ou, tout au moins, jusqu'à la disparition complète du bouddhisme : ce qui, je m'empresse de vous le dire, n'est pas pour tout de suite malgré les assauts du communisme !... Donc vous descendrez à Phu-Ly mais sans moi et avant que le train n'arrive en gare... Juste avant la ville, le train doit gravir une rampe assez abrupte que son antique locomotive ne peut monter que très lentement... Pour vous ce sera le moment rêvé pour sauter, en pleine nuit, sur le ballast, d'autant plus qu'au même instant, mon adjoint saura faire le nécessaire pour que, dans le compartiment voisin, la conversation avec l'agent de Xi-Dien soit de plus en plus animée et passionnante.

» Nous nous serons dit au revoir et peut-être même adieu ! Je resterai solitaire dans ce compartiment. Pendant l'arrêt à Phu-Ly, je saurai me montrer à la portière et je n'hésiterai même pas, tout en paraissant regarder avec intérêt les gens déambuler sur le quai, à parler à haute voix comme si vous vous trouviez encore à l'intérieur du compartiment... Puis le train repartira et ce sera la nuit pendant laquelle nous serons censés dormir. Le lendemain matin, quand le « P^r Feyginne » sera accueilli — avec les honneurs qu'on ne manque jamais de lui prodiguer à chaque fois qu'il consent à se déplacer — il sera seul ! J'imagine déjà quelle sera la surprise du « représentant » de ce cher commissaire Xi-Dien! Il lui restera la ressource de signaler à son patron votre disparition miraculeuse... Mais, tel que je crois connaître ce genre d'agent, il hésitera encore pendant quelques heures par crainte de son propre avenir... Peut-être aussi le « Pr Feyginne », pris d'un sursaut de patriotisme socialiste, le fera-t-il tout simplement arrêter par la police communiste du Viêt-Minh pour « vérification d'identité »? J'ai bien peur que ce pauvre diable ne parvienne que très difficielment à sortir d'un tel guêpier!

» Vous, pendant ce temps, où serez-vous? Voici un petit croquis que je vous ai préparé, indiquant comment, après avoir sauté du train, vous pourrez rejoindre le centre de Phu-Ly et spécialement une certaine place d'où part un autocar qui vous conduira par étapes jusqu'à Lao-Kay en vous permettant d'éviter Hanoï où il est préférable de ne pas trop vous montrer.

— Vous avez bien dit Lao-Kay?

— Oui. C'est la dernière grande ville du Viêt-Minh située sur la ligne du chemin de fer avant la frontière chinoise.

— Mais c'est là où Ngô-Thi-Maï-Khanh m'a dit être née!

— C'est dans cette région qu'elle opère généralement à chaque fois qu'elle revient de Chine.

— Parce qu'elle passe la frontière?

— Comme elle le veut! Étant chinoise et ayant certainement adhéré en secret au Parti communiste chinois, elle est au mieux avec les hommes de Pékin.

— J'ai beaucoup de mal à croire ce que vous me dites! Elle n'était pas communiste. Ses principes religieux le lui interdisaient.

— Il faut croire que certaines religions s'accommodent de tout!

— Et pourquoi revient-elle à Lao-Kay plutôt qu'à Hanoï?

— Vous l'avez dit : parce qu'elle y est née! Ne revient-on pas toujours à la terre de son enfance?

— Les derniers souvenirs qu'elle avait emportés de cette ville étaient cependant terribles! Elle y a vu brûler sa maison familiale et les Japonais assassiner son frère unique sous ses yeux...

— Je ne prétends pas qu'elle soit souvent à Lao-Kay mais mes renseignements sont précis : c'est le seul endroit où elle fait, de temps en temps, une incursion en pays Viêt-Minh. C'est donc là que vous avez quelques chances de la retrouver... Une fois arrivé là-bas, je vous conseille d'aller directement à l'adresse que je vous ai griffonnée au dos de ce croquis de Phu-Ly : c'est un bar assez insolite — l'un des derniers qui restent dans cette région — tenu par un Russe. Mais lui, c'est un Russe authentique! Il fait partie, comme moi, du réseau d'agents soviétiques répartis un peu partout dans le pays. Mais faites attention! C'est un sincère! Seulement, il déteste les Chinois et je sais qu'il n'a été placé là par les Soviets que pour surveiller ce qui se passe entre la Chine et le Viêt-Minh... Disons que c'est un communiste « blanc » qui se méfie du communisme « jaune » comme les dirigeants de Moscou. Il se prénomme Fédor, parle cinq ou six langues — dont le français et le chinois — et n'est nullement antipathique bien que la première apparence soit plutôt rébarbative... Vous lui direz que vous venez de la part du camarade Feyginne. Ce sera pour vous la plus sûre des introductions : je crois qu'il a pour moi une certaine admiration... Vous lui direz aussi que vous êtes ingénieur dans mon Service.

» A ce propos, je vous ai préparé cet ordre de mission, dûment signé et visé, qui vous permettra d'accomplir ce déplacement en toute quiétude et, si la nécessité s'en faisait sentir, d'exiger l'aide des autorités pour vous trouver un logement ou un moyen de transport.

» Sur cet ordre j'indique que vous êtes détaché spécialement pour aller étudier les possibilités de construction de nouveaux barrages destinés à alimenter des centrales électriques, sur le Fleuve Rouge. Les principales villes que traversera l'autocar depuis Phu-Ly jusqu'à Lao-Kay bordent toutes le fleuve : ce seront successivement Son-Tay, Phu-Tho, Yen-Bay et Bao-Ha... Rien de plus normal qu'un ancien ingénieur du Génie maritime soit employé pour s'occuper de questions hydrauliques!

» Quand vous serez en présence du camarade Fédor, ne l'attaquez pas tout de suite au sujet de Ngô-Thi-Maï-Khanh, bien que je sois persuadé qu'il la connaisse très bien! J'ai même entendu dire qu'à chaque fois qu'elle revenait de Chine, elle ne manquait jamais de rendre visite à son bar, comme si c'était son P.C. au Viêt-Minh.

— Mais que fait-elle exactement?

— Elle est artiste : danseuse, je crois... Elle fait partie de l'une de ces innombrables troupes ambulantes chinoises qui franchissent la frontière aux époques de grandes fêtes pour venir donner des représentations — tout ce qu'il y a de plus « officielles » — au Viêt-Minh qui, lui, est très pauvre en « artistes d'État ».

— Je ne vois pas de quelle façon ce Fédor pourrait m'aider?

— Il ne vous aidera pas mais, par lui, vous saurez quand la troupe reviendra et vous n'aurez qu'à attendre, sous prétexte d'établir des plans ou des calques. La durée de votre ordre de mission est illimitée... Quand vous aurez abouti, vous n'aurez qu'à m'adresser un câble au nom du « *Pr Feyginne, Hanoï* ». Ça suffira comme adresse. Dans ce câble, vous me direz : « *Études préparatoires terminées.* » Cela signifiera qu'en vous servant toujours du même ordre de mission — qui vous permet de circuler sur tout le territoire — vous reprenez la même route en sens inverse.

Je vous attendrai deux jours plus tard, entre 18 et 20 heures devant la gare de Phu-Ly. Je m'arrangerai alors pour vous faire quitter le Viêt-Minh dans les deux heures qui suivront.

— Si j'ai le plan, je vous préviens que j'ai promis au colonel Sicard de le lui remettre en mains propres, à son domicile parisien.

— C'est normal : n'a-t-il pas été le premier à avoir confiance en vous ? Ma mission et celle de mes adjoints doit se limiter strictement à vous faciliter les choses et, le cas échéant, à assurer votre protection... N'oubliez pas, si un danger réel se présentait, d'appeler le 28.26.24 à Hanoï où vous n'aurez qu'à dire la phrase prévue. Ah ! Un dernier point de votre voyage qui vous intéressera : une trentaine de kilomètres après le départ de Phu-Ly, l'autocar — qui fait dans son parcours des détours insensés pour desservir le plus de localités possible — passe devant la pagode de Huong-Tich. Il s'y arrête car il n'y a pas un seul des occupants du car qui ne profite de l'occasion pour y accomplir un pèlerinage. Ce sera donc pour vous le moment de la visiter et de constater que le paravent donné par Serge Martin à Ngô-Thi-Maï-Khanh s'y trouve effectivement.

— Il y a quand même quelque chose que je ne m'explique pas : quand vous avez appris par la visite du commissaire Xi-Dien que l'on venait de trouver le corps de Serge Martin, vous avez dû en informer immédiatement la vieille chouette ?

— Évidemment.

— Ceci s'est donc passé un mois après mon propre départ pour la France ?

— Oui.

— Comment se fait-il que, depuis cette date jusqu'au moment où je suis reparti pour Saigon deux ans plus tard, le colonel Sicard m'ait toujours affirmé qu'il n'avait plus aucune nouvelle de l' « antiquaire » et qu'il fallait le considérer comme définitivement perdu?

— Il a dû craindre que l'annonce de sa mort brutale, dans de telles conditions, ne produise en vous un choc terrible.

— Je ne pense pas que le colonel soit homme à prendre des gants pour annoncer un coup dur à ses subordonnés!

— Et n'étiez-vous pas à cette époque déjà très absorbé par les deux traitements que vous subissiez simultanément pour guérir de votre cécité et de votre empoisonnement? La mort de Serge Martin risquait de passer pour vous au second plan...

— Je n'admets pas de telles paroles, monsieur Klein! J'aurais été aussi bouleversé que lorsque je me suis recueilli sur sa tombe.

— Excusez-moi...

— Pourquoi m'a-t-on dit aussi à Paris que Ngô-Thi-Maï-Khanh avait complètement disparu, alors que vous savez très bien qu'elle fait partie d'une troupe d'artistes chinois, qui revient périodiquement à Lao-Kay?

— Je ne l'ai appris que depuis très peu de temps par ce Fédor avec lequel nous avons parlé incidemment d'art et de théâtre : ce fut ainsi que le nom de Ngô-Thi-Maï-Khanh arriva dans la conversation à propos de la troupe dont elle est, je crois, l'artiste principale.

— Pourquoi la vieille chouette ne me l'a-t-elle pas dit aussi avant mon départ?

— Peut-être a-t-elle jugé préférable que vous ne découvriez la vérité qu'une fois sur place? Vous semblez oublier aussi que vous n'êtes pas venu sur ordre et que si un S.R., auquel vous n'appartenez plus parce que vous l'avez bien voulu, accepte de continuer à vous aider dans vos recherches vous devriez lui en être plutôt reconnaissant! De toute façon, j'estime avoir scrupuleusement exécuté les instructions de Paris vous concernant. Je n'ai plus rien de spécial à vous dire...

Le train entrait en gare de Vinh.

Comme convenu, les deux « camarades » se promenèrent de long en large sur le quai en devisant et sans paraître même remarquer ceux qui, du train, s'intéressaient à eux.

La même tactique se renouvela aux stations suivantes de Thanh-Hoa, Ninh-Binh et Nam-Dinh. Après cette dernière, la nuit vint rapidement. Profitant des derniers moments qu'ils passaient ensemble, Pierre demanda encore :

— Pensez-vous que vous resterez longtemps dans l'équipe des techniciens soviétiques?

— Je ne la quitterai que quand je m'y sentirai « brûlé »... A moins que les communistes ne me fassent disparaître avant! Ce sont les risques du métier. Mais mon remplaçant est déjà prévu.

— Je sais que vous avez pris de très gros risques en venant me chercher vous-même à la frontière.

— N'en avez-vous pas pris en la franchissant? Vous ne me devez rien!

— Merci pour votre aide.

— J'ai essayé d'agir comme l'aurait fait Serge Martin... Mais trêve de civilités! Dans quelques instants, le train va attaquer la longue rampe dont je vous ai parlé... Serrons-nous la main une dernière fois, en sachant que cette fois nous sommes tous deux sincères. N'est-ce pas, camarade Burtin?

— Oui, camarade Feyginne...

Au moment où il fit ce geste, Pierre eut la sensation que plus jamais il ne reverrait l'Allemand...

Deux minutes plus tard, en pleine obscurité, alors que la locomotive haletait avec peine, une ombre sauta du train et attendit que le convoi fût entièrement passé pour se relever et s'éloigner en courant vers la ville.

Le départ de l'autocar était prévu pour 6 heures du matin, mais Pierre comprit que le véhicule ne démarrerait, comme le chemin de fer, que lorsqu'il serait saturé de voyageurs. Cela semblait un principe absolu au Viêt-Minh : les services de transport public n'y fonctionnaient qu'à partir du moment où ils refusaient du monde.

De marque incertaine, l'autocar présentait un curieux aspect, tenant le milieu entre l'arche de Noé, la roulotte foraine et la voiture de déménagement.

Par le capot grand ouvert avant le départ, on découvrait un moteur où les écrous à goupilles et les timoneries ajustées — chers à la construction occidentale — étaient avantageusement remplacés par des tringles à rideau, du fil de fer et même de la ficelle...

Une heure déjà avant le départ, les voyageurs — dont certains attendaient en faisant la queue depuis minuit — commencèrent à monter. Grâce à son ordre de mission, Pierre fit partie du lot privilégié qui eut droit aux places assises. Dès que celles-ci furent occupées, les voyageurs suivants s'installèrent sur les genoux des premiers, mais personne cependant n'osa s'asseoir sur ceux de Pierre qui était le seul Blanc du voyage. Très vite, dans la voiture, ce ne fut plus qu'un enchevêtrement de jambes et de torses nus. Quels que seraient les cahots, personne ne pourrait plus tomber sur son voisin : tout le monde était solidement arrimé...

La carrosserie délabrée, dont c'était un véritable miracle qu'elle restât fixée au châssis, était peinte de couleurs vives. Les Asiatiques aiment les tons qui « chantent ». La toiture était bariolée de caractères confucéens en bleu.

Après les voyageurs, ce furent les colis qui y furent

entassés en un échantillonnage de tout ce que la création peut produire de denrées alimentaires, ustensiles de ménage, instruments agricoles, articles de bazar, objets de piété pour pagodes... Sans oublier les paniers sphériques en forme de potiron, qui contenaient des poules caquetantes et l'inévitable cochon de lait qu'une femme tenait tendrement serré dans ses bras.

Un bonze impassible, se rendant sans doute à Huong-Tich, promenait sur toute cette agitation un regard détaché des biens de ce monde. Pierre eut la chance de l'avoir pour voisin.

Quand l'intérieur fut plein, le chauffeur commença à meubler la toiture... D'un geste impérieux, il désigna — à ceux qui n'avaient pu encore prendre place — l'échelle placée à l'arrière. Il n'était pas jusqu'à un impotent qui ne fût poussé, hissé, casé... D'autres paniers, des grappes de poisson séché et d'autres cochons suivirent, lancés au vol par des mains expertes. Maintenant c'était complet également sur le toit : vu d'en bas le car avait pris l'aspect d'une pyramide renversée.

Le chauffeur — qui, véritablement, était un prodigieux organisateur — jaugea, en homme qui en a l'habitude, les possibilités physiques, aptitudes à la gymnastique et degré de résistance à l'épuisement de ceux qui attendaient encore pour monter. Pour que le rendement du voyage fût fructueux, il n'était pas question de laisser un seul amateur!

Catégorique, précis, le chauffeur assigna d'abord à trois jeunes gens le marchepied de droite, puis à trois autres celui de gauche. Trois gamins grimpèrent sur la cabine de conduite et deux vieillards furent calés, un de chaque côté, entre l'aile et le capot : la chaleur du moteur les réconforterait. Cinq adolescents, retardataires, durent se partager les pare-chocs avant et arrière pendant qu'une jolie fille, à califourchon sur le capot, ferait figure de proue.

Satisfait, le chauffeur mit en marche au moyen d'une manivelle dont la toute première destination avait dû être de baisser les stores! Et le moteur commença à ronronner en faisant entendre des ratés d'une puissance absolument inconnue en Europe. Puis l'homme parvint, non sans peine, à rejoindre sa place au volant où il s'assit sur les genoux du voyageur de marque à qui elle avait été assignée. Enfin ce fut le départ...

Une heure plus tard — le car n'allait guère plus vite que le chemin de fer abandonné dans la rampe de Phu-Ly — ce fut la halte prévue devant la pagode sainte de Huong-Tich. Tous les voyageurs, sans exception, descendirent : ce qui demanda un bon quart d'heure. Seuls les colis, les paniers de poules et les cochons restèrent dans le véhicule.

La pagode était adossée au roc de la montagne et protégée par une immense grotte. Pierre y accéda, au milieu du flot de voyageurs, par d'interminables portiques que gardaient de gigantesques lions en brique. Pieds nus comme tous les pèlerins, il gravit des marches le long desquelles une file ininterrompue de boutiques proposait des *jossticks*, des souvenirs, des images sacrées, des offrandes...

Au cœur de la pagode, un immense *stupa* d'or — dans lequel, lui avait expliqué le bonze pendant le voyage, se trouvaient quelques cendres de Bouddha, mais n'y a-t-il pas des cendres de Bouddha un peu partout en Asie et spécialement à Rangoon, la capitale de la Birmanie? — écrasait de sa masse une foule de petits sanctuaires qui s'étaient multipliés à sa base pour abriter des « Bouddhas privés », dons de fidèles généreux.

Devant chaque sanctuaire, des bonzes agenouillés sur des nattes priaient. Aux lueurs de milliers de bougies qui brûlaient à leurs pieds, les Bouddhas dorés brillaient doucement dans l'ombre. Sur leurs visages, animés de reflets changeants, le sourire devenait vie... Jamais encore Pierre n'avait senti la valeur de ce sourire... Le sourire énigmatique laissant apercevoir, dans le corps impassible et figé, une âme à qui les mystères promettaient déjà l'immortalité.

Ce sourire de Bouddha était bien celui de la Sagesse qui délivre de tout. Il n'était pas le sourire de l'homme ordinaire : il impliquait le détachement total et se donnait en exemple de la qualité du repos que l'on y trouverait si l'on savait rester juste. Il était aussi le sourire du prolongement de la vie, de tous ceux qui ont fermé leurs yeux sur le monde...

Insensiblement, pendant qu'il le contemplait, Pierre s'imaginait entendre la voix douce de Maï lui récitant des poèmes. Une fois encore il essayait de se représenter son visage — irradié d'une étrange sérénité de l'âme — qu'il allait peut-être enfin connaître autrement que sur des photographies dont son cœur s'était toujours refusé à admettre la ressemblance.

Après avoir glissé sans bruit sur les dalles de marbre que l'on venait d'arroser et qui paraissaient étonnamment fraîches, le Français s'était brusquement arrêté devant le mur du fond sur lequel se détachait, étincelant de ses petits personnages d'ivoire incrustés dans la laque, le paravent... Et, pour la première fois — la dernière aussi car il n'aurait sans doute plus jamais l'occasion de revenir à Huong-Tich — il s'imprégna complètement de la vision d'Art pur qu'il avait trop négligée dans la maison de l'antiquaire avant qu'il n'ait perdu la vue. Et il revit de ses yeux, rendus à la lumière, toute l'histoire de la danseuse sacrée que Maï lui avait racontée en lui faisant caresser avec ses doigts d'aveugle le relief des laques... Il comprit aussi qu'il était juste que cette merveille fût revenue dans la maison du Dieu. Maï avait raison.

Mais pourquoi n'avait-elle pas remis en échange le document à Serge Martin? Pourquoi avait-elle failli à sa promesse? C'était cependant là, devant ce paravent retrouvé, qu'elle aurait dû accomplir ce geste... Serge Martin devait se trouver à cette même place, pieds nus comme lui, attendant la jeune femme dans le lieu sacré qu'elle avait choisi pour terminer la tractation. L'imagination de Pierre aurait voulu, une fois de plus, pouvoir évoquer l'étrange rencontre de ces deux personnages qui se haïssaient l'un et l'autre tout en s'estimant et qui offraient l'étrange point commun de n'être, ni lui ni elle, jamais tout à fait dans la vie... Mais son cerveau restait vide, incapable de ressusciter les paroles échangées.

N'ayant plus rien à faire dans la pagode, lentement, il redescendit les marches pour rejoindre l'autocar autour duquel les voyageurs se rassemblaient déjà pour un nouvel assaut qui leur permettrait de poursuivre leur route...

Pour Pierre, qui n'était pas encore familiarisé avec cette façon de voyager, elle fut interminable, cette route, dont l'aboutissement serait Lao-Kay, à la frontière de Chine... Successivement les villes, dont le « camarade » Feyginne avait prononcé les noms, furent atteintes après des étapes épuisantes. A chacune d'elles, il semblait que le vieil autocar allait définitivement rendre l'âme et qu'il ne pourrait plus pousser plus loin son effort... Mais chaque fois, après un arrêt qui durait parfois plusieurs heures, il repartait, lesté de la plus grande partie de la cargaison embarquée à Phu-Ly et surchargé de nouvelles grappes humaines qui s'étaient agglutinées aux différentes étapes. Ce ne fut qu'après vingt-quatre heures de voyage, sur des routes défoncées, longeant continuellement les rives boueuses du Fleuve Rouge que l'autocar fit, au petit jour, son entrée dans Lao-Kay...

Pour Pierre, ce nom, qui jusqu'alors n'avait toujours évoqué que le bout du monde, marquerait peut-être l'aboutissement de l'aventure?

Quand il quitta enfin le véhicule il se rendit compte que de son existence, il ne s'était senti aussi sale et aussi harassé. Mais sans perdre de temps, il se renseigna auprès d'un policier, qui surveillait le déchargement de l'autocar, pour demander en vietnamien où se trouvait le bar dirigé par le dénommé Fédor. Comme son interlocuteur le dévisageait avec méfiance, il exhiba l'ordre de mission. Aussitôt, le policier le regarda avec un respect mêlé de crainte et s'offrit à le conduire lui-même à travers la ville.

Lao-Kay avait dû être, au temps où la puissance mandarinale y régnait, une cité merveilleuse dont le calme tranquille rappelait la majesté grandiose de Hué. Mais, depuis l'avènement du communisme, les choses avaient bien changé! La ville semblait frappée d'un mal secret qui la rongeait : ses palais étaient en ruine, ses jardins à l'abandon, ses résidences privées transformées — comme la maison de l'antiquaire à Saigon — en garderies d'enfants ou en « Maisons du Peuple » sur les façades desquelles s'étalaient de longues banderoles, portant toutes des inscriptions destinées à rappeler aux passants qu'ils avaient la chance de vivre au Pays de la Liberté.

Il y avait bien, de-ci de-là, quelques arceaux enjambant les avenues, pavoisés aux couleurs du Viêt-Minh, comme si l'on désirait donner un air de fête permanent à la ville. Mais la fête avait quelque chose de lugubre : elle sentait la misère qui n'ose plus se montrer. Pendant ce trajet, toujours accompagné de son guide, Pierre ne vit pas un seul visage blanc. Ici, les Jaunes étaient complètement chez eux, repliés sur eux-mêmes... Mais aucun cependant ne le regardait avec étonnement quand il le croisait, comme s'il ne comptait pas... Pour tous ces hommes et toutes ces femmes, qui marchaient à pas pressés sans détourner la tête, l'étranger n'offrait plus aucun intérêt. On ne voyait que très peu de policiers en uniforme : chaque citoyen devait faire sa police lui-même, épiant son voisin.

L'influence de la Nouvelle Chine toute proche se faisait sentir : le communisme intégral avait imposé ses lois de silence et de méfiance.

Aussi fut-ce presque un soulagement pour Pierre quand le policier s'arrêta en lui désignant l'entrée du bar dont la façade rappelait les plus misérables bouges d'Europe. Après avoir salué militairement, le policier était reparti sans pénétrer dans l'établissement. Bien que celui-ci eût une apparence inquiétante, Pierre y entra avec la conviction assez insensée qu'il allait retrouver l'un des derniers refuges du monde capitaliste.

A cette heure matinale, le « bar » était vide de consommateurs; son unique occupant était le propriétaire, ou tout au moins — dans ce Viêt-Minh où la notion de propriété ne devait plus être qu'un mythe — celui qui avait l'autorisation de l'exploiter. Et, comme cet homme était de race blanche, Pierre comprit qu'il se trouvait en présence de Fédor.

Assis derrière le comptoir, où il semblait très absorbé par le rinçage des verres dans l'évier, l'homme ne bougea pas à l'entrée du visiteur et releva à peine la tête. Pendant qu'il avançait dans la salle mal éclairée, Pierre tenta d'examiner le Russe. La seule chose dont il ne pouvait absolument pas se rendre compte était la taille du personnage toujours assis. Le crâne était rasé, comme s'il avait été passé à la pierre-ponce; il n'y avait ni barbe ni moustache, mais des lunettes dont la large monture en écaille coupait la moitié supérieure du visage en retirant toute expression au regard; une balafre, barrant la joue droite, attirait immédiatement l'attention; la chemise, au col largement échancré et aux manches courtes, laissait apercevoir un thorax puissant et des avant-bras couverts de tatouages; la peau était mate, brûlée par le soleil. La première impression ressentie était celle de se trouver en présence d'une authentique brute.

— Camarade Fédor? demanda Pierre en russe.

— C'est moi, camarade, qu'est-ce que vous désirez? répondit l'homme dans la même langue.

La voix était sourde, presque plus puissante que celle d'un Grotoff, tout en étant moins sonore.

— Le camarade Feyginne m'a conseillé de venir vous rendre visite. Je suis ingénieur et je travaille avec lui. Voici mon ordre de mission.

Après avoir examiné le papier sans se presser, l'homme dit :

— Ils se décident enfin à les construire, ces barrages sur le Fleuve Rouge! Depuis le temps que je le leur ai conseillé! Ça changera toute la vie à Lao-Kay qui deviendra l'une des plus grandes villes de ce pays quand la force motrice lui permettra d'avoir des usines modernes. Vodka, camarade?

— Vodka...

Deux verres furent remplis à plein bord. Avant de vider le sien d'un trait, Fédor le leva en disant :

— Au triomphe du Peuple, camarade!

— Et à la Grande Union des Républiques Socialistes Soviétiques!

— A la France aussi, puisque je vois que vous avez un nom français...

Une deuxième tournée était déjà versée dans les verres.

— Vous arrivez de Hanoï?

— Pas directement. Je viens d'inspecter les rives du Fleuve depuis Phu-Ly.

— Vous avez un logement ici?

— Pas encore mais j'espère trouver...

— Ce n'est pas facile en ce moment à Lao-Kay! A cause des Fêtes...

— Quelles Fêtes?

— Vous ignorez donc que nous célébrons pendant trois jours l'anniversaire de la Libération de Lao-Kay par l'armée chinoise pendant la guerre du Viêt-Minh contre la France?

— J'avoue que je ne me souvenais plus très bien des dates.

— Pour un Français, c'est regrettable! C'est vrai qu'à cette époque-là vous deviez être dans votre pays?

— Et là-bas nous ne savions pas grand-chose...

— Même en appartenant au Parti communiste? Car vous êtes bien du Parti?

— Voici ma carte.

— C'est bien. Seuls les purs peuvent réussir! Dans tous les Partis communistes européens, on accueille trop de membres qui n'ont pas de convictions solides. Au Viêt-Minh c'est la même chose : un bon tiers de ceux qui y sont restés, au moment de la séparation des zones, ne l'ont fait que parce qu'ils ne voulaient pas abandonner leurs biens à la collectivité et dans l'espoir de pouvoir continuer à s'enrichir sur le dos du peuple! Maintenant ils déchantent et ils sont tout prêts à trahir.

— Je vois que vous les connaissez bien.

— Depuis le temps!

— Il y a longtemps que vous tenez ce bar?

— Depuis l'établissement de la République socialiste du Viêt-Minh... Camarade, je n'ai pas pour habitude de loger les gens, car je ne suis pas un hôtel et je ne possède qu'une chambre en plus de la mienne au-dessus de ce bar. Mais, si cela peut vous rendre service, je vous la prête pendant toute la durée de votre séjour à Lao-Kay... Du moment que vous venez de la part du camarade Feyginne, cela suffit... Et ça me fera plaisir de pouvoir parler avec un Blanc! Si vous saviez comme c'est pénible de ne voir toute la journée que des visages de Jaunes! Vous devez avoir besoin aussi de vous laver?

— Je reconnais que les voyages au Viêt-Minh manquent plutôt de confort...

— Venez... Je vais vous conduire à votre chambre.

L'homme s'était enfin levé. Pierre constata qu'il était voûté et qu'il ne semblait se déplacer qu'avec difficulté en s'appuyant sur une canne. Pendant qu'il le précédait dans le petit escalier de bois reliant la salle du bar à l'unique étage, l'ingénieur remarqua aussi qu'il boitait. Quand ils furent dans une pièce, meublée très sommairement d'un lit, d'une table, d'une chaise et d'une penderie, le Russe dit :

— Évidemment, vous devez être mieux installé à Hanoï! Cette autre porte donne sur ma chambre.

Après l'avoir ouverte, il ajouta sans même se retourner :

— Cela ne vous rappelle rien, une porte de communication avec la chambre d'un ami?

Et comme Pierre restait interdit, ne répondant pas, Fédor insista :

— Voyons... Souvenez-vous : une grande maison dans la banlieue de Saigon...

A ce moment, l'homme se retourna : il avait retiré ses grosses lunettes, sa taille s'était redressée et il souriait.

— Serge Martin! s'écria Pierre en français.

— Mais ne le criez pas trop fort! Au Viêt-Minh les murs possèdent encore plus d'oreilles qu'au Viêt-Nam... Ce qui n'est pas peu dire! Cependant rassurez-vous : nous sommes seuls dans cette baraque. J'ai quand même préféré que nous montions ici pour parler... Alors? Qu'est-ce que vous pensez de ma transformation?

— Fantastique! Tout était nouveau : la silhouette voûtée, la voix surtout... Et Dieu sait pourtant si j'avais la conviction de pouvoir reconnaître votre voix entre mille pour l'avoir entendue quand je n'y voyais plus! Écoutez, Martin, c'est trop beau! On s'embrasse?

Après une courte étreinte, « l'antiquaire » dit :

— Voilà bien la meilleure accolade que j'aie jamais reçue! Avouez que je vous ai eu?

— J'avoue humblement... Qui n'auriez-vous pas d'ailleurs, « camarade Fédor »!

— Camarade Burtin! Chez vous aussi, le changement est une réussite... La preuve en est que si vous n'aviez pas commis la sottise de vous faire reconnaître volontairement par cette crapule d'indicateur qu'est le cyclo Sen, jamais Xi-Dien ne se serait douté de votre retour! Enfin, tant pis! Pourquoi revenir sur ce qui est fait? Pensons plutôt à l'avenir!

— L'avenir?

— Mais oui, mon cher! Si l'aventure est toujours pour vous la même qui se prolonge, c'est cependant une nouvelle vie qui va commencer pour vous ici! Vous avez fait peau neuve comme moi... Il n'y a plus de « peintre » ni « d'antiquaire » mais un ingénieur du Génie maritime et un tenancier de bar louche : tout est parfait ainsi!

— Jamais je n'aurais pu vous imaginer rasé et le crâne tondu!

— Je trouve, moi, que le port de la barbe vous convient à merveille : cela vous donne un air beaucoup plus sérieux... N'est-il pas savoureux de penser que pour arriver à nous retrouver après deux années, il a fallu que l'un de nous s'identifie avec la personnalité physique de l'autre? Mais ce qui m'a apporté la plus grande joie a été d'apprendre que vous aviez retrouvé la vue! Quand la vieille chouette m'en a informé, j'ai failli vous adresser un câble de félicitations! Malheureusement je ne le pouvais pas, ayant disparu officiellement du monde des vivants.

— Alors cette tombe? Elle est vide?

— Pas du tout! Son occupant a exactement ma taille, la tête en moins bien entendu!... Ça, la tête, mieux valait la faire disparaître! On ne peut pas refaire une tête à un mort!

— Mais... Qui est-ce?

— Un aventurier anglais que j'ai toujours soupçonné de travailler pour l'*Intelligence Service*... Il a eu le toupet de vouloir se mêler de mes affaires au moment où j'allais enfin mettre la main sur l'objet de nos convoitises : le plan! Il avait réussi à se lier d'amitié avec M. Jojo auquel il a dû faire quelques offres substantielles... Seulement j'ai estimé que nos amis Anglais exagéraient! Ils avaient déjà réussi le coup une fois avec l'ingénieur hollandais et ils étaient impardonnables de s'être laissé berner par les Japonais. Il aurait été indécent qu'ils eussent deux fois la même chance! Après courte réflexion, j'ai compris qu'il fallait que l'un de nous deux disparaisse : soit l'Anglais, soit moi... J'ai décidé finalement que ce serait nous deux! Quand l'Anglais serait mort, je le ferais passer pour moi... Ainsi plus de Serge Martin! Au tombeau, « l'antiquaire »! Avec un magnifique testament qui, en apportant ses collections au Musée de Saigon, ajoutait encore un parfum d'authenticité au décès!

— J'y ai cru.

— Comme tout le monde! Il le fallait...

— Il y avait pourtant des gens au courant de la vérité?

— Deux personnes! Pas une de plus : la vieille chouette et Klein.

— Celui-là aussi, il m'a eu! Je dois dire qu'il a été prodigieux : pas un instant il ne m'a laissé supposer qu'en allant à Lao-Kay j'allais vous retrouver.

— Il le fallait également.

— Pourquoi? Cela n'aurait rien changé à mes projets!

— Mais vous n'auriez pas eu la même conviction! Tout à l'heure, quand j'étais le russe Fédor, je vous ai dit que l'on ne pouvait faire du bon travail qu'avec des purs... Maintenant vous l'êtes redevenu doublement : je le sais par Paris... Quand vous avez décidé de repartir, ce fut pour deux raisons : vous vouliez retrouver Ngô-Thi-Maï-Khanh et l'antiquaire... La première, pour lui faire payer le talion à la suite de sa tentative d'empoisonnement ; le second, pour lui prouver que vous n'étiez pas un ingrat et que vous n'aviez pas oublié qu'il vous avait sauvé la vie ! Pour vous il ne s'agissait plus de gagner beaucoup d'argent en exécutant des ordres comme la première fois. C'était votre conscience et votre volonté d'homme qui se révoltaient. Un instinct secret vous disait aussi que, malgré tout ce que laissait entendre le colonel Sicard, il n'était pas pensable qu'un vieux cheval de retour comme moi ait disparu sans obtenir un résultat ! C'est vous qui étiez dans le vrai.

» En plein accord avec la vieille chouette, nous vous avons laissé jouer votre jeu. Je ne vous cacherai pas que vous nous aviez terriblement déçus ! Je sais bien que vous aviez une excuse : votre infirmité... Mais quand même, Burtin ! La façon dont vous vous êtes laissé mettre le grappin par cette Chinoise avait quelque chose de désespérant pour ceux qui, comme le colonel et comme moi, ne demandaient qu'à continuer à vous faire pleine confiance... Il n'était pas possible qu'un être de votre valeur et de votre trempe fût définitivement fini parce qu'il croyait avoir découvert l'amour ! C'était trop stupide ! Il fallait en vous une rénovation complète et brutale, sinon vous étiez un homme perdu !

» Le seul moyen, brutal je le reconnais, a été de vous arracher à cette créature pour vous expédier d'urgence en France où vous pourriez vous retremper dans une atmosphère de calme et de réflexion. Contrairement à ce que prétendent beaucoup de prétendus psychologues, l'éloignement et le temps sont les facteurs les plus efficaces pour ramener un bonhomme égaré à une plus juste compréhension des choses. En ce qui vous concerne, le calcul a été juste : l'homme que j'ai devant moi aujourd'hui est bien l'agent 2 884 qui fit merveille pendant la guerre ! C'était celui-là que je voulais retrouver parce que je savais que, tant qu'il ne serait pas tel, il ne pourrait pas accomplir un travail sérieux.

» Ce qui est bon, mon petit, c'est que cette transformation s'est opérée d'elle-même en vous. Nous n'avons fait que la favoriser en vous laissant croire peu à peu que les catastrophes s'accumulaient. Il y en a eu beaucoup, je le reconnais ! Il y en a d'autres qui nous attendent. Si les choses étaient si faciles, on ne ferait pas appel à des gens comme vous ou moi !

— Mais puisque vous êtes vivant, vous pouvez très bien réussir sans moi ?

— Pas dans l'affaire dont nous nous occupons en ce moment. Avant de vous le prouver, il est indispensable que je vous éclaire sur certains points qui doivent être encore obscurs dans votre esprit. Je vous demande de ne pas m'interrompre : j'essaierai d'être le plus bref possible. Que diriez-vous d'un petit champagne ?

— Vous en avez même ici ?

— Oui, figurez-vous ! Grâce aux Russes qui le font venir de chez eux... Ils prétendent même l'avoir inventé ! Il ne vaut pas le nôtre, mais il est honnête... N'oubliez pas que je suis russe pour l'instant... Alors, il faut bien que mes « compatriotes » m'accordent quelques faveurs ! Et ce n'est pas parce que l'on perd sa barbe ou ses cheveux, ni parce que l'on change de voix ou parce que l'on boite subitement, que l'on ne conserve pas ses bonnes habitudes ! J'aime le champagne et je continuerai à l'aimer à chaque fois qu'il s'agira de prendre une décision importante... Lui seul me donne des idées claires !

— La vieille chouette est comme vous.

— C'est un bon Français !

Il alla vers un placard de sa chambre qu'il ouvrit et dans lequel il avait réussi à aménager un petit bar privé. Les bouteilles et les verres s'y alignaient. L'une d'elles, déjà placée dans un seau à glace, attendait d'être ouverte.

— J'avais calculé qu'elle serait frappée à point pour votre arrivée... Voyez.

— Vous saviez que j'arriverais ce matin et à cette heure?

— Je vous ai accompagné en pensée depuis l'instant où vous avez quitté Orly... Et je ne cessais de me répéter : « Pourvu qu'il ne lui arrive rien!... L'incident banal ou stupide qui flanque tout par terre parce qu'il est imprévisible! » Le reste je l'avais prévu : vous vous en êtes aperçu quand le « camarade » Feyginne est arrivé à Tuong-Trach...

Le bouchon avait sauté. La mousse dégoulinait des verres.

— A votre santé, mon petit Burtin!

— A celle de feu « l'antiquaire »!

Après qu'ils eurent bu, Pierre dit :

— Je n'ose penser que, derrière ce bar et ces bouteilles alignées, se cache un poste émetteur?

— Ici ce serait trop dangereux. Mais soyez tranquille : nous sommes admirablement organisés à Hanoï où la France a peut-être conservé encore plus de vrais amis qu'à Saigon... Les gens sont ainsi faits qu'ils regrettent ce qu'ils ont brûlé! Si la France voulait bien le comprendre, elle aurait encore une très belle partie à jouer dans ces régions... Seulement voilà : le comprendra-t-elle? Maintenant écoutez-moi...

» Aussitôt après avoir confié la garde de ma maison à Klein, non pas tellement à cause des collections mais pour que le service du poste émetteur fût assuré, j'ai fait libérer Ngô-Thi-Maï-Khanh par Xi-Dien comme vous le savez. Ensuite j'ai couru à Cholon où j'ai constaté que M. Jojo n'avait pas attendu pour quitter le *Piccadilly*. L'un de mes hommes, un Vietnamien qui avait depuis longtemps déjà la mission exclusive de surveiller M. Jojo, m'a informé que celui-ci était parti pour le Viêt-Minh et Hanoï. Dès son passage à la frontière du 18e parallèle, il a été pris en filature par le réseau que nous possédons ici. Vingt-quatre heures plus tard, je savais où il se terrait dans la capitale du Tonkin. Le fait même qu'il se cachait prouvait qu'il avait une idée en tête et ne tenait peut-être pas tant que cela à rentrer en Chine. Les événements m'ont donné raison : il cherchait avant tout à négocier la cession du plan pour son propre compte. C'est ce qui l'a perdu, comme Kova-Sako.

» Je ne fus pas trop étonné de voir que Ngô-Thi-Maï-Khanh rejoignait le lendemain son ancien amant. Klein vous en a donné les raisons. Vous avez également été mis au courant par lui de l'échange que j'ai proposé à l'ex-*taxi-girl* et qu'elle a accepté.

— Dites-moi vite ce qui s'est passé dans la pagode de Huong-Tich?

— J'y étais au moment de l'arrivée du camion, loué par Ngô-Thi-Maï-Khanh. Mais je ne me suis pas montré à elle avant que le paravent n'eût repris sa place grâce à l'aide des bonzes qui restent là en permanence. J'attendais, caché, pour voir quelle serait la réaction de la fille. Elle s'est dépêchée de remonter dans le camion en lui donnant l'ordre de repartir de toute urgence pour Hanoï. Autrement dit, elle me faussait compagnie pour ne pas tenir sa promesse! Je sautai aussitôt dans la cabine du camion et je m'installai à côté d'elle et du chauffeur sans rien dire. Elle comprit que je ne la lâcherais plus jusqu'à ce qu'elle m'eût remis le plan, mais, folle de rage de voir que j'avais compris sa manœuvre, elle resta muette jusqu'à ce que le camion nous eût déposés à l'entrée de la ville. Là l'explication fut nette :

★

« — Ngô-Thi-Maï-Khanh, donnez-moi le plan!

» — Je ne l'ai pas.

» — Vous mentez!

» — Je n'ai pas encore pu découvrir l'endroit où M. Jojo le cache, ni le faire parler.

» — Il vous a cependant offert, comme Kova-Sako, de vous enfuir avec lui dès qu'il l'aurait vendu très cher à ceux avec qui il est entré en contact?

» — C'est exact... Et je crains qu'il ne l'ait déjà vendu à un Anglais!

» — Puisque vous n'êtes pas parvenue à le faire parler, je vais vous aider à lui délier la langue... Je sais où il habite avec vous : dans une maison située à cinq cents mètres d'ici. Nous y allons ensemble et je vous garantis qu'il parlera!

» J'avais sorti mon revolver avant de lui ordonner :

» — Passez devant...

» Comprenant que cette fois je ne me bercerais plus de promesses, elle obéit. Quand nous pénétrâmes dans la maison, un spectacle auquel je commence à être habitué nous y attendait : le corps de M. Jojo, assis, était attaché par une cordelette à un siège. La tête gisait sur le sol. Comme le sampanier Hô, comme Raczinski, il avait été décapité d'un seul coup de sabre. La fille demeura impassible, disant simplement :

» — Ils l'ont tué après s'être fait remettre le document.

» — Qu'en savez-vous? Peut-être l'ont-ils tué justement parce qu'il a refusé de révéler la cachette?

» — C'est sûrement le travail de l'Anglais...

» — La méthode d'exécution est chinoise, Ngô-Thi-Maï-Khanh! Ce sont vos compatriotes qui l'ont tué!

» J'avais tout de suite remarqué que le crime datait d'au moins vingt-quatre heures : le corps était tout raide et le sang répandu coagulé. Une pensée me traversa aussitôt l'esprit : c'était elle qui avait fait tuer M. Jojo avant de partir en camion prendre livraison du paravent à Haiphong et elle avait récupéré le plan! Seulement je n'avais aucune preuve et vous la connaissez suffisamment pour savoir qu'elle aurait préféré se faire tuer plutôt que de parler. Ça ne me donnerait pas ce que je cherchais. N'avait-elle pas déjà caché pendant une année ce plan sans que personne ne le sût? Je savais aussi qu'en Fille du Dieu, elle haïssait le communisme, l'ennemi acharné du bouddhisme, et qu'elle ne donnerait pas le plan aux hommes de Pékin. Elle ne pouvait pas l'avoir détruit non plus parce qu'elle avait appris, grâce à vous, son importance. Elle devait l'avoir mis en lieu sûr pour s'en servir éventuellement un jour à son profit. Mais quel serait ce profit? Bien que n'aimant pas l'argent, elle en avait cependant accumulé à Cholon pour pouvoir accomplir un jour une grande action destinée à glorifier le Dieu son Père, auquel elle venait de faire restituer le paravent... L'argent qu'elle recueillerait de la vente du plan viendrait s'ajouter peut-être aux sommes déjà économisées? Je devais donc changer radicalement de méthode à son égard. Et je lui dis avec le plus de douceur possible :

» — Je suis beau joueur, Ngô-Thi-Maï-Khanh! Je reconnais que vous m'avez eu pour le paravent... Mais je vous pardonne car je suis heureux, moi aussi, qu'il soit revenu à Huong-Tich... Combien voulez-vous pour me céder le plan?

» — Si j'avais ce plan, je vous l'aurais déjà donné : Ngô-Thi-Maï-Khanh n'a qu'une parole... Le Dieu mon Père me châtierait si je mentais.

» Il y avait beaucoup de sincérité dans ses paroles. Si c'était un mensonge, elle était vraiment très forte!

» — C'est bien, dis-je. Je vous crois. Mais aidez-moi quand même à fouiller cette maison pour voir s'il ne serait pas caché ici.

» Elle le fit en ne cessant de répéter :

» — Ces recherches sont inutiles! J'ai déjà tout visité de fond en comble. Le plan n'est pas dans la maison.

» Après plusieurs heures, je dus me rendre à l'évidence et je lui demandai :

» — Vous pensez vraiment que ceux qui l'ont tué ont réussi à se faire remettre le plan par lui avant de l'exécuter?

» — M. Jojo n'était pas homme à céder aux menaces! Je ne sais pas quoi vous répondre. Mon seul souhait, c'est que ce plan reste pour toujours là où M. Jojo l'a caché pour que personne ne puisse s'en servir et l'utiliser à des fins de guerre! Bouddha ne veut pas la destruction du monde, mais son éternité.

» — Qu'allez-vous faire maintenant, Ngô-Thi-Maï-Khanh?

» — Employer l'argent que j'ai gagné par mon travail pour réaliser la mission que je dois accomplir pendant mon passage sur terre : aider au rétablissement de la foi bouddhique partout où l'on a cherché à la détruire!

» — Je vous approuve et je vous souhaite bonne chance! Adieu, Ngô-Thi-Maï-Khanh... »

★

— Dès que je l'eus laissée, poursuivit Serge Martin, je rejoignis l'agent qui surveillait l'Anglais. Il me dit que celui-ci était toujours à Hanoï : s'il avait réellement pris le plan vingt-quatre heures plus tôt après avoir tué M. Jojo, il aurait déjà quitté le Viêt-Minh. Mais il fallait quand même avoir une certitude sur ce point : si l'Anglais n'avait pas le document, c'était pour moi la preuve que la fille m'avait trompé une seconde fois... A moins que la cachette, trouvée par M. Jojo, ne continuât à conserver son secret? Dans ce cas, il n'y aurait plus rien à faire! J'eus également, par d'autres agents de notre réseau, la confirmation que ni les Russes ni les Américains n'avaient le plan. Le seul qui risquait d'avoir réussi était l'homme de l'*Intelligence Service*.

» Il fallait lui tendre un piège : s'il y mordait, ce serait signe que lui non plus n'avait pas le document. Un autre de mes hommes, également vietnamien, parvint à entrer en contact avec lui et à lui faire croire qu'il connaissait les assassins de M. Jojo ainsi que le lieu où se trouvait maintenant le plan. Et il s'offrit, moyennant une forte somme, à le conduire. Ce fut si bien monté que l'Anglais finit par accepter. On lui dit alors qu'il devrait franchir le 18e parallèle pour retourner au Viêt-Nam où le plan avait été emporté par ses nouveaux propriétaires qui ne voulaient à aucun prix le céder aux communistes et qui cherchaient à traiter avec une puissance capitaliste capable de payer le gros prix.

» A l'heure où l'Anglais, escorté de celui qu'il prenait pour un guide sûr, franchissait la frontière, j'en fis autant. Puisque l'homme de l'*Intelligence Service* avait agi ainsi, c'était signe que le plan n'était pas entre ses mains. Ce fut à ce moment que je décidai de faire disparaître cet Anglais en même temps que moi. Si nous ne l'avions pas supprimé, il aurait continué à nous gêner. De plus j'avais remarqué que lui et moi avions la même taille et — à peu de chose près — la même corpulence et la même peau parcheminée... Pour que tout le monde, et surtout Ngô-Thi-Maï-Khanh — à qui on le ferait savoir habilement — puisse croire à la mort de Serge Martin, il fallait un cadavre : ce serait celui de l'Anglais... Paix à ses cendres!

» Quand je revins au Viêt-Minh, j'étais un tout autre

personnage : celui que vous avez devant vous, « le camarade Fédor ». Mes agents, qui n'avaient pas cessé de surveiller les agissements de Ngô-Thi-Maï-Khanh, me firent savoir alors qu'en récompense de la donation qu'elle avait faite du paravent à la pagode de Huong-Tich, le gouvernement du Viêt-Minh l'avait autorisée à monter une troupe théâtrale d'État avec laquelle elle donnerait dans le pays des représentations officielles.

» Je compris enfin l'utilisation que l'ancienne *taxi-girl* du *Grand Monde* allait faire de son argent : elle monterait à ses frais la compagnie artistique. Mais, comme il lui était impossible de recruter au Viêt-Minh même tous les éléments d'une pareille troupe, elle reçut l'autorisation d'aller chercher des artistes en Chine. Sur la demande du Viêt-Minh, le gouvernement de Pékin donna son accord pour que cette troupe fût homologuée comme faisant partie des troupes officielles chinoises à condition qu'elle jouât alternativement en tournée soit en Chine, au Yunnan, soit dans le nord du Viêt-Minh et plus spécialement à Lao-Kay, la plus importante des villes-frontière.

» Imaginez ce que ce serait pour Ngô-Thi-Maï-Khanh que de triompher dans ce Lao-Kay où elle avait connu une enfance heureuse jusqu'à l'arrivée des Japonais! Pourquoi avait-elle pris la décision de se consacrer au théâtre? Parce qu'elle avait compris que les danses sacrées sont périmées aujourd'hui et que plus personne, aussi bien au Viêt-Minh qu'en Chine, ne s'y intéresse... Il fallait autre chose pour frapper la sensibilité des foules et les ramener insensiblement vers les croyances en voie de disparition. Le théâtre chinois s'offrait avec son prodigieux répertoire où les bons triomphent et où les méchants sont châtiés, où la loi de Bouddha est toujours respectée! Pour une Ngô-Thi-Maï-Khanh, faire du théâtre et animer une pareille troupe, c'était un apostolat... Aujourd'hui elle est convaincue de lutter utilement — et sans qu'on puisse l'en empêcher, puisqu'elle dirige une troupe officielle — contre le communisme. Elle choisit avec beaucoup d'habileté les sujets de pièces. Un jour viendra, pense-t-elle, où l'art qu'elle dispense finira par faire réfléchir à nouveau les hommes et leur rendra la Foi. C'est là, chez elle, un authentique courage, caché mais tenace, auquel on ne peut que rendre hommage.

» Connaissant sa nouvelle activité, je n'avais plus qu'à m'installer à Lao-Kay où elle reviendrait régulièrement à certaines périodes de l'année. J'ouvris ce bar, grâce à l'appui des Russes dont je suis devenu, comme « le camarade Feyginne », l'un des agents les plus cotés. Le but des Soviets n'est-il pas maintenant le même que celui des autres nations occidentales qui appréhendent par-dessus tout le moment où Pékin aura la puissance atomique? La vieille chouette m'a approuvé : je continue à servir la France tout en travaillant pour la paix du monde. Le temps de la lutte entre le capitalisme et le communisme est dépassé! Il s'agit de sauver la race blanche contre l'assaut terrifiant de la race jaune! C'est pour cela aussi que vous êtes revenu, Burtin.

— Alors, vous l'avez revue?

— A chacun de ses passages avec sa troupe. Elle ne manque jamais de venir rendre visite au camarade Fédor en qui elle croit sentir un ami parce qu'il sait — tout en continuant à jouer le personnage du plus convaincu des militants communistes — reconnaître la noblesse et la grandeur du bouddhisme.

— A-t-elle découvert la véritable personnalité de ce Fédor?

— Si vous vous y êtes laissé prendre, pourquoi voulez-vous qu'elle soit plus perspicace que vous?

— Pourtant, elle l'a vu de nombreuses fois, ce Fédor, depuis bientôt deux années?

— Ne pensez-vous pas que, lui aussi, est un très grand

artiste ? Et que plus on le fréquente, moins on le connaît ?... Si j'avais voulu m'en donner la peine, mon bon ami, jamais vous n'auriez fait le rapprochement entre le « camarade Fédor » et « l'antiquaire » ! Seulement, avec vous, ce jeu-là était inutile ! D'autant plus que j'ai besoin de vous... J'ai omis de vous faire part d'une nouvelle qui devrait vous combler de joie : la vieille chouette vient de me faire parvenir un message dans lequel elle m'informe que vous êtes réintégré dans son Service de Renseignement... N'en aviez-vous pas fait la demande avant de repartir pour le Viêt-Nam ?

— Oui. Je suis très sensible à cette marque de confiance. C'est signe aussi que la vieille chouette a réintégré ses fonctions.

— Vous aviez vraiment cru qu'elle les avait quittées ? Maintenant que vous faites à nouveau partie de l'armée secrète, voici les ordres : vous allez, le plus rapidement possible, renouer avec Ngô-Thi-Maï-Khanh...

— C'est-à-dire ?

— Recommencer à la rendre amoureuse de vous ! Ce ne sera pas si ardu que vous le pensez : je suis persuadé que, bien qu'elle semble vous avoir oublié depuis qu'elle s'est consacrée entièrement à sa mission artistique pour la plus grande gloire de Bouddha, elle a quand même conservé — dans le fond du cœur — un sentiment très fort pour le beau Jacques Fernet.

— Vous avez l'impression que je pourrais encore lui plaire avec mon nouveau physique ?

— Le jour où il faudra, vous ferez disparaître cette barbe et ces lunettes noires... Elle vous retrouvera exactement tel qu'elle vous a connu !

— C'était l'aveugle qu'elle aimait en moi... Et non pas l'homme qui peut à nouveau tout voir...

— Elle sera ravie que vous puissiez enfin la contempler !

Joyeuse aussi que vous soyez revenu auprès d'elle comme elle vous l'avait prédit : la toute-puissance de Bouddha lui rend l'homme d'au-delà des mers...

— Mais je ne l'aime plus! Je la déteste même!

— Ça, j'en suis sûr maintenant! C'est pourquoi vous réussirez encore beaucoup mieux que la première fois.

— Avez-vous su les menaces qu'elle m'a fait adresser quand je me suis marié?

— Enfantillages!

— Elles me sont cependant parvenues à Paris longtemps après que vous lui aviez rendu le paravent et que vous lui aviez fait comprendre qu'elle s'était trompée sur mon compte : que je n'étais pas l'homme qui lui était destiné!

— Ces menaces inutiles sont une preuve supplémentaire qu'elle a continué à vous adorer, malgré tout.

— Menaces inutiles? Elles ont tout de même été la principale cause de la faillite de mon mariage en France!

— Vous aimez toujours votre femme, mon petit... Quand vous lui reviendrez, après cette interruption nécessaire, vous verrez que votre bonheur conjugal n'en sera que plus solide! Mais continuons à oublier la France, voulez-vous? Et parlons de votre travail ici... Dès que vous serez redevenu l'amant indispensable de Ngô-Thi-Maï-Khanh, le seul homme vraiment dont elle ne puisse se passer, vous n'aurez pas à lui demander de vous raconter sa vie que vous connaissez par cœur mais simplement si, oui ou non, elle a encore le document? Elle ne l'avouera qu'à vous... C'était pourquoi il fallait votre retour!

— Mais qu'est-ce qui vous fait croire qu'elle a encore ce plan? Vous ne pensez pas qu'elle a profité de l'un de ses nombreux déplacements sur le territoire chinois pour le remettre à ses compatriotes? Souvenez-vous comme elle était fière d'être d'origine chinoise! Combien de fois auss ne m'a-t-elle pas fait comprendre que seule la Chine serait capable un jour de dominer le monde!

— Pour la dernière fois, je vous répète que Ngô-Thi-Maï-Khanh ne fera jamais rien qui puisse favoriser l'expansion du communisme. La seule chose que l'on puisse craindre, c'est que — dans un accès de mysticisme pacifique, dicté par la loi de Bouddha — elle n'ait purement et simplement détruit le plan pour que nul ne puisse s'en servir dans l'un ou l'autre camp! Cela, nous ne le saurons que par les aveux que vous lui arracherez sur l'oreiller...

— Pendant les visites qu'elle vous a faites dans ce bar, toujours persuadée que vous êtes le Russe Fédor, ne s'est-elle jamais laissé aller à quelques confidences?

— Elle est beaucoup trop méfiante! Tout en aimant converser avec moi d'art, de religion ou de théâtre, elle est prudente... C'est normal qu'elle se méfie : ne suis-je pas, à ses yeux, un vrai militant rouge? Le seul en qui elle aura à nouveau confiance — quand il lui aura fait comprendre que décidément il ne pouvait plus vivre loin d'elle — ce sera vous, le beau Jacques!

— Vais-je être contraint de redevenir Jacques Fernet?

— Non. Les menaces qu'elle vous a fait parvenir par l'intermédiaire de Vietnamiens vivant en France prouvent qu'elle connaît parfaitement votre véritable identité... Ce que je vais vous demander va vous paraître monstrueux mais il faut cependant le faire! Elle doit absolument croire que vous n'avez quitté votre femme qu'à cause d'elle.

— C'est un peu vrai... Seulement je ne suis pas reparti pour l'aimer, mais pour me venger!

— La plus douce des vengeances sera de lui arracher enfin le document et de le rapporter en France où vous vivrez ensuite auprès de votre épouse en vous disant que vous avez mené à bien la mission qui vous avait été confiée.

Vous ressentirez la satisfaction rare de la réussite! Que peut-on souhaiter de meilleur?

— Quand vous avez débouché cette bouteille de champagne, tout à l'heure, vous m'avez fait comprendre que vous étiez bien décidé à ne pas vous débarrasser de vos habitudes... Il y a une chose aussi dont vous ne vous départirez jamais : votre cynisme!

— Ne trouvez-vous pas qu'il m'habille? Il faut être ainsi, mon cher, si l'on veut gagner la finale de cette rude bataille... Mais je n'ai plus aucune inquiétude à votre sujet : vous avez fait d'énormes progrès! Vous aussi, maintenant, vous êtes cynique! Vous l'êtes autant que moi... Et vous saurez l'être encore bien davantage quand vous vous retrouverez face à face avec la belle Maï! Ceci établi, voici comment nous pourrions procéder... Il va falloir faire preuve d'une extrême habileté, car il ne m'est jamais sorti de l'esprit que vous ne l'avez jamais vue...

— J'ai sur moi des photographies que vous avez prises d'elle.

— Elles ont le défaut d'être trop vraies! Et quand on a été aussi amoureux que vous, on n'admet pas la déception... Il faut donc que vous puissiez la contempler réellement une première fois, sans qu'elle vous voie... Vous éviterez ainsi les effets du premier choc visuel en vous et quand nous déciderons que vous devez manifester votre présence, ce sera elle seule qui subira ce choc... Il sera grand, croyez-moi! A ce moment-là, vous aurez rasé votre barbe et retrouvé le visage exact de Jacques Fernet, l'homme d'au-delà des Mers... Mais jusqu'à cette minute capitale, il ne faudra pas qu'elle vous aperçoive, ni qu'elle puisse se douter que vous êtes de retour! On ne sait jamais quelles seront les réactions d'une amante qui a trop attendu... Prise de panique, oubliant même la puissance de Bouddha, elle pourrait être capable de retourner immédiatement en Chine pour fuir à jamais l'homme dont le souvenir a dû hanter ses nuits solitaires et désespérées! Il ne faut pas cela! Il faut au contraire qu'à la seconde même où elle vous reverra, vous soyez assez armé et assez sûr de vous pour ne pas lui laisser le temps de la réflexion et la reprendre!

» C'est ce qui s'appelle la manière forte. C'est toujours valable avec n'importe quelle femme, qu'elle soit blanche, ou jaune! Finalement, dans la vie d'une amoureuse, il arrive toujours un moment où elle a besoin de sentir le pouvoir de l'homme.

— Autrement dit, vous me demandez de faire la chose qui me répugne le plus au monde : tromper ma femme!

— On ne trompe sa femme que quand on le fait de son plein gré, pas quand il s'agit d'un ordre!... Agent 2 884, c'est un ordre que je vous donne : couchez avec Ngô-Thi-Maï-Khanh! Mais, tant que ce moment ne sera pas venu, vous ne changerez rien à votre aspect actuel, principalement ce soir.

— Ce soir?

— C'est ce soir que vous la reverrez... D'assez loin cependant pour qu'elle ne puisse même pas repérer votre silhouette! Vous et moi, nous serons perdus dans la foule qui l'applaudira au théâtre.

— Elle est donc ici?

— Sa compagnie dramatique est arrivée de Chine cette nuit pour rehausser, par quelques représentations de gala, l'éclat des fêtes de la Libération de la ville. Ce soir, c'est la grande première du nouveau spectacle qu'elle présente. Comme toutes les pièces qu'elle a jouées jusqu'à présent, ce sera un sombre drame patriotico-bouddhiste! J'ai fait réserver nos places au fond de la salle... Avez-vous déjà assisté à un spectacle authentiquement chinois?

— Non.

— Alors, mon cher, je vous promets un régal d'une

qualité rare! Le véritable théâtre chinois ne ressemble en rien à ce que nous croyons être du théâtre dans le monde occidental. Tout y est différent : l'atmosphère dans laquelle on joue, la façon dont on joue et surtout de ce qu'on joue. Sans que vous ayez eu besoin de franchir la frontière, je vous garantis que vous vous croirez en Chine...

Quand les deux « camarades » pénétrèrent dans la salle du théâtre, le spectacle commençait : ce n'était qu'une sorte de prologue joué par des acteurs brillamment costumés. Il n'y avait pas encore d'actrices en scène : elles feraient leur « entrée » un peu plus tard.

— Il n'y a pas très longtemps, confia Serge Martin en russe à son compagnon, que les femmes peuvent faire partie des troupes chinoises. J'ai connu une époque où tous les rôles étaient tenus par des hommes : ceux qui interprétaient en travesti des héroïnes devaient obligatoirement prendre la voix de fausset. Aujourd'hui les choses ont bien changé puisque vous verrez tout à l'heure Ngô-Thi-Maï-Khanh dans le rôle principal.

Les deux Blancs avaient pris place au fond de l'immense salle — qui ressemblait plus à un gymnase qu'à un temple de l'Art — sur l'un des petits bancs qui correspondent à ce que l'on nomme en Europe « les fauteuils d'orchestre ». Derrière ces bancs, réservés à ceux qui ont payé le plus cher, des centaines de spectateurs s'écrasaient, contenus par une barrière circulaire rappelant le « promenoir ».

Mais ce public n'avait rien de comparable à l'auditoire compassé et silencieux des théâtres occidentaux. Il était bruyant, bon enfant, plaisantant avec entrain tout en buvant force tasses de thé et en grignotant des graines de pastèques. La musique de fond, destinée à accompagner les entrées et les sorties des acteurs — à soutenir aussi l'action dramatique — était jouée par un orchestre composé de tambours, de cymbales et de xylophones, installé à droite de l'estrade qui n'était même pas une scène. Il n'y avait pas de décors et, des coulisses, émergeait à chaque instant un peuple d'enfants, de serviteurs et de nombreux amis des acteurs qui s'installaient sans façon, eux aussi, sur l'estrade.

Comme Pierre semblait quelque peu décontenancé, Serge Martin lui expliqua :

— C'est dans le théâtre que ce public puise pêle-mêle, avec les données historiques et mythologiques, le culte des héros et les valeurs morales. Le théâtre chinois n'est pas seulement un grand art, il offre également l'une des meilleures clés que l'on puisse trouver pour pénétrer l'âme de la Chine. C'est ce qu'a admirablement compris Ngô-Thi-Maï-Khanh quand elle a monté sa compagnie dans le seul but de reconvertir les foules à la foi bouddhique.

Les « ouvreurs », qui remplaçaient les ouvreuses des théâtres occidentaux, semblaient tous très bien connaître le camarade Fédor auquel ils apportèrent, avec la tasse de thé, une serviette humide pour lui permettre de se rafraîchir.

— Je suis un vieil habitué! confia Serge Martin en souriant à Pierre. Si vous aviez été contraint de vivre à Lao-Kay comme moi depuis aussi longtemps, vous seriez dans le même cas : les distractions y sont plutôt rares! Aussi la venue d'une troupe de comédiens est-elle un événement... Mais comme vous ne comprenez qu'imparfaitement la langue chinoise, je vais me faire un plaisir de vous raconter le thème de la pièce que Ngô-Thi-Maï-Khanh et sa compagnie vont jouer dans quelques instants : ce drame n'a rien à voir avec la pantomime qui occupe actuellement l'estrade et qui est destinée, tel un « lever de rideau », à faire patienter les premiers arrivés pendant que le reste des spectateurs continue à s'entasser. Comme vous pouvez le constater, le théâtre chinois joue toujours « à bureaux fermés » devant des salles archi-combles!

» Je connais depuis des années la pièce que vous allez voir pour l'avoir déjà applaudie à Canton et à Pékin, mais c'est la première fois qu'on va la jouer à Lao-Kay. Son titre, annoncé sur les affiches placardées à l'entrée, est *Yu T'ang Tchouen*, ce qui peut se traduire d'une façon très poétique par « Le Printemps de la Salle de Jade »... C'est l'histoire d'un jeune lettré distingué, amoureux d'une petite courtisane — métier qui n'a rien d'infamant ici comme vous avez pu le constater à Cholon — pour laquelle il dépense sans compter. Malheureusement, l'âpreté d'une vieille tenancière, jointe au goût de luxe de la jeune beauté, ont vite fait d'épuiser tous les biens de l'amoureux.

» La tenancière se dépêche de trouver pour la courtisane d'autres ressources chez un vieux richard. Mais la femme de ce dernier, qui a elle-même un amant, s'arrange pour se débarrasser de son mari en l'empoisonnant — vous connaissez le procédé, cher ami ! — et en faisant habilement retomber la faute sur sa toute jeune rivale. Chargée de chaînes et conduite en prison, la pauvre héroïne est envoyée à la capitale pour y être jugée! L'épisode qui retrace ce voyage, où la malheureuse finit par convaincre son gardien de la débarrasser de la lourde cangue des criminels et réussit à l'émouvoir par le récit de ses misères, est peut-être l'une des plus jolies scènes de tout le théâtre chinois!

» Dans la capitale, la fatalité veut que le juge soit précisément le jeune et bel ex-amant, devenu, après avoir terminé de brillantes études, mandarin et magistrat. Les deux jeunes gens, très gênés, feignent de ne pas se reconnaître, mais les deux assesseurs du juge ont très vite découvert leur secret. Et, dans une scène haute en verve et en couleur, ils se font un malin plaisir d'essayer de forcer la jeune fille à charger son ancien amant... Mais, comme c'est un mélodrame, tout finit bien : le juge punit les vrais coupables avant d'épouser sa petite amie.

» Si vous croyez, cher ami, qu'une courtisane est indigne

d'un tel sort, vous êtes moins humain que les Chinois! Quelques impératrices ont gagné, grâce à ce métier, la faveur des empereurs et personne n'y trouva jamais à redire! Ce scénario peut vous sembler assez puéril, mais ce qui intéresse le Chinois, bien plus que l'action, c'est le développement du cas de conscience et le problème psychologique.

» Les artistes, qui vont interpréter cette pièce, porteront tous des masques ou — si certains n'en portent pas — auront un maquillage tellement poussé qu'il sera absolument impossible de reconnaître leur véritable visage. Autrement dit, la vraie Ngô-Thi-Maï-Khanh qui va jouer le rôle de la courtisane — rôle, reconnaissons-le, qu'elle doit pouvoir interpréter mieux que personne! — ne vous apparaîtra qu'au salut final quand, la pièce terminée, tous les artistes s'avanceront sur un rang pour recevoir les applaudissements. A ce moment seulement, Ngô-Thi-Maï-Khanh, comme tous ses camarades, retirera son masque et vous la verrez enfin! Par contre, perdus comme nous le sommes au fond de cette immense salle, elle ne pourra même pas vous apercevoir... Reconnaissez que mon idée de vous amener dans ce théâtre n'était pas si mauvaise? Maintenant, j'ai assez parlé : le drame va commencer : place au théâtre de Chine!

La pièce se déroula selon le thème raconté. Mais les artistes étaient tellement merveilleux qu'il n'était pas nécessaire de savoir la langue pour comprendre. L'absence totale du décor les obligeait à un ensemble de gestes devenus hiératiques : on voyait tout de suite, à la manière dont marchait l'acteur, s'il franchissait le seuil d'une porte, s'il montait un escalier ou s'il se promenait dans un jardin... Le cheval était symbolisé par une baguette ornée de soie colorée. Il n'y avait pas un spectateur qui ne savait que lorsque l'acteur touchait la botte de sa baguette, il était supposé enfourcher sa monture. La baguette magique des sorcières était remplacée par un plumeau. Cet art du geste faisait de tous ces artistes des mimes incomparables et, parmi eux, se détachant du lot par sa grâce ailée, Ngô-Thi-Maï-Khanh — le visage camouflé derrière un masque au sourire figé — triomphait. Une ouverture pratiquée dans le masque à hauteur de la bouche permettait à sa voix de ne pas être déformée. Pierre reconnut tout de suite cette voix qu'il avait tant aimée, à laquelle il avait si souvent rêvé quand il était loin d'elle et dont la douceur caressante avait beaucoup contribué à faire sa conquête : une voix de vraie courtisane, qui pouvait émouvoir ou attendrir...

Au moment où, sur l'estrade, le riche commanditaire de la courtisane s'écroulait, après avoir simulé d'atroces souffrances, sous l'effet du poison que venait de lui administrer son épouse pour se débarrasser de lui, Serge Martin, alias « camarade Fédor », vit son compagnon « le camarade Burtin » s'affaisser brusquement à côté de lui sans prononcer un mot... L'antiquaire l'avait saisi pour l'empêcher de rouler sur le sol : Pierre, la bouche entrouverte, râlait déjà, les yeux exorbités, un couteau planté jusqu'à la garde dans le dos, entre les deux omoplates. Il y eut, dans la foule des spectateurs, un moment d'affolement indescriptible : les gens s'étaient écartés pour faire cercle autour de l'homme qui agonisait. Le camarade Fédor s'était dressé et retourné pour repérer l'assassin... Mais comment le trouver dans cette horde dressée, presque menaçante, derrière la barrière circulaire? Après avoir poignardé le Blanc, le criminel s'était mêlé à la foule. Tout avait été fulgurant.

Des cris de femmes apeurées s'élevèrent. Sous la protection de deux policiers de garde qui étaient accourus, le camarade Fédor aidé de trois « ouvreurs », emporta avec le moins de heurts possible son compagnon. Comprenant qu'il n'avait plus que quelques instants à vivre, Fédor le fit déposer — suivant en cela les conseils des policiers qui avaient frayé un chemin dans la foule — dans la dépendance de la salle qui servait à la fois de coulisse et de loge où se maquillaient et s'habillaient les acteurs.

L'orchestre, aux tonalités criardes, s'était tu et la représentation se trouva arrêtée. De leur estrade, les comédiens étaient accourus et se penchaient vers l'homme étendu. Leurs visages, toujours cachés par leurs masques peinturlurés, semblèrent prendre alors des expressions dantesques. On aurait dit des monstres infernaux attendant déjà leur proie.

Agenouillé, soutenant doucement sous la nuque la tête de Pierre, le camarade Fédor essayait de comprendre les quelques mots que le moribond tentait de balbutier en français dans un suprême effort de ses lèvres déjà exsangues. Il put percevoir :

— Cette fois, c'est la vraie, mon vieux... Vous l'aviez bien dit : jamais deux sans...

— Ne parlez pas! répondit Fédor en russe. Je vous tirerai encore d'affaire.

— Trop tard... Je veux la voir!

Elle était là, au milieu des autres comédiens, le visage toujours caché par son masque de courtisane de répertoire... D'un geste brusque, de sa main libre, Fédor voulut lui arracher le masque pour que le mourant pût enfin connaître la vision de la réalité... Mais elle recula, s'y refusant.

La tête de Pierre était retombée : le camarade ingénieur avait cessé de vivre.

Alors, seulement, la courtisane s'agenouilla devant le corps et lentement, sans y mettre aucune hâte, elle retira d'elle-même son masque. Fédor fut horrifié : le vrai visage de Ngô-Thi-Maï-Khanh, que ne connaîtrait jamais Pierre, avait le même sourire énigmatique que celui du masque mais en plus, on y devinait une expression secrète d'intense satisfaction...

Cinq minutes plus tard, toujours accompagné du camarade Fédor, le corps était emporté dans une voiture de police vers l'hôpital pendant que de la salle parvenait à nouveau le tintamarre de l'orchestre annonçant aux spectateurs que la représentation allait reprendre. Ce n'est pas parce qu'un Blanc meurt quelque part en Asie que les Jaunes doivent se priver de l'un de leurs plaisirs favoris!

Ngô-Thi-Maï-Khanh avait remis son masque avant de remonter sur l'estrade où l'attendait son soupirant de la pièce pour interpréter avec elle la plus tendre des scènes d'amour.....

Lorsqu'il sortit de l'hôpital — où les médecins n'avaient pu que constater le décès et où, selon sa demande, le corps avait été placé dans une chambre spéciale dont la porte était gardée par un policier — le camarade Fédor ne retourna pas au théâtre. Il revint à son bar, mais, après y avoir pénétré, il laissa le store en bambou extérieur baissé et la porte verrouillée intérieurement. Cela signifiait que malgré la « Nuit de Fête », l'établissement resterait fermé.

Si un indiscret avait pu se cacher dans la salle obscure, il aurait remarqué que le tenancier semblait avoir brusquement vieilli d'un nombre incalculable d'années. Les traits de son visage s'étaient durcis, comme marqués par une souffrance infinie. Derrière les grosses lunettes, le regard demeurait fixe, perdu dans la contemplation d'une vision désespérée.

Pour avancer dans son bar, l'homme s'était appuyé sur la canne qu'il ne quittait jamais : mais cette fois, c'était à croire qu'il ne pouvait vraiment plus se traîner qu'avec difficulté. Il se laissa tomber lourdement sur le tabouret, lui servant de siège habituel derrière le comptoir, puis il se versa, coup sur coup, trois rasades de vodka qu'il avala sans prendre sa respiration. Jamais cet homme ne s'était senti plus seul, plus abandonné peut-être.

Longtemps, il demeura ainsi, prostré.

Il fut arraché à sa torpeur par des coups frappés contre la porte extérieure. Sans bouger, il cria en vietnamien :

— La maison est fermée aujourd'hui...

Mais une voix répondit en russe :

— Ouvrez vite! C'est Feyginne...

Le camarade Fédor sursauta. Quelques secondes après, le visiteur était dans la salle. Ce fut lui qui parla, toujours en russe :

— Je n'ai pas pu vous joindre depuis 20 heures. Où étiez-vous?

— Au théâtre.

Après l'avoir regardé avec étonnement, l'Allemand continua :

— J'ai une mauvaise nouvelle.

— Moi aussi.

— Le document est depuis dix-huit mois à Pékin.

— Qu'est-ce que vous me chantez là?

— Je l'ai appris à Hanoï par des Russes qui travaillent dans le même service que moi. Ils sont formels et très inquiets. Après plusieurs recoupements, j'ai pu réaliser comment les choses se sont passées... Quand M. Jojo a franchi le 18e parallèle pour venir au Viêt-Minh, il n'avait déjà plus le document qu'il avait remis à Cholon — aussitôt après l'avoir reçu de Ngô-Thi-Maï-Khanh — à un autre agent de Pékin qui a pris le train de Pnom-Penh et Bangkok d'où un troisième agent s'est envolé directement pour la Chine... Pour que les poursuivants éventuels soient déroutés, M. Jojo a reçu de ses chefs l'ordre de se rendre assez ostensiblement à Hanoï et de faire croire là qu'il n'avait pas l'intention de rentrer en Chine mais de vendre, pour son propre compte, le plan aux représentants d'une autre puissance. C'est pour cela qu'il a pris contact successivement avec les agents américains, soviétiques et finalement avec l'Anglais. Il avait bien un plan sur lui, mais il était faux, fabriqué à l'avance par les gens de Pékin.

— Qu'est devenu ce faux?

— Les agents russes viennent de le retrouver, après des mois de recherche, chez un hôtelier de Hanoï auquel M. Jojo l'avait confié en lui faisant croire que c'était une pièce du plus haut intérêt et en lui disant qu'il ne devrait s'en défaire sous aucun prétexte tant que lui-même ne serait pas revenu le chercher... Huit jours plus tard, M. Jojo était décapité : ce sont les hommes de Pékin qui l'ont fait exécuter, estimant qu'il ne leur était plus utile et qu'il risquait un jour de se vanter d'avoir réussi le coup... Son ami l'hôtelier, pris de panique en apprenant sa mort, s'est bien gardé de bouger. Mais, pensant qu'après deux années, il ne courait plus grand risque et que l'affaire était définitivement classée, il s'est dit qu'après tout lui-même pourrait peut-être tirer profit de l'aventure. Et il est entré en contact avec des agents soviétiques pour leur vendre le plan. L'hôtelier croyait fermement que ce plan était vrai, mais les Russes ont tout de suite vu qu'il était faux... Voilà!

— Nous sommes tous tombés dans le panneau : les Russes, les Anglais, les Français... Ceci me confirme dans mon opinion que les Chinois sont en train de devenir les plus forts!

Ces dernières paroles avaient été prononcées par Serge Martin sans amertune, comme si l'affaire ne l'intéressait déjà plus.

— Qu'allez-vous faire?

— Prévenir d'abord Paris. Ensuite nous verrons... Klein, je connais quelqu'un qui va être mauvais!

— La vieille chouette?

— Ce n'est pas une nouvelle que je vais lui apprendre, mais deux : Burtin est mort.

— Non?

Après avoir raconté les circonstances de l'assassinat de l'agent 2 884, Martin conclut :

— Vous arrivez à point pour la cérémonie funèbre... Comme vous êtes très bien vu des autorités du Viêt-Minh en tant que Pr Feyginne, vous allez vous rendre immédiatement à l'hôpital sous le prétexte de vous incliner devant le corps de votre subordonné. Vous vous montrerez menaçant en disant que le gouvernement soviétique ne saurait admettre que l'assassinat de l'un de ses ingénieurs, travaillant dans l'une des missions techniques officielles, restât impuni... Ils seront tellement affolés qu'ils vous remettront le corps selon la demande que vous allez faire. Ce corps, vous le ramènerez à Hanoï et là vous attendrez que j'aie reçu des instructions de Paris pour le faire rapatrier en France. Je ne veux pas que Burtin soit enterré ici! Il a en France une mère et une épouse qui ont le droit de le réclamer... Vous partirez dès demain avec le corps. Cette nuit, vous pourrez coucher ici dans la chambre que je lui avais réservée.

— Et vous?

— J'attends... J'ai encore un compte à régler à Lao-Kay.

— Qui l'a tué, selon vous?

— Je ne sais pas...

— Ne seraient-ce pas les hommes de Xi-Dien qui auraient retrouvé sa trace?

— Ils n'en auraient pas encore eu le temps.

— Ceux du Viêt-Minh alors?

— Non. Ce meurtre au poignard, lancé par un homme

mêlé à la foule, est signé par la Chine... la Chine qui sait attendre pour exécuter... la Chine qui ne se presse jamais parce qu'elle est sûre, à la longue, d'avoir le dernier mot... la Chine qui, peu à peu, absorbe tout : les idées et les hommes... C'est terrible, Klein, de se battre contre un Pays éternel! Maintenant laissez-moi... Allez à l'hôpital veiller notre pauvre ami. J'ai besoin d'être seul.

Une nouvelle heure passa. Dehors, dans la nuit, des groupes d'hommes et de femmes passaient de l'autre côté du rideau de bambou, revenant sans doute du théâtre où la représentation du « Printemps de la Salle de Jade » devait s'être terminée après un nouveau triomphe de Ngô-Thi-Maï-Khanh qui, une fois encore, avait dû retirer son masque pour le salut final.

Le vieil homme, de plus en plus voûté, tassé presque sur le tabouret qu'il n'avait pas quitté, semblait attendre... Il connaissait trop l'Asie pour ignorer que d'une attente silencieuse peut toujours naître quelque chose.

Tout à coup, il se redressa : un frôlement, qui eût été imperceptible à d'autres que lui, se faisait sentir contre la mince paroi extérieure du store de bambou... Avec l'agilité et la souplesse d'un félin, Serge Martin bondit, abandonnant son siège, puis il contourna le comptoir avant de courir se plaquer contre la porte dont il tourna tout doucement la clef intérieure. Puis brusquement, il ouvrit la porte en disant :

— Je savais que vous viendriez, Ngô-Thi-Maï-Khanh...

L'ombre de la femme s'engouffra dans la salle pendant que, derrière elle, la clef tournait à nouveau dans la serrure, indiquant que l'homme la considérait comme étant sa prisonnière.

Elle s'adossa contre le comptoir alors que lui restait immobile, barrant la porte. Il lui apparut immense, tel qu'il était à Saigon... Il avait jeté ses lunettes sur le plancher et son regard d'acier la fixait. Elle n'était plus devant le camarade Fédor mais en présence d'un géant qui exigeait la minute de vérité. C'était « l'antiquaire »...

Elle ne portait plus la merveilleuse robe brodée de la courtisane de scène. Comme toutes les femmes de la Chine Nouvelle, elle était en pantalon, revêtue d'un simple bleu de chauffe. Jamais elle n'avait paru aussi menue, ni aussi fragile.

— Pourquoi l'avez-vous tué, Ngô-Thi-Maï-Khanh? demanda-t-il d'une voix sourde.

— Le Dieu mon Père interdit à sa Fille chérie d'avoir les mains tachées de sang, mais il lui permet de faire exécuter par des mercenaires ceux qui ont trompé sa confiance.

La voix était toujours douce. C'était à croire que même si cette voix prononçait des paroles de haine, elle ne pourrait jamais s'amplifier : une voix qui tromperait toujours... Elle continua, monocorde :

— Il devait mourir... Oui, je l'ai aimé comme aucune autre femme au monde n'a su le faire! Je l'avais aimé tout de suite, dès que j'avais vu son portrait dans les journaux... Je l'aimais quand je n'étais encore qu'une enfant, sans même le connaître, parce que je savais que seul l'homme d'au-delà des mers m'était destiné! Je n'aurais dû l'aimer ensuite que par devoir, pour obéir à la volonté de Bouddha mais, lorsqu'il est devenu mon amant, je l'ai adoré en véritable amante! Ce fut ma perte et la sienne... Je l'ai trouvé noble quand il regardait toutes les autres femmes, sauf moi, à son exposition... Je l'ai trouvé beau quand il ne pouvait plus me voir... J'ai été sincère, moi, mais pas lui!

— Qu'en savez-vous? N'est-il pas revenu pour vous retrouver?

— Il n'est revenu que parce que vous et tous ceux auxquels il obéissait lui ont donné l'ordre de m'arracher d'autres secrets! Mais je n'avais plus de secrets : je lui avais tout dit en une nuit.

— Je sais maintenant que vous n'avez pas menti à Huong-Tich quand vous m'avez affirmé ne pas avoir pu retrouver le document.

— Pourquoi aurais-je menti puisque vous aviez tenu votre parole et que le paravent était revenu dans la pagode?

— Pourquoi ne pas m'avoir tué plutôt que lui, puisque vous me considériez comme l'un des responsables de tout?

— Parce que vous ne m'avez jamais été destiné... Parce qu'un Serge Martin n'a pas été créé pour faire le bonheur d'une femme!

— Quand avez-vous découvert que Fédor et l'antiquaire n'étaient qu'un seul et même homme?

— La première fois où vous m'avez fait attirer dans ce bar par l'un de vos amis de Lao-Kay.

— Et pourquoi ne m'avez-vous pas dit tout de suite que vous me reconnaissiez?

— Du moment que vous n'étiez pas retourné à Saigon et que vous vous étiez installé dans ce bar sordide, c'était qu'il y avait une raison... J'ai compris que cette raison, c'était moi et que vous étiez persuadé que, malgré ce que j'avais dit, j'avais réussi à reprendre le document à M. Jojo... Je savais qu'un jour viendrait — je connais votre patience qui est aussi grande que la mienne! — où vous joueriez le grand jeu pour me faire avouer! Et je ne pouvais pas oublier la façon ignoble dont vous vous étiez servi du peintre pour me faire parler une première fois... Il était votre meilleur atout! Tôt ou tard, vous vous en serviriez à nouveau! Je savais par mes amis de Paris qu'il avait résisté au poison d'amour... Je savais tout de lui! Qu'importait pour moi qu'il eût pris une Blanche pour femme légitime! Sa seule véritable épouse, c'était moi! Le jour où j'ai rapporté à

Bouddha le paravent sacré, je l'ai supplié dans la pagode de me donner — en récompense de cet acte de piété filiale — la joie de châtier celui qui m'avait trahie... Le Dieu m'a exaucée! Vous et vos chefs de France, qui vous croyez plus intelligents et plus subtils que tous les autres, vous n'avez été que des instruments dociles dans la main de mon Père. En faisant revenir cet homme pour qu'il me questionne une seconde fois avant de m'abandonner à jamais, vous n'avez fait qu'obéir à Bouddha qui, lui, voulait l'offrir à sa Fille bien-aimée... Je l'ai vu ce soir à mes pieds, son visage revêtu du masque de mort... Mais pour le punir, Bouddha n'a pas voulu qu'il puisse connaître le véritable visage de son épouse! Il n'aura le droit de le voir que lorsque je l'aurai rejoint dans les Félicités Éternelles après mon passage sur terre...

— Ngô-Thi-Maï-Khanh, je pourrais vous dénoncer comme criminelle.

— Serge Martin, j'aurais pu en faire autant pour vous après la mort de votre boy Kim...

— Je pourrais révéler que vous n'avez monté cette troupe théâtrale que pour lutter contre l'emprise grandissante de l'Idée communiste.

— Je pourrais faire savoir que le camarade Fédor n'est qu'un agent du capitalisme...

— Ne pensez-vous pas que nous ferions mieux de nous entendre?

— Je sais que ni vous ni moi nous n'appartenons à la race des faibles...

— Savez-vous, Fleur de Sérénité, que le document est maintenant à Pékin?

— Je l'ignorais...

— Vous comprenez ce que cela signifie? Qu'il n'y aura plus une seule religion, une seule croyance qui pourra tenir devant la puissance destructrice du communisme! Que les pagodes seront anéanties et que Bouddha lui-même disparaîtra comme toutes les divinités? Est-ce cela que vous recherchez?

— Je veux que la loi d'amour et de bonté s'étende sur le monde...

— Alors vous ne devez plus être mon ennemie, mais mon alliée! Votre profession de comédienne vous permet d'entrer et de sortir de Chine facilement, d'y circuler aussi avec votre troupe... Il n'y a plus rien à faire ici au Viêt-Minh! Puisque le document est à Pékin, ce sera désormais en Chine que nous devrons travailler... Il faudra que nous sachions très vite où les dirigeants de ce pays préparent en secret leur puissance atomique et s'ils ont passé des accords avec l'Indonésie pour l'exploitation des gisements indiqués sur le plan. Quand nous serons renseignés, nous ferons tout pour saboter ou tout au moins pour retarder leurs entreprises de mort! Un jour, bien sûr, comme les Occidentaux, ils finiront par réussir à acquérir la force qui leur manque encore, mais, même si nous ne parvenons qu'à reculer pendant quelques années encore l'échéance fatale, ce sera déjà un grand résultat! Acceptez-vous de m'aider, Ngô-Thi-Maï-Khanh?

— Je ne vous donnerai ma réponse que le jour où je vous rencontrerai en Chine...

— Ce jour viendra! J'ignore sous quelle apparence vous m'y retrouverez... Peut-être serai-je un petit fonctionnaire ou un humble paysan? Mais j'y serai bientôt, je vous le promets!

★

Vingt-quatre heures plus tard, le colonel Sicard accueillait dans son petit appartement parisien Mme Veuve Burtin.

— Madame, si c'est à vous que j'ai demandé de venir, plutôt qu'à votre belle-fille, c'est parce que je connais votre force d'âme et de caractère... Votre fils Pierre est mort au service de la France. Malheureusement, je n'ai pas le droit de vous donner de détails... Tout ce que je peux faire pour le moment, c'est de vous offrir de rapatrier son corps.

— Pierre est mort là-bas, auprès de cette femme, colonel ?

Et comme l'officier ne répondait pas, la veuve Burtin dit avec décision :

— Il faut croire que le véritable Destin de mon fils unique devait être en Asie. Alors laissons-le à la terre qui l'a englouti...

# Littérature

Cette collection est d'abord marquée par sa diversité : classiques, grands romans contemporains, témoignages. A chacun son livre, à chacun son plaisir : Henri Troyat, Bernard Clavel, Guy des Cars, Frison-Roche, Djian, Belletto mais aussi des écrivains étrangers tels que Virginia Andrews, Nina Berberova, Colleen McCullough ou Konsalik.

Les classiques tels que Stendhal, Maupassant, Flaubert, Zola, Balzac, etc. sont publiés en texte intégral au prix le plus bas de toute l'édition. Chaque volume est complété par un cahier illustré sur la vie et l'œuvre de l'auteur.

**ADLER Philippe** — **Bonjour la galère !** 1868/**2**
**Les amies de ma femme** 2439/**3**
**Graine de tendresse** 2911/**3**
**Qu'est-ce qu'elles me trouvent ?** 3117/**3**

**AGACINSKI Sophie** — **La tête en l'air** 3046/**5**

**AMADOU Jean** — **La belle anglaise** 2684/**4**

**AMADOU - COLLARO - ROUCAS** — **Le Bêbête show** 2824/**5** & 2825/**5** Illustrés

**AMIEL Joseph** — **Le promoteur** 3215/**9**

**ANDERSEN Christopher** — **Citizen Jane** 3338/**7**

**ANDERSON Peggy** — **Hôpital des enfants** 3081/**7**

**ANDREWS Virginia C.**

Fleurs captives :
- **Fleurs captives** 1165/**4**
- **Pétales au vent** 1237/**4**
- **Bouquet d'épines** 1350/**4**
- **Les racines du passé** 1818/**4**
- **Le jardin des ombres** 2526/**4**

La saga de Heaven :
- **Les enfants des collines** 2727/**5**
- **L'ange de la nuit** 2870/**5**
- **Cœurs maudits** 2971/**5**
- **Un visage du paradis** 3119/**5**
- **Le labyrinthe des songes** 3234/**6**

**Ma douce Audrina** 1578/**4**
**Aurore** 3464/**5** (Juin 93)

**APOLLINAIRE Guillaume** — **Les onze mille verges** 704/**1**
**Les exploits d'un jeune don Juan** 875/**1**

**ARCHER Jeffrey** — **Le pouvoir et la gloire (Kane et Abel)** 2109/**7**
**Faut-il le dire à la Présidente ?** 2376/**4**

**ARSAN Emmanuelle** — **Les débuts dans la vie** 2867/**3**
**Chargée de mission** 3427/**3** (Juin 93)

**ATTANÉ Chantal** — **Le propre du bouc** 3337/**2**

**ATWOOD Margaret** — **La servante écarlate** 2781/**4**
**Œil-de-chat** 3063/**8**

**AVRIL Nicole** — **Monsieur de Lyon** 1049/**3**
**La disgrâce** 1344/**3**
**Jeanne** 1879/**3**
**L'été de la Saint-Valentin** 2038/**2**
**La première alliance** 2168/**3**
**Sur la peau du Diable** 2707/**4**
**Dans les jardins de mon père** 3000/**3**

**BACH Richard** — **Jonathan Livingston le goéland** 1562/**1** Illustré
**Illusions/Le Messie récalcitrant** 2111/**2**
**Un pont sur l'infini** 2270/**4**
**Un cadeau du ciel** 3079/**3**

| | |
|---|---|
| BAILLY Othilie | L'enfant dans le placard 3029/2 |
| BALZAC Honoré de | Le père Goriot 1988/2 |
| BANCQUART Marie-Claire | Photos de famille 3015/3 |
| BAPTISTE-MARREY | Les papiers de Walter Jonas 3441/9 (Mai 93) |
| BARBELIVIEN Didier | Rouge cabriolet 3299/2 |
| BARRIE James M. | Peter Pan 3174/2 |
| BAUDELAIRE Charles | Les Fleurs du mal 1939/2 |
| BÉARN Myriam et Gaston de | Gaston Phébus : |
| | 1 - Le lion des Pyrénées 2772/6 |
| | 2 - Les créneaux de feu 2773/6 |
| | 3 - Landry des Bandouliers 2774/5 |
| BEART Guy | L'espérance folle 2695/5 |
| BELLEMARE Pierre | Les dossiers d'Interpol 2844/4 & 2845/4 |
| BELLEMARE P. et ANTOINE J. | Les dossiers extraordinaires 2820/4 & 2821/4 |
| BELLETTO René | Le revenant 2841/5 |
| | Sur la terre comme au ciel 2943/5 |
| | La machine 3080/6 |
| | L'Enfer 3150/5 |
| BELLONCI Maria | Renaissance privée 2637/6 Inédit |
| BENZONI Juliette | Le Gerfaut des Brumes : |
| | - Le Gerfaut 2206/6 |
| | - Haute Savane 2209/5 |
| BERBEROVA Nina | Le laquais et la putain 2850/2 |
| | Astachev à Paris 2941/2 |
| | La résurrection de Mozart 3064/1 |
| | C'est moi qui souligne 3190/8 |
| | L'accompagnatrice 3362/4 |
| | De cape et de larmes 3426/1 (Avril 93) |
| BERG Jean de | L'image 1686/1 |
| BERGER Thomas | Little Big Man 3281/8 |
| BERTRAND Jacques A. | Tristesse de la Balance... 2711/1 |
| BEYALA Calixthe | C'est le soleil qui m'a brûlée 2512/2 |
| BISIAUX M. et JAJOLET C. | Chat plume (60 écrivains...) 2545/5 |
| BLAKE Michael | Danse avec les loups 2958/4 |
| BOGGIO Philippe | Coluche 3268/7 |
| BORGEN Johan | Lillelord 3082/7 |
| BORY Jean-Louis | Mon village à l'heure allemande 81/4 |
| BOULET Marc | Dans la peau d'un Chinois 2789/7 Illustré |
| BRAVO Christine | Avenida B. 3044/3 |
| | Les petites bêtes 3104/2 |
| BROOKS Terry | Hook 3298/4 |
| BRUNELIN André | Gabin 2680/5 & 2681/5 |
| BURON Nicole de | Les saintes chéries 248/3 |
| | Vas-y maman 1031/2 |
| | Dix-jours-de-rêve 1481/3 |
| | Qui c'est, ce garçon ? 2043/3 |
| | C'est quoi, ce petit boulot ? 2880/4 |
| | Où sont mes lunettes ? 3297/4 |
| CARDELLA Lara | Je voulais des pantalons 2968/2 |
| CARREL Dany | L'Annamite 3459/7 (Juin 93) |

## CARS Guy des

La brute 47/3
Le château de la juive 97/4
La tricheuse 125/3
L'impure 173/4
La corruptrice 229/3
La demoiselle d'Opéra 246/3
Les filles de joie 265/3
La dame du cirque 295/2
Cette étrange tendresse 303/3
La cathédrale de haine 322/4
L'officier sans nom 331/3
Les sept femmes 347/4
La maudite 361/3
L'habitude d'amour 376/3
La révoltée 492/4
Amour de ma vie 516/3
Le faussaire 548/4
La vipère 615/4
L'entremetteuse 639/4
Une certaine dame 696/5
L'insolence de sa beauté 736/3
L'amour s'en va-t-en guerre 765/3
Le donneur 809/3
J'ose 858/3
La justicière 1163/2
La vie secrète de Dorothée Gindt 1236/2
La femme qui en savait trop 1293/3
Le château du clown 1357/4
La femme sans frontières 1518/3
Le boulevard des illusions 1710/3
La coupable 1880/3
L'envoûteuse 2016/5
Le faiseur de morts 2063/3
La vengeresse 2253/3
Sang d'Afrique 2291/5
Le crime de Mathilde 2375/4
La voleuse 2660/4
Le grand monde 2840/8
La mère porteuse 2885/4
L'homme au double visage 2992/4
L'amoureuse 3192/4
Je t'aimerai éternellement 3462/4 (Juin 93)

| | |
|---|---|
| CARS Jean des | Sleeping story 832/4 |
| | La princesse Mathilde 2827/6 |
| CASSAR Jacques | Dossier Camille Claudel 2615/5 |
| CATO Nancy | L'Australienne 1969/4 & 1970/4 |
| | Les étoiles du Pacifique 2183/4 & 2184/4 |
| | Lady F. 2603/4 |
| | Tous nos jours sont des adieux 3154/8 |
| CESBRON Gilbert | Chiens perdus sans collier 6/2 |
| | C'est Mozart qu'on assassine 379/3 |
| CHABAN-DELMAS Jacques | La dame d'Aquitaine 2409/2 |
| CHAILLOT N. et VILLIERS F. | Manika une vie plus tard 3010/2 |
| CHAMSON André | La Superbe 3269/7 |
| | La tour de Constance 3342/7 |
| CHATEL Philippe | Il reviendra 3191/3 |
| CHEDID Andrée | La maison sans racines 2065/2 |
| | Le sixième jour 2529/3 |
| | Le sommeil délivré 2636/3 |
| | L'autre 2730/3 |
| | Les marches de sable 2886/3 |
| | L'enfant multiple 2970/3 |
| | Le survivant 3171/2 |
| | La cité fertile 3319/2 |
| CHOW CHING LIE | Le palanquin des larmes 859/4 |
| | Concerto du fleuve Jaune 1202/3 |
| CICCIOLINA | Confessions 3085/3 Illustré |
| CLANCIER Georges-Emmanuel | Le pain noir 651/3 |
| CLAUDE Hervé | L'enfant à l'oreille cassée 2753/2 |

**CLAVEL Bernard**

**Le tonnerre de Dieu** 290/**1**
**Le voyage du père** 300/**1**
**L'Espagnol** 309/**4**
**Malataverne** 324/**1**
**L'hercule sur la place** 333/**3**
**Le tambour du bief** 457/**2**
**Le massacre des innocents** 474/**2**
**L'espion aux yeux verts** 499/**3**
La grande patience :
**1 - La maison des autres** 522/**4**
**2 - Celui qui voulait voir la mer** 523/**4**
**3 - Le cœur des vivants** 524/**4**
**4 - Les fruits de l'hiver** 525/**4**
**Le Seigneur du Fleuve** 590/**3**
**Pirates du Rhône** 658/**2**
**Le silence des armes** 742/**3**
**Tiennot** 1099/**2**
Les colonnes du ciel :
**1 - La saison des loups** 1235/**3**
**2 - La lumière du lac** 1306/**4**
**3 - La femme de guerre** 1356/**3**
**4 - Marie Bon Pain** 1422/**3**
**5 - Compagnons du Nouveau-Monde** 1503/**3**
**Terres de mémoire** 1729/**2**
**Qui êtes-vous ?** 1895/**2**
Le Royaume du Nord :
**- Harricana** 2153/**4**
**- L'Or de la terre** 2328/**4**
**- Miséréré** 2540/**4**
**- Amarok** 2764/**3**
**- L'angélus du soir** 2982/**3**
**- Maudits sauvages** 3170/**4**
**Quand j'étais capitaine** 3423/**3** (Avril 93)

| | |
|---|---|
| **CLOSTERMANN Pierre** | **Le Grand Cirque** 2710/**5** |
| **COCTEAU Jean** | **Orphée** 2172/**2** |
| **COLETTE** | **Le blé en herbe** 2/**1** |
| **COLLARD Cyril** | **Les nuits fauves** 2993/**3** |
| **COLOMBANI M.-F.** | **Donne-moi la main, on traverse** 2881/**3** |
| | **Derniers désirs** 3460/**2** (Juin 93) |
| **CONNELL Evan S.** | **Mr. et Mrs. Bridge** 3041/**8** |
| **CONROY Pat** | **Le Prince des marées** 2641/**5** & 2642/**5** |
| | **Le Grand Santini** 3155/**8** |
| **COOPER Fenimore J.** | **Le dernier des Mohicans** 2990/**5** |
| **COOPER Mary Ann** | **Côte Ouest** 3086/**4** |
| **CORMAN Avery** | **Kramer contre Kramer** 1044/**3** |
| | **50 bougies et tout recommence** 2754/**3** |
| **COUSTEAU Commandant** | **Nos amies les baleines** 2853/**7** Illustré |
| | **Les dauphins et la liberté** 2854/**7** Illustré |
| | **Un trésor englouti** 2967/**7** Illustré |
| | **Compagnons de plongée** 3031/**7** Illustré |
| **DAUDET Alphonse** | **Tartarin de Tarascon** 34/**1** |
| | **Lettres de mon moulin** 844/**1** |
| | **Le Petit Chose** 3339/**3** (Avril 93) |
| **DAVENAT Colette** | **Le soleil d'Amérique** 2726/**6** |
| **DERLICH Didier** | **Intuitions** 3334/**4** |
| **DHÔTEL André** | **Le pays où l'on n'arrive jamais** 61/**2** |
| **DICKENS Charles** | **Espoirs et passions** 2643/**5** |
| | **Oliver Twist** 3442/**9** (Mai 93) |
| **DICKEY James** | **Délivrance** 531/**3** |
| **DIDEROT Denis** | **Jacques le fataliste** 2023/**3** |
| **DIWO Jean** | **Au temps où la joconde parlait** 3443/**7** (Mai 93) |
| **DJIAN Philippe** | **37°2 le matin** 1951/**4** |
| | **Bleu comme l'enfer** 1971/**4** |
| | **Zone érogène** 2062/**4** |

| | |
|---|---|
| GROULT Flora | *Maxime ou la déchirure* 518/**2** |
| | *Un seul ennui, les jours raccourcissent* 897/**2** |
| | *Ni tout à fait la même, ni tout à fait une autre* 1174/**3** |
| | *Une vie n'est pas assez* 1450/**3** |
| | *Mémoires de moi* 1567/**2** |
| | *Le passé infini* 1801/**2** |
| | *Le temps s'en va, madame....* 2311/**2** |
| | *Belle ombre* 2898/**4** |
| GUIMARAES Bernardo | *Isaura* 2200/**2** |
| HALEY Alex | *Racines* 968/**4** & 969/**4** |
| HAMBLY Barbara | *La Belle et la Bête* 2959/**3** |
| HANSKA Evane | *Que sont mes raouls devenus ?* 3043/**2** |
| HARVEY Kathryn | *Butterfly* 3252/**7** Inédit |
| HAWKING Stephen | *Une brève histoire du temps* 3361/**3** |
| HAYDEN Torey L. | *L'enfant qui ne pleurait pas* 1606/**3** |
| | *Kevin le révolté* 1711/**4** |
| | *Les enfants des autres* 2543/**5** |
| | *La forêt de tournesols* 2988/**5** |
| | *Une enfant comme les autres* 3369/**6** |

## HÉBRARD Frédérique

*Un mari c'est un mari* 823/**2**
*La vie reprendra au printemps* 1131/**3**
*La chambre de Goethe* 1398/**3**
*Un visage* 1505/**2**
*La Citoyenne* 2003/**3**
*Le mois de septembre* 2395/**2**
*Le Harem* 2456/**3**
*La petite fille modèle* 2602/**3**
*La demoiselle d'Avignon* 2620/**4**
*Le mari de l'Ambassadeur* 3099/**6**

| | |
|---|---|
| HEYMAN David | *Pauvre petite fille riche* 2963/**4** |
| HILL Susan | *Je suis le seigneur du château* 2619/**3** |
| HOFFMAN Alice | *La nuit du loup* 2803/**4** |
| | *L'enfant du hasard* 3465/**4** (Avril 93) |
| HOFFMANN Stephane | *Le gouverneur distrait* 2983/**3** |
| HOLLANDER Xaviera | *Nouvelles aventures pimentées* 2758/**3** |
| HUBERT Jean-Loup | *Le grand-chemin* 3425/**3** (Avril 93) |
| HUET & COQUART | *Bourvil ou la tendresse du rire* 3195/**4** |
| IGLESIAS Julio | *Julio raconte Iglesias* 3175/**4** |
| JAGGER Brenda | *Les chemins de Maison Haute* 2818/**8** |
| | *La chambre bleue* 2838/**7** |
| | *Un manoir sur la lande* 3152/**6** |
| JEAN Raymond | *La lectrice* 2510/**2** |
| | *Transports* 2790/**2** |
| | *Le roi de l'ordure* 3101/**3** |
| JEURY Michel | *Le vrai goût de la vie* 2946/**4** |
| | *Une odeur d'herbe folle* 3103/**5** |
| | *Le soir du vent fou* 3394/**5** |
| JOHNSON "Magic" Earvin | *L'amour sans risque* 3363/**2** |
| JULIET Charles | *L'année de l'éveil* 2866/**3** |
| KAYE M.M. | *Pavillons lointains* 1307/**4** &1308/**4** |
| | *L'ombre de la lune* 2155/**4** & 2156/**4** |
| | *Mort au Cachemire* 2508/**4** |
| | *Mort à Berlin* 2809/**3** |
| | *Mort à Chypre* 2965/**4** |

| | |
|---|---|
| **KENEALLY Thomas** | La liste de Schindler 2316/6 |
| **KIPLING Rudyard** | Le livre de la jungle 2297/2 |
| | Simples contes des collines 2333/3 |
| | Le second livre de la jungle 2360/2 |
| **KLEIN Norma** | Mon rayon de soleil 3367/3 |
| **KNOBELSPIESS Roger** | Voleur de poules 3210/2 |

## KONSALIK Heinz G.

Amours sur le Don 497/5
La passion du Dr Bergh 578/4
Dr Erika Werner 610/3
Mourir sous les palmes 655/4
Aimer sous les palmes 686/3
Les damnés de la taïga 939/4
Une nuit de magie noire 1130/2
Bataillons de femmes 1907/6
Un mariage en Silésie 2093/4
Coup de théâtre 2127/3
Clinique privée 2215/3
La nuit de la tentation 2281/3 Inédit
La guérisseuse 2314/6
Conjuration amoureuse 2399/2
La jeune fille et le sorcier 2474/3
Et cependant la vie était belle 2698/4
Le sacrifice des innocents 2897/3
La saison des dames 2999/4 Inédit
Le pavillon des rêves 3122/5 Inédit
La vallée sans soleil 3254/5 Inédit
La baie des perles noires 3413/5 Inédit

| | |
|---|---|
| **KOSINSKI Jerzy** | L'oiseau bariolé 270/3 |
| **KOUSMINE Catherine Dr** | Sauvez votre corps 2712/7 |
| **KUBELKA Susanna** | Ophélie apprend à nager 3027/5 |
| **L'HÔTE Jean** | Confessions d'un enfant de chœur 260/2 |
| | La Communale 2329/2 |
| **LACAMP Ysabelle** | La Fille du Ciel 2863/5 |
| | L'éléphant bleu 3209/5 |
| **LACLOS Choderlos de** | Les liaisons dangereuses 2616/4 |
| **LAFFERRIERE Dany** | Comment faire l'amour avec un nègre... 2852/3 |
| **LAFON Monique** | Mon enfant, ma douleur, mon bonheur 2901/3 |
| **LAHAIE Brigitte** | Moi, la scandaleuse 2362/3 Illustré |
| | La femme modèle 3102/3 Inédit |
| **LAHAYE Jean-Luc** | Cent familles 3134/5 |
| | Cent familles Tome II 3135/4 |
| **LASAYGUES Frédéric** | Le chien de Goya 3211/5 |
| **LAUREY Joy** | Joy 1467/2 |
| | Le retour de Joy 3388/3 |
| **LAXER Gloria** | Les vendanges du silence 2647/4 |
| **LE BARS André** | Flics des beaux quartiers 3370/6 |
| **LEAMING Barbara** | Rita Hayworth 3120/6 Illustré |
| **LEBLANC Alain** | Lucas 3392/4 (Février 93) |
| **LEFEBVRE Jean** | Pourquoi ça n'arrive qu'à moi ? 3193/3 Illustré |
| **LEFEVRE Françoise** | La première habitude 697/2 |
| | Le petit prince cannibale 3083/3 |
| | Mortel azur 3295/2 |
| **LEFÈVRE Kim** | Métisse blanche 2791/5 |
| **LIMONOV Edouard** | Autoportrait d'un bandit dans son adolescence 2883/4 |
| **LINDSEY David** | Mercy 3123/7 Inédit |
| **LONDON Jack** | Croc-Blanc 2887/3 |
| **LOTI Pierre** | Le roman d'un spahi 2793/3 |
| | Pêcheur d'Islande 2944/3 |
| **LOWERY Bruce** | La cicatrice 165/1 |

| | |
|---|---|
| MAALOUF Amin | Les croisades vues par les Arabes 1916/**4** |
| McCULLOUGH Colleen | Les oiseaux se cachent pour mourir 1021/**4** & 1022/**4** |
| | Tim 1141/**3** |
| | Un autre nom pour l'amour 1534/**4** |
| | La passion du Dr Christian 2250/**6** |
| | Les dames de Missalonghi 2558/**3** |
| | L'amour et le pouvoir 3276/**7** & 3277/**7** |
| McMURTRY Larry | Texasville 3321/**8** |
| MACLAINE Shirley | Amour et lumière 2771/**4** |
| | Vivre sa vie 2869/**3** |
| MACNEE Patrick | Chapeau melon 2828/**5** |
| McNEILL Elizabeth | 9 semaines 1/2 2259/**2** |
| MALLET-JORIS Françoise | La tristesse du cerf-volant 2596/**4** |
| | Adriana Sposa 3062/**5** |
| | Divine 3365/**4** |
| MANIGUET Xavier | Les dents de la mort 3302/**7** |
| MARGUERITTE Victor | La garçonne 423/**3** |
| MARIE-POSA | Eclipse 3189/**3** |
| MARIN Maud | Le saut de l'ange 2443/**4** |
| | Tristes plaisirs 2884/**3** |
| | Le quartier des maudites 3214/**4** |
| MARKANDAYA Kamala | Le riz et la mousson 117/**2** |
| MARTINO Bernard | Le bébé est une personne 2128/**3** |
| MASSIE Sonja | Horizons lointains 3356/**6** |
| MATHEWS Harry | Cigarettes 2708/**4** |
| MAUPASSANT Guy de | Une vie 1952/**2** |
| | L'ami Maupassant 2047/**2** |
| | Bel-Ami 3366/**3** |
| MAYERSBERG Paul | Homme fatal 3317/**6** |
| MAZZIOTTA Françoise | L'enfant venu d'ailleurs 2924/**2** |
| MERRICK Monte | Memphis Belle 2934/**3** |
| MICHAEL Judith | L'amour entre les lignes 2441/**4** & 2442/**4** |
| | Une héritière de haut vol 2913/**6** & 2914/**6** |
| | Une autre femme 3012/**8** |
| | Une femme en colère 3300/**6** & 3301/**6** |
| MILES Rosalind | La vengeance aux deux visages 2723/**5** & 2724/**5** |
| MITCHELL Kirk | Backdraft 2996/**4** |
| MONNIER Thyde | - Grand-Cap 206/**2** |
| Les Desmichels : | - Le pain des pauvres 210/**4** |
| | - Nans le berger 218/**4** |
| | - La demoiselle 222/**4** |
| | - Travaux 231/**4** |
| | - Le figuier stérile 237/**4** |
| MONSIGNY Jacqueline | Michigan Mélodie (Un mariage à la carte) 1289/**2** |
| | Le roi sans couronne 2332/**6** |
| | Toutes les vies mènent à Rome 2625/**5** |
| | Les lionnes de Saint-Tropez 2882/**4** |
| | Gulf Stream 3280/**6** |
| MONTLAUR Pierre | Iosseph le Juif du Nil 3084/**5** |
| MOOR Lova | Ma vie mise à nu 3078/**4** Illustré |
| MORASSO Françoise | L'Oreille en coin 2829/**4** |

| | |
|---|---|
| **EINLEIN** *(suite)* | **Vendredi** 1782/**5** |
| | **Le chat passe-muraille** 2248/**6** Inédit |
| | **Au-delà du crépuscule** 2591/**7** Inédit |

**HOWARD Robert E.**

**Conan le barbare** 1449/**3** (avec Sprague de Camp)
**Conan le destructeur** 1689/**2** (avec R. Jordan)
**Conan** 1754/**3**
**Conan le Cimmérien** 1825/**3**
**Conan le flibustier** 1891/**3**
**Conan le vagabond** 1935/**3**
**Conan l'aventurier** 2036/**3**
**Conan le guerrier** 2120/**3**
**Conan l'usurpateur** 2224/**3**
**Conan le conquérant** 2468/**3**
**Conan le vengeur** 3289/**3**
**Conan le boucanier** 3378/**3**

| | |
|---|---|
| **TER K. W.** | **Machines infernales** 2518/**4** Inédit |
| | **Horizon vertical** 2798/**4** Inédit |
| | **Madlands** 3309/**3** Inédit |
| **ONES Raymond F.** | **Renaissance** 957/**4** (Avril 93) |
| **EYES Daniel** | **Des fleurs pour Algernon** 427/**3** |
| **NG Stephen** | *La tour sombre :* |
| | **- Le pistolero** 2950/**3** Inédit |
| | **- Les trois cartes** 3037/**7** Inédit |
| | **- Terres perdues** 3243/**7** Inédit |
| **EIN Gérard** | *La saga d'Argyre :* |
| | **- Les voiliers du soleil** 2247/**2** |
| | **- Le long voyage** 2324/**2** |
| **RESS Nancy** | **Le prince de l'aube** 3166/**4** Inédit |
| **E Tanith** | *La saga d'Uasti :* |
| | **- La déesse voilée** 1690/**4** Inédit |
| | **- La quête de la Sorcière Blanche** 2042/**4** Inédit |
| **GH Stephen** | **Le cri du tyrannosaure** 3307/**4** Inédit |
| **INSTER Murray** | **La planète oubliée** 1184/**2** |
| **OURIER Christian** | **Mille fois mille fleuves...** 2223/**2** Inédit |
| | **Les racines de l'oubli** 2405/**2** Inédit |
| | **La loi du monde** 2736/**3** Inédit |
| | **Les masques du réel** 2976/**3** Inédit |
| **VIN Ira** | **Un bonheur insoutenable** 434/**4** |
| | **Les femmes de Stepford** 649/**2** |
| **VECRAFT Howard P.** | **L'affaire Charles Dexter Ward** 410/**2** |
| | **Dagon** 459/**5** |
| **AC AVOY R. A.** | **Le troisième aigle** 2835/**4** Inédit |
| **MASTER BUJOLD Lois** | **Mike Vorkosigan** 3288/**5** Inédit |
| | **Barrayar** 3454/**5** Inédit (Mai 93) |
| **ARTIN George R.R.** | **L'agonie de la lumière** 2692/**5** |
| **ERRITT Abraham** | **Les habitants du mirage** 557/**3** |
| | **La nef d'Ishtar** 574/**3** |
| | **Le gouffre de la lune** 618/**4** |
| | **Un visage dans l'abîme** 886/**4** |
| **OORE Catherine L.** | **Shambleau** 415/**4** |
| **ORRIS Janet E.** | **La grande Fornicatrice de Silistra** 1245/**3** |
| **ORROW James** | **L'arbre à rêves** 2653/**4** |
| | **Notre mère qui êtes aux cieux** 3131/**5** Inédit |
| **OLAN et JOHNSON** | **L'âge de cristal** 3129/**3** |

# POLAR

*Cette collection présente tous les genres du roman criminel : le policier classique avec c auteurs tels que Ellery Queen, Boileau-Narcejac, le roman noir avec Raymond Chand Mickey Spillane et les œuvres de suspense modernes illustrées par Stephen King ou TRid Pearson. Sans oublier les auteurs français ou les grandes adaptations du cinéma.*

| | |
|---|---|
| **BAXT George** | **Du sang dans les années folles** 2952/**4** |
| **BOILEAU-NARCEJAC** | **Les victimes** 1429/**2** |
| | **Maldonne** 1598/**2** |
| **BLOCH R. & NORTON A.** | **L'héritage du Dr Jekyll** 3329/**4** Inédit |
| **BROWN Fredric** | **La nuit du Jabberwock** 625/**3** |
| **CHANDLER Raymond** | **Playback** 2370/**3** |
| **COGAN Mick** | **Black Rain** 2661/**3** Inédit |
| **CONSTANTINE K.C.** | **L'homme qui aimait se regarder** 3073/**4** |
| | **L'homme qui aimait les tomates tardives** 3383/**4** |
| **DePALMA Brian** | **Pulsions** 1198/**3** |
| **GALLAGHER Stephen** | **Du fond des eaux** 3050/**6** Inédit |
| **GARBO Norman** | **L'Apôtre** 2921/**7** |
| **GARDNER Erle Stanley** | Perry Mason : |
| | - **L'avocat du diable** 2073/**3** |
| | - **La danseuse à l'éventail** 1688/**3** |
| | - **La jeune fille boudeuse** 1459/**3** |
| | - **Le canari boiteux** 1632/**3** |
| **GARTON Ray** | **Piège pour femmes** 3223/**5** Inédit |
| **GRADY James** | **Steeltown** 3164/**6** Inédit |
| **HUTIN Patrick** | **Amants de guerre** 3310/**9** |
| **KENRICK Tony** | **Shanghaï surprise** 2106/**3** |
| | **Les néons de Hong-kong** 2706/**5** Inédit |
| **KING Stephen** | **Running Man** 2694/**3** |
| | **Chantier** 2974/**6** |
| | **Marche ou crève** 3203/**5** |
| | **Rage** 3439/**3** (Avril 93) |
| **LASAYGUES Frédéric** | **Back to la zone** 3241/**3** Inédit |
| **LEPAGE Frédéric** | **La fin du 7e jour** 2562/**5** |
| **LUTZ John** | **JF partagerait appartement** 3335/**4** |
| **McBAIN Ed** | **Le chat botté** 2891/**4** Inédit |
| **Mac GERR Pat** | **Bonnes à tuer** 527/**3** |
| **MAXIM John R.** | **Les tueurs Bannerman** 3273/**8** |
| **NAHA Ed** | **Robocop** 2310/**3** Inédit |
| | **Robocop 2** 2931/**3** Inédit |
| **NICOLAS Philippe** | **Le printemps d'Alex Zadkine** 3096/**5** |
| **PARKER Jefferson** | **Pacific Tempo** 3261/**6** Inédit |
| **PEARSON Ridley** | **Le sang de l'albatros** 2782/**5** Inédit |
| | **Courants meurtriers** 2939/**6** Inédit |
| **PÉRISSET Maurice** | **Le banc des veuves** 2666/**3** |
| **QUEEN Ellery** | **La ville maudite** 1445/**3** |
| | **Et le huitième jour** 1560/**3** |
| | **La Décade prodigieuse** 1646/**3** |
| | **Face à face** 2779/**3** |

| | |
|---|---|
| | **Le cas de l'inspecteur Queen** 3023/**3** |
| | **La mort à cheval** 3130/**3** |
| | **Le mystère de la rapière** 3184/**3** |
| | **Le mystère du soulier blanc** 3349/**4** |
| **ADOUL Jacques** | **L'Héritage Greenwood** 1529/**3** |
| | **L'inconnue de Las Vegas** 1753/**3** |
| | **Trois morts au soleil** 2323/**3** |
| | **Le mort et l'astrologue** 2797/**3** |
| | **Doctor Jazz** 3008/**3** |
| | **Yerba Buena** 3292/**4** Inédit |
| **CHALLINGHER Sophie** | **L'amour venin** 3148/**5** |
| **PILLANE Mickey** | **En quatrième vitesse** 1798/**3** |
| **IOMAS Louis** | **Crimes parfaits et imparfaits** 2438/**3** |
| **IOMPSON Carlène** | **Noir comme le souvenir** 3404/**5** |
| **DRRES Edwin** | **Contre-enquête** 2933/**3** Inédit |
| **VILTSE David** | **Le cinquième ange** 2876/**4** |

# Épouvante

*Depuis Edgar Poe, il a toujours existé un genre littéraire qui cherche à susciter la pe sinon la terreur, chez le lecteur. King et Koontz en sont aujourd'hui les plus épouvantab représentants. Nombre de ces livres ont connu un immense succès au cinéma.*

**ANDREWS Virginia C.** — **Ma douce Audrina** 1578/**4**

**BLATTY William P.** — **L'exorciste** 630/**4**

**CAMPBELL Ramsey**
- **Le parasite** 2058/**4**
- **La lune affamée** 2390/**5**
- **Images anciennes** 2919/**5** Inédit

**CITRO Joseph A.** — **L'abomination du lac** 3382/**4**

**CLEGG Douglas**
- **La danse du bouc** 3093/**6** Inédit
- **Gestation** 3333/**5** Inédit

**COLLINS Nancy A.**
- **La volupté du sang** 3025/**4** Inédit
- **Appelle-moi Tempter** 3183/**4** Inédit

**COYNE John** — **Fury** 3245/**5** Inédit

**DEVON Gary** — **L'enfant du mal** 3128/**5**

**HERBERT James** — **Le Sombre** 2056/**4** Inédit

**HODGE Brian** — **La vie des ténèbres** 3437/**7** Inédit (Avril 93)

**JAMES Peter**
- **Possession** 2720/**5** Inédit
- **Rêves mortels** 3020/**6** Inédit

## KING Stephen

- **Carrie** 835/**3**
- **Shining** 1197/**5**
- **Danse macabre** 1355/**4**
- **Cujo** 1590/**4**
- **Christine** 1866/**4**
- **Peur bleue** 1999/**3**
- **Charlie** 2089/**5**
- **Simetierre** 2266/**6**
- **Différentes saisons** 2434/**7**
- **La peau sur les os** 2435/**4**
- **Brume - Paranoïa** 2578/**4**
- **Brume - La Faucheuse** 2579/**4**
- **Running Man** 2694/**3**
- **ÇA** 2892/**6**. 2893/**6** & 2894/**6** (Egalement en coffret 3 vol. FJ 6904)
- **Chantier** 2974/**6**
- La tour sombre :
  - **Le pistolero** 2950/**3**
  - **Les trois cartes** 3037/**7**
  - **Terres perdues** 3243/**7**
- **Misery** 3112/**6**
- **Marche ou crève** 3203/**5**
- **Le Fléau (Édition intégrale)** 3311/**6** 3312/**6** & 3313/**6** (Egalement en coffret 3 vol. FJ 6616)
- **Les Tommyknockers** 3384/**4**. 3385/**4** & 3386/**4** (Egalement en coffret 3 vol. FJ 6659)

**KOONTZ Dean R.**
- **Spectres** 1963/**6** Inédit
- **L'antre du tonnerre** 1966/**3** Inédit
- **Le rideau de ténèbres** 2057/**4** Inédit
- **Le visage de la peur** 2166/**4** Inédit
- **L'heure des chauves-souris** 2263/**5**
- **Chasse à mort** 2877/**5**
- **Les étrangers** 3005/**8**
- **Les yeux foudroyés** 3072/**7**
- **Le temps paralysé** 3291/**6**

**LANSDALE Joe. R.**
- **Le drive-in** 2951/**2** Inédit
- **Les enfants du rasoir** 3206/**4** Inédit

| | |
|---|---|
| **EVIN Ira** | **Un bébé pour Rosemary** 342/**3** |
| **ICHAELS Philip** | **Graal** 2977/**5** Inédit |
| **IcCAMMON Rober R.** | **Mary Terreur** 3264/**7** Inédit |
| **IONTELEONE Thomas** | **Fantasma** 2937/**4** Inédit |
| | **Lyrica** 3147/**5** Inédit |
| **IORRELL David** | **Totem** 2737/**3** |
| **ICHOLS Leigh** | **L'antre du tonnerre** 1966/**3** Inédit |
| **UENOT Katherine E.** | **Blanc comme la nuit** 3353/**4** |
| **HODES Daniel** | **L'ombre de Lucifer** 2837/**4** Inédit |
| **AUL John** | **La Noirceur** 3457/**6** Inédit (Mai 93) |
| **ELTZER David** | **La malédiction** 796/**2** Inédit |
| **IMMONS Dan** | **Le chant de Kali** 2555/**4** |
| **TABLEFORD Brian** | **Les loups-garous de Londres** 3422/**7** Inédit |
| **TOKER Bram** | **Dracula** 3402/**7** |
| **ESSIER Thomas** | **La nuit du sang** 2693/**3** |
| **HALEN Patrick** | **Les cadavres ressuscités** 3476/**6** Inédit (Juin 93) |
| | **Histoires de sexe et de sang** 3225/**4** Inédit |

J'AI LU

2840

Achevé d'imprimer en Europe (France)
par Brodard et Taupin à la Flèche (Sarthe)
le 10 avril 1993. 1071H-5
Dépôt légal avril 1993. ISBN 2-277-22840-0
1er dépôt légal dans la collection : sept. 1978
Éditions J'ai lu
27, rue Cassette, 75006 Paris
*Diffusion France et étranger : Flammarion*